中文社会科学引文索引（CSSCI）来源集刊

中国现代文学论丛

Modern Chinese Literature Research

教育部人文社会科学重点研究基地
南京大学中国新文学研究中心

第十六卷 壹

南京大学出版社

《中国现代文学论丛》编辑部

通讯地址：南京市栖霞区仙林大道 163 号(邮编 210023)

　　　　　　南京大学仙林校区文学院 638 信箱

　　　　　　南京大学中国新文学研究中心

电　　话：(025)89686720　　89684444

传　　真：(025)89686720

E - mail：wxluncong@126.com

目　录 ///

Contents

（特约编辑:任一江 英文翻译:张宇）

"新浪漫主义"的短暂重现

——简谈骆一禾、海子的浪漫主义诗学与文学史观

李章斌[*]

（南京大学 中国新文学研究中心，南京 210023）

内容摘要：在八十年代中国诗人普遍推崇现代主义的语境下，骆一禾、海子对浪漫主义诗学的倡导是颇为独特的，他们所标举的"新浪漫主义"实际上重新发掘了西方浪漫主义中的形而上和神话因素，而后者在中国现代诗歌的发展中基本上被选择性地过滤了。骆一禾与海子都主张把诗歌当作某种"创世"行为，也各自提出了一种以创造力类型为标准的"共时性诗学"，在创作中构造出强有力的诗歌主体，并通过自我的创造实现对神性的追求。但是，两者的诗学理念在中国诗坛中遭遇了深刻的困境，他们对神性的召唤也显得像是一种文化与时代错位的产物。

关键词：海子；骆一禾；新浪漫主义；创造力；自我

- -

　　如果考虑到 80 年代的中国诗坛对"现代主义"一边倒的热潮这重背景，骆一禾、海子的诗学理念和文学史观念在当代中国文学的语境下颇有"逆流而动"的意味。骆一禾、海子都提倡浪漫主义并质疑当时流行的现代主义诗学，这是八十年代中国作家较早地从文学本身——而不是意识形态——角度反抗现代主义的主张之一。姜涛提出："毋庸讳言，骆一禾、海子的诗歌趣味迥异于当时乃至而今的文学风尚，他们的写作也与习见的现代主义/后现代主义的立场，直接构成一种对峙。似乎可以说，他们所要掀起的是一场'新浪漫主义'运动，这样说也大致不差。"[①]不过，他没有具体讨论海子、骆一禾与浪漫主义的关联。骆一禾与海子不仅生前是至交，也是诗歌、诗学上的同道，他们曾经打算在诗坛提出"新浪漫主义"，然而，两人却先后在 1989 年早逝，一场中国诗坛上可能的文学运动也因此胎死腹中，这无疑是令人遗憾的。过去，"浪漫主义"在当代中国往往被看作过时的古董，甚至是拙劣的写作手法

---

　　*　作者简介：李章斌，文学博士，南京大学中国新文学研究中心教授。

　　①　姜涛：《在山峰上万物尽收眼底——重读骆一禾的诗论》，《新诗评论》2009 年第 2 辑，第 59 页。

的代名词。实际上,这种理解很大程度上是误解,若我们认真挖掘西方浪漫主义的传统以及当代的浪漫主义诗学(如弗莱、艾布拉姆斯、布鲁姆、文德勒等),我们会发现把浪漫主义等同于"浪漫""煽情""缺乏节制"等缺陷在很大程度上是误解,若深入挖掘浪漫主义的宗教、历史背景、形而上学假设,我们就会发现浪漫主义诗歌、诗学包含的问题远远比我们设想的复杂,实际上,骆一禾、海子的诗歌与诗学让我们看到了浪漫主义在中国较少为人所知的一面。

在"五四"前后,浪漫主义就被中国作家借用为一种反抗历史和传统的资源,比如在鲁迅的《魔罗诗力说》那里,它的反叛性就被突出强调了。在鲁迅看来,拜伦就是最有代表性的"摩罗诗人",其"立意在反抗,指归在动作"。① 无怪乎在这一时期,拜伦、雪莱是最被看重的浪漫派作家。但是值得注意的是,西欧浪漫主义对想象力、创造力的重视,对神性的追求(以诗歌写作的灵感传达神性)等重要面向基本上被这一时期的作家忽视了(李长之在四十年代的《迎中国的文艺复兴》、夏志清在六十年代的《中国现代小说史》中都注意到这个问题),因此在中国现代(1917—1949 年)诗歌中,很少有那种浪漫主义的"幻象诗"。相反,浪漫主义的感情面向被凸显了出来,这甚至导致"浪漫主义"经常成了贬义词,无怪乎梁实秋在《现代中国文学之浪漫的趋势》这篇著名的文章中,把浪漫主义看作缺乏节制与情感泛滥的典型,而且把"五四"以来的文学中的诸种缺陷都归结于浪漫主义,如"颓废主义""假理想主义""印象主义""抒情主义"等。② 到了八十年代,海子、骆一禾等人才重新发掘浪漫主义这些被遗失的面向,突入到其形而上的、神话的维度,可谓浪漫主义迟到的"复兴"。

浪漫主义在西欧的出现与基督教(尤其是新教神学)的发展有深刻的内在关联,浪漫主义对神性的追求和表达与新教神学力主的"从自我见证神性"之主张同声相应,它尤其依赖新教神学的这个思想,即在有限事物中直觉无限,通达神性。③ 如果不理解这个背景的话,我们也很难理解 T. S. 艾略特在批判浪漫主义诗学时所表露的天主教倾向,尤其是反对个人直接见证神性以及个人具有灵魂的统一性的观点,他甚至在《传统与个人才能》这篇名文中暗示他的主张的玄学指归:"我在努力抨击的观点或许是和灵魂本质单一论的形而上学理论有关。"④在对待诗人之主体性与"自我"这个问题上,英美现代主义与浪漫主义产生了尖锐而且深刻的分歧。现代主义想要消解浪漫主义那种非常稳固而且高姿态的主体形象和带有神性光环的"自我",而更强调的是牺牲个性与消解"自我",进而融入"传统"甚至改变"传统"。无论是哪一方,都与西方的宗教背景脱不开关系。浪漫主义对自我与神性的直接联系的强调与新教神学乃至某些宗教异端(如卡巴拉)息息相关,而现代主义(尤其艾略特)对于

① 鲁迅:《摩罗诗力说》,《鲁迅全集》(第 1 卷),人民文学出版社 2005 年版,第 68 页。
② 梁实秋:《现代中国文学之浪漫的趋势》,《梁实秋文集》(第 1 卷),鹭江出版社 2002 年版,第 34—54 页。
③ [美]保罗·蒂利希:《基督教思想史》,尹大贻译,东方出版社 2008 年版,第 330 页。
④ [英]托·斯·艾略特:《艾略特文学论文集》,李赋宁译,百花洲文艺出版社 2010 年版,第 9 页。无独有偶,梁实秋在《现代中国文学之浪漫的趋势》一文中也像艾略特一样反对浪漫主义的"灵魂"这个说法:"其实不是灵魂,只是一副敏锐的神经和感官罢了。"[《梁实秋文集》(第 1 卷),第 48 页]这几乎又与艾略特把诗人的头脑比作捕捉感觉和意象的"容器"的认识如出一辙。

传统与文本的强调,对于理智和牺牲作者个性的倡导,则与天主教神学脱不开关系,两者之间的纠葛甚至显得有点像神学纷争在诗学中的延伸。

有趣的是,虽然现代中国对浪漫主义的接受基本上将其宗教因素"过滤"掉了;但是,当八十年代的骆一禾、海子重新举起浪漫主义这面旗帜时,又重新找回了这层被过滤掉的宗教/形而上因素。试看骆一禾的诗论:"而诗歌正是说这个使其他得以彰显的、照亮的'是','是'作为贯通可说的不可说的,使之可以成立的记号,是更深邃的根子,诗歌就是'是'本身,而未竟之地在这里打开。在《圣经·旧约·创世纪》的第一章里,有一些段落带有'神说'的记号,创世行为的'神说'来给标志揭示,万物万灵不仅长在天空、大地、海洋,也是长在'神说'里的,诗歌作为'是'的性质在此可以见出,而不带'神说'记号的段落由三句伟大诗歌构成:'起初,神造天地。地是空虚混沌,渊面黑暗;神的灵运行在水面上。'在这里,诗、'创作'已成为'创世'的开口,诗歌使创世行为与创作行为相迥,它乃是'创世'的'是'字。"①

骆一禾这种把诗歌创作看作"创世"行为、把诗歌视为照亮世界的"光"的主张明显地受到海德格尔的影响:后者认为诗人背负着为时代创建"存在之根基"的使命。② 附带说一句,存在主义很大程度上是浪漫主义的后裔(这一点以赛亚·柏林的《浪漫主义的根源》和蒂利希的《基督教思想史》都深刻地分析过了)。③ 骆一禾这里的论述真实地反映出,浪漫主义诗学的一系列理念,终究是以基督教为基础的。当然,浪漫主义诗学(包括骆一禾的)同时也有"僭越"基督教的倾向,即用诗歌来代替"神说",把诗歌发展成一种"准宗教"(因为原来的宗教已经失去威信了)。正因为如此,诗歌的地位在浪漫主义诗人那里被提升到空前绝后的高度,骆一禾在《火光》中说:"诗歌是这样构成世界的一种背景的,它作为世界的构成因素而关心着世界、意义和人生。如果一定要这么说的话,我们难道还有比它更伟大的关注吗?"

浪漫主义诗学的"创造"与"创世"都通过"自我"这个通道来实现。不过,在海子与骆一禾身上都有一个颇为矛盾的现象,如果从文本的角度来说,他们的写作无疑是以自我为中心的,但是,他们本身又非常明确地反对"自我中心主义"。比如骆一禾说:"内心不是一个角落,而是一个世界。由于自我中心主义,内心锐变为一个角落,或者表现在文人习气里,或表现在诗章里。"④这里的微妙之处就在于,海子、骆一禾的"自我"其实都有一重形而上学背景,即"自我"不仅是一个心理意义上的实体,更是一个通往更高领域的"通道"。骆一禾说:"在整个构造中,'自我'不应理解为一种孤立的定点,它是'本我——自我——超我'及'潜意识——前意识——意识'双重序列整一结构里的一项动势。在20世纪,这个动势呈现从父

---

① 骆一禾:《火光》,见张玞编:《骆一禾诗全编》,上海三联书店1997年版,第853页。
② [德]海德格尔:《荷尔德林诗的阐释》,孙周兴译,商务印书馆2000年版,第46—53页。
③ 参见[德]以赛亚·伯林:《浪漫主义的根源》,吕梁等译,译林出版社2011年版,第141页以下;[美]保罗·蒂利希:《基督教思想史》,尹大贻译,东方出版社2008年版,第339—340页。
④ 骆一禾:《美神》,见张玞编:《骆一禾诗全编》,上海三联书店1997年版,第842页。

本到母本,由超我向本我的移动。"①骆一禾对"自我"在现代的"萎缩"和窄化特别敏感,尤其是在现代主义、后现代主义那里,"自我"丧失了与"创造力之源"和"生命自明中心"的紧密联系,变成了碎片的堆砌,"小围栏"的自我设限(即"自我中心主义")。② 显然,"创造力之源"与"生命自明中心"都是一些带有浪漫主义色彩的诗学术语,它令人想起柏拉图的"永恒灵魂"和"大记忆",以及斯宾诺莎泛神论的"神性"。在浪漫主义诗学中,"自我"是通往这些源泉的重要通道,其通达的方式就是创造,对诗人来说,就是语言的创造:"语言中生命的自明性的获得,也就是语言的创造。""怀有这种自明,胸中油然升起的感情,是不可超越的,因为这爱与恨都磅礴于我们这些打开了魔瓶的人。"③"自我"在浪漫主义那里是一个通往神圣世界的隐秘入口,而诗人是这个秘密的掌有者,因此也成为整个文化的"创造者"。联系这些理论脉络,就不难理解海子对"伟大诗歌"的定义:"主体人类有某一瞬间突入自身的宏伟——是主体人类在原始力量中的一次性诗歌行动。"④

正因为两者都有对诗歌创造力的狂热崇拜,因此他们也先后发展出一套以"创造力类型"为标准的文学史观。比如骆一禾说:"从诗歌心象引发的相应一点,是诗歌而不是一种,以偏概全的诗学形成的判断乃限于某种心象的原则之中,因而有可能产生'种'的混淆,从而抹煞了美的不可比较性。这也就是说不同的创造力形态从晦暗中浮现出来了,这导致了对线性的'古典——现代——后现代'的史观链条的扬弃,历时性的观点,'代'的观点所依据的'一个顶替一个'式的前提成为十分可疑的。一种在上述视域中不可能看到的旷观彰显出来,需要建立一种创造力型态的共时性诗学。"⑤这种文学史观是反进化论的,甚至是反历史的。依据"创造力形态"来划分类别,它本身就是浪漫主义"超越历史"的野心的反映。海子在其《诗学:一份提纲》中也持有这种"共时性诗学"观念,与当代大部分诗人标举现代诗人的态度相反,他推崇但丁、莎士比亚、歌德等"巨匠",而对二十世纪的现代主义诗人尤其不待见。他划分出两种不同类型的"创造力",即"父亲力量"和"母亲力量"(深渊力量),作为整个人类文化史的两种分野。在他看来,现代主义的产生是"母亲力量"的产物,不过缺乏整合碎片的力量和诗歌意志力,因此有"'主体与壮丽人格建筑'的完全贫乏"之弊。这也与前面骆一禾提出的"这个动势呈现从父本到母本,由超我向本我的移动"的观察相互呼应。海子不无野心地提出要"清算"现代文学史,要"对从浪漫主义以来丧失诗歌意志力与诗歌一次性行动,尤其要对现代主义酷爱'元素与变形'这些一大堆原始材料的清算"。⑥ 虽然这一套文学史观念在海子生前并没有得到完善,不乏专断与稚嫩的色彩,却是有意义的尝试。当今的文

---

① 骆一禾:《美神》,见张玞编:《骆一禾诗全编》,上海三联书店1997年版,第839页。
② 骆一禾:《美神》,见张玞编:《骆一禾诗全编》,上海三联书店1997年版,第840—841页。
③ 骆一禾:《美神》,见张玞编:《骆一禾诗全编》,上海三联书店1997年版,第844—845页。
④ 海子:《诗学:一份提纲》,程光炜编:《海子作品精选》,长江文艺出版社2006年版,第232页。
⑤ 骆一禾:《火光》,见张玞编:《骆一禾诗全编》,上海三联书店1997年版,第850页。
⑥ 海子:《诗学:一份提纲》,程光炜编:《海子作品精选》,长江文艺出版社2006年版,第233页。笔者在《"王在写诗"——海子与浪漫主义诗人的自我定位》(《文艺争鸣》2013年第2期)一文中对此有详细论述,此不赘述。

学史几乎清一色地采用历时性的脉络,暗含进化论或者进步论式的逻辑,营造一种除旧布新、不断前进的假象,前人经典也被打入"过时"的冷宫。由此,"共时性诗学"自有其存在的必要。

但是,我们也应当意识到这种诗学与中国当代的文化语境之间的内在冲突与矛盾。骆一禾、海子所在的当代中国社会,长期浸淫于无神论的文化氛围中,他们在向形而上、超自然领域攀登时并没有多少本土精神资源可供依赖。当海子宣称诗人必将进入"太阳"/永恒,这在中国诗坛多少显得像是一种时代错误、文化错位,仿佛一个十九世纪的西方诗人误入了二十世纪的中国——至少在八十年代的不少读者眼里是如此。而骆一禾所宣称的"生命自明中心"和"创世"诗学也显得神秘莫测,看上去像是泛神论与隐秘宗教体验的另一版本,调高难下。姜涛在评价骆一禾时说:"在骆一禾那里,诗人应该有胆量成为一个价值创造者、文明创造者,诗歌的主体也要随之强健、丰盈。但如今,我们生活在了一个主体普遍弱化的时代,我们不再习惯把自己放在山巅上,而更习惯从山腰、山脚以至谷地里,审视周遭的生活世界和语言,那种万物尽收眼底的视野和心态,仿佛已不再可能。"[①]确实,这也是浪漫主义的诗学构想在现代社会普遍遭遇的结构性困境,在一个日趋物化、主体普遍弱化的时代,这种高涨的主体精神、高蹈的自我定位和"神性"追求往往显得像是"幼稚病"或者"奢侈品"。

实际上,对永恒、超越性的渴求是所有人或多或少具有的一种倾向,哪怕在现代也如此。在过去有宗教、神话来满足这种需要;到了现代,当宗教、神话受到科学和理性的强有力的阻击后,它们很难再恢复过去的权威地位。这时文学趁势而起,它企图代替宗教的作用和地位,它指引一条通往永恒、不朽或者"神性"的道路,它扮演着一种"准宗教"的角色。这就是为什么陀思妥耶夫斯基借小说中的人物说"美将拯救世界",也是骆一禾、海子的诗学所真正要达至的目的。但是,现代人是如此奇怪的一种动物:一方面,每个人都隐藏着一种对永恒的隐秘渴望;另一方面,当有人构建出一条通往永恒的桥梁之后(比如骆一禾、海子这样的浪漫主义诗人),人们又不免对其投以怀疑的目光,因为人们早就已经将世俗的、无神论的眼光看作天经地义。这就是为什么海子、骆一禾都要到去世之后才得到人们的广泛承认,因为,人们是不会承认、甚至不会容忍一个活着的"先知"或者"圣徒"的,只有当诗人用自己的死亡来给诗歌中的"神性"和"永恒"作保证,读者才会放下他们的戒备心态,想想那些自己既怀疑又渴求的东西。

---

① 姜涛:《在山巅上万物尽收眼底——重读骆一禾的诗论》,《新诗评论》2009 年第 2 辑,第 64—65 页。

空间感的戏剧

——张尔诗歌中的空间形态与观念构造

李海鹏*

（南京大学 中国新文学研究中心，南京 210023）

内容摘要：极富戏剧性的空间感，是居于深圳的诗人张尔诗歌中最引人注目的特点。重要的是，在解读的可能性上，张尔诗歌的这一特点并不局限于新批评式的内在文本欢愉，而是折射着区域史、思想史的启示。本文聚焦于张尔诗歌中的"空间感的戏剧"，并从三个方面对其进行打量。首先探究张尔笔下的岭海空间因为对岭海区域史的纳入而呈现的戏剧性；其次分析张尔的北京书写与岭南文学传统中"岭南/京城"书写机制之间的关联与差异，以及由此而来的空间感的戏剧；最后对其《美剧：神学聚会》一诗进行以思想史为方法的文本细读，从而揭示张尔对异国空间所进行的戏剧性营构中暗含的当代新诗观念构造的变迁。

关键词：戏剧性；岭海；异国；书写机制；观念构造

- -

绪　言

1871 年 12 月 24 日，《纽约时报》刊登了一篇新闻专稿，标题为《广州的一天》。顾名思义，它是当时的一位外国记者游历广州城一天的见闻与感受。其中有一段话，谈及了作者置身于这座晚清岭南重镇的城市空间之中时，体验到的迷失感："你一旦来到广州的大街上，就几乎分不清东南西北。我们的目的地在西郊，毋庸置疑，我们正向那个方向行进。看来人们确实需要一双经验丰富的眼睛来辨认自己的行进路线，哪怕区分两条东方的街道也是多么不易。"①这种对于空间的迷惑、观看经验的缺乏，我们阅读张尔的诗时也会遭遇到。在张尔的笔下，营造空间的诡异方式，人物在空间中跨次元的移动，与交通、传媒相匹配的观看视角，凡此种种交织在一起，构成了其诗歌写作的基本动力学。由此而来的诗歌作品，一方面

＊ 作者简介：李海鹏，文学博士，南京大学中国新文学研究中心助理研究员。

① 郑曦原编：《帝国的回忆：〈纽约时报〉晚清观察记》，生活·读书·新知三联书店 2001 年版，第 38 页。

正如王敖所说,是"一种空间的颂歌",另一方面,也是语码的迷宫,当我们置身其中,每一个句子、每一个词都可能化作障目的迷墙与砖石,原本去过、熟悉的地方都会被转化成陌生的语码,就仿佛我们不曾经验过。这样的困境,不断将读者转换成空间的迷失者,就像晚清的那位外国记者在广州城中所遭遇到的那样。不过,无论是颂歌还是迷宫,张尔诗歌中的空间形态,尽管迷乱,却也往往颇富魅力:

昼夜冷暖,声波跳动星辰协奏
大地的地毯横陈轻工业,收拢你
赤脚踩踏木楼的区区片刻与苦心
橡胶撩街道,齿轮戏轴承

——《交通协奏曲》

进入弧形畔山高架急速弯道的防爆车膜
力透反常的反季节之光,窥见海洋公园
面北的看台上,人头攒动,海豚腾空

——《阴影也从我们身边经过》

它看似一座轻型机械,黢黑的枯叶碎在
娇嫩的玻璃上,它的五官和四肢仍是一团怯懦的树丛
曾为威慑过近区那更加虚弱的旧时代的楼群而窃喜

——《酒馆私信》

从截取的这三节诗中,我们可以看到诗人重构空间时的匠心与"苦心",而且仔细分辨起来,这三节诗所用心的方式与角度也是各异。《交通协奏曲》写的只是一次普通的汽车驾驶经验,但巧妙之处在于,并非以汽车的整体视角来与街道空间发生关联,而是化整为零,透过轮胎的原材料("橡胶")和零部件(齿轮、轴承)这种部分的、甚至略带微观性质的视角来营造汽车行驶时的空间感。"撩"和"戏"这两个动词的选用,一方面呈现了轮胎与街道发生摩擦时传神的状态,一方面使得空间感的营造充满了戏剧性,行驶的空间被不经意间置换成戏剧表演的舞台空间,轮胎与街道就仿佛两个演着感情戏的演员,撩拨、嬉戏在一起,诗歌的空间感由此传达出一种戏剧性的欢愉。《阴影也从我们身边经过》则完成了两个不可能空间的拼贴与重叠。按照常理,在弧形山路上高速行驶的汽车中是不可能看到远处海洋公园中的表演的,然而在一种"反常"的光影效果中,二者却奇迹般地混剪在一起。更重要的是,汽车高速行驶所呈现的动感与节奏感,恰好和海洋公园中"人头攒动,海豚腾空"的动感与节奏感有效匹配与共鸣,两个不可能的空间就这样带着各自的节奏默契地应和起来。这两节诗的空间感都呈现出外向型的欢愉,而《酒馆私信》的空间感则正如"私信"一词的私密性一样,呈现出隐秘与内向的欢愉。一间混迹在老旧楼群中的酒馆,"怯懦"地被植物所包围,但与附近更

加陈旧的建筑相比,它的形象却显得突出并不由得"窃喜"。这样,一个原本无生命的空间便被赋予了有趣的性格与情绪,它本性"怯懦"却又容易"窃喜",就像喜剧中引人发笑的丑角,比如莎士比亚笔下著名的福斯塔夫。张伟栋曾敏锐指出:"张尔身上有一种戏剧化的才能,这是天赋使然……"[①]对于空间的建构才能,是张尔这种戏剧化才能最为核心的一个方面。在张尔这里,原本抽象、冰冷的空间往往被塑造为一个个活物,有着自己的声音、节奏与性情。它们不再是背景,而是角色,或者更准确地说,它们在诗人笔下往往能从客观、零度的空间变格为主观、感性的空间感,张尔的诗歌由此呈现为一个个形态各异的空间感的戏剧。

上面的文本细读很容易让我们领会到张尔诗歌中空间感的独特魅力,空间感的戏剧也堪称张尔诗歌最为核心的一种抒情姿态。本文的论述皆围绕着这空间感的戏剧而展开,然而方法与目的不局限于此。从方法层面讲,本文试图走到空间感的戏剧之外,从谱系学的意义上绅绎出几种既自成问题意识和研究传统,又与张尔诗歌之间构成影响与参照的研究视角,从而将张尔诗歌放置在其中进行观看。从目的层面讲,本文一方面试图以这些谱系为方法,更具问题意识地打量张尔诗歌中空间感的戏剧,从而获得对其更丰富的阅读方式与认知空间;另一方面则反过来,从观看张尔所得的经验出发,试着思考这些研究谱系对于当代新诗研究方法论的丰富与拓展所具有的启示意义。

一、岭海空间的营造方法

岭南之地气候湿热,多疾风骤雨,兼与海洋的汹涌相毗邻,这些自然物候通常会引发人们内心的躁动感,正因如此,在居留此地的写作者们笔下,岭南的物候节气往往构成抒情的契机,并且形塑着抒情的样态。比如1918年生于马来西亚霹雳州的"九叶派"诗人杜运燮在1948年曾发表《闪电》一诗,彼时诗人身在新加坡,南洋的"雨季"便构成了抒情的契机:

> 因此你感到责任更重,更急迫,
> 想在刹那间把千载的黑暗点破,
> 雨季到了,你必须讲得更多。[②]

无须赘言,南国雨季气候的急骤与躁动,清晰且有效地形塑了这首诗抒情的内在样态。带着这样的前理解回过头来,开始说张尔。张尔长居深圳,在他笔下,南国之地的物候节气

---

① 张伟栋:《修辞镜像中的历史诗学:1990年代以来当代诗的历史意识》,华东师范大学出版社2018版,第274页。

② 蓝棣之编选:《九叶派诗选》,人民文学出版社2009年版,第115页。另,这首诗初刊于1948年6月的《中国新诗》第一集,此处所引的修改版与之相比有较大改动,但以"雨季"作为抒情的契机,以及所呈现出的躁动的抒情状态,这两点则完全得到延续。对于此诗的分析与考据,可参见李章斌:《在语言之内航行:论新诗韵律及其他》,人民文学出版社2014年版,第176页。

也极为常见,且与杜运燮相似,往往能构成抒情的契机,这一点,透过他两首诗的开头便可知一二:

> 深夜,动荡的电影就此谢幕
> 海水不安地掀翻银屏
>
> ——《隧道之歌》
>
> 天空乃有疑云,云与云朵之间,也密布着
> 阴暗。短暂的灯弧箭一般掠过,星火陨落并
> 迅速四散,成为粉碎大地黪黄的谶言。
>
> ——《寄海南》

《隧道之歌》开头所写的是一幕电影镜头:"海水"冲击着"银屏",这是一场电影结束的镜头。电影的终结,正是诗歌的开始。"海水"虽然是"银屏"中虚拟的影像,但也是岭南激荡而不安的海水的真实写照。这个开头巧妙的地方正在于,"海水"对"银屏"的"掀翻",一方面将诗歌的书写从"银屏"这一内部空间中挣脱出来,开始对外部现实空间进行观看;另一方面,由于"银屏"的提供,这首诗的观看从一开始便获得了戏剧性的视角与方法。这种内外部空间的戏剧性辩证,构成了这首诗观看与抒情的张力,而"海水"则冲刷着"现实/虚拟""内部/外部"两界,这岭南的自然风物,无疑是这首诗抒情的契机。《寄海南》中的"疑云"则导致了一个"大地粉碎"的时刻。"黪黄的大地"本应是稳定的空间,然而"疑云的密布"则让这种稳定性成为疑问,在诗人笔下,隐忍多时、最终降下的雨水由于折射了灯光,仿佛燎原的"星火"陨落,消解了"大地"这一空间的稳定性。"大地"稳定性的丧失,便恰好成就了"寄海南"这一主题发生的契机:岭南的云雨消解了"大地",而海岛作为其异质性空间,便顺理成章地得以登场。透过这两首诗的开头,我们可以看到,"海水""乌云"等岭南的自然物候所具有的躁动感,往往构成张尔笔下空间不稳定性得以发生的契机,空间的不稳定性则引发了空间感的戏剧的发展完成,而这恰好是张尔诗歌最核心的抒情机制。更为重要的是,在张尔的岭海书写中,借以塑造空间感的戏剧的资源,并非只有自然物候,有时候则来自这一地缘性的现实政治、经济特质:

> 这里,本来一片危楼林立
> 很快,土地会有偿转让,金融风暴将
> 刷新美色图景,人的风貌
> 亦随之焕然。相隔一道港湾
> 是否还能两两不忘错失顿悟的从前?
>
> ——《蒙太奇,公园旧事》

一座岛其实更加虚无。秘密曾在那里公开或偃息
海军医院的女护士与医生，牙龈患者与骨科病人
看吧，海口跌宕的金盘暗藏了一座财政厅
咖啡豆，野槟榔，东北话，西南音，新港口上
自驾游的环岛客正为那散尽头骨的汽车充电。

——《寄海南》

　　这两节诗一写深圳，一写海南岛，皆是区域性的岭海空间，然而渗透在这种区域性空间之中，我们分明看到了整体性、结构性的存在。作为当代中国"改革之窗"的深圳，曾以其经济发展的迅疾而创造了著名的"深圳速度"的神话。几十年里，这一神话最直观的显现，便是深圳城市空间持续上演的变形记："深圳者，水沟多且深也"，曾经的荒凉之地，自从成为特区以后，很快便"高楼林立，巨型吊塔比比皆是"①，到了张尔这节诗里，则是"危楼"改造、"土地转让""金融风暴"的更晚近景观。"刷新美色图景"的历史实感，引发了诗中空间感的戏剧。正如标题所示，这戏剧以蒙太奇的方式呈现，同一空间内，图景快速的跳跃与"刷新"，引发了抒情的躁动，重要的是，这一抒情的质感正是源自历史的实感："深圳速度"作为当代区域性命名的神话，并非囿于局部，其区域性之中实际上映射着当代中国的"国家神话"。如果说这节诗的戏剧手法是蒙太奇，那么《寄海南》这节诗的空间感则更接近于某种长镜头。如果对海南岛的当代规划史略作梳理，便会明了这长镜头的内在戏剧性。建国初期直至八十年代初期，海南岛一直是军事防卫性的，"加强防卫，巩固海南"是这一时段的建设方针。1980年5月，习仲勋建议调整方针，开发海南经济。此后几年里，经过多次高层调研与座谈，开发海南的具体方式与格局逐渐清晰起来。1987年中央北戴河会议中明确提出"海南建省，势在必行"的说法，最终，"1988年4月13日，七届全国人大一次会议决定，批准设立海南省，划定海南岛为海南经济特区"②。此后，发展经济、发展旅游，也包括东北人在海南的一系列所谓"第二故乡"式的操作，都一步步成为海南岛当代区域史中重要的内容。梳理过这段历史之后，我们便会发现，在张尔笔下，"海军医院""财政厅""野槟榔""东北话""自驾游"等语汇分别涵括了海南发展的历时性情态，但在诗人的空间感建构中，这些历时性情态被以一个长镜头的方式统摄起来，呈现出一种共时性的众声喧哗。这节诗空间感的戏剧正源自这里，且与前一节诗中蒙太奇的方式恰好形成对照。无论是蒙太奇还是长镜头，这两节诗在空间感的戏剧上的共同之处在于，一方面，都是将目光聚焦在岭海这片地缘性区域之上，但跳出单纯的自然物候所带来的影响，将这里的现实政治、经济情态转换为抒情的契机与营造空间感的戏剧的内在动力学；更重要的一方面是，诗人对岭海空间的营造与书写，并非以全然局限

---

① 徐佑珠：《"深圳速度"》，《瞭望周刊》1984年第20期，第19页。
② 参见袁成：《创办海南特区决策回顾》，《党史纵览》2018年第6期，第9—10页。

在内部的单一视野来打量,而是能够将当代中国的结构性框架有机放置在其中来完成。由此而来,张尔对岭海空间的戏剧性营造,呈现出一种"聚焦局部,勾连整体"的状态,这样的方式,事实上也正是华南区域史研究的内在意识,诚如刘志伟与孙歌对谈时所说:"在那些规模比国家小的研究单位里,国家不只是一种外在的政治权力,也内在于这个整体中,或者可以说,国家是这个整体的结构中的一部分。"①

无论是自然物候还是现实经济、政治,当我们带着这样的认知前提来观看张尔岭海空间感的戏剧,便会溢出单纯的内部研究所能获得的欢愉,观看到更为丰富的戏剧层次。事实上,张尔笔下的戏剧,并不局限于岭海空间之内,他对一些与岭海空间构成真正意义上的"他者"关系的空间之书写,都带着这样的戏剧意识。可以说,空间感的戏剧,在张尔的诗歌书写中具有方法论的意味。更为有趣的是,如果我们将张尔对这些"他者"空间的书写放置在近代以来中国文学书写的相关谱系中去打量,便会感受到某些福柯意义上"知识型"的转变,或者文学书写的内在权力机制的翻转。这样的感受,将成为张尔诗歌中空间感的戏剧的崭新观看层次。

从 19 世纪初叶开始,两种空间构成了岭南文人岭海书写机制中最主要的"他者",一曰以京畿为首的中原地区,二曰以欧美诸国为代表的西洋世界。有学者以"岭"与"海"这两个概念来隐喻岭南地区与这两个他者性空间之间的关系模式:"在中国文化结构中,'岭'并不具备异质性,而'海'却总是关联着丰富的联想和无尽的传奇。前者将岭南与中原区别开来,后者则将岭南与一个更广阔的异质性世界连接起来。'岭'的意义主要是隔绝,它使岭南成为所谓的'边隅''蛮瘴'之地;而'海'一方面意味着隔绝,另一方面意味着自然地理的延伸,它使岭南的人文地理空间更加开阔。"②以"岭"为隐喻的岭南与中原的关系模式,在或生长于岭南本地、或贬谪至此的岭南文人笔下,一直构成最重要的一种书写机制与权力指向,如果我们对他们诗文中的书写机制详做考察,就会看到一些有趣的观念演化与思想变迁。而"海"从岭南自然风物到正式成为对西洋的隐喻,则主要始自 19 世纪初叶的近代时段,而且,在中国近现代文学中,对西洋的经验与书写方式,是一种整体性的文化议题,它已溢出岭南文人的范围,尽管他们是进入这一议题最早的一批书写者。在张尔笔下,京城与西洋恰好都是经常被写到的空间。因此,围绕着空间感的戏剧,本文接下来将兵分两路,一部分将张尔的京城书写放置在"岭"的隐喻脉络里,考察其笔下所发生的"岭南/中原"关系模式的有趣变化;另一部分,本文将打开近现代文学中异域经验书写的视野,借此观看张尔笔下对异国经验的书写中有趣的图景。

① 刘志伟、孙歌:《在历史中寻找中国:关于区域史研究认识论的对话》,东方出版中心 2016 年版,第 93 页。

② 李思清:《海隅嗟道穷,山远疑无树:〈岭南群雅〉中的岭海与夷洋》,李思清、龙其林、冷川:《南中国海研究文录:近代文学的连通地气与吸纳西风》,中国社会科学出版社 2019 年版,第 46 页。

二、京城:中心性的延续与翻转

尽管晚清时期的广州等地已极为富庶,岭南实际上是"粤海繁华地",但有趣的是,在晚清的诸多岭南文人笔下,自己的家乡常常被自觉地表述为处于华夏文明边缘的烟瘴、蛮荒之地,对以京畿为代表的中原中心保持着向往与焦虑。比如黄培芳曾借三国人物虞翻被贬岭南的经历写道:"青蝇作吊终已矣,海隅长此嗟道穷。"感叹到了岭海之地,道路已经穷尽,似乎人生已到穷途之哭的地步,这正是对照着中原中心,对岭南边缘性进行话语塑造。尽管黄培芳时代的岭南已与三国时代不可同日而语,但在文人的书写机制中,事情似乎并未发生大的变化。再有陈昊曾以岭南的树木自况:"奈何涿凡材,弃置烟瘴里……养到凌云时,高高去天咫。"岭南的嘉木,困居岭南烟瘴只是暂时的,日后必有"去天咫"的时刻。何为"去天咫"呢?仍旧是到中原中心去有一番作为而已。在彭泰来笔下,"岭南"则与"中原"直接并置,传达出一种清晰的不对等感。用当代新诗的概念讲,这种不对等感在书写机制的意义上,相当具有"元诗"意味:"中原地狭留不得,天教南国开风骚。"因为诗人在"中原"没有获得位置,所以来到"南国",这却成了南国之幸,蛮荒的岭南边陲从此有了"风骚",有了它合适的书写者。总之,不管从与西洋诸国的密切程度还是自身思想、经济的开化、发达程度来看,当时的岭南都未必逊色于中原,但在文人们的书写机制里,岭南作为空间,相比于以京畿为首的中原地区,有着毫无疑问的边缘性和蛮荒性,这实际上是在用他者的目光进行自我观看。这一点,正如李思清所分析的那样:"岭南诗人每每与中原贬谪文人产生情感共鸣,将自己的故乡岭南置于他者目光的审视之下,强调岭南的'蛮''瘴'。对中原话语的自觉套用,表明岭南文人对官方话语、主流话语持接受的态度,并已内化为不露痕迹的主体自觉。"①实际上,这样的书写机制所体现出的思想型构,在很大程度上内在于思想史研究中著名的"朝贡体系"(Tribute System)。日本学者滨下武志在谈论这一体系时曾提出"同心圆"的图示,意在呈现从中央到地方再到土司、藩属、朝贡、互市这一层级递减关系。② 岭南虽属于地方一级,但是由于地处中国大陆最南端,且与西洋诸国长期互市(在朝贡体系中是最外围的关系),在整体体系中的边缘性地位不言而喻。因此,晚清岭南文人们在其书写机制中所清晰传达出的空间的不对等感,正是内在于"朝贡体系"的"中心/边缘"权力模式。也就是说,出于对这一体系的隶属与认同,岭南空间在他们的书写机制中,便出现了言文不一致的现象:岭南的"蛮""瘴"并非指向现实生活的困苦,而是对自身在这一体系中边缘处境的话语指涉和隐喻。岭南的实际生活究竟如何,在书写中便不重要了,因为他们笔下的历史主体不是别的,正是

---

① 李思清:《海隅嗟道穷,山远疑无树:〈岭南群雅〉中的岭海与夷洋》,李思清、龙其林、冷川:《南中国海研究文录:近代文学的连通地气与吸纳西风》,中国社会科学出版社 2019 年版,第 49 页。

② 〔日〕滨下武志:《近代中国的国际契机:朝贡贸易体系与近代亚洲经济圈》,朱荫贵、欧阳菲译,虞和平校,中国社会科学出版社 1999 年版,第 37 页。

这个朝贡的帝国:"历史的主体是国家的话,那个中心—边缘的关系就可以是很清楚的。"①

对这种"中心—边缘"空间关系的思考与书写,我们从张尔的诗歌中间也能看到其当代的形态。尽管当代中国早已远非"朝贡体系"的天下帝国,甚至也已溢出了现代民族国家的概念范畴,但是,上述的关系模式仍然为我们观看张尔诗歌中空间感的戏剧提供富有启发性的视角。当我们带着这一视角去阅读张尔的《别京城》时,便可充分地感知到这一点:

> 某次,从望京高楼中窥向窗外,
> 群峦压城,尸如蜉蝣般朝生暮死。
> 汽车拆卸了排气管,吹粉紫的气球
> 向天空兜售。街头派对嘈杂,
> 人声,匹配绝难公允的气候症。
>
> 我们只好与社区就近,煎茶,
> 聊不着边际的天。晚餐后步行,
> 东至科学院南路菜市,奔北往
> 当代商城。将明日之瓜果充分采购,
> 顺便,也买回打折的家电若干。

诚如前文所论,晚清岭南文人们的书写机制,是一种以中原中心的他者目光来进行的自我观看。这一机制具有书写的稳定性,当文人们以他者的目光进行自我观看时,岭南只能是蛮荒的、边缘性的,而中原中心这个他者则是文明的、主体性的。也就是说,当岭南文人们将中原中心他者化时,这个空间也同样被隐喻化了,其内部的现实性究竟如何,也和岭南的现实性一样,不再是书写的对象了。在张尔这里,事情则发生了有趣的变化。"别京城"意味着抒情主体是这一空间里的客居者,当他离去,回到岭南,这首诗作为追忆的产物而得以完成。然而在诗人笔下,这京城空间并未在最高级的意义上呈现出完美、理想的中心图景,而是患有"绝难公允的气候症",抒情主体身在其中,并未获得边缘与中心相碰撞的空间体验,而不过是随处可得的日常生活的复制:"煎茶""聊天""晚餐""采购瓜果""买回打折家电"。因此,这首诗空间感的戏剧便是,"京城"作为他者性的空间,在当代中国仍然具有某种中心性,仍然是一个能生成书写意义的空间。但是,从书写机制的意义上看,其中心性不再是稳定、高级的话语指涉和隐喻,而是有待被反思和解构的对象。比如,张尔在另外一首诗中,曾借助从飞机上俯瞰京城的视角,解构了这一空间的中心属性:

---

① 刘志伟、孙歌:《在历史中寻找中国:关于区域史研究认识论的对话》,东方出版中心 2016 年版,第 79 页。

它伸开双翼亦如飞人般有时，它们两两伫立，向云絮捎去致意京城且在它胯下，似蛟龙以光速箭影倒退，那盘踞于其上的垂帘，裤衩，宫殿，与革命军事博物馆。

——《壮游图·二十》

不同于《别京城》中抒情主体身在京城之中进行空间穿梭的解构方式，这首诗仅就其观看视角来说便具有解构意味，当抒情主体以飞机俯瞰这一来自当代交通体验的视角进行空间书写时，京城便不再是高高在上的隐喻，而要蒙受"胯下之辱"，接受更高目光的审视。这节诗的空间感的戏剧正是来自这目光的权力翻转。诚如"垂帘"一词所暗示的，当代中国虽非"垂帘听政"的朝贡帝国，但是京城作为他者性的空间，仍旧延续了其中心性。不同之处在于，这中心性在当代新诗之当代性的书写机制中，它不再是对稳定与权威的隐喻，不再是被仰视的对象，而必须接受无尽的俯视与诘问，并由此获得书写的价值与可能性。京城之中心性的可疑，意味着将国家视作历史主体的可疑。

总之，以"中心—边缘"的思想史视角，来观看张尔对京城空间的营造，会获得对其空间感的戏剧的有效观看方式。此外，张尔作为当代的岭南诗人，其笔下对京城空间之中心性的延续与翻转，在书写机制的当代性意义上，恰好暗中呼应了葛兆光的"国家"认知："在中国，并非从帝国到民族国家，而是在无边的'帝国'的意识中有有限'国家'的观念，在有限的'国家'认知中保存了无边'帝国'的想象，近代民族国家恰恰从传统中央帝国中蜕变出来，近代民族国家仍然残存着传统中央帝国意识，从而是一个纠结共生的历史。"[1]

三、异国经验："神圣语码"与"神游"

自晚清以降，中外交流、冲撞不断深化与变形，随着这些经验而来的观念构造、思想意识也不断发生着嬗变，而这无疑又深刻影响了近一百多年的文学书写形态。由此而来的实情是，无论对于旧体诗还是新诗来说，异国经验都构成一个重要的书写对象。而且，在不同的时段里，诗人们借由对异国经验的书写，往往构造出彼此有别，但又可能彼此关联的情绪、意图与模式。书写的差异与关联，往往映射着诗人们想象中国、认知世界的差异与关联，因此，对诗人们异国经验书写的研究，实际上具有思想史的价值。在探究过张尔笔下"岭"的机制之后，本文这一部分便将目光投向"海"，试图以从晚清至当代诗歌中的异国经验书写为视域，由此观看张尔在书写异国经验时，其空间感的戏剧所呈现出的有意味的图景。

在谈论晚清诗人对异国经验的书写机制时，田晓菲曾提出过"熟稔化"的说法，意在说明许多晚清诗人在面对陌异的异国经验时，在从经验到文字这一转码过程中，有意地使用古典诗歌中习用的书写方式来消化甚至掩盖这些崭新的经验与由此滋生的新型观念意识。这种"对异域做出反异化"的书写方式，其目的在于"不仅试图以熟悉的概念来理解陌生的文化与

① 葛兆光：《宅兹中国：重建有关"中国"的历史论述》，中华书局2015年版，第29页。

人民,而且也企望可以成功地把他的经验传达给本土读者"①。比如著名的文学家王韬曾在一首绝句里套用唐人思乡之辞,对自己的海外羁旅生涯进行了书写:"一从客粤念江南,六载思乡泪未干。今日掷身沧海外,粤东转做故乡看。"此诗套用的唐诗为贾岛(一说刘皂,存疑)的《渡桑干》:"客舍并州已十霜,归心日夜忆咸阳,无端更渡桑干水,却望并州是故乡。"两首诗之间别无二致的逻辑关系清晰可见。而且,作为王韬诗中提示异国经验的唯一词汇,"沧海"也是中国古典诗文中间熟稔的表达。有趣的是,王韬作为晚清较早的一批曾旅居海外、拥有异国经验实感的中国人,其认识装置实际上已经由传统朝贡帝国的"家国""天下"模式转换为"家世界""万国"模式,但在书写机制上,却仍然使用与前者相匹配的模式,这恰好将自身认识装置的新变遮蔽掉了。具体而言,这正如田晓菲所说:"王韬的诗是对新形成的民族国家观念的典型表现。诗人失去了'地方感',但通过渡海而获得了'国家'感。但是,通过套用一首关于'地方感'的早期绝句,王韬掩盖了他这段经历根本上的奇异之处并把它熟稔化了。"②也就是说,当异国空间被转码为地方语码,"沧海外"的诗人又落回到"中心—边缘"的朝贡体系话语机制之中,纵然现实情况是,中国与异国之间的权力关系已经走进了新的模式与时代。

王韬的所谓"熟稔化"机制,在稍晚的、被梁启超称为"锐意欲造新国者"的诗人黄遵宪这里则遭遇了质疑。黄遵宪的主要社会身份是外交官,他"中举后以参赞身份随何如璋使日,后来又担任旧金山、新加坡领事,其间还作为参赞随薛福成出使英国"③。抛开他使日期间受到明治维新影响而最早提出中国的"言文一致"诉求不谈④,这里要谈论的是一首他写于1885年的长诗《春夜招乡人饮》。此时他刚刚结束日本、美国的出使,回到粤东故乡,与乡人们饮酒聚会,乡人们并无异国经验,仍旧以"地方语码"想象性谈论着异国空间的图景,并且乐此不疲、众声喧哗,甚至还批评诗人蓄须是在效仿洋人,当诗人想要开口辩解时,却被乡人们制止:"诸毛纷绕涿,东涂复西抹。得毋逐臭夫,习染求容悦?子如夸狄强,应举巨觥罚。"于是诗人只好陷入沉默。其实如果诗人愿意,他完全可以效法王韬,以熟稔化的方式将自己的异国经验转码成"地方语码",与乡人们交谈,但是他并未如此选择。从书写机制的意义上讲,诗人的沉默意味着一种极具隐喻性的失语:面对中国与异国权力关系的历史性变局,熟稔化的转码,已经不再是言说异国经验的有效方式,这一点在诗人心中已经明晰。但问题是,新的言说方式却尚未生成,那么在这尴尬的此刻,书写如何可能?从这个意义上讲,这首诗正是对这一失语困境的言说。诗人不再信任旧有的语码,但又不能立即提供新的语码,于

---

① 田晓菲:《神游:早期中古时代与十九世纪中国的行旅写作》,生活·读书·新知三联书店2015年版,第223页。

② 田晓菲:《神游:早期中古时代与十九世纪中国的行旅写作》,生活·读书·新知三联书店2015年版,第231页。

③ 张治:《异域与新学:晚清海外旅行写作研究》,北京大学出版社2014年版,第200页。

④ 参见倪伟:《清末语言文字改革运动中的"言文一致"论》,《杭州师范大学学报(社会科学版)》2016年第5期,第41页。

是只好暂时在失语中沉默,重新回到异国经验里,做更深入的寻求,并由此将可能的答案托付于未来:"大鹏恣扶摇,暂作六月息。尚拟汗漫游,一将耳目豁。再阅十年归,一一详列论。"

而在多多、张枣、王家新等八十年代末前后的诸多当代诗人的异国经验书写中,失语性的危机仍然构成核心的诗意生成机制,但是如果仔细考量,他们的失语性危机与黄遵宪之间存在着有趣的关联与差异,其中暗含着诗歌整体文化逻辑与思想史的变迁。余旸在谈论多多出国前后诗歌的变化时曾指出:"与出国前的写作相比,多多的诗歌主题发生了根本性的转移,无时无刻都与他身处异国的处境发生密切关联,最为明显的是'祖国'一词的出现……多多出国后的诗歌主题多与去国怀乡的流亡诗人所不得不依赖的记忆相关。当记忆接触不到实际中国时,将不得不依赖文化典籍传达出来的文化中国、农业中国。"[①]当诗人处于流亡的状态时[②],"祖国"便丧失了经验实感,沦为一种想象性的存在,与之相应的,诗人便身陷于一个语言事件之中:"他被推离了母语,他又在向他的母语退却"[③],这样的两难之境便造成了失语性的危机。母语本来是对祖国经验的言说,而当诗人处于流亡状态时,祖国经验被抽空,母语也因此陷入危机。但吊诡的是,诗人此时身上所拥有的与祖国相关之物,唯有母语,他只能加入这场失语性的危机,并在这危机中与词语周旋、奋力言说:"当一个流亡诗人处于这样的一个语言的密封舱里,他唯一能依赖的就是语言,他所反抗和搏斗的也是语言。"[④]对于这一危机,张枣则表述为:"母语递交给诗人的是什么?是空白。谁勇于承认这个事实,谁就倾听到了鲁迅'当我沉默着的时候,我觉得充实,我将开口,同时感到空虚'的伟大控诉。今天个人写作的危机发轫于母语本身深刻的危机。"[⑤]在黄遵宪那里,痛感到时局的变革,他的失语性危机的内涵是:希望获得更多的异国经验,并从中寻找到母语变革的可能方案。而在当代诗人这里,异国经验则成了野兽,一不留神就会吞噬掉母语,诗人们正是以加入这场母语危机的方式进行着言说的搏斗。从这个意义上讲,王家新完成于1996年的《伦敦随笔》中的一节让人印象深刻:

> 接受另一种语言的改造,
> 在梦中做客鬼使神差,
> 每周一次的组织生活:包饺子。

---

① 余旸:《"九十年代诗歌"的内在分歧——以功能建构为视角》,人民出版社2016年版,第273—274页。

② 此处需要澄清的是,从事实层面讲,这些书写流亡的当代诗人们有些是真正的流亡者,有些则不是,但是,致力于一种流亡诗学,这一点是他们的共性。本文此处要讨论的是这种流亡诗学的内在书写机制。

③ [美]约瑟夫·布罗茨基:《文明的孩子》,刘文飞译,中央编译出版社1999年版,第59页。

④ 李章斌:《在语言之内航行:论新诗韵律及其他》,人民文学出版社2014年版,第204页。

⑤ 张枣:《诗人与母语》,颜炼军编选:《张枣随笔集》,东方出版中心2018年版,第50页。

带上一本卡夫卡的小说

在移民局里排长队,直到叫起你的号

这才想起一个重大的问题:

怎样把自己从窗口翻译过去?

　　同样是混迹在人群中的缄默的失语者,黄遵宪选择异国经验做自己的盟友,而王家新这里则与异国经验之间呈现出"移民局的窗口"般泾渭分明的敌意。如果从思想史的角度看,黄遵宪的书写指向的是朝贡帝国体系及其地方语码的失效,但他并未给出有效的新语码,而后来的国语运动、新文学的发生等,则给出了答案。正如柄谷行人将日本的"言文一致"运动指认为与日本现代民族国家之建构在语言层面的表现一样[①],中国的这些新语码也承担着相同的任务,它们逐渐塑造、培养并呼吁中国脱离朝贡帝国、建立现代民族国家的观念构造与历史进程。事实上,现代民族国家的观念构造也构成了中国新诗历程目前为止最根本性的逻辑前提,一些新诗史上最重要的问题意识,比如汉语性问题、"中西诗艺的融合"[②]问题等,其有效性都内在于这一逻辑前提。分析过前面多多、张枣的失语性危机,我们可以发现,他们的失语性危机正是内在于这一现代民族国家的思想史逻辑之中的,这一点与黄遵宪的失语之间则构成了根本性的差异。流亡状态,其实是现代民族国家观念最显性也最极端的呈现方式:流亡意味着流亡者被动地远离祖国,但仍保持着对"想象的共同体"的归属感,但问题是他不能真正地回归,将归属感化为实感,而只能在想象中归属。在这种情形下,异国经验便被转换成敌意性的语码。流亡诗人们正是在这一逻辑前提下参与着母语的危机,并一次次完成诗意的书写。在这个意义上讲,王家新这节诗的结尾便值得深思。抒情主体在移民局的窗口遭遇了翻译的危机,这不仅是诗人个人的危机、母语的危机,从思想史的角度看,它还隐喻了现代民族国家观念作为诗歌书写机制之逻辑前提的危机。九十年代以后的中国当代史也证明了,中国人口大量地移民海外,这实际上正是现代民族国家观念发生结构性松动、弱化的外在表现。在这样的现实语境下,对于诗歌书写来说,异国经验是否会被转换出新的语码和意义?

　　黄遵宪的乡人们以"地方语码"威胁着他的异国经验,王家新的异国经验则作为敌意性语码威胁着他的母语。从书写机制的意义来讲,二者都面临着属于各自思想史构造上的"翻译"的挫败和失语的危机。带着上述的视野与谱系,我们可以从张尔的异国经验书写中获得极为有趣的发现。在一首写于 2014 年的名为《美剧片段:神学聚会》的诗中,张尔也同黄遵宪一样,陷入了一场聚会,一场与在美国研修西方神学的"中国朋友们"的聚会:

---

　①　[日]柄谷行人:《日本现代文学的起源》,赵京华译,生活·读书·新知三联书店 2003 年版,第 30 页。

　②　参见冷霜:《"中西诗艺的融合":一种新诗史叙述的生成与嬗变》,《文学评论》2019 年第 4 期。

杯酒入肠,胃囊嗫嚅骨肉的分离

再饮一杯乎,我们何妨不伴作微醺

在酒席间,阔谈国家和种族

书写与命运,谈谈彼此的出生,信仰

也谈你们未竟的神学与未知的天下

结论是,美国的黑鸟远非东方式乌鸦

一个蒙古猛男,一位藏族水仙

还有你,汉族青年神学才俊

　　但如果我们从诗人的笔下仔细揣摩,就会发现,聚会的人员构成尽管相当"多元",却未必"一体"。当大家在一起谈论各自的种族、出生和信仰时,差异化的表述策略明显盖过了团结化的音量,而团结化的策略,很长时间以来实际上正是中国现代民族国家观念构造中重要的组成部分。对于有过异国经验,尤其是留学经验的当代中国人来说,便不难透过张尔此处"骨肉分离"的"微言",心领神会到其中隐晦的当下异国经验的"大义"。该诗名为"美剧",可见诗人戏剧化的意图,如果仔细分辨,我们能够从这首诗中发掘出四个戏剧性层次:(1)来自同一块东方大陆的、曾被团结化话语策略塑造过的留学生们,在大洋彼岸的异质性空间里并未凝聚成一个共同体,而是以差异化的策略继续生产着彼此之间的异质性。因此,当他们聚在一起时,一种空间聚散之间的辩证法,或者说戏剧性便显现出来。张伟栋曾以霍拉旭讲述哈姆雷特的典故作比,说张尔的写作针对着"世界的整体性坍塌"[1],而此处这一空间感的戏剧性层次,无疑指涉了当下坍塌的一幕:围绕着现代民族国家这一观念构造,黄遵宪一代书写着想要而不得的语码,多多等一代书写着母语危机的语码,而到了张尔的异国经验书写中则烟消云散,化作悲剧性的收场。(2)那么还有什么是这次聚会的因缘呢?是他们共同修习的西方神学,构成了这一中国聚会共同体的精神纽带。正是在这个意义上,张尔的异国经验被初步转码为一种"神圣语码",对位于晚清的"地方语码"和20世纪末的"敌意性语码"。事实上,本诗一开头,诗人就已经用神学话语将聚会空间张灯结彩地布置成空间感的戏剧,可以说,这幕"美剧",在第二个戏剧性层次的意义上,也正是一场"神剧":

周末晚间,羊肉令我们喜乐荡怀

餐桌上,美洲大地结穗的蓬蒿

蘸着黑醋与酱汁交配的暧昧腥光

可乐杯盛满欢快香槟与粉嫩果酒

---

　　① 张伟栋:《修辞镜像中的历史诗学:1990年代以来当代诗的历史意识》,华东师范大学出版社2018年版,第283页。

紧凑的内外,翩翩稻香与膻气播撒

"喜乐荡怀"的气氛,显现出神圣的美,诗人以聚会中人们共同的精神纽带营造了空间感的戏剧,而这正是"神剧"的开场一幕。看起来,这场景布置相当契合神学家卡尔·巴特对上帝之美的论述:"当完美的神圣本质显现自己的时候,它必然在其神圣的庄严和权能中发散出喜乐,从而释放出我们所说的愉悦、渴望和满足,并由此使我们心悦诚服。"①(3) 前两个空间感的戏剧性层次已经明了,而第三个则指向了"神圣语码"的二次转码,并裸露出其真实的面目:

> 确实,你早该为你貌美的娇妻
>
> 再去采购一张民主的床垫,那里
>
> 才是孕育云雨与生命的新纪元
>
> 房东早早加入了星条的国籍
>
> 你确信,他果真曾暗地里缩回了中指
>
> 对着夯实的圣经起誓? 倘若
>
> 那关乎耶稣真理的誓言
>
> 亦如佛经轮回般应验,待到春花烂漫时
>
> 无妨,也将你们羞涩的美金锐减

马克斯·韦伯曾比对过基督教的旧教与新宗之间的差异,前者是"只有修道士才能卓越地按照宗教的意义过一种理性的生活。一个人越是紧紧地依从禁欲主义行事,他就越是远离日常生活,因为最神圣的任务正是超越世俗的伦理道德"。后者则是"要迫使每一个基督徒都终身地成为修道士……那些从前可以修成最高境界修道士的热情虔诚的人们,现在被迫只能在世俗的日常活动中追求他们的禁欲主义理想"。② 前者看起来古板腐朽而泾渭分明,后者看起来开明狡猾而无孔不入,但不论怎样,与宗教性有关的生活都延续着某种意义的禁欲规划。而张尔在这首诗中借由"民主的床垫""星条的国籍""羞涩的美金"等语汇所要提供给我们的东西,显然与禁欲的规划截然相反。也就是说,在诗人的书写策略里,开头处喜乐的、神圣的异国空间场景,充其量只是聚会上装饰性的彩灯和拉花,而此处儿个语汇所呈现的图景,才是这空间的实质。二者颇似居伊·德波所说的"景观"与"可见的生活"之间的关系:"景观就是对这种表象的肯定,也是对任何人类生活的肯定,也就是说对社会生活的肯定,将其肯定为简单的表象。然而能够抵达景观真相的批判则会发现,景观是针对生活的

---

① ［瑞士］卡尔·巴特:《教会教义学》(*Church Dogmatics*),转引自杨慧林:《移动的边界》,中国大百科全书出版社 2002 年版,第 5 页。

② ［德］马克斯·韦伯:《新教伦理与资本主义精神》,马奇炎、陈婧译,北京大学出版社 2013 年版,第 120 页。

可见的否定,也是针对变得可见的生活的一种否定。"①由神学所初步转码成的"神圣语码",由此发生了二次转码:对美式生活的无限欲望,或者说对"美国梦"的追逐与信仰,暗中置换了神学的禁欲意涵,成为此诗中神学之本真性的所指。异国经验的书写,由"神圣语码"最终转码成"欲望语码",神学聚会的空间也被戏剧性转换为欲望裸露的空间。这样的"神学"看似"国际范",超越了所谓单一的"中国立场",但其精神结构依旧是非此即彼的封闭与僵硬,并不比后者高明。(4) 置身于这一空间里,诗人与一百多年前的黄遵宪相同,也陷入了沉默,准确地讲,是陷入了"神游":

> 我呢,倒也像沾了点神气的荤腥边儿
> 拎来太白神坛,神游至神州的另一端
> 肉食果然果腹,花椒妆扮的壮阳靓汤
> 令人急遽地升温,果断地发烫
> 如同一汩冥冥之音在私自盘问
> 当我怀揣着神示身回你们的祖国或从前
> 我酥软的耳根,是否还似
> 今日般通红,如这聚会般臃肿和僵硬

这场聚会最终被诗人宣判为"臃肿和僵硬",肉体仍置身于这聚会的异国空间里,诗人却元神出窍,"神示身"神游回了"祖国"。由此,围绕着"灵/肉""异国/祖国",这首诗呈现出空间感的戏剧的最后一个层次:置身于世界空间整体性的坍塌里,此处的"祖国"既不是曾经的朝贡帝国,也不是现当代文人们以母语恪守的现代民族国家,更不是与"美国梦"相同构、并角力的另一种梦境,而毋宁说是指向了一种希望联通的观念活力与新诗面对当下之困局理应针锋相对的综合心智。在书写机制的意义上讲,"神游"恰好意味着一种突破封闭的"句本运动",它希望以灵动的质感来超克诗中僵硬的"神圣语码"。就这样,这场美剧,始于"神剧",终于"神游"。而诗人在结尾发出的疑问暗示我们,这结尾与其说是完结与撒花,不如说是疑惑与等待,诗人并无能力提供确定的答案,而是与黄遵宪一样,在诗的结尾置身于沉默,将可能的答案托付于将来。

结　语

张尔新近出版的诗集名曰《句本运动》,与前述"神游"的意涵相类,"运动""壮游"这些彰显联通、灵动状态的概念,构成了其诗歌创作的核心理念与书写机制。通过本文的论述,我们可以发现,诗人使用这些概念的意义在于表达:当下时代里,世界空间整体性的坍塌与封

---

① ［法］居伊·德波:《景观社会》,张新木译,南京大学出版社2020年版,第6页。

闭,形塑了人们观念的僵硬与封闭,而观念的封闭反过来,又在表象层面造成了人们空间感的僵硬与封闭。在这样的景况下,诗人书写"句本运动"与"壮游图",制造空间感的戏剧,正是要在意识到暂时没有可能挣脱当下性境遇的前提下,首先努力挣脱各种意义上的"神圣语码",在观念层面保持活力与综合,然后将观念上的活力与综合带回词语之中,在历史中寻找诗歌,以"句本运动"戏剧性地重构世界的空间图景,并将"造景之难"始终保留为这图景中必不可少的一部分。"九十年代诗歌"核心的概念之一便是"综合心智",它意味着当代诗歌面对介入历史的诉求,需要做到语言本体与时代精神、诗歌技艺与历史意识之间的联动与整合。然而置身于更为晚近的当下,"综合心智"实际上更为细微、深刻地要求写作者明了历史意识与观念构造内部的诸多路径与可能性,明了诸种历史主体、话语其内在的历史诉求、来龙去脉、优长局限,从而有能力超越任何单一观念模式的束缚,以更为"运动"的姿态和能力付诸诗歌写作的实践之中。在这个意义上,让我们回味本文开头那则外国记者"迷失广州"的往事,作为一种"迷失"的隐喻,它一方面属于诗人们,如何努力置身于经验与观念的多样与迷乱之中且能够条分缕析,寻找到"运动"的可能路径与契机,从而在一种时空得以重新开阔的诉求下构筑起诗的形态;另一方面,"迷失"也属于研究者们,在面对合适的研究对象时,如何以可能的思想资源、研究方法去观看,从而逸出新诗研究已有的范式与问题意识,闪出新的研究视角,从而为当代新诗在当代人文研究领域与阅读生态中赢得更为开阔的回应、互动空间。置身于"迷失"之中,当代新诗的写作与研究都需继续"壮游"。

论王小妮诗中主体与物象的关系

李倩冉*

（南京大学 中国新文学研究中心，南京 210023）

内容摘要：王小妮自八十年代至今的诗歌中，抒情主体与物象之间始终存在着较强的相互作用力，双方会在想象力的作用下，产生即刻的变形。这一变形，在她早年诗中，体现为"物""我"之间融洽和谐的互动，并通过第二人称、祈使语句、大词的使用等，展现出与广阔世界对话的可能。九十年代中期以后，物象的变形则偏向于表达主体对世事的冷静洞察与批判，主体也常直白宣喻自己的独立态度，但这些态度并不基于先入之见，而是同时渗透了瞬时的任性灵动以及与物象的共情，因而留下了一批佳作。不过，主体与物象之间"短兵相接"的写作方式，也使得王小妮的诗大多短制，在组诗与长诗的层次和结构上留下了一些缺憾。

关键词：王小妮；抒情主体；物我关系

- -

从八十年代初至今，王小妮近四十年的写作始终贯注着一个较为集中的主题："我"与周围日常生活物象的紧密互动。就作品风格来说，王小妮诗歌的阶段性变化并不明显，且与当代汉语诗歌风格变迁的潮流较为疏离。如果将 1988 年的自印诗集《我悠悠的世界》看作诗人成熟的开端，那么后面的创作，大体是在同一风格的向度上做了一些细微的改变。因此，评论者们在述及王小妮的诗时，大多将其称为"个人化写作"[①]，认为她建构了一个"失去象征的日常世界"[②]。这些评论的说法固然正确，但仍是站在一个外部的视角，论述王小妮之于同时代或前代诗人的特殊之处，即不再仅仅注目于作为政治象征的意象或表达集体的情感，而是开始回归个人视角。

---

* 作者简介：李倩冉，文学博士，南京大学中国新文学研究中心副研究员。

① 比如罗振亚：《飞翔在"日常生活"与"自己的心情"之间——论王小妮的个人化诗歌创作》，《当代作家评论》2009 年第 2 期；赵彬：《王小妮论》，《文艺争鸣》2009 年第 4 期，均对王小妮的"个人化"做了着重论述。

② 耿占春：《失去象征的日常世界》，《当代作家评论》2008 年第 1 期。

不过,返回到王小妮诗歌的文本内部则会发现,所谓"个人化"和"去除象征"的概括仍然显得大而化之,除非他们同时涵盖了这样一层含义:王小妮在处理物象时有一种直接性,诗中的物象与抒情主体之间的相互作用力非常大,它们在触及彼此时,往往产生即刻性的变形。因此,需要进一步深入文本,对王小妮诗歌中的抒情声音进行追踪:这一抒情声音背后的抒情主体,与她所亲近的日常物象之间究竟形成了怎样的关系? 其间的"相互作用力"对两者分别产生了怎样的作用?

一、"我"与"万物"的对话

王小妮早年的诗作中,"物"与"我"的互动呈现和谐、柔情的状态。主体对这个世界发出美好的想象,并以相互的变形呈现出来。抒情主体常常从诗中设立的角色"我"出发,诗中有非常明确的第一人称存在。比如,在《一走路,我就觉得我还算伟大》中,因为"我"的走动,世界发生了变化:"我看见宇宙因此/一节一节/变成真的蔚蓝。"而在《睡着了的宫殿是辉煌的紫色》中,则是睡着的"我"在想象的神秘氛围中变了形:"我和你/睡着了以后。/我的脚步/孔雀一样幽蓝着跳跃。// 它又从云中飘落。/我第五次/呈现葡萄汁儿的颜色。"上述的例子,尽管尚为轻浅,但基本呈现出王小妮诗中"我"与物象世界的关系:像是双人舞的双方,在抒情主体松弛闲散的,乃至略带天真的语调中,有时是主体想象自身幻化为物象世界的一部分,有时是物象世界呈现出与主体情绪相符的形状、色泽,有时则是将两者的微妙关系描述为肉眼可见的步伐互动:"我有声地走近。/世界就舒缓着向后避退。"(《死了的人就不再有朋友》)

除了以"我"为中心发散出去的想象,王小妮诗中还常常出现作为抒情主体言说对象的第二人称"你",而非仅仅作为诗中角色出现的"你"。比如《你变绿后,我就什么也不写了》:

突然看见你
随风哗变成了绿色。

你变绿以后
世界一段一段枯燥。
你用无数只手扑叫我。
纸在空中应声凌乱。
我写的诗纷纷走散
乌云一样追随着乌云。

现在我感受到你
五岁小树般的

眼睛。①

诗中的"你"更多是作为一种称谓、一种对抒情语调的安置而出现的,并不特别具有角色功能。这个"你"与"变绿"相连,既可以实指窗外的树木、植物在春天的新生,也可以虚指亲人或友人走到一棵树下瞬间被绿色隐没。抒情主体虚化了事件,更强调一个"变绿"的状态之后,"我"的情绪、动作、打算的变化,而"你"无论指什么,都是"我"的对话者,"我"一系列动作的起因。此类第二人称在王小妮的诗中较为常见,它们往往并不经过铺垫,也没有具体的情节,只是突然被主体以"你"的称谓唤出来,甚至往往在诗的标题或第一句就兀自出现。比如这些诗的开头:"首要的是你不在。/首要的是没有人在。"(《那样想,然后这样想》)"靠在黑暗里注视你。/看见你落进/睡眠那只暗门。/看见你身上/缠绕了叮咚的昏果子。"(《我走不进你的梦里》)"海洋突然间用身体歌唱。/你抓紧海吧。/丝绸起伏得一阵忧伤。"(《当你撞上死亡》)。在最后一个例子中,对"你"的言说出现了祈使句,这也是王小妮诗歌的语调特征之一,类似的例子还有"你不能这样削响梨子!"(《许许多多的梨子》)或如诗题《不要帮我,让我自己乱》。这些诗例中的"你",即便有些可被较为明确地指认为诗人身边真实存在的"人",他们也并不具有太多情节性功能,仅仅是作为"我"的说话对象,在更多的情况下,"你"作为一种虚化的存在,其实将"我"的言说对象从某个特定情节中的特定对象,引向了更广阔的世界,成为"我"与世界之间的对话。其中最为明显的表征之一,是《紧闭家门》中的一句:"我要警告万物保持安静。"在这一句中,王小妮诗的一个对话结构被明确标示出来:"我"与"万物"。

不仅仅是与"万物"的对话,王小妮在诗中常常会将细微的身体或日常物件代换为一些"大词",日常的境界会得到一种突然的敞开。比如《半个我正在疼痛》主要涉及一次牙痛的经历,但这首诗并不仅仅局限在口腔的空间:"有一只漂亮的小虫/情愿蛀我的牙。// 世界/它的右侧骤然动人。""坐着再站着/让风这边那边地吹。/疼痛闪烁的时候/才发现这世界并不平凡。/我们不健康/但是/还想走来走去。// 用不疼的半边/迷恋你。/用左手替你推动着门。/世界的右部/灿烂明亮。/疼痛的长发/飘散成丛林。/那也是我/那是另外一个好女人。"②在短短的数十行诗中,出现了三次"世界":"世界/它的右侧骤然动人","疼痛闪烁的时候/才发现这世界并不平凡",以及"世界的右部/灿烂明亮"。疼痛的经验告诉我们,神经的牵引确实会给人以"半个我"被疼痛所控制的感觉。但在这首诗中,诗人所泛化的并不是痛感,而是世界和身体律动(神经跳动)的同构节律:"动人""不平凡""灿烂",将幽微的甚至冷色调的个体感官,扩展为一个暖色调的外部世界的光谱。这种"大词"用于感官的"扩张"和"虚化",在王小妮的诗中也较为多见,比如"夏天在我的灌木丛里/像燃烧的年幼的铜"

① 王小妮:《你变绿后,我就什么也不写了》,《半个我正在疼痛》,华艺出版社 2005 年版,第 20—21 页。
② 王小妮:《半个我正在疼痛》,《半个我正在疼痛》,华艺出版社 2005 年版,第 44—45 页。

(《夏天的姿势》),"世界垂下头的时候/我们灿烂失眠/成为一个光芒万丈的好物体"(《失眠以后》),"有人突然吼叫/吼声缩小我。/跳荡时/老板的五官全部锋利。/我注视世界全部掀起时/那仓皇的一瞬"(《不反驳的人》)……将这些宏大词汇迁移到个体世界,赋予了王小妮的诗以开阔的质地,不同于一般常见于"女性写作"的幽闭空间;同时,与八十年代一些同龄诗人仅仅停留在宏大语汇营造的"政治力比多"相比,王小妮的"世界""地球"都从个体出发,因而可知可感。

二、潜隐的批判

如果说在前一阶段,王小妮诗中"我"与物象世界的关系尚且融洽,是从"我"出发去拥抱世界,并充满了对话可能性的"相向运动"。那么在1993年以来的一批诗作中,物象的变形则开始携带诗人对人世的冷静洞察乃至批判。比如《等巴士的人们》:

早晨的太阳
照到了巴士站
有的人被涂上光彩。

他们突然和颜悦色。
那是多么好的一群人呵。

光
降临在
等巴士的人群中。
毫不留情地
把他们一分为二。
我猜想
在好人背后
黯然失色的就是坏人。

巴士很久很久不来。
灿烂的太阳不能久等。
好人和坏人
正一寸一寸地转换。
光芒临身的人正在糜烂变质。
刚刚猥琐无光的地方

明媚起来了。

神
你的光这样游移不定。
你这可怜的
站在中天的盲人。
你看见的善也是恶
恶也是善。①

不过是等公交车时阳光角度的位移,在王小妮的诗中,成了世间善恶的隐喻。尽管将阳光中的人群看作"好人",阴影中的看作"坏人",乍看上去完全是顽皮的灵光一现,但后一节"好人和坏人/正一寸一寸地转换",分明又以貌似童真的语气,说出了人性中善恶两面并存的事实:它们不可能泾渭分明,甚至有时互相生化。最后一段,抒情主体突然由客观的叙述和想象,变为与"神"的对话:"你的光这样游移不定。/你这可怜的/站在中天的盲人",则将对人性善恶不定的洞悉提升到新的维度——清晨等车时照射的太阳,在此被称之为"神",并被等同于"命运",而将命运的"游移不定"指斥为"站在中天的盲人",则暗指了命运的无常,甚至造化弄人的成分。天地万物只是按照自己的程序在运行,是人的价值判断让善恶得以出现,但从人的角度,大自然没有情感偏好的运行、演变则如天地不仁。不过,这一沉重的命题,在王小妮的诗中被处理得非常轻盈,她似乎不经意间就能发现表象背后的玄机。

王小妮善于从最平凡普通的日常生活中提取到一种既是个人体验,又分明是普世道理的东西。这些场景往往与家务、或曰生活之"物"有关。但作为一位女诗人,即便诗歌常常取材于"室内"生活和家庭,她也并不属于典型的"女性写作"范畴。与翟永明的"黑夜意识"、伊蕾"独身女人的卧室"、唐丹鸿的欲望隐喻相比,王小妮诗中的意象更家常,也更开阔,主体在"物"中所见到的,并非特殊的女性经验,而是无性别差异的人与外部世界的关系。在《白纸的内部》中,抒情主体一开始呈现为"心平气坦"的家常状态:"一日三餐/理着温顺的菜心","在我的气息悠远之际/白色的米/被煮成了白色的饭",甚至将隐没在墙体之内的管道想象成"它们把我亲密无间地围绕"。但抒情主体并不甘于仅仅呈现出一幅和谐的生活图景,上述亲密氛围的营造,毋宁说是为后续的转折铺垫:

……
米饭的香气走在家里
只有我试到了

---

① 王小妮:《等巴士的人们》,《半个我正在疼痛》,华艺出版社 2005 年版,第 92—93 页。

那香里面的险峻不定。
有哪一把刀
正划开这世界的表层。

一呼一吸地活着
在我的纸里
永远包藏着我的火。①

　　王小妮很擅长在很短的诗行里,快速转接不同的层次。在上文所引述诗的结尾两段,她以"险峻不定"揭开生活温顺表皮下的真相之后,又紧接着以"在我的纸里/永远包藏着我的火"宣喻了主体不驯从的、与凌厉世界同构的"外柔内刚"的态度。这一明确的态度,与上一部分主体与世界的"对话""共舞"已不太相同,可以说是"我"站在与物象一定的距离之外,对自身主体性的确认。

　　这一结构也多次出现在王小妮的其他诗中。王小妮在描述外部世界物象的运动时,看似客观白描,却擅以反讽吐露态度。同时,她几乎不事渲染,也不会将物件描绘成那种可以随着情感层层推进、不断绵延的意象,而是在果决、坦荡的短句中,直接指认某种"发现",与这个世界的物象特征直接对撞。而这些"发现",就常常像从米饭的香气中触摸到"险峻不定"那样,对大家认为"美好"的事物表象提出了质疑。比如,被许多人看作繁盛生命力表征的蝉鸣:"蝉强迫我在粗砂纸间走/让我来来回回地难过。/又干又涩又漫长/十米以外爆炸开花的泡桐树/隐蔽很好的蝉在高处切我。// 总有不怀好意的家伙/总有藏刀子的人。/今天轮到蝉了。"(《蝉叫》)再比如,"我"擦干净窗户后,并未有"窗明几净"的舒坦,而是突然感到隐私的暴露:"什么东西都精通背叛。/这最古老的手艺/轻易地通过了一块柔软的脏布。/现在我被困在它的暴露之中。// 别人最大的自由/是看的自由。/在这个复杂又明媚的春天/立体主义走下画布。/每一个人都获得了剖开障碍的神力/我的日子正被一层层看穿。"(《一块布的背叛》)还有,一般能够给人以希望的早晨的阳光,在诗人这里成为自由的剥夺者:"为什么没有人怀疑早晨? 为什么没有人发现/光芒正是我们的牢狱? /太阳迫使我们/一层层现出人的颜色。/我并没有说/我要在其他人类喧哗的同时/变化成人","他们瞪着眼说最明亮的是太阳/他们只想美化外星球。/我看见太大的光/正是我被拿走的自由"。(《我没有说我要醒来》)并不用搬出"太阳"的政治隐喻,也可以读出诗人潜在的批判态度,但这一态度并非基于某种对立的概念,而是源于微末的生活细节,源于对内在自由的彻底珍视。

　　对于这些"恶意入侵",抒情主体往往会在揭示出其中的荒谬性后,明确表达自己的"打

　　① 　王小妮:《白纸的内部》,《半个我正在疼痛》,华艺出版社 2005 年版,第 107—108 页。

算":"只有人才要隐秘/除了人/现在我什么都想冒充。"(《一块布的背叛》)"我的水/既不结冰也不温暖。/谁也不能打动我/哪怕是五月。/我今天的坚硬/超过了任何带壳的种子。//春天跟指甲那么短。/而我再也不用做你的树/一季一季去演出。"(《最软的季节》)这些句子中,主体与物形成了一种界限分明的态势:以一种想象的可能性,表达了对生活中细微的"强权"的拒绝,形成了自身明朗、果敢、不依附的态度。尽管对于这种"可能性"的想象,不过是灵魂出窍的闪念,更大程度上,是一种"自以为可以逃脱"的任性表达,但正是因为其中的"不认真""不算数",诗的机趣才没有变成死板的道德宣喻,而是随着情境的变化"因地制宜"——在《一块布的背叛》中刚刚反讽地说到"不想做人",在另一首诗中,与现代都市中高楼的突兀冷硬相比,"人"又成了"无限美好"的代名词:"人们造好高楼大厦/人赶紧接通了电就撤退了。/让它独自一个站在最黑暗的前线/额头毒亮毒亮/像个壮丁,像个傻子/像个自封的当代英雄。/浑身佩戴闪闪的奖章,浑身藏着炸药/浑身跑着不断向上的血。/……/这一生能做一个人已经无限无限美好。"(《深夜的高楼大厦里都有什么》)无论要不要做"人",王小妮对人类现代处境之悲哀的反思是一致的,但这些前后不一的"主意",是一个任性而执拗的抒情主体瞬时的想法,增加了诗歌的灵动性。

而在《台风正在登陆》的开头,抒情主体呼告:"救生员/不要阻止我/我要到海扬起来的身前去。/我要用手/碰一碰那全身暴跳的水。"抒情主体坚定地认为,"我是唯一/不会被这激烈液体/伤害的人",不过主体的这种"自信",并非八十年代张扬的主体。八十年代诗歌对外部世界往往是忽略的,其中所呈现的客观物象与世界,往往只是抒情主体内在世界的外化和变形,颇有表现主义的变形感。而王小妮是建立在对外部的真实认知上:"海脱落了无数牙齿/把生命像橡皮一样擦掉。/最悲伤的人中/一定有我的朋友。"因此,后面的"但它绝不会吞没我/让我去碰一碰那电一样的水",更像是一种弱者的执拗,而非强者的张扬——这些"绝不会""唯一"恰恰从反面揭示了人的脆弱和有限。因此,王小妮对外部世界的批判,并不是一些二元对立的老调重弹,她从不站在"物"的对面,而是可以持握一种微妙的语调,在与"物"的貌似共情中,实则发现"我"的悲哀,并最终是"人"的悲哀。可以看《西瓜的悲哀》:

> 付了钱以后
> 这只西瓜像蒙了眼的囚徒跟上我。
>
> 上汽车啊
> 一生没换过外衣的家伙
> 不长骨头却有太多血的家伙
> 被无数的手拍到砰砰成熟的家伙。
>
> 我在中途改变了方向

总有事情不让我们回家。
生命被迫延长的西瓜
在车厢里难过地左右碰壁。
想死想活一样难
夜灯照亮了收档的刀铺。
西瓜跟上我
只能越走越远
我要用所有的手稳住它
充血的大头。

我无缘无故带着一只瓜赶路
事情无缘无故带着我走。①

明明等待被"屠戮"的是西瓜,"我"某种程度上是"凶手","我"却在与西瓜"相伴一路"的过程中,感到人与西瓜的生命所共有的忧伤。诗中第二节的"上汽车啊",还是"我"对西瓜的"喊话",而后的三个"家伙",也分明是对一个外在于"我"的事物的调侃,但到了第三节,"总有事情不让我们回家",称谓就变成了"我们",而后的"想死想活一样难",与其说是西瓜的处境,不如说是人的处境。这种共情,到了最后一节"我无缘无故带着一只瓜赶路/事情无缘无故带着我走",明确地发展成为"我"与西瓜境遇的同构——在生命奔向死亡的途中,充满人生的徒劳,和命运的不定数。

从这部分诗作可以看出,王小妮在日常生活的世界里洞悉人性、人类处境之暗面的时候,仍然保留着与开阔的物象世界的对话。尽管主体由温和逐渐变得亮烈,却并未丢弃共情的能力。

三、"写物"的气韵问题

王小妮的诗大多短制,这或许与她的书写方式有关:抒情主体的灵感触发往往基于"物"的某种瞬间状态。她的诗中多为判断句、祈使句,或以动作为核心的陈述句,从不因为过分雕琢而陷入修辞的迷障,而是保持着抒情主体与物象之间较为直接的接触。这样的诗从容、自然,方式偏向于"口语"和"自白",但王小妮又不似于坚、韩东等以"口语"为标签的诗人,赋予"口语"以话语阵营的戾气。

不过,这种书写方式,也带来一些问题。首先是较为平面,缺少更多的变化。如果说王小妮八十年代末到九十年代的一批诗中,可以看见主体的生长,那么,在 2000 年之后,王小

---

① 王小妮:《西瓜的悲哀》,《有什么在我心里一过》,作家出版社 2008 年版,第 34—35 页。

妮诗歌中抒情主体的言说仍然延续着九十年代的方式。尽管随着周遭物象的变化,她保持着对现代都市、社会现实的审思,如《富士康外的落日》《致京郊的烟囱》《致比蓝更蓝》[1]等,但主体与物象的关系落在诗歌文辞上,并未发生新的裂变。

其次,主体与物象之间这种"速战速决"的触碰方式,更适合短诗,在组诗和长诗的写作中,或许并不太奏效。在诗集《半个我正在疼痛》《有什么在我心里一过》《害怕》中,王小妮也收录了数首长诗和组诗,包括《我看见大风雪》《和爸爸说话》《十支水莲》《乡村十首》等等。但是,这些长诗和组诗读来,精彩的部分仍是类似于短诗的零星段落,组诗所需要的层次性以及长诗所需要的气韵的绵延,在这些诗中并不太存在。倘若从题材的相似性上简单对比王小妮的《和爸爸说话》以及马克·斯特兰德的《献给父亲的挽歌》[2],它们均表达了对父亲的怀念,但王小妮的《和爸爸说话》,近似于一种甚少节制的倾诉,且组诗中的七首基本上在同一个平面上展开。尽管不能否认这样的写作对于诗人个体情感的意义,但作为一件组诗作品,仍然过于平面化和冗杂。而斯特兰德则从死亡的躯体写到哀悼的人群、生命的痕迹,并思考了死亡本身、时间感,在诗歌形式上,以对话体呈现对一个问题的两种可能不同的回答,或用长短不一的句子造成语流速度的变化,更具有组诗的感染力。而《十支水莲》《乡村十首》等组诗,更像是一些相关主题的短诗合集,并未在一个总的主题下分层次展开。

同理,可将王小妮与几乎同龄的台湾女诗人零雨稍加比较。零雨与王小妮的写作方式较为相似,持有一种自然、随和的语调,发现日常生活表象下的真实,并暗含批判性,但零雨更擅于长诗和组诗的写作,如早年的《特技家族》,晚近的《看画——歌川广重〈东海道五十三次〉》《山水笔记》,在结构上较之王小妮,更具有层次感和设计感。比如,《看画》是以日本浮世绘画家歌川广重的"东海道五十三次"系列画作为灵感,可说是一组"读画诗",这组诗中既有从具体的绘画场景引向对古典与现代性的思考[《5.(第44次)石药师寺》《6.(第34次)桥上的人们》],以旅途隐喻人世[《2.(第19次)渡河》《3.(第16次)船》《4.(第33次)三盲女》],也有对绘画本身的讨论[《1.(第11次)清晨》《8.(第30次)致歌川广重》];《山水笔记》也包含着传统书画与人生之间的多个层次。而在具体的抒情声音的特质上,零雨会不断变换声音结构,比如,《特技家族》中会以小括号制造二重唱式的和声效果:

向前翻滚(在人最多的广场愈缩愈小)

向后翻滚(愈缩愈小)

向前翻滚(愈缩)

向后跳(愈小)

——《特技家族·1》

---

① 王小妮:《出门种葵花》,江苏凤凰文艺出版社2016年版,第134、226—227页。

② [美]马克·斯特兰德:《献给父亲的挽歌》,《我们生活的故事》,桑婪译,湖南文艺出版社2018年版,第196—208页。

由此,组诗的各部分之间形成相互应和,其中的每一节都是整首诗的有机组成部分,而非数首独立完整的诗的拼装。这些,或许是王小妮在拓展其诗歌层次和广度时可以借鉴的。不过,王小妮在2016年出版了一本名为《月光》的诗集,不失为她短促简省写法的一种较为有趣的呈现方式。在这部诗集中,王小妮集合了从2003到2015年所写的与"月光"有关的诗,它们发生在不同地点、不同情境之下,但几乎每首都呈现了月光与人世独特的联结。这种主题式的诗集,也可视为另一种意义上的组诗,在这本《月光》中,王小妮仍然是围绕着一个"物"的核心(月光),以她所擅长的方式与物象短兵相接,而这种散点式、长线程的意义拓展,又一定程度上规避了组诗的结构问题。

　　总的来说,王小妮诗中的抒情主体在面对物象时,始终保持着开放、松弛和接纳的态度,因而物象在诗中呈现出来的时候,它们本身的活力和机趣得以很好地表现。王小妮对物象的"接纳",更准确来说是"共情",以理解和体察的方式,在物的悲哀中发现人的悲哀。诗中的"我"与"万物"相互敞开,形成了对话结构,而从诗歌语言的角度来说,无论是和谐的互动,还是"我"经由日常物象看到了"生活险峻不定的一面",并宣喻自身的独立态度,王小妮都保持了语言的简洁和直接。她没有在修辞上做什么遮掩或绕避,而是以判断和祈使句一针见血、一锤定音地表述出来。这种确定的力量不仅是修辞技巧的问题,还是王小妮这一写作主体几十年来的独立、清隽在语言上的反映。而唯一遗憾的是,她诗中主体与物象短兵相接的写作方式,依赖于刹那的灵感,这使得长诗和组诗显得有些气息不足;同时,王小妮的写作缺少更多的变化,从而一定程度上影响了其诗作境界的开阔性与多样性。

论吉小吉诗歌创作的人道主义精神

陈永忻 *

（玉林市通才高中，玉林 537000）

内容摘要：吉小吉诗歌内容丰富，风格多样，可从不同角度进行研究，但其中有一条主线一以贯之，不可忽略，那就是"人道主义精神"。不过吉小吉诗歌的价值还没有得到学界的充分挖掘。本文通过分析吉小吉诗歌的选材、内容情节及诗歌主旨与人道主义的关系，揭示作家经历与其诗歌创作思想之间的关系，着重考察其诗歌人道主义思想的形成原因，并考察其诗歌于当今社会的意义。吉小吉的生平经历对其诗歌创作的人道主义思想的形成具有重要的影响，时代及地域文化对其诗歌体裁和诗歌风格的影响亦不可忽视。吉小吉诗歌创作在广西诗歌史上具有重要的地位。

关键词：吉小吉；诗歌创作；人道主义精神

- -

吉小吉是广西北流诗人，中国作家协会会员。曾在《人民文学》《青年文学》《诗刊》等刊物发表诗歌、散文、小说等 400 余篇(首)，还出版了个人诗集——《声音》，《中国诗歌精选》《广西多民族文学经典 1958—2018》《70 后诗集》《70 后诗歌档案》等近百种选本收入吉小吉的诗歌作品。他出生在广西北流一个偏远小镇——大伦镇的农村家庭，他的青少年时代，生活非常贫苦。面对动荡的社会变革，面对惨淡的家庭环境，年少的吉小吉便萌发了改变命运的强烈愿望，"小时候，梦想就是走出大山""考名牌大学"，因为两次写作得第一，他的命运从此被文学改变，真的走出了大山。吉小吉在自己的作品中表现出来的多是不慕荣利、向往真善美的高尚节操。对人间苦难和劳动人民的同情、歌颂，体现了吉小吉的人道主义精神。

一、吉小吉诗歌人道主义精神的具体体现

鲁迅在《摩罗诗力说》中以"能宣彼妙音，传其灵觉，以美善吾人之性情，崇大吾人之思理

---

* 作者简介：陈永忻，文学学士，玉林市通才高中语文教师。

者"①为诗人之极致。诗人吉小吉也具有这种境界。吉小吉诗歌创作的主题包罗万象,但一以贯之的主线即人道主义精神,换言之,吉小吉诗歌对人的价值、意义、幸福、发展和自由的关注最为突出,其中又不乏深有见地的哲思,充满了对人、事、物的细致关怀和思考,对弱者的悲悯和同情,对社会黑暗的谴责和抨击以及对自然灾难的惋惜与悲痛。总之,吉小吉对这个世界有着敏锐的洞察力,能把人物最细微的情感描写得淋漓尽致,客观而真诚地反映现代人的喜怒哀乐。

(一)对生命价值的讴歌与赞美

纵观吉小吉的诗歌,里面人物角色繁多,他们的出身、身份、信仰、性别、地位不同,遭遇也不尽相同,绝大多数都是底层劳动人民。吉小吉鲜少歌颂伟人伟事,却将目光聚焦到渺小的个体身上,且对他们丝毫不吝笔墨,不掩饰对他们的歌咏和赞扬。此外,吉小吉不仅对个体的人有深入思考,对集体的人以及人类的发展也有深入思考,这表现在他对与人类发展密切相关的自然环境格外关注,加之吉小吉家乡的地域环境对他影响深远,所以他的笔下也不乏赞美自然的诗句,他试图让那些被利益封锁了精神的人们去关注真实的生活,关注身边的自然环境。

在吉小吉眼中,他的父母代表了当时的农民形象。诗集《声音》中,与他的父亲相关的诗歌有14首,与他的母亲相关的有11首。在吉小吉的诗歌里,他父母的形象都是面向黄土背朝天的农民,日出而作,日落而息,辛勤劳作,同时,他们都是善良淳朴的人。吉小吉父亲对一把木犁都有着深厚的情感:"他翻动那些残缺不全的犁嘴 /拿起一个,又放下一个。叮叮当当的响 /它们响过之后,我听到了父亲的叹息"②,也因为为人老实,曾经被骗走了卖掉一窝猪崽才换来的百元大钞;他的母亲也是善良温和的人,年幼的吉小吉犯错了,她并没有立刻动怒,而是温柔安抚:"因为饿,我抢了五婆家九娃的两条红薯。我是把九娃的两颗门牙打掉后才获得两条红薯的。但我的战利品被母亲拿回去还给了在一旁大声哭泣的九娃,母亲同时还给了五婆五块钱。当时的五块钱,要母亲上山砍掉数十条青竹用差不多一个月时间编织竹蝶才能换回来"③,"到后来,母亲对我说,别哭了,事情过了就过了,不要想它了,把它忘了,玩去吧"。吉小吉的父母其实是当时千万农民的缩影,他们热爱劳动又沉默朴实,虽无文化却待人真诚,即使贫穷也依旧保留着人性中的美好品质。

在《周旋》中,他用16个"周旋",描写修建高速公路工人的辛苦,道出了底层工人的艰苦奋斗,歌颂了他们平凡而伟大的奉献;《懂得》一诗则夸赞工人的责任感和技术能力;还有《民政叔叔要来》中给吴夏月小朋友送去温暖的民政叔叔;《微笑》中收费站女孩阳光的微笑,反映女孩爱岗敬业的精神;《对第一我一无所知》中,他以反讽的手法写出了"第一"的背后是无

---

① 鲁迅:《坟》,北京联合出版社2014年版,第11页。
② 吉小吉:《声音》,广西人民出版社2015年版,第12页。
③ 吉小吉:《声音》,广西人民出版社2015年版,第12页。

数工人们汗水的结晶,这种反讽是辛辣的。吉小吉对这些为社会进步做出贡献的、"渺小"的人给予了高度赞扬。

吉小吉注重作为个体的人的幸福感,即克服自身的物质此岸性,回归自然,返璞归真,将自身视为跟花朵、树木、林鸟、马群等无异的自然物,奔向自然的怀抱,所以他的诗歌中有许多关于自然风光的描写。如《丘陵大地》(组诗)中,就写出了吉小吉对故乡风景的怀念和眷恋,"多年后的今天/我,依然在生命的最深处感知/这些大地蓬勃的乳房/上天无私的恩赐/还将把我以及我的牛群/一直喂养下去/一点点深深渗入/我的身体和灵魂……"①《竹乡》也有类似表达:"我深深爱着的竹乡啊/四季常青,总沐浴在阳光里/婀娜多姿,楚楚动人"②,诸如此类的还有《做一棵大树多好》《早晨的山坡》《春雷》《我和春天打了个照面》等,有写花草树木的,有写四季变换的,有写阳光雨露的……

幼年的吉小吉因为家境贫寒,所以没有充足的条件在晚上看书写字,于是就将萤火虫装到瓶子里以照明,他成年后对这件事表示了忏悔,他的诗歌有很多"忏悔"的情绪,虽然都是小的事情,但从这些微不足道的小事,我们可以观出吉小吉的人道主义精神。

(二)对受难群体的悲悯与同情

吉小吉阅历丰富,干过不同的工作,遇到过各色的人,吉小吉用他的笔,记录了社会百态,描述他眼中的底层人的苦苦挣扎的生存状态。在《声音》这本诗集中,吉小吉用一种底层观点、简明的语言、真诚的情感,向我们展示那些看不见或者说容易被忽略的角落。

吉小吉年幼时的青梅竹马阿青,为了生存,初中毕业就去深圳打工,十八次进厂又十八次下岗,后来竟走上了妓女的道路,最后在别人的帮助下,她成了酒楼的端碗妹。对于阿青,吉小吉并没有站在道德的制高点指责她的堕落,没有以作秀的姿态去可怜阿青,而是打心底对阿青的命运感到同情和可惜:"阿青,你要把碟子稳稳当当端在手上/一定要把碟子稳稳当当端在手上/总有一天,你会把梦想端回家乡。"③《九姑》里被怀疑偷了仓库里的几只红薯的九姑,被生产队长、大队支部书记甚至民警找去谈话,"但不相信她的话/后来,三叔告诉我/只有大河相信九姑的话/并且收留了她……"④几只红薯,即使在当时也不会是天价,但竟然抵了一条人命,九姑那看起来极端的"壮举"实则是世道的悲哀。这一切悲剧的根源都逃不过这两个字——贫穷。吉小吉正是用自己锐利的眼光观察那个时代和那个时代中最突出的问题——贫困,同时也向世人揭示了被侮辱被损害的底层人民的生活,并以相同的姿态对他们的遭遇表示悲悯和同情。

吉小吉的诗歌,很多都以儿童为主角,如《半块糖果》中的小伙伴,《泪水贴近幸福》中的少女,《杨晓娜》中的侗族女孩杨晓娜,《刘夏秋冬》中的小侄女等等。也有命运孤苦的儿童,

① 吉小吉:《声音》,广西人民出版社 2015 年版,第 12 页。
② 吉小吉:《声音》,广西人民出版社 2015 年版,第 12 页。
③ 吉小吉:《声音》,广西人民出版社 2015 年版,第 12 页。
④ 吉小吉:《声音》,广西人民出版社 2015 年版,第 12 页。

吉小吉关心不幸的底层劳动人民,更以赤子之心关心那些尚未成年就命运坎坷的儿童。《声音》诗集里被洪水冲走了父母和弟弟的三妹,"当坚强的三妹习惯了/爸妈不回家的日子/没想到弟弟也离开了她/那天突发而至的山洪来势汹汹/一下就把一群小孩冲得无影无踪"①,在山村的地理条件下,洪水就是能剥夺生命的猛兽;盼望父母归来的留守儿童九弟,"他说,'四伯父家的电视里/人太多太多了,爸爸和妈妈/就在那人群里挤着/一直没能挤上回家的火车……'"为了生计,许多农村父母都外出打工,留下孩子跟爷爷奶奶或者外公外婆生活……吉小吉后来在政府办公室工作,下乡扶贫的时候,他目睹了很多孤儿的命运。很难想象,在这个信息发达的时代,依然有人生活处境悲惨,过着常人想象不到的生活。《稻草人》中的小男孩年纪尚小,但捆扎稻草人的动作却很利索,有着与这个年龄不匹配的懂事,他把稻草人当作爸爸妈妈去拥抱,这一幕让人心酸动容;《民政叔叔要来》中的吴夏月也是令人心疼的,"每月的 22 日都是吴夏月的节日/她早早起床,折被子,整理放乱的/碗子、锅瓢、口盅、衣服、毛巾/又把小小的土房子打扫一遍又一遍"②,"爸爸妈妈离开人间四年多了/她已经没有什么可以去想念"③。这些孩子悲惨的命运,无不让人感慨,吉小吉对贫苦带给人的苦难的表达是沉重犀利的,但是对儿童却是充满温情和心疼的。

(三)对破坏自然的谴责与抨击

人道主义是对人的终极关怀,必然也要对人类生存发展的环境予以关怀。然而伴随着科技的进步和现代化的发展,自然环境却要为人类的现代化付出巨大代价。吉小吉出生的环境相对封闭,让他对自然环境有很高追求,但进入 21 世纪,他也进入了省城,充斥着他生活周围的不是干净的空气,而是人们为了利益而制造出的"毒气"。面对这些,他为自然环境发出呐喊的声音。在《声音》诗集里,吉小吉有一半的诗歌跟自然有关,其中,一半是对美好自然的赞美和眷恋,一半是对人类无知愚蠢行为的毫不留情的鞭笞,这种批判不是站在道德制高点的指责,而是一种为人类谋求发展的人道主义精神。

人类环境的损害是文明缺失的代价,是物质和道义的双重匮乏所导致的结果。这种代价体现在不少的诗歌当中。譬如,《垃圾车从大街上经过》,"垃圾车从大街上经过/他妈的城市/总有那么多搬运不完的/肮——脏——"④,这句"他妈的"折射出吉小吉内心强烈的质问,"肮脏"一词所承载的是过去的胶着与混沌,也会是未来的苍白与荒凉。再譬如,《触摸疼痛》,"一片树林倒下/一群小鸟流浪在天空/一个现代化的下午/一柄电锯/夺去了它们栖居之所/一座大山/被剥去衣裳/一片树林/已不复存在/一天一天/失去鸟语的日子/一个诗人/触摸着胸口的疼痛/放声嚎啕"⑤,现代化的代价是疼痛的,吉小吉对此的态度是悲哀的,这

---

①　吉小吉:《声音》,广西人民出版社 2015 年版,第 12 页。
②　吉小吉:《声音》,广西人民出版社 2015 年版,第 12 页。
③　吉小吉:《声音》,广西人民出版社 2015 年版,第 12 页。
④　吉小吉:《声音》,广西人民出版社 2015 年版,第 12 页。
⑤　吉小吉:《声音》,广西人民出版社 2015 年版,第 12 页。

些尖锐的、不可磨灭的细节,让吉小吉不断发出"呐喊"。《流水》只剩淤泥,面对童年的美好破碎,他只能发出《我真的无能为力》的感慨,《从四楼窗口飘出一张白纸》"我摸摸同样被纸尖触碰的脸/在这座城市里/感到了一丝一丝的疼"。种种在常人看来寻常不已的小事,在吉小吉的眼中都是无法排遣的伤痛,这是一个人道主义者无法承受的重,是无奈、无助、无望而又坚挺不拔的精神震颤。

(四)对自然灾难的惋惜和悲痛

在吉小吉的人道主义精神中,对自然灾害带给人的重创也给予了相当的关怀。在灾难面前,人类是渺小的,人性往往会在战争、灾难等巨大变故中撕裂。对于自然灾难与人的关系这种沉重的话题,吉小吉并非以平面化的方式草率地处理,而是呈现出深邃的思考,字里行间带有自然而质朴的温馨力量。

2014年云南地震,吉小吉的《最新播报》从远景到特写再到听觉上生动地描绘了一个地震场景,"当我们把镜头转过来/想要对准那些拖家带口的村民/却只看见大山瀑布一般垂下的脸/僵直、痛苦,毫无表情"①这就是灾难中人们的脸,在这种时刻语言和镜头都是苍白的;印度尼西亚的海啸,席卷了无数梦中人的生命,看着惊心动魄的画面,"我,不敢睡去,呆坐",自然灾害的力量和生命的脆弱都在震撼着吉小吉的心;"2006年4号风暴'碧利斯'过后的灾情/面对荧屏里那些无家可归的人/我沉默无言。我唯一能做的/就是弯下身来/轻轻为儿子/拭去他脸上的泪水"②,不仅这些,不管是洪水泥石流还是地震海啸,灾难是"我心头的泪水和永久的痛……"它让吉小吉对生命的价值有更加深刻的反思,2020年的开端是个多事之春,中国爆发了新型冠状病毒肺炎,医护人员休息时的状态触痛吉小吉的内心,"这样的睡姿/瞬间变成了一把/无形利剑/深深刺进了/电视机前的我/此刻我没有眼泪/只有心,在默默滴血……"(《疫假日记》)吉小吉的人道主义精神是基于人性内在对生命价值的更高追求而建立的。

二、吉小吉诗歌人道主义的探源

钱锺书认为"一个艺术家总在某些社会条件下创作,也总在某种文艺风气里创作。这个风气影响到他对题材、体裁、风格的去取,给予他机会,同时也限制了他的范围"③。在形成吉小吉诗歌创作的人道主义因素中,"时代""环境"及"人生经历"三者无疑是最重要的,也是影响最为深远的,三者尽可能多地为吉小吉诗歌创作提供了动机和题材,对诗歌风格也有着重要影响。

(一)时代:贫穷、饥饿的童年

吉小吉1974年生于广西北流一个僻壤的小镇——大伦镇,父母均是勤劳朴实的农民,

---

① 吉小吉:《声音》,广西人民出版社2015年版,第12页。
② 吉小吉:《声音》,广西人民出版社2015年版,第12页。
③ 钱锺书:《中国诗与中国画》,《七缀集》,上海三联书店2019年版,第1页。

家庭贫困且人口众多,全家老小挤在黑暗破旧的泥房里,《木钉子》中的一段:"一根木钉子,脚拇指般大小的木钉子/钉在老屋大房子的侧墙上,一直/钉在那儿。挂着十几件衣衫——/母亲的、父亲的、祖母的/大哥的、大姐的、我的——/全家人的,都挂在那儿。"①还有《影子》《煤油灯》《旮旯村》中频繁提起的煤油灯。从这些描写,我们肉眼看到的是衣服、煤油灯,心里想象到的,是拥挤、黑暗和贫穷。当时,改革开放的春风还没吹起,吉小吉和当时千千万万的孩子一样,处于贫穷的年代,生于贫穷的大山,长于贫穷的家庭。"贫穷"二字就是时代给他童年烙上的标签。

伴随着"贫穷"出现的,是"饥饿"。吉小吉诗歌中,关于父亲母亲、关于童年、关于家乡家庭的描写,几乎都能看到"饥饿"的身影。《爆米花》中是这么描写爆米花的:"让花一天时间捡来的那把谷子/在土锅里,舞蹈,笑"②,"那是我见到过的/最动人、最灿烂的笑/比阳光亲切/比最洁白的雪花,更白"③,通过声色的描写,反映饥饿的寻常和对温饱的渴望。诗歌《声音》描写劳作回来的父亲喝水的场景也非常生动真实:"但,从地里使牛回来的父亲一仰首/天就被吃下去了/还从大海碗的边沿/发出一声长长的巨响/后来我慢慢懂得/这个世界上/没有哪一种声音/比饥饿的声音,更响。"④

不仅这两首诗,《秋天的火焰》等有关农忙的诗歌,也都写到饥饿。可见,在吉小吉早年时代,饥饿是不可忽略的名词,给他的童年奠定了不可磨灭的基调。生活的贫穷,世道的艰难,让吉小吉充分体会了贫穷的艰难和民间疾苦,同时也对他的人道主义思想产生重大影响,以至于后来的他对穷苦人民总是充满着深深的同情和怜悯。

（二）环境：地域、民风的塑造

作家的性格和对作家影响深远的环境有着不可分割的联系。上面我们说到,吉小吉出生的地域贫穷落后、闭塞无闻,但这也意味着他生活的环境没有受到工业进程的污染。大伦镇的地理位置,处于连绵的云开大山余脉里,与广东省信宜市和高州市相接,被称为"粤桂边城",这个"边城"如同沈从文笔下的《边城》——环境原始清新,民风淳朴善良,人与自然和谐相处。吉小吉的诗歌中随处可见"炊烟、泥泞、黄牛、青竹、春天、树"等字眼,在这种宜人的环境中成长,吉小吉的性格多了一层敦厚老实、淳朴善良的底色。这种优美的环境养育了他,即使后来进入省城生活,吉小吉依然对这片干净的土地有着深厚的眷恋,"一头牛在大声喊我。它喊我回到/一种遥远、熟悉而亲切的生活/这时夕阳照着我。这时夕阳还在/我摸摸胸口/我暗地里庆幸/我童年的心跳,还在"⑤,这种眷恋导致吉小吉初见与他的小村庄相较而言现代化的城市时,内心冲撞出乡村与城市的矛盾火花。他见识到被金钱利益所异化的人

---

① 吉小吉:《声音》,广西人民出版社 2015 年版,第 12 页。
② 吉小吉:《声音》,广西人民出版社 2015 年版,第 12 页。
③ 吉小吉:《声音》,广西人民出版社 2015 年版,第 12 页。
④ 吉小吉:《声音》,广西人民出版社 2015 年版,第 12 页。
⑤ 吉小吉:《声音》,广西人民出版社 2015 年版,第 12 页。

性,那是不惜牺牲自然、不惜自我阉割的丑恶现象。基于此状,他表现出内心的担忧,对现实也有了更深邃复杂的思考。

作家的性格与作家的创作风格又是一脉相承的。吉小吉在采访中这样说:"我更注重那些具有现场感的、作者在场的,通过具体事物本身来呈现诗意的作品。……这就是我要追求的'浅度'写作,这就是我要追求的'质朴、原本、真诚'。'质朴',就是要去丢掉那些华美空灵的修饰,让文字更干净;'原本',就是要让事物原生态地生长于诗歌之中;'真诚',就是在诗歌中融进自己的人生态度。"①这体现了他的艺术追求和人生态度,也是对他诗歌风格的总结。吉小吉将自己的审美理想投向故乡,"故乡和亲人是我永不枯竭的诗写源泉",他的艺术灵感只有在这片土地上才能真正释放。吉小吉诗歌中的人道主义,跟民风淳朴、干净优美的大伦镇有紧密联系。

(三)人生经历:物质贫困和个体精神的思考

吉小吉从小生活贫穷,后来上学立下了考名牌大学的梦想,但紧接着却遭遇家庭变故:"小哥超生第三第四胎,超生罚款让家里已经没米下锅,偏偏父亲胃穿孔大出血,母亲胃气痛,都要住院;大哥刚把大嫂和我的一个侄哥(比我大的侄子)、一个侄女带出农村,大嫂却患上了高位直肠癌。原来打工支持我读书的两个大姐都已经结婚并进入了超生游击队行列,我家里一下子就变得四面楚歌。"②梦想的无情夭折,让他对人生感到迷茫和无力,也让他明白贫穷对人的打击是强大的。偶然的机遇下,原本就要沦为农民的他,因为写作,得以在供销社工作,后来又先后做过售货员,农垦工人,中小学语文教师,地方党报编辑、记者、政府公务员等,渐渐走上了文学的路。他意识到,一个完整的人不仅需要物质的支持,更需要精神的养育。他后来自学高中知识,考上了广西师范学院中文系,最后又进入南京大学学习,圆了名牌大学的梦想。

这一系列的人生经历,将他磨砺成一个生活的战士,更将他变成虔诚的人道主义者。他因此明白贫穷的可怕以及精神世界的重要性,所以,吉小吉的人道主义思想尤其关注贫困的底层人民,关注人的精神世界。人道主义的核心就是个人主义,所以吉小吉注重"我"的世界,诗人张洪波在《细节中的质朴的虫儿》一文中曾经指出:"在虫儿的诗中,有一个关键词,也是他常常要使用的,那就是'我'。诗人不是一个旁观者,他必须在他的诗歌中,就像他就在生活中一样,这个'我'是不能随意溜掉的。"③吉小吉之所以尤其关注"我"、关注个体的发展,是因为集体是由每一个小的个体组成的,只有关注个体的发展,才有探讨集体、探讨世界的可能,且最终会回归到更好地探讨个体本身。

---

① 钟世华:《吉小吉:情感是诗歌内在的血液——当代广西本土诗人访谈录(二)》,《金田杂志》2016年第2期。
② 吉小吉:《一根软竹鞭》,《圭江在线》2011年第3期。
③ 张洪波:《细节中质朴的虫儿》,《广西文学》2003年第9期。

三、吉小吉诗歌的人道主义精神对当今诗歌创作的意义

（一）聚焦现实

吉小吉的诗歌聚焦于他所经历过的现实生活。吉小吉的诗歌，具有一定的代表性，描述生活中的所见所闻，常常"应境"，即触景生情而写。其叙事诗的人物性格突出，内容具有独特性，选材基于现实，在其话语的表达过程中，以沉稳而不失力量的才情，着力于一场又一场悲剧的叙述。不管是投河自尽的九姑，还是孤苦伶仃的三妹，抑或是扶贫时遇到的吴夏月，吉小吉借助他们的文化视角以及社会身份，还原了人物所在社会的生存场景，将生命真正推向诗人内心深处所渴慕的精神高度。这种思想内核张扬而叙写方式冷静的诗歌风格，便于读者沿着人道主义的主线去审视这个时代带给人的影响。

（二）超越现实

吉小吉曾在采访中说道："诗歌作品永远都是诗人与这个世界对话的方式。这个方式是不应该被世人所忽略的。但在信息爆炸的时代，不发出应有的声音，什么方式都是有可能被人所遗忘的。诗歌作品本身要有自己独特的一些东西，那就是文本本身发出的声音。"[①]吉小吉不仅仅将笔触停留在描写现实的地方，更有"化境"的能力，将现实的境，化成文学意义的"境"。对于人道主义的描写，吉小吉并不仅仅停留在表层，而是超越现实，透过表层的境表达更深层次的意义——以诗歌的形式与这个现实世界对话，以无限的热情去探索生命的奥义，关注人们在现实社会中心灵的异化，述说了现代化社会物质文明与精神文明的冲突和碰撞。吉小吉以敏锐的目光透视人生，打量社会，从而写出富有见地的作品，发出文学本该、应该发出的声音，这是一个秉承着社会公德心的人道主义诗人的担当。

（三）人物合一的人道主义

吉小吉人生阅历丰富，其人道主义随着时代的变迁而越发深刻。他的眼光、情感，总是从"人"这个本体出发，关注人的物质现实生活以及人的精神情感世界，他以关怀人道的心，从情出发，写就的诗歌自然达到人与物合一的境界。吉小吉的人道主义精神贵在永不泯灭，不随时间的流逝而消失，不因悲剧的重演而灰心冷漠，不因事件或刺激反复而生成冷漠的自我保护机制。人类在面对灾难和不幸的时候，会以"遗忘"去保护自己，因为重视教训需要足够的勇气，这种遗忘以致悲剧总是重演，吉小吉愿意做一个历史的记录者，不管格局如何动荡，始终保持作为诗人的激情和敏感度。

结 语

吉小吉的诗歌，因独立的个性和对苦难贫穷的揭露而显得独特。作品中体现出的人道主义思想更是基于其个人经历的深刻体验。对于阅历丰富的吉小吉来说，他目睹了 20 世纪

---

① 钟世华：《吉小吉：情感是诗歌内在的血液——当代广西本土诗人访谈录（二）》，《金田杂志》2016 年第 2 期。

七八十年代农村生活的贫苦艰辛、生命的脆弱,他体验过贫穷带给人的无力和毫无自尊、没有希望和前途的生活,他认识到没有文化和知识带给底层人民的剧痛。吉小吉用同情的笔触、辛辣的斥责、明白晓畅的语言,为众人揭示了他对人类前途的思考、对生命的关怀。这种思考、这种正直、勇敢和反叛,让我们看到吉小吉作为一个诗人的人道主义的情怀。吉小吉在诗歌中对贫困和底层民众的关注,实际上是为了追求一种更加公平、合理的社会制度:他反对任何形式的压迫,也是为了呼唤一种自由的、平等的社会形态的出现。吉小吉以他理性的思考能力、独特的社会审视方式、敏锐的观察力洞悉世界和历史,从容地展示他的人生经验和价值追求,以诗歌的语言有效传达自身繁芜驳杂的生存感受和内心景象。

童年记忆与王蒙的文学发生学

王春林 *

（西安外国语大学 中国语言文学学院，西安 710128）

内容摘要：本文主要依托《王蒙自传》第一卷《半生多事》，根据作家的童年记忆，通过与作家相关作品的比较分析，综合地域文化、家庭处境、家庭教育、文学天赋以及文学阅读等多方面因素，从文学发生学的角度，深入探讨分析王蒙成为一名左翼革命作家的基本成因。王蒙之所以能够成为一名有影响力的优秀作家，并且以长篇小说《青春万岁》开始自己的小说写作生涯，正是以上各种因素综合发生作用的一种结果。

关键词：童年记忆；文学发生学；地域文化；家庭教育；文学阅读

作家王蒙，祖籍河北省沧州地区（现沧州市）南皮县潞灌乡龙堂村，1934 年 10 月 15 日出生于北京沙滩。南皮是著名的武术之乡，也是著名的杂技之乡。历史上出现过的知名大人物，既有以智慧著称的清代文人纪昀纪晓岚，也有晚清时的"四大名臣"之一、赫赫有名的洋务派人物张之洞。因为祖籍南皮，张之洞曾经号称张南皮。无独有偶，王蒙后来成为中国文坛的著名作家之后，也曾经被一些文友不无友善地戏称为王南皮。这一行为的典型代表人物之一，就是曾经获得过 2012 年度诺贝尔文学奖的作家莫言。按照曾经担任过王蒙秘书的彭世团的真切记述："2007 年王蒙先生在写他的自传第三卷《九命七羊》时，莫言先生写了一首诗，并写成条幅送给他：'漫道当今无大师，请看矍铄王南皮。跳出官场鱼入海，笔扫千军如卷席。'落款是'晚生莫言打油赠王蒙老师'。"[①]我们注意到，在《王蒙自传》的第一卷《半生多事》中，王蒙曾经专门提到过张之洞，他这位赫赫有名的老乡，而且，也还专门发表过一番多少带有一点精神共鸣意味的议论："南皮出过一个大人物是张之洞，他的弟弟张之万也很有名。在唐浩明的历史小说《张之洞》中，写到张之洞受到的教诲：'启沃君心，恪守臣节，

---

   *   作者简介：王春林，文学博士，西安外国语大学中国语言文学学院特聘教授，博士生导师。

   ①   彭世团：《莫逆之交惺惺相惜——我所亲见的王蒙与莫言两位先生的交往》，《齐鲁晚报》2012 年 11 月 8 日。

厉行新政，不悖旧章'，我为之叫绝称奇。启沃是对上作宣传启蒙。恪守是讲纪律讲秩序。厉行是志在改革，向前看，一往无前。不悖是减少阻力，保持稳定……中国吗？深了去啦。"①这里，一方面，王蒙固然是在为拥有张之洞这样的乡贤而感到自豪，但另一方面，在他情不自禁的认同性议论中，其实也鲜明地透露出了某种夫子自道的意味，可以被看作我们解读王蒙尤其是晚年王蒙精神世界奥秘的一个切入点。当然，这个是后话。

需要我们更进一步思索的一个问题，恐怕是作家王蒙和他的故乡沧州之间究竟构成了怎样的一种关系？或者说王蒙的性格成因中，故乡到底发挥了多大的作用？对此，王蒙自己也曾经有所思索与揭示："也是许多年后，我去龙堂的时候，才听乡亲告诉，我家原是孟村回族自治县人。后因家中连续死人，为换风水来到了离南皮（县城）远离孟村近的潞灌。"正是对这一事实的了解，引发了王蒙更加深入的思索："本人的一个革新意识，一个与穆斯林为邻，密切相处，看来都有遗传基因。"②王蒙所提出的两点，一直到很多年之后方才变成现实。一个很显然对应于1980年代的王蒙，那时的王蒙可以说是一位雷厉风行的改革派。这种改革派的基因，可以一直被上溯到全心全意倡扬洋务运动的张之洞那里去。再一个，则对应于二十世纪六七十年代王蒙长达十七年之久的新疆边地岁月。新疆时期王蒙一家人，与众多的穆斯林兄弟结下了非常深厚的友谊，至今都一直为王蒙所津津乐道。

虽然出生在北京，但在王蒙的记忆中，自己在一两岁的时候，就曾经有过回故乡的经历："我至今有记忆，也是我有生以来的最初记忆，我的存在应是从此开始。而我的从小的困惑是在这些记忆以前，那个叫作王蒙的'我'在哪里。而如果此前并无王蒙的自我意识与我的自我意识，那么这个'我'的意识——其后甚至有了姓名，煞有介事——又是从哪里掉下来的呢？"③如此一种深邃的"我"究竟是谁？"我"从哪里来的存在论疑惑与追问，肯定是成年后尤其是深入接触西方哲学之后的王蒙才能够提得出。

王蒙的祖父名叫王章峰，曾经参加过晚清时著名的公车上书，也曾经组织过提倡妇女解放的"天足会"，用王蒙自己的话来说，"算是康梁为首的改革派"④。或许与祖父的遗传基因有关，王蒙的父亲王锦第（字少峰，又字曰生），虽然是一位没有见过父亲的遗腹子，但他成年后不仅在北京大学求学，而且还有过留学日本的经历。就这样，一路再传延到王蒙，每个人具体的成就高低且不论，最起码他们王家称得上是三代文人书香门第。

北大毕业后的王锦第远赴东洋，曾经在日本的东京帝国大学教育系求学三年整，回国后任教。在王蒙的记忆中，他最高曾经做到过市立高级商业学校的校长。很可能与他所接受的教育以及他的留学经历有关，留在王蒙记忆中的父亲王锦第，是一位西洋欧美文化的极端推崇者："他热爱新文化，崇拜欧美，喜欢与外国人结交。惠我甚多的一个是反复教育我们不

① 王蒙：《王蒙自传·半生多事》，花城出版社2006年版，第4页。
② 王蒙：《王蒙自传·半生多事》，花城出版社2006年版，第2页。
③ 王蒙：《王蒙自传·半生多事》，花城出版社2006年版，第1页。
④ 王蒙：《王蒙自传·半生多事》，花城出版社2006年版，第2页。

得驼背,只要一发现孩子们略有含胸状,他立即痛心疾首地大发宏论,一直牵扯到民族的命运和祖国的未来。一个是提倡洗澡,他提倡每天至少洗一次,最好是洗两次澡……第三则是他对于体育的敬神式的虔诚崇拜,只要一说我游泳了爬山了跑步了,他快乐地浑身颤动。"①毫无疑问,王锦第"崇洋媚外"思想的形成,与他所置身于其中的那个"五四"时代紧密相关。"五四"时代的一大特点,就是西方文化的大规模进入中国并对中国的传统文化形成了强有力的冲击。青少年时期习染"五四"风气,成年后曾经在北大哲学系求学的王锦第,最终成为西洋欧美文化的强力推崇者,其实是题中应有之义,更何况,他还有过在日本留学亲历欧风美雨的直接经历。

父亲对于王蒙到底形成了怎样的一种深远影响,我们不得而知,但据我们的观察,最起码有两点不容忽视。其一是王蒙也特别看重体育锻炼,他自己更是常年坚持游泳。这一点,显然是父亲言传身教的一种结果。其二,王蒙一贯脚踏实地的经验主义,与父亲的只知道夸夸其谈形成了极鲜明的对照。二者之间在这一点上所构成的,事实上是一种反向的影响关系。唯其因为在王蒙的心目中,一直把父亲看作一位只会夸夸其谈的人生失败者,所以,他才会把父亲理解为反面的镜像,并以此为鉴,尽可能让自己避免重复父亲那种总是飘在半空中的生活。务必强调的一点是,反向的影响,也同样是一种影响。

如果说父亲王锦第是西洋欧美文化的积极向往者,那么,母亲董敏(本名董玉兰,后改为董毓兰,新中国成立后参加工作时正式命名为董敏)就更多的是传统文化的坚执与恪守者。虽然不像父亲那样拥有大学学历,而且还曾经留学过日本,但相比较来说,在那个女性普遍被歧视的时代,大学预科毕业,曾经长期担任小学教师的母亲,也算得上是一个知书识礼的知识女性。

与父亲的一切崇尚西方不同,母亲所恪守的则是中国传统的饮食文化习惯:"她不喝牛奶(老年后喝了),不吃奶油,不喝茶,当然,不吸烟也不喝酒,不下馆子。""她喜欢听河北梆子,一说起《大蝴蝶杯》就来情绪。我以为大喊大叫的地方戏曲是一种对她的精神麻醉。"②一方面是文化取向上的差异,另一方面恐怕更多是王锦第日常生活中的不靠谱所导致的信任感严重缺失,凿刻在王蒙童年记忆中的,就是父母家庭冲突的经常性爆发。家庭本来就经济困难,再加上父亲不负责任,"这样母亲就对父亲极端不满意。她的精神紧张的更主要的原因是她无法与王锦第相处,不能信任她的丈夫。她同时渐渐发现了父亲的不忠,至少是父亲希望有机会结识更多的年轻貌美新派洋派的女性。"③既然双方都把对方当作假想敌,那家庭内部矛盾的日趋尖锐,就是无法避免的事情。矛盾尖锐激烈时,双方干脆就大打出手,直接上演全武行了。"父亲与母亲吵闹,大打出手,姨妈(我们通常称之为二姨)顺手拿起了煤球炉上坐着的一锅沸腾着的绿豆汤,向父亲泼去……而另一回当三个女人一起向父亲冲

①　王蒙:《王蒙自传·半生多事》,花城出版社2006年版,第8页。
②　王蒙:《王蒙自传·半生多事》,花城出版社2006年版,第12页。
③　王蒙:《王蒙自传·半生多事》,花城出版社2006年版,第12页。

去的时候,父亲的最后一招是真正南皮潞灌龙堂的特产:脱下裤子……"①

父母之间的家庭内战,竟然激烈到如此地步,这让年幼的王蒙该如何接受呢?"在各种可怕的事件发生的同时。"②怎么个可怕法,王蒙没有进行具体的描述,但我们完全可以从自己的童年生存经验出发,想象一下面对父母激烈冲突乃至于大打出手时,王蒙内心世界的那样一种胆战心惊与惴惴不安。如此一种充满痛苦色彩的童年生活,无疑在王蒙的内心世界里留下了难以磨灭的深刻印记。依照我的理解,王蒙后来之所以能够成为一名作家,走上文学创作的道路,与他这样一种痛苦异常的童年记忆,其实存在着内在的紧密关联。很多时候,王蒙的这种童年境遇,能让我们不由自主地联想到曹雪芹和鲁迅。

据可靠的考证资料,曹雪芹出生于一个钟鸣鼎食的富贵人家。他的祖父曹寅,曾经长期担任专门主管江南丝织业的肥缺江宁织造。从现有研究资料来看,曹雪芹早年托赖天恩祖德(康熙帝之恩,曹玺、曹寅之德),在昌明隆盛之邦(康雍盛世)、花柳繁华之地(南京)、诗礼簪缨之族(江宁织造府)、温柔富贵之乡(西园)享受了一段锦衣纨绔、富贵风流的公子哥儿的生活。从昔日锦衣玉食的贵族公子,到后来潦倒不堪的寻常百姓,其间的反差的确非常之大,其痛苦程度肯定非常人所能承受。然而,从成长心理学的角度来看,少年时期所遭遇的这次家庭劫难,对于曹雪芹心智的早熟,肯定有着积极的推进作用。甚至,我们干脆可以做如此一种推测,曹雪芹那样一颗充满诗性的敏感心灵,正是在突遭家庭巨大变故之后,方才真正得以养成的。

类似的情形,还出现在鲁迅身上。周家本来是绍兴的一个大户人家,虽然无法与曹雪芹的江宁织造府相提并论,但有周介孚做京官,其日常生活境况的优渥程度远胜于寻常人家,这是无可置疑的一种事实。但也就在鲁迅的少年时期,周家也遭遇了突然的重大变故。先是做京官的祖父周介孚因科场行贿案而锒铛入狱,被判"斩监候"。父亲周伯宜身体状况本来就不好,自幼体弱多病,如此一番连惊带吓,也很快就一命呜呼。正因为如此,一直到很多年之后,鲁迅都还清晰地记着当年频繁不断地进出于当铺和药铺之间的情景。家庭变故的发生,使得周家迅速地败落了。而在这过程中,身为周家子弟,鲁迅感受到了太多的世态炎凉。唯其如此,他才会发出这般的浩叹:"有谁从小康人家而坠入困顿的么,我以为在这途路中,大概可以看见世人的真面目。"③所谓看清世人的真面目者,实际上意味着少年鲁迅开始认识到人生的艰难,了解到人情的冷暖。换言之,当开始学着用自己的眼睛打量探寻这个世界,并且开始和寡母一起承担起家庭重负的时候,少年鲁迅也就处于早熟的精神状态了。对于鲁迅来说,当幼年的他通过家庭的意外变故而"看见世人的真面目"的时候,他实际上已经是在以一颗敏感易伤的心灵打量这个冷酷的现实世界了。一个未来作家的人生道路,或许

---

① 王蒙:《王蒙自传·半生多事》,花城出版社2006年版,第14页。
② 王蒙:《王蒙自传·半生多事》,花城出版社2006年版,第14页。
③ 鲁迅:《〈呐喊〉自序》,《鲁迅全集》(第1卷),人民文学出版社2015年版,第437页。

就在他发出浩叹的一刹那间被铸就了。

对于王蒙来说，令年幼的他感到痛苦不已的，事实上不仅仅是父母之间不断上演的"全武行"，还包括更多的家庭纷争。这一点，同样在自传中有着真切的记述："我少年时曾为诗：'在我们的奇异的家庭里，有太多的纷争，也有太多的亲密……'""可怕的不仅在于父母的纠纷，而且，在父亲不在的时候，被称为'三位一体'的相濡以沫的三位长辈也常常陷于混战。为什么战我已经说不清了。"①一方面，三个女性可以联手对付父亲王锦第，但在另一方面，一旦共同的敌人短暂消失，三个女性却又会生发出各种矛盾冲突，并且以合纵连横的方式彼此组合相互对骂，用王蒙自己不无生动、调侃的话语来说，就叫作"这母女三人确实说明着'他人就是地狱'的命题"②。不要说王蒙，换成其他任何人，在这样恶劣的家庭环境中度过自己的童年岁月，也都会形成殊难磨灭的痛苦童年记忆。

痛苦出诗人。很多时候，一位作家敏感的诗性心灵的生成，正与其童年时代所遭逢的心灵劫难紧密相关。尽管我们真心祈望每一个人都能够拥有美好幸福的童年生活，但一个无法被否认的客观事实是，曹雪芹、鲁迅以及王蒙，他们之所以能够最终成长为一位优秀的作家，都与他们那样一种刻骨铭心的痛苦童年记忆之间，存在着不容剥离的内在关联。

实际上，父母与家庭留给王蒙的痛苦的童年记忆，不仅对他后来走上文学创作道路产生了深远影响，而且更在个别作品中留下了直接的印记。这一方面，最有代表性的作品，莫过于发表出版于1986年的长篇小说《活动变人形》。一个重要的问题是，曾经写出过充满壮志豪情与青春朝气的长篇小说《青春万岁》的王蒙，为什么竟然能够写出如此一部充满沉郁顿挫风格的长篇小说来？更进一步说，他的这种书写资源究竟从何而来呢？很多年之后的2006年，在读到《王蒙自传》三部曲中的第一卷《半生多事》，读到王蒙关于自己家庭与童年生活的真切记述的时候，我们方才恍然大悟，原来，构成王蒙《活动变人形》坚实书写资源的，乃是他自己亲身经历过的童年记忆。后来，在一个关于《活动变人形》的创作谈中，王蒙一方面借用了自传第一部《半生多事》中的相关叙述，不仅强调"故乡是一个生死攸关的词儿。我完全不明白我为什么是沧州南皮人，这说明故乡何处的问题不是一个可以用'为什么'来讨论的合乎逻辑推理的问题。故乡就是命运，就是天意，就是先验的威严。故乡一词里包含着我的悲哀，屈辱，茫然与亲切，热烈，高度的我要说是蚀骨的认同"③，而且也坦承，"越是年长，我越是希望能够与朋友共同重温我的故乡与初始，我的原由与来由，我的最早(被?)设置的格式、定义、路径和密码，我希望能有所发现，有所破译"④。关键之处在于创作谈中新增加的最后一个段落，王蒙对于《活动变人形》的价值做出了某种不无自得色彩的自我评价：

---

① 王蒙:《王蒙自传·半生多事》,花城出版社2006年版,第26页。
② 王蒙:《王蒙自传·半生多事》,花城出版社2006年版,第26页。
③ 王蒙:《王蒙自传·半生多事》,花城出版社2006年版,第4页。
④ 王蒙:《王蒙自传·半生多事》,花城出版社2006年版,第6页。

"幸好,我写下了《活动变人形》,唯一的关于故乡和童年的长篇小说。"①首先,王蒙强调《活动变人形》是他唯一一部与故乡和童年紧密相关的长篇小说。然后,由于提及作品与童年之间的关系,而王蒙的童年如前所言带有非常不堪的色彩,所以他才会特别指认这一小说文本乃是一个"最无意义最不好意思,终于写下来了的文本"。因为童年时的家庭生活充满了矛盾与纷争,所以王蒙不仅会感到"不好意思",并且在很长时间内会本能地认为书写这些鸡毛蒜皮的家庭生活并没有什么意义。具体来说,这个时间段,就是指他开始小说创作的1950年代初期,一直到他1980年代初期复出文坛的时候。这个阶段的王蒙,大约只认为类似于《青春万岁》或者《组织部来了个年轻人》这样的一种小说创作才是有意义的。质而言之,也只有到了1980年代的中期,当王蒙的文学观念在现代主义浪潮的冲击下发生根本更易的情况下,他才可能重识故乡与童年那一段鸡毛蒜皮的日常生活的价值,并以长篇小说的形式将其彻底定格在文学世界中。

主体的故事情节自不必说,单看若干细节,《活动变人形》与王蒙童年记忆之间的关系,就不难得到确证。比如小说标题的由来,王蒙在自传中就做出过明确的交代:"是不是这次我记不清了,他还给我们买过拼贴图形的日本原创的'活动变人形',色彩十分艳丽。一本书,上、中、下三部分,都可以翻页。三页分别是人体上、中、下三部分的图形,这样不同的翻页带来不同的人形。说实话,这并没有使我感兴趣,我甚至对于这样的任意组合心怀忐忑。"②按照王蒙的自述,少年时期的他,对于父亲所特别买回家的拼贴图形"活动变人形"并没有太大的兴趣,然而,等到很多年过去,等到早已历尽人生沧桑的他回望自己的故乡和童年时代的时候,他却发现,大约只有这个"活动变人形"才可以凝结自己的全部童年生活经验,尤其是竟然可以恰如其分地成为以父亲形象为原型的倪吾诚这一知识分子形象的绝妙象征。小说标题的由来,显然在此。

然而,究其根本,人生的本质是立体的。很多时候,欢乐与哀愁是并存的。一方面,由于父母的矛盾以及家庭的纷争,王蒙的童年记忆可谓痛苦不堪,但在另一方面,因为王蒙打小受宠,所以他的童年记忆也有着温暖快乐的一面。这一点,同样在《半生多事》中留下了真切的记述:"我的四个长辈:父、母、姨和姥姥都极爱我,我从小生活在宠爱之中。"③"家庭成员中处境最优越的是我,所有的长辈,不管他们之间有什么样的冲突,都宠爱我,所以我就有了几分超脱和高雅,有了几分(对长辈们的)怜悯和蔑视,有了几分回旋余地。一个落后的野蛮的角落里的宠儿,这就是童年王蒙。"④在王蒙的记忆中,父母都对他极其宠爱、呵护。"父亲和我与姐姐玩搏斗,我们规定谁要输了就举起小拇指,我和姐姐拼命攻击,往往都是父亲认

① 王蒙:《故乡是一个生死攸关的词儿》,《长篇小说选刊》2006年第2期。
② 王蒙:《王蒙自传·半生多事》,花城出版社2006年版,第16页。
③ 王蒙:《王蒙自传·半生多事》,花城出版社2006年版,第20页。
④ 王蒙:《王蒙自传·半生多事》,花城出版社2006年版,第26页。

输。"①这是父亲。"母亲则多半是为孩子们服务。一次我吃面条,我说太咸了,不吃,母亲就放醋,醋又放多了,更不好吃了,我哭了起来,母亲的表情像犯了大错误一样,一再向我抱歉。这个事我长大后后悔莫名。"②这是母亲。

需要特别指出的一点是,来自家中长辈们的这些宠爱,并不仅仅只是单纯的宠爱,其中很显然也包含有明显的文学教育的因素。由此,我们可以断言,作家王蒙最初的文学教育,就来源于此。"姥姥没有上过学,识字有限,但是能背诵千家诗:'云淡风清近午天,傍花依柳过前川……'更喜欢背:'眼空蓄泪泪空垂,暗洒闲抛知向谁,尺幅鲛绡劳惠赠,叫人哪得不伤悲……'这是林黛玉的诗,'知向谁'云云,现在一般作'却为谁','哪得不伤悲',现在则多为'焉得不伤悲'了,不知是姥姥背诵有误还是另有所本。"③套用现在的话来说,每天神神道道地背诵千家诗的姥姥,其实是一位典型的女文青。同样带有突出女文青色彩的,是二姨:"二姨念的唐诗则是:'打起黄莺儿,莫教枝上啼,啼时惊妾梦,不得到辽西。'想到二姨从十九岁守寡的特殊经历,此诗令人欲哭无泪。"④"二姨似乎在她们三个人当中最有'才华',她的毛笔字写得不错,最喜读书,有一点小钱就去租书摊去租书,张恨水、耿小的、刘云若的言情小说与郑证因、宫白羽、还珠楼主的武侠小说都看。二姨说话常带流行小说语言,如冤家宜解不宜结,如冤家路窄,血海深仇……但是我不明白,为何二姨长期将'路见不平拔刀相助'读成'拔力相助'。"⑤很显然,与只会诵读千家诗的姥姥相比较,二姨的文学水平要更高一些。也因此,对童年王蒙在写作上帮助更大也更直接的,其实是他这位命运遭遇相当凄惨的二姨。对于二姨曾经给予过自己写作上的帮助与点拨,王蒙在自传中,也有着切实的记述:"二姨常常辅导我写作文,有一次作文题是《风》,描写了一段飞沙走石的大风以后,结语处二姨增添了这样一句话:'啊,风啊,把这世界上的一切黑暗吹散吧!'我完全不明白写风为什么要牵扯到世界与黑暗,也不知道到底世界与黑暗是什么意思。但是我的作文的结语处被老师画了许多红圈,显然二姨代笔的警句,大受赞赏。"⑥不知道王蒙自己的感觉如何,反正我在读完王蒙记述后的第一直觉就是,常常辅导他写作文的二姨,虽然肯定不是文学家,但绝对称得上是王蒙最早的一位文学启蒙老师。质言之,有了由二姨代笔的这一警句之后,王蒙的作文,就不再仅仅只是一篇小学生的普通作文,而很明显带有文学作品的某种意味了。道理说来也很简单,因为这句话其实意味着童年王蒙已经在用自己的目光打量并思考苦难深重的现实社会了。而这种沉重的思考,当然不是一篇学生作文所能够予以承载的。

大约正因为二姨曾经对自己的成长过程有过相当重要的影响,所以,王蒙在自传中对二

---

① 王蒙:《王蒙自传·半生多事》,花城出版社2006年版,第20页。
② 王蒙:《王蒙自传·半生多事》,花城出版社2006年版,第20页。
③ 王蒙:《王蒙自传·半生多事》,花城出版社2006年版,第20—21页。
④ 王蒙:《王蒙自传·半生多事》,花城出版社2006年版,第22页。
⑤ 王蒙:《王蒙自传·半生多事》,花城出版社2006年版,第22页。
⑥ 王蒙:《王蒙自传·半生多事》,花城出版社2006年版,第22页。

姨的教诲情形不吝笔墨,多有记述:"二姨也受过'五四'以来的新文学的影响,提起冰心、卢隐、巴金、鲁迅她都极表尊敬。在辅导我的作文时二姨也喜欢用一些新文学的词,如'潺潺的流水'、'皎洁的明月'、'满天的繁星'、'肃杀的秋风'、'倾盆的大雨'等。但她们对我的教育,则主要是传统文化,她们多次引用的格言是:满招损,谦受益。知之为知之,不知为不知,是知也。世上无难事,只怕有心人。家有良田千顷,不如薄艺随身。读书破万卷,下笔如有神。读书深处意气平。只要功夫深,铁杵磨成针。"①由此可见,一、在王蒙最早文学兴趣养成的过程中,发挥着更重要的作用的是他的二姨和姥姥这样母系一脉的亲人,而不是知识水平无疑更高的他的父亲。二、虽然说出生于"五四"之后的王蒙接受新文学的影响是自然而然的事情,但与此同时,他也从小就打下了很好的传统文化的根基。很大程度上,这一点也就为晚年王蒙之强势回归认同传统文化,找到了某种令人信服的解释。或许也正因为二姨对于王蒙的精神成长发生过比较大的影响,在王蒙牢不可破的童年记忆中,一方面命运遭际不幸,另一方面又才情逼人的二姨,占有非常重要的位置。所有的这一切,到最后,全都汇聚凝结到了《活动变人形》中的静珍这一人物形象身上。而静珍,则被大家普遍公认为是《活动变人形》中刻画塑造最成功的人物形象之一。

然则,九九归一,打铁还须自身硬。对于文学写作这个特别的事业来说,无论如何都不能被忽略的一点,恐怕是超乎寻常人等的艺术天赋。这一点,在少年时期的王蒙身上表现得同样相当突出。"从二年级,我次次考试皆是全班第一。小学三年级有一次作文,题目是《假使》。我乃做新诗一首,其中有这样的句子:'假使我是一只老虎,/我要把富人吃掉……'这种左翼思想的萌芽,说来也简单,起因于我们家太穷。"②这首看起来特别稚嫩的新诗,对于王蒙来说,最起码有着三重意义。其一,可以被看作王蒙文学创作的萌芽之作。其二,真实反映了王蒙对于家庭贫穷的切肤之痛。正如王蒙在自传中所真切记述的,由于父亲王锦第的好高骛远与不负责任,在日常生活中,他们家往往会面临吃了上顿没下顿的状况。其三,恰恰因为家境贫穷,所以,王蒙本能地敌视那些富有者。而这,无意间却暗合了左翼思想的特点。与这首新诗的写作时间差不多,在王蒙还只有十岁,也即他小学四年级的时候,他也同样写出过相对比较成熟的旧体诗:"大概与读古书有关,我相信画画也是极风雅极有味道的事情,于是我买了芥子园画谱。我画马,画竹子。竹子画得怎样,记不清了,马则画得与老鼠无异。但我还是大模大样地为画马题诗一首,时年十岁:'千里追风谁能匹,/长途跋涉不觉劳,/只因伯乐无从觅,/化做神龙上九霄。'"③紧接着,围绕自己的这首少作,王蒙发表了如下两段议论:"我至今也说不明白为什么写一首这样的酸溜溜的诗,有人还夸我气势不凡,我相信我这是带有模仿意味的学大人话,希望方家能帮我找出出处来。""却也有几分意思。一个是自吹与自信。一个是速率效率,千里追风也。一个是韧性,长途跋涉嘛。一个是终于

---

① 王蒙:《王蒙自传·半生多事》,花城出版社2006年版,第22页。
② 王蒙:《王蒙自传·半生多事》,花城出版社2006年版,第30页。
③ 王蒙:《王蒙自传·半生多事》,花城出版社2006年版,第36页。

未能有多大用处,只能上九霄自慰自遣,如果不是自欺欺人的话。"①面对这首"题马诗",我想,值得引起注意者,也有如下几个方面。其一,王蒙可能的确不具备绘画的艺术天赋,但却具备文学写作的天赋。否则,他也不至于把马画成老鼠。虽然夸张的意味十分明显,但王蒙的画马不成功,却是显而易见的事情。其二,王蒙不仅初步显示出了自己的文学写作天赋,而且还借助千里马与伯乐的故事自诩为志向远大的千里马。所谓"千里追风谁能匹"云云,其意显然正在于此。其三,结合文本来仔细捉摸,恐怕还是王蒙自己所做出的相关解说,更有说服力。总而言之,尽管王蒙不无自谦地强调这是一首"酸溜溜"的旧体诗,但倘若结合王蒙截至目前差不多已经完成的一生行迹一生文学成就来判断,说他是一匹为世间所罕见的千里马,其实也还是很有道理的。

除了很早就表现出文学写作的超人天赋之外,还有另外两点值得我们注意,一个是王蒙自我意识与死亡意识的过早觉醒,再一个则是他的思想逐渐倾向于左翼革命的心路历程。先让我们来看他的自我意识与死亡意识。自我意识:"从看月亮我想不明白,为什么一定要有一个月亮,有星星,有天空,有白天,有黑夜,有我和家里的人,有那么多人。我是从什么时候有了对于月亮的知觉有了对于世界的知觉的,我是怎么成了我的,知道疼痛,知道亲爱,知道急躁,知道恐惧的。这个'我'是从哪里来的,到哪里去,是怎么凑巧生到现在的中国的。为什么我不是唐朝生的?为什么我不是欧洲人?为什么我不是女孩?如果我是一只猫?一个蚂蚁?一条虫子呢?为什么打我我疼痛而打别人我就不疼痛呢?如果我没有出生,关于我的一切感受和愿望,也就什么都没有了。这一切都是不可解释的呀。"②必须强调指出的一点是,产生以上这些追问与思索的时候,王蒙还仅仅只是一位年龄不足十岁的小学二年级学生。由王蒙而联想到我自己,自己是什么时候开始有较为明确的自我意识的呢?思来想去,类似这般自我意识的明确生成,恐怕怎么也得等到中学阶段,或者还要更晚一些时候。而王蒙,早我们很多年,就已经在思考追问一些带有哲学意味的自我存在问题了。

或许与自我意识的过早觉醒紧密相关,差不多就在同一个时候,王蒙也由自己目睹的母亲的辛苦操劳,自己的养蚕经验以及若干昆虫,比如雨后的蜻蜓、夜间起飞的萤火虫、夏天的蝈蝈与秋天的蟋蟀等生命短暂现象而进一步联想到了人类所必不可免的死亡现象。"我忽然想到,母亲是会老的,是会死的,我们所有的人是会老的,是会死的,是一定要死的。一想到死我感到极大的压抑和虚空。""我早早就深深体会着'春蚕到死丝方尽'的悲剧性,远远比'蜡炬成灰泪始干'更绝望,更无计可施。"③"我问姐姐,你说死是怎么回事?姐姐平静地说——我不知道她为什么有这样的生死观——死就和睡着了一样嘛。"但姐姐的解释不仅没有解决王蒙的疑惑与恐惧,反而加大了他的莫名恐惧:"姐姐的话并没有减少我对于死亡的

① 王蒙:《王蒙自传·半生多事》,花城出版社2006年版,第36页。
② 王蒙:《王蒙自传·半生多事》,花城出版社2006年版,第34页。
③ 王蒙:《王蒙自传·半生多事》,花城出版社2006年版,第35页。

恐惧,却使我愈想愈觉得睡觉是一件可怕的事,果然,睡着了无知无觉,与死一次是一样的,我想的不是死像睡眠,而是睡眠像死。"①一个是"死像睡眠",一个是"睡眠像死",看似说的是一回事情,但最后传达出来的意思却决然不同。前者实际上是在强调死没什么可怕,不过像睡眠一样。难道说,谁没有过睡眠的体验么?后者则是在渲染强调死亡的可怕,如果有朝一日就这么如同睡眠一样无知无觉地永远"睡"过去了,那会是多么可怕的一件事情啊。或者是为"死亡"过度焦虑的缘故,于是,在某一天夜晚,小小年纪的王蒙竟然有了一番极不寻常的"死亡"体验:"一天晚上,我在一个神经质的状态中,喝了一大口极腥的鱼肝油,那时候的人认为鱼肝油就是最厉害的保健药品了。夜晚躺在床上,发觉一轮满月正好照在我的脸上,那时住的小平房,是没有窗帘也安装不起窗帘的。月光再次使我感到孤独,神秘。我感到不理解这个世界,不理解自己和家,不理解生命的偶然和无助。我忽然想,如果就这样睡去——死去呢?我只觉得正在向一个无底的深坑黑洞,陷落、陷落着再陷落着。我几乎惊叫失声,我不敢入睡。这是我有生以来的第一次失眠,第一次精神危机:大约只有九至十岁。"②一般情况下,如同王蒙这样只有"九至十岁"的少年,是不可能明确产生清晰的死亡意识的。而王蒙,则很显然不仅多次提出过死亡的疑问,而且也还有过这样一次被"死亡意识"意外突袭的真切体验。实际上,关于何为死亡意识,关于死亡意识与文学创作之间的关系,学界已经多有探讨。一般来说,是指"关于死亡的感觉、思维等各种心理活动的总和,既包括个体关于死亡的感觉、情感、愿望、意志、思想,也包括社会关于死亡的观念、心理及思想体系"。③ 就此而言,王蒙的死亡恐惧,毫无疑问属于死亡意识的范畴之中。而死亡意识的觉醒与文学创作甚至文史哲这些学科之间关系的密切,也早有人做出过深刻的论述:"对于人来说,没有像死那样使人思考虚无的场所了,对自我来说,死是虚无最强烈的现象,正如虚无曾经使柏拉图和德谟克利特所惊惧那样,死在他们那里,不,自古以来,就是一般哲学家最正统的课题。思索存在的人,而且思索人的人,不能不思索死。"④也因此,死亡,毫无疑问是文学创作所必须面对的一大母题。从这个意义上说,死亡意识超乎于寻常人的过早觉醒,对于王蒙最终成为一名优秀的作家,肯定产生过一定的作用和影响。

再接下来,我们不能不予以考察的一个问题就是,王蒙为什么会成为一名革命作家,或者说他的文学创作为什么一开始就会呈现出鲜明的左翼化色彩。关于这个问题,我们恐怕也应该从四个方面切入予以深入分析。首先,是来自积极倡导革命的共产党人的影响。这一点,突出地体现在李新同志身上。李新是由王蒙的父亲王锦第带回家来的,王锦第肯定想不到,他所带回家来的这位尊贵的客人,会对儿子的未来人生道路产生不小的影响,会最终致使王蒙彻底成为一个如同李新一样的革命者。关于李新,王蒙在自传中也有着较详尽的

---

① 王蒙:《王蒙自传·半生多事》,花城出版社 2006 年版,第 35 页。
② 王蒙:《王蒙自传·半生多事》,花城出版社 2006 年版,第 35—36 页。
③ 孙利天:《死亡意识》,吉林教育出版社 2001 年版,第 2 页。
④ [日]今道友信:《存在主义美学》,崔相录,王生平译,辽宁人民出版社 1987 年版,第 70 页。

叙述:"李新同志一到我们家就掌握了一切的主导权。他先是针对我刚刚发生的与姐姐的口角给我讲批评与自我批评的道理,讲得我哑口无言,五体投地,体会到一个全新的思考与做人的路子。也是一个天衣无缝,严密妥帖,战无不胜的论证方式。对于我来说,这是一个做圣人的路子,遇事先自我批评,太伟大了。自我批评一开始也让我感到有些丢面子,感到勉强,但是你逃脱不开李新同志的分析,只能跟着他走,服气之后——你无法不服气的——想通了之后,其舒畅与光明无与伦比。"①紧接着,王蒙生动地记载叙述自己怎样在李新的具体指导下撰写修改全市中学生讲演比赛的讲演稿。受到李新思想的影响,王蒙的这一次讲演果然大获成功。本来应该是第一名,但由于受到了其中政治倾向的影响,只能屈居第三。即使是第三,也让王蒙倍感振奋,同时对李新也越发敬佩了:"作为我此生遇到的第一个共产党人,他的雄辩,他的真理在握的自信,他的全然不同的思想方法与表达方法,他的一切思路的创造性、坚定性、完整性、系统性与攻无不克战无不胜的威力,使我感到的是真正的醍醐灌顶,拨云见日,大放光明。"②与共产党人李新形成鲜明对照的,是国民党官员讲话的文理不通:"我完全不记得温局长讲了什么内容、为什么中学生必须听他的讲话,但是我记得他的怪声怪气,官声官气,拿腔作调,公鸭嗓,瞎跩文却是文理不通。"③

然后,王蒙不无"歪理邪说"地把社会政治的问题与语言文字联系在了一起加以评说。"我相信一个政权的完蛋是从语言文字上就能看得出来的,是首先从语文的衰败与破产开始了走下坡路的过程的。同样一个政治势力的兴起也是从语文上就显示出了自己的力量的。""我读左翼著作,新名词,新思想,新观念,高屋建瓴,势如破竹,强烈,鲜明,泼辣,讲得深,讲得透,讲得振聋发聩,醍醐灌顶,风雷电闪,通俗明白,耳目一新。而你再看旧政权的作品。例如蒋的《中国之命运》,半文半白,腐朽俗套,温温吞吞,含含糊糊,嘴里嚼着热茄子,不知所云,而又人云亦云,以其昏昏,使人无法昭昭。一看语言文字,就知道谁战胜谁了。"④能够把社会政治问题与语言文字联系起来考察,当然是王蒙的一种"创造"。或许与王蒙身为作家,乃是语言文字的崇拜论者有关,他再一次把语言文字抬举到了简直是"一言兴邦"的高度。只可惜,原初意义上的"一言"所指并非语言文字的运用风格,而是指一种重要的思想发现。王蒙之所以认定王蒙的言说多少带有一点"歪理邪说"的感觉,就是因为他以一种如此雄辩的方式完成的关于社会政治与语言文字之间关系的分析未必能够站得住脚。凡是左翼的作品,语言风格皆值得肯定,凡是旧政权的作品,就一定"以其昏昏,使人未必昭昭"。这种简单直接的语言决定论逻辑,诉诸客观事实,实际上在很多时候都是无法成立的。这方面的反例,其实不胜枚举。更进一步说,王蒙虽然没有明确指出,但他所对比谈论的,其实是毛泽东与蒋介石的两种不同语言文字风格。事实上,如果仅就语言文字的运用来说,毛与蒋各有特

① 王蒙:《王蒙自传·半生多事》,花城出版社2006年版,第39—40页。
② 王蒙:《王蒙自传·半生多事》,花城出版社2006年版,第40页。
③ 王蒙:《王蒙自传·半生多事》,花城出版社2006年版,第41页。
④ 王蒙:《王蒙自传·半生多事》,花城出版社2006年版,第41页。

色也各具个性,难分轩轾。硬生生地把他们的语言文字与社会政治成败捆绑在一起,再以成败论英雄,此种推论方式,弊端是非常明显的。然而,尽管王蒙的谈论方式存在问题,但就他个人接受左翼思想的实际情况来说,李新这样一位可谓雄辩滔滔的共产党人的影响,的确是无法被忽视的。

其次,来自当时现实社会的黑暗与不够公正。这一点,同样在自传中有着真切的记述:"理论的力量在于与现实的联系。我满怀热情地迎接'国军''美军'的到来,兴奋完了发现人们仍然是一贫如洗。报纸上刊登的都是接收变'劫收'的贪官污吏、穷人无生计,一家四口服毒自杀、美军车横冲直撞,每天轧死多人,汉奸摇身一变、成了地下工作者的消息。食不果腹,衣不蔽体的我走在大街上看到大吃大喝完毕脑满肠肥的'狗男女'们,他们正从我从来不敢问津的餐馆里走出来,餐馆发散出来的是一股股鸡鸭鱼肉油糖葱姜的气味,我确实对之切齿痛恨,确实相信'打土豪、分田地'的正义性与必要性,相信人民要的当然是平等正义的共产主义。"①一方面,我们承认王蒙对于现实社会的观察当然是真实的,但在另一方面,需要稍加辨明的一点是,王蒙自己的所谓"食不果腹、衣不蔽体"(一种文学夸张手法的运用,在这里是显而易见的)的成因,到底是现实社会的不公正与不合理,还是王蒙父亲王锦第生活中的不靠谱,以至于未能履行好身为丈夫与父亲的责任。尽管我们并无意于从总体方面为王蒙置身于其中的社会辩护,但就王蒙的个体生活来说,他的父亲所理应承担的家庭责任,很显然也是不容忽视的。

第三,来自王蒙自己广泛的文学阅读。"何况我正在读的书是巴金的《灭亡》,是曹禺的《日出》,是茅盾的《腐蚀》与《子夜》,还有绥摩拉菲支的《铁流》。这些书都告诉我社会已经腐烂,中国已经濒危,中国需要的是一场大变革,是一场狂风暴雨,是铁与血的洗礼。"②"还不仅仅是这些带有社会批判倾向的作品,我回想,包括安徒生童话与格林童话,包括《卖火柴的小女孩》《活命水》《灰姑娘》《快乐的王子》《稻草人》《大克劳斯与小克劳斯》《白雪公主》,都给我留下了深刻的印象与强烈的激动,世上有许多不义,世上有许多美丽善良诚实而又受苦的人,世上有许多'皇帝的新衣'需要戳穿,有许多'灰姑娘'和'小人鱼'等待着爱她们的王子,有许多被魔鬼变成了石头的生灵等待着'活命水'(有点像观音大士的杨枝净水)的起死回生。"③关键的一点是,在少年王蒙的理解中,所有的这一切困厄与不平,都需要依赖于革命的到来才会迎刃而解:"我的感觉革命才是这样的复活生灵的活命水。现实有太多的丑恶,理想是多么美好动人,能够把丑恶的现实变成美好的理想的唯有革命,为此,我们为革命必须付出高昂的代价,为革命也是为理想,付出再多的代价也是值得的。文艺,尤其是文学常常会成为一个革命的因子,从我自己身上,我清楚地看到了这一点。"④现实社会中,社会政

---

① 王蒙:《王蒙自传·半生多事》,花城出版社2006年版,第40页。
② 王蒙:《王蒙自传·半生多事》,花城出版社2006年版,第40—41页。
③ 王蒙:《王蒙自传·半生多事》,花城出版社2006年版,第41页。
④ 王蒙:《王蒙自传·半生多事》,花城出版社2006年版,第41页。

治的力量往往是非常强势的,而文化或者文学的力量往往会显得不那么起眼。但只要稍微地拉长一点时间的距离来看,你就会越来越感受到文化与文学力量的强大与重要。而且,这种重要性与时间的长度之间构成的,是一种正比例关系。愈是时间久远,你就愈是能够感受到文化与文学作用的重要。在自传中,王蒙通过自己少年时的文学阅读对未来人生道路选择的影响,再一次有力地说明了这一点。

与以上三个方面相比,更重要的,恐怕是第四个方面,那就是,内心倾向于左翼思想的王蒙,年仅十四岁的时候,就加入了中国共产党,成为一名少年布尔什维克,直接参加到了革命之中,真正地变身为一个革命者。关于自己最早的革命历程,王蒙在自传中同样做出过翔实的交代。先是在何平与黎光两位同志的领导下尝试进行地下工作,那个时候的王蒙只有十二三岁:"一年后何平中学毕业,就业了,他的地下工作从面向中学改为面向'职业青年'了,他不再与我们联系,而改由职业的革命者,中共中央华北局城市工作部学委中学工作委员黎光同志联系我们。用地下的术语,我和秦学儒这两个'进步关系'(因我们当时并无组织身份)由黎光——当时告诉我们的名字是'刘枫''带'。带是地下党的单线联系的上级对下级的指导。"①就这样,在从事了一段地下革命活动之后,刚刚升入高中一年级的王蒙,终于得到了实现自己的社会政治理想的机会——在黎光(刘枫)介绍下加入了中国共产党。十四岁的王蒙加入中国共产党的一九四八年,国民党在全国的统治已经岌岌可危,未来一个以共产党为主导的新政权的建立,也已经是大势所趋。加入共产党之后,年少气盛的王蒙的革命热情更加高涨,他以更加积极的姿态投入到了地下活动之中,以至于一向表现很好的功课都受到了严重的影响:"我不能确定的是,是由于我太分心才听不进高中老师的课,还是由于老师的课讲得确实不好,我才分了心。我其实已经模模糊糊地感觉到,我走的路已经脱离了幼年时立下的志向:学好功课,金榜题名,有所成就。我已经把自己的命运全部和革命的前途联系在一起了。对于一个学生,原来真的有比功课更重要的事儿。"②就这样,既然很早就成了一名拥有实践经历的革命者,那王蒙成为革命作家,也就势在必然,自是题中应有之义了。

一个人为什么会成为一位作家?一个作家究竟是怎样练成的?一个作家的最终形成与其童年记忆之间到底构成了怎样的一种关系?从普遍的意义上说,可以说每一位作家个体提供的答案都不尽相同。这里,我们的主要工作,是借助王蒙给广大读者提供的《王蒙自传》第一卷《半生多事》,根据作家的相关童年记忆,试图综合地域文化、家庭处境、家庭教育、义学天赋以及文学阅读等多方面的因素,从文学发生学的角度,深入探讨分析王蒙成为一名思想明显倾向于左翼革命的作家的基本成因。归根到底,王蒙之所以会成为一名很有影响力的优秀作家,并且以长篇小说《青春万岁》的形式开始了自己的小说写作生涯,正是以上各种因素综合发生作用的一种结果。

---

① 王蒙:《王蒙自传·半生多事》,花城出版社 2006 年版,第 55 页。
② 王蒙:《王蒙自传·半生多事》,花城出版社 2006 年版,第 65 页。

1980 年代初乡土小说中的科技器物

——以《人生》《哦,香雪》为中心的考察

刘永丽 *

（四川师范大学 文学院,成都 610068）

内容摘要：本文通过考察 1982 年发表的两部小说《哦,香雪》《人生》对现代科技器物的描述与书写,探求其中所透露出来的社会文化内涵。本文从三个方面考察现代科技物品：一、被写入文本的物：火车、飞机及其声音,探讨写在文本上的现代科技之物刻画的时代文明与文化形态;二、被看视的物：从有机玻璃发卡到铅笔盒,通过视觉凝视的心理探讨,分析物所具有的符号意义;三、被尊崇的图像与知识体系及爱恋,分析图像对人物情爱心理的支配,探讨"新启蒙时代"的诸多文化现状及观念形态。

关键词：80 年代初;科技器物;文化意涵

- -

　　物质研究者们认为,物品不仅仅是沉默的物,更是能说明人及社会内涵的富有深义之物。物质有"近似于文字、象征、叙事乃至历史的性质"①。人类在自然界中生存,不断地发明创造生产工具,制造物质产品,而这些工具和物又构成了一个新的世界,并进而对社会及人的生活方式、各种观念产生影响。所以每一个历史阶段的物质,都是时代历史的记录与文化的体现,尤其是现代科技之物。麦克卢汉说,"每当引入新的技术文明,就会产生全新的服务环境,社会经验随即实现大规模的重新组合"②,表明了现代科技之器物对社会日常生活产生的全方位的影响。而"所有的物都被写入了文本性"③,那么,考察 80 年代初写入文本的代表科技的现代性之器物,是否也能探求其间所蕴含的社会内涵？ 本文以 80 年代初的两

---

　　* 作者简介：刘永丽,四川师范大学教授,博士生导师。

　　基金项目：本文为国家社科基金项目《中国近现代文学中的西洋器物书写研究》（项目编号为 19BZY107）阶段性成果。

① 孟悦、罗钢主编：《物质文化读本》,北京大学出版社 2008 年版,第 3 页。
② ［加］马歇尔·麦克卢汉著、理查德·卡维尔编：《指向未来的麦克卢汉》,机械工业出版社 2016 年版,第 129 页。
③ 孟悦、罗钢主编：《物质文化读本》,北京大学出版社 2008 年版,第 556 页。

部小说《人生》和《哦,香雪》作为考察对象,尽量挖掘其蕴藏在文本之外的丰富意涵。

一、被写入文本的物:火车、飞机及其声音

火车在现代历史时期就已经出现,并作为现代性的隐喻、车厢殖民政治隐喻等各种意识形态话语出现在作家的笔下。然而经过几十年的隔断,在20世纪80年代初的乡土文学作品中,火车又作为一种初次出现的新奇物品重新被写入文学中,成为新时期文明的标志,其中隐含着的历史文化意蕴值得探究。我们知道,火车自诞生之日起,就被视为一种“进步”的现代性:“火车使大批量人口依靠机械化工具高速移动,是一种巨大创新,火车因此成为现代性的标志。”[①]不过,机器更重要的作用是给了我们一种全新的观看世界的方式:“铁路带来的‘信息’,并非它运送的煤炭或旅客,而是一种世界观、一种新的结合状态。”[②]火车确实不仅是作为一种交通工具而存在,更重要的是其中所蕴含着的科技的、机械的力量,它代表了科技进步、平等自由等意蕴,同时,它也凝聚着政治的、文学的资本象征,因为,“举凡我国社会的转变,思想的醒觉,经济的发展,以及政治的演进,国运的隆替,件件与铁路问题有关”[③]。那么,80年代初初次进入乡村民众视界中的火车汽车、飞机等现代交通工具,传递了什么样的时代信息呢?

物质文化研究者认为:物“比其他任何东西都更好地刻画了文明的类型”[④]。新时期伊始的火车,作为现代文明的风景进入文学书写,是时代生产力水平及文化风貌的标记。铁凝《哦,香雪》中的火车,在台儿沟正式营运的时候,“人们挤在村口,看见那绿色的长龙一路呼啸,挟带着来自山外的陌生、新鲜的清风,擦着台儿沟贫弱的脊背匆匆而过”[⑤]。乡村人围观火车的场景,展现的是乡村社会初历现代性的体验——如同晚清时期的民众初见西洋器具时的惊羡体验一样。只是,1875年,英国在上海铺设了14.5公里长的吴淞铁路,成为中国第一条火车运营铁路,百年以后的1980年代,中国偏远地方的乡村民众,才第一次看见铁路,似乎现代化历史是从零开始,其中所蕴含的辛酸无可言说。然而,改革开放后,现代科技还是以巨大的力量覆盖了山川大地,波及小小的台儿沟。火车,这个在台儿沟只不过停留一分钟的现代科技,是改变台儿沟物质、精神风貌的神奇存在,台儿沟民众的生活方式与生存体验由此进入了现代模式。首先是使这个日出而作、日落而息的村庄受到了现代时间系统的控制。“从前,台儿沟人历来是吃过晚饭就钻被窝”,“如今,台儿沟的姑娘们刚把晚饭端上桌

---

① John Curry, *Mobility*, Cambridge: Polity Press, 2007, p.92—93。

② [法]让·鲍德里亚:《消费社会》,刘成富、全志钢译,南京大学出版社2018年版,第114页。

③ 凌鸿勋:《中国铁路志》,文海出版社1954年版,第1页。

④ 西恩·迪斯:《物质文化和文化身份的系谱》,孟悦、罗钢主编:《物质文化读本》,北京大学出版社2008年版,第218页。

⑤ 铁凝:《哦,香雪》,《青年文学》1982年第5期。本文所有有关《哦,香雪》的引用都源于此,不再一一标注。——作者注。

就慌了神,她们心不在焉地胡乱吃几口,扔下碗就开始梳妆打扮"。芒福德认为时钟是现代社会的重要标志,时钟改变了人们对世界的感知方式,它"帮助人们建立这样一种信念:即存在一个独立的、数字上可度量其序列的世界"①。有了这样的时间概念,人们就可以把时间切割,并赋予某个时间意义和价值。台儿沟的女孩子,晚上也可以为了火车停留的一分钟而梳妆打扮(而传统习惯应该是晨起梳妆),而且把这一分钟看得比一天24小时的任何时间都有意义。为着这一分钟,她们精心梳妆打扮。火车停留的一分钟,成了她们每一天的美好期待:"一个叫人兴奋的念头又在她们心中升起:明天,火车还要经过,她们还会有一个美妙的一分钟。"所以,这是"五彩缤纷的一分钟!"

小说给火车停留的一分钟进行了赋值,使其蕴含无限美好之价值意义。而对这美妙的一分钟赋予美好意义的同时,不可避免地贬损了属于乡村生活的那些时间。每天属于火车的一分钟和属于乡村日常生活的23小时59分钟,其给予姑娘们的喜怒哀乐情绪的截然对立,几乎是乡村与城市社会巨大鸿沟的隐喻。由此,火车成为寄寓乡村人文明期望的重要器物,也成为现实中远走高飞、脱离乡村生活的重要中介物。同样的,在《人生》中,当高加林看到村里人常年吃水的井"脏得像个茅坑",深切地体味到乡村的愚昧和落后的时候,"他闭住眼,又由不得想起了无边无垠的平原,繁华热闹的大城市,气势磅礴的火车头,箭一样升入天空的飞机……"②这里,气势磅礴的火车头,箭一样升入天空的飞机,这些生机勃勃的现代科技意象,成了高加林满足自己精神需求的现代性物件。

汽车、火车、飞机,这些现代化的机械,也使得乡村人进入了现代的"声音"体系,由此,火车"声音"的轰鸣,在文学作品中也成了一种有意味的风物。《人生》中,乡村人不明白"漂白粉"为何物,巧珍刷牙也当成"西洋景"被围观,而自由恋爱则被视为有伤风化。在高加林对这样的乡村生活感觉到绝望时,梦想的科技产品的"声音"隆隆而来:

> 有时,在一种令人沉重的寂静中,他突然会听见遥远的地平线那边,似乎隐隐约约有些隆隆的响声。他抬头看,天很晴,不像是打雷。啊,在那遥远的地方,此刻什么在响呢?是汽车?是火车?是飞机?不知为什么,他总觉得这声音好像是朝着他们村来的。美丽的憧憬和幻想,常使他短暂地忘记了疲劳和不愉快;黑暗中他微微咧开嘴巴,惊喜地用眼睛和耳朵仔细搜索起远方的这些声音来。

声音是听觉感官的重要存在形式,声音依物而存在,声音和物一样,也是时代文明的标志。"物质材料在变迁,声音在变迁,社会风俗也在变迁,每一个社会的'声音景观',都是由该社会的主要物质材料所决定的。"③高加林在乡村生活中听到的自然声音景观主要是雷

---

① [美]刘易斯·芒福德:《技术与文明》,中国建筑工业出版社2009年版,第16页。
② 路遥:《人生》,《收获》1982年第3期。本文关于此作的所有引文均出自此处,不再一一标注。——作者注。
③ [加]雷蒙德·默里·谢弗:《被玻璃所阻隔的"声音景观"》,王敦译,《文化与文学》2016年第2期。

声、雨声、流水声,而乡村文化的声音景观主要就是乡村人口唱的信天游。这样的声音景观是乡村社会特定历史时期"时间性"的重要标识,同时建构了他在乡村生活中的生活方式。高加林对飞机声音寄寓的美好联想,即基于他的这种生活基础上。所以,声音体系也建构了一个符号系统,"不同阶层、性别或者出身的人会对不同声音有不同的联想,声音系统以微妙的方式塑造个体和集体身份"①。王蒙发表于 1980 年、展现新时期万物欣欣向荣景象的小说《春之声》中,"车轮撞击铁轨的噪音",让主人公想起的是当前流行的一支轻柔的歌曲——《泉水叮咚响》,是愉悦心灵的清音雅乐。作者之所以把火车的噪音联想成音乐,是因为"火车开动以后的铁轮声给人以鼓舞和希望"。② 这可以说是改革开放后整个时代对机械、科技寄予的希望。同样地,身在乡村社会的高加林在幻想中听到了汽车、火车、飞机的声音,他向往的是火车、飞机代表的机械文明所承载的文化形态。而香雪对火车声音的感觉是:"它那撼天动地的轰鸣也叫她感到恐惧。在它跟前,她简直像一叶没根的小草。"香雪对火车的轰鸣声感觉恐怖,她向往的是北京普通话和配乐诗朗诵构建的温和世界。如果说尚不知稼穑之艰辛的中学生香雪对火车声音的恐惧源于对现代科技所带来的未知世界无法把握的恐慌,那么经历过城乡对比生活的高加林深深地知道机器文明带来的世界才是解救乡村落后生活的彼岸世界。所以在高加林眼里,汽车、火车、飞机,代表的是一种知识和文明构建的流动而充满活力的理想现代生活,是能激发生命激情、实现自身价值的生活。吉登斯说,现代交通工具使整个社会流动了起来:"尽管在前现代时期,迁移、游牧和长距离奔波已经是平常的事情,但同现代交通工具所提供的密集的流动性比较起来,前现代的绝大多数人口则处在相对凝固和隔绝状态。"③高加林对火车声音的期盼,正是一种对凝固落后之乡村生活的拒绝、厌弃。小说中写到高加林后来到了城市,常听到的是广播,想起的是"手风琴的醉心的声音",喜欢听的苏联卫国战争歌曲——《歌唱第聂伯河》——是用现代科技传播的代表精英文化的声音,代表的是与乡村文明不一样的现代文明形态。高加林对这样的"声音景观"的追逐,体现的也是其对现代文明的向往与追求。

二、被看视的物:从有机玻璃发卡到铅笔盒

火车停留的一分钟之所以被赋值,是因为火车所载之物带给台儿沟姑娘们视觉世界的无比喜悦。她们注意的全是新东西——乡村社会土地上没有的东西,那些现代科技流水线上出品的制造物:"有机玻璃发卡","夹丝橡皮筋","花色繁多的纱巾","能松能紧的尼龙袜","妇女头上别着的那一排金圈圈","比指甲盖还要小的手表",以及"房顶子上那个大刀片"(电扇)——这是台儿沟一般姑娘看到的。而女学生香雪,看到的是铅笔盒,皮书包。这

① [澳]大卫·加里奥:《城市的声音:现代早期欧洲城镇的声音景观》,王敦、李泽坤、李建为译,《文学与文化》2017 年第 4 期。
② 王蒙:《春之声》,《人民文学》1980 年 5 月号。
③ [英]安东尼·吉登斯:《现代性的后果》,田禾译,译林出版社 2011 年版,第 90 页。

种看视,构成了饶有意味的文化现象。视觉文化研究者指出:"看绝不是一种单纯的自然关系,而是有着复杂意义的社会——文化关系。"[①]看视的行为,也蕴含着丰富的社会文化意蕴。台儿沟的姑娘们,带着无比的新奇和兴奋,看视的是乡村社会中没有的东西,对火车上的人是一种仰视的眼光,而火车上的人对台儿沟的姑娘们的看视,很明显是一种俯视。被称为"北京话"的列车员在台儿沟姑娘的眼中,"白白净净的","身材高大,头发乌黑",北京话也是"漂亮的",而"北京话"面对她们时"双手抱住胳膊肘,和她们站得不远不近",很显然是一种居高临下的身体语言。旅客们爱买香雪的货,因为在他们的眼光中,香雪有"洁如水晶的眼睛",有"洁净得仿佛一分钟前才诞生的面孔",是柔弱的样子:"你不忍心跟这样的小姑娘要滑头,在她面前,再爱计较的人也会变得慷慨大度。"这样的话语蕴含着旅客们的怜悯心,暗示着某种不公平。而大多数的时候,台儿沟的姑娘一直是仰望的姿态,车厢里的人们却"冷漠":"车窗全部紧闭着,旅客在黄昏的灯光下喝茶、看报,没有人向窗外瞥一眼。那些眼熟的、长跑这条线的人们,似乎也忘记了台儿沟的姑娘。"香雪"尽量高高地垫起脚尖,希望车厢里的人能看见她的脸",而"车上一直没有人发现她",展现出的是台儿沟于火车上的旅客可有可无的残酷现实。

这样的看与被看的不公平场景也出现在香雪和她的县城同学交往过程中。最突出地表现在对香雪的"铅笔盒"的看视,香雪的铅笔盒是她当木匠的父亲为她考上中学特意制作的小木盒,"在台儿沟还是独一无二的",在城市中却成了香雪乡下人身份的象征,而被同学耻笑。小说中写到这样的看视场景:

> "你上学怎么不带铅笔盒呀?"她们又问。
>
> "那不是吗。"香雪指指桌角。
>
> 其实,她们早知道桌角那只小木盒就是香雪的铅笔盒,但她们还是做出吃惊的样子。每到这时,香雪的同桌就把自己那只宽大的泡沫塑料铅笔盒摆弄得哒哒乱响。

这种对铅笔盒的围观和看视的场景深有意味。值得探讨的问题是,为什么香雪会如此快速地放弃自己铅笔盒的价值而屈从于科技型的铅笔盒的优势地位?她为什么不能坚守自己铅笔盒的独一无二呢?这就涉及了视觉所承载的文化意义。因为视觉中的"凝视""绝不只是去看,它意味着一种权力的心理学关系,在这种关系中,凝视者优越于被凝视的对象"[②]。香雪的铅笔盒被围观的凝视场景的出现,就是基于现实社会中的权力关系,即城市优于乡村的现实存在。在城市同学的观念里,铅笔盒是城市文明的象征,优于小木盒,有这样先验的观念认知,才有围观现象的出现。所以,这样的看视场景,体现的是时代的文化及

---

① 周宪:《视觉文化的转向》,北京大学出版社2013年版,第66页。
② 周宪:《视觉文化的转向》,北京大学出版社2013年版,第64页。

意识形态。"我们所见之物是以我们显而易见的自然感知的文化建构为中介的。"①视觉绝不是自然纯净的感官,它对物的看视经过了一个由自身承载的文化的过滤,体现的是时代观念和文化的形态。

香雪的铅笔盒是典型的农耕文明的代表之物——手工产品。在 20 世纪 40 年代哲学家海德格尔的看视中,手工产品是充满温情/记录人性温暖的贴心之物,其存在的价值是优于科技产品的。在《诗人何为》中,海德格尔批评"技术生产的不伦不类的产物"使"旧日成长的事物迅速消逝",他认为手工制品都是"无限宝贵,无限可亲的",因为可以"在其中发现人性的东西和加进人性的东西的容器"。而科技产品"空泛而无味,似是而非的东西,是生命的冒牌货……"②海德格尔批判千篇一律的科技产品是按照同一个模子生产出来的,物性由此丧失:"技术的统治不仅把一切存在设立为生产过程中可制造的东西,而且通过市场把生产的产品提供出来。人之人性和物之物性,都在自身贯彻的制造范围内分化为一个在市场上可计算出来的市场价值。"③人性之光辉由此丧失。而在 20 世纪 70 年代末 80 年代初的中国社会语境中,科技被奉为神祇,"现代化理论"成为整个社会的叙事范式,成为"中国政府、知识界乃至普通民众构想、规划和想象'新时期'的知识语言"。④ 我们知道,中国的政府文件和国家领导人发言于 1975 年开始启用"现代化"一词,并将"实现四个现代化"作为"新时期"的国家目标。1978 年 3 月 18 日,中共中央在北京召开全国科学大会,邓小平指出:"四个现代化的关键在于实现科学技术的现代化",并提出"科学技术是生产力"的观点。重视科技的观念由此深入人心,反映在 20 世纪 80 年代初的现实生活中,即是民众对科技产品的极力追逐。时至今天,受生态、环保观念思想的影响,原木、手工产品也开始备受青睐,成为新世纪中国时尚观念的铭记。香雪对自己铅笔盒的厌弃,是因为她的铅笔盒不具有科技所代表的市场价值。而作为科技产品的铅笔盒进入商品系列拥有符号价值,是现代商业文明的象征——即进入现代性话语体系的重要标志。所以,香雪所渴求的是铅笔盒进入现代文明话语体系、证明自身身份的摆设功能。这也标示着改革开放后 80 年代初期的物品不可避免地有了符码化的特征,应合了消费社会的运行逻辑。因为消费社会里"消费物品的特点是一种功能的无用性"⑤。从储存铅笔的功能来看,香雪的木制铅笔盒已经能够满足需求,但香雪追求的不是铅笔盒的实用功能,而是其作为商品所凝结的符号价值——摆设功能,而"摆设恰恰就是物品在消费社会中的真相"⑥。有吸铁石的泡沫铅笔盒能成为摆设也是基于时代对科学技术的推崇。正如鲍德里亚所说:"当技术成为一种神奇的心理实践或一种时尚的社

---

① 周宪:《视觉文化的转向》,北京大学出版社 2013 年版,第 83 页。
② [德]海德格尔:《诗人何为》,见《林中路》,上海译文出版社 2004 年版,第 304 页。
③ [德]海德格尔:《诗人何为》,见《林中路》,上海译文出版社 2004 年版,第 306 页。
④ 贺桂梅:《80 年代、"五四"传统与"现代化范式"的耦合》,《文艺争鸣》2009 年第 6 期。
⑤ [法]让·鲍德里亚:《消费社会》,刘成富,全志钢译,南京大学出版社 2018 年版,第 100 页。
⑥ [法]让·鲍德里亚:《消费社会》,刘成富,全志钢译,南京大学出版社 2018 年版,第 100 页。

会实践时,技术物品本身就变成了摆设。"①正是在整个社会都认可科技产品——泡沫塑料铅笔盒优于手工产品的文化语境中,香雪认同了铅笔盒的符号价值。

铅笔盒的价值产生差异的根源在于城乡关系的差距。香雪手工制品的铅笔盒在台儿沟是独一无二的,即是香雪的"城镇的"女学生身份,使她在文化水平较低的台儿沟民众中处于优越地位。而把她放在和城市同学的关系比较中,就不能视为独特的存在。香雪拿40个鸡蛋交换了铅笔盒后,从"兜里摸出一只盛擦脸油的小盒放进去",她放的是"盛擦脸油的小盒",而不是铅笔钢笔,进一步展现了铅笔盒的摆设功能。她"又想到了明天,明天上学时,她多么盼望她们会再三盘问她啊!"拥有了铅笔盒,更重要的是拥有了一种城市身份。诚如鲍德里亚所谓:"人们从来不消费物的本身(使用价值)——人们总是把物(从广义的角度)用来当作能够突出你的符号,或让你加入视为理想的团体,或参考一个地位更高的团体来摆脱本团体。"②香雪买铅笔盒的行为,体现的即是从贫穷的台儿沟的团体,加入城市女学生团体的愿望。这其间遵循着的逻辑即是城市团体高于乡村团体的社会认同。

同样的,台儿沟的姑娘们也是如此,火车车厢是她们通过观看并模仿的比乡村高一级的社会形态,由此,她们的衣着也渐渐"仿照火车上那些城里姑娘的样子把自己武装起来,整齐地排列在铁路旁,像是等待欢迎远方的贵宾,又像是准备着接受检阅"。台儿沟的姑娘正是通过"看"的行为,了解了城市姑娘的穿衣时尚,并竭力靠近这些时尚物品,由此建构自己优越于乡村社会的身份。而为什么城市姑娘拥有、使用和展示的物品,即是有意义、价值的属于时尚的物品?归根到底是因为城市姑娘身份优越于乡村姑娘身份。而这种城乡身份差异是经由长期的社会化机制塑造出来的。费斯克指出:"看制造意义,它因此成了一种进入社会关系的方式,一种将自己嵌入总的社会秩序的手段,一种控制个人眼下的个别社会关系的手段。"③台儿沟的姑娘正是通过使用城市姑娘所拥有的各种物品,尽力突破自己在社会特定秩序和结构中居于下层的位置,尽力进入高一级的社会关系。由此,物品对台儿庄的姑娘来讲,不仅具有"增势"功能,也有证明自己价值以防别人轻视的"防御"机制功能。

三、被尊崇的图像与知识体系及爱恋

《哦,香雪》中写道:台儿沟的姑娘们,"像看电影一样,挨着窗口观望"每一个火车车厢,这种像看电影一样的观看,也透露着时代的文化内涵。首先,把台儿沟的姑娘们看火车车厢比拟成看电影,展现的是电影的世界和现实世界的差别,同时也是沉静不变的乡村世界和丰富多彩的外部世界的差距。其次,更重要的是,电影是一种被认可的经典文化形态,代表的是时代的文化权威,这是台儿沟的姑娘们无条件地服膺车厢的一切文化和时尚的根源所在。

① [法]让·鲍德里亚:《消费社会》,刘成富、全志钢译,南京大学出版社2018年版,第101页。
② [法]让·鲍德里亚:《消费社会》,刘成富、全志钢译,南京大学出版社2018年版,第41页。
③ [英]费斯克:《解读大众文化》,南京大学出版社2001年版,第38页。

福柯认为，"在任何社会中都有某种制约或者控制着人们如何谈论和思考问题的范式"①，这些范式即是我们约定俗成的社会文化知识。选择看什么并去欣赏模仿，本身即包含了时代文化因素。每一个人都处在特定的社会阶层和文化层次之中，因此，各人选择看什么相当程度上被他的文化水平及所在的社会文化状况所决定。一方面，是看者的文化素养决定了他会选择看什么及如何看；另外，看者的选择也受时代文化的影响，时代褒扬的文化成为看者所仰望的标杆。对台儿沟的姑娘来说，她们所服膺的文化体系也是时代所遵奉的现代化理论。典型的如凤娇对列车员"北京话"的好感，朦胧中的暗恋，正是基于"北京话"代表的是一种现代性的知识、文明。

饶有意味的是，《人生》中写到高加林喜欢巧珍的一个关键因素，是他看巧珍的侧影时令他想起俄罗斯画家的油画："画面上也是一片绿色的庄稼地，地面的一条小路上，一个苗条美丽的姑娘一边走，一边正向远方望去，只不过她头上好像拢着一条鲜红的头巾……"俄罗斯画家的油画，是被书写的经典，代表着现代性的高雅文化。高加林把巧珍和俄罗斯画家的油画联系在一起，才有了爱巧珍的理由和热望。而黄亚萍对高加林的爱恋，因为他"有点像小说《钢铁是怎样炼成的》里面保尔·柯察金的插图肖像；或者更像电影《红与黑》中的于连·索黑尔"。同样也是在80年代所习见的图像所昭示的高雅文化中突显爱恋特质。值得注意的是，乡村姑娘巧珍想象的爱情场景，也是被经典电影所书写过的景象：

> 她曾在心里无数次梦想她和这个人在一起的情景：她把她的手放在他的手里，让他拉着，在春天的田野里，在夏天的花丛中，在秋天的果林里，在冬天的雪地上，走呀，跑呀，并且像人家电影里一样，让他把她抱住，亲她……

"电影里一样"，表明了巧珍对时代精英文化的膜拜。而巧珍因为其父亲的短视成了"睁眼瞎"，这是她今生最大的遗憾。她对高加林的爱恋也基于自身的这种不足。由此，《人生》里的爱情书写，也展现出时代特色，即对代表现代化理论叙事之主要标志——知识与文化的推崇，标示出知识文化毋庸置疑的权威力量。巧珍爱加林的理由，是他一身与知识文化相关的本事："吹拉弹唱，样样在行；会安电灯，会开拖拉机，还会给报纸上写文章哩！""电灯"，"拖拉机"，"写文章"，都是属于现代科技的知识内容，引发着巧珍的爱欲。而小说中写到高加林的移情别恋，也是因为巧珍视野的狭窄、语言的乏味，他内心对黄亚萍情感的倾斜是因为他们有更多的共同话题可谈。他和黄亚萍谈文学，谈音乐，黄亚萍也喜欢高加林的"眼界"和"精神追求"，而克南母子"只知道吃"。她念着高加林那些才华横溢的文章，爱情才重新燃烧起来。他们俩的恋爱也是以知识和学问的探讨为主。他们在一起时："马上东挟西扯地又谈起了国际问题。……"而正是这样广博的知识令黄亚萍产生了爱情："亚萍听得津津有味，秀

---

① 包亚明编：《权力的眼睛》，严锋译，上海人民出版社1997年版，第83页。

丽的脸庞对着加林的脸,热烈的目光一直爱慕和敬佩地盯着他。"可以说,在《人生》中,产生爱情的最基本的基础,就是两人对知识的渴望。高加林喜欢黄亚萍,也是因为她知识的渊博。她能谈国际能源问题,知悉目前能源缺乏现状,知道"现在有十四种新能源和可再生能源的复合能源",这些,都令高加林"惊讶得半天合不拢嘴"。"他想不到亚萍知道的东西这么广泛和详细!"而他与巧珍的谈话仅限于日常生活的柴米油盐——在某种程度上,他对黄亚萍的追逐也是基于对文化的追逐。这样的恋爱场景的书写耐人寻味。在"五四"的启蒙时代,涓生和子君的恋爱是谈家庭专制,谈易卜生,而在 30 年代的新感觉作家笔下,恋爱的男女之间的交谈不再涉及灵魂层面的任何东西:"短短吃一顿晚饭的时间,作为舞女的她便教了他三百七十三种烟的牌子,二十八种咖啡的名目,五千种混合酒的成分配列方式。"①1980年代,知识渊博的女子成为男子心仪的对象,知识可以左右情欲——或者说拥有可以突破情欲而成为恋爱首选的强大力量。

在这些谈恋爱的场景中,可以发现,时代所推崇的电影、油画、经典小说,被书写成文字的这些文明,成了最大诱惑。被书写成文字、形成图像的这些印刷品,代表着知识和理性,成为乡村人膜拜的神祇。列斐伏尔说,书写是一种"能够让统治通过宣传而使其权力神秘化的单向沟通形式"。"在某种意义上,城市就是以书写为基础而开始的;书写命名和表示着城市掌权者,及其管理能力,政治与军事统治;书写把城市的规则强加于村庄与乡野。"②书写代表了一种绝对正确的态度,一种强硬不可违背的文化权力,在 20 世纪 80 年代初的文化背景下,体现的是知识高于一切的观念。《人生》中,当巧珍的父亲嫌弃高加林家里"塌墙烂院,家里没一件钱东西"的时候,村支书高明楼说:

"哈呀!值钱东西是哪里来的?还不是人挣的?只要立得住,什么东西也会有!"

这句话恰是"知识就是力量","知识就是生产力"的最好注脚。"知识就是力量"是弗兰西斯·培根的名言。1978 年的科学大会上,邓小平提出"科学技术是第一生产力"后,这个口号在新时期伊始的知识界被喊得热火朝天,被视为是"知识就是力量"命题的崭新诠释。学习知识成为当时建设祖国、进军四个现代化的重要途径。同时,"这一政治口号成为知识分子重返文化权力场域的一个重要风向标",而"对希求改变个体命运的底层民众而言,'知识就是力量'同时意味着'知识改变命运'"。③"知识就是力量"或者"知识改变命运"的说法,在 1980 年初的新启蒙时代,成为鼓动年轻人理想与热血的强大力量。而就知识类型而言,成为时代所尊崇的被书写成经典的,才是权威的毋庸置疑应该绝对服从的。

值得注意的是,《人生》中在写到高加林的知识时,突出的是他对文学、音乐的喜爱及对国际等时事新闻的关注及知晓。他去县文化馆翻杂志,首先看《人民日报》的国际版。他很

① 穆时英:《骆驼、尼采主义者与女人》,《穆时英全集》(2),北京十月文艺出版社 2008 年版,第 149 页。
② 刘怀玉:《现代性的平庸与神奇——列斐伏尔日常生活批判哲学的文本学解读》,中央编译出版社 2006 年版,第 338 页。
③ 张俊:《"知识就是力量":作为一个口号的反思》,《社会科学论坛》2013 年第 4 期。

关心国际问题,诸如"中东问题""欧洲共同体国家相互政治经济关系研究""东盟五国和印支三国未来关系的演变""中美苏三角关系中美国的因素"等。由此可知,高加林所拥有的知识,不是科学技术方面的知识,而是属于道统范畴的所谓圣贤的理论,属于价值知识体系。这也是中国传统知识分子所秉承的知识体系。李约瑟曾这样说到传统中国的知识系统:"早期儒家对于自然科学极少兴趣","儒家思想把注意力专注于人类社会生活,而无视非人类的现象,只研究'事'(affairs),而不研究'物'(things)"①。费孝通也说,传统知识分子被社会承认的有价值的知识不是解决"实际事务"的自然、科技方面的知识,而是"建立在历史智慧、文学消遣,以及表现自身的艺术才能"②基础上的"伦理知识",即所谓经世治国之管理国家社会的学问。在孟子那里,治天下"有大人之事,有小人之事","或劳心,或劳力。劳心者治人,劳力者治于人",所以在传统的观念里,自然、科技方面的知识即是"劳力者"应该做的"小人之事",与费孝通所说的"自然世界的知识是生产知识,是属于农民、手工业者和其他赖以为生的人的"一致③,而治理天下的学问即是"劳心者"做的"大人之事"。这样的劳动分工决定了阶级差别的合理性,也决定了知识的尊卑优劣之分,使得传统的读书人一直寻求的是经世治国方面的知识。高加林身为农民,却对与农耕有关的科技知识不感兴趣,专注于国家大事方面的知识,便是传统知识观念延续的最好证明。这种知识范式对农耕生活并无用处,必须进入政府管理部门等平台才能施展其才能。

《人生》中的高加林在县委大院当干部后,他所拥有的才华和知识才有了发挥的平台。当上新闻记者后他立刻就取得了不凡的成绩,发表了多篇通讯报道,在县城成了一个引人注目的人物,同时他学会了照相和印放相片的技术。他的这个"照相机"与他的"记者"身份一样,不仅仅是文化技术的象征,更重要的是代表一种权力,是对社会话语权的拥有。高加林所拥有的这些知识确实给他带来了巨大的社会权力地位的满足:

> 他走到国营食堂里买饭吃,出同等的钱和粮票,女服务员给她端出来的饭菜比别人又多又好;在百货公司,他一进去,售货员就主动问他买什么;他从街道上走过,有人就在背后指划说:"看,这就是县上的记者! 常背个照相机! 在报纸上都会写文章哩!"

高加林的"知识"给他带来了爱情,及被人尊重和艳羡的内心的满足,正如香雪所设想的拥有代表知识的铅笔盒后,就能上大学,就可以"坐上火车到处跑,就能要什么有什么,就再也不会被人盘问她们每天吃几顿饭了"——其实是实现了被人尊重的精神需求,同时拥有了享用社会资源的权力。可以说,高加林对"飞机""汽车"等科技的向往,只是对其所蕴含的现代生活的向往,香雪对"铅笔盒"的追逐,更重要的是对一种被尊重的文化身份的追求。福柯

---

① [英]李约瑟:《中国科学思想史》(第2卷),科学出版社、上海古籍出版社1990年版,第12页。
② 费孝通:《中国绅士》,中国社会科学出版社2006年版,第43页。
③ 费孝通:《中国绅士》,中国社会科学出版社2006年版,第37页。

说:"知识就是权力",①培根也说:"通向人类权力和通向人类知识的两条路途是紧相邻接,并且几乎合而为一。"②凡此种种,都展现了知识与权力的密不可分。高加林也好,香雪也好,他们对知识文化的追求,归根结底是对知识所蕴涵的权力的敬重。高加林正是在知识体制的保障之下取得了话语霸权的文化资本,而香雪拼命要进入的,正是这样的知识体制。

四、余 论

有论者说,80年代的新启蒙最终追求的是个人意识的觉醒,对香雪和高加林这样的乡村人来说,是与城市人平等的个人意识。但这种个人意识,更多的是追求自己和外界共同拥有的权力,而不是思考如何成为真正的具有现代独立人格意识的人。在研究新启蒙的学者看来,所谓的现代独立人格就是指"坚守理性原则,依凭自我理性来进行自由选择","戒免传统的'俯附性'和功利性之人格特征,与意识形态保持一定的距离,从而以其反思与批判精神与之对峙而成张力"。③很显然,高加林不是"戒免传统的'俯附性'和功利性之人格特征"的知识分子,而是为时代意识形态服务的知识分子。而这样的知识分子一旦失去了赖以生存的代表权力的文化机构,其掌握的知识便无用处。高加林的结局就是这样,无论他有多么广博的知识储备和出众的才华,一旦他在既定的社会秩序中没有了位置,权力也就不存在了。而饶有意味的是,高加林最后回归土地,在认知观念上也重新回归土地,即德顺爷爷告诉他的朴素道理:"劳动不下贱","没有这土地,世界上就什么也不会有"。小说中写到高加林被德顺爷爷启蒙后,"一双失去光彩的眼睛里重新飘荡起了两点火星":

> 高加林一下子站起来了。傲气的高中生虽然研究过国际问题,讲过许多本书,知道霍梅尼和巴尼萨德尔,知道里根的中子弹政策,但他没有想到这个满身补丁的老光棍农民,在他对生活失望的时候,给他讲了这么深奥的人生课题。

作者把国际方面的知识和德顺爷爷的朴素的生活道理放在一起,并从价值上肯定了后者,这表明,高加林在知识的价值认同上也完全回归乡土社会。但问题是,高加林是有才学有能力做好新闻工作的,也就是说,他与新闻工作者的职位是相配的,但他因为没通过高考,拥有的才力不能发挥,换个角度来看,就是社会不能做到"人尽其才",作者是否应该质疑80年代中国社会的人才选拔机制?路遥没有去关注其间的不合理,而是让高加林的知识价值体系重新归于土地。同样的,在《哦,香雪》中,香雪最后对大山的感受也昭示着她最终也明白了土地的价值。

---

① [美]米歇尔·福柯:《规训与惩罚:监狱的诞生》,刘北成、杨远婴译,生活·读书·新知三联书店1999年版,第29页。

② [英]培根:《新工具》(第2卷),许宝骙译,商务印书馆2011年版,第119页。

③ 张光芒:《中国当代启蒙文学思潮论》,上海三联书店2006年版,第118页。

大山原来是这样的！月亮原来是这样的！核桃树原来是这样的！香雪走着，就像第一次认出养育她长大成人的山谷。台儿沟呢？不知怎么的，她加快了脚步。她急着见到它，就像从来没有见过它那样觉得新奇。台儿沟一定会是"这样的"：那时台儿沟的姑娘不再央求别人，也用不着回答人家的再三盘问。火车上的漂亮小伙子都会求上门来，火车也会停得久一些，也许三分、四分，也许十分、八分。它会向台儿沟打开所有的门窗，要是再碰上今晚这种情况，谁都能从从容容地下车。

　　所以香雪"面对严峻而又温厚的大山，她心中升起一种从未有过的骄傲"。这样的骄傲也是源于时代的自信：农村必定也会迎来现代化的发展，大山凭借自身的优势肯定会成为独特的存在而最终达到和城市的平等。两部小说最后对土地的回归，展现的也是对80年代"实现农业现代化"话语的绝对信任及认同，和对时代真理、价值、信念、规范等文化体制的绝对服膺。

《应物兄》儒学话语评析

邓全明*

（苏州健雄职业技术学院，太仓 215400）

内容摘要：多种话语形成众声喧哗的话语场是李洱长篇小说《应物兄》的一个突出特点，而儒学特别是儒家思想的现代性转换是其中最重要的话语，这一安排反映了作者对中国精神、中国形象建构这一重要问题的关注、思考和期待，也体现了作者强烈的现实主义精神。不过，由于应物兄本人的表现和通过他折射出的社会现实与儒学思想、儒家精神存在巨大反差，加之反讽手法的大量运用，使《应物兄》对儒家的立场呈现某种"暧昧"状态。

关键词：《应物兄》；当代小说；话语；反讽；儒家思想

一

《应物兄》是近几年来引起文坛巨大反响的少有的几部小说之一，它之所以能够引起热议，与其确实给文坛留下了不少"难啃的硬骨头"有关，如大量知识/学问引入小说文本，引发"以小说见才学""以学问为小说"可行性的讨论①；如长达九十万字的大河小说，故事却非常简单、情节琐碎，引发关于小说故事性、戏剧性的讨论②；如融古今中外各种话语、文体于一体的"杂语体"，引发人们对小说的文体纯洁性的讨论③。本文仅讨论其中第三个问题的部

＊ 作者简介：邓全明，文学硕士，苏州健雄职业技术学院副教授。

① 参见王尧、郜元宝等：《〈应物兄〉给文学史留下了怎样一根骨头》（上），《名作欣赏》2020年第3期。王尧、郜元宝、金浪都涉及这一问题，王尧先生的基本判断是《应物兄》中的知识属于思想的载体，有其合理性，郜元宝虽然认为小说可以"将学问本身设定为一种特殊的小说叙事的对象"，但对走向"极端"持一定的保留意见，金浪则完全肯定。

② 参见王尧、郜元宝等：《〈应物兄〉给文学史留下了怎样一根骨头》（上），《名作欣赏》2020年第3期。金浪指出《应物兄》"难以卒读"的同时肯定这样的探索。

③ 参见谢有顺：《思想与生活的离合——读〈应物兄〉所想到的》（2019年第4期）、《〈应物兄〉给文学史留下了怎样一根骨头》（上），谢有顺《应物兄》将其称为"杂语体"，张钧则称之为"学术随笔集成"。

分内容,即《应物兄》涉及儒家思想哪些内容、作者如何看待儒家思想。

何言宏指出:"《应物兄》中有很多声音,也可以说是很多话语。但最主要的声音与话语,还是关于儒学的。"①确实如此,《应物兄》最主要的聚焦者和叙述人是国内儒学研究的"网红"和学术大咖应物兄,贯穿小说的主要故事是济大儒学研究院的筹建及海外儒学大家程济世的引进,儒学、儒家思想自然成为《应物兄》最重要的话语。《应物兄》中有关儒家的话语可以分为两类:"小说的话语"和"小说中的话语",前者指《应物兄》整个作品对儒家思想的看法、立场,后者是指小说中的人物对儒家思想的看法、立场。《应物兄》与儒家、儒学相关的"小说中的话语"主要由应物兄师徒学问、言行来体现,其中享誉海内外的儒学大师程济世的儒学思想大体涉及四个方面。一是对儒家思想核心内涵之一的"和"的现代阐释,"地里先有庄稼,锅里先有饭,人人才有一口饭吃,是谓'和';先划定个话语空间,尔后开口讲话,是谓'谐',所谓先确定伦理纲常,人人都来遵守,就叫'和谐'"②,这是程济世对儒学核心概念"和"的阐释。《论语》说:"礼之用,和为贵。先王之道,斯为美。小大由之,有所不行。知和而和,不以礼节之,亦不可行也。"程济世的解释显然是"以礼节之""仓廪实而知礼节"儒家思想的现代通俗版本。二是儒家思想的传承与变革关系的把握。在回答一青年学生关于孔子时代的中国人与当代中国人存在巨大差异和继承儒家思想之间的矛盾的问题时,程济世说:"传统的变化、断裂,如同诗歌的换韵。任何一首长诗,都需要不断换韵,两句一换,四句一换,六句一换。换韵就是暂时断裂,然后重新开始。换韵之后,它还会再次转成原韵,回到它的连续性。"③这是程济世对民族精神传承与革新的形象说明:具体的韵可以变,但押韵的规则不变,这就是变与不变的关系。三是以"和"为核心的儒家思想在当代中国社会中地位的认识。程济世1984年在新亚书院成立35周年做《和谐,作为一种方法论和世界观》的演讲,也曾撰文指出"二十一世纪的中国最重要的目标是建立和谐社会"④,在北大演讲时他说"经过海内外儒学家的共同努力,中国在当代国际社会中的身份已发生改变,已经从冷战时期的红色小说,被重新定义为儒家中国"⑤,道出他对包括中国精神、中国形象在内的意识形态建设的理论架构。程济世虽然没有说到马克思主义,事实上他所说的今日的"儒家中国",已是经过了现代性转换的中国——其中纳入了当代中国核心精神马克思主义。虽然他没有具体论述二者如何融合,但从他对马克思主义与儒家思想关系的梳理中——他曾指出儒家对欧洲启蒙主义、马克思主义产生影响——我们可以联想两者融合的可能性及路径,更为重要的是他将其作为与西方的现代性具有同样价值的"另一种现代性"。四是道统、学统、政统的关系,应物兄曾在一篇论文中指出程济世的一大贡献是从道统、学统、政统三个维度认识儒学。

① 何言宏:《〈应物兄〉给文学史留下了怎样一根骨头》(上),《名作欣赏》2020年第3期。
② 李洱:《应物兄》,人民文学出版社2018年版,第156页。
③ 李洱:《应物兄》,人民文学出版社2018年版,第331页。
④ 李洱:《应物兄》,人民文学出版社2018年版,第130页。
⑤ 李洱:《应物兄》,人民文学出版社2018年版,第326页。

众所周知,中国封建社会中,三者基本是统一的,只是在不同的时期,三者的地位和统一的形式有所差异。应物兄作为程济世在国内最器重的弟子,大体继承了程济世的衣钵。"孔子把自我身心的修行,看成一个不会终结的过程……孔子的道德理想是在一个日常的、变动的社会中徐徐地展开的"①,应物这一看法,实际上也是程济世的看法,程济世认为"儒学研究从来都是跟日常化的中国联系在一起,跟中国发生的变革联系在一起"②。从中我们不难发现,在程济世师徒身上整合了钱穆、牟宗三、冯友兰、余英时、林毓生、杜维明等第三代新儒家的诸多重要思想。冯友兰以为"极高明而道中庸"是儒家思想的一个突出特点——即"超越人伦日用又即在人伦日用之中"③,这与应物对儒家的认识相似。另外,冯友兰新儒家思想的一个突出特色是融合了马克思主义,这与程济世相似。"三统论"出自牟宗三,但应物的那篇论文显然综合牟宗三、钱穆、杜维明的观点。钱穆著有《文化学大义》《中华文化十二讲》等著作,他所说的文化属于大文化范畴,他认为文化是"人类生活的一个整一全体"④,政治只是他大文化系统中的第二层。他将古代社会的政治形态分为"民权的""皇权的""神权的"三种类型,而中国政治"最先便想把第三阶层来领导第二阶层,再由第二阶层来领导第一阶层",他认为中国这种"由道德来领导政治,再由政治来领导经济"⑤的模式仍是现代社会的理想模式。我们知道钱穆将文化(即整一全体的人类生活)分为三阶层,分别为经济的,政治和精神的,而他分层归属的提法,与"三统说"可谓异曲同工。余英时、林毓生分别著有《中国思想传统的现代性诠释》《中国传统的创作性转化》,在分析中国传统文化的精神本质的同时都强调中国传统文化现代性转化的可能性、必要性和重要性。杜维明著有《"公共知识分子"与儒学的现代性发展》《面对全球化的儒家人文主义》《全球伦理的儒家诠释》《儒家精神资源与现代性的相关性》等重要论文,在重申儒家思想现代性转化的可能性、重要性同时强调儒学中国对世界中国形象的展示、世界新秩序建立的意义。程济世的这些努力,显然得到了社会的认可,他被"认为是学术界对于中国的现代性的反思的开端"⑥的人物便是证明。程济世不仅是一个研究儒学的学者,也是一个积极传播中国文化的使者,并做出巨大的贡献。如2009年美国国会通过一项议案以纪念孔子诞辰2560年,如在各种学会会议上回击学界对儒学的攻击和曲解。程济世传播儒学思想的另一方法是确立儒学在世界、人类思想史上的地位,搭建儒学与世界文明沟通的桥梁,如指出美国《独立宣言》所受儒家文化的影响、儒学对于马克思主义的贡献。程济世身上不仅综合了新儒家的重要思想,而且有现实的人物原型。如果我们将程济世与杜维明比较会发现两者存在一些相似之处。杜维明为哈佛大学教

---

① 李洱:《应物兄》,人民文学出版社2018年版,第415页。
② 李洱:《应物兄》,人民文学出版社2018年版,第414页。
③ 冯友兰:《贞元六书》,中华书局2014年版,765页。
④ 钱穆:《文化学大义》,九州出版社2016年版,第7页。
⑤ 钱穆:《文化学大义》,九州出版社2016年版,第41页
⑥ 李洱:《应物兄》,人民文学出版社2018年版,第864页。

授,哈佛燕京学社社长,北京大学高等人文研究院院长,浙江大学讲座教授,博士生导师,达沃斯世界经济论坛和联合国"推动文明对话杰出人士小组"成员,多次参与世界文明、宗教对话活动,为宣传儒学做出了重要贡献。另外值得注意的是李洱开始创作《应物兄》时,正是杜维明相当活跃的时期,我们甚至可以猜测这是激发李洱《应物兄》创作的契机之一。以上分析表明:程济世是第三代新儒家思想和形象的浓缩,具有很强的典型性和现实意义:揭示了当代中国社会走向、意识形态生产的一个核心问题——中国的现代性从何处来、向何处走。对于《应物兄》来说,虽然应物兄师徒的儒学思想触及中华民族文化复兴的重要话题,代表着当代中国现代性之一种方向,但也只是众多话语中的一种,是"小说中的话语",而其"小说的话语"是什么? 即作者如何看待儒家话语? 它在作品中的地位、与其他话语关系如何? 是本文接下来要讨论的问题。

二

要讨论《应物兄》对儒家思想的立场,还需要讨论儒家话语与其他话语的关系。除了儒学话语之外,《应物兄》还涉及众多话语:以柏拉图为重点的古希腊哲学、黑格尔为重点的西方现代理性主义哲学、胡塞尔为代表的现象学、萨特为代表的存在主义、结构主义语言学等哲学思想;文学话语则有批判现实主义、启蒙主义、虚无主义、新历史主义文学传统,儒家、道家的文学传统,《诗经》《红楼梦》的传统,《儒林外史》《围城》的传统等。儒家思想作为众多话语中的一种,与其他话语有对话、交流,也有自身的学术坚守。何为作为主要研究柏拉图的哲学教授,在西学研究上颇有建树,她将王阳明的儒学思想与柏拉图的思想进行比照,旨在建立中西两大文化传统对话桥梁。这种平等对话本身包含对儒家思想一定程度上的肯定。不过,她对在儒学界享有盛誉的对程济世并不完全买账,认为他本拥有广阔的话语空间,但他却"浪费了这个话语空间"[1]。可以说,何为教授对程济世的不满并不一定是对儒学的不满,也许是对他个人的不满。芸娘是济大首批四位博导之一的姚鼐的高徒,学贯中西,学术视野开阔,她将王阳明与现象学比照,发现了两者的相通之处,这也表明儒学思想有着深厚的人类学基础,可以成为人类共同的精神财富。文德能是应物非常敬重的同学,也是较早接触罗蒂的《偶然、反讽与团结》的中国学人,他认为罗蒂虽然看到了后现代的种种分裂、混乱,但依然希望人类达成某种共识,并对此心怀希望。文德斯是何为教授的得意门生,他同样学贯中西,从世界文化的视野看待儒学思想。对于西方的民主制度,他说道:"雅典人对民主制度有天然的爱好,认为自己拥有自由。但柏拉图认为,他们拥有的自由其实是假的自由。随心所欲并不是真的自由",因为"真正的有价值的'随心所欲',就是满足人自然向'善'的欲望"[2]。文德斯的这一看法,与王阳明所说"有孝亲之心即有孝亲之理,无孝亲之心即无孝亲

① 李洱:《应物兄》,人民文学出版社 2018 年版,第 301 页。
② 李洱:《应物兄》,人民文学出版社 2018 年版,第 274 页。

之理"颇有相似之处——都强调善出自本心,也就是说他在柏拉图的"善"与王阳明的"善"之间建立了一种对话关系。另外他对柏拉图关于商人社会地位的论述,也打通了儒学与柏拉图哲学的关系。柏拉图并不反对商人,但反对将商人提到过高的地位,这与儒家君子爱财取之有道类似。小严主要从事自然科学研究,对"天人合一""命运共同体"的提法有所保留,但肯定了道德共同体的价值。

以上分析表明《应物兄》中儒学话语不仅内涵丰富,而且从人类文化发展史的高度探讨其意义,足以说明李洱对儒家思想做过认真的研究和思考,这是不是意味着"小说中的话语"与"小说的话语"能画上等号呢?事实上,从小说故事情节的发展和最后的结局看,两者不仅不能画上等号,甚至是背离的。作为新儒家泰斗程济世的得意门生,应物兄曾对儒学研究院寄予厚望,谈到济大儒学研究院的未来时曾经热血沸腾,并许诺把自己的后半生奉献给儒学研究院、奉献给儒学复兴事业。然而随着儒学研究院建设的铺开,他越来越成了"局中的局外人",读者则发现所谓的儒学"网红"、儒学大咖不过是一个软弱、没有血气甚至不无奴性的应声虫,除了自言自语发发牢骚、自我嘲讽一番,对强权、社会不公不敢有任何真正意义的作为,这在他与雷山巴关于他的双胞胎情人哪一个可以进入太和研究院的一次对话中显露无遗。在被迫接纳了吴镇、易艺艺进入儒学研究院后,与儒学研究院没有任何关系的商人雷山巴也想把她的两个双胞胎情人中的一个塞进儒学研究院,这显然是无理而滑稽的要求,不过在狂妄自大、财大气粗、肆意妄为的雷山巴前面,如同患上软骨病的应物连说一句拒绝话的勇气都没有,甚至在雷山巴没有指责他之前,就自认莫须有的错误,这确实让读者无语。应物兄的家庭生活也与儒家理想相差甚远:与妻子乔姗姗形同路人,更不应说夫妻之礼,女儿应波也与儒家思想越来越远,很显然,按照传统的标准,应物连基本的齐家都没有做好。令人沮丧的还有儒家大师程济世种种表现。程济世作为儒学界的巨擘,确实为儒学研究和儒学在国外的传播贡献颇丰,也赢得了应有的尊重和敬意。不过,一旦谈论到他的家庭生活,他儒学大师的身份会大打折扣。程济世一生未娶,他一夜风流留下的唯一后人程刚笃则不仅吸食毒品,还与女友珍妮、易艺艺群交,儒家所强调的礼和礼背后的理性精神在他身上没有半点影子。程刚笃虽是程济世的儿子,但绝对不是程家衣钵的传人。可以说,作为儒学大师的程济世,以儒家的标准衡量,不仅在齐家方面多有欠缺,而且家无传人,这无疑让读者怀疑他口口声声宣扬的儒学思想现代性转换和传承的现实可能性。

最后,虽然济大的掌门人和儒学研究院的积极推动者葛宏道离开了济大,最初设想掌管儒学研究院的应物因为车祸生死未卜,但儒学研究院最终还是成立了,不过,读者对儒学研究院的正面期待被筹建过程中的种种龃龉消耗殆尽。济大校长葛道宏是儒学研究院的首倡者和最高决策者,著有《走出"历史终结论"的阴影》,曾有力回击福山关于自由民主制度是人类意识形态发展重点的论调,这似与他将儒学、西方启蒙主义、马克思主义作为当代中国"另一种现代性"重要思想资源有关,并可看出他对儒学的重视。不过,随着面纱揭去，我们发现"三分之一儒学家"的葛校长其实是个极端功利的人，他对黄兴可能带来的巨额捐款的兴趣远远大于儒学本身。他本人身上也没有多少儒家的道义精神，从赤裸裸威胁反对全部用英语授课的邬学勤教授、抄袭他人论文可见一斑。黄兴是程济世十分倚重的私淑弟子，家产颇丰，刚出现在读者眼前的他乐善好施，对"当代帝师"程济世敬畏有加，确似当代子贡，有儒者仁心。随着他回国考察活动的推进，他的真实面目、深藏不露的内心世界也逐渐展现——无非就是一个以赚钱为第一要务、及时行乐的生意人。他资助尿毒病人、捐资建立济大儒学研究院都不过小虾钓大鱼，以此试水、寻找在中国大陆投资办厂、获取丰厚的回报的途径。吴镇原为南开大学教授，研究领域为两宋文学、《水浒传》、鲁迅，后跟风玩儒学研究。他对儒学既无兴趣，也没有深厚的学术功底，不过靠巴结著名学者混得一点名气，在学界招摇过市。他不仅不学无术，而且人品极差——以卑劣的手段要挟清华大学知名教授聘请自己为清华大学名誉教授、撰文虚夸其学术成就。就是这样一个没有儒学功底也没有儒家道义精神和情怀的人，最终成了儒学研究院的真正掌权人。易艺艺是应物的学生中学术表现最差的一个，但因为是董松龄的私生女，获得留在研究院的资格，应物最器重的张明华反而与研究院无缘。由这样的一班人把持儒学研究院，很难让人相信济大儒学研究院在延续、广大儒家精神上能做出什么成就。另外，汪居常、陈董、铁梳子、卡尔文都自称是儒学的粉丝，但他们的所作所为令人不齿，让人感到儒学不过是一块遮羞布，也怀疑儒学在今日的真正价值。由儒学研究院的筹建和程济世引进开始，以程家旧院落成、济州老城区改造结束，确实把蛋糕做大了，但儒学研究院的地位也下降了：建立儒学研究院只是其中无关紧要的一环，甚至只是一块跳板、一个幌子，重要的是背后的各种利益争夺、交换。这些无疑都会让读者对儒学现代性转换的可能性，儒学对今日世界的意义、价值产生怀疑。这也似乎在表明，《应物兄》的真正意图是否定儒家思想现代性转换的可能性以及儒学的当代意义。项静以为《应物兄》"用不太靠谱的儒学观念或者儒学家群体建立起不靠谱的中国的主体性"①，之所以给人"不太靠谱的儒学观念"的印象，应与此有关，还有一些论者认为《应物兄》表现出了虚无主义倾向，也与此有关。不过，笔者以为虽然《应物兄》中不乏对今日所谓儒学传人的批判、对儒学现代性转换的质疑，但这并不意味它对儒家思想意义的整体性否定。贺绍俊认为"李洱本人是高度认同新儒家的思想见解的"，同时"在写到儒学时，他的态度多少有些暧昧"②，笔者十分赞同。笔者认为，李洱在写作过程中，对儒家思想存在矛盾，这也许是他这部小说写得十分艰难的原因之一。要准确把握《应物兄》对儒家思想的整体态度和立场，除了看到作者本身思想的矛盾性、复杂性外，还需要注意三个问题。

---

① 项静：《〈应物兄〉给文学史留下了怎样一根骨头》（下），《名作欣赏》2020 年第 5 期。
② 贺绍俊：《应物兄的不思之思》，《当代作家评论》2019 年第 3 期。

<h1 style="text-align:center">三</h1>

一是儒学传人的问题不等同于儒学的问题。《应物兄》中以儒者自居的人并非都是真正的儒者，或者说儒者有真假之分，其道也有真假之辨。孟繁华指出："以应物兄为核心的正在筹备的儒学研究院及其周边的'儒生们'，他们的行为方式和情感方式，并没有在与儒家思想有关的层面展开认为。"①言下之意，包括应物兄在内的所谓热心儒学的人与儒家没有关系，根本不是儒家衣钵的传人。对于应物兄，孟繁华写道："应物兄一出场，就注定了他是一个与现代知识分子无缘的人物"②，笔者以为说应物兄与现代知识分子无缘，似乎太过了一些。虽然应物兄没有达到孔子所说的"三达德"的境界，但并没有完全丧失知识分子的内省和批判精神。看到清华大学的教授屈服于学术流氓吴镇时，应物不仅感慨："他从中看到了讥诮、忍受、自卑……这就是清华大学的资深教授、长江学者、国务院特殊津贴专家、教育部学科评估小组成员？"③其中不无批评锋芒。至于应物的自省意识就更不应说了，他的自言自语基本都包含自我反省。虽然他不是一个勇士，但也不是一个连是非都不分的人。应物兄的懦弱、妥协固然是应该批判的，当然，我们更应该反省这一现象所反映的社会问题。总之，尽管《应物兄》中的一些儒者实际上不过是以儒者面目示人的江湖骗子、学术流氓，即使那些称得上儒者的人，也都存在某些甚至致命的缺点，但这只是他们个人的问题，而不是儒家本身的问题，因此，《应物兄》揭露当代"儒生们"的虚伪面孔、揭示其真实面目，不能视为对儒家思想、儒学本身的否定。

二是《应物兄》还塑造了几个虽不以儒者自居但具有儒家情怀的人物。双林院士是《应物兄》中着墨不多的人物，但却是一个不能忽视、颇有代表性的人物。双林院士是导弹专家，在那个艰苦的时代，为国家做出了巨大的贡献，也付出了沉重的代价，但他无怨无悔。应物"觉得双林院士和他的同伴们，都是这个民族的功臣……他们是意志的完美无缺的化身"④，应物兄的这一评价是发自内心的，也是客观、恰当的，在很大程度代表着作者发声。乔木、张子房、何为虽然也有这样那样的缺点，但他们身上不乏诗意与浪漫。"他觉得，他们文言文古律诗的交往方式，好像是要在现代的语法结构之外，用古代知识分子的语式和礼仪，重构一个超然而又传统的世界。他们的古诗，与其说是一种文类，不如说是一种道德理想，其中涌动着缅怀和仁慈。"⑤，应物对上一代知识分子的这一理解是正确的。特别值得注意的是其中提到"古代知识分子"和"道德理想"，这表明作者将他们归入知识分子行列，特别是儒家知识分子的行列。"芸娘的这篇论文完成于1985年，它在相当大的程度上象征了一代学人在

① 孟繁华：《应物象形与伟大的文学传统——评李洱的长篇小说〈应物兄〉》，《当代作家评论》2019年第3期。
② 孟繁华：《应物象形与伟大的文学传统——评李洱的长篇小说〈应物兄〉》，《当代作家评论》2019年第3期。
③ 李洱：《应物兄》，人民文学出版社2018年版，第641页。
④ 李洱：《应物兄》，人民文学出版社2018年版，第947页。
⑤ 李洱：《应物兄》，人民文学出版社2018年版，第824页。

上个世纪八十年代的思想和情绪"①,芸娘是《应物兄》中第二代知识分子的代表,叙述人如此描写她,也表明作者对那一代知识分子怀有的缅怀和敬仰之情。芸娘虽不是儒者,但她并不贬低儒学。小说结尾,张子房提到孔子所说"礼失求诸野",这并不是随意说的,而是作者精心的安排,张子房、程济世多次提到并认为早已去世的灯儿、仁德丸子的制作者都是这样的"野"人。他们虽然不为人所知道、称道,但他们是真正的儒家精神的继承人,而他们的存在也表明作者并没有完全否定儒家思想现代性转换的可能性。

三是《应物兄》是多种话语、多种传统众声喧哗的话语场,加之反讽手法的大量运用,使得儒家话语的声音相对弱小,甚至被读者忽视。《应物兄》中存在多种话语,这些话语又多有自己的传统,这些论者多有论述。如有论者提到《应物兄》有《红楼梦》的传统,也有《儒林外史》《围城》的传统。豆花、释延安等可谓机关算尽太聪明,依稀看到《红楼梦》的传统,此外,论者提到"虚无主义"也与《红楼梦》的虚无类同;以讽刺的笔法,揭露知识分子种种丑态,则承《围城》传统。大处而言,《应物兄》有启蒙主义、现实主义的传统,也有现代主义、后现代主义的传统。对于老一辈的张子房、芸娘等,作者倾注了大量的情感,并将他们作为一代人的代表来塑造,将他们的逝去视为"一代知识分子正在撤离",这种情怀大有八九十年代启蒙主义、现实主义的遗风——内容是启蒙主义、形式是现实主义。这些话语之间,有的存在矛盾,如启蒙主义的理性精神、入世情怀与中国传统的虚无主义,如儒家的价值取向与后现代主义的价值倾向、古代浪漫情怀和后现代无深度生活。要辨析这些话语和传统,把握作者真正的意图,自然不是那么容易的事情。另外,反讽手法的运用,也为读者把握作者对儒家话语的态度增加了难度。反讽是《应物兄》主要表现手法之一,罗岗则称之为"拟态",并指出"拟态"最突出的特征是呈现"真实的谎言"②,可谓道出了《应物兄》反讽的独特之处。反讽的一个突出特点是存在两层不无冲突的涵义,往往使读者真假难辨,假的却一本正经当作真来讲述、描述,真的却以调侃、不屑的方式讲述。《应物兄》中有大量注释,这些注释一些是注明引文出处,像论文的注释一样,其真实性可查证。有一些注释则是假托的,如应物兄那篇《程济世先生与儒学"三统"》论文,它是人物的作品,是虚构的,但同样像其他真实出处的文章一样注释,这是戏仿、嘲讽、解构,也是反讽。"真实的谎言"不仅发生在吴镇、雷山巴、罗总等身上,也发生在程济世、应物以至乔木、何为身上。如"儒学研究有如庄子说的'卮言',就像杯子里的水,从来都是随物赋形"③,这是应物的红颜知己陆空谷对应物说的话,表面上是褒奖,其实包含讽刺之意。这样做的结果是使一些读者以为《应物兄》是一部整体性反讽的作品,忽视了反讽、甚至虚无背后作者的建构性努力。有论者指出:"《应物兄》以独特的抒情方式提供了知识分子共同体或者叫知识共同体重新聚合起来的可能性,知识、反讽和抒情,在

① 李洱:《应物兄》,人民文学出版社 2018 年版,第 844 页。
② 罗岗:《应物象形与伟大的文学传统——评李洱的长篇小说〈应物兄〉》,《当代作家评论》2019 年第 3 期。
③ 李洱:《应物兄》,人民文学出版社 2018 年版,第 414 页。

这里成为一种建构性的力量,而没有像很多写知识分子的小说那样,成为否定性的、批判性的力量。"①笔者同意这一说法,并认为其中的建构性力量不能说与儒家思想没有关系。

　　最后,还要说明的是,《应物兄》将知识/学问本身作为小说的表现对象,如此规模宏大的小说史诗架构、戏剧性、故事性的支撑,无疑会增加阅读的困难,甚至会吓走一些读者,从而影响作品价值的实现。不过,这只是一种"陌生化"的手段,"陌生化"的目的在于吸引读者,《应物兄》以此作为"陌生化"的手段,引起阅读的新奇感,是无可厚非的,从发表后的反响看,也是成功的。当然,是否真正的成功,不能只有表面的新奇感,必须有内在深厚的思想,这一点,《应物兄》也是成功的。至于是艰涩还是浅白,庄还是谐,作家个人风格、审美情趣以及对隐含读者的预设决定,或会影响作品接受的广度,但并不一定影响作品的价值。

---

　　①　丛治辰:《〈应物兄〉给文学史留下了怎样一根骨头》(上),《名作欣赏》2020年第3期。

《刺猬歌》中齐文化孕育出的"野性(物) 生命观"的魅力与瑕疵

张清芳*

(河北师范大学 文学院,石家庄 050024)

内容摘要:齐文化孕育出的"野性(物)生命观"在张炜的长篇小说《刺猬歌》中发展成熟,其构成因素与基本内容既包括在充满浪漫传奇的齐文化氛围的胶东海边丛林世界中野物与人类的水乳交融关系,又包括那些充满奇人异事与野史传说的奇妙故事,具有一定的现实指向性和客观性,使《刺猬歌》成为 21 世纪以来文坛的一部奇书,产生较大影响。然而由于"野性(物)生命观"在内部又存在一些矛盾之处,导致《刺猬歌》在艺术上也相应地出现一些瑕疵,在某种程度上也折射出作者文学思想上的某种局限性。

关键词:《刺猬歌》;齐文化;野性(物)生命观

张炜以 1984 年出版的第一部短篇小说集《芦青河告诉我》为开端,到最近于 2018 年出版的长篇小说《艾约堡秘史》为止,每部作品都在深情地吟咏歌唱那片生养他的胶东海边野地丛林,讲述发生在其中的各种奇思妙想故事,表达对人类生存处境的思考。如同沈从文笔下的湘西世界、莫言的高密东北乡等,张炜在文学作品中逐渐造就了自己独特的"胶东海边丛林世界"和韵致独特的写作风格,这也成为其最鲜明的文学特征,甚至是"标签"。而张炜多年来在苦心孤诣地营造这片"胶东海边丛林世界"的过程中,还逐渐赋予了它的精髓和灵魂——齐文化孕育出的"野性(物)生命观",并在 2007 年出版的《刺猬歌》中达到成熟。与端方中正"不语怪力乱神"的鲁文化完全不同,所谓齐文化,"简单地概括一点,就是放浪的、胡言乱语的、无拘无束的文化,是虚无缥缈的、亦真亦幻的、寻找探索开放的文化,很自由、很放浪的文化"①。因此在浸润着各种"怪力乱神"奇谈怪论的齐文化背景中,胶东海边无边丛林中的各种野生动物与植物(张炜所谓的"野物")及生活其间的人们的日常生活都被涂抹上浓

----

* 作者简介:张清芳,文学博士,河北师范大学文学院特聘教授、博士生导师。

① 张炜:《芳心似火》,作家出版社 2014 年版,第 292 页。

重的浪漫传奇色彩,与诸多奇人异事和民间野史传说,一起成为这种"野性(物)生命观"的基本组成因素和主要内容主题。不过《刺猬歌》除"讲述一个林子和大海的传奇"之外,还肩负着折射当下社会现实生活现象的社会责任,因为"这个传奇如果又是现在发生的、与现在紧密相连的,那么许多现代的问题也就必然包含其中了,这是很自然的事情"[1],使这种"野性(物)生命观"同时兼具强烈的现实性因素——不但对近年现代工业企业大规模扩张对中国环境所造成的巨大破坏与污染继续进行严厉的批判与反思,希望能在工业现代化发展与大自然保护之间找到一条和谐共存之路。而且在已褪去四十年前《古船》所向往的农村工业化的理想色彩之后,作者通过不断重温故乡胶东海边丛林及对比、反观当下生活的方式,秉持一以贯之的思考者姿态谱写出对物质主义文明的批判及对人文精神理想的坚守。可说正是齐文化孕育出的"野性(物)生命观",使《刺猬歌》超越了近年文坛流行的环保主题而深入到对现代中国人生存境况及追求完美生活的形而上层面,使之既具有生动曲折、浪漫传奇的故事情节,又带有浓重的现实生活指向和精神探索意味,加之臻于炉火纯青的语言,遂使它成为作者21世纪以来的再一部力作,在文坛上产生较大影响。

但是由于"张炜在反抗现代文明的征途上一退再退,从形上道德的追索者坠落为传统文化道德实用主义直至成为封建性道德的牺牲品"[2],这也导致在《刺猬歌》中成熟的"野性(物)生命观"在内部依然无法避免出现某些矛盾和瑕疵,导致作品无法完美辩证地处理好现代化与传统性、工业物质文明与小农经济文明、现代发展与环境保护等彼此之间的多重关系,也造成"是对付这个时代的一把好手"[3]的廖麦这个完美人物性格上的某种分裂,从而暴露出他内心隐藏的一些封建义化思想意识,这使作者最终无法实现他始终践行的把中国文学中的神话文学和民间文学传统(指继承和发展《聊斋志异》等作品中的独特色调与齐文化特征,也是对童年中"对于记忆的那片天地的直接描绘和怀念")与社会现实指向("对欲望和喧闹的外部世界的质疑")[4]这两部分内容完美加以融合的理想化目标,而且还带有80年代"文学寻根"小说的某种影响和痕迹,在一定程度上削弱了《刺猬歌》的审美感染力,这也折射出作者文学思想上的某种局限性。

一、"野性(物)生命观"中人类与自然野物的交融关系

《刺猬歌》中齐文化孕育出的"野性(物)生命观"首先要面对与解决的一个问题,是人类与大自然中的动物、植物等野物及它们所代表的海边荒原莽野之间的具体关系,这也是最核心和最基本的一个问题。张炜在登上文坛伊始就拥有一种较独特的自然观和生命观念,早在1988年出版的《蘑菇七种》中已经把海边林场森林中的那些动物看作与人类地位平等的

---

① 张炜:《芳心似火》,作家出版社2014年版,第214页。
② 张光芒:《天堂的尘落——对张炜小说道德精神的总批判》,《南方文坛》2002年4期。
③ 张炜:《芳心似火》,作家出版社2014年版,第205页。
④ 张炜:《我跋涉的莽野》,春风文艺出版社2001年版,第4页。

生命体,主人公除了林场老人老丁外,还有那条与他心意相通的、模样丑陋的狗——宝物。宝物与林中狐狸不但如同人一样可以相互说话和对骂,而且它每天在山林中巡视时,"它让老乌鸦停下来,给它扇一会儿风。老乌鸦离去时已是呼呼喘,……树隙间所有的蜘蛛都在逃避,它们知道宝物最恨的就是它们了。蜘蛛在背后叫宝物为'丑凶神',并编了一套咒语咒它。那咒语像标语一样,呈一条条透明的细丝从树梢悬挂下来。宝物跑着,只要挨上垂挂的细丝,就是挨上了咒语"[1]。更神奇的是,后来这个诅咒竟然实现了。不过这些野物主要是在荒原莽林中活动,它们的世界自成一体系,与人们之间的关系仅仅限于彼此之间和平共处、互不干涉。到 1993 年出版的长篇小说《九月寓言》中,身处胶东海边荒野丛林世界的人类与自然之间依然遵从这种关系:"山狸子在远处连声喊叫,月亮如果禁不住它的呼号就会提前溜出来。长尾巴喜鹊、狐狸、鹌鹑、野獾,它们都等着在月色下梳洗打扮,擦上花粉去喝老兔子王酿的老酒。"只是仅有个别野物与个人开始如同朋友一般偷偷进行过交流:"据说老兔子王已经在荒滩上活了一百七十二年,如今只剩下一颗牙了。只有红小兵见过他,他们之间偷偷交流着酿酒秘方。他们的胡须都白了,一颗心却越变越善良。"[2]在 1996 年出版的短篇小说集《东巡》中的《瀛洲思绪录》,张炜直接通过秦朝时东渡到日本的徐福之口再次对二者之间关系进行总结概括:"人不能将'山河'据为己有,再神圣的统治者也仅仅能够做到'栖居'。体悟生命与山河的关系,即体悟'子'与'母'的关系。大地生殖不息,从小小昆虫到赫赫巨兽,从微末苔痕到参天大树,何等神渺难测。以拘谨之心对待'山河',去看守与卫护,敬若神明,正是栖息者的本分。"[3]即人类与大自然之间实际上属于"被创造出的栖息者"与"创造者母体"的关系,如同子女和自己母亲之间所拥有的血缘关系,特别是人类要依赖后者才得以生存与发展。这种看法显然超越了近年文坛流行的人类与大自然之间仅是环保关系(人类保护大自然,人类是保护者,后者是被保护者)的单一看法,或曰颠倒了这种保护关系中的双方位置——并不是大自然得到人类的保护,而是人类在大自然的庇护下得以产生和生存,人类应该爱护、敬畏和尊重大自然之母,包括大自然中的各种野物。

再到 21 世纪出版的长篇小说《刺猬歌》中,整部作品扑面而来的是一股浓浓的"野性"之气,作者兼用民间野史色彩与中国神怪故事传统的叙述方式传达出浓郁的大自然与野地气息,如同主人公廖麦所说的这是一部"丛林秘史",人类与大自然之间关系相应地演变为他们与自然野物之间你中有我、我中有你的血脉相连关系,甚至那些年岁大的动植物可称之为人类的长辈。它们与人类属于亲密融合、心意相通的同一个部落和族群,尽管彼此之间的具体生命表现形态并不相同。这成为齐文化孕育中的"野性(物)生命观"中的核心观点,也是它在《刺猬歌》中得以成熟的一个主要标志。如果进一步把张炜在 20 世纪 80、90 年代作品中对自然野物的描述与新世纪之后出现的《刺猬歌》中的野物书写相比较,会发现后者已经开

---

① 张炜:《蘑菇七种》,山东文艺出版社 2001 年版,第 44—45 页。

② 张炜:《九月寓言》,作家出版社 2014 年版,第 90 页。

③ 张炜:《东巡》,山东友谊出版社 1996 年版,第 36 页。

启一种新的书写模式:祖祖辈辈的人与海边林子里的野物血脉相连,很多野物已经直接融入人类的日常生活并彼此成为亲戚,成为人类生活的参与者。它们不仅可以通过变化成人的方式与人类相爱并结婚生子,像刺猬精、狐狸精、白杨树精等,而且海猪等雌性野物以原形方式同样可以为人类光棍生育孩子传宗接代。像旧社会棘窝村中最大财主霍公的二舅就是一头野驴,霍公的外貌同样带有野驴的一些特征,他的一些后代也是他与不同的雌性野物所生:"人生总会有些喜好,霍公喜欢女人,以及一些雌性野物。他在山地平原不知怎么就过完了自己天真烂漫的一生:四处游荡,结交各等美色,走哪儿睡哪儿,生下一些怪模怪样的人,这些后人又分别依照自己的才具和爱好,照管起田产和林木。"①到霍公死后,也有一些曾与他结缘的林中精怪变化成人参加葬后宴。唐老驼与其子唐童都是吓人的怪兽托生:"要知道唐家父子是铁嘴钢牙的食人兽,吃人不吐骨头,尾巴一扫林木全枯,蹄子一跺河流改道,连水库都得崩堤。"②身上长满细小金色绒毛的、美丽异常的美蒂被公认是俊美的良子与刺猬精生的女儿;当廖麦看到作为天童集团说客的那个中老年女人,也就是那个曾为唐童找出金矿位置的所谓"专家"时,认为她就是由一只尖鼠化形而成。

如果说《九月寓言》中的大部分野物生活在与人类相依相存但又独立自由的林边野地中,这些大自然的精灵拥有不伤害人类的野性并能为饥饿的人们提供果腹之物,可说是大地母亲善良品质的化身(这也是中国当代环保小说的基本主题与内容),那么《刺猬歌》中的野物则增添了很多新特征和新习性:海边荒原中的野物及后代除了小部分保持自由中立的立场外,大部分都依据人类社会中的伦理道德被划分为善良与邪恶两派阵营,以便分别与正面人物和反派人物结盟。站在廖麦、戚金、霍耳耳等正面人物阵营中的野物,包括带领年幼的廖麦寻找野蜜果腹的刺猬和为他指路回家的小红蛹,还有那只在廖麦用炸药炸伤唐老驼后被唐家父子与乡棍们追杀、逃亡期间,从旁边斜刺着蹿出驮起他逃离虎口的雪白狍子。更奇特的则是黄鳞大扁这种具有神奇疗伤作用的野生鱼类:"它熬出的汤汁能治五痨七伤,使一个蔫在炕上的人重新爬起来,双手攥拳,虎步生风。"③屡次在廖麦面临危急的时刻挽救他的肉体生命并赋予其精神活力。此外,还包括廖麦梦到的在夜晚能化成赤身裸体老婆婆和少女们来与他告别的那丛大叶芋,以及可以酿造成酒来抵御黑夜寒冷的蒲草根等野物。与反面人物唐老驼父子等人站在同一阵营的邪恶野物首推凶狠的土狼子孙,他们最早给霍老爷看家护院并帮着害人杀人,土狼的子孙们在时隔多年后成为珊婆的七个干儿子,仍然作为唐童及天童集团的打手与帮凶在新的时代社会中存在。唐童还曾偷偷把一种特别丑陋的"淫鱼"放到美蒂农场的池塘,它们在美蒂被迫与他保持暧昧关系的过程中发挥出重要的帮凶作用。那只在海边丛林劝导唐童放弃对美蒂感情的瘸腿母狐,同样被唐童用酒收买和驯服。珊婆和唐童合谋毒死渔把头的那种野草同样是属于这一阵营的野物。在善恶对立的两个阵

---

① 张炜:《刺猬歌》,作家出版社 2014 年版,第 19 页。
② 张炜:《刺猬歌》,作家出版社 2014 年版,第 11 页。
③ 张炜:《刺猬歌》,作家出版社 2014 年版,第 7 页。

营中出现多种野物及它们的子孙后代,这些野物精灵脱离仅仅作为人物生活的自然背景和衬托物身份,走进人类社会大舞台并参与到多种社会生活与活动中,这也导致这两个阵营之间产生的对立冲突和相互斗争更加错综纠葛、复杂多元,这样在叙事中顺理成章地实现大自然野物视角与人类视角不断进行转换和交叉,同样在艺术手法上也拥有一定的创新性和独特性。对善恶两阵营中野物的书写还赋予这部作品更丰富多元的思想内容与更浓重的象征寓言意味①,在一定程度上既是对近年中国社会发展历程的讽喻性折射却因深远意义超越了时代的限制,又使《刺猬歌》成为名副其实的一部当代"奇书"。

二、"野性(物)生命观"对日常生活的野性(物)化和传奇化

《刺猬歌》中齐文化孕育出的"野性(物)生命观"不但使野性(物)成为书写的一个主体,更重要的是能够顺理成章地把处于齐文化氛围中的人们的日常生活加以某种程度的野性(物)化和传奇化,因为"胶东半岛是齐文化的核心。这本书中商业活动的狂乱放肆,海岛开发的奇幻景象,民间风习的种种特异,都是基于这种文化"②,严肃正史随之演化为带有反讽戏谑色彩的稗史、野史,《刺猬歌》从而变成一部真正的"丛林秘史"。这主要体现在两方面,一是作品中出现大量怪诞怪异的奇人异事、野史传说。80年代的《古船》《九月寓言》等已经开始出现一些山野奇人形象,经过90年代的《九月寓言》《外省书》《丑行或浪漫》等作品,发展到《刺猬歌》,无疑已经成为由一系列奇人、异人组成的一部"奇人异事志":"世界上每一个地方的历史,都是由一些不可遗忘的人物组成的。他们不一定个个都是圣贤,但也真的不可或缺。"③张炜还从中国历史中寻找到证据:"历史上有一些奇才异能的人,其中有一部分是淫荡之徒;还有些大作为的人,其中有的也怪癖多多,不可理喻。"④《刺猬歌》中出现数量最多的奇人、异人是那些常年在胶东半岛和海边丛林四处游走的、外表脏乱的流浪汉(又称为"痴士")。他们由于居无定所和露宿野外反而有更多的机会亲近大自然中的各种野物,所以他们并没有被当作社会不安定因素与不务正业、游手好闲的流氓无赖,反而被看成能够知晓山林秘密的、有神秘本领的"能人":"这些人在林中采野果,在海边捡螺贝,睡草窝喝溪水,据说个个都结交了野物朋友。当然那不是一般的野物,而是它们闪化的精灵。传说这些痴士当中也确有高人,他们那些令人眼花缭乱的手段全都来自野物,即为精怪所授。"⑤这些痴士往往又是口才极好的"大聊客"。当唐童津津有味地听完喝醉酒卧街头的那个船员那些不辨真假、亦真亦幻的海上传奇经历后,立即雇佣这个所谓的"徐福后人"——绰号"徐后腚"作为公司楼船的船长。他带着双重目的,不仅希望利用徐后腚来寻找据说徐福曾找到的、能够长

---

① 参见钟玲:《张炜小说中的环境主义和寓言叙事》,《鄱阳湖学刊》2012年6期。
② 张炜:《芳心似火》,作家出版社2014年版,第292页。
③ 张炜:《刺猬歌》,作家出版社2014年版,第260页。
④ 张炜:《芳心似火》,作家出版社2014年版,第171—172页。
⑤ 张炜:《刺猬歌》,作家出版社2014年版,第28页。

生不老的海上仙山,更是把这个真实与谎言夹杂的人物看成一位滑稽的、能逗乐的小丑式人物,为自己的生活解闷。这类能言善辩且无法辨别其所说事实真假的痴士身上闪烁着幽默滑稽的色彩,是源远流长的齐文化孕育培养出的一类特色人物,淳于髡、东方朔等历史人物是他们的原型①。作品中还出现一些包容各色怪异痴士的流浪汉团伙,廖麦在炸伤唐老驼后的三年逃亡生涯中,为生存就曾加入过一个首领外号为“白毛”的流浪团伙,只是后来他因不愿喝那个疯女人的奶汁变成疯子又想办法逃走。作品中的奇人还包括那个把祖传的家业吃光、也把岳父家由地主最终吃成贫农的老饕,及脚上长蹼的红胡子渔把头、被认为是“海猪的儿子”的毛哈、被狐狸附身的女领班、带头反抗“紫烟大垒”(化工厂)污染且几次被迫逃亡的退伍军人“兔子”等。

关于《刺猬歌》中海边棘窝镇的镇史,是由镇人根据镇统治者们对野物的喜爱与仇恨程度加以划分出不同的历史时段,即民间野史。具体来说,从旧社会到新中国成立后的50—70年代,再到改革开放以来至今(即作者写完《刺猬歌》的2006年)的共计80余年的历史,大致被划分为三个时段,分别是热爱野物的地主老财霍公时代,那时海边荒林丛生、野物遍地,对应着旧社会时期;镇子在好多批响马在村中来来去去多年(喻指连绵不断的战争)之后进入唐老驼治下时代,他特别仇视荒野丛林中的野物,因此指挥人们不断砍伐树木。当树林被砍了九年后:“一切都将有个了结,镇上人与林中野物唇齿相依、你来我往、你中有我我中有你的日子,从此将一去不再复返。”②此处关于20世纪50年代因“农业学大寨”而砍伐树木开拓耕地等正史内容,被替换成唐老驼因为要切断森林野物与人们之间的血肉联系从而指挥镇人砍伐树木的私人行为,这样就用从林野史代替了正史。60年代初期的困难时期被直接描述为“有一天早晨全镇人都发现没饭吃了”③,此后进入全镇人的“食土时代”。食土法同时成为唐老驼查验镇人是否为霍家后人(即地主后人)的、除“验肚脐眼法”和“验小脚趾法”之外的再一种有效方法。唐老驼时代的另一个重要标志是镇上到处出现背着火铳巡逻的手下人,他可以任意迫害甚至杀害以镇小学廖校长为代表的读书人和知识分子。棘窝镇进入“唐童时代”的标志,是那些夜晚背着火铳巡逻的人消失及唐童把注意力转向挖山上的金矿,由此他成立天童集团,旗下除了金矿外,还包括宾馆、多个公司和“紫烟大垒”等工厂。这表明历史已经进入改革开放时代,工业现代化进程在不断地往前推进。尽管唐童并不排斥野物,多年来痴恋“刺猬精的女儿”美蒂,还供奉狐仙来保佑自己发财,但是他盖起的“紫烟大垒”对周围的村庄河流产生严重污染,天童集团对海边庄园田地的大肆侵占,却使他在民众的眼中虽然成为“时代的上宾”,“却算不得一个人,也算不得一个好的畜生”④。在这三个历史时代中,现代中国历史的分期标准和不同时代中的一些重要社会政治事件均被陌生化

---

① 张炜:《芳心似火》,作家出版社2014年版,第148—195页。
② 张炜:《刺猬歌》,作家出版社2014年版,第32页。
③ 张炜:《刺猬歌》,作家出版社2014年版,第33页。
④ 张炜:《刺猬歌》,作家出版社2014年版,第10页。

和"民间故事化",在齐文化孕育的"野性(物)生命观"的审视下呈现出千奇百怪的社会世象,同时包含着张炜对现代中国历史和社会发展的诸多思考和反省。

另一方面是指作品中的主要人物形象各自拥有一些古怪奇特的性格特征。张炜曾指出:"特别是到了今天的《刺猬歌》,到了其中的美蒂廖麦唐童珊婆,一个一个都太古怪了,太神神道道了——好像作者只为了独特和触目惊心才这么写——我却不觉得是这样。"而这四个主人公的性格之所以古怪多变,根本原因在于人类社会生活的复杂与人性的极端复杂多元:"人性的大层(鲁迅话)一旦深入了,必然复杂,层次揪扯繁多,它的内在部分是极独特极触目的——所以生活中有的好像是很熟悉的人,一旦露出(揭出)真相的时候,会让我们吓一大跳,原因就在于此。"①唐童的怪异之处体现在既喜欢哇哇大哭又心狠手辣,廖麦则是性格倔强执着并拥有着思考与反思习惯的"社会的免疫细胞"②,美蒂和珊婆(年轻时叫"珊子")两人也各具独特怪异之处。美蒂是作者特意塑造出来的一个完美女性形象,尽管她始终深爱着廖麦,但是在孩子出生后,面对唐童的威逼利诱与物质时代的到来,她逐步放弃坚贞不屈的立场并与恶势力妥协。她的身体与心灵因此逐渐发生很多变化,这主要通过她身上气味的不断变化表现出来:少女美蒂的身上始终萦绕着清新芳香的气味,尤其在她与廖麦在田野中偷偷结合且怀上孩子的那个夜晚,气味最为浓烈醉人:"那是莽野之气,绿草的青生气,还多少掺杂有一点麝香味儿。可那是多么使人迷恋以至于深陷其中的气息,这气息无所不在,先是从胸窝那儿弥漫开来,逐渐形成一团无色无形之雾包裹了她,一到了夜晚又悉数蓄入头发之中。"③然而她却慢慢丧失了这种美好的气味,因为自从食用唐童偷偷放到池塘中的淫鱼之后,她经常从汗腺中分泌出混合着泥腥和水草藻类的浓浓气息,特别是在夜晚夫妻生活亢奋之时。这种气味令廖麦万分厌恶。食用淫鱼也是她身形从非常苗条慢慢变得微胖的一个主因,不仅暗示着唐童与美蒂之间不正当关系的开始,更重要的是预示着她从大自然化身的精灵蜕变成一个喜欢现代化与城市舒适享受的庸俗平凡女人,导致她与丈夫之间的思想分歧越来越大,二人感情的最终破裂无法避免。

与"刺猬精的女儿"美蒂相比,珊婆的人生经历更加复杂怪异,性格变化巨大,无法用善良或邪恶的单一标准来进行评价。她的一生大致可以分为前、后两个时期。前半期属于单恋痴迷良子的貌美如花的处女时代,她具有让两个争抢她的响马在打斗火并后又先后死亡的人生智慧,还曾当过镇上的妇女头儿,富有谋略、泼辣能干。不过这一切在良子离镇失踪后发生很大变化。为爱痴狂的珊子为寻找在海边山林中流浪的良子孤身在林子中闯荡多年,成为又一个与密林野物经常接触并了解林中秘密的奇人,所以她坚信"她一生的幸与不幸,都是由野物中的智星、特别是狐仙造成的"④。她对唐童的狐仙崇拜曾产生过至关重要

① 张炜:《芳心似火》,作家出版社2014年版,第268页。
② 张炜:《芳心似火》,作家出版社2014年版,第205页。
③ 张炜:《刺猬歌》,作家出版社2014年版,第40页。
④ 张炜:《刺猬歌》,作家出版社2014年版,第186页。

的影响。她在林中经常为海边林子里的雌性野物接生,不仅是因为身体中的母性因素使她怜悯这些在生产和难产时遭受痛苦与苦难的母兽,而且她同时怀有以后要利用这些野物孩子的目的——她在自己接生的雄性野物小脚趾上偷偷做记号,等这些野物长大并在爹娘去世后再在海边的泥屋中收留他们,这就是她那七个干儿子的来历。此后这七个土狼的子孙顺理成章地成为珊婆和唐童的帮凶。珊婆人生后半期的分界线是她在海边河口遇到红胡子渔把头后成为他的妻子,此后她就住在河口泥屋中,即使为谋取当过海盗的渔把头的财富而与唐童合谋害死他后,仍然居住在这座小屋并收养七个干儿子。唐童经常来这里通过看电视剧的方式发泄放松自己的心情,然后再请她出主意对付那些反对天童集团的人。她像狐狸一样阴险狡猾,既是唐童的师傅,经常给他出谋划策并出手秘密处理那些反抗者,又是与唐童有肉体关系的情人。而唐童则把珊婆看成半个母亲,对她依赖信任。纵观珊婆的爱情经历,尽管她在心灵上一生只爱良子一个人,但在肉体上并不缺少男人,在某种程度上又和浪漫多情的唐童很相似。不论是那个与她同居三天三夜后离开的、结束她处女时代的老男人,还是镇中那些夜晚来找她却被她的完美肉体和力大无穷的力量折服的背铳青年,就连青年唐童同样被她驯服。可以说珊婆是一个充满英气、霸气又狠辣的人物,无法用常规的伦理道德标准来衡量她。中国文学传统中善良单纯的良家妇女或淫荡凶狠恶妇的单一标签自然无法涵盖她复杂多元的性格和生命强力。

三、"野性(物)生命观"来源的真实性、客观性

浪漫传奇的齐文化使得胶东海边人们与自然野物之间如亲人友朋般亲密,加上诸多奇人异事与那些亦真亦幻的野史传说,这些因素共同构成了齐文化孕育出的"野性(物)生命观"中的基本观点,这也是《刺猬歌》经常被评论家解读为一部充满魔幻现实主义色彩小说的原因①。然而,实际上"野性(物)生命观"的形成是以一定的社会真实性和客观性为基础,并非仅是作者的想象夸张和随意编造。张炜始终认为很多异人异事真实存在,因为在过去的胶东乡村生活中会经常见到。他在 1992 年所写的《关于〈九月寓言〉答记者问》一文中,指出生活中的确每时每刻都在发生一些奇怪的事情,他在乡村生活时就曾亲眼见过一些超出人们常识的奇人异事②。时隔 20 余年后,他在专著《芳心似火》中依然坚持这种观点,认为浸透齐文化的齐国东部的东夷地区(即胶东地区)千百年来始终充满着各种各样的奇人、异人,现今社会依然如此:"'异人'不仅在乡野,而是在生活中的各个方面,各种职业中都有这样的人,只不过由于职业的关系,有时'异人'会被表面现象给隐住了。他们不得不庄重矜持,有

---

① 祈春风的论文《论张炜的〈刺猬歌〉及其创作困境》(《南京师范大学文学院学报》2008 年 1 期)堪为这种观点的代表。该文认为"这部小说形成了独具特色的魔幻色彩,人物、故事、历史和现实都在这种魔幻色彩中扭曲变形,是张炜的想象力和创造力的一次大释放"。

② 黄轶编选:《张炜研究资料》,山东文艺出版社 2006 年版,第 17 页。

时还让人望而却步,其实内里是很有趣很古怪的人。"①

关于《刺猬歌》中棘窝镇民与海边林中野物之间水乳交融的关系,张炜同样指出这是真实存在的客观情况:"中国民间文学常常充满了人与动物复杂纠缠的关系,这实在是自然的,具有坚实生活基础的。即便今天,只要是地广人稀之处,只要是自然生态保持得较好的地方,就一定交织了许多我书上写的这种故事。可见这就是大自然,是与人类生活最密不可分的真实。"②不仅如此,张炜还指出大多数动物纯洁无欺,它们的心理状态比人类更富激情,也更加纯粹天真,堪为反思人类自身行为和思考生命奥秘的一种参照物:"关于动物的内在素质,特别是它们心理精神方面的技能和特点的最新发现,总是使我格外向往。这主要不是好奇,而是引我想到更多的生命的奥秘。这样的事情会让我离开人的固有立场,去反观我们人本身。"③如果说张炜在如实反映某种真实现实生活的基础上大量书写奇人异事,从中可看出他多年来对故事情节的曲折生动与引人入胜的执着追求,那么他对人们与林中野物之间密切交往的详细描绘则更多地包含着珍贵的童年记忆,那些可爱的野物是他孤寂童年的小伙伴,他对大自然的热爱和对野物的喜爱主要源于此。何况经过《秋天的愤怒》《柏慧》《我的葡萄园》《融入野地》等作品中对工业化运动造成自然环境破坏的锥心之痛和深刻思考之后,自然丛林和大量野物的消失,愈加激起包括张炜、韩少功、阿来等在内的20世纪50年代出生,成长在没有工业污染的乡村和大自然野地怀抱中的作家们所特有的对自然荒野莽原的热爱,甚至是痴爱。这也是90年代后环保主题的文学在中国兴盛的一个主因④。

也正是因爱生痴,张炜相信动物具有超人的灵性和一些过人的神通,像狐狸、黄鼬等能附在人类身上闹腾一夜,刺猬会唱歌也是丛林中的常见现象,这成为"野性(物)生命观"形成的一个现实依据。所以张炜反对评论家把《刺猬歌》中的这些动物特征书写简化为魔幻色彩,更反对把当地人们承认它们拥有一些神秘本领的看法简单粗暴地定义为愚昧迷信思想,他反驳说:"如果有人说这仅仅是愚昧,我是不会同意的。因为劳动人民其实是最聪明的人,大家既然都确信不疑,代代相传,而且又一而再再而三地亲身经历,我们就不该简单地去否定了。总之动物和大海林子人三位一体的生活,是几代人延续下来的一种传统。我写了这种传统,不过是等于在梦中返回了一次童年、重温了我的童年生活而已。"⑤而《刺猬歌》中的内容在一定程度上佐证了张炜这个观点的正确性,因为《刺猬歌》中再没有出现过鬼魂之类的、常被称之为超现实主义的魔幻因素,即便在描写廖麦逃亡过程中饥饿难耐,临近昏迷时也只是出现了一个声音劝他吃土保命,"冥冥中好像传来了一个熟悉的声音,那分明是父亲

① 张炜:《芳心似火》,作家出版社2014年版,第277页。
② 张炜:《芳心似火》,作家出版社2014年版,第269页。
③ 张炜:《芳心似火》,作家出版社2014年版,第285页。
④ 参见钟玲:《张炜小说中的环境主义和寓言叙事》,《鄱阳湖学刊》2012年6期。
⑤ 张炜:《芳心似火》,作家出版社2014年版,第287页。

啊"①。这可以解释为廖麦在极度饥饿下出现的幻觉和幻听,是一种正常的生理现象。从这个角度来说,《刺猬歌》是一部现实主义作品。

颇有趣的是,张炜在创作出《刺猬歌》后沿着"野性(物)生命观"的思路继续深入思考,在2008年出版的《芳心似火》后半部分的文章中推论出一个很具创新性和震撼性的结论:以《聊斋志异》等为代表的中国神话文学、中国民间文学的创作,并非作家依靠想象力虚构出来的寓言性文学作品,而是因为现实生活中的确存在一些超出人们常识的神秘事物和现象,它们同样是真实生活的一个组成部分。所以曾普遍被认为具有浓重寓言色彩和虚构意味的神话文学与民间故事实际上全部来自现实生活和社会生活本身,是对没有被人为过滤过的现实生活的直接反映②,同样属于现实主义文学作品范畴。可说这是对《刺猬歌》中齐文化孕育出的"野性(物)生命观"观点的一种延伸、拓展,也标志着张炜已经形成自己别具一格的文学思想和独特行文风格。

张炜在《刺猬歌》中还赋予"野性(物)生命观"另一种现实性特征——介入当前的社会生活,不但把它看作抵抗、抨击那些近年来打着"现代化"旗帜,肆意扩张、侵占、破坏和污染自然界动植物领地与村庄田地的工业化行为的一种文学思想资源,而且希望借此为当下深受生存环境污染困扰并被物质享受和无边欲望异化的现代人类提供一种理想的生活方式。在2000年的一篇演讲《我跋涉的莽野——我的文学与故地的关系》中,张炜深情地指出自己故地的童年生活可作为人类生活的榜样:"我觉得身上有一种责任,就是向世人解说我所知道的故地的优越,它的不亚于任何一个地方的奥妙。一方面它是人类生活的榜样,是人类探索生活方式的重要补充;另一方面它也需要获得自身的尊严,需要来自外部的赞同和理解。"③张炜还指出,他所有作品的主题内容都是探讨关于人类活着的理想、人类应该如何生存和生活:"有人可能认为这又是许多人谈过的环境保护之类,当然,也包括了它。可惜还远远不止于它。我在谈人类生存的全部,谈人类追求完美的权利、执拗和本能,她的现在和将来。"④这个看法在《刺猬歌》中得到继承和发展。张炜认为《刺猬歌》体现了现实入世的层面:"它当下呈现的人文环境、自然环境,强烈的人和现实的冲突,只是一个组成部分。……这里没有多少魔幻可以说,它就是一个非常现实、非常悲惨的故事。"⑤从作品内容可以看出,故事悲剧的现实原因在于野蛮的"物质主义文明"控制了人类的精神文明及泛滥的物质追求与无边的欲望异化了现代人们的心灵,可说是一种为追求所谓工业化无限度扩张的物质主义文明所造成的时代性疾病。这也体现出《刺猬歌》中"野性(物)生命观"的现实指向价值与意义。

张炜提出治疗这种"物质主义文明"疾病的药方,自然同样由齐文化孕育出的"野性(物)

---

① 张炜:《刺猬歌》,作家出版社2014年版,第58页。
② 张炜:《芳心似火》,作家出版社2014年版,第204—231页。
③ 张炜:《我跋涉的莽野》,春风文艺出版社2001年版,第5页。
④ 张炜:《我跋涉的莽野》,春风文艺出版社2001年版,第7页。
⑤ 张炜:《芳心似火》,作家出版社2014年版,第219页。

生命观"提供。张炜认为,尽管"世界发展到了今天,现代化进程已经遇到了空前的挑战,这种挑战分别来自大自然,来自世界伦理秩序的混乱所带来的道德沦丧。但说到底全部问题还是出在'人'本身"①。因此他把辨别和解决现代人的异化问题作为一个关键节点,提出:"衡量一个现代人是否在物质的世界里蜕化和变态,是否正常和健康,其中有一个最简便易行的方法,就是看他能不能与一棵树或一片树叶发生情感上的联系。"②确立这个衡量标准的依据在于,张炜认为只有热爱树木的人类才能保持一种完美健康的人性,"爱上一棵树的英俊和气质,这并不是虚妄可笑的事;对树木有怜惜有向往,有潜对话,这样的人才算是完美健康的",也正因为如此,"由这种人组成的现代社会,才会具有温情和理性,人与人之间才会感到幸福。不然,人与人的相处只能变得紧张和危险,因为侵犯会在全无预料的境况下突然发生"③。以此为标准,《刺猬歌》中的廖麦始终保持着这种美好品质,他一直把自己园子里的杨树看成"英姿勃发的兄弟","它们的叶片频频抖动,像在风中私语,又像俯视他,发出了亲昵的呼唤。他的脸贴近了树干,感受它若有若无的脉动。他从来相信大树像人一样血脉周流,它们活得英气勃勃,处于最好的年华呢"④。然而妻子美蒂却逐渐沉溺于物质享受和赚取金钱的快感中,她再也无法像丈夫一样热爱园中树木及夜晚享受地睡在野草棵上,说明她已经被这个物质社会异化。再从另一个角度说,张炜把树木看作人类兄弟姐妹和亲人朋友的看法,契合近年文学界兴起的生态文学理论中的某些观点,这也说明《刺猬歌》中的"野性(物)生命观"具有一定的世界性、普遍性和合理性,同时证明了它在一定范围内可以成为解决当下社会流行的"物质主义文明"疾病的一个可能性方案。

四、"野性(物)生命观"内部存在的矛盾与分裂

如上所述,张炜面对现代工业化不断推进、大自然与野地丛林陆续消失和人类日益远离自然怀抱变得都市化的当下社会现实,面对人们在精神思想蜕化后导致的"消费主义和物质主义的学术化,会使这个'力功不力义'的世界变得更加振振有词,而后更加无可匹敌。……消费主义物质主义越来越呈现出不计后果的局部取胜、阶段取胜的倾向,令人望而生畏"⑤。《刺猬歌》中由齐文化孕育出的"野性(物)生命观"就成为张炜反抗这种消费主义至上、物质主义至上的消极社会现象与文化思想的有力武器,不仅为自己灵魂的安宁与人类的理想生活找到一块栖息地,而且还在深入思考后提出一种理想的解决办法,即当今社会应该适当放弃高效的实用主义,要施行"功"(物质财富和科学技术)与"义"(人类美好的思想和情感、以

① 张炜:《芳心似火》,作家出版社 2014 年版,第 190 页。
② 张炜:《芳心似火》,作家出版社 2014 年版,第 78 页。
③ 张炜:《芳心似火》,作家出版社 2014 年版,第 78 页。
④ 张炜:《芳心似火》,作家出版社 2014 年版,第 242 页。
⑤ 张炜:《芳心似火》,作家出版社 2014 年版,第 190 页。

及管理这个世界的方法)并重的长远大计①。进而言之,尽管张炜内心希望人们能够放弃现代工业化发展而返回到人类与大自然融为一体、人类亦与野生动植物保持着水乳交融关系的人类童年时代,不过他也认识到这在现实中不可能实现,因此他在谈到创作《刺猬歌》时说,"我把一切都写下来,这是我与动物与梦想纠缠不已的状态"②,即他又承认在某种程度上"野性(物)生命观"是带有一定理想化色彩的观点,在实际情况中并不一定能解决很多社会问题。的确如此,它毕竟是由一个作家通过文学作品提出的,无法避免地带有此前已经形成的传统文化道德实用主义痕迹,内部存在着一些自相矛盾和无法自圆其说的地方。

首先,廖麦显在的"大自然之子"身份与他隐含的儒家知识分子的身份存在一定的矛盾和分裂之处。"大自然之子"廖麦作为一个坚定地反对、反抗物质至上时代与环境污染的不屈斗士,外貌英俊、身材挺拔,内心无限热爱大自然野物并与工业化扩张造成的污染毒害进行斗争,为人正直且对遭受天童集团迫害的人们充满同情心,可说是为满足齐文化孕育出的"野性(物)生命观"精心塑造出的一个理想人物。张炜还有意把廖麦拔高为一个品质高洁的"真正的智者",因为他既受过大学高等教育,可以担负传播优秀知识文化的重任,又因痴爱故土返回家乡与妻子一起在土地上辛勤劳作,完全符合《芳心似火》中对"真正的智者"的定义:"但要从根上说,真正的智者还是那些没有脱离劳动的智识阶层,这部分人才是最健康的人士,是文化的传承者和实践家,他们不仅知道一种文化中最珍贵的部分,而且知道其来由和精髓,并且会在生活中不断创造和延续这种文化。"③实际上这种"智者"人物并不是张炜的独创,其中国历史原型来自以归隐田园参加劳作的陶渊明为代表的儒家知识分子,而且廖麦的人生理想同样是陶渊明式的"晴耕雨读",这也成为廖麦的另一个隐含身份。还有,作为知识分子的廖校长与廖麦父子两人没有任何野物血统,他们虽然亲近野物和痴爱大自然,然而并不像珊婆和唐童一样通过与邪恶野物勾连并获得它们的帮助来行凶作恶。这些品质使廖麦成为一个"完美的人",就连他最后出轨大学女同学修并让后者怀上孩子,作者也安排成妻子背叛在前,才使他心慌苦闷之下没有拒绝一直爱着他的修。

但是这位"真正的智者"对大自然这位"绝色美人"的热爱其实仅有愿意接受的那部分美丽,而并非它伤痕累累的全部,而且在他的内心深处,自始至终隐藏着传统文化道德观念的一些消极影响。他在毅然离开公职单位返回家乡与妻子共同经营农场劳作的十年生活中,一边沉浸于对生养自己的海边莽原的痴爱,在大自然的怀抱中生活和辛勤耕耘,一边常常思考和批判社会现实中的不公平现象并希望能够改变部分现实。他不仅以"晴耕雨读"的儒家知识分子理想自傲,并且想用笔记下海边莽原多年来,特别是现代工业化推进以来的历史发展变迁过程,即写一部"丛林秘史",目的是为后人与历史留下一些痕迹。然而实际情况是,

---

① 张炜:《芳心似火》,作家出版社2014年版,第190页。

② 张炜:《芳心似火》,作家出版社2014年版,第282页。

③ 张炜:《芳心似火》,作家出版社2014年版,第6页。

廖麦仅把自己封闭在农场和书房的世界中悠闲地生活,而所有的农场产品都是妻子独自联系渠道卖出,外面世界的一切风雨也都是妻子来应对和抵挡,包括此前为了让逃亡在外多年的丈夫返回农场而被迫委身唐童,与后者达成让丈夫平安返家团聚的秘密协议。即使是他因为志同道合与同情心而几次尽力帮助被天童集团追杀的"兔子",当他知道"兔子"召集和领导众多村民借打旱魃之名捣毁污染十里八乡的源头"紫烟大垒"的行动,却并不赞同这种群众暴力行动。这种态度在廖麦给大学同学戚金的信中表露出来:"我理解他的处境——所有在山地和平原无法立足的人,我都引为兄弟。可是,我仍然怀疑那场惊天动地的'打旱魃',害怕它隐含的灾难。"①他还喜欢沉湎在与志趣相投的大学同学一起思考人生和探讨人生意义的辩论中:"交流,争执,请教,领略不同的生活,鉴定自己和他人,这在人的一生当中多么重要,它的确是必不可少的。"②在面对自己庄园不远处施工的四十几台链轨铲车和推土机造成的漫天尘土污染时,他除了固执己见地不答应搬迁外,就是整夜不睡觉地在书房中读读写写,且始终没有完成那部计划多年的"丛林秘史"。然而在妻子找到天童集团和唐童谈妥搬迁条件并使那些日夜不停推土的机器同时停止工作后,廖麦却指责这些搬迁钱款是她二十多年的"卖身钱",最后逼得深爱他的妻子只能披着小蓑衣离家出走。从这些可看出,廖麦在某种程度上其实只是一个依仗能干的妻子维持舒适田园生活的懦弱者,他抵抗周围的工业化污染与物欲横流的社会的决心也并没有作者期望的那么坚定和决绝,依然具有《古船》中隋抱朴之类的思考多于行动的"多余人"的影子,并且还带有中国传统知识分子的自怜和自恋情结。因此虽然此前在廖麦所做的那个关于大叶芋精灵们都来与他告别的梦中,已经预示着他最后会离开家庭、亲人并独自一人到荒野中流浪,以此来抵抗"这个腐败的物质社会"③,但是小说的结尾却以他寻找离家出走的妻子来结束全书。正是《刺猬歌》中齐文化孕育出的"野性(物)生命观"中的矛盾之处导致廖麦人格上的分裂。

其次,《刺猬歌》中隐含着廖麦"两女共侍一夫"的白日梦,既是作者潜意识中男权至上思想的一种无意识流露,又是"野性(物)生命观"自身存在的一些缺陷导致廖麦产生坐享"齐人之福"的传统道德文化思想的体现。"两女共侍一夫"的情节最早出现在张炜于1988年写好的《瀛洲思绪录》中,带领庞大船队到达瀛洲(日本岛)的徐福就曾娶过两位深爱他的妻子——青梅竹马的夷姜和齐都才女区兰,且后者是主动爱上已经娶妻的徐福并嫁给他。《家族》中曲府老爷曲予的婚姻也是两女共侍一夫,两位妻子互帮互助、和谐共处。到《刺猬歌》中,接受过大学四年现代教育并在"一夫一妻"新婚姻法下成长起来的廖麦,虽然非常爱妻子美蒂,不过没有接受过高等教育的美蒂在心灵上却又始终与他存在一些隔膜,不理解他为何要坚持写"丛林秘史";而他也因为怀疑并最终确认妻子与唐童之间存在的暧昧关系而痛恨她。可以说他对妻子的爱情中又掺杂着怨恨,这导致他内心非常痛苦。后来他又爱上修,因

---

① 张炜:《刺猬歌》,作家出版社2014年版,第323页。
② 张炜:《刺猬歌》,作家出版社2014年版,第141页。
③ 张炜:《刺猬歌》,作家出版社2014年版,第173页。

为知书达理、善解人意的修一直钦佩廖麦的才华也理解他灵魂上的苦闷。在修怀上他的孩子并告知他,她已经和前夫离婚并准备独自抚养孩子长大后,廖麦决心离开背叛自己的美蒂去追寻修。当他告知妻子关于他与修已经发生婚外情并计划离开家庭的想法后,美蒂却选择留下巨额拆迁费独自离开。最终全书以廖麦又开始寻找离家出走的妻子而结束。在这个开放式结尾中,作者没有为廖麦、美蒂和修之间的三角爱情关系最终结局提供现成答案,或许作者也无法在现代婚姻制度背景下给出明确的答案。

其实这个答案可以在《刺猬歌》的故事情节中加以推论。具体来说,美蒂自始至终深爱丈夫,绝对不愿意失去他:"但她心里明白自己有多爱他:一丝一丝,永远永远的爱,还有依恋。当然,他们之间也曾发生了一些事情,但却不能因此而否定这种爱,绝不能哩——在眼下这种困难的日子里,她越发这样认为。"①受过高等教育的修同样从大学开始就爱上廖麦,在他住在自己家中时主动出击,且愿意生下二人的孩子并独立抚养。廖麦在和戚金诉说出轨过程时,他在回忆中再次感受到修的真挚爱情:"廖麦眼前出现的是修那双漆黑明亮的大眼,耳边似乎仍能感受到她呼出的灼烫的气流。在那之前,他无论如何也想不到,快言快语的修竟是如此缠绵、温热,还有纯朴和浪漫——那尚且不是一个诗人的浪漫,而是人的、女性的浪漫……总之那个夜晚的修才是真正的修。她真好啊。"②当美蒂在知道丈夫与修的事情后,不是谴责丈夫的背叛,而是以主动离开的方式来成全后两者的爱情。廖麦同时深爱着这两个女人。由此可以推断出,深爱廖麦的两个女人最终会采取"二女一夫"的方式都留在他的身边,只是其中一女要以情人的身份留下而已。实际上这也是作者和廖麦最期望的爱情结局,然而在为爱情献身的名义下,这两个女人都自觉退化为中国封建传统时代中的小女人,放弃对独立人格与男女平等、平权等现代女性思想意识的追求。这亦是由齐文化孕育出的"野性(物)生命观"中的缺陷所导致的现代思想的退化。还有一个故事情节亦可作为"两女共侍一夫"最终结局的再一例证,就是廖麦夜宿大叶芋下时所做的那个亦真亦幻的梦。梦中出现的那几位赤裸身体的大叶芋精灵化身的少女,在老婆婆的嘱咐下都一一来拥抱和依偎他这个"命里的男人与兄长"③,显然暴露出廖麦内心中希望多个女人爱上他并能为他奉献牺牲的潜意识。显然这种"二女一夫"的爱情模式并不符合《刺猬歌》中"刺猬的世界"的写作初衷,在《九月寓言》中已经出现的刺猬形象及其象征寓意——代表着温驯、善良和刚烈,对爱情的忠贞、对伙伴的情谊——已经延续到《刺猬歌》中,可惜的是《刺猬歌》却出现这些败笔。再从女性主义理论来分析,"二女一夫"模式是传统中国男人渴望"白玫瑰"式纯洁的妻与"红玫瑰"式热烈激情的情人兼得的一种意淫,加上《刺猬歌》开头部分写了昏睡醒来的廖麦因气愤而暴打妻子,妻子却因为深爱大男子主义的丈夫和心怀内疚并没有进行反抗,反而如同一个"以丈夫为天"的中国传统妇女般地体谅丈夫的家庭暴力行为。以上这些证据均表

---

① 张炜:《刺猬歌》,作家出版社 2014 年版,第 37 页。
② 张炜:《刺猬歌》,作家出版社 2014 年版,第 173 页。
③ 张炜:《刺猬歌》,作家出版社 2014 年版,第 242 页。

明,《刺猬歌》中的廖麦在某种程度上已经堕落为一个"封建性的道德牺牲品",作者同样亦然。

五、结　语

如果再把《刺猬歌》和齐文化孕育的"野性(物)生命观"放到中国新时期文学至今以来的发展历程中考察,会发现它们在一定程度上又都带有 80 年代"文化寻根"小说的一些痕迹和余绪,从中或许也可以找出造成"野性(物)生命观"中矛盾和瑕疵的部分原因。歌颂甚至是夸大人物具有的原始的生命强力与"男子汉"韧性是"文化寻根"小说的一个特点,张炜同样非常崇拜具有野性的、强大的生命力的英雄人物,他在谈论到珊子(即珊婆)时,把她比作"平原和山区的真正的霸主母狼"[1],《刺猬歌》中对其生命强力的描写主要体现在她的择偶标准上:"珊子立志找一个两足兽、一个真正的野兽。她发现如今伪装的野兽太多了,一个个故意不说人话,胡吃海喝,摆出一副打家劫舍的模样,可惜一偎进女人怀里就现了原形。这些不中用的家伙那会儿全成了软性子,恨不得当一辈子情种。"[2]她后来在河口小泥屋找到那个曾当过海盗的红胡子渔把头,后者每顿饭都吃海参掺海草,身体强壮、充满蛮力,在两人相处的第一晚就把身胖力大的珊子打败并让她成为自己的妻子。不过这个"野人"似的男人也没有真正征服珊子的心,她觊觎丈夫埋藏的巨额财宝谋害了他,之后就留在泥屋中生活并收养七个土狼的子孙作干儿子,从此成为唐童的谋士和帮凶。然而珊子却害怕"蓄满了内力"[3]的廖麦,这也是兼有大自然之子和"真正的智者"身份的廖麦拥有的一种生命强力,这使他无法像唐童和其他男人一样被她的肉体(包括力大无穷的体力)和强悍精神所驯服。大概是为了着力凸显廖麦的个人魅力(美蒂和修都是因为他的高尚品德与杰出才华才死心塌地爱上他)与他对工业化社会的抵抗力和拒绝世俗化的战斗力,张炜在《刺猬歌》中把廖麦塑造成一个追求形而上道德感的完美人物形象——外貌与内心俱美,意志坚强又可抵御物质与欲望的任务诱惑——同时也是齐文化孕育的"野性(物)生命观"的一个完美产品。作者甚至不惜冒着退回传统文化道德实用主义立场的危险,有意拔高廖麦的知识分子身份带来的很多优势。殊不知,这可能恰恰成为他的两重身份之间的矛盾分裂及他内心隐藏着的"两女一夫"的封建文化情结的一个深层原因。

还有一些内容与细节,包括廖麦和唐童分别对美蒂产生的热辣辣的爱情、廖麦与美蒂在大自然中的野合,及唐童与其他女人之间的肉体关系、黄毛演讲的"纵欲等于爱国"、棘窝镇演变为鸡窝镇(指洗头房洗脚房中从事色情业"小姐"的增多)再到脐窝镇(指全镇女人都穿露脐装等奇装异服)的发展过程,诸多欲望化场景和后现代都市奇观的描述,都多多少少拖着"文化寻根"时业已形成的由崇拜野性生命力带动推崇个人爱欲解放的"小尾巴"。实际上

---

① 张炜:《芳心似火》,作家出版社 2014 年版,第 213 页。
② 张炜:《刺猬歌》,作家出版社 2014 年版,第 92 页。
③ 张炜:《芳心似火》,作家出版社 2014 年版,第 213 页。

当代文学在"文化寻根"大潮的裹挟下进入 90 年代,再发展到新世纪文学之后,仍然留有袅袅余音。具而言之,"文化寻根"潮流进入 90 年代后,以贾平凹的《废都》、莫言的《丰乳肥臀》等为代表的作品,把那些突破儒家伦理道德规范的、充满过多民间气息,又被夸大为无拘无束的野性生命力的爱欲故事写得太多、太泛滥和太通俗。同处于这个大潮中的张炜写出了《九月寓言》,尽管他在书写中带有一定程度的自制和节制,不过依然描绘出"文革"背景下小村中的人们不受世俗道德规范约束的诸多爱欲场景和行为,也隐藏着作者对爱情婚姻与现代人生价值观、爱欲解放与个性自由、传统道德与现代文明等关系的复杂矛盾态度。因为张炜知道,多元奔放的爱欲情感是一柄双刃剑,它可以在追求个性解放和爱情婚姻自由的旗帜下得以释放,但是当社会一旦进入和平安稳的现代社会秩序中,伴随着儒家伦理道德规范的逐渐归位,这种能够释放巨大生命强力的爱欲情感就显得不合时宜,显现出破坏当下社会秩序与既有规范的消极后果来。但是这种"双刃剑"效果却无法避免和消除,甚至一直延续到《刺猬歌》,在齐文化孕育的"野性(物)生命观"中再次隐讳地显现出来。

从这个角度来说,张炜的众多作品之所以经常存在两种极端性评价,很可能与上文提到的矛盾心态,以及或隐或显地拖曳着一些"文化寻根"小说残留物痕迹存在着因果关系。但是无法否认,《刺猬歌》中的齐文化孕育出的"野性(物)生命观"虽然存在一些无法避免的缺憾与矛盾,却同样成为这部作品的独特魅力所在。在张炜于 2010 年出版的十册《你在高原》系列作品中,其中《忆阿雅》《我的田园》《荒原纪事》和《无边的游荡》等篇幅再一次体现出齐文化孕育出的"野性(物)生命观"的文学魅力与瑕疵。或许我们不能苛刻优秀作家必须拥有完美和完善的文学思想观念,只要张炜能够继续为读者奉献出《独药师》《义约堡秘史》等新作品,那么就应该宽容地对待他与他的创作,这也是当下文坛拥有良好生态环境的一个体现。

"老灵魂"的历史沉迷、神秘追求和物的寄托
——论葛亮的小说创作

刘　俊*

（南京大学　中国新文学研究中心，南京　210023）

内容摘要：葛亮独特的家世背景和人生轨迹，使他具有一个时时回望历史并承载历史积淀的"老灵魂"。"老灵魂"注入他的小说世界，形成了他小说创作的独特性：在沉迷中摹写历史，在神秘中追索宿命，在"物"的寄托中展开哲思。而"老灵魂"在叙述语态和叙述语调上的"外化"，则体现为一种糅合了《红楼梦》化、民国风和当代气的具有"葛亮味"的"笔法"。

关键词：葛亮；老灵魂；历史沉迷；神秘追求；物的寄托

- -

一、"老灵魂"的由来

在二十世纪中国文学中，当代文学（一九四九年以后的大陆白话文学）历经七十年的发展，已经形成了一种自洽的文学形态/传统和独特气质：由于当代文学是一种体制内文学，受到体制的完全支撑，因此体制的权衡运作和导向介入，就决定了这一文学具有一种趋同性乃至整一性的潜在追求——虽然对这种趋同性乃至整一性的反抗从未停止，但由于权衡力量（主导、干预的力量和吸纳、收编的力量）过于强劲，具有压倒性优势，对作者形成制约或诱惑的强力作用，因而最终会产生一种巨大的虹吸效应并以此形成一种在不同历史时期呈现不同风貌的文学形态/传统，如"十七年"时期的"规训、重整"形态/传统；"文革十年"期间的"样板、新塑"形态/传统；"新时期"带有"解放"姿态的"拨乱反正"及"先锋、探索"形态/传统；以及"新世纪"的"深化先锋、回视乡土"形态/传统。在这样一种具有鲜明主导特征的形态/传统笼罩下，当代文学就形成了一种集战斗性（革命性/新塑性）、急切性（目的明确//同质性）、功利性（政治响应/金钱追求）和俗世性（多入世精神/少哲理高蹈）于一身的气质。

当代文学只有在呈现出它独有的形态/传统和气质时，它才为"当代文学"。当然，任何

---

* 作者简介：刘俊，文学博士，南京大学中国新文学研究中心教授。

一种概括都不会完整,例外永远存在。我想说的是,文学的体制化/制度化运行生态,决定了"当代文学"具有不同于"现代文学",也不同于"台港暨海外华文文学"的形态/传统和气质。

在这样的一种"当代文学"背景下,在这样的一种"当代文学"形态/传统和气质氛围中,再来看葛亮的创作,就会发现,葛亮虽然成长于"当代文学"的环境之中,并在中国内地(相对于他现在置身的香港)接受过大学的文学教育,可是他的文学感应和文学追求,却与"当代文学"的形态/传统和气质颇为不同——这使他成为"当代文学"中一个颇为独特的存在。

为什么在"当代文学"背景、氛围、传统和气质的笼罩和烘托下"成长"起来的葛亮,却没有合上"当代文学"的"辙"呢?这就要从葛亮的家世说起了——当然也与葛亮后来"赴港"有关。葛亮的家庭背景颇为特殊,祖父葛康俞是现代史上大名鼎鼎的陈独秀的外甥,陈延年、陈乔年、邓稼先是其表兄弟,王世襄、李可染、艾青、范用等为其同窗或好友,葛康俞本人则是中央大学的教授,著有艺术专论《据几曾看》;葛亮的母系一脉外祖父虽是资本家,外祖父的母亲则是孟子的后裔,也自有家学传统和文脉延续。即便是在新社会,葛亮的"家族环境"还是给他带来了许多不同于社会常规和教育机制的文化信息,熏陶并哺育出了一个有别于同龄人的(民国)"遗少",使他能够在当代沿着"民国子午线"自在前行。葛亮与他祖父葛康俞形貌酷似,从某种意义上讲,葛亮几乎可以(自)视为民国时代葛康俞的当代版。葛家有了葛亮,套用葛亮小说《泥人尹》中的话,"祖上的老根儿才没有断掉"。

从葛亮提到祖父时的文字中可以强烈地感受到,他对祖父是非常"崇拜"的[①],这种"崇拜"很可能会使他自觉不自觉地具有一种"代入感"。由于祖父英年早逝,其未竟的文学/艺术事业,或许就成了葛亮义不容辞一肩扛起的一种"使命"——"代入感"和"使命感",造就了葛亮的民国沉浸和精神早熟。换句话说,年轻的葛亮之所以会有一个时时回望民国/历史的"老灵魂",是因为在他心中还存活着一个属于民国时代的人物:祖父葛康俞。

家族的历史脉络、文化氛围,以及心中的祖父精魂,都使葛亮获得了巨大的文化定力(不太容易受外在环境的影响)和文化驱动力(知道自己应该追求怎样的文学/艺术目标),并以此为根基,在自己的文学世界中塑造和追寻自己独特的样貌和风格——一种上承《红楼梦》,接续民国风,融合张爱玲,吸收白先勇,旁及朱天文,消化严歌苓,并有所创新和扩大的"葛亮味"。

这样的一种以祖父精魂为根底的"葛亮味",自然难以归并到(主流)当代文学的形态/传统和气质之中(与汪曾祺和林斤澜这样的当代文学"例外"倒有相似之处)。再加上葛亮后来到了香港成为"香港作家",离一般认知的通常意义上的(内地)"当代文学"又有了区域上的"间隔"。就这样,一个在文学气质上更接近/属于民国时代,在区域归属上又位列大湾区文

①　参阅葛亮:《小山河》,浙江出版联合集团,浙江文艺出版社2016年版;《北鸢·自序·时间煮海》,人民文学出版社2016年版。

学中的"香港文学"（与土生土长的香港作家又有不同）的葛亮，就成了游离在（主流）当代文学之外的（香港）"个案"。

一个有着"老灵魂"的葛亮，其"葛亮味"的独特性到底体现在什么方面呢？关于这一点，许多研究者曾有过非常精辟的论述，如对于葛亮小说中突出的"历史沉迷"现象——与《红楼梦》、民国之间的历史关联，陈思和就指出《北鸢》"是一部向《红楼梦》致敬的当代小说"，"是一部以家族日常生活细节钩沉为主要笔法的民国野史"——"这是典型的《红楼梦》的写法"，具体表现为"真实的历史悼亡被隐去，满腔心事托付给一派假语村言"。陈思和特别指出"与其说《北鸢》关乎的是政治的民国，还不如说是关乎文化的民国"，"葛亮以家族记忆为理由，淡化了一部政治演化的民国史，有意凸显出民国的文化性格，成就了这部当下表现民国文化想象的代表作"①。相对于陈思和关注的历史、经典和民国，王德威则从葛亮的南京/都市书写和人性挖掘着眼，发现了葛亮的"宿命"认知：葛亮写城市/南京，写情感，终究不过是写历史/日常中的宿命②。陈思和与王德威对葛亮小说的评述，可以说已经指出了"葛亮味"的两个重要特点。

事实上葛亮的小说创作形态纷繁多姿，由此"生产"出的小说世界复杂而又丰盈，除了研究者已经论及的与《红楼梦》遥相呼应（向传统经典致敬）、与民国历史/政治/文化紧密关联（《朱雀》的故事从民国开始，让祖父精魂/外祖父形象在《北鸢》中"复活"）这些"历史沉迷"倾向之外，在小说中展现日常生活的平实沉重、对宿命不可把握的敬畏（融入现代精神），以及对"神秘"的倾心/追求和对"物"的思考/寄托（展现出一种独特的品质），也构成了葛亮小说世界中的特有韵致。对"神秘"的倾心/追求以小说集《问米》为代表，对"物"的思考/寄托则以小说集《瓦猫》为典型，而展现日常生活的平实沉重以及对宿命不可把握的敬畏，则"渗透"在葛亮小说的内里深层，流贯始终。

二、"神秘"追求和"物"的寄托

由于《朱雀》和《北鸢》在表现"历史沉迷"方面表现突出，已然成为葛亮书写民国史及其"延长线"的标志性作品，因此它们深受读者/研究界关注，论者甚多，此不赘述——唯一需要补充和强调的，就是指出"老灵魂"是构成葛亮沉迷历史（民国史/现代史）的核心动因，而其"来源"则是家族的文化基因/氛围尤其是祖父的影响。本文着重要探讨的，是葛亮在小说中追求"神秘"和以"物"寄托哲思现象。小说集《问米》中的七篇小说，篇篇关涉"神秘"。《问米》写的是通灵师阿让的故事，通灵师能"穿越"现世和往生，"沟通"人鬼/阴阳两界，这个行当以及阿让的人生，用"常识"无法解释，只能归之"神秘"；《不见》貌似是一个充满柔情的爱情故事，结局却令人毛骨悚然：杜雨洁爱上的聂传庆，竟是个以不可思议的方式报复社会不

① 以上陈思和的论述，均出自《北鸢·序·此情可待成追忆》，收入葛亮：《北鸢》，人民文学出版社2016年版。
② 参见王德威：《朱雀·序·归去未见朱雀航——葛亮的〈朱雀〉》，葛亮：《朱雀》，人民文学出版社2016年版。

公的变态者,小说的故事发展不同寻常,被绑架的副市长女儿和绑架者聂传庆之间,最终似乎成了"共谋"(斯德哥尔摩综合症?),而杜雨洁倒成了真正的受害者/被绑架者。这一结局使小说笼罩上一种悬疑的神秘;《罐子》中的小易,何以能替死去的丁雪艳复仇,究竟是丁雪艳转世还是丁雪艳附身,不得而知,葛亮把这个"神秘"留给了读者;《鹌鹑》中那些聚集在"爱比死更冷"群组中的人,行为颇为怪异,而最后露姨竟是男身,更令人吃惊,他们所做所为究竟目的为何,令人只感"神秘";《朱鹮》中的路小童是个自闭症儿童,貌似对外界一切"无动于衷",却用画鸟(朱鹮)的方式,以一种"神秘"的呈现形态,将为了保护他而杀害他母亲的凶手(生父)"指认"出来——冥冥之中谁在"爱"谁在"害",神秘难测,而路小童的"指认"方式,也着实"神秘";《龙舟》中的于野,与后母乱伦,却又在香港离岛与一海滩邂逅的神秘女孩做爱——这是于野自杀时的幻觉还是曾经发生的真实,小说没有交代,只是告诉读者在一个半年前失踪的女孩尸身中,真的发现了"男子新鲜的体液",而那个与于野乱伦怀孕的后母,却生下了一个有着与神秘女孩一样眼睛的女婴,这一切的缠绕与轮回,真假莫辨,充满"神秘";《竹奴》中筠姐与江一川年轻时是恋人,并有了孩子,可是江一川考上大学就飞走了,后来事业顺利,功成名就,筠姐"从未想过要打扰他",直到江一川老了患了老年痴呆,筠姐因不能忘情去江家做了保姆——只为了照顾旧日的恋人。痴呆了的老男人知不知道来照顾他的是旧日的女友呢?小说没有告诉我们,只告诉我们到后来他总是紧紧抱着一个筠姐买来的"竹夫人"——《红楼梦》里宝钗出的一则灯谜:"梧桐叶落分离别,恩爱夫妻不到冬"——一刻也不愿意放下。神秘吧?

《问米》中对"神秘"的一再书写,展示了葛亮对人世间种种不可解现象的沉迷和关注——葛亮对世界/生命中"谜"的兴趣/探究,不限于《问米》一书,《谜鸦》等作品也属此类,可见葛亮对世界/生命的好奇、敬畏、沉思和探险,一以贯之。葛亮自己说:"黑色的,蒙着色泽的翼羽之下,有另一种世界。"[1]很显然在葛亮看来,现象和逻辑并不能说明世界/生命的一切,或许在另一个"平行于日常"的世界,也正有着各种故事在不断发生。用文字建立起两个平行世界的交叉,并从中生发出神秘的不可解的"谜"的魅力,可能正是葛亮在文学中力图追求/展现的一种境界:"宿命"的根源或许就在这里!而相对于民国(及其"延长线")的"历史沉迷"和文学书写,对"神秘"的呈现/追求以及在此背后内隐的"宿命"追问/思考,是不是更具有存在主义式的形而上意义?

除了"神秘"之维,葛亮的文学世界中还有"物"的一维。在最新的小说集《瓦猫》中,葛亮集中书写了"物"——延伸开去就是"手艺(人)"——的展开形态、流变历程、历史关联和人性人情。专门写物、写手艺(人)在当代文学中似乎并不多见,冯骥才的《雕花烟斗》《炮打双灯》或许可以算作代表。不过同冯骥才的"炫""物"(手艺)相比,葛亮更注重在"物"(手艺)中写历史的沧海桑田,写人情的世间冷暖,写人性的神秘莫测,写时间的瞬间/永恒辩证法。

---

① 葛亮:《谜鸦·序言:迷离记》,南京大学出版社2013年版,第2页。

葛亮写"物"/手艺(人)并非从小说集《瓦猫》开始,《泥人尹》《朱雀》《北鸢》都写到了"物"/手艺(人)。在葛亮那些写"物"/手艺(人)的小说中,"物"是个"凭证"——历史/时间"流而不逝"的见证,常常历史/时间过去了,可"物"却留了下来(如《朱雀》中那个辗转迁徙的鸟形兽"朱雀",《北鸢》中那个"爷爷交代"下来的送"风筝"的规矩),然而,正如葛亮在《瓦猫》首页引用波兰女诗人辛波斯卡的诗句所言:"金属,陶器,鸟的羽毛/无声地庆祝自己战胜了时间。"时间的流逝一刻不息"不舍昼夜",而"物"却能"战胜时间",超越了时间的"物"往往能呈现鬼斧神工的奇妙,激活"思接千载"的遐想,引发思古之幽情,记载时间之浩渺,凝聚记忆的印痕,联结人间的情味——而"匠人"(手艺人),正是这种超越时空、凝固历史、冻结时间、承载沧桑的"物"的创造者。

《瓦猫》集中的第一篇《书匠》,写的是书匠简和老董的故事,所谓书匠,就是古籍修复师。在这篇小说中,葛亮借助一男一女、一内地一香港两位古籍修复师的人生遭际,向读者缓缓展开寄寓在"书"(物——古籍/旧籍)和"修书"(手艺——修复古籍/旧籍)中的历史、人情、人性。内地的老董与"我"(葛亮小说中一以贯之的人物"毛果")的内地(南京)时代相关,而简则与"我"的香港人生叠合。老董和简虽然分处不同的时代背景、不同的空间环境,但他们在面对"书"和"修复书"的过程中所秉持的那份沉迷、执着和热爱,则完全一致,正是对"书"和对"修复书"(手艺)的这份痴迷,成就了他们的事业,也影响了他们的人生。老董不但修好了"我"的奖状,而且还修好了"我"外祖父留下来的《康熙字典》,而简则将"我"多有粘连和经年水渍的祖父手稿《据几曾看》修复如初。小说在演绎南京—香港"双城记"中两个书匠精湛手艺的同时,也将他们各自在"大时代"和"港/英社会"中的人生遭际、情感波澜和社会影响一一展开,使得一种修复古籍/旧籍的基本原则"不遇良工,宁存故物",几乎也成了他们的人生写照:惟遇(爱书的)良人,方有情浓。在小说中,老董与"我"爷爷/父亲的两代遇合,简与静宜父亲的"书"中相知,其实都是这种以"故物"等待"相遇"的隐喻式/象征化呈现。《书匠》中的古籍修复师,是需要能"静"下(心)来的,惟"静"方能复"古",然而现实人生,又岂容一个"静"字涵盖所有,所以老董和简,都必得经受人世间的精神/情感磨难,才能修成正果。而这,就要说到小说中"我"(毛果/葛亮)的祖父(葛康俞)在《据几曾看》中评郭熙《早春图》时所引《华严经》的一句话了:动静一源,往复无际。如果意识到这一层,《书匠》的境界就不只是写两个古籍修复师的日常人生了——它还含有了对生命实质和生存形态的根本触及和哲思玩味!

相对于《书匠》中写古籍修复师的"静",《飞发》中对"孔雀仔"翟玉成的书写就显得"动"多了。翟玉成在青壮年时代意气风发,生命飞扬,年轻时曾经是"丽的"电影训练班学员,和后来的大明星蓝天和丁虹是同期学员,当年外号"孔雀仔"虽然"雀"由"翟"误读而来,但"孔雀仔"的名头,倒也与他招摇张扬的青壮年时代相符。翟玉成在演艺领域没能"孔雀开屏",却在"飞发"(理头)行当声名鹊起,干出了一番事业。他的"孔雀仔"的名字,也现成地做了他理发店的招牌:孔雀理发公司——"那真是翟玉成师傅一生中的高光,是他落手落脚,亲自打理起的生意"。

"孔雀"当年是高级发廊,来往的人员既背景深厚,也故事复杂,这里面就有霞姐和他的"契哥"邓姓大哥,当然也有"好妹"郑好彩这样的打工妹在此谋生。翟玉成的人生就在他的"孔雀"公司翻滚起伏,大喜大悲,最后人(霞姐)财(孔雀理发公司)两空,却获得了"好妹"的爱情。在好妹的精打细算下,过去流光溢彩的"孔雀"化为了小巷深处的"乐群理发","孔雀仔"也变成了靠手艺吃饭的翟师傅。翟玉成从此安下心来,一心做"飞发"生意,只求老老实实做个"君王头上要单刀,四方豪杰尽低头"的手艺人。

　　不料在有了健然、康然这对双胞胎又添"女女"的喜庆之际,"好妹"却横遭惨祸撒手人寰,女女不久也随之而去,翟玉成的人生再次陷入低谷,虽然他在悲痛之余酗酒虐子,好歹最终还是走了出来,开始了他颇为艰辛的后半生。原以为靠着出色的"飞发"手艺能过上平静的生活,没想到叛逆的儿子却给他带来了烦恼甚至是"羞辱"——康然不但在名为"温莎"的上海理发公司理发,而且一心要拜庄锦明师傅学手艺,这让以"飞发"立身的翟师傅情何以堪? 父子冲突的结果是以父亲的失败告终:翟康然终于成了庄师傅的徒弟。

　　在《飞发》这篇小说中,翟师傅的人生跌宕起伏,"动""作"频频,与《书匠》中老董和简的"沉静"形成了鲜明的对照,然而"动静一源","动"的背后是和"静"一样的"往复无际"。翟师傅的人生"动""作"还只是这篇小说"动"的最表层体现,这篇小说最大的"动",是发生在上海"理发"与港式"飞发"之间的争斗和较量。虽然翟师傅和庄师傅都是从内地去的香港,但无论是赴港先后还是地缘远近(一为广东一为江浙),翟师傅都更能代表香港文化,而庄师傅则主要体现为上海传统,这样一来,翟师傅和庄师傅之间为了"头""发"而产生的"动"/"争",也就成了沪港两种文化之"战"。

　　很显然,《飞发》中的"上海理发"相对于"港式飞发"是一种更能打动人的"高级文化"——那已然成为一种生活品质的象征,隐含在/关联着"上海理发"中的那种做派、气度、精致和讲究(从装潢到着装,从吹风机到理发椅,从热毛巾到吹风筒,当然最重要的还是"适意"的洗头、"行云流水"般的理发手法,以及最后赠送的发蜡),都是"一脚踢"的"港式飞发"无法比拟的:哪怕是在"孔雀"最辉煌的时代,那种"兴盛"和排场给人的感觉,也不过是一种暴发户式的土豪气派。

　　不过,即使在"文化竞争力"上"孔雀"(更不用说后来的"乐群理发")落了"温莎"的下风,翟师傅的执着和坚守,仍为他赢得了一份应有的尊敬。"孔雀"两个字,"这是他内心最后的体面,多年来隐藏在他记忆的暗格中。像所有的秘密一样,被用酒精麻醉,行将凋萎,但终究是没有死",所以当儿子弃他而去投奔庄师傅学艺时,他再次折断了他的那根右手食指,宣告与康然"你我两父子,今后桥归桥,路归路!"他的这份"尊严感"也赢得了"对头"庄师傅的尊重。小说结尾,庄师傅用自己的"手艺"(对此翟师傅也发自内心承认"好手势")为翟师傅送行,翟师傅也成了庄师傅一辈子手艺的最后一个客人。而那个神秘的"孔雀旧人"(应该是霞姐吧)则对"孔雀"一往情深,不离不弃——这都成了"动静一源"的另一种写照!

从翟师傅"动"的一生中,葛亮以"飞发"(理发)为载体,写了"手艺人"在时间长河中的兴起和衰败,而在这个爱恨情仇的过程中,人生的起落动荡、文化的对峙消长、手艺的博弈较量,尽显人性的幽微和复杂,情感的多变与不变,历史的纷繁和沧桑——而葛亮的香港认知,也尽显其中:不管葛亮对老香港多么有兴味,内心里他还是对带有民国风的上海气派更倾心更有情。看上去,他对香港的"认同",远不如他的"老灵魂"对民国(南京、上海)的肯定/追慕/神往来得有力!

如果说《书匠》和《飞发》分别写了手艺人的"静"中人生(《书匠》)和"动"中沧桑(《飞发》),那么《瓦猫》则"动""静"结合,写了一段民国史中的战争/爱情故事,也使它成为"动静一源,往复无际"的最好阐释。由于抗日战争,西南联大落脚昆明,联大学生宁怀远和当地姑娘荣瑞红因"瓦猫"而结缘——瓦猫这种安装在屋顶脊瓦上镇魔辟邪的神兽,不但是种图腾,也是一种"手艺",在小说中更是一根姻缘"红线",牵连起并见证了宁怀远和荣瑞红的后续人生。战争时期的人生是"动"荡的,可是荣瑞红和宁怀远的爱情又是那么沉"静"——可以抵御一切人生的坎坷和波澜。在这篇小说中,葛亮又将笔触引回他喜爱/熟悉的民国场景,因了瓦猫,西南联大的教授闻先生、朱先生、林先生、梁先生、金先生一一登场,并因林先生而带出空军军官学校的飞行员们,战时的昆明虽是后方,却并非远离战争,林先生弟弟和他的战友牺牲的消息不断传来,不久宁怀远也参加了青年军,归来后却已伤残,荣瑞红不离不弃,和他结为夫妻,荣瑞红以祖传的制作瓦猫手艺为生,宁怀远则成了外送瓦猫的"猫先生"——后来他真的做了教书先生后,却在闻先生的精神感召下,不辞而别。小说中藏族阿婆托"我"转交一信到昆明,和小说结尾时荣之武从铁盒子里翻找出的照片及证件,再次呈现出葛亮小说中草蛇灰线伏脉千里的"神秘"存在:不辞而别的宁怀远,带着龙泉老荣家的瓦猫到了迪庆藏族区,至于做了什么,后来人生又有什么故事,小说没有交代,而是给读者留下了"神秘"的遐想空间。在《瓦猫》这篇小说中,我们发现,葛亮几乎将对(民国)历史的沉迷、对"神秘"的追求和对"物"的寄托,集中"演示"了一回——当它和《书匠》《飞发》结集成书时,我们想知道,这本《瓦猫》小说集在葛亮的整个创作中,具有一种什么样的意义?

三、"老灵魂"的"葛亮味"

无论是《书匠》的"静"还是《飞发》的"动"乃至《瓦猫》的"动""静"结合,葛亮《瓦猫》集中的这几篇小说,皆应合了/暗合了其祖父葛康俞言及的"动静一源,往复无际"这一"哲理":"动""静"不过是外在姿态,内里的实质其实相同,"动"即为"静","静"就是"动","动""静"的一再循环,正构成了人生,构成了历史,构成了绵延不绝的时间——而"时间",正是比形而下的民国历史、形而上的神秘存在更具抽象性、普遍性和包容性的存在/方式①。

---

① "历史"虽然在某种意义上讲也是写"时间",但写历史时着重展示历史面貌和历史中的人物,与有着自觉的"时间"认知和"时间"意识来写对"时间"的深思,这两者还是有着很大的不同的。

从某种意义上讲，《瓦猫》集中的故事和人物，写的其实就是"时间"——依托于"物"/手艺来呈现的时间。葛亮说："一切的留存与等待，都是岁月中几经轮回的刻痕"①，"而匠人所以造物，则是对时间的信任"②。在小说中，葛亮将这种匠人对时间的信任，融入"匠人"/手艺人各自的人生/手艺故事，在"物"中寄托历史的印痕、人情的丰饶和人性的深邃，而"物"在有了"时间"意识的自觉投射后，也具有了"承载一切"的概括和抽象——这是葛亮小说在"含融性""哲理性""统摄性"和"包容性"方面所达到的新高度。

从形而下的（民国）历史描述，到"神秘"的（不可知宿命）形而上展现，再到以"物"昭示时间既短暂又永恒的辩证，并以自觉的"时间"意识，将形而下的现实历史和形而上的神秘宿命以"物"为寄托，统合成一个更具抽象性、普适性和哲理性的时间/文学世界，从而将"老灵魂"的内涵向更深更广推进，是葛亮在小说集《瓦猫》中显现出的新特点——这使他的"葛亮味"更上了一个台阶，即力图达到一种"涵容一切"的状态，向着"动静一源，往复无际"的终极境界（辩证性和时间性）迈进。

姜文在葛亮小说集《问米》的推荐语中，这样评说葛亮："握着年轻的笔，表达着老灵魂，是葛亮的最有趣之处。"③作为一个电影艺术家，姜文对葛亮的评价可谓明心见性，一语中的，不过，葛亮握着的固然是"年轻的笔"，可是他的"笔法"却不年轻，而与他的"老灵魂"非常匹配。葛亮的"笔法"——叙述语态和叙述语调——其实相当老派，那是一种以《红楼梦》为源头，经过张爱玲、白先勇的"现代"沿用，在葛亮这儿得以"当代"延续的"笔法"。日本的汉学家和翻译家说"葛亮小说中的'葛亮味'，从中国南京发出来，我们在日本的东京闻到了"④，这种远播东瀛的"葛亮味"，除了葛亮小说在内容方面的写历史、涉神秘，以"物"显时间之外，在我看来还有一个很重要的方面，就是他那种在当代文学中不太常见的独特"笔法"：一种特殊的叙述语态和叙述语调。

叙述语态通常是指作者在展开叙事时所呈现出来的一种较为稳定的叙述形态，其基本构成要素为词汇选择、造句方式、情态灌注、气韵生成；叙述语调则指作者在叙事过程中对节奏的把握、对情绪的控制、对声调的留意、对语感的用心。叙述语态和叙述语调两者往往彼此依存，交互作用，共同形成作者的"笔法"。作为"葛亮味"的重要载体，葛亮的"笔法"主要具有如下特点：

（1）《红楼梦》化

所谓《红楼梦》化，是指葛亮的小说"笔法"带有一种以《红楼梦》为代表的中国古典白话小说语言风格的特点。陈思和说葛亮的《北鸢》"是一部向《红楼梦》致敬的当代小说"⑤，而

① 葛亮：《瓦猫·自序·物是》，《瓦猫》集，人民文学出版社 2021 年版。
② 葛亮：《瓦猫·自序·物是》，《瓦猫》集，人民文学出版社 2021 年版。
③ 姜文：《问米》推荐语，见葛亮《问米》腰封，浙江出版联合集团，浙江文艺出版社 2018 年版。
④ 阎连科：《谜鸦》推荐语，见葛亮《谜鸦》封底，南京大学出版社 2013 年版。
⑤ 陈思和：《此情可待成追忆》，《北鸢·序》，人民文学出版社 2016 年版，第 1 页。

这部作品向《红楼梦》致敬的一个重要方面/体现,就是它在语言上带有《红楼梦》/明清白话小说的某种特点,试举一例:

> 原来这叶若鹤,荒唐得确是太不像话了,那个同居的女学生,后来打听下来,竟还是个远房的侄女。女孩儿的娘,终于知道了,找到了南京来。为要那女孩回去,是寻死觅活。女孩自然是不肯,结果当娘的说,要这男人休了乡下的婆娘,娶了她。叶若鹤便回道,慢说是娶,即便是做小,也得家里人答应。这新时代不婚不嫁,男女平等恋爱,倒是没这些约束了。……
>
> （《北鸢》）

这段话,如果不考虑具体内容,光看"笔法",还以为是《红楼梦》/明清白话小说中的文字。这样的"笔法"在葛亮的小说中时隐时现,可以说贯穿了他小说创作的全过程,在新出的《瓦猫》中,这样的"笔法"依然清晰可见:

> 这时候林先生进来,说,我一时不在,你们倒是说的什么好笑话。
>
> 梁先生扫一眼她手中的盘子,说,你们几个可有口福了。内人轻易不下厨,这是拿了看家本领出来。当年这道"豉油煮笋",连我老丈人都赞不绝口。
>
> 林先生便道,我们可真是靠山吃山了。门口这大片竹林子,是既饱了眼福,又饱了口福。这炒鸡丁的菱角,是隔邻的大嫂采了送过来,还带着水清气呢。一同还送了一条乌鱼,我们前些天吃了"东月楼",正好学着做一做"锅贴乌鱼"。老金,你的火腿排上了大用场,正在平底铛温着。
>
> （《瓦猫》）

这样的语言,在(主流)当代文学中,似乎并不多见——经过了战争、革命洗礼的当代文学语言,或隐或显地具有一种铿锵有力的战斗性、革命性和刚硬气质,如此生活化、日常化和柔性化的《红楼梦》/明清白话小说化"笔法",在当代文学中多少已有些"陌生"和"边缘"的同时,却也带上了一种独特的韵味和气质。

(2) 民国风

这里所谓的"民国风",是指一九四九年以前中国现代文学中成熟的现代白话体,"民国风"运用得最有韵致的,当数沈从文和张爱玲。葛亮在小说创作中,承袭了"民国风"的"笔法"并形成了自己的特质。如以下这段:

> 荣瑞红也笑。看这小姑娘,和林先生一样,生着圆润宽阔的额头,和略尖的下巴,已初具了美人的样子。她和她的母亲一样,也有着明澈烂漫的眼神。她看母女二人的眼

睛,仿如复刻一般。这无关年纪,似乎是自身在岁月中的定格。一刹那,她觉得自己生出了盼望,也想有一个女儿了。

(《瓦猫》)

这段文字的叙述语态和叙述语调,是不是有着沈从文和张爱玲的"影子"? 当然,早年沈从文的淡远和张爱玲的锐利,如今在葛亮的笔下,已被"打磨"成了一种"葛亮味"的清爽和别致。

(3) 当代气

如果"葛亮味"在"笔法"上只体现为《红楼梦》化和民国风,那葛亮在沈从文、张爱玲乃至白先勇、朱天文这些"前行者"面前,就不足以形成自己的特色。"葛亮味"的真正实现,有赖于葛亮与当代中国的密切关联——他的不少作品都是"现实题材",即便是他那些"历史沉迷"的作品,也往往和当代中国现实发生着这样或者那样的联系。本文在一开始曾指出葛亮与(主流)当代文学之间存在着某种"疏离",但这种"疏离"并不意味着他与当代文学的隔绝,恰恰相反,葛亮式的"疏离"反而使他为当代文学注入了一种新的品质,而他也以自己的"疏离"完成了对当代文学的"参与",这种特殊形态的参与,决定了葛亮的小说具有带有他鲜明个人特征的当代气——不消说,这种"当代气"除了关涉书写当代中国(包括香港)之外,也体现为他的"笔法"在追慕《红楼梦》和民国前辈的同时,具有某种当代文学共有的先锋性。如下两段引文的"笔法",就很有当代中国小说先锋叙事的特点:

> 我跟过去,眼睁睁地看着她把核桃仁一粒粒地放进八哥的食盒里去,脸上堆积着孝子贤孙的神色。我心想我真是命苦,我把她伺候饱了,她去伺候鸟。
>
> 那鸟似乎并不领情,挺有抱负的只管望着天。

(《谜鸦》)

> 宁怀远从蒙自刚来到昆明时,在翠湖边上看到一株梨花。很大,风吹过来,就落了一地,好像雪一样。后来,他无数次对荣瑞红说起这株梨花树。荣瑞红说,我们龙泉镇,什么花都有,就是没有梨花。
>
> 后来,宁怀远在滇池边上,听一个拉胡琴的唱,"万紫千红花不谢,冬暖夏凉四时春"。他又想起这株梨花,想起满天飞的白,却怎么也记不起树的样子了。

(《瓦猫》)

《谜鸦》中文字的"笔法",颇具当代先锋小说中常见的"调侃叙事"意味,而《瓦猫》中的一段,则有 20 世纪八十年代先锋作家最喜"套用"的加西亚·马尔克斯《百年孤独》首句"多少年后……"的痕迹。类似的例子从《朱雀》到《七声》再到《问米》,在葛亮的小说中所在多有。"当代气"在葛亮小说中的存在,为他"笔法"的《红楼梦》化和民国风,带来了新的气象,《红楼梦》化、民国风和当代气的三者结合,在形成既不同于(主流)当代文学传统/气质,又不同于(原生)香港文学传统/气质的"葛亮味"过程中,起到了重要作用。

四、结　语

如今,葛亮小说创作的"量"已相当丰硕,其小说的"质"也有目共睹。在当代文学(含香港形态)中,葛亮和他的小说已是一个巨大的存在,对他小说的论述,也产量颇丰。然而,葛亮的"这一个"特性,到底为何,研究界仍在探索。本文提出他的"老灵魂"形态(以民国传统为根基,上推古典诗、书、画、明清小说,下延当代中国现实和文学,集民族诗性、历史眼光、广博知识、深邃洞见、哲理思考于一体),以及对"老灵魂"由来的探索(家庭影响尤其是祖父葛康俞的影响),希冀从一个特殊的视角和维度,探究葛亮及其小说世界的独特性。葛亮的"老灵魂"在小说中的体现,以沉迷(民国)历史为形而下的第一层面,以神秘形态昭示形而上的宿命沉思为第二层面,再以"物"/手艺为载体展开有关时间的哲理观照为第三层面,三个层面既构成圈层递进的等差序列,又彼此交叉互有重叠,形成了一个"老灵魂"世界,而"老灵魂"在叙述语态和叙述语调上的"外化",则体现为一种糅合了《红楼梦》化、民国风和当代气的具有"葛亮味"的"笔法"。

具有"老灵魂"的葛亮,以他的小说世界为当代文学(含香港形态)带来了一种"新变",他在与(主流)当代文学形态/传统有所疏离/区隔的同时,也超越了传统香港文学的格局。(主流)当代文学形态/传统难以"说明"/涵盖葛亮,(传统)香港文学的格局也框架/限制不了葛亮,相反,葛亮倒是以他具有"老灵魂"和"葛亮味"的小说世界,为(主流)当代文学和(传统)香港文学带来了某种"新质"——正是以这样的姿态,葛亮参与到了当代文学的"建设"和香港文学的"变化"之中。

当然,"老灵魂"以及因之而来的"葛亮味",对葛亮而言虽是他形成"这一个"的重要特质,但也要小心不要让它成为后续创作的窠臼和包袱。事实上在葛亮的创作中,某种因"老灵魂"而带来的不同作品之间的相似性已有端倪,而在《瓦猫》集中,《瓦猫》一篇相比于《书匠》和《飞发》,也显得有些疏散和"劲道不足"——这些都值得高度警惕。葛亮还年轻,相信以他的"老灵魂"和他的努力(知识领域是那么丰富、写作是那么勤奋、文学阅读量是那么巨大、其他一些艺术门类是那么精通),以及他在文学创作方面的才情(天分),可以预期在当代文学(以及区域性的香港文学)领域,他会贡献出更加精彩的作品,会做出更加突出的贡献。

中国左翼文艺思潮的海外传播与南洋华文文学

——以许杰、洪灵菲、郁达夫的南洋行迹为中心

俞巧珍 *

（浙江师范大学 国际学院，金华 321004）

内容摘要：近代以来，中国新文学发展伴随着社会革命经历几番波折。在此过程中，左翼文艺思潮经由左翼文人的人生行迹而散播到南洋（以新、马为典型），从而深刻影响了当地文坛生态的变化。特别在"南洋革命文学"理念的提出、"南洋色彩"的强调、文学新人的培养乃至南洋文学多层面参照系的建设等诸多方面，左翼文人做出了巨大贡献，他们的"大作家"形象甚至成为书写与模仿的对象。当前，在承认马华文学已具有十分明确的本土性意识，与中国文学并不互相隶属的前提下，一方面应看到它与中国文学的紧密联系，另一方面也应看到马华文学在自身主体性探寻和试练的过程中，甚至在破除"中国影响"焦虑的过程中，也同步促进了中国文学海外形态的多样化流变。

关键词：左翼文艺思潮；海外传播；南洋

  "五四"新文化运动以来，在西方现代性思潮的影响下，中国文学发生文学生产模式、文学语言、文学理念等多方位的变革。伴随着建立独立自主的现代民族国家社会理想的高倡，中国新文学又由"文学革命"转化成"革命文学"，积极发挥着文艺为人生、文艺为社会服务的功能。而在社会革命的曲折历程中，中国文人的人生轨迹也历经流离波折，通过他们的文艺活动、文艺主张而传播到世界其他国族空间，从而深刻影响了当地文坛生态的变化。其中左翼文艺思潮经由中国作家的宣传、阐释，在很大程度上促进了南洋新文学的社会化转型。

  对 20 世纪初期的马来西亚、新加坡来说，英国殖民统治下华人社会的黯淡生活以及自身文化传统中携带的封建恶习，加之康有为、孙中山的政治活动给马华社会带来的变革理

  * 作者简介：俞巧珍，文学博士，浙江师范大学国际学院讲师。

  基金项目：本文系浙江省教育厅项目《台湾光复后浙籍赴台作家群研究（1945—1960）》（批准号：Y201943029）阶段性成果。

念,为马华文学界"革命文学"的发生埋下思想伏笔。更重要的是,在"四一二"政变与1937年抗战爆发后先后南下的一批又一批中国新文学作家,他们不仅通过文艺工作引领南洋文艺思潮的更进、扶持文艺新人的成长,同时也将南洋作为自身文艺实践和探索的一部分。比较典型的是许杰、洪灵菲与郁达夫。

可以说,当下新/马华文坛所致力强调的"主体性"意识,很大意义上也是许杰、郁达夫等中国新文学作家在20世纪出所提出的南洋文学"本土性"观念的承续和发展。时至今日,郁达夫仍然以其广泛的文学影响力和"大作家""革命者"形象成为新加坡、马来西亚华文文坛不断言说、叙写的对象,从而成为中国文学海外形态的一种文化标志,这也是当下中外文学关系中不可忽略的一个重要面向。因此,以新文学作家的文学行迹为中心,梳理中国左翼文学思潮与东南亚华文文学的关系,对于认知中国文学(文化)海外传播的历史、现状和意义有着完全的必要性。

一、许杰、洪灵菲:南洋行迹、理论与创作

中国现代作家赴南洋的两大高潮时期分别是1927年"四一二"事变及1937年"七七"事变之后。这两个时期也分别带动了马华新兴文学与抗日文学运动的发展。许杰就是"四一二"事变后赴南洋的重要作家之一。

作为文学研究会成员,许杰凭小说《惨雾》成名,以表现浙东农村悲剧见长。而他与东南亚结缘,可追溯到《华侨努力周报》。据许杰回忆,此刊在1926—1927年间由菲律宾华侨资助创办,是一份涵括了评论、文艺、乔讯、国内外大事记、调查等多栏目在内的综合性刊物。该刊曾宣称:"我们也要贡献祖国风光及异乡景色,或以文字描写,或制版付印于我们的阅者;我们要用科学的方法,来解剖祖侨间的情形,藉艺术的潜力,来滋养祖侨间的爱感。"[①]应该说,此次在民间侨刊的工作经历以及致力于"祖侨"间文化传播与交流的意识,在很大程度上促成了许杰的南洋足迹,同时也影响了他在南洋的文化理念和文化活动。

1927年"四一二"事变以后,由于国民党肆意逮捕共产党人的白色恐怖环境,经张仁天介绍,许杰南下吉隆坡避难谋生。于1928年7月起接任《益群日报》总编辑,又于8月创办《益群日报》第一个文艺副刊《枯岛》。彼时尽管新马两地的诸多杂志都在《新青年》影响下开始刊登白话文作品,但"一般的报纸副刊仍然刊载不少中国旧武侠小说,以及民初流行于上海的鸳鸯蝴蝶派、才子佳人式的小说或《小说画报》类的婚恋小说,还有名人雅士的酬唱。对普通民众,一年一度的盛事则是神诞和神祀出游,可见当时南洋华人文化现象之一斑"[②]。因此《枯岛》的创办成为推动南洋新文艺建设的重要园地。在许杰的主持下,《枯岛》共刊出59期,其中"最活跃的作者是编者,有编后启示《尾巴的尾巴》28则"[③],是"沟通编者、作者、

① 《复版宣言》:《华侨努力周报》1926年第2卷第1期。
② 庄华兴:《南洋时期的许杰及其思想》,《世界华文文学论坛》2018年4月,第55页。
③ 杨松年:《马来西亚早期华文报章文艺副刊研究(1927—1930)》,《南洋商报》1983年3月14日。

读者心灵的桥梁,也是编者宣传他的文艺思想和办刊宗旨的重要阵地"。① 由于文艺副刊大多重创作而轻理论,许杰则在《枯岛》上以《文艺杂论》为总题,发表文艺理论文章共计21篇②,系统论述"革命文学"理论,被视为该刊乃至马华"革命文学"论述史上最为系统的理论探索。这些文章后来被编成《新兴文艺短论》出版。在许杰的影响和大力倡导下,《枯岛》出现了不少提倡"革命文学"的理论文章,如姗姗《文艺青年与青年文艺》、梁育莲《五四运动后中国新文学的进展》等。更为重要的是,由于许杰是文学研究会成员,深受鲁迅、周作人等现代乡土小说观念的影响,提倡"乡土艺术",强调文学创作中"国民性、地方性和个性"的统一,因此,在宣扬和提倡"革命文学"的过程中,许杰也强调具有南洋地方色彩的文艺:"文学要有地方色彩的。譬如我们一说到南洋,便觉有椰林高树旷野、草屋、牛车等等出现在我们脑际。如果作者能够把这种地方色彩捉住,表现在文艺里,那便是绝好的文艺了。"③"一切底事物,都不能离开了时间和空间两个范畴而绝对底独立……你得把捉得到时代使命,在文字里面了,这便是时代精神,但是,这还是一条直线,还有一条横线呢,那便是地方色彩。"④可以说,许杰明确提出了"南洋革命文学"的口号,"使还处在萌芽时期的南洋本土文学有了明确的发展方向"。⑤ 在许杰的影响下,《枯岛》刊登的另一篇理论探索文章《中国新文学的途径》⑥,更提出南洋文学不应只做"中国国土内底作品"的"无谓模仿",而要以"地方色彩"为基础,成为能够与中国文学交流对话的作品。应该说,这个观点是相当包容且有远见的。而许杰关于南洋的书写以及南洋经验带给许杰创作视野的拓展,也正是这种双向流动的"南洋色彩"的体现。

旅居南洋一年多时间里,许杰就地取材,创作散文集一部,名为《椰子与榴莲》;创作小说两部,分别为《马戏班》⑦、《锡矿场》。记录了许杰的南洋印象,以及他对南洋社会的文化形态、生活面貌,乃至典型事件的评价和看法。

《椰子与榴莲》由上海现代书局出版于1930年(后于1994年由河北教育出版社再版)。共收录《枉生女士》《两个青年》《椰林中的别墅》《榴莲》《吉龄鬼出游》《棋樟山》《马戏场中》《我的表妹》《下嫁异族》《K女校的风潮》等10篇散文。记录了诸多南洋风土人情如槟榔屿的"观音佛祖出游"、一夫多妻制、华文教育、华人与马来人的通婚,也涉及对英国殖民统治的

① 蒋荷贞:《新文学在南洋的传播——记许杰在吉隆坡的文学活动》,《杭州师院学报》(社会科学版)1984年第2期。
② 目前已知"六叔""小梦""知山""士仁"皆为许杰化名。他发表《自己的目标》《作家的阶级出身问题》《普罗文学的取材问题》《普罗文学中的恋爱问题》《文学与宣传》等多篇论文系统论述"革命文学"理论中的重要问题:如文艺的阶级性、宣传作用等。这些论述被英国殖民当局视为"极左"思想,许杰多次受到华民政务司传讯和警告。
③ 编后话:《尾巴的尾巴》,《枯岛》第10期,《益群日报》1928年10月25日。
④ 六叔:《时代精神与地方色彩》,《枯岛》第17期,《益群日报》1928年12月14日。
⑤ 常征:《许杰与新马华文学》,南京大学2015年硕士论文。
⑥ 陈翔冰:《中国新文学的途径》,《枯岛》第13期,《益群日报》1928年11月16日。
⑦ 1929年由上海朝阳出版社出版,作者署名"张子三",即为许杰。

黑暗和残酷的揭露、对无政府主义思想和行为的反思,渗透着作者强烈的反帝反殖民和阶级批判的价值观。

《马戏班》是许杰在他《明日的文学》中关于"革命文艺"理论探索的基础上,在观察南洋社会十个月之后,以吉隆坡一次马戏表演引发的社会矛盾为载体创作的成果。这次创作蕴藏着作者关于"革命文艺"的"野心":"想以普罗列塔亚的意德沃罗基做出发点,去分析整个的南洋的社会,而指示出他们的,那殖民地民族的出路。""我的目的是想分析整个的包含各阶级的南洋社会。"①正因为试图体现文艺社会性的"野心",导致该小说掺入作者主观色彩太浓而"纪事"不足,许杰自己也在自序中坦诚了这个问题。不过许杰的理想,原本也只是想做"社会剖析",是希望通过小说文本给中国读者一些关于南洋社会的概念、给南洋读者一些革命的启示。与《马戏班》一样,《锡矿场》也是一部以南洋为背景的"革命小说"。此小说则更为具象地反映矿场工人与资本家之间的矛盾冲突。同样也是由于作者急于呈现关于无产阶级革命的概念和口号,而影响了小说本身的连贯性和流畅性。当然,综观中国"革命文学"的整个试验过程,概念化、公式化几乎是那个时期小说的通病。应该说,这是许杰由理论探索转向创作实践、并试图兑现文学的社会改造功能的一次尝试,特别是两部小说都有意识地凸显南洋的本土性色彩,也是许杰为中国与南洋在社会变革过程中达成交互影响而做的一次努力。

除许杰之外,1927年前后因"四一二"事变而赴南洋的还有左翼文学青年洪灵菲。相比许杰而言,洪灵菲赴南洋的经历要曲折艰辛得多。1927年4月,洪灵菲携妻避难香港,却遭港英当局逮捕,经多方营救获释后被迫离港返回家乡潮汕。抵汕后又遭国民党通缉,只能于5月底乔装成贫苦香客只身南渡。由于没有找到固定的职业,饥贫交迫的洪灵菲从新加坡一路漂泊到暹罗,于同年8月底在南昌起义的召唤下与好友戴平万一起回国。这期间他很难有心情去深入观察南洋社会的复杂形态,也难有机会通过报纸杂志在南洋传播自己所接受的新思想。而流浪奔波的旅途中所体验的种种屈辱感、孤独感,促使他更进一步了解"人生的意义和对于革命的决心,明白了人与人之间的虚伪、欺诈以及旧社会的丑恶"②。但很显然,正是这种人生经历促成了他后续写作中独特的流亡经验叙述。

1928年由上海现代书局出版的小说《流亡》,是他的成名作,具有强烈的自传色彩。主人公几个月内辗转C城、H港、新加坡、暹罗、S埠、上海,基本上与洪灵菲的流亡路径相吻合。小说不仅通过革命者"沈之菲"的逃亡经历翔实地记录了"四一二"事变之后中国无产阶级革命的曲折历程,更通过小说记录了南洋的风土人情和社会风貌,使小说本身充满了异域色彩。在一定程度上拓展了"革命文学"在表现革命者"革命"与"恋爱""牺牲""感伤"之外的书写范畴。此外还有《在俱乐部里》记录的几乎是作者流落新加坡时因经济困顿而经人介绍

---

① 张子三:《马戏班·自序》,上海朝阳出版社1929年版,第7—8页。
② 复旦大学中文系:《中国现代文学史》,复旦大学出版社1978年版,第397页。

暂居在某公馆的见闻;《在木筏上》则与作者逃往暹罗途中的经历十分相关。这些作品都超越了中国的地域范畴而具有更广阔的表现空间,而作者试图通过小说传达的无产阶级革命理念也由此而具有世界性的眼光。因此,尽管洪灵菲未必像许杰那样有意识地通过文字在中国与南洋之间做社会意识形态方面的相互融合与渗透,但洪灵菲的小说同样用创作事实呼应了这种理念。他的小说不仅深化了中国革命青年关于"革命"的内涵和意义的认知,同时也在一定程度上影响了南洋作家在参与"新兴文学"运动的过程中揭示病苦、启发民众的社会责任感。

鲁迅曾在《文艺与政治的歧途》①中表示:"做文学的人总得闲定一点,正在革命中,那有功夫做文学……"实际上道出一个事实,"革命文学"兴盛,正是"革命"处于低谷的表征。换句话说,"革命文学"本身就是作家无法参与到现实革命时,以文学的方式进行的"革命"畅想。② 大革命失败以后,许多有着无产阶级信仰的知识分子试图通过对革命诗学的阐发、"革命文学"的创作来坚定"革命尚未成功"的意念以扫除从个体意欲到集体愿景的遗憾。正如茅盾转而写作社会剖析小说以表达自己对民族革命的探索与反思,许杰、洪灵菲的南洋文艺活动也显示了他们对小说修辞与民族命运之间某种特定关联的信仰。

二、郁达夫:新文学园地的开拓者与南洋"革命者"

如果说大革命失败以后下南洋的许杰与洪灵菲,在一定程度上借由文艺活动促进了南洋新文学的发展变革,同时也因南洋经验而拓展了中国左翼文艺的视野,那么于 1937 年抗战爆发后赴南洋的著名左翼作家郁达夫,更因其文坛地位和"革命者"形象,对南洋华文文学产生了更为深远的影响。对于此次南渡,他曾作诗表心迹:"投荒大似屈原游,不是逍遥范蠡舟。忍泪报君君莫笑,新营生圹在星洲。"早有文名的郁达夫虽不似许杰、洪灵菲那样仓皇避难而去,却也在乱世浮沉中内心郁郁,甚至在字里行间透露着一种自我放逐的意味。

抗战爆发以后,郁达夫在国内的工作与家庭生活都陷入某种灰暗的低谷。他在福建通过"福州文化界救亡协会"推行的抗日救亡工作因遭受福州国民党军统特务威胁而被迫停止,与王映霞的婚姻关系也出现较大裂痕。1938 年 12 月 18 日,应《星洲日报》胡兆祥电召,郁达夫与王映霞携子郁飞离开福州奔赴新加坡。到达新加坡以后,郁达夫曾在《槟城三宿记》中写:"此番下南洋……是为《星洲日报》编副刊而来。"明确自己作为编报人的身份。而《星洲日报》则在 12 月 27 日《郁达夫将入本报工作的消息》报道中,谓其是:"为努力宣传抗战",为"实践文章下乡,文章入伍"的口号,"分头赴各乡各镇,以及海外各处努力宣传工作"而抵星洲。③ 阐明郁达夫入职该刊的工作职能。1939 年 1 月 9 日起,郁达夫正式接编《星洲日报·晨星》《星洲日报晚版·繁星》,同时发表征稿简约,希望"能在星洲,在南洋各埠,变作

---

① 鲁迅:《文艺与政治的歧途》,《鲁迅全集》(第 7 卷),人民文学出版社 2005 年版,第 119 页。
② 李松睿:《"文学"如何想象"革命"?——论早期"革命文学"的情节模式》,《现代中文学刊》2010 年第 1 期。
③ 陈其强:《郁达夫年谱》,浙江大学出版社 1988 年版,第 376 页。

光明的先驱","可以培植出许多可以照耀南天,照耀全国,照耀全世界的作家来"①;同月15日,正式接编《星洲日报星期刊·文艺》(周刊)。同日发表《接编文艺》,希望旧日作者积极投稿,"使这一星期一次的小园地,不致荒芜,并且能够发出新的力量来,助我们国家民族的复兴的成功"②。可以看出,在抗战爆发的特殊背景下,郁达夫视培养南洋本土的优秀作家以助民族复兴为己任。

自1939年1月20日至5月15日,郁达夫几乎每期都有政论文章在《星洲日报半月刊》发表,大多与抗战相关。③ 想把"南洋侨众的文化,和祖国的文化来做一个有计划的沟通……在海外先筑起一个文化中继站来,好做将来建国急进时的后备队"④。郁达夫认为南洋文艺是中国民族文化传统的一部分,但也因殖民社会的现实而有所变质。在南洋期间,面对南洋抗战文艺中暴露的种种问题,从题材选择到艺术表现,郁达夫都以文论方式提出自己的看法,也因此卷入一场文艺论争。1939年1月20日,郁达夫作论文《几个问题》以回答南洋文艺青年关于南洋文化发展问题的提问。一是鲁迅风杂文体是否适用当下南洋以及能否把国内问题全盘搬过来的问题。二是南洋文艺发展方向问题。他认为南洋文艺"应该是南洋文艺,不应该是上海或者香港文艺,南洋这个地方的固有性,就是地方性,应该让它发扬光大"。三是关于"在南洋做一番启蒙运动"的问题,他表示欣赏,也认为有必要,但"启蒙"的具体操作仍有待解决。四是关于文艺大众化、通俗化的问题,认为这是国内自抗战以来"天经地义的一个原则",并表示不久以后南洋文艺也会与国内创作洪流接续,而不至于是几个人或少数阶级的娱乐装饰品。⑤ 此文章发表后,立刻引来耶鲁⑥、张楚琨等人的辩驳。

耶鲁在《南洋商报·狮声》发文,题为《读了郁达夫先生的〈几个问题〉以后》,分歧主要在关于鲁迅的文风与人格精神上。耶鲁指责郁达夫不知道鲁迅反托派、反洋场恶少、反颓废分子的"战斗精神"。是日,该报还发表编辑楚琨的《编者附言》,认为郁达夫是"抹杀一切的个人英雄主义的态度",立论歪曲,"给读者们咋舌不置",并认为耶鲁的文章"实足代表大部分的南国文化青年的反应"。⑦ 为此郁达夫相继发表《我对你们却没有失望》《我对你们还是不

---

① 郁风:《郁达夫海外集》,生活·读书·新知三联书店1990年版,第471页。

② 陈其强:《郁达夫年谱》,浙江大学出版社1988年版,第384页。

③ 以时间为序,分别发表《南洋文化的前途》《日本思想的中心》《日本的侵略战争与作家》《第二期抗战的成果》《苏联与日本》《和从那里谈起》《日本的议会政治》《关于抗战八股问题》。(参见王慷鼎、姚梦桐:《郁达夫主编〈星洲日报半月刊·星洲文艺〉始末》,《新文学史料》1984年第2期。)

④ 郁达夫:《关于沟通文化的信件》,《星洲日报·晨星》1939年2月28日。(参见王慷鼎、姚梦桐:《郁达夫主编〈星洲日报半月刊·星洲文艺〉始末》,《新文学史料》1984年第2期。)

⑤ 郁达夫:《几个问题》,《星洲日报·晨星》1939年1月22日。

⑥ 耶鲁:即为黄望青。1913年出生于厦门,1935年毕业于厦门大学法学院经济系。1936年南去新加坡。在华侨中学担任教师。同时加入马共,并领导马共被马党务。笔名有耶鲁、陈村、李秋、郭安等。1939年起在槟城《光华日报》担任翻译工作。[参见《联合早报》2019年1月1日;谢诗坚:《中国革命文学影响下的马华左翼文学(1926—1976)》,厦门大学2007年博士论文。]

⑦ 陈其强:《郁达夫年谱》,浙江大学出版社1988年版,第386—387页。

失望》等文章予以真诚回应。这场论争持续月余,直至 2 月 27 日,《星洲日报·晨星》发表楼适夷《遥寄星洲》,表示郁达夫与鲁迅、茅盾等为不同类型,他纯真的性格以及为大众喉舌、支持革命友人事业的强烈正义感,是要给予高度评价的。以此为"几个问题"打了圆场。与许杰等倡导的南洋本土性一样,郁达夫文章的本意也不过是强调南洋文艺应有自己的特点,南洋文艺界应有自己的"大作家",鲁迅的文体风格是鲁迅的,不提倡一味照搬模仿。这并没有什么错,却使南洋文艺青年误解为他反对鲁迅且无视他们的努力和进步。

经过此次论战,郁达夫在言论上也做了不少调整。他始终坚持自己的工作使命是"在星洲建树一文化站,作为抗战建国的一翼,奋向前进"①。因此,他在发表关于抗战、关于世界反法西斯战争的相关政论文章之外,也倾心建设马华文艺。其一是通过他主编的《星洲日报》各大文艺栏,指导、推介了不少南洋当地青年作家。温梓川、苗秀、铁亢、王君实、高云览等都因写作与郁达夫多有往来,受到他指点奖掖。特别是贫困诗人冯蕉衣,郁达夫不但为其多方谋职,给予生活上的接济和帮助,在他去世后于《晨星》副刊开辟整版出纪念专辑,并撰文《悼诗人冯蕉衣》,又为冯蕉衣的遗诗集写序《序冯蕉衣的遗诗》,欣赏他的才情,为他的早逝悲愤惋惜。其二是撰写《看稿的结果》②、《事物实写与人物性格》③、《艺术上的宽容》④等文章,对彼时副刊收到的稿件中存在的普遍问题做述评,并在写作技巧、文字布局、艺术观念等方面提出具体的意见。其三是积极争取与中国大陆文艺界的交流往来。郁达夫除撰写鲁迅、徐悲鸿、许地山等著名作家、艺术家的回忆文章之外,还报告"文协近讯"、国内战况。⑤同时坚持转载、刊登中国大陆知名作家作品,并积极向他们约稿,一方面满足当地青年读者对"新鲜而富于刺激性的稿子"的渴望,另一方面也以此为范本,借以启发当地作者,沟通两地文艺。⑥ 而在郭沫若 50 寿辰庆祝内容中,郁达夫拟"各报都出一个专刊"⑦,并向南洋青年作家约稿。"在这次征文中,凡是稍有可取的都发表于《晨星》,可见郁达夫对年青一辈的关怀。"⑧其四是热情推荐外国作家作品及文坛信息。如《奢儿彭论文集》介绍美国批评家保儿·爱耳玛·摩儿(Paul Elmer More)的生活经历和批评杂感文集⑨;《纪念柴霍夫》纪念俄国作家柴霍夫作品的特色、影响⑩;《去年诺贝尔文学奖金的受奖者》介绍 1939 年诺贝尔奖

① 编者(郁达夫):《〈星洲文艺〉发刊旨趣》,《星洲日报半月刊》第 23 期,1939 年 6 月 1 日。
② 郁达夫:《看稿的结果》,《星槟日报星期刊·文艺》第 2 期,1939 年 2 月 26 日。
③ 郁达夫:《事物实写与人物性格》,《星洲日报·晨星》1939 年 4 月 29 日。
④ 郁达夫:《艺术上的宽容》,《星洲日报·星期刊·文艺》1939 年 4 月 30 日。
⑤ 1939 年 4 月 8 日,郁达夫"谓接到全国文艺界抗敌协会来信,并寄有关抗战文艺杂志三册,《晨星》将于今明两日'将其中有价值的文字,转载两篇'。并告文协已于 4 月 5 日举行投票改选理事"。同月 25 日,发表散文《在警报声里》,追叙台儿庄战役上军民合作的爱国义举。本文初刊重庆《抗战文艺》第 4 卷第 2 期,又于 6 月 24 日新加坡《星光画报》第 1 期刊载。(参见陈其强:《郁达夫年谱》,浙江大学出版社 1988 年版,第 398—399 页。)
⑥ 《晨星》发表过茅盾、老舍、艾芜、楼适夷、柯灵、姚雪垠、许广平等大陆作家稿件。
⑦ 郁达夫:《为郭沫若五十诞辰事》,《星洲日报·晨星》1941 年 11 月 7 日。
⑧ 金进:《郁达夫南洋时期的人格转变及南洋经历关系之考辨》,《中国现代文学研究丛刊》2010 年第 6 期。
⑨ 陈其强:《郁达夫年谱》,浙江大学出版社 1988 年版,第 408 页。
⑩ 陈其强:《郁达夫年谱》,浙江大学出版社 1988 年版,第 409 页。

得主、芬兰文学家弗兰斯·欧米尔·雪尔兰拜(Frans Eemilsil Lanpaese)的生平、经历及其创作特色①;《左拉诞生百周年纪念》高度评价左拉的文学成就与精神。② 应该说,郁达夫努力为马华作家提供多层面的文学参照系,将马华文学放置于世界文学的视野中去交流对话,在激烈动荡的时局中,仍坚持为马华文艺界提供国际文艺的动态,可见用心之至。

可以说,曾以颓废、感伤的浪漫主义著称的创造社发起人郁达夫是战时奔赴南洋最著名的中国左翼作家之一。战争以及南洋的诸多经历改变了他文艺工作的面向。他将"五四"新文学精神毫无保留地带到了南洋,培养了一大批有影响的作家,为马华文艺界的发展做出了重要贡献。他巨大的文化影响力以及个人命运的颠簸浮沉,也似一种传奇和象征,成为马华文艺界不断演绎、阐释和言说的对象。

三、文学思潮、"大作家"影响下的南洋华文实践

应该说,共同的被殖民经验与抗日经验促进了中国现代文学与马华文学③的紧密关联。而国民党的白色恐怖迫使一批革命文人从大陆流亡南洋,由此带来"革命文学"的思想火种,带动了南洋新文学由"启蒙"向"革命"转向。因此有学者言:"在那个时代,中国和马来西亚的左翼文人其实是同一路人,走的是同样的道路,借助马来西亚文化阵地表达同一个思想。"④

如前所述,许杰借由《枯岛》对"革命文艺"做了强有力的推动,认为《枯岛》所抱的使命,是"同情和反抗":同情被压迫的阶级和民众,反抗阶级的敌人。在他大力倡导下,"革命文学"思想成为南洋文艺界最鲜活有力的文艺思潮。因此,1928年以来马华文坛的小说创作,大多是以反映中国北伐时期历史风貌为主要内容,充满中国色彩。如《群儿的母亲》以"五卅"惨案为背景,写某纱厂职工要求改善待遇与资方产生冲突而酿成流血事件;《笑纹与波光一样柔和》讲述岭东一个叫双符村的农村在北伐初期至宁汉分裂期间农民的军事行动。而1930年代以后,随着大革命失败的话题渐趋饱和,小说的话题逐渐转向对南洋社会现实的关注:失业浪潮、胶价惨跌、职工运动、民族独立的要求等。《生活的锁链》讲述女胶工的私生子福来和被卖"猪仔"到南洋的老胶工因各自不同的艰辛身世而参与工人运动的故事;《铁牛》讲述中国农民因胶园艰苦工作而意识到悲惨命运的根源,最后走上工人运动的道路。此外还有话剧《良心之狱》,写济南惨案之后,南洋各地华人的反日行动;寰游的诗剧《十字街头》号召马来西亚工人反抗资本家,宣称"我们要做天下的主人……和恶环境拼个死活……

---

① 陈其强:《郁达夫年谱》,浙江大学出版社1988年版,第422页。

② 陈其强:《郁达夫年谱》,浙江大学出版社1988年版,第435页。

③ 殖民地时代,由于新加坡与马来西亚共处一个政治实体,因此1965年前的"马华文学"通常是新加坡马来西亚华文文学的合称。1965年以后,马来西亚华文文学仍被称为"马华文学",新加坡华文文学则被称为"新华文学"。

④ 方修:《马华新文学简史》,马来西亚华校董事联合会总会1986年版。

大家一起努力向前进,去夺取我们的自由和面包!"①

可以看出,1928年以后南洋新文学基本上遵循了中国"革命文学"的书写路线,特别是使用马克思主义阶级意识去反思底层民众苦难生活的根源,宣扬革命的必要性和正义性,抒发革命的热情。而1930年代以来所关注的"南洋"现实社会,在实质上也是对中国"革命文学"的一种内在模仿,比如关于劳资矛盾的话题,《包身工》几乎成为范本。无论从创作实绩还是理论探索来看,这种模仿事实上为马华文学中注入了中国现代文学所一直探索和追寻的现代性的精神。

如果说许杰、洪灵菲等早期南下文人的活动轨迹主要在于文艺宣传与实践,那么对郁达夫而言,除了文艺工作,他还参与了实际的抗日救亡活动。太平洋战争爆发以后,郁达夫于1942年2月4日与胡愈之等乘船离开新加坡,一路撤退到苏门答腊,蛰居巴爷公务镇化名"赵廉",开办"赵豫记酒厂",充当日本宪兵翻译。保护、营救汇集在巴爷公务的文化人、抗日分子、华侨和印尼群众。1945年8月底日本宣布无条件投降之后,郁达夫被日本宪兵秘密杀害。② 解放后中国政府追认他为革命烈士。之后在1953年8月30日,"巴东及苏西文化教育工作者,为纪念达夫及同在日据时期遇难的十一位苏东反日同志,在离武吉丁宜三公里华侨公墓处,立二公尺长宽之四方形纪念碑一块"③。可以看出,郁达夫不仅是中国人民心中为民族革命做出重要贡献的文学家,对整个马华文艺界乃至马华社会而言,也同样是一座文格与人格的丰碑。也因此,郁达夫"形象"作为一种文化精神,在他死后多年不断成为南洋作家反复书写的对象。

1964年,温梓川发表《郁达夫别传》,是第一部海外郁达夫传记。温梓川在自序中自述,与郁达夫的交情"介乎师友之间",在郁达夫去世之后他曾竭力搜集其遗作和相关纪念文章,并相当认同郁达夫死后被人誉为"爱国者""爱国诗人""伟大作家""殉国烈士""伟大的先知先觉者""五四精神的代表者"等称号,认为"这些颂词对他不但不过分,却成为他的盖棺定论"④。苗秀也在《郁达夫的悲剧》中回忆,郁达夫平易近人,"喜欢接近文艺青年""毫无半点大作家的架子",不遗余力栽培辅助青年作家。此外,王君实、刘前度等都曾撰文回忆郁达夫在主编《晨星》期间对后进作者的指点、引导和包容的态度。由此可以看出,在一大部分南洋作家心目中,郁达夫是作为奖掖后进的良师益友、富于声望才情、令人尊敬仰望、带给南洋文坛深刻影响的前辈作家形象而存在。

不过,这种正面的、使人景仰的形象并不是恒定的。在温梓川的《郁达夫别传》发表二十

---

① 方修:《马华新文学大系》(五)(戏剧集),星洲世界书局有限公司1971年版,第72—83页。

② 关于郁达夫失踪殉难之谜,因未找到遗体而在学界有诸多猜测、描述和争议。据胡愈之1946年8月24日在全国文艺界协会的报告《郁达夫的流亡与失踪》中陈述:"八点钟后,有一个三十来岁模样的青年扣门,说要达夫帮忙一事,被骗至荒外,秘密逮捕。"并于9月17日被日本宪兵秘密杀害于离武吉丁宜七公里的丹戎革岱。而据日本学者铃木正夫考证,郁达夫于8月29日晚被逮捕后当晚就被掐死在武吉丁宜七公里的丹戎革岱。

③ 陈其强:《郁达夫年谱》,浙江大学出版社1988年版,第490页。

④ 温梓川:《郁达夫别传·自序》,宁夏人民出版社2006年版,第4页。

多年后,黄锦树将郁达夫写进了自己的小说,并通过他的小说对郁达夫及其"失踪之谜"进行了解构。《M 的失踪》围绕着寻找一位署名为 M 并有望获得诺贝尔奖的作家展开,失踪的郁达夫也疑似为 M 的候选人。"大师"的失踪,或者说"大师"沦为众多作家候选人之一,映射出作者关于马华文坛"经典"缺失的焦虑之外,本身也显示了他对郁达夫个人在马华文学史上既有形象的质疑。《死在南方》则直接将郁达夫写成了小说的主人公,以郁达夫的流亡、失踪为话语资源,并虚构了郁达夫残稿碎片、生存之地等情节,想象中郁达夫并没有死,被处死的是替身,并且是郁达夫亲手斩杀了替身,之后悄然隐去,隐居于一片神秘的荒原中。如果说《M 的失踪》是对郁达夫作为马华文坛"引领者"形象的解构,那么《死在南方》则是对郁达夫作为"殉国烈士"形象的解构,而《零余者的背影》(《补遗》)又以纪录片策划人为郁达夫纪录片"补遗"为线索,展开了一系列关于郁达夫"荒岛生存"的寓言设计。在此作者干脆让郁达夫皈依伊斯兰教、娶三妻四妾、看守灯塔、成为"望妇石"。而当读者以为纪录片圆满完成"补遗"时,小说又设计了拍摄队被劫持去一个小岛的情节。在此郁达夫又与海盗秦寡妇生活在一起,拥有成群的下人伺候,过着旧式中国的朽烂生活。对郁达夫的一再解构重塑,可以看出黄锦树显然不只是为了给小说塑造一个人物形象而已。"破除、颠覆中国来的'大作家'神话,是其在小说中一再塑造负面郁达夫形象的基本动因。"作者试图通过这个人物形象"摆脱中国文学的影响",从而破除郁达夫带给马华文坛的"影响焦虑"。①

当然,从郁达夫入南洋初期就卷入的"几个问题"的论争就可以看出,深刻影响过南洋文艺界的中国左翼作家不仅仅是郁达夫,鲁迅的影响恐怕也很深远。和郁达夫不同的是,鲁迅并未亲自到过南洋,但他的创作风格、文体模式长期以来被南洋文艺界模仿试练。对此,黄锦树干脆作《伤逝》的同名小说,续写了子君死前的生存状态以及子君死后涓生的忏悔、颓废和死亡。有学者认为黄锦树并未真正理解《伤逝》,鲁迅在《伤逝》中所容纳的并非单纯只是男女爱情,黄锦树的理解过于简单,流于表面。② 当然这是另一层面的话题,在此不再赘述。但显然可以看出,鲁迅、郁达夫等秉持了左翼精神的中国作家作为一种文艺的信仰、一种创作艺术的标杆在南洋文艺青年中产生了广泛而深刻的影响。某种程度上也可以说他们所代表的反封建反殖民的社会革命精神、扶持弱小并为普罗大众发声的正义性乃至忧愤深广的生命哲学,以自身的独特性参与塑造了南洋华文文学的某一面向。

而对于黄锦树来说,随着马华社会的发展和本土意识的凸显,他在阐述自己关于马华文学的认知时,认为马华文学要形成自己的主体性,首先必须摆脱中国文学的影响,因此他在自己的作品中对"大作家"郁达夫在南洋文坛的既有形象进行了多层面的解构,但是他在实践/练习"解构"的过程中,又不自主地模仿起另一个"大作家"鲁迅。可以说,他在自身文学生产的过程中,并没有如愿逃脱"中国影响"。换句话说,中外文学交流的历史图景,某种程

① 刘俊:《"南洋"郁达夫:中国属性·海外形塑·他者观照——兼及中国作家的海外影响与华文文学的复合互渗》,《文学评论》2018 年第 1 期。

② 朱崇科:《争夺鲁迅与黄锦树"南洋"虚构的吊诡》,《暨南学报(哲社版)》2015 年第 10 期。

度上成为南洋文学在民族主义、现代主义乃至后现代主义、后殖民主义交错的社会文化范型中的一种"潜在结构"。

四、结　语

可以看出，伴随着中国革命的进程而不断发展变化的"革命文学"所经历过的诸种文艺思潮的论争激荡、在此过程中产生的著名作家及其作品，不仅从文学史实、文学观念上深刻影响了南洋文学的发展，同时也带给南洋文坛诸多的话语叙述资源。特别是大革命以来深受无产阶级理论熏陶的作家，他们秉持的反殖反帝反剥削的理念，激活、构建了南洋文学的现代性与世界性，对南洋社会变革起到了重要的推动作用。此外，南洋的本土化语境也为中国作家作品注入新的元素，使它们不断以文字的方式复活变异，从而使得中国现代文学与南洋华文文学之间形成一种区域间的互动流变。

强调中国新文学思潮在南洋社会变革历程中所产生过的诗学影响，并不是要重提郁达夫在抗战时期关于南洋文学是中国文学一支流的观念，事实上，在承认马华文学已具有十分明确的本土性意识，与中国文学并不互相隶属的前提下，仍然应该看到它与中国文学的紧密联系——这种联系不单是强调中国文学如何引领了马华文学的发展变革，更应该看到马华文学在自身主体性的探寻和试练的路径中，甚至在破除"中国影响"的焦虑中，也同步促进了中国文学海外形态的多样化流变。应该说，中国作家秉承崇高的社会使命感穿越国界时空的藩篱，承担着"文化桥梁"的角色，他们的文化行迹不仅推动了世界格局中中国现代文学思潮的交流与转化，更展现了近代以来中国文化与异质文化对话形态的丰富性和生命力。

1990 年代以来台湾小说中乡土与都市关系的衍异

陈　铎 *

（南京大学　中国新文学研究中心，南京 210023）

内容摘要："乡土"与"都市"作为一组相互参照的文化系统和理论话语，在乡土文化占据主导优势的社会语境中，逐渐发展出一套以"乡村善/都市恶"为表征的话语结构，并成为许多小说创作的文化心理模式和潜在价值向度。随着台湾都市化程度日深和文化语境转换，1990年代以来台湾小说中的城乡关系开始呈现出某种新变。首先，"乡村善/都市恶"的二元对立结构趋于解体；其次，一度作为乡土之"背景"和"他者"的都市获得了独立的文学表达，其意象内涵也发生了从道德主义的"罪恶"到后现代意义的"废墟"的转变；最后，在日益废墟化的都市面前，后学思潮对乡土社会内部权力结构的暴露，使得本质主义道德原乡的纯粹性、神话性也随之溃败瓦解。置身城市化、现代化、全球化的总体脉络中，文学叙事中城与乡的关系逐渐由剑拔弩张的二元对峙变为多元视野下的文化反思，作家城乡情感复杂化的背后，映射的是对都市及乡土社会认知和文学想象的深化。

关键词：台湾小说；1990 年代；乡土与都市；后学思潮

- -

一

乡土和都市作为人类基本的生活空间和生存方式，一直是作家们乐此不疲的书写主题，它们代表着两种截然不同的文化体系和道德原则，并逐渐发展成为一套相互参照的理论话语。置身天平两端的"乡土/都市"在不同的语境中可以置换为"传统/现代""本土/外来""民族/殖民""自我/他者"等一组组相互对立的关键词，宣示着作为不同的"价值""立场"与"方法"的历史性意义。有一个颇值得玩味的现象是，尽管都市在物质定向上占据着鲜明的优势，并代表着一种更为高级的文明阶段，但在作家的精神国度中，总是微妙地反转为物欲横

---

* 　作者简介：陈铎，南京大学中国新文学研究中心博士研究生。

流、罪恶昭彰的冷酷异境,难以与乡村相提并论。乡土则是善的、美的、因被侮辱与被损害而值得深深同情的。可以说,"乡村善/都市恶"是许多作家最基本的文化心理模式和潜在价值向度。

就大陆而言,在鲁迅、许杰、王鲁彦等乡土写实派作家眼中,乡土纵然由于封建文化的沉积和国民劣根的盘踞而成为保守、落后文化空间的代表,但在理性的乡土批判背后,仍然难掩作家卷入了自身乡土经验的感性眷恋,对于乡土底层苦难深重的老中国的儿女们,作家仍不免"以憎的形式表达爱"①。在以废名、沈从文、汪曾祺为代表的乡土写意派那里,乡土代表着原始、野性的生命和优美健康的生命形式,是洋溢着自然美、人性美、人情美的诗意乌托邦;都市则表现出"阉寺性"的生命病相,成为充斥着人性萎缩、变异与退化的现代恶托邦。施蛰存、穆时英、杜衡、黑婴等新感觉派作家的文本中尽管充斥着霓虹灯、跑马场、歌舞厅、证交所等的声色光电、纸醉金迷,但他们对都市中上层畸形生活和欧化气派的表现背后,也依然带着一双忧郁的乡下人的眼睛②。50—70 年代,乡土在新政权长期以来的农村实践和根深蒂固的传统价值观念的支持下取得了压倒性的言说优势,城市则在在主流意识形态关于民族主义和阶级斗争的话语赋权下,成为资产阶级罪恶生活方式的代表,成为被改造的对象,长期为主流意识形态所排斥。新时期以来的文本中,既有郑万隆、莫言对乡村生命的自由野性、有情有义和都市人际的虚矫、情欲的泛滥和人种的退化之褒贬臧否,也有张炜、张承志等据守着葡萄园、旷野、西部高原展开对人类生存意义的终极追问,以及对都市所代表的商业化、俗利化现实的激烈排拒;而如王朔、邱华栋、朱文、何顿等对物质欲望的推崇和感官享乐的沉迷,卫慧、棉棉对身体欲望的放纵和对世俗趣味的逢迎,这种价值缺席的"平面化"生存却引起批评家的侧目。可以说,在乡村与城市的参照中,作家惯于把眷恋和同情分配给被现代化浪潮冲击的弱势乡土,而对城市投以轻蔑的一瞥。

台湾由于特殊的政治轨迹和历史境遇,对于城乡不同情感态度更投射了殖民抵抗的民族主义情怀。日据时期的台湾,除了部分城市在日本殖民者的强制改造中逐渐开启现代历程外,总体而言仍是传统观念占据主导地位。日据时期台湾小说中关于乡土与都市的言说,数量与分量上都存在着天壤之别,许多文学史上赫赫有名的作家如赖和、杨逵、蔡秋桐、陈虚谷、朱点人、吴浊流、钟理和、钟肇政等皆以乡土书写著称于世,对乡土社会底层生存投以深情的瞩目。在语涉都市的有限篇目中,作家不是用都市的繁华丽影来反衬乡土小人物的苦难生活与苦涩心境,如王诗琅的《夜雨》、徐琼二的《岛都的现代风

① 丁帆等:《中国大陆与台湾乡土小说比较史论》,南京大学出版社 2013 年版,第 35 页。
② 参见张鸿声:《都市化中的乡村与都市里的乡村——心理分析派小说论之一》,《中国现代文学研究丛刊》1990 年第 1 期。

景》等,就是借都市的殖民景观以展示民族创伤,如朱点人的《秋信》①。从民族/殖民的角度切入对乡村/城市权力关系的透视一直延续到战后,甚至支配了五六十年代的台湾文学。

有学者将乡土社会的工商转型视为现代乡土小说创作的根本动力②,的确,整体而言,这一过程所引发的传统/现代的价值裂变,是整个 20 世纪乡土/都市言说的核心要义。就台湾来看,从 60 年代台湾经济起飞到 70 年代都市化基本完成,乡土小说感应着社会转型的时代阵痛,无论是揭露工商阶层对农民的利益侵占(王祯和《伊会念咒》),还是控诉现代经济法则对传统生活方式和宗法人伦的扭曲(王拓的《金水婶》),无不是在传统/现代、农业文明/工商业文明的尖锐对立中,传达出对都市的道德谴责和乡土的人道悲悯。在一个拥有数千年农业文明历史的国度,都市似乎天然地带有某种"原罪"。何以至此?追溯起来,中国城市化进程的开启并非内在经济因素自由生长的结果,而是在西方社会坚船利炮强势入侵之下的被动应对,而这种夹杂着屈辱与血泪的现代文明初体验,难免让人们在一开始就对都市心怀疑惧。何况急促的现代化转型使得农业社会形成的传统文化心理结构(如安土重迁、家族伦理、重农轻商等)在都市语境中显得左支右绌,而都市社会所代表的另类价值理念和人格范型在短时期内又难以与强大的农业文化传统相抗衡。因此,面对都市文化带来的不适感和恐慌感,人们就需要从既有的文化记忆中调用乡土的意象,来安放城乡文化冲突中无所适从的心灵。

可以这么说,这种城乡二元对立的话语结构是乡土本位的乡村道德理性的表现,是预设了一个道德基础,将对家、国、乡土的情感都归纳到乡土上面,进而对都市加以腐朽、罪恶的预判③。如果说这一心理模式产生的前提是台湾(乃至大陆)长期以来以乡土文化为主体的社会环境,那么,及至 70 年代台湾进入都市社会,并在 1980—1989 年台湾"十年经济建设计划"的实施下都市化程度不断加深,处在这样一种时代巨变中的城乡言说也势必发生某种新变。1990 年代以来的作家群体大多成长于资讯文明高度发达的都市社会,并深受大众文化、后现代思潮以及多种意识形态的影响,进而也便开辟出有别于前的个性化文学版图——1990 年代以来台湾小说中的乡土和都市不再被简单化约为传统/现代、精神/物质、自我/他者等二元对立的两极,其对抗关系也不再以一方绝对地压倒另一方的整一面目出现,而是在作家各自城乡记忆、城乡情感和城乡想象的观照下被处理得越来越支离、微观,文学叙事中的城乡关系渐由剑拔弩张的二元对峙变为多元视野下的文化反思。

---

① 《秋信》中斗文先生在日殖统治之下蛰居乡村,不改衣冠、不学日语,后日本庆祝在台统治"始政四十周年"博览会时乘火车远赴台北,小说并未展开对台北城现代样貌的描述,却借斗文先生之口大骂殖民体制下台湾子弟的劣等待遇。

② 丁帆等:《中国大陆与台湾乡土小说比较史论》,南京大学出版社 2013 年版,第 330 页。

③ 李欧梵:《徘徊在现代和后现代之间》,上海三联书店 2000 年版,第 120 页。

二

　　这种转变主要表现在三个方面。首先,"乡土善/都市恶"二元对立结构瓦解,都市文化意识冲决了乡土本位的乡村道德理性。有的作家撕破了田园怀旧主义的温情面纱,从农民而非知识分子的乡土经验着手,对乡土的复杂面貌予以多面的呈现。从经济重压下乡村生计的艰辛和物质条件的匮乏,到宗法家族内部利益纷争和人情纠葛之复杂,再到传统因袭下价值体系的陈旧和思想观念的落后,以及乡村权力政治对乡民的侮辱和践踏,现实的乡土生存其实距离小说家对乡村既"美"且"善"的建构和想象何其遥远。蔡素芬在《盐田儿女》的序言中,提到当自己偶尔以做客的心情回乡时,总念念不忘于"那墩墩白盐与安静风日"①,但从小说主人公明月的乡土经验出发,盐田生活更多的是命运不可承受的重负——她不仅要像其他农人一样顺应四时完成收盐、养蚵、捕鱼等繁重农活,还因为经济负担的沉重和家庭状况的特殊,不得不接受父母为其招赘的安排,为错过青梅竹马的恋人终身抱憾。陈淑瑶的《流水账》记述 1980 年代澎湖的风土人情,但在作家诗意的笔触背后,我们依然能够体会乡村生活的艰难与不公。用心婶在出海捕鱼时失足落海,父亲悉心耕种的嘉宝瓜田难逃天灾,母亲捡拾海产的竹篮被警察一脚踢翻……陈雪的《桥上的孩子》《陈春天》则完全打破了怀旧主义的温情滤镜:集市生活的忙乱,武场叫卖的尴尬,阁楼空间的逼仄,债务负担的沉重,凡此种种,令主人公的乡土记忆充满了痛苦。加之家族生活中种种令人难以启齿的情欲、乱伦、财产争执、流言与恶意,更让乡土成为主人公难以愈合的心灵伤痕。

　　相对于乡村生活在物质和精神上的双重困厄,都市生活的优越性使愈益突出。这种优越性首先是在物质层面上表现出来的,如陈淑瑶的《流水账》中记录了电视机、电话、照相机、电冰箱等现代物件如何一一流入小镇家庭,蔡素芬的《盐田儿女》中更有村民们对要安装水管、通客运车、设立小学等消息奔走相告的生动细节。于是在轰轰烈烈的城市化的进程中,既有如《盐田儿女》中的大方者选择离开故乡的贫瘠土地,去往那个"有希望有前途的"都市以完成由农民到市民的身份转换,也有如《一百年漂泊》中的父亲者选择留在家乡投身乡村的工业化建设,完成由农民到工业资产阶级的阶层跃升。《一百年漂泊》中,故乡乌日在工业化转型时代爆发出求新求变的改革热情,父亲从瓦片厂到锅炉厂的奋斗历史张扬着喷薄欲出的生命能量,年轻的锅炉工人和纺织女工洋溢着昂扬向上的青春气息,穷败落后的农业社会在工业化的奋进号角中复而焕发出生机勃勃的力量。相较于黄春明、王拓等前行代作家对都市文明入侵乡土的血泪控诉,我们可以明显看出 1990 年代以来的乡土小说家对于农村现代化转型已经倾向于做出一种更为立体、正面的价值判断:都市/工业/现代已经不再纯粹地以一种异质的、罪恶的入侵力量出现,一种清醒的历史理性已经取代了对城乡的善恶道德预判。更重要的是,这种剥离了"腐朽""罪恶"的道德指认的都市想象,不仅体现在对都市物

---

　　① 蔡素芬:《盐田风日(序)——人情的故乡》,《盐田儿女》,台湾联经出版事业公司 1994 年版,第Ⅲ—Ⅳ页。

质文明的拥抱上,更表现为对都市所代表的现代价值理念与人格范型的肯定。《盐田儿女》中,在乡村备受传统伦理压迫的明月,在城市开放、包容的环境中终于有了离婚的勇气;在陈雪的《桥上的孩子》《陈春天》中,主人公从神冈、丰原一路逃到台中、台北、洛杉矶,最终在都市中寻得心灵的庇佑,并完成了自我的重建;杨渡的《一百年漂泊》更是借着父亲办锅炉厂、革新锅炉技术等经历,肯定了一种重理性、尚智慧、顺应时势、敢想敢做的现代进取型人格。

从理论层面来看,这种乐观的"城市进步主义"观念扭转了以往文学作品的都市想象对都市价值和意义的漠视,不仅认可了都市在物质向度上之于乡土的优越性,同时还颠覆了将都市视为文明退阶和精神退化的观点,体现了成熟的都市意识和冷静的历史理性。相较于前行代作家立足乡土本位对城市化进程的忧虑,1990年代以来在都市文明的浸润中成长成熟的作家更倾向于承认并接纳这一过程的历史必然性。

不过,这样的论述或许会引发读者的另一种误解,也即1990年代以来的台湾小说是通过对"乡土善/都市恶"二元结构的简单倒置来颠覆以往的文学认知的。其实在上述作品中,"城市进步主义"通常只作为小说思想的一个层面而存在,1990年代以来台湾小说中的城乡叙事对"乡土善/都市恶"的二元观念的冲决并不是本质主义的,而是以一种多元的文化态度对城乡同时展开反思,作家们对城乡的情感态度已经变得复杂而立体。这种城乡情感态度的复杂性构成了1990年代以来台湾小说城乡观念的重要特质。

三

1990年代以来台湾小说对都市正面价值的肯定是有条件、有限度的,它基本上只限定在工业化、城市化、现代化的初始阶段——彼时的城市,更多地作为乡土所憧憬的彼岸,代表着更优越的物质生活、更开放的价值观念和更为丰富的自我实现机遇等。相较之下,步入后工业、后现代社会的都市,随着现代化的种种负面后果的显露,则遭到了作家们毫不留情的批判。都市化初期对现代文明的热切期待,和都市化后期对现代性后果的深刻反思,这种对于都市在过去/现在的不同时间矢量上的不同情感态度,其实都是作家们都市认知走向深化的结果。不过,即使是对都市化负面的反思,1990年代以来的台湾小说在题材把握的维度和深度上也表现出了一些有别于前的特质。

整体来看,在以农业经济和乡土文化为主导的社会环境中,作家们惯于以乡村道德的眼光打量都市,以乡村的生活形态和乡民的生命价值为尺度,对都市加以"堕落""罪恶"的道德指认。以乡下人自居的沈从文,对"一律受'钞票'所控制"[1]的城里人颇为不屑,认为正是都市的纸烟、罐头等所谓现代文明的涌入,使得农村社会背离了原来的正直朴素的人情美,堕落至为"唯实唯利的庸俗人生观"[2]所支配。这种观点相当具有代表性,80年代以前的台湾

---

[1] 沈从文:《水云》,《沈从文散文选》,人民文学出版社1983年版,第305页。
[2] 沈从文:《〈长河〉题记》,《大公报》1943年4月21日。

乡土文学亦也不例外。到了1980年代后期,台湾小说中都市的意象符码已经发生了悄然的转变,即由道德主义的"堕落"变为后现代意义的"废墟"。卡林内斯库曾在《现代性的五副面孔》中讨论了作为现代美学观念的"颓废",并深刻地阐发了颓废与进步的复杂辩证性:"高度的技术发展同一种深刻的颓废感显得极其融洽。进步的事实没有被否认,但越来越多的人怀着一种痛苦的失落和异化感来经验进步的后果。再一次地,进步即颓废,颓废即进步。"①80年代后期台湾都市小说的废墟叙事正与台湾进入资讯文明和消费文化主导下的后现代社会基本同步,社会历史领域振奋人心的进步信念,往往成为文学领域危机意识和颓废精神的重要触媒。如果说以往关于都市的罪恶指控还是在乡土本位的立场对异质文化的敌视,那么80年代后期对都市废墟本质的透视则完全是在都市视域下对进步神话的祛魅。王幼华对人类的种种丑恶人性和悲剧命运的展示(《健康公寓》《超人阿A》)、张大春对都市人荒诞的生活状态的反讽(《公寓导游》)、黄凡对后现代都市荒谬异境的嘲谑(《都市生活》)、林燿德对都市底层原欲与暴力的挖掘(《恶地形》《非常的日常》)等,后现代主义视域中将都市视为文明废墟的价值定位油然可辨。林燿德就曾极富洞察力地将废墟视作后现代都市的本质:"台北不是盖在废墟上的新城,却更像是盖在废墟上的废墟,城市的扩张取代了城市的其他意义。"②到了1990年代,台湾后现代都市小说对都市废墟本质的摹写更为细化,消费主义狂潮席卷下的物质废墟、耽溺于感官享乐和欲望放纵的情欲废墟、发展主义神话下的历史废墟、党派纷争族群撕裂支配下的政治废墟等,无一不是都市废墟本质的多元展演。如果说芒福德的都市发展六阶段论③中对都市进入废墟阶段的判定是社会学意义上的,那么小说家们关于都市废墟本质的剖析则是哲学意义上的;与其说是感应着都市现实意义上的衰退和死亡,倒不如说是资本主义现代性危机和矛盾的产物,是审美现代性对启蒙现代性的激烈反叛。

就物质废墟而言,现代都市意味着物质的极大丰富,同时也意味着物质对人无所不在的包围与支配,马克思、恩格斯发现了资本主义社会中的人不正常地受到自己创造物的奴役的现象④,居伊·德波通过景观理论指出商品是如何以光芒四射的景观展示实现对人内心深层欲望的殖民⑤,鲍德里亚则更进一步地点破了消费者与物的关系已经不再是人与物的使用功能关系,而是人与暗示意义链上的"全套的物"之间的被强暴关系了⑥。人类通过消费商品的符号价值来凸显身份、划分阶层,进而获得风格、地位、权力的虚假认同,消费控制着

① [美]马泰·卡林内斯库:《现代性的五副面孔:现代主义、先锋派、颓废、媚俗艺术、后现代主义》,顾爱彬、李瑞华译,译林出版社2015年版,第158页。

② 林燿德:《都市废墟本质》,《中时晚报·时代文学周刊》1994年4月3日。

③ 芒福德曾在《城市文化》中将都市发展分为原始都市、城邦、大都市、超大都市、暴虐都市、废墟都市六个阶段,其中前三个阶段属于上升阶段,后三个阶段属于衰退乃至死亡阶段。

④ 中共中央马克思恩格斯列宁斯大林著作编译局编著:《马克思恩格斯文集》,人民出版社2009年版。

⑤ [法]居伊·德波:《景观社会》,张新木译,南京大学出版社2017年版。

⑥ [法]让·鲍德里亚:《消费社会》,刘成富、全志钢译,南京大学出版社2014年版。

人的全部生活,更可悲的是,即使我们意识到这一点也无法抗拒。朱天心的《鹤妻》中的家庭主妇小薰就是深受消费意识形态的奴役,才一次次地以重复购买、囤积各类日常生活用品的方式确认自我的存在。朱天文《巫言》中的帽子小姐,更是完全把自己交付给了疯狂的消费文明,她跟团旅行只有购物这一个目的,成了名副其实的瞎拼(shopping)女王。《巫言》中有一个意味深长的细节:为了购物帽子小姐不惜"跑断鞋跟,骨骸拆散"[1],然而待后来打开行李袋,那些曾经令她狂乱未歇的神奇宝物,仿佛五色七味统统审出般七零八落,宝变为石,魅力全失。朱天文的深刻之处在于,她不仅写出了物质对都市人的心灵宰制,更写出了由消费带来的精神满足的虚妄,"宝变为石"的虚幻背后,都市的物质废墟本质一览无余。

再如情欲废墟。无论批评家们是旗帜鲜明地张扬情欲书写中身体觉醒、性别解放等价值反叛意味,还是言辞激烈地谴责"身体写作""下半身写作"对生理欲望和感官刺激的庸俗化追求,都市小说中情欲景观的泛滥已是不争的事实。作家们肆无忌惮地渲染红男绿女们越轨的情欲冲动、快餐式的性爱关系、商品化的身体交易,昭示着都市人的情感追求正在发生由灵向肉的大幅度倾斜,性的放纵与耽溺正成为埋葬都市人的欲望废墟。朱国珍《夜夜要喝长岛冰茶的女人》中,陌生男女在酒吧彼此邂逅,对刺激性艳遇的期待远远高于一场稳定的恋爱关系,婚姻也从两性之间的珍贵盟誓堕落为亚维侬口中"用来甩掉男人的尚方宝剑"[2]。林俊颖《我不可告人的乡愁》中的凯丽则从容地斡旋在多名男性之间,对都市男女的性爱规则熟稔于心,投其所好、欲拒还迎的攻伐策略和钢管刺青、性器道具的小把戏最终让她能成功地玩弄男人于股掌之上。锺文音的《艳歌行》更是以三十万字的篇幅对后现代都市畸形的两性关系做了巨细靡遗的解剖,作家铺陈了都市男女交媾、偷情、滥情、外遇、野合、强暴、劈腿、背叛、堕胎等种种性爱奇观,拼贴出一幅蔚为大观的当代城市风月图。锺文音说,之所以要用四百多页的篇幅,就是为了写出由"艳"的极致而至"厌"的反感,如此才更符合当代人的情色众生相[3]。通过性道德之蜕变、性关系之畸形、性欲望之膨胀,都市的情欲废墟的面向得以凸显。

再如历史废墟。回溯台湾都市发展的历史,一面是短时期内频繁更迭的政权统治,一面是唯经济增长的发展主义意识形态,两股力量交相胁迫,共同造成了都市的历史"失忆症"。在《古都》中,朱天心化身波德莱尔笔下的"都市漫游者",细致地勘探着不同时代的历史记忆,如何在今日之台北层层堆叠。北势湖、太古巢、瑠公圳等徒有其名的故址,记录着日本殖民统治对清代历史的覆盖;而日据时代的新公园耸立的"二二八"纪念碑,取代新高堂书店的玻璃帷幕大楼、建在"稻江义塾"旧址上的合作金库等,又见证了本土政权对日据历史的篡改;那些毁坏城市天际线的丑怪捷运路线、为了拓宽马路而被迫移植的百年茄冬、被胡乱改建得难以窥其原意的房子、被肆意挪用为重工业用地的最后一块湿地,这种在发展和进步名

---

① 朱天文:《巫言》,上海人民出版社2009年版,第59页。

② 朱国珍:《夜夜要喝长岛冰茶的女人》,王德威主编:《第凡内早餐》,上海文艺出版社2001年版,第100页。

③ 《对锺文音创作的十个提问》,锺文音:《短歌行》,新星出版社2013年版,第418页。

义下"随时打算吃干抹净就走人"的城市建设,更将台湾的城市文化、城市历史进一步导向毁灭。① 不仅台北,赖香吟的《岛》和《热兰遮》中的台南亦是如此。回到故乡,主人公看到的不是男友手稿中厚重恢宏的历史名城,而是填海造陆后的沧桑地景、毫无章法可言的现代建筑、散发着污染后水臭的运河,和被过度的商业开发打扮得花哨俗气的旅游景区。在这里,被迫斩断历史记忆的台南和台北,更像是"盖在废墟上的废墟,城市的扩张取代了城市的其他意义"②。正是在这个意义上,作家们从历史废墟的角度完成了对都市废墟本质的另一重透视。

不得不提的还有政治废墟。政治是都市生活的重要面向,台湾特殊的政治境遇、政治体制使得都市社会呈现出严重的"泛政治化"倾向,对岛屿政治乱象的揭示也成为台湾都市小说的重要主题。朱天文在《巫言》中说道:"这些市长和高层,老是占据着最多的亮相发言空间,报纸上是他们,调频里是他们,打开电视是他们,转个台也是他们……神鬼不觉的,美丽岛已经演化成一座综艺岛。"③以"综艺"二字来概括岛屿政治生态的虚伪性、娱乐化和"作秀"色彩,是对政治信仰本身的严肃性的绝佳反讽。林俊颖《我不可告人的乡愁》中更以迈克尔·杰克逊演唱会上粉丝见到大神时的痉挛迷狂,来比拟红衫军"倒扁"运动中的民众与政客在政治激情支配下的癫狂情状,这场动员力广泛的崇高政治行动,最终亦被证明是一场自我阉割的欢乐派对④。此外,张启疆的《哈啰!总统先生》、张大春的《撒谎的信徒》等,也都从不同角度揭露、批判了1990年代以来的台湾畸变、恶质的政治文化造成的种种废墟景观。

无论是物质废墟、情欲废墟、历史废墟还是政治废墟,都是作家们敏感于都市发展过程中遇到的种种负面问题,进而对启蒙现代性产生根本质疑的产物,从不同角度折射了都市人的心灵荒原状态。值得注意的是,此时台湾小说对都市废墟本质的把握已经不再以乡土为参照了,一度作为乡土之"背景"和"他者"的都市不仅获得了独立的文学表达,更频繁以一种颓废的美学姿态活跃于小说叙事的前台。同时,在日益废墟化的都市面前,尽管部分作家仍然不放弃以诗化乡土作为逃避都市困厄的化外之境,但随着乡土社会内部权力结构的暴露,本质主义的道德原乡神话的溃败,使得乡土的这种救赎能量显得越来越捉襟见肘。

四

面对都市的种种朽坏、颓废,向乡土世界寻找对抗的解药一度成为许多作家自然而然的选择。乡土和都市不仅意味着地理空间上的分立,同时还代表着"过去"与"未来"两种时间观念的博弈。大致来说,作家们对乡土经验的调用可以分为两种类型——或是侧重于以过

---

① 林燿德:《都市废墟本质》,《中时晚报·时代文学周刊》1994年4月3日。
② 林燿德:《都市废墟本质》,《中时晚报·时代文学周刊》1994年4月3日。
③ 朱天文:《巫言》,上海人民出版社2009年版,第31—32页。
④ 林俊颖:《我不可告人的乡愁》,新星出版社2013年版,第150页。

去的乡土对照现时的都市,强调时间的迁逝;或是倾向于在同一时间矢量下城乡生命形态的比较,凸显空间的差异。先看第一种。如前所述,1990年代台湾小说对"乡土善/都市恶"心理结构的冲决,之所以是"冲决"而非"瓦解",正印证了数千年农耕文明哺育出的心灵对乡土文化的习得性依赖。现代都市发展过程中暴露出的物质挤压、情欲膨胀、历史失忆、政治纷争等种种弊病及其引发的都市生存的紧张、躁郁、孤独、焦虑,使得作家急切地需要寻找到某种情感宣泄的出口,对既往乡土经验的回顾就构成了这样一种心理补偿机制。陈淑瑶的《流水账》对80年代澎湖风土的娓娓叙说,陈雨航的《小镇生活指南》对60年代花莲小镇的绵绵回忆,以及林俊颖在《我不可告人的乡愁》中对父祖时代彰化斗镇的款款深情,无一不是以当下的都市生存为参照对象的精神产物。《流水账》中的邮差去城里的第二天就车祸致残,农作时月琴阿姆向母亲殷殷哭诉都市生活的心酸,文彬在高雄发展受挫而回到澎湖,文本的种种细节表明,作家之所以选择这个三十年前的离岛小镇作为记述的对象,除了乡愁之故,其对都市文明的遁逃之心也隐然可见。尤其是林俊颖的《我不可告人的乡愁》,在检讨后现代都市弊病、批判现代生活颓废萎靡之际,引入前现代斗镇的时间参照,过去与现在两条线索交错并进,斗镇生活的传奇色彩和人性纯真就构成了对后现代都市种种生存困境的想象性超越。不过,尽管这一时期对诗化乡土的诉说依然存在于台湾文学之中,但是不得不指出,这种塑造一个可资怀旧的理想原乡,并热衷于在乡土世界中寻根、造梦的做法已经显得越来越不合时宜。

90年代前后台湾社会先后兴起的后现代、后殖民、后结构等种种"后学"思潮,使得现代主义那种总体的认识论及其关于历史的宏大叙事趋于崩解,多元文化思潮的涌动和族群、性别、阶级、省籍等议题的引入让人们在温情脉脉的原乡背后,洞察到种种不为人知的权力与压迫。殖民历史、白色恐怖、省籍冲突、阶级压迫、性别暴力、认同混乱,那个无忧无虑的纯美原乡,一旦放置于特定的历史背景和权力脉络,其神话性、纯粹性旋即成为皇帝新装一般的自欺谎言。于是,在许多作家那里,即使业已感知到都市的颓废现状,故乡是否真的就是那个可以安放自我精神的无忧乐土——乃至是否存在这样一处乐土——都重新成为值得深思的问题。在他们的笔下,如果说都市代表着物质的过剩、情欲的膨胀、历史的虚空和政治的泛滥,那么与之相对应的过去时间维度上的乡土,则不仅不是都市人可资借鉴的理想生存方式,反而印证着物质的匮乏、情欲的压抑、殖民的历史和政治的威权等另一生命形态之极端。

仅以情欲的压抑为例。不同于林俊颖在《我不可告人的乡愁》将毛断阿姑对陈嘉哉爱而不得的终身等候塑造成彪炳史册的情爱传奇,更多的创作者(尤以女性作家为甚)在处理这一题材时却倾向于展示乡土社会在重重权力结构重压下情欲的束缚与压抑。陈玉慧的《海神家族》中的外婆绫子,在丈夫长期缺席的家庭中,因为一次情欲的越轨和二叔公发生关系并诞下一女,由是造成的母女隔阂和家族撕裂成为整个家族难以愈合的伤口。蔡素芬的《盐田儿女》中,纵然明月心有所属,却不得不在经济重压和父权剥削中屈从认命,服从父母的招赘安排,对恋人一生只有一次的身体交付,却成了包羞忍耻、不能言说的秘密。陈雪的《桥上的孩子》《陈春天》中,在妻子缺席的家庭,父亲的性欲甚至畸变到猥亵长女的地步。施叔青《行过洛津》中记述的男色文化与裹脚陋俗,以及李昂《看得见的鬼》中历朝历代被礼教吞噬、被男权蹂躏、被异族献祭的各式女子,正印证了漫长的乡土历史对人类身体的禁锢已经到了令人发指的地步。试看锺文音分别记述城乡生活的《艳歌行》和《在河左岸》,如果说《艳歌行》中情欲的汹涌泛滥昭示着后现代都市的异质与腐朽,那么在《在河左岸》中则体现为:父亲甫至台北就沉沦于一己的情欲不惜抛妻弃子另结巢穴,母亲却始终无法摆脱家庭重担和道德陈规与别的男人正常交往。从乡土到都市,欲望从不被正视的禁忌到不加节制的放纵,从一个极端向另一个极端反弹,正说明了在现代性的负面后果面前,倒退回前现代的乡土并不是疗救都市后现代顽疾的最佳答案。乡土和都市在时间维度上代表着两种不同生命形式的病态两极,这里没有美善与丑恶的反差,没有孰优孰劣的等级,浪漫主义的诗意原乡在后学话语的拆解下沦为断壁残垣,俨然无法构成对废墟都市的精神抵御。

将目光拉回当下,同一时间坐标下的现实乡土更无法构成逃避都市废墟的化外之境。黄春明《放生》中的乡村因少壮人口外流、徒有老人留守而疲态尽显;童伟格《无伤时代》中的海滨荒村在资本逻辑的侵蚀下沦为颓废、病态的废人群落;杨渡《一百年漂泊》中的故乡乌日陷入暴富之后价值观紊乱,沉迷于股市、楼市、签赌等现代资本游戏;李昂《看得见的鬼》中的鹿港也迷失在大家乐、六合彩、报明牌的赌博游戏和膜疯汉、拜阴庙、求番女等现代迷信中;锺文音《在河左岸》中那个名叫"好美里"的故乡,十三年一次的作醮仪式业已被燃着巨型灯光的电子花车、盯着钢管舞女郎的乡村耆老等后现代景观所填满。席卷全岛的工业化、现代化、全球化进程使得台湾整体上成为一个"都市岛",无远弗届的资讯文明和消费主义又进一步缩小了台湾的城乡差距,现实维度上的乡土更多地成为都市的复制品,而远非(后)现代都市文明的绝缘体。明白这一点,我们才能理解杨渡在《一百年漂泊》中的嗟叹:"我们注定再没有一个永恒的家乡可以回归。"[1]于是,一面是都市的废墟化引发的危机促迫的末日之叹,一面是原乡的异乡化带来的无枝可依的失根焦虑,作家对城市和乡村现实的双重否定背后,是对原乡情结的救赎意志和抵抗精神的根本质疑。

1990年代以来台湾小说的城乡叙事发生于都市文化主导的社会语境当中,同时受到后学思潮和本土论述这两股解构与建构的反作用力,其中既有都市文化意识影响下对现代化的拥抱与接纳,也有对前现代因素的揭露和现代性负面成果的反思;既有在后学思潮观照下对台湾城乡的种种结构性、历史性因素的努力拆解,又有在本土论述框架内对本质主义的"台湾民族""台湾主体"的积极认同——多股力量相互抵牾又相互作用,使得1990年代以来的台湾城乡叙事形成了一种情感矛盾的复调混响,将以往"文明与野蛮"或"堕落与诗意"的

---

① 杨渡:《一百年漂泊——台湾的故事》,生活·读书·新知三联书店2016年版,第524页。

▮▮▮122

城乡二元话语拆解得微观而支离。在这种多元文化视野的观照中,作家们参差复调的城乡叙事,既映射了对城乡社会认知的深化,也反映了其文学想象的迷惘。失去了现代文明的价值指向的空洞乡土,以及失去了以诗意原乡为美学参考的废墟都市,被否定一切正面价值之后,它们将从何寻得精神的救赎或依傍? 台湾小说中城乡叙事还有没有其他想象的可能? 以及与同时期大陆的城乡叙事相比,台湾小说中城乡关系的异变有什么参考价值? 种种疑惑当前,我们的思考远未完成。

"雄飞于中原"与中华民族共同体意识

李竹筠[*]

（河南牧业经济学院 文法学院，郑州 450044）

内容摘要："雄飞"是日据时期台湾人民内渡大陆的重要动力之一。表面上看，"雄飞"主要基于自我实现需要，最初祖国认同或许并非优先级最高的决定因素，但在谋求"雄飞"过程中，个体的认知、行为逐渐发生变化，祖国认同得到不同程度的增强。文章认为，个体与共同体的动态互动、辩证促进关系，表明较之祖国认同概念，兼具认知体验、价值信念、行为意愿的中华民族共同体意识对相关问题更具解释力。文章指出，"雄飞"兼具现实性与超越性意义，在提供"雄飞"空间的同时，深度关注台湾人民的情感世界、心理特征、精神需求，将为其融入国家民族群体解锁更多可能性。

关键词：台湾；认同；中华民族共同体；日据时期；雄飞

日据中、前期，殖民政权实施旅券制度、"对岸经营"政策，严厉管控两岸往来。即便如此，台湾人民前往大陆旅行、求学、求职，开展商贸活动、抗日活动等始终不绝如缕。台湾人民往来大陆的原因，及大陆经验对认同问题的影响，成为两岸台湾研究的重要议题。大陆学界多从民族情感、反抗叙事角度，强调历史文化、语言文字、风俗习惯对认同的形塑[①]。台湾

---

　　* 作者简介：李竹筠，文学博士，河南牧业经济学院讲师。

　　基金项目：国家社科基金一般项目"当代台湾乡土小说流变研究"（18BZW149）、河南省教育厅人文社科一般项目"日据时期台湾传统文人的认同研究（1895—1930）"（2020—ZDJH—127）、河南牧业经济学院博士科研启动基金项目（906/24030123）。

　　① 如汪毅夫：《台湾近代文学丛稿》，海峡文艺出版社 1990 年版；陈小冲：《日据时期台湾与大陆关系史研究 1895—1945》，九州出版社 2013 年版；朱双一：《从旅行文学看日据时期台湾文人的民族认同——以彰化文人的日本和中国大陆经验为中心》，《台湾研究集刊》2008 年 1 月。

学界则将旅游观光、求职经商作为台湾人士内渡大陆的主因[①]，强调对两岸现代文明发展差异的感知，引发了既有祖国认同的疏离乃至"转向"[②]。抛开研究视点、立场差异不论，前述研究均忽略了一种"雄飞于中原"（蔡伯毅语，后详）现象，这一现象与祖国认同有着复杂的互动关系，但又非祖国认同可以完全统摄，且呈现与当时的台湾学界认同转向命题完全相反的"逆转向"[③]。

"雄飞"本意为奋发有为，当代汉语中往往作不及物动词使用，20世纪前期台湾报章则多见及物动词、形容词甚至名词用法。就字面意义，"雄飞于中原"指称在大陆发展事业。表面上看，这一诉求强调个体前程利益，但心系家国命运与追逐个人功业并不必然冲突，儒家经世传统已为此提供一定思想资源。再者，严密的殖民统治背景下，诉诸"雄飞"谋求内渡不失为有效的修辞策略。1931年之后，殖民政权一改此前严控两岸往来的举措，鼓吹台湾人民"雄飞"大陆[④]。显然，"雄飞"已被征用为侵华的动员资本与意识形态，经历了由民间说辞到官方立场的转换，在日据前、后期具有完全不同的面目。因此，本文将仅就1931年之前进行讨论，研究"雄飞"诉求与祖国认同的互动关系。

依照约定俗成的含义，"祖国认同"指对祖国土地、人民或历史文化的亲近、归属与认同。这一概念暗含的"中心—边缘"属性，未能准确体现日据时期台湾人民的主体性、能动性立场，在处理"本土意识"等问题时亦缺乏良好的解释力。与之不同，"中华民族共同体"概念则既体现了对共同体的高度共识，在处理民族、族群问题时亦具有相当的包容性和弹性。本文将用"中华民族共同体意识"取代"祖国认同"概念，为认同问题的研究尝试注入新的思考角度。中华民族共同体一方面指数千年历史中逐渐形成的"自在"的民族实体，各族人民在日常生活中形成的密切联系、共同经验和历史传统；另一方面指百年来与西方列强对抗中形成的"自觉"的民族政治实体，因而兼具政治与历史文化多重意义，并以"多元一体"为基本要义[⑤]。中华民族共同体意识则指对共同体的认知体验、价值信念、行为意愿，具有知行并重、动态互动的特点[⑥]。因中华民族共同体意识是一个后出概念，而民族、国家则时已有之，下文将视语境换用三者。

①　许雪姬：《1937—1947年在北京的台湾人》，《长庚人文社会学报》2008年1卷1期；张静茹：《上海现代性台湾传统文人——文化梦的追寻与幻灭》，稻乡出版社2006年版；曾巧云：《往返之间：日治时期台湾知识分子的中日移动经验与夹缝地理》，成功大学台湾文学系博士论文，2014年。

②　个案涉及赖和、林仲衡、王石鹏等。如黄美娥：《重层现代性镜像》，麦田出版社2004年版；黄美娥：《古典台湾：文学史、诗社、作家论》，编译馆2007年版；黄俊杰：《台湾意识与台湾文化》，台大出版中心2007年版。

③　20世纪前期台湾学界认同转向命题指称由祖国认同转向对日认同，代表性个案、著作见前注。本文所称"逆转向"指称由对日认同转向祖国认同。

④　1931年前《台湾日日新报》中的"雄飞"词条主要出现在送赠、书怀诗或新闻、时评的正文部分；此后尤其1937年以降主要出现在标题部分，如"支那雄飞""海外雄飞""南方雄飞""雄飞五大洲""七洋雄飞"等，意识形态色彩强烈。

⑤　汪晖：《东西之间的"西藏问题"》，生活·读书·新知三联书店2011年版，第88页。

⑥　青觉：《中华民族共同体意识：概念内涵、要素分析与实践逻辑》，《民族研究》2018年6期。

一、李逸涛的认同流动

李书,字逸涛,号逸涛山人等,以字行。李逸涛服务《台湾日日新报》社二十有年,直至身故;为素具亲日形象的"瀛社"之创会员,曾参与在台日人成立之"玉山吟社"活动①。就社会角色而言,李逸涛显然系殖民政权"体制内"人士。当然,社会角色与政治认同并非严格的对应关系,即相同的社会角色,对殖民体制的依附程度、利益关系、政治认同亦有着远较复杂的呈现②。但李逸涛一直保有"体制内"人士身份,中年之后,却由认同殖民政权转向认同祖国,其中原因值得深入探讨。

李逸涛一生至少四渡大陆。1908年"适奉社命,就厦视察",为首次大陆之行③;此行的背景、动机、立场,在《鹭门游草》序言中均有交代。作者坦言早有西渡计划,针对"福建不割让宣言""东本愿寺事件"以来福建人民对日本的"误会"、抵制,试图借"与其间士大夫交游",以"释其疑抱"。但对于造成双方龃龉的原因,作者的判断显失公允:"人能自立,侮我者谁,仅知疑人则左矣",否认日方扩张主义政策应负的责任,反而"责备受害者",体现出为日方扩张行为"正名"、甚至使之正当化的诉求。此外,"非一观他国之社会,则己国秩序之宁否,仍不得而明也。读者诚能以此为比例,而知我台湾之幸福为何若,我政之经营为奚似"。④ 刻意以台湾人民为教化对象,强调台湾较之大陆的优越性,体现出夸示殖民统治功效、凝聚民众共识的企图与立场。李逸涛整个行程的体验,基本在序言论述框架内:认为大陆基础设施落后、公共卫生状况堪忧;公共管理、社会秩序混乱,"以余所闻如见者,无一非腐败之现象"⑤。整体上,李逸涛将台湾的公共卫生、社会管理经验代入大陆,对两岸的现代文明发展状况进行比较,并表现出相应的认同倾斜。

1914年,李逸涛二赴大陆⑥。但此次行程缺乏文字记录,目的、日程、体验均不详。

1915年,李逸涛三赴大陆,《渡厦留别》自述:"雄飞无计已三年,立近王庭倍惘然。一剑磨人歌研地,九州容我笑谈天。梦随胡海云和月,市入吴门隐亦仙。漫卷诗书束高阁,汉家

---

① 《全台诗》(43 册),第 393 页。

② 涂照彦对台湾本土资本的分析显示,地主、资本家之间的利益未尽一致。辜显荣、林本源等人投资土地与糖业资本,与总督府和日本资本家利益一致,因而反对民族运动;林献堂等人的投资活动主要限于地主性质的贷款业,与日本资本和总督府的关系并不密切,因而更具有投身民族运动的动力。涂照彦:《日本帝国主义下的台湾》,李明峻译,人间出版社 1993 年版,第 432 页。

③ 《鹭门游草》署名单字"逸",实为李逸涛:其一,众所周知出于李逸涛之手的小说《蛮花记》等,署名亦为单字"逸"。其二,《鹭门游草并序(一)》载"余生长台湾三十有二载",1921 年 9 月 21 日《台湾日日新报》载谢雪渔《悼社友李逸涛君》"卅六光阴大命终",逆推《鹭门游草》刊载之 1908 年恰为 32 岁。其三,同年 1 月 18 日《汉文台湾日日新报》"官绅纪事"栏载:"社记者李逸涛氏定明日赴厦门。"2 月 6 日《官绅纪事》载"社记者李逸涛氏两三日前归社",与《鹭门游草》刊载日期基本一致。

④ 逸:《鹭门游草(并序)(一)》,《汉文台湾日日新报》1908 年 1 月 26 日。

⑤ 逸:《鹭门游草(并序)(一)》《鹭门游草(二)》《鹭门游草(五)》,《汉文台湾日日新报》1908 年 1 月 26 日、2 月 1 日、2 月 8 日。

⑥ 《编辑剩录》,《台湾日日新报》1914 年 7 月 19 日。

有事赞凌烟。"①显示出行动机发生较大转变:首联明确指认"雄飞无计"、郁不得志;尾联"汉家""凌烟阁"意象则体现其心系家国的认同与志存高远的愿景。时人赠别诗也可证实诗人这一时期思想意识发生转折:"三年无意卧沧江,西望何曾忽旧邦。鹭岛风云凭看取,卢梭功业待成双"②,赞赏其不忘旧邦之志;"闻道雄飞向北垣,奇才卓越且温存。逢时利器诚如此,逐鹿中原事不繁"③,显示李逸涛此次大陆之行颇有所图。富有意味的是,以上诗文均载《台湾日日新报》或《汉文台湾日日新报》。易言之,诗人的"体制内"身份、言论场域均具一贯性。何以前后不数年,诗人志趣发生如许变化呢?

上述诗文中多次出现的"三年"时间点给出了一些提示。以诗作发表时间逆推,三年前恰为1912民国肇建之年。同样在1912年,诗人赋诗称"北望燕云感慨中,纷纷时势造英雄。饶他功狗人侥幸,衣锦还家唱大风"④。感叹各路英雄乘势而起,风起云涌;诗人躬逢其盛,颇有时不我待的紧迫感。显然,对诗人而言,民国意味着政治想象、才智展演的广阔空间。相较来说,1908年之行则并未激发诗人相应的热情。那么,李逸涛是否为汉族民族主义者,因而对清朝、民国表现出不同的认知态度呢?从前述李逸涛对殖民政权的认同来看,这一推论并不正确:身处日本异族统治下,反弹理应更为强烈,才符合汉民族主义思想的基本逻辑。因而,可以推定祖国大陆蓬勃发展的前景,而非清朝政权的覆灭本身,是促成诗人思想变化的重要外部因素。

另一方面,李逸涛一以贯之的个人追求,是其思想变化的内在动因。壮志难酬一直是李逸涛诗作的重要主题。1915年《四十自寿》称:"入彀方知瓮请君,漫天恩怨敢平分。不堪物外还多累,所欠人间只一勤。刺股有锥流血热,引杯无剑断丝芬。书生结习销难尽,涤器相如又卖文。"⑤诗人不甘心卖文为生的文人生涯,牢骚抑郁之气尽现。同年诗作"顽夫尚知廉,懦夫有立志。舌在张仪存,锥利苏秦刺。努力复前驱,勿忘中原事"⑥。以古人"立功"之言论事迹自勉,尾联亦表现出深沉的国族情感。1918年《二十年怀旧录》有如下表述:"贾谊之陈政事,终军之请长缨,马迁之出龙门,其才皆早发于弱冠之年,而其时乃有遇不遇者。是果才之为害欤,抑时有不齐欤。顾我颓然且将老矣……"⑦再次表达壮志未酬的憾恨。其中"其时乃有遇不遇者",申述了时代、环境对文人才智能否得以施展的重要性:是否生逢正确的时代,是否得到适切的任用,是文人产生遇合差异、能否人尽其才的根本原因。"不遇于时"原本是传统文学的经典命题。表面上,"时"指称时代,实则指向任用制度、发展空间、言论场域乃至主政者施政风格等多种因素。诗人自认"不遇",这一逻辑之下,转而谋求在大陆

---

① 李逸涛:《渡厦留别》,《台湾日日新报》1915年4月11日。
② 石崖:《送逸涛社兄之厦》,《台湾日日新报》1915年4月15日。
③ 朱焕彩:《送李逸涛君渡支》,《台湾日日新报》1915年4月12日。
④ 李逸涛:《和人杂感》,《台湾日日新报》1912年10月16日。
⑤ 李逸涛:《四十自寿》,《台湾日日新报》1915年12月22日。
⑥ 逸涛:《述志》,《台湾日日新报》1915年12月31日。
⑦ 逸涛:《二十年怀旧录(并序)》,《台湾日日新报》1918年5月1日。

成就功业并不突兀。

要之,1908—1918 年间,李逸涛诗文中一再表达三种情感:郁郁不得志之感、建功立业之心、心向故国之情。前二者实为后者的基础:李逸涛之心向祖国,与其怀抱经世之志、不愿以文人终身有极大关系。民国肇建,为李逸涛的雄心抱负提供了可能的施展空间。反过来,成就功业的意愿与紧迫感,也成为进一步推动其心向祖国的动力。

1918 年底,李逸涛第四次启程前往大陆①。与 1908 年首次大陆之行不同,诗人此次行程着眼于福建社会的改造。针对厦门深受"乱党流氓娼寮赌窟"之害,诗人提出厦门的社会问题应从"富""教"二道解决,通过向外国告贷或向海外华人募款等渠道,发展经济、教育以改良社会风俗、增进人民福祉。因循"富教"之道,"用得其道,转衰为盛,直指顾间事耳。况吾年未衰,犹得躬逢其盛,行当携酒重上望高石,与都人士痛饮其上,一吐胸中郁勃气"②。诗人"郁勃之气"待祖国"转衰为盛"则可"一吐",显然一方面由祖国未能振衰起敝引发,另一方面则与前述"不遇于时"的个人处境大有关系。易言之,上述论述既体现李逸涛对祖国前途命运的关切,也是其以经世治国才能自许的集中展演,体现将"雄飞"意愿付诸实施的努力与想象。

综合上述讨论,李逸涛后两次大陆之行目的有二:遂行家国之思和建功立业之志。其 1908 年前诗文中偶见民族情感的表现,反而建功立业的志向较为一贯。及至"雄飞"场域从台湾变为大陆,其行动亦随之由履行殖民教化使命一变而为谋求参与大陆政治活动。诗人思想变化的时间,大致可推断为 1912 年民国成立前后。这一现象,提示了大陆发展前景与祖国认同之间的密切关系:为台湾人民提供必要的发展平台,必然同时意味着发挥聚合能力与向心作用。

必须指出的是,民国前后十数年间,大陆落后的社会面貌并未发生根本改观。但由于李逸涛由前期的旁观者立场,转变为后期具有明确的参与感与主人翁意识,其认识尺度也从现代文明调整为家国情感,认同亦随之发生巨大变化。李逸涛"认同流动"的现象,表明了形构认同的多种因素之复杂关系,提示了前引台湾学界研究的偏见:现代文明的评判标准并非认同的决定性因素;认同的最终呈现仍同时取决于民族情感的制衡以及自我实现的需要。对李逸涛来说,自我实现的需求弱化了基于现代文明发展状况的理性计算,相应强化了民族情感的权重关系,并最终重塑、逆转了既有认同面貌。概言之,李逸涛思想变化的动因与轨迹,始于其将个人命运与祖国命运的深度结合。遗憾的是,李逸涛四渡大陆不久即撒手人寰,投身祖国建设的宏愿并未得偿,因而无从观察其置身大陆践行"雄飞"过程中的认同持续性问题,蔡伯毅的案例则补足了这一层面的缺失。以下将就此论述。

---

① 诗题为《"将渡厦送别会"席上仓卒未成一字,退乃赋此以谢,即索和章》,《编辑剩录》,《台湾日日新报》1918 年 12 月 13 日。

② 逸:《鹭游杂记(有序)》(续),《台湾日日新报》1919 年 2 月 27 日。

二、蔡伯毅的身份转换

蔡伯毅原名蔡国珍[①]，字北仑。据《民国连雅堂先生横年谱》夹注，蔡为"中国同盟会会员，曾赴广东参加革命"[②]。蔡伯毅自述文字《还汉楼杂札》《嘤鸣集自序》《自题小影》（后详）等颇以爱国者自许，然对此事只字不提，似乎不合常理。其人是否为革命者，只能暂且存疑。

赴大陆定居前，蔡伯毅履历如下：1901 年左右任巡查补[③]，1911 年底升任巡查[④]。不久前往日本留学，1917 年早稻田大学毕业，次年擢升台北警务厅嘱托兼总督府警务局职员[⑤]，1920 年任日本外务省嘱托[⑥]。1921 年转任总督府翻译官，与林茂生、杜聪明为其时高等官中仅有的三位台人。其中，林茂生任师范学校教授，杜聪明任医学专门教授[⑦]。比较起来，蔡伯毅的职位似更为显要。但随后的 1923 年 10 月，蔡氏请辞，翌年 3 月 20 日启程归国[⑧]，此后长期定居大陆，其间于 1928 年恢复中国国籍[⑨]。要之，蔡伯毅服务殖民政权近二十年，身居要津，却毅然挂冠归国，其动因与心理值得探讨。

据《台湾日日新报》载，"蔡氏素抱远图，精于新旧之学，不欲局促牖下。闻当大正十年，辞去外务省嘱托之时，即欲游历中国，嗣以感激总督府知遇，又重以母老，不宜远离，乃就现职。讵料蔡氏任官后，约一年间，其母即已溘然去世。今已满一周年矣，于是辞官之念愈决"[⑩]。蔡伯毅自述，乙未割台时，虽年纪尚幼，已经"怀内徙志，故亲在未敢自专"。不得已降志屈身，厕身为总督府职员。但"祖国之情，耿耿无一日忘也"。母亲过世后，旋即辞职归国[⑪]。两说均认为蔡伯毅久有游历大陆之志，不过因亲在未便远行。但对于往赴大陆的动力，两说产生了分歧：官报显然认为，蔡伯毅"素抱远图"、不愿"局促牖下"，言下之意，大陆相较台湾发展空间更为广阔，蔡氏此行主要为发展事业计。蔡则声称"岂有奢望于祖国，以为一身之富贵利达计哉"，不过出于"耿耿无一日忘"的"祖国之情"罢了[⑫]。《自题小影》也标举

---

① 《编辑日录》，《台湾日日新报》1921 年 4 月 14 日。

② 郑喜夫：《民国连雅堂先生横年谱》，台湾商务印书馆 1980 年版，第 172 页。此处应据《嘤鸣集》蔡伯毅之子所撰蔡之行述，富田哲：《"爱国之志士"蔡伯毅之塑造》，《淡江日本论丛》36 辑。

③ 《巡捕断发》，《汉文台湾日日新报》1911 年 6 月 16 日。

④ 《有志竟成》，《台湾日日新报》1911 年 12 月 4 日。

⑤ 《念切求学》，《台湾日日新报》1919 年 10 月 25 日。该消息载蔡伯毅早稻田大学毕业后，漫游大陆一年半始返台就职，恐误。据《嘤鸣集自序》（《永安月刊》1946 年 1 月），"出仕四年有奇，老母弃养"，其母逝于 1922 年 9 月（《纪太孺人仙逝》，《台湾日日新报》1922 年 9 月 10 日），蔡伯毅至迟应于 1918 年 8 月前就职。仍据《自序》，蔡氏戊午年即 1918 年归国"展拜祖墓，遍访诸故旧"，母病旋归，在大陆时间不会长达一年半。

⑥ 《任外务省嘱托》，《台湾日日新报》1920 年 4 月 8 日。

⑦ 《枫叶荻花》，《台湾日日新报》1921 年 10 月 21 日。

⑧ 《伯毅氏辞意已决》、《蔡氏启程渡华》，《台湾日日新报》1923 年 10 月 16 日、1924 年 3 月 21 日。

⑨ 《转发蔡伯毅回复国籍执照》，《江苏省政府公报》1928 年 8 月 6 日。

⑩ 《伯毅氏辞意已决》，《台湾日日新报》1923 年 10 月 16 日。

⑪ 蔡北仑：《嘤鸣集自序》，《永安月刊》1946 年 1 月。

⑫ 蔡北仑：《嘤鸣集自序》，《永安月刊》1946 年 1 月。

其不愿屈身事敌的气节、自甘淡泊的心志:“噫嘻斯翁,何处采薇,忧民忧国,今瘦昔肥”,“颠沛穷达,湖海鬻技,霜雪更迭,孤松弗萎”。[1] 认为祖国认同是其前往大陆的唯一动力。

大陆诗人多赞赏蔡氏的故国之思:“朝看扶桑日,暮听沧波流。祖国何年生圣哲,梦魂夜夜思神州”[2],沈恩孚更盛称其“梦绕江山故国情,缟衣哭母挂冠行。伤心岂减徐元直,大节终完苏子卿”[3]。将蔡伯毅供职殖民政权比为徐庶就曹,情非得已;蔡氏最终弃官来归,堪比苏武持节不屈。与此同时,岛内人士的送行诗文,则多祝愿蔡氏雄飞高举、成就功业[4]。虽然赠言与本人动机难免存在差异,且应酬诗文普遍存在浮泛为辞、陈陈相因的情况,但古典诗文内在的“切题”要求,一定程度上决定诗文内容与被赠者行为应有所契合,因而具一定的参考意义。

出于可以理解的常情,蔡氏本人标举其祖国认同非关利害、不计荣辱。但整体上,公共言论空间对蔡伯毅弃官归国,持论不外两说:其一为祖国认同的动力,其一为建功立业的追求。二者不必是矛盾关系,前述李逸涛一节已经就此讨论。但蔡伯毅的祖国认同是否如其所述是一贯的,抑或在某个时间点出现了认同转向,甚至存在多重认同问题,则仍须引入更多材料。

据时任总督田健治郎日记,蔡伯毅有多次“来候”“来访”“来谒”记录[5]。其时,蔡伯毅先后任日本外务省嘱托、台湾总督府翻译官,与总督时有过从,并不令人意外。但在田健治郎日记中,蔡伯毅并非屈身事敌的消极形象。1921 年 1 月,蔡伯毅来访,“感谢予台湾善治之恩,语在京学生蠢动之轻卒(按:原文如此)”。同年 6 月,“蔡伯毅来候,彼顷日罢外务省嘱托,将赴广东,川崎局长等劝留本岛而仕官,彼应之,来表谢意也”。同时,“慨在京学生近时染浮薄之思潮,论须讲矫正之途”。同年底,“蔡伯毅报告台湾在京学生之近状”。[6] 笔者未能掌握更为详尽的材料,无法判断为殖民政府提供留日学生情报是否在蔡伯毅职责范围之内。但从时间顺序来看,蔡伯毅第一次汇报留日学生动态时,为外务省嘱托身份;第二、第三次汇报时,已任总督府翻译官。假使与职业有关,何以两种完全不同的职务在此产生交集?就中,或不能排除蔡氏自请其命的可能。再者,翻译官的官阶较嘱托更高,为高等文官。因此,甚至不能排除蔡氏以留学生情报作为进身之阶的可能。

台湾文化协会要角黄旺成,1920—1925 年间为台中富绅蔡莲舫的记室。据其日记载,

---

① 蔡北仑:《自题小影》,《永安月刊》1946 年 2 月。

② 王梅璩:《题蔡北仑台湾归国后投赠诗册一首》,《紫罗兰》1929 年 3 卷 22 期。

③ 沈恩孚:《赠北仑先生》,《申报》1926 年 7 月 6 日。

④ “未忘宗悫乘风志,犹忆兰成射策年。”王友竹:《送蔡伯毅先生挈眷渡华》;“当此雄飞日,伫盼耀国光。”李逸樵:《送蔡伯毅先生之中华》,《台湾日日新报》1923 年 12 月 12 日、1924 年 3 月 9 日。“多君去就能英断,旗鼓中原正及时。”林佛国:《送北仑兄返国》,《全台诗》37 册,第 222 页。

⑤ 《台湾总督田健治郎日记(中)》,“中研院”台史所筹备处 2006 年版,388、399、457、498、521 页。《台湾总督田健治郎日记(下)》,“中研院”台史所筹备处 2009 年版,第 125 页。

⑥ 《台湾总督田健治郎日记(中)》,“中研院”台史所筹备处 2006 年版,第 13、233、415 页。

"忽有蔡伯毅来,东家下楼与之杂谈,言皆鄙俚,多看命相命之类"①,对蔡伯毅之言谈举止,颇不以为然。黄氏日记月旦人物,常有责人过深的情况,对此容或存疑。嗣后,《日记》有两处论及迫害台湾议会期成同盟会的"治警事件",第一处引述蔡伯汾之语,"(伯汾)云此番台湾议会期成同盟会员之被检举者,乃蔡伯毅之谋略"。② 第二处为:"本朝在事务所与诸同人谈台湾议会请愿诸志士被拘状况,并蔡伯毅之略历及其人格之可鄙,凿凿有据。"③蔡伯汾为蔡莲舫次子,时任大阪地方裁判所预备判、检事一职④,其言应有所据。第二处叙述显示,蔡伯汾的看法并非仅见,持相同意见者不乏其人,应有其他消息来源。要之,如记述无误,蔡伯毅或深度介入治警事件,甚至扮演主谋角色,与其自我陈述中消极事敌的形象颇有差距。对于蔡伯毅辞官归国,黄旺成日记中亦有两处述及,其一为"蔡伯毅来辞行,云不日将雄飞于中原"⑤。其二为"伯毅行色匆匆,频来辞行,夜闻逊庭君言,伯毅此行欲暂时驻足西湖,以观各省形势而定进取之计,其志甚壮,其学不知如何。又云全财产只有百余金,深望相知援引,而彼此行欲脱籍永住,暂不再回台湾,其言动予终不能无疑"⑥。作者显然认为,其人行止颇有投机色彩。要之,蔡伯毅在台期间形象较为复杂,与其归国后的豹变形成鲜明对比。

归国后,蔡伯毅因"运际沧桑,内争未已,乃匿迹海上,为相士、为医者、为律师、为教授","备尝千辛万苦"⑦。蔡伯毅在大陆以相士、医师、律师等职业自隐,就世俗意义的"雄飞"而言,并非得偿所愿。抗战期间,蔡伯毅颇以气节为人称道:"日本陷东南各省,饵北仑以官,欲借北仑网罗中国名士,北仑不避危险,卒不为所用。"⑧"蔡君当沪地陷落时,绝不与日人相往还,其气节屹然可贵矣。"⑨显示蔡伯毅彼时已脱落在台时的投机色彩,不为威逼利诱所动,践行了其标举的民族情感。不妨稍花一些笔墨看蔡氏此间如何寄迹托身:郑逸梅称其坚拒伪职,对家眷的忧心回以"有死而已"。后"潜行来沪,韬晦不问世事,惟偶与诸诗文友往还而已","广交游,章太炎、蒋竹庄、高吹万、柳亚子,及方外印光、太虚,皆极推崇之"⑩,文章亦径称之为"志士""奇男子"。上引文献或有过誉之处,但其人与柳亚子等人的唱酬诗文班班可考。概言之,蔡氏之交游皆当世名士,以诗礼往还而忘忧,或是其得全名节的重要社会资本与心理资源。

综合上述讨论,蔡伯毅同样经历了认同转向的过程。辞官归国前,蔡伯毅行为主要受

---

① 《黄旺成先生日记(10)一九二三年》,"中研院"台史所 2012 年版,第 60 页。
② 《黄旺成先生日记(10)一九二三年》,"中研院"台史所 2012 年版,第 438 页。
③ 《黄旺成先生日记(11)一九二四年》,"中研院"台史所 2013 年版,第 59 页。
④ 《黄旺成先生日记(10)一九二三年》,"中研院"台史所 2012 年版,第 438 页。
⑤ 《黄旺成先生日记(10)一九二三年》,"中研院"台史所 2012 年版,第 368 页。
⑥ 《黄旺成先生日记(10)一九二三年》,"中研院"台史所 2012 年版,第 369 页。
⑦ 蔡北仑:《还汉楼杂札》,《永安月刊》1945 年 12 月。
⑧ 胡朴安:《送蔡北仑归台湾》,《永安月刊》1946 年 7 月。
⑨ 唐文治:《赠蔡君北仑序》,《永安月刊》1947 年 2 月。
⑩ 纸帐铜瓶室主:《台湾志士蔡北仑有左氏癖》,《新上海》1946 年第 21 期。

"雄飞"驱动,表现出向殖民体制的认同倾斜。辞官归国之举,仍系祖国认同与追逐功业共同作用的结果。但在侵华战争的非常时期、敌占区的非常环境,"雄飞"与祖国认同再次背离之时,蔡伯毅选择压抑前者、坚守后者。其间转变较可能的推测是,蔡氏之思想、行为在居处大陆期间进行了自我调适,以诗会友使之获得新的身心安顿方式。这一方面体现了共同体的巨大感召力量,提示个体与共同体互动过程中所可能产生的积极反应;另一方面亦表明,对个体价值的理解不应拘泥于物质利益、社会地位的世俗层面,同时亦应关注其寻求社会认同的精神性乃至道德理想的超越性。如蔡伯毅对"雄飞"的内涵界定由前者向后者偏移,则仍堪称求仁得仁。

三、"雄飞于中原"的客观因素

李逸涛、蔡伯毅并非个案。将国族情感与个人功业相结合,对内渡大陆的台湾人士来说是一种常见认识。祖国大陆作为具多重意义的实有空间和象征空间存在:既是父祖之邦、国族情感的寄托空间,同时也是建功立业、雄飞远举的场域。诗人常于赠别诗中,勉励前往大陆的台湾人士建功立业。如王石鹏《席上赠谢君介石》:"禹域风云急,苍生望谢安。羡君真骥足,愧我累猪肝。胸次三边略,头衔五品官。新秋重聚首,爽气满吟坛"①,将以身许国、造福苍生与建立个人功业的追求并置,并不认为后一因素的存在损害了前者的意义。李汉如赠别谢介石,同样一方面赞许对方心系祖国,"何图十载忧时志,得遂千秋报国心",另一方面勉励其建功立业,艳称其腾飞有时:"知子腾骧将入幕""击楫中流趁岁华"②。上述讨论显示,国族情感与成就功业是台湾人民往赴祖国的不同诉求。二者可以是并存关系,建功立业的追求不必损害以身许国的大义。二者的协调体现了"外在社会义务"与"内在道德义务"一致的儒家精神③,在中国的文化传统中渊源有自。

本质上,台湾人民"雄飞于中原"的意愿,既与对祖国的情感、文化向心力有关,也与殖民统治下台湾民众的生存压力、就业环境、发展空间密切相关。

作为海岛,台湾空间狭小,人口负载能力有限。日据以后,岛内人口不断膨胀。1934年总人口达519万余人,相较1896年增长一倍④,地狭人稠的问题日益突出。有识之士指出:"生齿日聚日众,使长此醉生梦死,华胥沉沉,不思谋发展之途,不数十年而人口过剩、密度愈加,而农工商之事业无分毫之进步,谋生之困难,不知其何所底止矣。"⑤认为人口密度的增加、经济发展的停滞,加剧了岛内就业困境与生存压力。《台湾民报》同样认为,台湾以农为

---

① 《汉文台湾日日新报》1908年8月13日。
② 李少潮:《送谢君介石之吉林并次原酌》,《汉文台湾日日新报》1907年2月21日。
③ [美]列文森:《儒教中国及其现代命运》,郑大华等译,中国社会科学出版社2000年版,第192页。
④ 1896年底,台湾总人口258万余人,其中日人1万余人。1934年总人口519万余人,其中日人26万余人。[日]井出季和太:《日据下之台政》,郭辉编译,海峡学术出版社2003年版,第8、15页。
⑤ 郭涵光:《台湾青年自觉论》,黄卧松编:《崇文社文集》,龙文出版社2009年版,第132—133页。

本的社会性质,决定了其不若西方工业社会可提供大量就业岗位,资源、人口之间的矛盾无法自行消化,唯有"寻求海外新天地的开拓"[1]。概言之,台湾的自然条件、人口密度、产业特征,是导致台湾人民谋求"雄飞于中原"的客观因素。

当然,更为重要的原因在于殖民统治挤压了台湾人民的发展空间。殖民政权职务任用、晋升皆以日人为主体。中上职级官员中,台人仅占极少数席次,且多为非核心岗位。如前所述,迟至1921年,台人任高等官者仅杜聪明、蔡伯毅、陈茂生三人。1940年代殖民政权对台人的任用已大为松动。即便如此,1940年台湾总督府八万多职员中,台湾人约占总数的48%,但其中半数为处于职级最末端的佣员,占佣员总数的76%。任敕任官、奏任官的台人仅为高等官总数的1%,任判任官的台人仅占判任官总数的17%[2],且以公学校教师为主体[3]。简言之,殖民政权体系为台人提供的职位较少,且多为低阶职位、多分布于基层文教部门。相反,重要职位则主要提供给日本人,体现了鲜明的独占性和殖民色彩。

经济部门方面,台湾本土企业规模较小,容纳有限,难以大量登用本地人才,官营事业及日本所经营的银行会社也"不甚欢迎台湾青年甚至公然排斥"[4]。台人仅在医疗等少数行业有一定发展机会[5]。整体上,台湾人民在"经济方面既没有向上之路,政治方面又不得参与之权",相应地,解决之道唯有"一则求岛内自治,一则望海外发展",[6]对内谋求政治权利、平等待遇,对外开拓海外发展空间。二者方向、诉求并不相同,但就短期和直接目的来说,解决就业问题为二者皆具的着眼点。祖国大陆土旷人稀、政治秩序相对稳定,洵为"海外发展"的首选[7]。上述言论可能基于审查制度,刻意回避了民族情感、历史文化等因素。但整体上,公共舆论认可大陆系台湾人民"海外发展"的首要选项。

综合上述讨论,台湾人民在岛内发展遭遇双重压力,其一为地狭人稠的客观因素,吸纳就业能力有限;其二为殖民统治的排他性和封闭性,侵占了台湾人民的就业机会。在这种情况下,谋求向大陆发展成为台湾人民的重要选项。"光复"后,殖民政权独占性的因素已不复存在,但岛内容量及人口密度的问题并未缓解,因而在祖国大陆发展事业,对台湾人民来说仍有现实性与必要性。相关研究表明:"光复"初期,行政公署在人才任用方面向外省人倾斜,本省人遭遇就业歧视,引发岛内知识界的不满[8]。观察者甚至认为,这一问题是"二二

① 《社说:达观岛民的生路》,《台湾民报》1925年第74期。

② [日]冈本真希子:《1940年代前半期之台湾总督府官吏》,温浩邦译,石婉舜等编:《帝国里的"地方文化":皇民化时期台湾文化状况》,播种者出版公司2008年版,第275页。

③ 吴文星:《日治时期台湾的社会领导阶层》,五南图书公司2008年版,第174页。

④ 《社说:卒业生要何处去》,《台湾民报》1928年第201期。

⑤ 王白渊:《我的回忆录》,《荆棘之道》,晨星出版社2008年版,第116页。

⑥ 《社说:春头先立大计》,《台湾民报》1927年第138期。

⑦ 《社说:人口增加与岛外移民》,《台湾民报》1927年第145期。

⑧ 徐秀慧:《"光复"初期的台湾左翼言论、民主思潮与二二八事件》,黄俊杰编:《"光复"初期的台湾:思想与文化的转型》,台大出版中心2005年版,第129—130页。

八"事变的诱因之一①。1950年代后,由于缺少内地空间纾解,岛内就业压力剧增,进一步激化了省籍矛盾②。延至今日,台湾地区的经济结构、社会分层等病灶迁延不愈,谋求"雄飞于中原"对台湾人民仍深具现实意义。

四、结 论

日据中、前期内渡大陆的台湾人士为数甚众,本文选取李逸涛、蔡伯毅作为分析样本,恰在于其人并非典范意义上的爱国志士。通过勾勒其前后思想情感的变化与认同转向的轨迹,提出并论证了以下命题:其一,祖国大陆的制度环境、发展前景、成长潜力是增进认同的外在感召力量,寄身殖民体制甚至一度认同殖民体制者,随着大陆局势的向好而做出相应认同调整。其二,"雄飞"作为认同的内在驱力,兼具世俗意义的社会地位、物质利益,与更具超越性的自我价值之实现、精神层面之自足双重含义,二者并无偏废。其三,认同调整体现了个体与共同体动态互动、辩证促进的关系。认同随居留大陆的时长、社会网络的扩展、生存环境的融入而增进,提示了推动两岸人民增强交流、融合、互信的意义。

促进个体与中华民族共同体的深度关联,将前者涵容后者的共建过程,并同步增进个体的共同体意识,是一个富有现实意义的课题。前述分析或可稍做推延:一方面,为台湾人民提供才智展演的"雄飞"空间,重视每一个体的生存、发展,将持续增进中华民族共同体的吸引力、凝聚力、感召力;另一方面,重视台湾人民的情感世界、心理特征、精神需求,"从人出发,从社会出发,从深入彼此的苦恼出发"③,亦将为其融入国家民族群体解锁更多可能性。

---

① 参见唐贤龙:《台湾事变内幕记》,台湾文献汇刊6辑12册,九州出版社2005年版。
② 许雪姬:《1950年代前后台湾的省籍问题》,余敏玲主编:《两岸分治:学术建制、图像宣传与族群政治(1945—2000)》,"中研院"近史所2012年版,第299页。
③ 李娜:《台湾研究领域的"人文知识思想再出发"》,《文艺理论与批评》2019年第3期。

技术、知识与民族寓言
——略论韩松的科幻小说及其启蒙意味

刘阳扬 *

（苏州大学 文学院,苏州 215000）

内容摘要:韩松以冷峻的笔法,展现现实被异化之后的恐怖场景,从而构建不断生长变形的民族寓言。他的科幻小说延续了鲁迅以来的社会批判小说的创作模式,站在启蒙主义立场对经济建设与人文关怀之间的巨大落差表示担忧。与此同时,韩松的小说以一种诡异怪诞的方式,展现了技术进步和社会发展可能造成的问题,具有后现代色彩。

关键词:韩松;科幻小说;启蒙意味

- -

人类社会的未来命运是韩松小说一直探讨的主题。他的小说往往设定在未来的背景之下,通过奇诡的意象和绵密的细节呈现对时间、空间、未来和现实的思考。在意象选择、情节安排和思想建构上,韩松的小说都有与鲁迅对话的痕迹。韩松延续了鲁迅的思考,试图探讨未来社会中的历史和文明问题,以及人类自身的矛盾和困惑。王德威认为,韩松的写作"重启早期鲁迅对科学与文学的批判性思考"[①],指向一种未完成的文学革命。韩松也始终强调他的科幻小说意在表现现实:"曾经科学技术离我们还有点远,但现在就到了我们身边,发生在今天中国的科幻热预示着科幻小说已经成为今天的'现实主义'文学。"[②]在他看来,科幻文学不仅仅是未来科技的寓言,"科幻文学的魅力更在于它提出了强大的人文思想,倡导关注人的处境"[③],这也是对启蒙思想的又一次思考和对话。

---

* 作者简介:刘阳扬,文学博士,苏州大学文学院副教授。

基金项目:本文为国家社科基金项目"中国当代科幻小说的知识分子叙事研究"(批准号 18CZW048)的阶段性成果。

① 王德威:《鲁迅、韩松与未完成的文学革命》,《探索与争鸣》2019 年第 5 期。
② 韩松:《在今天,科幻小说其实是"现实主义文学"》,《中华读书报》2019 年 1 月 30 日。
③ 韩松,孟庆枢:《科幻对谈:科幻文学的警世与疗愈功能》,《华南师范大学学报(社会科学版)》2020 年第 4 期。

一

在《我的祖国不做梦》里，韩松虚构了一个令人心惊的场景：为了保持经济的高速增长，早日超越西方，科学家通过微波影响人的大脑皮层，并推广名为"去困灵"的药物，让人们在梦游的状态下继续工作、生活甚至消费。在梦游中的人们，工作能力和工作效率都大大超过白天，完美地成为国家机器中的螺丝钉。主人公"小纪"的妻子甚至在梦游中成为某位"要人"的玩物。被偶然唤醒的小纪本想唤醒妻子和朋友，甚至找"要人"报仇，却发现"梦游"已成为即将推广到全世界实现经济增长的手段，人们已经完全失去了做梦的自由，万念俱灰的小纪最终决定自我了结。沉睡的国度和偶然的清醒者很容易令人联想到鲁迅关于"铁屋子"的论述。然而在新的历史背景之下，"铁屋子"的文化结构被改写了，沉睡并未让国家走向灭亡，反而以另一种方式让国家走向了强大。小说中的小纪，也和鲁迅的狂人一样，获得了窥探世界"真实"的机会，却无法实现唤醒和启蒙他人的可能。韩松小说的故事结构方式，似乎与詹明信对第三世界国家小说结构方式的言说相吻合："第三世界的文本，甚至那些看起来好像是关于个人和利比多趋力的文本，总是以民族寓言的形式来投射一种政治：关于个人命运的故事包含着第三世界的大众文化和社会受到冲击的寓言。"①詹明信通过分析鲁迅的小说来解释这一观点。在他看来，《狂人日记》正是通过对个人生活经历的描绘，揭示出梦魇般的"吃人"事实，而这一事实建立在社会历史基础上，深埋在数千年的文明发展之中。

"铁屋子"的故事结构在韩松的其他文本中也常出现。长篇小说《地铁》的第一部《末班》就提到，当末班地铁出现诡异景象的时候，乘客老王看清了事情的真相，试图唤醒其他人，但是无人理睬。《惊变》也呈现了同样的景象，失控的地铁车厢里，乘客"全都在昏睡，脑袋耷拉在旁边人的肩上，像一颗颗切割下来的瘤子"②。清醒的乘客老王"看见相邻的车厢，也是一派集体昏睡的场面。而他为什么还独自醒着？列车似乎背叛了他"③。当然，老王并不能唤醒别人，自己也最终坠入相同的命运。地铁已经成了城市发展的重要符号之一，代表了技术、光明和发展，是现代化的象征。但是，韩松却注意到了地铁所带来的陌生感和疏离感，并在小说中呈现了这种疏离和异化的可怖场景。韩松认为，以地铁为代表的现代技术可能给人类带来灾难，"灾难不一定是人类肉体的消灭，也可能是思想和精神的变异，变得我们自己都不再认识自己"④。随着技术的发展，地铁已经开始像生物一样进化甚至变异，隐藏着混乱、无序的洞穴和迷宫，吞噬和毁灭着人类。在第二部《惊变》里，地铁在行进之中突然失控，

---

① ［美］詹明信：《晚期资本主义的文化逻辑：詹明信批评理论文选》，张旭东编，陈清侨等译，生活·读书·新知三联书店1997年版，第523页。
② 韩松：《地铁》，上海人民出版社2010年版，第73页。
③ 韩松：《地铁》，上海人民出版社2010年版，第18页。
④ 韩松，孟庆枢：《科幻对谈：科幻文学的警世与疗愈功能》，《华南师范大学学报（社会科学版）》2020年第4期。

光明的终点被无法突破的黑暗迷雾所取代。当身体的饥饿和性的饥渴轮番出现的时候,地铁之中的人们也无可避免地褪下现代性的文明外衣,不可避免地走向退化,开始失去语言和文字,甚至最后退化为非人的物种:"他们以蚁的形态,以虫的形态,以鱼的形态,以树的形态……成群结队、熙熙攘攘朝不同的中转口蜂拥而去。"①当人们发现地铁不断异化的秘密,希望能够深入地下寻找原因的时候,却陷入了层层叠叠的迷宫而无法找到出路。

在小说《轨道》中,地铁被视为人类面对外星人威胁的庇护所。当世界末日来临的时刻,穷苦的人们买不到通往太空的船票,只能希冀于藏入地底从而躲过一劫,这些居住在地铁中的人面目相似,麻木不仁地等待死亡的来临:"乘客黑压压的,企鹅一样,面面相觑,一脸苦相,彼此之间没有一点儿缝隙,像要凝为一体。"②由于生存资源的紧张,地铁内部的生态系统开始发生崩溃,人工制造的昼夜变化无法促成植物的正常生长,人无法获得足够的食物,再加上不时发生的爆炸和自杀事件,地铁的避难所功能也不再可靠。即使如此,统治者还是将地铁形容为坚不可破的堡垒:"现在,与友好的 M 国人联手,英雄的火山国人民一定能够战胜任何灾难。谁说地铁是坟墓了?不,那可是正在建设中的乌托邦哟。"③在无路可逃的最后关头,统治者依然赋予地铁"乌托邦"的形象,并借此麻痹乘客,使其陷入茫然,从而进一步对其进行思想控制。一些人组成 UFO 研究会,希望能够向外星传递信号而得到拯救,但是很快遭到了背叛和镇压,火山国随后又回到了梦游的年代。小说中的算命师似乎道出了大多数人的生存形态:"生物要对真相视而不见,乃至故意把真相掩盖起来,才能感受到存在的欢乐。……对于已经发生的悲惨之事,记忆迅速将其清零。对于尚未发生之事,不去多想。"④

在《乘客与创造者》中,"铁屋子"则被具象为一架被放逐的、只能循环飞行的飞机,三百多个乘客被程序洗脑,然后按照身份、等级分配座位,在飞机上终其一生,最后也不知道飞机外面还有更大的世界⑤。在这种"世代飞船"式的设定中,一个困境往往是社会制度"陷入混乱无序或僵化成停滞不前的状态"⑥,急需挑战者出现,带领大家逃离飞船。在小说里,躲藏在起落架里的探索者们为了"启蒙的使命"⑦试图制造火箭助推器和降落伞离开飞机,他们唤醒了原来的机长和机组成员,却最终遭遇叛乱而失败。

在韩松的未来世界中,高度发达的科技,设备完善的地铁、高铁、飞机、医院,在其背后却依然深藏鲁迅以来的深层思考:"当代科幻新浪潮激化了现实与真实、虚拟与幻象的辩证法,是现实还是幻象,是虚拟的真实,还是写实的虚妄?这样的选择对于狂人来说,意味着整个

① 韩松:《地铁》,上海人民出版社 2010 年版,第 90 页。
② 韩松:《轨道》,上海科学普及出版社 2013 年版,第 36 页。
③ 韩松:《轨道》,上海科学普及出版社 2013 年版,第 73 页。
④ 韩松:《轨道》,上海科学普及出版社 2013 年版,第 118 页。
⑤ 这与法国漫画以及随后的韩国电影《雪国列车》有着相似的设定。
⑥ [美]卡尔·阿博特:《未来之城:科幻小说中的城市》,上海社会科学院全球城市发展战略研究创新团队译,上海社会科学院出版社 2018 年版,第 137 页。
⑦ 韩松:《乘客与创造者》,《再生砖》,上海人民出版社 2016 年版,第 99 页。

世界的魑魅魍魉,昏聩不明,狂人要在疯狂的幻象中清醒地看到吃人,或在虚妄的现实中正常麻木地假仁假义?"①

二

　　除了有关"铁屋子"的情节,韩松小说中的"吃人"情节同样令人心惊。"吃人"场景在小说中的呈现体现了作者对伦理关系的重新认识,以及对人类自相残杀现象的思索。《红色海洋》是立意宏大的长篇小说,韩松试图在小说中呈现民族的过去、现实和未来,描述"有关东西方关系、有关人与自然、有关我们的民族和个体生存的严峻主题"②。在《红色海洋》中,生态系统遭到核武器破坏,人类全面退化,以"水栖人"的方式居住在红色海洋,水栖人中的掠食者们在海洋中穿梭游动,通过猎杀、食用同类来维持生存。但是,随着水栖人数量的减少,掠食者们越来越难以维持群体的生存,他们的内部开始了自相残杀。此时,刚刚成为海洋王的海星,为了维持掠食者群体的生存和壮大,开始采取了另一种方式获得食物。他们将俘虏的女性圈养起来,让其不断生育,新生儿成为掠食者们源源不断的食物:"收获季节,交配季节,进食季节……这美妙的生态循环周而复始,令我深深地陶醉,感到人生比想象中更加具有变化的复杂机巧。"③如果说此前猎杀同类而食是为了基本的生存需要,那么此时繁殖婴儿为食则是为了种族的不断壮大和繁衍。韩松为他的"吃人"情节建构了一个宏大的主题,当旧的文明被摧毁之后,新的人类文明能否复苏?他在小说中将这种可能性建构在"吃人"的基础之上。《红色海洋》中吃掉婴儿的情节很容易让人联想到莫言《酒国》中的食人场景。《酒国》里的"吃人"反映了物质条件富足的情况下,人为了满足一己私欲而表现出的人性极恶,莫言所要批判的,是人类文明的过度发展而导致的欲望的异化。与之相比,《红色海洋》里的"吃人"蕴含着更加复杂的内涵,这里的"吃人"一方面是人类自相残杀的恶果,另一方面竟成为文明延续的不灭火种,表现出韩松对文明进步的矛盾与悖论之处的启蒙哲思。

　　如果说《红色海洋》中的"吃人"表现了对历史、文明、生存的复杂感受,那么《乘客与制造者》中的"吃人"则描绘了等级制度下的生存体验。小说中的"世界"——一架名为"7X7"的波音飞机,机上等级森严,上流阶层居住在头等舱和公务舱中,普通人则住在经济舱,每个人的一生都在座位、走道和卫生间之间循环。除了由"供应者"定时提供的日常饮食外,乘客们偶然会获得头等舱的特权食品"排骨汤"。"我"在邻座something的带领下发现了"排骨汤"的秘密——由非法居民在行李舱中加工而成,加工的原料则是尸体。弱肉强食的自然界法则在新的时间线上依然被严格遵守,关于历史和文明的长久主题也在小说中得到再一次的呈现。

　　知识者伴随着"吃人"的场景出现,他们是人群中最敏锐的那一批,能够率先在"铁屋子"中醒来,他们中的一些人,可能曾经产生过启蒙的想法,但结局却总会走向失败。《乘客与创

---

① 宋明炜:《〈狂人日记〉是科幻小说吗?》,《中国比较文学》2020年第2期。
② 王泉根主编《现代中国科幻文学主潮》,重庆出版社2011年版,第372页。
③ 韩松:《红色海洋》,上海科学普及出版社2004年版,第159页。

造者》中的探索者们离群索居,居住在飞机的起落架中,通过阅读大量文献,试图研制火箭助推器,离开"7X7"的世界。然而,助推器尚未研制成功,机舱就发生了叛乱,启蒙理想也最终破灭。《回到过去》中的科学家,曾经试图带领大家离开未来世界,乘坐时间机器返回原来的时代,却被来自1967年的"新面孔"夺取权力,被困在时间的洪流之中。在《我的祖国不做梦》里,知识分子则彻底缺席,他们与摇滚歌手、波普画家和地下宗教活动者一同被视为异己分子,需要安排"红袖章"进行管理和清除。在韩松笔下,鲁迅小说中的黑暗和绝望的处境在现代社会并未得到缓解,启蒙并未达成,未来的知识者也和一百年前的启蒙者一样迷茫而彷徨。

事实上,科幻小说的背景不一定局限在一个民族内部,如果从更广阔的视野来说,科幻小说所具有的启蒙意识可能体现了一种新的全球化格局:"启蒙运动试图将这个世界视为一个整体,科幻小说在其中扮演了重要角色。"①对技术进步的反思,对人类文明进程的质询,体现出科幻小说作家突破单一的国族界限的深远忧思。韩松的小说延续了鲁迅等知识分子开创的启蒙文化传统,他构造了一个新时代的"铁屋子",这个"铁屋子"不是固定不变的,而是在不断变异、延伸直至黑暗最深处的迷宫,人们在其间昏睡不醒,少数清醒的人也在不断地碰壁之后陷入无法突破的迷途。人类对科学技术追求的尽头或许并不是一个光明的所在,当技术发生异化之后,很可能迫使人陷入无法摆脱的深渊。韩松在小说中通过展现日常生活的断裂构造自己的民族寓言,这种断裂的表现形式,或许正如罗伯特·斯科尔斯总结的那样:"一种是强调具体表现对象的不同,即向我们展示不同于我们已知的事物和生物;另一种是强调与我们已知的生活在叙事上的不同之处,即为我们提供一个比从前更加有秩序的、更加意味深长的、更加不同寻常的故事。"②《我的祖国不做梦》《美女狩猎指南》《地铁》《乘客与创造者》等小说正是从这个方面入手,借助日常生活的断裂情境,展现生活的荒谬和可怖,从而反思人类文明进步的过程中遗忘的种种缺陷。

三

人类与宇宙关系是反思现代文明常会涉及的主题。小说《宇宙墓碑》就重在探讨宇航时代人类探索未知的可能性。墓碑首先作为人类文明与文化的表征而出现,体现了人类在探索宇宙的过程中所留下的文化印记以及所付出的代价。但是,象征着人类伟大文明的墓碑却隐藏着惊人的秘密,墓碑主人的缺席使得宇航员的不可动摇的神圣形象变得不堪一击,而人类不得不开始反思自己无限扩张的欲望。当墓碑集体消失的时候,宇宙的深不可测也被推入极致。与此同时,墓碑也是一种建筑形式,韩松认为,"建筑是最带有未来色彩、最变化灵动、最需要想象力的作品"③,通过观察建筑可以反观民族的心智。雄壮的墓碑群落成为

① [美]伊斯塔范·西瑟瑞-罗内:《当我们谈论"全球科幻小说"时,我们谈论什么:对新节点的反思》,谢涛译,《中国比较文学》2015年第3期。

② [美]詹姆逊等:《科幻文学的批评与建构》,王逢振等译,安徽文艺出版社2011年版,第43页。

③ 韩松:《想象力宣言》,四川人民出版社2000年版,第16页。

人类在宇宙探索中留下的建筑样式,但墓碑选用的材料全部来自地球,在外星的土地上显得格格不入。小说中的人类虽然已经加快了探索宇宙的步伐,但始终是宇宙之中的异质性存在。他们虽踏入了异邦,却无法被真正接受。直到造墓者使用宇宙的原生物质,为自己的女友造起一座小小的墓穴时,之前那些来自地球的庞大墓群才全部消失,人类也终于与宇宙达成和解。

另一部以建筑为主要表现对象的小说《再生砖》同样讲述了建筑与民族情感、民族习俗之间的关系。《再生砖》以汶川地震为背景,书写灾难之后如何重建人的物质生活以及精神生活。"再生砖"是由一个建筑设计师为重建灾区而设计的建筑材料,由震后遗留的废墟瓦砾混合麦秸粉碎压制而成,同时,砖块中不可避免地含有在地震中丧生的人类尸体。"再生砖是一种只要愿意,人人都能动手生产的低技低价合格产品:就地取材,手工或简易机械就能生产,免烧,快捷,便宜,环保,因地制宜,适应性强,无名有用,不收专利掣肘。"①但是,由于在再生砖中含有不能明说的物质,防疫喷洒成为处理再生砖的一道重要工序。尽管设计师一再强调,再生砖并非一个为了展览而做的装置,而是一个为灾区重建工作而积极推广的生产项目,再生砖依然成为炙手可热的文化消费品。作为一件艺术品,再生砖在欧洲双年艺术展上大放异彩,吸引了大批建筑师、规划师甚至投资者、材料商和开发商,这些人快速地投入了震后城市的重建工作。这种砖块被用于建构住房和办公楼,甚至开始复原各个时代的伟大建筑。关于再生砖"实用品"或是"艺术品"的身份考察,包含着作者对科学技术以及人文艺术两者之间关系的思考。前者是建筑师的本来目的,也是解决震后重建问题的重要举措,后者则是再生砖的特殊构成所带来的奇异效应。再生砖具有的艺术特质,和其铸造材料中混合的人类尸体不无关系。再生砖里的尸体因为受到人为的凝聚,开始具有力量,能够发出声音。失去了亲人的女人利用倒塌的家园的废墟,搭建起新的房屋,却听见"两个人的声音,从砖缝里面,流淌出来",甚至女人重新结婚生子以后,居住在再生砖中的亡人依然时刻凝视着新家庭的生活,再生砖成为"活的机体、怀念替代品和逝者的居住地"②。随着再生砖产业的不断扩大,再生砖的性质再一次发生了改变,它不仅是重建家园的建筑材料,也不仅是亲人的情感寄托,而是迅速被商品化,被制成竹子、熊猫等多种形态的旅游纪念品。不仅如此,再生砖还成为酒吧等娱乐场所的建筑材料,受到成功人士的推崇,甚至被带往太空,成为外星基地的奠基石。在工业文明影响之下,再生砖的原初的性质发生了改观和转变,不可避免地成为经济发展中的消费品而失去了其情感价值和悲壮意义。《再生砖》的结尾更是耐人寻味,虽然它带来了巨大的技术革命和经济效益,甚至吸引了外星人前来考察,但是发生地震的村庄似乎并没有得到改变,农民的科学素养也没有得到提升,人们还是如同震前一样生活。技术革命的发生看似掀起了翻天覆地的变化,但是对于普通人来说,现代化的路程

① 韩松:《再生砖》,《再生砖》,上海人民出版社 2016 年版,第 321 页。
② 梁鸿:《历史与我的瞬间》,上海文艺出版社 2015 年版,第 227 页。

似乎依然非常艰难。

四

《美女狩猎指南》注重挖掘欲望的黑暗面,同时在一定程度上折射了科技进步和社会发展所带来的一系列问题。在小说中,男性为了追求另类的性爱体验,报名参加狩猎美女的游戏活动。这些美女是科技公司利用基因重组、克隆、人造子宫等技术生产出来的绝色美人。她们与世隔绝,纯洁美好,不过一旦被投放入狩猎场,就能够通过与男性顾客的接触迅速熟悉生存法则,因而也具有相当危险性。男性顾客通过精良的武器设备捕猎美女,得手之后便可以任意处置,但是也具有掉入美女的陷阱而身亡的潜在危险。超乎寻常的美色与捕获猎物的原始冲动使得男性跃跃欲试,并且不顾条款的约束,肆意争夺地盘、虐杀女性,最后被岛上觉醒的女性围剿。在小说中,美女制造产业并非在地下进行,而是经过了政府的同意,甚至被视为发展经济的试点产品,即将投入量产。

在小说中,人性的扭曲、欲望的丑恶披上了科技进步和经济发展的伪装,并且被毫不掩饰地展现出来。当受益者的群体不断扩大,甚至成为社会的大多数时,欲望的黑暗面就被赋予冠冕堂皇的理由:"他们的价值和口味,也便是世界的价值和口味。"[①]随着科技的进步和经济的发展,人被异化为空虚、无趣并且不断追求欲望的动物。人类对欲望的追求已无法通过现实手段实现,需要借助更加刺激的狩猎活动。以血腥、变态的方式宣泄欲望,才能寻回生活的激情。

小说中的男性之所以不顾一切地追求虚拟的欲望,是因为无法忍受现实生活的重压。小昭曾经回忆,刚开始工作时,自己因为一时好奇,启动了办公大楼的火警电话,原因仅仅是觉得"这世界本身已无处不是火宅"[②]。"火宅"这一来自佛经中的词汇,用来比喻充满苦难的尘世。在以精英男性为核心的世界中,对激情和享乐的追求已经到了无所不用其极的地步,而作者也不得不把造成这种现象的原因归为"火宅"般的现实生活带给人们的痛苦、麻木以及压抑。为了躲避和逃离这种压抑的生活,并且利用更大的刺激性感受获取生活的意义,已经被异化的小昭们最终选择投身进入以生命为代价的狩猎游戏之中。

除了对现实世界的厌恶、对技术异化的警醒与批判之外,《美女狩猎指南》中透露出的对两性关系的认识也是不能忽略的内容。生活在普陀岛上的女性,天然地组成了一个个群落,她们建造了观音的塑像,按照自然的生存法则生活。当然,上岛的男性顾客被视为危险的入侵者,会遭到女性集体的警惕与抵抗。韩松安排的这批不同国家、不同社会地位的男性,在来到小岛之前都信心满满,将狩猎美女视为一场刺激的性体验,可是上岛以后,他们却接连掉入女性设下的陷阱,由狩猎者变成了猎物。尤其是小说中表现的女性对男性的仇视乃至阉割,

---

① 韩松:《美女狩猎指南》,《宇宙墓碑》,上海人民出版社 2014 年版,第 285 页。
② 韩松:《美女狩猎指南》,《宇宙墓碑》,上海人民出版社 2014 年版,第 344 页。

使得女性和男性之间形成了一组对立的关系,在一个封闭的环境中展开剧烈的矛盾冲突。但是,男性顾客并没有认识到自己已经成为被仇视、被憎恨的对象,当小昭指出,岛上的女性可能不喜欢男性,是同性恋时,他的同伴眼镜自作聪明地说道:"更可能,这岛上流行的其实是双性恋。不过,存在于女性身体里的异性恋冲动,在通常情况下是作为隐性态存在的,在没有觉醒之前,便被枪弹的呼啸声掩盖了。那些可怜的女人,在还没有品尝男人这道美味佳肴之前便一命呜呼了。"①这种得意扬扬、故作姿态的男性中心主义言论,实际上正是韩松想要批判和讽刺的对象。他曾经在《想象力宣言》中批判男性,认为他们性格阴柔,喜欢无病呻吟的艺术和文学,并且"缺乏强烈的攻击性和战斗到底的决心,缺乏独立性和冒险精神"②。而造成男性缺乏开拓精神和想象力的原因,在韩松看来是受社会价值观念的影响。当"不要犯错误"成为一项文化准则的时候,男性的想象空间和进取精神遭到了社会标准的阉割,他们的创造精神也在很大程度上遭到限制。在《美女狩猎指南》的结尾,小昭在失去生殖器的同时也形成了关于两性关系的重新认识,整部小说的意义内涵也更加深邃而具有不确定性。

在另一篇小说《柔术》里,韩松也传达了类似的观点。小说里的男性观众以观赏女性的柔术表演为乐,因为通过观赏女性的身体,可以体会女性的"娇""嗔""媚""痴",从而满足男性中心主义的幻想。一些男性甚至将两性关系与国家发展加以联系:"在当代中国,越来越多的男人在寻觅伴侣的时候,目光越来越多地盯在温柔型女孩的身上,那是人们越来越追求温馨幸福浪漫多情的婚姻生活。从大的方面来说,这也是国家稳定和进步的保障。"③观看柔术表演,本来是人的欲望的一种扭曲呈现,但是一旦与经济发展和政治稳定发生关联,就成了一项政府大力支持的全民艺术活动。甚至很多领导人也成了"柔迷",毕竟,只有充分发挥这种具有阴柔之美的艺术摄人心魄的魅力,才能使之彻底成为国家管理公民的一种有效手段。

韩松通过对真实现实的异化表达,对历史观念、文化思维、教育制度、社会价值都提出批评。韩松提醒人们,科学技术已经在相当程度上改变了人类的生活,而技术可能会被权力意志所控制,"受到权力意志激励的人们利用技术来支持他们的罪恶倾向"④,技术因而可能成为一种破坏性力量。韩松的故事虽然气氛阴郁,并充满怪诞和变形,但是细读之下却能发现潜藏在表面之下触目惊心却切实发生的社会现实。正如詹明信所说,科幻小说给读者提供了一个相当复杂的世俗结构,"使我们对于自己当下的体验陌生化,并将其重新架构"⑤,韩松的努力也正在于此,即用一种陌生化的表现方式,呈现当下生活的不安、困惑以及恐惧,并借此呈现及重新探讨百年来困扰整个民族的文化和历史问题。

---

① 韩松:《美女狩猎指南》,《宇宙墓碑》,上海人民出版社2014年版,第346页。
② 韩松:《想象力宣言》,四川人民出版社2000年版,第214页。
③ 韩松:《柔术》,《再生砖》,上海人民出版社2016年版,第215页。
④ [荷]E·舒尔曼:《科技文明与人类未来》,李小兵等译,东方出版社1995年版,第361页。
⑤ [美]弗里德里克·詹姆逊:《未来考古学:乌托邦欲望和其他科幻小说》,吴静译,译林出版社2014年版,第377页。

重塑"身体"：论中国当代"新科幻"小说的"赛博格"书写

任一江*

（徐州工程学院 人文学院，徐州 221000）

内容摘要：21世纪以来，中国当代"新科幻"小说塑造了众多"赛博格"的文本形象，讲述了一种关于人类与智能机器结合的故事，其中隐喻了人的本体不断向技术世界"敞开"的状况。作家在其中超克了传统人文主义视域下对人之"异化"的批判声潮，重新思考了在"赛博格"形象中所蕴含的有关人之解放的可能性。这主要反映在"赛博格"身体的"自由"状态；"赛博格"主体与技术的缠绕以及"赛博格"理想的启蒙内涵三个方面。其身体的"自由"状态展现了一种"延伸"可能，它是对自然和技术的双重超越。其主体与技术的缠绕表明了"自然"与"文化"之间的共生关系，并由之形成了新的"赛博格"主体。"赛博格"理想的启蒙内涵反映出某种"后人类主义"试图将启蒙的目标从掌控自然转向掌控自身的努力。

关键词：新科幻；"赛博格"；身体想象

当代社会的重要特征在于确定性的不断丧失。在自然科学领域，相对论和量子力学的发展改变了人们对于世界的看法，它们所揭示的"质料的本质是不确定性"[1]，致使物质世界的实体观遭到了扬弃，事物的"本质"不再固定不变，任何实践主体都将面对一个"测不准"的世界。此外，自西方启蒙运动以来的"现代性"浪潮，也将人们推到了一种在"转瞬即逝性中得到把握"并且与"静止的过去相反"的"短暂的、易逝的、偶然的"[2]现代性处境当中。古代神学的线性时间观和因果循环论——代表着稳定的永恒性，都被"信奉他性（otherness）和

---

* 作者简介：任一江，文学博士，徐州工程学院人文学院讲师，科幻文学与数智人文研究中心常务副主任。

基金项目：江苏高校哲学社会科学研究一般项目"中国当代新科幻小说的'启蒙叙事'研究"（批准号：2020SJA1086）的中期成果。

① 罗嘉昌：《从物质实体到关系实在》，中国人民大学出版社2012年版，第30页。

② ［美］马泰·卡林内斯库：《现代性的五副面孔》，译林出版社2015年版，第50页。

变化"①的现代性观念打破了。在这样一种"持续的脱离,一种永无止境的分裂"②中,人及其所处环境的确定性也受到了威胁。因此人们亟须打造一个建立在"硅—碳"综合体之上的"控制论活物"③,并将自身得以奉献为永恒的东西"建立在变化之上,而且必须和基础一起变化"④,以此来消除有限的自我在面对变动不居且无法把握的世界时产生的巨大恐惧,最终"从这些'综合体'的生命活动中来寻找意义"⑤。

尽管这些"综合体"在社会实践层面仍是某些处于伦理论争中的"人体增强技术",但自21世纪以来,在"新科幻"小说呈现的审美镜像中,作者却暂时悬置了此种现实层面的伦理论争,使它以一种生物与机器物复杂缠绕着的、"精神—肉身—机器"三位一体的"赛博格"⑥形象大量出现。此种"赛博格"使人的体验愈发建立在技术的增殖之上,而人的本体也不断向技术世界"敞开"。倘若从"本质主义"的立场出发,人们似乎可以轻易得出关于人之"异化"的结论——即"人的生命存在状态的'工具化'与'技术化'"⑦。表面看来,这或许是传统人文主义视域下的通常结论⑧。然而,"新科幻"小说却并未落入窠臼,除了此种显见的结论之外,其作者继续思考了另一种积极的可能,即人之解放的可能。这种解放并非局限于对"精神主体"的关注,它试图解放的是如美国技术哲学家唐·伊德(Don Ihde)在《技术中的身体》中提出的"第三种身体"——在"科技时代"开始出现的科技意义上的身体。这正是21世纪以来在"新科幻"小说中出现的,且在传统文学中少有言说的"赛博格"形象。它向人们展示了一种在"科技主体"的视野下,身体继续进行解放的可能。这种可能意味着身体的边界

① [美]马泰·卡林内斯库:《现代性的五副面孔》,译林出版社2015年版,第69页。
② [美]马泰·卡林内斯库:《现代性的五副面孔》,译林出版社2015年版,第69页。
③ 童天湘:《控制论和哲学》,《国内哲学动态》1980年03期。
④ [法]居伊·德波:《景观社会》,南京大学出版社2017年版,第40页。
⑤ [美]唐娜·哈拉维:《类人猿、赛博格和女人——自然的重塑》,河南大学出版社2016年版,第70页。
⑥ 所谓"赛博格",即一种机械化的有机体。唐娜·哈拉维(Donna Haraway)在其《赛博格宣言》中提出:"赛博格是一种控制生物体,一种机器和生物体的混合,一种社会现实的生物,也是一种科幻小说的人物……生活于界限模糊的自然界和工艺界。"([美]唐娜·哈拉维:《类人猿、赛博格和女人——自然的重塑》,河南大学出版社2016年版,第314—315页。)需要指出的是,"赛博格"这一概念并非由哈拉维提出,它最早是由两位美国航空航天局的科学家克莱斯勒(Man Clynes)和克莱恩(Nathan Kline)提出,其目的是采用机械化的辅助工具来增强人类的能力,以此克服外太空的艰险环境。其后随着控制论的发展,这一概念越来越受到重视,并且广泛传播,在文学领域也产生了越来越多的将人与机器融合起来的故事,由之产生了一系列叙述"赛博格"形象的文本如《神经浪游者》《机械战警》和《攻壳机动队》等,使这一概念逐渐深入人心。国内学者近年来在该领域的研究也逐渐加深,如单小曦认为"凡是借助外物、机械、装置、技术提高性能的人类身体都是赛博格"(单小曦:《媒介性主体性——后人类主体话语反思及其新释》,《文艺理论研究》2018年第5期)。张之沧认为:未来的赛博格是机器与人的共同产物,人逐渐成为一种"'自然+技术'的综合体"(张之沧:《身体认知论》,人民出版社2014年版,第35页)。
⑦ 江璇:《人体增强技术的伦理研究》,东南大学2015年伦理学博士学位论文,第44页。
⑧ 例如林德宏在其著作《人与机器——高科技的本质与人文精神的复兴》(江苏教育出版社1999年版)中就否认了人与机器结合的可能,他指出,在任何科技条件下人都不是机器,同时机器也不可能是人。同时他似乎是站在人类中心主义的立场上再次印证了"维特鲁威人"的完美形象,尽管一些结论看上去有些武断。例如他认为"人是宇宙中唯一的创造源。人是宇宙中唯一能进行创造的动物。唯有人才能成为创造者",这就否认了游牧主体的可能;"大自然演化出人,是为了让人改造自然界",这就否认了人的自我"改造"。

将被科技不断打开,而其主体也会成为某种开放性存在,两者共同反映了某种"后人类主义"式的启蒙理想。

一、"赛博格"身体的"自由"状态

"工具乃人之延伸"是当代"技术哲学"的重要观念①。事实上"身体"从来没有离开过技术的增补和支持,"人们需要负责设计自己的身体"②,而与"机器"的某种结合,便可看作在"后人类"语境下对"身体"的继续解放和完善。在此视域下,身体的"延伸"表征了一种超越的可能,因为只有"延伸",方可"达到"。正如张之沧所指出的,随着当代科技的高速发展,自然与人工相互融合,不断"构成新的人体,使人们普遍成为自然和科技的共同产品,这种'技术人'再也不是原先那种纯粹的自然肉体,而是对自然和机器的双重否定和超越"③。那么,"延伸"的身体所要超越并"达到"的又是什么呢?在部分新科幻小说的具象表述中,人们可以发现,"赛博格"们所要达到的是一种更加"自由"的状态,即一种通过"不断改造自身的生存机能与机体结构来提高自身的生存能力和拓展自己的生存空间"④的发展状态,这便超越了传统人文主义视野中的那个完美的"维特鲁威人"。

在陈楸帆的《愿你在此》中,"人工视网膜"既是使用者视觉的延伸,同时也是其观看世界的延伸。个人所能观看的生活空间获得了前所未有的拓展,只要激活相应模块,"她所关注的世界"便会"纷至沓来,薄薄地交叠在视野上"⑤;在《机器之门》里,更换了"人工肺"的楚南天能够"在高原上健步如飞,完全没有任何呼吸问题"⑥,这是身体结构的提高;在《决战奇点》中,"共情分享系统"可以使观众"感受到主持人所体验到的一切……从而获得在别处无法获得的精神体验"⑦,因此是一种神经系统的延伸;以及《爱丽丝没有回话》中的 C 种人将部分身体进行了机械化改造,在运动能力上强于普通人数倍。可见无论是机械媒介,抑或是电子媒介,在"赛博格"身上装置的此类"工具",都"是人类感觉器官或身体功能的巨大延伸"。⑧ 辩证地看来,当这些身体器官的"延伸"普遍发生时,人们或许再也无法将其与自然的"身体"区分开来,这意味着最初不断"延伸"的"工具",最终却发展为一个"新器官"返回了"身体",并将进一步借此抵达"一个被扩展的关系型自我"⑨生成的"赛博格"主体领域。这

---

① 该领域的学者认为,人体的结构是"所有工具的源泉和本原……工具乃从人的器官中衍生出来的,是人的器官的投影"。(王楠、王前:《"器官投影说"的现代解说》,《自然辩证法研究》2005 年第 2 期)由是逐渐从理论上将人的自然身体和工具结合起来。

② [英]克里斯·席林:《文化、技术与社会中的身体》,李康译,北京大学出版社 2011 年版,第 70 页。

③ 张之沧:《"后人类"进化》,《江海学刊》2004 年第 6 期。

④ 韩民青:《当代哲学人类学》(第 3 卷),广西人民出版社 1998 年版,第 267 页。

⑤ 陈楸帆:《愿你在此》,载《未来病史》,长江文艺出版社 2015 年版,第 84 页。

⑥ 江波:《机器之门》,四川科学技术出版社 2018 年版,第 192 页。

⑦ 萧星寒:《决战奇点》(上),浙江人民出版社 2017 年版,第 42 页。

⑧ 王楠、王前:《"器官投影说"的现代解说》,《自然辩证法研究》2005 年第 2 期。

⑨ [意]罗西·布拉伊多蒂:《后人类》,宋根成译,河南大学出版社 2016 年版,第 86 页。

便是设计的"自我",同时也是自我的设计,它会从一个身体"外延"的范畴重新凝聚为主体的"内涵",体现了身体对"工具"的某种开放性。所以,当吴克抖出香烟,"习惯性地竖起右手中指想要点火"时,他不禁又"怀念起之前的那条老机械臂了"。① 因为这条"老机械臂"正是吴克自我设计的"新器官",它已经养成了吴克的某种"习性",使之成为其主体获得的新的内涵。这正像"具身认知论"所强调的那样,"心智在本质上是基于身体的"。② 当人们暂时失去某种"工具"时,并不会感到痛苦,然而,当人们暂时失去自身的感官时,却往往难以承受。正如萧星寒所描述的那样,当前往火星观光的乘客因搭乘"太空电梯"需要暂时关闭他们的"植入系统"时,这一短暂的关闭过程会"让他们多么痛苦,而今打开植入系统又让他们多么高兴……植入系统早就成了我们生命中不可缺少的一部分"③。这正是延伸的"工具"被接纳为身体"新器官"的"真实"写照,同时也表征了人与机器关系的延伸。

"延伸"的"赛博格"们使新科幻小说带上了一层乌托邦色彩,尽管这一抹色彩可能出现在诸如"恶托邦""异托邦""反面乌托邦"的叙述范围内——例如上文所举的《机器之门》《终极失控》《AI迷航》等就是某种"恶托邦"题材的创作。但是它仍然体现了一种"乌托邦责任",即"一个强有力的未成形的愿望"④,反映了人们试图摆脱单调贫乏的生活世界、消灭罪恶不公的性别压迫、超越狭窄有限的身体空间、获得广阔多重的自我体验的理想。延伸的身体使个人得以凭借"技术资源来扩展他们的自尊感和自我感,并且增加身体资本"⑤,从而在身体的解放过程中,展现出某些关于个体生死与种族存亡的矛盾冲突以及主体选择与被动改造后的生命感觉。值得注意的是,当人们借由技术手段延伸了他们的身体,扩展了其"自尊感"和"自我感"时,此种感觉的来源正在于身体的"新器官"能够颠覆自我的设计,使人们可以再次选择成为他试图成为的那个人。

正如詹姆逊所言,"在这个新事物身上,我们自己世界的次要属性变成了它的主要属性"⑥。在《荆棘双翼》中,当纳米机械延伸进入身体的有机质时,便使"生命拥有了惊人的韧性"⑦,化身为"尖刀"的"赛博格"们"可以变化外表,甚至改变生命形态"⑧。这显然都是以往自然身体所欠缺的"次要属性",此时却被设计提升成一种新的感觉和自我。于是当叶燃借此变身"尖刀"时,"人类的感官替换成伯劳的知觉"⑨,他也获得了与之共存的"异类本质"。

① 墨熊:《爱丽丝没有回话》,新星出版社2017年版,第15页。
② 叶浩生:《具身认知的原理与应用》,商务印书馆2017年版,第50页。
③ 萧星寒:《决战奇点》(上),浙江人民出版社2017年版,第12页。
④ [英]爱德华·詹姆斯、法拉·门德尔松主编:《剑桥科幻文学史》,穆从军译,百花文艺出版社2018年版,第225页。
⑤ 刘介民、刘小晨:《哈拉维赛博格理论研究——学术分析与诗化想象》,暨南大学出版社2012年版,第32页。
⑥ [美]弗里德里克·詹姆逊:《未来考古学:乌托邦欲望和其他科幻小说》,吴静译,译林出版社2014年版,第164页。
⑦ 迟卉:《荆棘双翼》,长江文艺出版社2015年版,第159页。
⑧ 迟卉:《荆棘双翼》,长江文艺出版社2015年版,第159页。
⑨ 迟卉:《荆棘双翼》,长江文艺出版社2015年版,第58页。

在《机器之门》中，人们面对的是一个延伸的机器无处不在的世界，在这个世界里，为了更有利于生存，"我们"曾经不变的"主要属性"也可能降格为"次要属性"。例如赛博格化的军人冯大刚，发现"和自己一样的机器化的人类，根本就不需要储存食物……吃饭对这些血肉之躯的平民来说却生死攸关"[1]。而楚南天经过了机械化的改造之后，也忽然发现，自己和其他人一样"都需要用机器来让自己变得更像一个完整的人"[2]。他本人也从一个保守的纯种主义者变成了一个改造主义者，其所言"完整的人"，也就是经由"工具"和"身体"的共同设计之后的"后身体"了。正是这些关于"工具"延伸和"身体"解放的想象，使新科幻小说带上了某种乌托邦色彩，并表现出一个身体"自由"的，并"以新力量的形式被展开的"[3]全新社会的可能性。

二、"赛博格"主体与技术的缠绕

当延伸的"工具"重返身体时，它便与主体之间形成了一种紧密的"缠绕关系"。"缠绕"是新科幻小说所描述的"赛博格"时代的总体特征，这意味着对"自然"与"技术"之间界限的抹平。在这个世界里，"自然成为人的世界、人成为自然的世界"[4]。在某种意义上，可以说"自然"被"技术化"而不复存在，当"自然"与"技术"深刻地缠绕在一起后，便为形成新的"赛博格"主体提供了契机。由于此种"缠绕"仍然植根于个人的肉身，便使得人、自然与机器物之间达成了一种亲密的可以互相协调并制约的平衡，正如布拉伊多蒂所说，"我们需要将与技术制品的关系重新定义为如同过去的自然关系那样亲密无间……这种亲密关系比现代性所造成的假体机械的延伸更具有复杂性和生殖性"[5]。此后，"赛博格"主体必须将"人"与"机械"的相互关系视为彼此共生的构成要素，"铊"们将会被重新安置在一个以地球物质为基础的连续的统一体中，从而形成一种新的"普遍生命力"(布拉伊多蒂)。

当身体的"延伸"和主体的"缠绕"已成为某种"新现实"的萌芽，就需要新科幻小说为这种"普遍生命力"创造有关"起源"的故事，创造有关"铊"们的"启示录"。这不仅关涉身体中"构件"的缠绕，还将关涉由此引发的主体间"关系"的重构。对于前者而言，是一种"活力唯物论"的叙述范畴。在该视域下，一切物质都会具备其自身的生命活力，也会因"具有创生性、生成性、游牧性"[6]而生成某种"生态—智慧联合体"，这点此前已有论及，不再赘述。而后者的叙述重点在于"生成"主体之后"我"与他者之间"关系"的嬗变。在"关系实在论"看来，"'关系者'和'关系'可随透视方式而相互转化……关系的改变，在一定条件下对应于对

---

① 江波:《机器之门》,四川科学技术出版社 2018 年版,第 224—225 页。

② 江波:《机器之门》,四川科学技术出版社 2018 年版,第 198 页。

③ [美]弗里德里克·詹姆逊:《未来考古学:乌托邦欲望和其他科幻小说》,吴静译,译林出版社 2014 年版,第 163 页。

④ 刘介民、刘小晨:《哈拉维赛博格理论研究——学术分析与诗化想象》,暨南大学出版社 2012 年版,第 37 页。

⑤ [意]罗西·布拉伊多蒂:《后人类》,宋根成译,河南大学出版社 2016 年版,第 120 页。

⑥ 单小曦:《媒介性主体性——后人类主体话语反思及其新释》,《文艺理论研究》2018 年第 5 期。

象及其本质属性的改变"①。因此,"铊"们将会重新选择成为"自己",新旧主体之间的关系,在一定程度上已被"赛博格"化的身体所改写,从而重构某种社会秩序。

于是人们在新科幻小说中首先发现了"强弱关系"的改变。在文本镜像中,各种形式的"赛博格"在"一场社会关系革命的基础之上"②解构了由"父权"主导的传统社会的性别秩序,向人们展示了某种"后性别世界"(哈拉维)的可能性。迟卉的《荆棘双翼》正是如此,虽然她着意构建了一个人类与异类战争时期的非典型社会,但在这个社会中,性别的秩序发生了改变。在经过了"赛博格"改造后,女性拥有了更多可支配的力量,同时也对历史发展之不确定进程有了更大的干涉力。例如被改造后的卓音获得了某种无关性别特征的力量,正是借由此种力量,她成了"尖刀"小组的链接核心与实际指挥者,她的"每一句话都自有其力量……她的意志如同钢铁般压制着他,甚至令他感到了一丝恐惧"③。这并非源于"女性主义"对"父权"社会的批判,而是在"赛博格"的语境下,性别已经退居为一个并不重要的身份特征,主体甚至是"无性别"的,因此也使秩序排列的双方都失去了标识。在这些文本里,任何决定未来可能性的因素,都不再是"性征历史中产生的力量"④,而是由一个全新的"赛博格神话"和一个源于"技术决定论"的重构宇宙所提供的,一种信息的力量。它赋予了"后性别世界生物"重构秩序的能力,同时也"使女性看到了全面解放的希望"⑤。例如《荒潮》中的"小米"获得了"赛博格"的力量时,原先那个备受蹂躏的女性形象便不复存在,"铊"转而成了一个新的主体——"小米—机械人",于是由生理决定的力量强弱瞬间遭到颠覆,作者不无隐喻地写道,"小米闪念间被吸入深渊",但片刻之后,"深渊化为高峰"⑥。当"女性"的身份已被"赛博格"解构之后,人们可以发现一种"无性别"的书写趋向在新科幻小说中萌芽了。例如纪大伟《膜》中的"默默"和"安迪",后者是为挽救前者生命而特别定制的半人半机器的"生化人",当默默的大脑被移植到这个"生化人"身体上之后,一切性别表征也都消失了,"她把衣裙脱掉,抚摸自己的身体——奶奶——肚子——小鸡鸡不见了"⑦。由于生化人是无性别的,故而移植之后的默默也"未曾有过月事"⑧。这些书写仿佛隐喻了在"无性别"的"赛博格世界"里,决定社会秩序的不会再是性别因素,这种决定力量已经让位于对信息的处理能力,正如作者在其腰封里写到的:"血浓于水,但是讯息更浓于血。"

① 罗嘉昌:《从物质实体到关系实在》,中国人民大学出版社2012年版,第3页,第13页。
② [美]唐娜·哈拉维:《类人猿、赛博格和女人——自然的重塑》,河南大学出版社2016年版,第318页。
③ 迟卉:《荆棘双翼》,长江文艺出版社2015年版,第77—78页。
④ [美]唐娜·哈拉维:《类人猿、赛博格和女人——自然的重塑》,河南大学出版社2016年版,第315页。
⑤ 吴岩:《科幻文学论纲》,重庆出版社2011年版,第76页。
⑥ 陈楸帆:《荒潮》,长江文艺出版社2013年版,第105页。
⑦ 纪大伟:《膜》,人民教育出版社2012年版,第55页。
⑧ 纪大伟:《膜》,人民教育出版社2012年版,第81页。

另一类书写"克隆人"①的新科幻小说则试图颠覆以往奉"人类中心主义"为圭臬的"主从关系"。作者尝试解放"被造物"的身体,使之获得相应的主体性。此种"解放"具有双重意义,它既是对"被造物"的解放,同时也是对"造物者"自身的解放。人,以造物者自居,而当"他"把自己创造的生命仅仅视为工具时,便不啻为一种自我设限,因为"他"毫不在意"普遍生命力"的"复杂性"和"生殖性","他"的目光只能凝视自身,于是整个世界便只存在一个"唯我"的、"独白"②的并且歧视"差异"的主体。人们不会忘记《弗兰肯斯坦》中那个"科学怪物"的悲剧,它证明了"唯我"的主体意识在很大程度上会"在利用科学创造出活生生的人的同时失去人最宝贵和最重要的东西:尊重和爱"③。唯有打破这种自我设限的"主体观","消除以自我为中心的个体主义的障碍"④,才能实现不同主体之间平等的多元对话,而不再将其仅仅看作追求利润的商品。秉承这种思想,在《类人》中,人类最终无法阻挡成千上万的"类人"获得指纹,摆脱从属地位。作者也借安倍德卡尔之口充满信心地说道:"他知道,完全抹平那道界限已经为时不远了。"⑤由此看来,作家无疑认为对于"普遍生命力"来说,传统的主从秩序已经成为双方交往的藩篱,而如何拆除这道藩篱,在互为镜像的人与"克隆人"之间打开和解之门,已经成为"关系型自我"继续发展的题中之义。在他的另一篇小说《百年守望》中,作者认为"自然的"不应成为人与"新人"的绝对界限,亦非二者地位高下的标准。"后身体"改变带来的"阵痛"终将在灵魂的平等中得以纾解。这似乎是返回了传统文学的主题,但新科幻小说家所探讨的"灵魂"已是"缠绕"之后的新"精神主体"了。

　　面对不断"缠绕"的"赛博格"主体,相当部分的既有秩序或许都将面临重构,新科幻小说正是为此种可能到来的变化提供了一处思想实验场。正如王德威指出的:"当代中国作家也参与了后人类的反思……人与人,人与世界关系的另类塑造,一种新的'人'的观点逐渐浮现,让我们重新思考。"⑥在这一场域内,通过对"强弱关系"和"主从关系"的颠覆,扩张的主体实现了自我身份的解放。质言之,源于生理因素的性别和"血统"不再成为主体身份的标签,传统的"人类中心主义"或将渐次转变为"后人类中心主义",以便使人们可以在那个与"铊"共存的"新世界"中,摆脱各种排异的、压迫的剥削形式。

---

① 值得注意的是,除了哈拉维所称意义上的"赛博格"外,对于由机器参与生产、培育的"克隆人"的身体,也应属于"赛博格"的身体范畴。因为这仍然是在机器参与生命的概念下对自然繁殖的人工复制,是机器与人的共同产物,它同样能够在物质层面扩大"人"的边界。

② "唯我""独白"的概念皆来源于巴赫金,在他的道德哲学中,我与"他人"之间有两种道德模式,即独白思维和对话思维。前者在交往过程中"只有一个意识",包含"唯我"型的独白意识和"唯他人"型的独白意识,最终形成了一个给定的"普遍之人"或"普遍意识",它追求一种静止的状态,强调过去的优先地位。这正如传统"人类中心主义"中对待"他者"的态度。

③ 曹山柯:《弗兰肯斯坦·序言》,载玛丽·雪莱:《弗兰肯斯坦》,耿智、刘宜译,花城出版社2015年版,第7页。

④ [意]罗西·布拉伊多蒂:《后人类》,宋根成译,河南大学出版社2016年版,第71页。

⑤ 王晋康:《类人》,四川科学技术出版社2012年版,第246页。

⑥ 王德威:《史统散,科幻兴——中国科幻小说的兴起、勃发与未来》,《探索与争鸣》2016年第8期。

三、"赛博格"理想的启蒙内涵

滥觞于16世纪的启蒙运动将人类从种种不可控的生存处境中解放出来,由此逐渐摆脱了困惑和恐惧,借助于理性和知识,人类的生产力水平极大提高,在掌控和利用自然方面,"人的能力和信心史无前例地在增强"①。在此基础上,启蒙运动锻造出一个"人"成为主宰,"人"掌握自然的"人类中心主义"世界观。于是,"文明迈出的每一步都走上对自然进行控制和阻隔的又一个阶梯"②。在某种意义上,人们或许可以声称,"启蒙"的要义便在于对外部世界的掌控,它"希望艺术和科学不仅能使人控制自然力量,而且要能帮助人们更加理解世界和自身"③。然而,在"启蒙辩证法"的逻辑下,对自然和"他者"无限的统治必将走向启蒙的反面,形成权力的独裁。倘若这一演变逻辑是传统"人类中心主义"摆脱不了的魔咒,那么"后人类主义"则试图在实践领域将启蒙的目标从对外在的掌控转向对自身的掌控。因此,在一些新科幻小说作者看来,对自身的掌控将会是人类继续解放和进步的另一条路径。在一篇关于重塑自身形态的小说中,王晋康写道:

> 自然界是变化发展的,这种变异永无止境。从生命诞生至今,至少已有百分之九十的生物物种灭绝了,只有适应环境的物种才能生存……这规律也适用于人类。在我们的目光中,人类自身结构已经十全十美,不需要进步了……这是一种典型的人类自大狂。比起地球,比起浩渺的宇宙,人类太渺小了,即使亿万年后,人类也没有能力去改变整个外部环境。④

这便是以自身的变化将"人"从自然限制中解放出来的"后人类主义"式理由。在作者看来,人类唯有控制自身,改变自身,才能继续进步。同时人们应该注意到,无论是传统社会所偏重的对自然环境的掌控,抑或后现代社会聚焦的对人类自身的掌控,其内核都是对"人"之解放的继续发展。

如前所论,随着科技的发展,人们逐渐认识到征服自然的可能与限度,于是一种卡西尔所言凝视自身内部的"内向观察就变得越加显著。人的天生的好奇心慢慢地开始改变了它的方向"⑤。也早有学者注意到"人类的发展归根结底要靠改造自身而不是改造自然"⑥,并试图以此来超克那种人与自然之间愈发紧张的关系。可以发现,新科幻小说所描述的"赛博

① 赵一凡、张中载、李德恩主编:《西方文论关键词》,外语教学与研究出版社2006年版,第420页。
② [美]凯文·凯利:《失控:全人类的最终命运和结局》,张行舟、陈新武、王钦等译,电子工业出版社2016年版,第89页。
③ 张光芒:《混沌的现代性》,人民文学出版社2007年版,第34页。
④ 王晋康:《豹》,载《百年守望》,北京理工大学出版社2017年版,第210页。
⑤ [德]恩斯特·卡西尔:《人论》,甘阳译,西苑出版社2003年版,第6页。
⑥ 韩民青:《当代哲学人类学》(第3卷),广西人民出版社1998年版,第267页。

格"世界里,一种"超人"形象正是此种思想的文学表述。此种"缠绕"后的"赛博格"主体实现了控制自身的多重可能,超越了传统身体无法获得的生存能力和时空感觉的限制,显然,"铊"比以往的人类更加自由。

在《超人列传》中,斐人杰是一名追求真理的科学家,他的毕生愿望便是对真理的无止境探索,正如他自己所言。"有许多问题,我一定要找到解答。即使这得花一两千年,我也愿意"①。然而,他同时认识到"凡人的生命太短暂了",要想以现有肉身来实现其愿望则毫无可能,于是,斐人杰决定把自己的身体替换成机械身躯,将生命的时间线掌握在自己手中。由此获得了传统身体无法容纳的时间资源。另一方面,"赛博格"化的身体不但获得了时间的自由,亦获得了空间的自由,因为通过控制身体外形的尺度和生理的需求,使得"超人"不再需要以往身体所依赖并受限的物质条件,成为"最理想的太空探测家"②。《傀儡城之荆轲刺秦》中的主人公则是通过一个"新器官"超越了传统的视觉范围,得以掌控以往自身无法把握的情状。《决战奇点》中的卢文钊和萧菁,也通过"植入系统"对自身做出了某种程度的改造,实现了更有效率的工作模式和交往模式。这正是一种"运用高新科学技术从而达到迅速改变人类自身的功能与特性以超越现实的阻碍与获得'超人'的生活的追求,是改善人类自身从而更好适应自然的过程"③。可见,控制的目的是改善,是超越,是将"身体"这个个人所有的"最后一份私有财产"④的控制权,真正交还给个人。黑格尔和柯耶夫曾说,对身体的管控,是人超越动物的地方。而身体作为一种生命的限度,一种与动物性密切相关的领域,总是被不可预知的变故和必将到来的死亡所累。因此身体需要控制,身体需要被超越。当病痛侵袭着楚南天日渐衰竭的身体,他唯有选择"赛博格"的身躯才能免除病痛以再度掌控自我,才能重新获得选择的自由,继续在"纷乱的世界上寻找真相"⑤,否则一切都将无视其不愿止步的意志,并迎来无可避免的终结。所以,在新科幻小说的叙述中,"控制"在某种程度上是与启蒙主义设置的诸如"自由""解放""幸福"等目标密切相连的。这种思想并没有脱离启蒙的轨道,而是对它在科技时代的一种深化和补充,因为"它依然根植于启蒙理想,是在人类主体性的概念下各方面具体能力的补强"⑥。虽然文本中呈现的"赛博格"并未形成完整书写此类"控制"的主题,但散落其中的"碎片"仍然反映出作者自发的以人为本的价值预设。

由此可见,"赛博格"的身体表征了某种人类继续"解放"的可能性,并且为此种可能性在思想和技术层面提供了强人动能,展现了"一种试图克服人类身体有限性的超人形象"⑦。但是当其无限逼近那个永存的技术身体之后,人们会发现,原本向他者的借鉴或将沦为向他

① 张系国:《超人列传》,载叶永烈主编:《超人列传》(3),福建少年儿童出版社,第390页。
② 张系国:《超人列传》,载叶永烈主编:《超人列传》(3),福建少年儿童出版社,第404页。
③ 江璇:《人体增强技术的伦理研究》,东南大学2015年伦理学博士学位论文,第36页。
④ 汪民安:《身体、空间与后现代性》,江苏人民出版社2015年版,第23页。
⑤ 江波:《机器之门》,四川科学技术出版社2018年版,第111页。
⑥ 张春晓:《从反人文主义到一种狭义的后人类:跨越拟人辩证法》,《文艺理论研究》2018年第3期。
⑦ 李俐兴:《后人文主义:超人还是非人?》,《理论界》2017年第12期。

者的投诚,自我亦成为"铊"的注脚。"人"只有作为理性存在者时做出的选择才是自由的,当他无限进入"赛博格"的身体并充分解构了传统的经验、思维、道德之后,便只能呈现出一种"人类'不自由'的状态和'异化存在'……当试图以此回归自我时,实际上迷失的正是自我"①。故而,"赛博格"的身体只是人类在追求解放之路上的一段中间过程,而绝非终极目标,与他者的融合必有其"度"的规定性,"铊"的边界必须树立在由多样性、同一性和有限性构成的基础上,否则便会踏上一条从解放到禁锢的自我异化之途,使憧憬再度走向困境,使真理转而成为谬误。

---

① 张光芒:《从"启蒙辩证法"到"欲望辩证法"——20世纪90年代以来中国文学与文化转型的哲学脉络》,《江海学刊》2005年第2期。

立在时代潮头的现代"匪徒"

——论郭沫若的侠义人生及其意义

陈夫龙*

(山东师范大学 文学院,济南 250014)

内容摘要:郭沫若的一生深受传统侠文化影响,家乡侠匪民风与家族好义传统涵养并形塑了他的侠义品格。在现实生活中,从少年郭沫若的挥斥书生气到青年郭沫若的革命侠义情,再到中年郭沫若的戎马逞英豪,真实再现了一个现代知识分子侠义爱国、拯世济民的生命轨迹,彰显出他心系天下、铁血报国的民族大义情怀。以侠文化视角重新观照和再度评价郭沫若的侠义人生,对于新时代语境下的文化建设和人的发展具有重要的理论价值和积极的现实意义。

关键词:郭沫若;侠文化;侠义人生;现代"匪徒";民族大义

引 言

早在二十世纪初,在黑暗中国上下求索、孤独呐喊的鲁迅,为民族新生和国家未来热切而执着地呼唤摩罗诗人的出现。他压抑不住内心的热望和期盼:"今索诸中国,为精神界之战士者安在? 有作至诚之声,致吾人于善美刚健者乎? 有作温煦之声,援吾人出于荒寒者乎?"[1]鲁迅眼中的摩罗诗人就是以拜伦、雪莱为代表的具有叛逆个性和反抗精神的民族精英,他们与报复诗人密茨凯维支、国民诗人普希金、爱国诗人裴多菲同为尊侠尚义、破坏复仇之一脉,都是具有摩罗精神的精神界战士,他们"无不刚健不挠,抱诚守真;不取媚于群,以随顺旧俗;发为雄声,以起其国人之新生,而大其国于天下"。[2] 1921 年 8 月,中国现代新诗的

---

* 作者简介:陈夫龙,文学博士,山东师范大学文学院教授,博士生导师。

基金项目:本文系作者独立主持的教育部人文社会科学研究规划基金项目"中国抗战文学与侠文化研究"(批准号:19YJA751003)的阶段性成果。

① 鲁迅:《坟・摩罗诗力说》,《鲁迅全集》(第 1 卷),人民文学出版社 2005 年版,第 102 页。
② 鲁迅:《坟・摩罗诗力说》,《鲁迅全集》(第 1 卷),人民文学出版社 2005 年版,第 101 页。

奠基之作《女神》横空出世,使一个海棠香国的骄子得以在文坛扬名立万,正式向世人宣告现代中国摩罗诗人的诞生。这个骄子就是郭沫若,中国的拜伦,中国的密茨凯维支,中国的普希金,中国的裴多菲,一个自由任性、豪放不羁、挑战威权、勇于反抗、为国为民、侠肝义胆的诗坛侠者和文化大宗师。无论怎样称誉,似乎都不为过。作为一位新文学作家,郭沫若与时俱进,以一个政治家的敏感和思想者的睿智时刻感受着时代脉搏,同时他以超越时俗的气魄对传统侠文化进行现代性改造和创造性转化,对复仇精神和反抗意志给以认同和张扬。他的文学创作,无论是诗歌、小说,还是戏剧、散文,都具备鲁迅所期盼的摩罗诗人尊侠尚义、破坏复仇的精神品格,这就使他的现实人生和艺术人生充满了鲜明的时代精神和浪漫侠义色彩。在人生体验和艺术传达交织熔铸的生命交响中,郭沫若为中国文坛鸣奏了侠文化精神的现代神曲。

本文试图以侠文化为研究视角,客观地审视和分析郭沫若这个立在时代潮头的现代"匪徒"在现实人生中的侠义行为,深入考察侠文化对他的精神影响力和行为制导作用及其价值意义。

一、家乡侠匪民风与家族好义传统涵养的侠义品格

以侠文化价值观念来审视,如果一个人恪守侠义之道,在现实生活中见义勇为、扶危济困、抑强扶弱、同情弱小,不为权势驱使,不为金钱和美色所诱,那他可称为真正的侠者。倘若一个侠者背离了侠义道,甘当权力的鹰犬和金钱的奴隶,甚至打着替天行道的旗帜行涂炭生灵、祸国殃民的罪恶勾当,那他就不再是侠,而是堕落为鲁迅所说的"流氓"了。历史上的侠客堕落为政权帮凶、土匪强盗或地痞流氓者不在少数,这是造成现实中侠的群体良莠不齐乃至鱼龙混杂状况的重要原因。在侠的发展历史上,一些反叛传统、离经叛道、不满现实且遵循侠义道行事的人,往往被世俗眼光纳入匪徒行列,甚至与强盗土匪相提并论。因此,中国之侠也就有了很多的修饰成分,比如侠匪、侠盗、侠官或匪侠、盗侠、官侠等说法,以及卿相之侠、布衣之侠、闾巷之侠、乡曲之侠、暴豪之侠等称谓。不管存在什么说法或称谓,判定一个人究竟是侠还是非侠、伪侠,关键和标准就是看其能否遵循侠义道来行事做人。

郭沫若曾以饱满的激情和倾慕之心写作《匪徒颂》,他将古今中外一切为人类发展和社会进步做出了巨大贡献的英雄人物视为真正的匪徒,大胆而真诚地进行讴歌礼赞。当然,作者以现代意识赋予了这些伟大的匪徒以崭新的价值意义。诗中赞美的匪徒都是不轨于正义的侠匪,他们离经叛道,反抗现存的统治秩序,颠覆既有的思想观念和价值体系,不怕暴力压制和流血牺牲,为全世界劳苦大众积极探求幸福之路。在郭沫若的价值视野中,这些世界大侠正是在侠义道指导下做出了石破天惊、旷古烁今的卓越的历史功绩。这曲不同凡俗的《匪徒颂》体现了郭沫若对侠文化精神的激情赞佩和理性诠释,这也是他本人情感世界和精神结构中对侠的钟爱与神往之情的自然流露与理性升华。就郭沫若个人而言,他从小就生活于一个侠风浓烈的环境当中,接受着当地淳朴民风的濡染和侠文化的影响,与侠结下了不解

之缘。

郭沫若的家乡乐山沙湾是土匪的巢穴,但这里的土匪有侠气,他就出生于这样一个匪气浓重且侠风烈烈的乡土环境当中。对于家乡土匪的"侠性",他描述道:"土匪的爱乡心是十分浓厚的,他们尽管怎样的'凶横',但他们的规矩是在本乡十五里之内决不生事。他们劫财神,劫童子,劫观音,乃至明火抢劫,但决不曾抢到过自己村上的人。他们所抢的人也大概是乡下的所谓'土老肥'——一钱如命的恶地主。这些是他们所标榜的义气。"①他们的义气实为一种做事原则或行为规范,在郭沫若看来,正是这种义气的存在,才使得家乡的土匪不同于一般的盗贼。但这种认识绝不是道听途说得来,而是有现实依据的。有一年,郭沫若家里采办云土的人从云南归来,在距家三十里远的千佛崖,十几担云土遭劫。但让人感到惊奇的是,事后的第二天清早,当郭沫若家里打开大门时,被抢劫的云土原封原样地放在门旁的柜台上。被抢劫的东西又送回来了,还附上了一张字条:"得罪了。动手时疑是外来的客商,入手后查出一封信才知道此物的主人。谨将原物归还原主。惊扰了,恕罪。"②还有一次,郭沫若随父亲去流花溪走亲戚,回来的路上遭遇盗匪,意想不到的是,匪首竟然向郭父下跪,感谢昔日救命之恩。这都是发生在郭沫若小时候的事情,土匪的行为给他留下了深刻的印象。这些打家劫舍、快意恩仇、劫富济贫、知恩图报、蔑视王法、放荡不羁的绿林强盗和山野土匪,尽管干着越货行劫的勾当,却被当时沙湾一带的一部分青年视为心中的理想人物,他们的勾当也被认为是豪杰行为。

郭沫若对土匪的义气和豪杰行为产生了认同感,对他们为世俗眼光所鄙夷的遭遇也深表同情:"一般成为土匪的青年也大都是中产人家的子弟,在那时候他们是被骂为不务正业的青年,但没人知道当时的社会已无青年们可务的正业,不消说更没有人知道弄成这样的是什么原因了。"③很显然,在郭沫若看来,并非每个人都甘愿做土匪,他将青年沦为土匪的原因归咎于不合理的社会制度。这也说明他认识和理解沦为土匪的青年,熟悉他们的情况。郭沫若家乡的土匪大都是普通人家的孩子,一些土匪头领如徐大汉子、杨三和尚、徐三和尚、王二狗儿、杨三花脸,都比郭沫若大不上六七岁,有的在小时候还和他一同玩耍过。杨三和尚最有名,他在十几岁时就成了土匪。小时候,在杨三和尚遭遇官差追捕的危急时刻,郭沫若和五哥掩护了他,才使他逃过一劫,这体现了郭沫若义救土匪的少侠风范。有一次,土匪头领徐大汉子被官兵逮捕装在笼子里押往嘉定城。杨三和尚带领手下弟兄丁途中将他抢劫下来,还杀死了一位陈把总。这件事把乡里闹得天翻地覆,杨三和尚也因此而出名,在江湖上扬名立万。后来,杨三和尚被官府抄了家,从此他就完全成了秘密社会的人。在郭沫若的眼里,杨三和尚是他小时候的好朋友,就好像《三国志》或《水浒》里面的人物一样,不仅反抗官府,而且仗义行侠。这是郭沫若家乡的侠匪和匪事。可以说,土匪是侠在历史演变过程中

①　郭沫若:《少年时代·我的童年》,《郭沫若全集》文学编第十一卷,人民文学出版社1992年版,第16页。
②　郭沫若:《少年时代·我的童年》,《郭沫若全集》文学编第十一卷,人民文学出版社1992年版,第17页。
③　郭沫若:《少年时代·我的童年》,《郭沫若全集》文学编第十一卷,人民文学出版社1992年版,第16页。

出现的一类人物，与强盗一样，都是侠之末流。土匪和强盗本身就是人们对其所处时代统治秩序不满而奋起反抗的产物，不可否认，他们因自身的局限而对社会发展产生了消极影响，但其劫富济贫、重义使气等侠义精神和义勇行为，仍会给社会发展带来积极的力量，具有不可低估的影响。在此意义上讲，郭沫若对侠义土匪充满了理解和同情。后来他在创作中歌颂世界上真正的匪徒，与他幼时形成的价值观念不无关系。郭沫若肯定的是匪徒们的反抗精神及其在人类历史变革和社会发展中所产生的巨大作用，毋庸置疑，这是他对传统观念中强盗和土匪的侠义精神进行改造的结果。

郭沫若的家族具有悠久的侠义传统，他的祖先最初背着两个麻布，离乡背井，跋山涉水，从福建移民到四川，可谓披荆斩棘，含辛茹苦。他的家族历经百年创业，终于在异乡立下了坚实的根基。郭沫若曾回忆说："我们的祖先是从福建移来的，原籍是福建汀州府宁化县。听说我们那位祖先是背着两个麻布上川的。在封建时代弄到不能不离开故乡，当然是赤贫的人。这样赤贫的人流落到他乡，渐渐地在那儿发起迹来，这些地方当然有阶级或身份的感情使地方感情更加强固化了。"①可见，郭沫若的祖先是作为流民而行走江湖，最终经过长途跋涉来到四川的。特别是祖父郭明德，为了生存，在外闯荡江湖，他和自己的兄弟即郭沫若的四叔祖曾一起执掌过沙湾的码头，为人豪爽耿直、任侠果敢、仗义疏财，在铜、雅、府三河一带远近闻名，有"金脸大王"的美誉。郭沫若的父亲自小就辍学入商，秉性耿直，慷慨大方，曾与盗匪结下了不解之缘。他的祖辈和父辈在乐山沙湾颇有威名，深受乡人敬重。对郭沫若幼年时代影响最深的是他的母亲。郭沫若的母亲杜邀贞出身官宦之家，其父杜琢璋是清朝的二甲进士，在贵州黄平州州官任上时，恰遇苗人造反，苗人攻破了黄平州，杜琢璋因为城池失守，不甘受辱，便以身殉节，同时还手刃了一个四岁的女儿，其妻谢氏和另一个六岁的女儿也跳池自尽了。当时，郭沫若的母亲刚好一周岁，在刘奶妈的仗义相助下，才侥幸脱险，历尽艰辛，终于在两年后逃回了四川。当杜邀贞向儿女们讲述这段悲酸经历时，郭氏兄妹都感到很光荣。②很显然，外祖父誓死不受屈辱的精神和奶妈舍生忘死而赴人之厄、救人之难的侠义精神在郭沫若的幼小心灵中留下了不可磨灭的印象。总之，祖辈们行走江湖的冒险经历、艰苦创业的自强精神以及节义好侠的人格风范自然会使郭沫若产生敬仰之情和自豪之感。郭沫若从小就生活于这样一个好义尚侠的环境中，他乳名文豹，学名开贞，号尚武，在出生的时候，他的脚先下地，迈出了"反逆者的第一步"③。家族好义尚侠的传统基因和家乡侠匪环境的浸染使得郭沫若养成了任侠尚力、重义使气、智勇双全的精神气质，这种侠义品格积聚内化为一种鲜明的个性特征和强烈的自觉意识，影响和塑造着他的人格精神与文化心理。

---

① 郭沫若：《我的童年》，《郭沫若全集》，文学编第十一卷，人民文学出版社1992年版，第15页。
② 郭沫若：《我的童年》，《郭沫若全集》文学编第十一卷，人民文学出版社1992年版，第18—19页。
③ 郭沫若：《少年时代·我的童年》，《郭沫若全集》文学编第十一卷，人民文学出版社1992年版，第17页。

二、少年时代:打抱不平,挥斥侠骨书生意气

　　郭沫若自孩童时代起就深受侠文化影响和侠文化精神的浸润,他的叛逆性格、个性解放思想和反抗精神的形成与侠文化的影响是密不可分的。他从小就爱打抱不平,喜欢义结金兰,为朋友两肋插刀,思想观念上歆羡仰慕历史上的侠客英雄,是响当当的一个侠义少年。从郭沫若自小就敢于反抗的叛逆个性和好打抱不平的侠义行为中可以看出,他在现实生活中就是一个与众不同的真正的"匪徒"。无论在学生时代,还是在投笔从戎的戎马生涯期间,郭沫若都表现出鲜明的独立人格、自由精神和强烈的复仇精神与反抗意志,尤其是金戈铁马的战争岁月进一步将他人格结构和文化心理中的侠文化精神熔铸提升为为国为民的侠义爱国精神与民族大义情怀。

　　1906年春,郭沫若离开家乡沙湾,进入乐山高等小学堂读书。读小学期间正值辛亥革命爆发前的黑暗混沌时期,社会动荡,新旧势力在殊死搏斗,这些社会现象在当时的新学堂里都有反映。这个小学堂是过渡时代的产物,新旧思想混杂,学生的年龄悬殊。这就使得郭沫若从小就接触到了一些复杂的社会矛盾和不公平的社会现实。在第一学期的期终考试中,郭沫若名列第一,这给那些老学生带来了极大的刺激,损伤了他们的尊严。老学生们在学校闹起了风潮,不仅擅自撕榜,而且强烈要求复查试卷,甚至诬陷、侮辱郭沫若,还逼迫老师帅先生改榜。最后郭沫若被扣了六分降到第三名,重新发榜,这场风潮才算平息下去。在这次事件中,肇事者没有被追究责任,而郭沫若却因在端午节曾请假数日回家被扣分降低名次。满足了肇事者的要求,却使无辜少年遭受屈辱和伤害,这种向肇事者妥协的处理方式显然是非常荒唐、不合理的。这件事给郭沫若造成了极大的伤害,成为他一生的"第一个转扭点",他不仅"开始接触了人性的恶浊面",更是"恨之深深",从此他"内心的叛逆性便被培植了"。① 这件事激发了郭沫若的反叛心理和复仇情绪,他开始以自己的方式发泄满腔的义愤和委屈。为了洗刷所遭受的耻辱,他专门反抗那些老学生们所惧怕的先生们。暑假过后,郭沫若来到学校,开始了反抗校长易曙辉——易老虎的侠义行为。有一次,他和几位小同学联合起来报复、惩治了曾闹风潮的那个贪吃霸道的徐老童生,易老虎知道后,不分是非曲直,当众打了一位小同学的耳光。郭沫若义愤填膺,当面指责易老虎野蛮。这个野蛮校长的非人道行为侮辱了学生的人格,激起了周围众多同学的愤慨。易老虎为了挽回面子,扬言要辞职。最终易老虎被挽留住了,几个学生被处分,郭沫若被记大过。经过这次反抗易老虎的斗争,郭沫若在同学中的威势完全树立了起来,成为学堂里的小领袖。为了极力摆脱小孩子气,学做大人的样子,郭沫若开始抽烟喝酒,反叛的个性朝向不良的倾向发展。尽管如此,他在期终还是考了个第二名。年假期间,郭沫若把《史记》读了一遍,《史记》中的《项羽本纪》《伯夷列传》《屈原列传》《廉颇蔺相如列传》《信陵君列传》《刺客列传》等都是他最喜欢读的文

---

① 郭沫若:《学生时代·我的学生时代》,《郭沫若全集》文学编第十二卷,人民文学出版社1992年版,第9页。

章,这些古人的英雄侠义生活也引起了他无上的倾慕。历史上的项羽、廉颇、蔺相如、信陵君都是任侠使气、尚力崇武的英雄,伯夷是古代有气节的高士,《刺客列传》和《游侠列传》中的曹沫、豫让、专诸、聂政、荆轲、朱家和郭解等都是趋人之急、拯世济难的侠客,作者司马迁本身也是一位义薄云天的儒侠。这些古代具有侠性、侠气、侠节的人物及其舍生取义、杀身成仁的侠文化精神为郭沫若所推重。这为他现实生活中的侠义行为增添了精神动力,做出了积极导引,同时对他的侠性心态和侠文化观念的形成以及后来的创作产生了重要影响。

1907 年春天,第三学期开学不久,郭沫若又遭遇了新的打击。学生要求恢复星期六半日休假制度,没有得到校方的批准,激起学生的义愤,闹起了罢课风潮。郭沫若是这次学潮的领袖人物,敢于斗争,反抗精神最强烈,遭到学校当局的斥退处分。这是郭沫若一生中第一次被学校斥退。在当时,斥退就是开除学籍,好比秀才被革成了白丁。但在郭沫若转到文昌宫小学时,却受到了该校师生的特别欢迎。他们久闻郭沫若的威名,同情他被斥退的遭遇,反对易老虎们的做法,便联名写信去质问易老虎并要求其收回成命。结果乐山高等小学堂要求郭沫若写了一道"悔过自新"的检讨书,他终得以返回学校。这件事让郭沫若再次感受和体会到了人性虚伪、卑劣和阴暗的一面。自从遭到斥退之后,他的反抗性情愈加向不良的方面发展。郭沫若心中满怀愤懑:"我纵横是破了脸的,管他妈的!"[1]他对学校更加不满,自己变得更加慵懒、放任,经常与不良少年一起喝花酒,逛胭脂巷,几乎陷入堕落的深渊。但郭沫若并未堕落下去,他以第三名的优异成绩考上了中学。毕业之际,他手持鞋子提起全身的力量将教室的两扇玻璃打破,一年来愤积的怒气终于爆发、宣泄了。"旧教育制度接二连三地往他身上泼污水,肆意摧残少年的天性,然而具有叛逆性格的郭开贞绝不认输。从高等小学堂甲班毕业照上,可以清楚地看到这个与众不同的倔强少年的身影。"[2]这个倔强少年留给人们的是一副昂首挺胸、气宇轩昂、大胆叛逆、勇于反抗的少侠风范。

1907 年秋,郭沫若升入嘉定府中学堂继续读书。这个中学堂也是过渡时代的产物,面对学校的现状,郭沫若非常不满,学习兴趣日益锐减,但心中的叛逆却与日俱增。他经常和校内校外的不良少年来往,抽烟、喝酒、闹戏场,过着一种放浪形骸的生活,成为学校有名的"八大行星"之一。郭沫若进入中学的第一学期,由于生活放荡,修身分数在二十五分前面还打了一个负号。当然,这种放荡生活是他的叛逆性格在负面上的反映。从正面意义来讲,郭沫若的叛逆性格一旦与现实的不满相结合,就会激出一种反抗精神和打抱不平、伸张正义的勇气。郭沫若和同学刘祖尧是换帖的结义兄弟之一,刘祖尧无辜遭到学校斥退,引起了郭沫若满腔的义愤,压抑很久的怒火像火山一样爆发了,他于醉酒后大骂监学丁平子,骂了足有两个钟头。丁平子恼羞成怒,以辞职来胁迫校长开除郭沫若。但这次打抱不平、伸张正义的事件使郭沫若深得部分老师和许多学生的理解和支持,丁监学斥退郭沫若的行为并未得

---

① 郭沫若:《少年时代·我的童年》,《郭沫若全集》文学编第十一卷,人民文学出版社 1992 年版,第 100 页。
② 龚济民、方仁念:《郭沫若传》,北京十月文艺出版社 1988 年版,第 11 页。

逞。这是一次正义的胜利。

在 1909 年中秋过后不久的一个礼拜天,郭沫若和几个同学要到萧公庙看戏,途中获悉在萧公庙的戏场里嘉定中学的学生和王爷庙的士兵发生了冲突,酿成了流血事件。当时郭沫若不在事发现场,他被推举为主持公道的学生代表,向学校情愿。校方与当地驻军谈判失败后,反而责备学生多事。这种欺软怕硬的行径激起了学生们的义愤,他们相率罢课以示抗议。于是,一场校外风潮演变成为校内风潮。校长回来后却不问青红皂白,斥退了八名学生,作为学生代表的郭沫若未能幸免,最残酷的是那位受伤甚重、平常十分驯良的学生也被开除了,记大过的学生有几十名。校长担心学生们要求继任者取消斥退,在斥退学生的那天下午,也就是新校长突然来接事但尚未办理交接时,他就把斥退的八个人禀报上去,通饬全省了。被斥退而又遭通饬全省,这就意味着学生从此不能再用自己的本名,甚至也不能在本省读书了,这对于学生是非常严重的打击。校长的报复手段,不仅断送了几位学生的前途,还葬送了一位同学的性命,可谓毒辣至极。按照惯例,每次闹事,凡是当代表的学生总是要受到斥退的处分。这次学生与士兵之间发生的流血事件,郭沫若是局外人,却能挺身而出,冒着被开除的危险,作为学生代表与校方交涉,向当地驻军讨还公道。这本身就是一种伸张正义的侠者行为。

三、青年时代:豪气干云,张扬革命侠义精神

这个不公平的斥退事件更加激发了郭沫若的反叛性格。被嘉定府中学堂开除后,他决定远走高飞,寻求别样的生活。1910 年早春二月,郭沫若离开乐山到达成都,成为四川高等学堂分设中学堂丙班即三年级的插班生。1911 年初,国会请愿风潮波及巴蜀大地,成都学界立即响应,郭沫若作为学生代表积极参加号召学生罢课的斗争。分设中学堂要求郭沫若做个榜样带头复课,参加期终考试。郭沫若断然拒绝,不愿做破坏爱国运动的罪魁。这再次体现了他的反叛精神,结果被学校斥退。好在不久,郭沫若的大哥回到成都,分设中学堂聘请大哥做法制经济的兼职教习,这样他又回到了分设中学。郭沫若遭斥退均源于学生闹事,而这次闹事与前两次有质的不同,"在乐山小学遭了斥退,是因为要求礼拜六放假;在嘉定中学又遭了斥退,是因为在会馆里看戏学生和营防斗殴。都是一些百无聊赖的事"。[①] 如果说前两次闹事遭斥退是少年郭沫若基于维护正义、打抱不平的原始血性冲动的后果,那么这次闹事被开除则是青年郭沫若关心国家大事、捍卫国家利益的现代理性抉择的结局。此时的郭沫若在革命大潮中,早已深受时代气息的濡染,主张革命,反对保皇,非常崇拜邹容、徐锡麟、秋瑾、温生材和黄花岗七十二烈士,崇拜一切活着的革命党人,深信只有他们才能够拯救多灾多难的中国。他已经从一个义薄云天、放荡不羁的少年成长为一位豪气干云、为国为民的青年了。

---

① 郭沫若:《少年时代·反正前后》,《郭沫若全集》文学编第十一卷,人民文学出版社 1992 年版,第 207 页。

1911 年 6 月,郭沫若参加了四川保路同志会成立大会,会后参加了示威游行,为了保护民众利益,他还参加了学生志愿军,以昂扬的斗志和积极的姿态直接参与现实的反帝反封建的斗争。随着四川保路运动的迅速发展,置身于斗争中的郭沫若越来越清醒地认识到社会的黑暗、政治的腐败和民生的疾苦,他的叛逆性格和反抗精神也越来越鲜明而强烈。10 月10 日,武昌起义爆发。它的成功,大力推动了全国革命形势的迅猛发展,各省纷纷起义,先后宣布独立。辛亥革命的胜利使郭沫若欣喜若狂。在四川宣布独立前夕,他就和分设中学的同学剪掉了辫子,并带领同学们把校长都静阶那条养尊处优惯了的辫子也剪掉了。这充分体现了郭沫若的革命意志和反叛精神,使他在拯救民族危亡的革命事业中平添了豪迈不羁的侠气。

郭沫若由于亲自经历了四川的革命运动,对革命的新气象充满了无限欣喜,对光明的未来也满怀着希望和美好的憧憬。但四川的光复和全国一样,并未建立起真正的革命政权,辛亥革命后军阀专政的混乱时局使郭沫若陷入迷惘,感受和体验到失望的痛苦。经历了辛亥革命运动洗礼的郭沫若,并没有因此而走向颓唐、堕落,而是对社会有了更加深刻的认识和思考,开始重新设计自己的人生道路。1913 年郭沫若初出夔门,怀着实业救国、富国强兵的理想,远渡日本留学,选择学习医科,立志以医学来拯救祖国。但急剧动荡的国内时局,无时不在震动着年轻人的心灵,激发他们的爱国热情和民族大义。1915 年 1 月,日本帝国主义提出灭亡中国的"二十一条",企图把中国变成日本的殖民地,逼迫北洋政府承认,并于 5 月7 日发出最后通牒,限四十八小时答复。这激起了海内外华人的强烈义愤。为了抗议袁世凯对日本卑躬屈膝的倒行逆施行为,此时的郭沫若毅然回国,愤慨地写下了一首诗,末尾两句为"男儿投笔寻常事,归作沙场一片泥"[1],充分表达了他准备投笔从戎,报效国家的决心和意志。1919 年 1 月,作为"一战"战胜国的西方列强召开了分赃的巴黎和会,会议上"山东问题"闹得甚嚣尘上,这激起郭沫若极大的愤慨,他毅然写下了小说《牧羊哀话》,文中诗《怨日行》写道:"安得后羿弓,射汝落海涛?安得鲁阳戈,挥汝下山椒?羿弓鲁戈不可求,泪流成血洒山丘。"[2]表达了郭沫若强烈的反帝爱国情怀。巴黎和会上中国外交的失败直接导致了"五四"运动的爆发。这场彻底反帝反封建的革命浪潮激起郭沫若强烈的民族义愤和爱国热情,当时他和几位留日同学联合起来组织了一个抗日团体——夏社,专门把日本各种报纸杂志上有关侵略中国的言论和资料搜集起来,译成中文后投寄给国内各学校和各报馆,从事着抗日爱国的宣传工作。

四、中年时代:投笔从戎,彰显民族大义情怀

更为人称道的是,1926 年 7 月,郭沫若投笔从戎参加了北伐。在这场意在推翻军阀统

---

① 郭沫若:《学生时代·创造十年》,《郭沫若全集》文学编第十二卷,人民文学出版社 1992 年版,第 41 页。
② 郭沫若:《残春及其他·牧羊哀话》,《郭沫若全集》文学编第九卷,人民文学出版社 1985 年版,第 11 页。

治、拯救民族国家的北伐战争中,郭沫若出任国民革命军总政治部宣传科长兼行营秘书长,为国赴难,九死一生。郭沫若不再是一个单纯的文人,他走上了一条与当时绝大多数知识分子不同的道路。北伐期间,郭沫若曾拒绝过蒋介石的拉拢,面对高官厚禄的允诺不为所动,彰显出一个现代知识分子的侠骨气节。其实早在蒋介石发动"四·一二"反革命政变之前,郭沫若就已经洞察了他阴贼险狠的背叛革命的罪恶本质。1927年3月31日,郭沫若义愤填膺,奋笔疾书,写下了讨蒋檄文《请看今日之蒋介石》,对蒋介石屠杀共产党员和革命群众的暴虐行径和反革命本质进行了大胆揭露与无情批判,公开反对蒋介石,以此宣告与蒋介石彻底决裂。在这篇义正词严、充满革命正气的檄文中,郭沫若旗帜鲜明地指出:"蒋介石已经不是我们国民革命军的总司令,蒋介石是流氓地痞、土豪劣绅、贪官污吏、卖国军阀、所有一切反动派——反革命势力的中心力量了。"①号召革命同志和一切革命的民众迅速起来反抗蒋介石,打倒蒋介石,消灭蒋介石,宣布他的死罪。这篇讨蒋檄文公开发表后不久,蒋介石就下达了对郭沫若的通缉令。郭沫若为了革命正义事业而不畏权势,敢于反抗,重义轻生,视死如归,可谓义勇之举。在国民党右派彻底叛变革命之后,郭沫若更加坚定了革命信念和反抗精神,当他获悉南昌起义爆发后,便义无反顾地直奔南昌,走上了武装反抗国民党统治的革命道路。正是这种胸怀民族大义的侠者气度,激发了郭沫若的革命尚武精神,不仅走上了戎马救国之路,而且能够明辨忠奸、维护正义。

作为一个义薄云天的戎马文人,郭沫若非常重视现实中挺身而出、拯世济难的义勇行为。1935年10月,郭沫若应东京中国青年会邀约去做公开讲演。在讲演的那天,前两排都坐满了日本的便衣警察,这就是使郭沫若怀着戒心的很熟悉的"眼睛"——日本刑士。在发生骚乱的时候,最先是杨凡和朱洁夫两位挺身而出保护了郭沫若。杨凡和朱洁夫都于1930年代初期赴日留学,当时都是中国留东同学会负责人之一。郭沫若对他们的义勇行为非常激赏,他回忆道:"他们的勇敢、敏捷、不顾危难的侠情和友谊,在我是深深地铭感着的。"②1936年郭沫若为杨凡的高尔基《文学论》中文译本作序时回忆了这件事,并将序文的题目定为《侠情和友谊的纪念》。卢沟桥事变爆发后,中国的全面抗战开始,郭沫若挺身而出,再度投笔从戎,勇赴国难,出任国民政府军事委员会政治部第三厅厅长(后改任文化工作委员会主任),领导全国的抗战宣传文化工作,以实际行动从事抗日救国大业。抗战期间,郭沫若写下了许多慷慨激昂、侠义爱国的壮丽诗篇。他的抗战诗《铭刀》写道:"刀征壮士魂,铁见丈夫节。蘸血叱龙蛇,草檄何须笔?"③《南下书怀四首》更是慷慨陈词,其中第一首写道:"圣凡同

---

① 郭沫若:《革命春秋·请看今日之蒋介石》,《郭沫若全集》文学编第十三卷,人民文学出版社1992年版,第129页。

② 郭沫若:《集外·侠情和友谊的纪念——高尔基〈文学论〉序》,《郭沫若全集》文学编第十六卷,人民文学出版社1989年版,第223页。

③ 郭沫若:《汐集·铭刀》,《郭沫若全集》文学编第二卷,人民文学出版社1982年版,第399页。

一死,死有重于山。舍生而取义,仁者所不难。"①他在《前线归来》中更是表达了"江山无限好,戎马万夫雄"②的豪情壮志。这些诗歌无不铿锵有力、慷慨激昂,充分表达了作者为拯救民族危亡而慷慨赴难、视死如归的民族大义情怀,体现了他热血报国的义勇精神。同时,为了积极配合抗日救亡的时代使命,郭沫若选取和运用历史上的侠义题材创作了抗战史剧。难能可贵的是,他以现代意识并结合时代精神重新审视历史上的侠义人物及其行为,寻求历史故事和抗战事件的相似性,对侠文化进行了现代性改造和创造性转化,认同和张扬侠文化精神,揭露和批判国民党反动派投降卖国与破坏抗战大局的罪恶行径,极大地鼓舞了全国军民的抗战斗志和反抗精神。在国家危难之际,郭沫若立场坚定,态度鲜明,疾恶如仇,勇赴国难,视死如归,义无反顾,充分体现了一位抗战志士的侠义爱国精神和民族大义情怀。

结 语

综上所述,郭沫若的一生深受传统侠文化的影响和侠文化精神的浸润。在现实生活中,从打抱不平的少年时代到从军报国的戎马生涯,无不体现了他的叛逆性格、复仇情绪、反抗意志和爱国精神;在文本世界里,从他自称一介"学匪",立在地球边上放号要把地球推倒的豪情意气,到热情讴歌礼赞仁道爱国、舍生取义的英雄气概,无不彰显出他拯世济民、心系天下和铁血报国的民族大义情怀。

可以说,从少年郭沫若的挥斥书生气到青年郭沫若的革命侠义情,再到中年郭沫若的戎马逞英豪,呈现出一个现代知识分子侠义爱国、拯世济民的生命轨迹。在这个生命历程中,郭沫若所表现出来的反抗专制压迫、追求民主自由、维护正义公道和打破旧秩序、建设新世界的叛逆精神与民族大义情怀,与古代游侠敢于自掌正义、挑战威权和捍卫社会公道、社会正义的侠义精神与道义理想,是一脉相承的。我们既要寻求现代作家与传统侠文化的精神关联,同时也要认识到"当今对中国传统文化的再发现再评价极其必要,但是再发现再评价也要坚持'推陈出新''古为今用''除其糟粕,取其精华'的态度"。③ 因此,在新时代语境下,必须坚持中国本位文化立场,对传统侠文化进行"再发现再评价",为当前文化建设和人的发展提供丰富的精神资源与价值参照。从这个意义上讲,以侠文化为视角来重新观照和再度评价郭沫若的侠义人生,具有重要的理论价值和积极的现实意义。

---

① 郭沫若:《汐集·南下书怀四首》,《郭沫若全集》文学编第二卷,人民文学出版社 1982 年版,第 412 页。

② 郭沫若:《革命春秋·归去来·前线归来》,《郭沫若全集》文学编第十三卷,人民文学出版社 1992 年版,第 446 页。

③ 朱德发:《以比照视野重探胡适的人本文学观》,《山东师范大学学报(人文社会科学版)》2016 年第 4 期。

如何损害？ 如何悲剧？
——重读《离婚》

程小强 *

（西安外国语大学 中国语言文学学院，西安 710061）

内容摘要：《离婚》作为《彷徨》集收官之作，其所塑造的被侮辱和被损害的爱姑形象较鲁迅以往小说人物形象更显复杂，成为辛亥革命及至"五四"以来女性解放受挫的又一典型。历来研究者对此多有发见，但亦持守着深刻的偏见，对一些关键情节的忽视，使得误读在所难免。如爱姑和父亲庄木三在赴庞庄的水道上，两位信佛老太的念佛声最接近作者"及时止损"的规劝希冀。《离婚》表面看来具备鲁迅部分小说写作的轻喜剧特征，而深入体察爱姑命运之后不难发现其大悲剧处，小说的貌似封闭实则开放的结尾更是强化了这一美学价值。鲁迅直面 1920 年代东南沿海乡村治理危机及反历史化的解决之道，赋予了《离婚》深层价值。

关键词：《离婚》；爱姑；悲剧；乡村治理

- -

一

鲁迅的短篇小说集《彷徨》起于《祝福》终于《离婚》，《祝福》对辛亥革命以来中国乡村人事命运的考察在《离婚》中得以重申，此类乡村女性被侮辱与被损害的叙写再现了启蒙时代重建现代人生的艰难。就具体研究而言，对包括《离婚》在内的鲁迅部分小说解读上，各种阐释如思想启蒙的悲剧说、辛亥革命的不彻底论，再到"理"与"礼"的二律悖反说，都抵达了《离婚》思考女性命运的片面深刻，至于"无主名无意识的杀人团"为代表的外部人事环境的悲剧归因法，仍欠缺对爱姑的悲剧发生学与动力学做出细致周密又合情合理的考察。又如爱姑和父亲庄木三赴庞庄的水道上，"两个老女人"的念佛声从未受研究者关注。以鲁迅行文绝

---

* 作者简介：程小强，文学博士，西安外国语大学中国语言文学学院副教授。

基金项目：2019 年度国家社科基金一般项目"中国现代虚无主义文学思潮研究"（19BZW137）的阶段性成果；"西外学者"（中青年拔尖人才）支持计划。

少闲笔的特点,为何会出现意义模糊的声音? 鲁迅要借佛事佛语表达什么? 再如多年来的研究一再误解爱姑且偏离文本重心,过多地纠缠于爱姑同意离婚与否。至于《离婚》到底是一部悲剧还是一部轻喜剧,多年来的评价翻来覆去,实则缺乏对鲁迅小说写作的连贯考察以及相应文学意义的认识。作为批判现实主义经典《彷徨》集的收官之作,《离婚》继续使用《呐喊》《彷徨》集中的气若游丝又一息尚存的以貌取人式讽刺,对此如何给予合情合理更合乎人生实际的评价。这必然对文本的再解读提出更为质实的要求,一些重要细节必须被发现而非选择性忽略。

首先辨析一个一直流行的命题——几乎所有研究者都认为爱姑不同意离婚,认为其大闹只是为了返回夫家。[1] 这就大错特错了。如果爱姑想回到夫家,她肯定会在不离婚框架内选择最容易下的台阶来解决矛盾,庄施两家之间的大闹意义无处体现,经济索赔和拆灶行为的动机更将无解。如多位论者认为庄木三带六个儿子拆亲家灶的行为兹事体大影响恶劣,在此情境下,爱姑回到夫家哪来好结局? 所以爱姑直言"不贪图回到那边去"是可信的。庄木三与爱姑大闹夫家的原因为爱姑丈夫姘居的是一个小寡妇,以一般乡土中国社会传统而言,寡妇的道德地位肯定低于爱姑这样明媒正娶的女子,爱姑丈夫纳寡妇是爱姑的重耻,纳寡妇继而不要爱姑是耻辱的升级。最具耻辱感的是,连家境本不宽裕且武斗实力弱于庄木三的公公也斩钉截铁予以支持。这必然激起在本村以至更大范围如沿海地区都颇有名声的庄木三的斗志,耻辱尤其坚硬,坚硬的耻辱只有通过强有力的打击才能洗刷,所以庄木三选择了拆灶这一带有侮辱和打压生存尊严的行为。饶是如此,施家父子也坚决要同爱姑离婚。一场离婚"已经闹了整三年,打过多少回架,说过多少回和,总是不落局"确乎属实,只是闹了三年一直打架应有庄木三故意扩散影响的因素。于庄木三而言,一是借儿子多可大肆打闹以挽回颜面洗刷耻辱,进而维护可能发生动摇的乡村能人地位。小说开篇时众乡邻"捏着拳头打拱"与让座行为就是其地位没有受损的标志,至于庄木三说"这真是烦死我了"只是一个修辞,除了打架确实很烦人外还有一点得了便宜仍卖乖的心理,他不想打架当然没人逼。二是从后来庄木三乐见多得一点赔偿金的贪钱来看,爱姑做寡妇后庄木三不仅可拿赔偿,且日后爱姑像祥林嫂一样再嫁时庄木三可收彩礼,可谓好事成双。所以,此番僵持的目的不是不离婚,而是爱姑要出完所有恶气,庄木三乐得既挣面子又得钱,二人诉求虽有错位但都各怀心思谋求僵持。至于长期以来研究者对这一问题的纠缠,仍源于对鲁迅创作意图理解得不透彻。鲁迅将爱姑放到乡村宗法制仍在起作用的大环境下,着重考量的是一个被离婚的女性在身受侮辱与损害之际的必要但又徒然抗争的悲剧及成因。所以,除了乡民八三之外,爱姑和所有参与此事的众人关注的焦点不在离与不离,而在如何离,这也是文本的

---

① 如多位研究者认为:"她并不想与夫家闹离婚,而是想争得自己'做媳妇'的位置,也就是为'做奴隶而不得'去讨个理由。"(王本朝:《回到语言 重读经典》,广西师范大学 2017 年版,第 254 页)"爱姑内心应该是不愿离婚的,因此仍寄希望于调解说和。"(刘冬梅、宋剑华:《〈离婚〉:"精英"与"庸众"的直接对话》,《河北学刊》2017年第 4 期)

重心所在。

二

鲁迅小说在叙事学上有着诸多重要贡献,其中受西方小说影响的场景结构是现代小说新范式确立的重要标志之一。《离婚》将所有的故事发展、矛盾解决、人性呈现包括行动上的抗争与妥协全部置于场景结构内,使短篇小说的形式组织有效地推动了叙事,"技巧圆熟"绝非虚言。《离婚》由两个场景组成:一是庄木三和爱姑从木莲桥头赴庞庄时的船舱内场景,二是七大人在庞庄的慰老爷家中为庄、施两家主持最后一次调解。借助德国学者哈贝马斯的公共空间理论,《离婚》的这两个场景具备完整意义上的公共空间要素,且形成了充分的公共舆论,鲁迅的写作意图以及对爱姑性格的塑造,均通过爱姑主导/参与公共舆论来完成。在第一个场景中,人物中心和事件中心合二为一,所谈离婚事件的舆论走向以爱姑的认知喜好为准,爱姑对舆论具备完全操控能力。在第二个场景中,人物中心和事件中心分裂,七大人借助威权走向人物中心,爱姑离婚事件继续成为事件中心,人物中心决定事件走向。在这个场景中,七大人掌握了离婚事件的舆论主导权,爱姑与七大人及施家的冲突表面看来是爱姑对七大人主导公共舆论的质疑,深层则是爱姑破坏现有宗法秩序与七大人的努力维护的冲突。不凑巧的是,爱姑越过物质赔偿,力图质疑甚至否定维持中国封建乡村结构稳定近两千年的治理体系,在小说中表现为想讨一个说法出一口恶气且不依不饶、死磕到底。进而言之,爱姑所闹既是质疑一个不良家庭,更是借助乡村婚俗的合礼性质疑被施家父子"离婚"时所依据的封建男权中心的合理性。所以,当仅仅代表乡村治理合理性的慰老爷无法平息事态之际,只得请出代言现代法理的七大人来弥补乡村治理的合法性不足,继续维护封建宗法制为主的乡村治理体系。牺牲一个自身问题多多的乡村下层女性的利益且无须付出多少代价,就可化解乡村公共生活危机而复归平静,诚为七大人与慰老爷有效实施乡村治理的合情之举。

小说的第一个场景是爱姑与父亲庄木三由木莲桥头乘船同赴庞庄参加最后一次离婚调解会。庄木三与爱姑甫一登船,船客争相问候庄木三父女,接着让出四人座位,而庄木三同爱姑毫不客气就座。庄木三在乡村中的地位于此可见一斑,如乡邻八三稍后陈述"去年我们将他们的灶都拆掉了",按照小说情节,是庄木三带了六个儿子去毁了亲家的灶,并不包括外人八三,八三所言"我们"就有套近乎之嫌。另,庄木三所持长烟管的描写并非如部分论者所言的无意义,长烟管吸烟耗时费力,可吸烟者明显享受这个过程。长烟管看起来也更神气一些,烟雾可以吐纳得更久。庄木三好用长烟管也源于他平日生活较为闲散,因为他有六个儿子可以分担各种杂事活计。闲散的另一意义在于,为了爱姑离婚事件,庄木三可以不厌其烦地与亲家进行两三年之久的拉锯战,施家则没有相应的人丁及时间优势。

一切坐定之后,一场断断续续的对话开始了,船舱作为一个公共空间,公共舆论就此生成。八三首先发言,他一方面和庄木三父女套近乎,一方面积极为庄木三父女分析当前形势:一是城里来的七大人介入此事,证明此事影响范围持续扩大。从七大人的身份看,七大人据持威权为爱姑和众乡民所畏惧,而七大人介入让事件不利于爱姑与庄木三。二是目前庄木三一家的行为已经够过分了,拆掉亲家灶是个标志——此事发生前,一口恶气没有出完,此事发生后,一口恶气应该能出完了,这是八三对事件的客观评判。三是爱姑即使("况且")回到施家继续做儿媳妇,"也没有什么味儿……"这里的"味儿"指的是好滋味。八三有个潜台词,你庄木三如此坚持闹,即使爱姑回夫家去了,也没多大意思,八三理性又委婉地表达了劝离不劝和的看法,爱姑对此劝解明显不满意,她认为八三误解了自己:"'我倒并不贪图回到那边去,八三哥!'爱姑愤愤地昂起头,说,'我是赌气'。"①八三的思维明显停留在爱姑愿不愿意离婚的问题上,爱姑的"愤愤然"源于对八三误认为自己大闹只是想再回夫家继续做媳妇而不得,而爱姑实际上在被离婚之后明显未考虑返回施家,只是考虑在离婚既定情形下如何将恶气出足。不同于中国传统女性身具的逆来顺受、任劳任怨、善良纯厚、温良恭让等普遍品性,爱姑争强斗狠的性格豁然而显,其坚持将恶气出到底的原因,可从爱姑的成长与生活环境来分析。小说对爱姑有限的几处描写如钩刀脚显示其在辛亥革命以来有过放小脚经历,六个兄弟而无姐妹暗示其成长环境多见好斗、勇猛、剽悍、抗争等男性化风格,爱姑也确实具备相当的男性气质。至于母亲从未出场,可能的解释有二:或在家中无地位,或因养育子女多耗损身心已亡故。总之,爱姑缺少一般母亲对女儿的母性滋养,言谈举止粗俗、形象气质差与缺少女性美尤其瞩目。如对丈夫和公公处处以"小畜生""老畜生"相称,随意随性粗野成风且毫不避讳,庄木三并无劝阻和制止证明其早已适应。这都无疑坚定了施家父子宁可选择一个懂事的寡妇也要休掉爱姑的决心。以鲁迅对小人物命运的一贯观察法,其不可能一味地将人物悲剧归因于各种外部因素,所以此番毫不避讳地呈现爱姑的缺陷,就合乎鲁迅对悲剧人物命运的认知了。

从离婚事件的进程看,丈夫找了个小寡妇借机要同爱姑离婚,公公全力支持。在此后的申诉中,爱姑一直强调自己是按礼仪明媒正娶进施家的,所以自己被离婚是夫家的错,且又因被一个小寡妇替代了位置而倍加受辱。在爱姑的简单推理中,她既知已无法挽回婚姻,必然为挽回颜面而无休止大闹。所以爱姑认可慰老爷所言"走散好"的建议,也同步否定了慰老爷只将事件止于和平离婚的维稳努力,慰老爷的调解宣告无效。无效源于慰老爷作为一般村镇士绅只能在宗法制乡村的合理性与合礼性框架内予以调解,面对爱姑基于合礼性考量的大闹行为必然束手无策。当启蒙行进艰难、现代革命远未兴起之际,乡村宗法制暂未退出历史舞台,其作为乡村治理的结构性缺陷必然要得到弥补,也就引出了七大人的出场。

至于胖子汪得贵,可看作一类乡村看客。鲁迅小说叙事中"百无聊赖"的看客形象尤为瞩目,无聊看客每每将别人的灾难当作娱乐,汪得贵无疑属于"百无聊赖"的看客团成员。汪得贵的发言有两层意思:一是庄木三名望高且威名远播至沿海地区,二是庄木三谁都不怕。

① 鲁迅:《离婚》,《鲁迅全集》(第2卷),人民文学出版社2005年版,第149页。

这明显就是吃瓜群众不嫌事大。这类不怀好意的恭维反而正中爱姑下怀,坚定了爱姑继续死缠硬磕的信心:"要撇掉我,是不行的。"实际意思是:"要这样撇掉我,是不行的。"因为撇掉意味着事情结束,且只有垃圾才被称为撇掉,爱姑显然无法容忍自己像垃圾一样被撇掉,所以她坚持要"闹到他们家败人亡!""七大人也好,八大人也好"意为任何劝解无效。对于爱姑的诉求,一听到可获赔偿就"头昏眼热"了的庄木三明显不支持,一句"你这妈的!"内涵丰富:爱姑惹得父亲颜面尽失,又一再纠缠于出恶气而不考虑实惠;爱姑一直将事情做绝,从来不知道中庸一点,让人无台阶可下,这对面子也要、实惠也要的庄木三而言就大为厌烦。汪得贵对知书识礼之人一定讲公道话做了一番言之凿凿的研判后,让主导公共舆论的爱姑更忘乎所以了:

> 爱姑瞪着眼看定篷顶,大半正在悬想将来怎样闹得他们家败人亡;"老畜生","小畜生",全都走投无路。慰老爷她是不放在眼里的,见过两回,不过一个团头团脑的矮子;这种人本村里就很多,无非脸色比它紫黑些。①

爱姑也只有这点不计后果的盲动了,这为后来突然跌落的"反高潮"叙事埋下了伏笔。至于小说中向来未为论者所注意到的两处细节描写则极富意味:"船便在新的静寂中继续前进……前舱中的两个老女人也低声哼起佛号来,她们撷着念珠,又都看爱姑,而且互视,努嘴,点头","船在继续的寂静中继续前进;独有念佛声却宏大起来;此外一切,都似乎陪着木叔和爱姑一同浸在沉思里"。② "互视,努嘴,点头"是两位信佛老太对爱姑离婚事件的无声介入,她们身份卑微而不便坦言,"互视"表示心有契合而欲有表达,"努嘴"一词在不便表达之外内含否定之意,大概意思是看看她就这德性,"点头"表示认知一致而心领神会。哼起佛号、念佛声宏大起来令人遐想,此刻念佛是为给予凡俗人事一点启示与规劝。佛讲冤家宜解不宜结、渡人渡己、出脱空华,佛也讲放下屠刀、立地成佛及得饶人处且饶人,佛最反感在俗人俗事上一念执着,可爱姑就一念执着。静寂向来是思考人生的契机,思考意味着会让未来的行动更富理性,可对爱姑来说无异于对牛弹琴。在《离婚》的复调叙事中,要说哪一个声音最接近作者的声音,无疑就是这段规劝,但很显然也是最无效的声音,复调叙事的分裂特征明显。

这是小说的第一个场景,其间公共舆论的形成是由众船客围绕爱姑离婚事件的态度构成,随着爱姑断然拒绝八三合情合理的和平离婚建议而继续与夫家死磕,表面上的舆论杂音全部消失。《离婚》将爱姑置于一个复杂环境下考验其做出抉择的能力,而爱姑由此暴露出的浅薄、幼稚、不理性、欠成熟、冲动都必然决定了离婚事件的走向及自身的悲剧命运。

---

① 鲁迅:《离婚》,《鲁迅全集》(第 2 卷),人民文学出版社 2005 年版,第 151 页。
② 鲁迅:《离婚》,《鲁迅全集》(第 2 卷),人民文学出版社 2005 年版,第 150—151 页。

三

汪得贵投爱姑所好,全面肯定了爱姑和其父亲庄木三的威势,为其即将做出的抗争努力增添了相当勇气,第二个场景被顺利带出。在这个场景中,七大人为代表的威权中心与事件中心上的爱姑离婚事件并置,人物中心决定事件中心的①叙事设计从形式上决定了爱姑必然遭遇损害与侮辱。

爱姑对公共舆论的控制在第二个场景中瞬间失效进而遭遇人生悲剧,是其与制度、人心与权谋全面对抗后的必然结局,可从三个层面考察:一是阶级之别。在迈进慰老爷家大门时,最先出现的是地位至少不如自己的众船夫与长年,可"爱姑不敢看他们",这源于慰老爷家中人多势大的威严感,是伙计们的主子慰老爷及未出场的七大人的威慑力在起作用。在稍后的叙述中,小说不断强化爱姑明晰的自我阶级定位,并处处流露出自惭形秽与自愧不如的弱者心态,此类地主阶级与农民阶级的差别确乎无法克服。稍后七大人以知晓新的法权体系的城中大人物身份出场②,加上身体健康、衣着光鲜、满面油光的众帮凶们对七大人的维护更给予爱姑以重压,连极其荒唐的把玩"屁塞"行为都受一个群体呼拥。把玩"屁塞"是一个群体精神劣化的写照,是一个利益共同体无条件无底线的拥抱,也是一个金字塔式的奴化权力结构的生动写照,此番拥护强化了七大人威权之威。所以爱姑此时面对的不是一个具体的七大人,而是一个威权力显赫的阶级。二是父亲庄木三的复杂表现。吴组缃先生认为庄木三参与爱姑离婚事件有三大好处:"显示自己的威势""维护自己的体面""为了要更多赔贴的钱"③。前已述及,庄木三带领六个儿子打砸施家是为洗刷耻辱,可在旷日持久的拉锯战中,庄木三疲态已显而有意尽快了结此事,尽可能多拿点补偿,所以打官司和拼命的想法只是爱姑的一厢情愿。此次庄木三携带红绿帖而非六个儿子前来的原因在于庄木三的调解预期,适逢七大人做主为爱姑方多争取了十块钱的补偿后望向庄木三而速获允肯即合情合理,爱姑也在迟疑中明白了父亲的真实想法,方"觉得事情有些危急了"。至此,爱姑孤身一人与一个团体抗争,坚持出恶气的诉求已不可能实现。三是爱姑的抗争依据只是必要条件。如陈述自己十五岁嫁入施家后的付出及并不太严重的家暴:"我要细细地对七大人说一

---

① 人物中心和事件中心的分离意味着爱姑的命运由他人主宰,但并非这类"上城体验":"由于'城里的七大人'的到来,慰老爷家的客厅成为一片'城市'的'飞地'——尽管它不在'城里',但步入这个客厅的爱姑却感知到了'上城'的体验。"(李哲:《〈离婚〉:"城乡交错"的空间与乡民的"个人"自觉》,《中国现代文学研究丛刊》2020年第4期)此类反差更多地源于一个新的公共空间和公共舆论的形成,且不由爱姑操控而已。

② 有论者认为七大人是以市镇权威对乡村权力的结构性压迫与侵入,这一认识也符合一般乡村民众对现代城市在法与理层面上的想象(参见李哲的《〈离婚〉:"城乡交错"的空间与乡民的"个人"自觉》一文的论述),但如果借此将七大人对爱姑的弹压看成"城乡"二元结构的呈现则言过其实了,因为七大人并不代表官方,而是代表一种新的社会治理认知,七大人能够在乡村起作用源于乡村地主慰老爷等人的支持,所以七大人在小说中对爱姑更多的是以新知新见施以欺诈与恐吓。

③ 吴组缃:《说〈离婚〉》,《吴组缃文选》,北京大学出版社2010年版,第200页。

说，从十五岁嫁过去做媳妇的时候起……"①这些举例欠缺说服力，施家和爱姑的家庭一样并非小康，诸多大小事务需亲力亲为，有所疏失而挨打受骂在男权中心时代并不鲜见。此处的省略号或意味着爱姑认为自己所受苦难之多，或更暗示此类苦难只是一般家庭对待女性的惯常之道，真要抖出几件苦大仇深的冤屈来并非易事。如稍后的勇敢倾诉也仅限于一般日常闹剧："那年的黄鼠狼咬死了那匹大公鸡，那里是我没有关好吗？那是那只杀头癞皮狗偷吃糠拌饭，拱开了鸡橱门。那'小畜生'不分青红皂白，就夹脸一嘴巴……"省略号在停顿之外凸显无证可举的窘迫。所以爱姑接下来选择升级自身遭受冤屈的程度，即痛斥丈夫道德败坏而"着了那滥婊子的迷"。当然，此类污名化的道德审判本不合乎事实，爱姑于是直接抬出自己明媒正娶的身份。饶是如此，爱姑发现还是无法撼动威权体系，无法争取到七大人替自己做主。于是爱姑以自己仅有的想象，陈述日后外出打官司和拼命的可能以对抗七大人，闹剧感十足。七大人此时甫一开口，所言处处封死爱姑的想象：

> "那倒不是拼命的事"，七大人这才慢慢地说了。"年纪青青。一个人总要和气些：'和气生财'。对不对？我一添是十块，那简直已经是'天外道理'了。要不然，公婆说'走！'就得走。莫说府里，就是上海北京，就是外洋，都这样。你要不信，他就是刚从北京洋学堂里回来的，自己问他去。"于是转脸向着一个尖下巴的少爷道，"对不对？"②

这段话有两层内涵：一是七大人顺延慰老爷的和平离婚主张，为爱姑多争取了十块钱的赔偿本为息事宁人，"和气生财"一词满带反讽与戏谑感，七大人发现庄木三如此爱钱，那就多给你一点打发了就好。二是爱姑外出打官司的想象彰显了她对以慰老爷、七大人为代表的乡村治理体系的质疑与反抗，七大人利用不断强化的威权否决了爱姑的抗争，阻滞了辛亥革命时期以来乡村社会治理走向现代法治化的可能。爱姑此时决定放手一搏做最后抗争，其慌不择言而近乎泼妇骂街，"钻狗洞，巴结人"的恶语相向与夫家的克制形成鲜明对比，爱姑的行为加重闹剧因素，甚至具备一点轻喜剧特征。七大人于此只稍施伎俩以欺诈手段而鼓动威严就再次降服了爱姑，爱姑的轻易妥协连慰老爷都表示不快，慰老爷所言"七大人也真公平"的讽刺显然针对爱姑对权力的畏惧，当然慰老爷明显缺乏管理乡村新的公共危机所需要的法权裁断能力。当庄木三迫不及待地想要了结此事，听从慰老爷要求快速拿出"红绿贴"认真清点赔偿金后，这个大厅里的所有人都轻松了："大家的腰骨都似乎直得多，原先收紧着的脸相也宽懈下来，全客厅顿然见得一团和气了。"③于是，一个被损害和被侮辱的形象显得血肉丰满，这出戏成为化解乡村公共治理危机的范本。从历史上看，爱姑所遭遇的封建

---

① 鲁迅：《离婚》，《鲁迅全集》（第2卷），人民文学出版社2005年版，第152页。
② 鲁迅：《离婚》，《鲁迅全集》（第2卷），人民文学出版社2005年版，第154页。
③ 鲁迅：《离婚》，《鲁迅全集》（第2卷），人民文学出版社2005年版，第157页。

地主治理体系仍拥有巨大生命力,并未像一般新文学作家所率言已至垂死之境,甚至在一定程度上,维护这个体系等同于维护乡村基本结构的稳定。

鲁迅深刻地发现中国乡村封建治理体系在辛亥革命时期以来的现代法理渗入后有逐渐松动的迹象,然而以七大人为代表的城镇新型地主势力介入乡村治理就切断了这一现代转化的可能,再现了辛亥革命时期以来乡村治理现代化的艰难行进。所以,从现代乡村治理来看,这是一次由乡民简单的婚事之争引起的现代乡村治理危机,即"爱姑的反抗动摇着封建统治的基础",如何处理这个危机是村镇士绅阶级面临的一道新难题,以慰老爷为代表的一批旧有乡村士绅仅仅依靠传统乡村宗法治理的合理性以简单劝和,已经无法弹压爱姑这类具备一点新见识和相当胆量的不听劝者,无法在辛亥革命时期以来的现代社会治理体系逐步建构,尤其是乡村民众现代意识逐渐获得之际,阻止乡民的现代诉讼请求与可能的实践。因此,只有当延请到以七大人为代表的知晓现代城镇法权体系的人物时,这类乡民公共事件才可就地解决,具体解决则是利用现代法权行欺诈与故弄玄虚之实,"反映了地主阶级的斗争手段在新的时代条件下的一些变化"①。当然,七大人不能代言现代法治,这也是《离婚》不惜笔墨叙写七大人毫不避忌的恋玩"屁塞"事件的象征与反讽意义所在。七大人的行径如此荒唐而鲜有质疑,原因在于此类爱好在七大人的阶层有普遍性,所谓玉器"新坑""老坑"之别证明七大人的"屁塞"品质更出色②,这是其炫耀资本。七大人于爱姑离婚事件中呈现出的封建性、堕落性与荒谬性的本质特征,也是出于鲁迅对辛亥革命时期以来现代社会治理体系建构的反讽性观察。

四

最具反讽意味的是,这样一出由闹剧到轻喜剧再到悲剧的呈现并未就此结束,在文末庄木三与爱姑离开慰老爷家的时候,爱姑居然也轻易地放下屠刀立地成佛了,瞬间变得心气平和与温顺大方起来了:

> "谢谢慰老爷。我们不喝了。我们还有事情……"庄木三,"老畜生"和"小畜生",都说着,恭恭敬敬地退出去。
>
> "唔?怎么?不喝一点去呢?"慰老爷还注视着走在最后的爱姑,说。
>
> "是的,不喝了。谢谢慰老爷。"③

---

①　吴组缃:《说〈离婚〉》,《吴组缃文选》,北京大学出版社 2010 年版,第 202 页。

②　有论者认为此处所谓"新坑"之说是七大人"卖弄着爱姑'不懂'的考古学问",事实并非如述。来自中国青海、新疆等地的玉器有新坑和老坑之别,新坑只是出产玉原石的坑口年代相对近一些,老坑当然指年代相对远一些。汉代玉已然稀罕无比,但七大人以新坑言之,此说看似矛盾,实则无比炫耀,当然与考古无关了,也不是所谓的"暗指其言行的愚昧无知和丑陋不堪,只配给古人大殓时塞进屁眼埋进棺材"(刘冬梅、宋剑华:《〈离婚〉:"精英"与"庸众"的直接对话》,《河北学刊》2017 年第 4 期)。

③　鲁迅:《离婚》,《鲁迅全集》(第 2 卷),人民文学出版社 2005 年版,第 157—158 页。

这才是《离婚》的大悲剧处。在离婚事件的解决过程中,施家顺利纳到小寡妇,成功赶走了形貌不佳又甚是泼悍的爱姑,庄木三在旷日持久的打斗过程中维护了自己的能人尊严,且获得了一定补偿。只有爱姑此刻变得一无所有,成为整个木莲河地区的多余人,日后势必成为一方庸众茶余饭后的笑料。可以推测的是,爱姑必然面临再嫁命运,脾气大而能力远不及祥林嫂的爱姑的未来令人担忧。

　　当然,理性的离婚也应该成为一件和谐的事情,两个人包括双方家庭在内的所有成员从矛盾袭扰中获得解脱,所谓退一步海阔天空,最大限度避免人身伤害,终止并逐渐抚平心理创伤,这都是应该肯定的。但一次离婚事件,让所有人都成为受益者,只有当事女主人成为最大的牺牲者时,是一个时代和这个时代人性的大悲剧处。最为深沉的悲剧在于,当自己成为离婚事件里最大的被侮辱和被损害者时,爱姑身处其中而茫然不知,和众人一起轻松地解脱了,此类大智若愚的写法确为一个时代对女性解放的深刻反讽。当然,也或许是主人公爱姑心灰意懒之后对人生的深刻绝望,神情木讷的轻描淡写回应是其对人生命运的刻骨绝望,甚至是对未来人生世事的彻骨虚无。所谓念念不忘必有回响,第一个场景中无言无声的两位信佛老太早已勘破世事,直到此时才有了回响,爱姑终于不再执念于申诉而学会了放下,也轻易地陷入深沉的虚无与绝望中了。鲁迅的这种既封闭又开放的结尾设计从事实上留给后来者关于人性与人生以无尽深思。

　　需要多说一点的是,无论文学发展到何阶段,拿相貌作为评价人事的标准永远不可取。中国人向来讲究面子,注重在面子上下功夫,而且作为文化与人性传统的面子哲学在各个时期均有生动呈现。至于文学写作受此影响一再拓展相关主题,而叙写负面人物长相的丑陋不佳、粗质猥琐并叠加道德恶劣的写作,成为一个不小的文学传统。从《窦娥冤》中的张驴儿,到《十五贯》中的娄阿鼠,《桃花扇》中的阮大铖,再到《红楼梦》中的薛蟠,现代时期《鼻涕阿二》中的阿二,《骆驼祥子》中的虎妞,《围城》中的李梅亭、顾尔谦,及至1949年之后的文学叙事中,一众负面人物几乎无一人相貌稍正常一点。这种以貌取人的写作传统不是提升了我们的文学叙事水准,而是民族家国寓言中的劣根性呈现。鲁迅在《呐喊》《彷徨》集中数次讥讽庸众相貌的丑怪无疑是其写作的一个不小不大的疏失,试想阿Q若无此类丑陋面相但荒唐滑稽行为一概不少,小说的国民性批判力度至少不会因肖像描写缺位而减弱,杨二嫂的圆规身材自占及今又何其多见,捎带戏谑头在有碍文学之为人学的健康启示,至于《离婚》中"蟹壳脸"的借代意义何在和意欲何为,是不是整天在喝绍兴女儿红或多数时间罹遭海风袭扰,实在难以揣摩,这都需要研究者正视与认真反思。笔者所提只希冀抛砖引玉,以期引起方家卓识。

《巴黎茶花女遗事》的翻译与传播策略

——兼谈"五四"爱情浪漫主义话语建构

卢文婷*

(广东外语外贸大学 中国语言文化学院,广州 510000)

内容摘要:作为中国近代以来影响最巨的浪漫主义译作,林纾翻译的《巴黎茶花女遗事》成了连接中国古典与现代文学的桥梁。通过将原作纳入中国古典传统的"同化"翻译策略,林译本深入人心,其影响从晚清持续到"五四",并经由层出不穷的仿写、引用、重译与表演,规约了"五四"知识分子对浪漫主义的接受与理解:浪漫主义源自法国,法国浪漫主义的核心是爱情与婚姻自由。这一以"爱情"为核心的浪漫主义观念压抑并遮蔽着其他浪漫主义观念在中国的传播与接受,并进而影响了"五四"知识界以"启蒙"与"革命"为中心的现代化道路选择。

关键词:《巴黎茶花女遗事》;浪漫主义;恋爱自由;中国古典传统

- -

　　论者常将《巴黎茶花女遗事》的成功解释为一种偶然:在新旧传统更替的晚清,一位桐城派古文名家机缘巧合翻译了一本法国爱情小说,这本小说因其新颖的异国风致打破了中国古典文学的才子佳人模式,"为中国士人提供了一种新的审美参照系"①。在翻译缘起的问题上,我们愿意接受林纾在译本题词中的自述,相信这是一次兴之所至的偶然事件,而常常忽略另一位译者王寿昌的声音。邀请林纾译书的王寿昌,其时供职于福州船政学堂。1884年中法战争失利之后,福州船政学堂也随着洋务运动的渐渐落潮而日趋衰败。在翻译《茶花女》之前,王寿昌与林纾合作翻译的"法皇拿破仑第一、德相俾斯麦全传属稿"②因故停译。出于对福州船政学堂的经济利益考虑,王寿昌旨在策划一本畅销书。从这一角度出发,异域色彩过于浓厚的作品很可能会引起读者的拒斥与疏离。在王寿昌有限的阅读经历中,他最

---

　　*　作者简介:卢文婷,文学博士,广东外语外贸大学中国语言文化学院讲师。

　　基金项目:本文为广东外语外贸大学引进人才科研启动项目"清末民初国族叙事中的女性身份书写"(299 - X5219220)阶段成果。

　　① 韩洪举:《林译小说研究——兼论林纾自传小说与传奇》。中国社会科学出版社2005年版,第138页。

　　② 韩洪举:《林译小说研究——兼论林纾自传小说与传奇》。中国社会科学出版社2005年版,第42页。

喜欢的小说之一《茶花女》，既是法国名著，不失译者身份，其情节又与中国古典的才子佳人恋爱故事近似，所不同者只在结局。这样一部作品再加林纾的译笔，想必比巴尔扎克的金钱故事或雨果的中世纪传奇更能保证商业成功。

与王寿昌的预测相似，林纾准确地抓住了《茶花女》与中国才子佳人故事的吻合之处，以典雅的文言成功地将《茶花女》的种种形象、场景与情节彻底归化到了中国传统之中①。经由林纾与王寿昌二人成效卓著的翻译与传播策略，《巴黎茶花女遗事》不仅深刻影响着晚清中国人对西方现代性的想象，同时，也将传统父权统治的婚姻铁板敲开了一道缝，让更年轻一代的知识分子在这缝隙微光之下，逐渐建构出了以"爱情自由"为核心的"五四"浪漫主义情感话语。

一、纳入古典传统：形象、场景与叙事模式

林纾翻译的"不信"常遭诟病：过多使用中国色彩过于浓厚的语词，而偏离了原著的语境。但是《茶花女》能在晚清产生巨大影响，正是靠着林纾这种大规模的误译。尽管《茶花女》原著的形象与情节设计与中国传统的才子佳人悲剧十分相似，但如果没有林纾所使用的中国古典语词，那么茶花女与霍小玉、林黛玉等文学形象的视域重叠便无从谈及；另一方面，如果没有强大的中国古典文学传播语境，《茶花女》也难以引发读者大众的生动想象与移情之感。

当晚清读者打开这本异域小说时，他们首先看到的是这样一段译者自述：

> 晓斋主人归自巴黎，与冷红生谈，巴黎小说家均出自名手。生请述之。主人因道，仲马父子文字于巴黎最知名，《茶花女马克格尼尔遗事》尤为小仲马极笔。暇辄述以授冷红生。冷红生涉笔记之。②

朋友讲述法国故事，译者"涉笔记之"。在这种看似陌生的"对译"模式中，读者所熟悉的中国古典志异传统其实若隐若现。无论是传奇性的《搜神记》《西游记》与《聊斋志异》，还是写实性的"三言二拍"、《水浒传》《金瓶梅》《红楼梦》，作者总是"道听途说"，略加删削，"涉笔记之"。这一对翻译伙伴，无论是不谙外文的冷红生，还是归自巴黎的晓斋主人，都不带丝毫西方味道，反而以古典才子派头的别号行世。翻译者似乎有意将自我身份设定在古典传统

---

① 林纾的译本非常接近韩南所谓的"同化"极端："说每个译本在两极之间，一极是全方位的保存，另一极则是全方位的同化。关于保存，我是指译者努力尝试进行复制——或者至少是在可能的情况下再现——原作的看得出的特征。通常情况下他这样做是出于这样的信念，即特征对于一种欣赏至关重要。关于进行积极同化，我是指作者通过对原作的修改，使之变成为一般读者所熟悉的形式。当然这些都是极端的例子，大部分的翻译作品都处于两者之间，既非彻底的保存，也非彻底的同化。"（韩南：《谈第一部汉译小说》，陈平原、王德威、商伟编：《晚明与晚清：历史传承与文化创新》，湖北教育出版社2002年版。）

② ［法］小仲马：《巴黎茶花女遗事》，林纾、王寿昌译，商务印书馆1981年版，第1页。

之中,以此疏离翻译行为中所隐含的西方身份。对于这篇严谨的措辞,晚清读者可以轻而易举地解码:巴黎最知名小说——西学名著,涉笔记之——志异式的通俗小说,茶花女遗事——红颜薄命的悲情模式,冷红生——讲述故事的才子雅号。《巴黎茶花女遗事》,"巴黎最知名"的小说,就这样穿上了中国传统的华服,摇身变成一部古典才子书。而这身古典华服,不甘仅仅被披在身上,借着译者文言的势力,它甚至嵌入了文本内部,大大消解了这个法国故事的异域色彩。

茶花女马克格尼尔(今译玛格丽特·戈蒂耶)显然非常符合中国传统的佳人定义:美貌如画,格调清雅,一片痴情,以及最重要的——红颜薄命,"非寿相也"[1],美则美矣,必是病美人。从古老的西子捧心,到霍小玉、杜丽娘,再到林黛玉,中国古典美女总是疾病缠身,每每相思成疾,因情而亡。茶花女相思亚猛,一病不起:

> 追思当日艳冶无匹之身,人以重贿亲之,今乃枯瘦至此,门外人迹顿决……(临死)呼曰:亚猛来,亚猛来! 我苦极死矣![2]

这熟悉的红颜薄命之感,会令读者不由自主地联想起霍小玉或林黛玉之死等中国古典文学的经典描绘。在《霍小玉传》中,霍小玉相思李十郎:

> 玉梦黄衫丈夫抱生来至席,使玉脱鞋。惊悟而告母,因自悟曰:鞋者谐矣,夫妇再合;脱者解也,既合而解,亦当永诀。由此微之,必遂相见,相见之后当死矣。凌晨请母妆梳,……妆梳才毕而生果至。玉沉绵日久,转侧须人。忽闻生来,欻然自起,更衣而出。……赢质娇姿,如不胜致。举杯酒酹地曰:"我为女子,薄命如斯;君是丈夫,负心若此。韶颜稚齿,饮恨而终"……长恸号哭数声而绝。[3]

而在《红楼梦》里,死亡场景更为凄凉,林黛玉焚稿绝情,听着远处贾宝玉结婚的锣鼓喧闹声,呼着"宝玉,宝玉,你好……"含恨逝去。前一个场景中,霍小玉与茶花女一样顾影自怜,自叹天妒红颜;后一个场景中,林黛玉寂寞伤心,绝望之辞,亦如茶花女临死情境。

林纾以"勾栏"指称茶花女所处境地,晚清读者必定会联想到唐传奇的勾栏瓦舍以及与此相关的《李娃传》与《霍小玉传》;林纾以"礼"描述亚猛的行止,主动将亚猛塑造成满腹诗书的儒生。不仅如此,作为故事主体部分的主人公与叙述者,儒生亚猛面临的意外事件与采用的叙事策略,也都隶属于林纾及其读者所熟悉的中国古典传统。亚猛来到巴黎,与《李娃传》里的郑生一样,本是求取功名:在法国个案里,亚猛学习法律,准备日后开业做律师;在中国

---

① [法]小仲马:《巴黎茶花女遗事》,林纾、王寿昌译,商务印书馆1981年版,第15页。
② [法]小仲马:《巴黎茶花女遗事》,林纾、王寿昌译,商务印书馆1981年版,第80—81页。
③ 吴曾祺编:《旧小说》(乙集一),上海书店1985年版,第144—145页。

个案里,郑生进京赶考,准备日后做官——殊途同归。初到繁华京城的外省年轻人,必将受到京城诱惑,而这种诱惑又时常以美女作为象征。同郑生遇见李娃一样,亚猛也必然遇见马克,于是求爱发生了。与茶花女众多求爱者相比,亚猛既非富豪,又不风流倜傥,但茶花女却放弃豪华生活,甘心为亚猛而死。归根结底,亚猛打动茶花女,只因其"至情":

> 马克忽问余曰:"问阍者于门外,常以吾病为焦灼者,即是君耶?"余未及答,马克曰:"此人间至情,吾不知所谢。"余曰:"君许我时时存问则得矣。"……(马克)用香槟至数钟以外,一手按胸上微嗽,旋持素巾抹之见血,马克遂退就更衣初。配唐及其侍者咸曰:"此常有之事,不足深怪。"余心骇极,疾趋视之。……余坐其旁,问马克愈乎?马克视余,意似喜,然见于愁郁,转以余为病。余曰:"非病也,为马克耳。"先时马克肺气直突,嗽极泪沘,至此始以巾拭之。①

亚猛的求爱故事,与中国话本小说《卖油郎独占花魁》如出一辙。穷书生之所以能赢得名妓的爱情,正因其温柔与体贴,亦即说话人所精准概括的"帮衬":

> 帮者,如鞋之有帮;衬者,如衣之有衬。但凡做小娘的,有一份所长,得人衬贴,就当十分。若有短处,曲意替他遮护,更兼低声下气,送暖偷寒,逢其所喜,避其所讳,以情度情,岂有不爱之理。这叫做帮衬。风月场中,只有会帮衬的最讨便宜,无貌而有貌,无钱而有钱。②

说话人开场抛出主题,按说书的规矩,随即便要引用前朝故事作为"楔子"以证明其观点所从有据。楔子的意义,不仅在于证明说话人观点的合法性,更是将其正文置于传统故事模式之中,示意听众提前做好情绪与心理准备。在《卖油郎独占花魁》话本中,说话人为听众设定的模式是唐传奇《李娃传》:

> 假如郑元和在卑田院做了弃儿,此时囊箧俱空,容颜非旧,李亚仙于雪天遇之,便动了一个恻隐之心,将绣襦包裹,美食供养,与他做了夫妻。这岂是爱他之钱,恋他之貌?只为郑元和识趣知情,善于帮衬,所以亚仙心中舍他不得。你只看亚仙病中想马板肠汤吃,郑元和就把个五花马杀了,取肠煮汤奉之。只这一节上,亚仙如何不念其情。③

说话人既引用《李娃传》,同时又按照宋元传说,改写了唐传奇文本。《李娃传》中的李

---

① [法]小仲马:《巴黎茶花女遗事》,林纾、王寿昌译,商务印书馆1981年版,第22—24页。

① [法]小仲马:《巴黎茶花女遗事》,林纾、王寿昌译,商务印书馆1981年版,第22—24页。
② [明]冯梦龙编著,顾学颉校注:《醒世恒言》(上),人民文学出版社1979年版,第32页。
③ [明]冯梦龙编著,顾学颉校注:《醒世恒言》(上),人民文学出版社1979年版,第32页。

"娃"与郑"生",被添上了指认性更强的具体名字李"亚仙"与郑"元和"。唐传奇中,李娃与鸨母合谋欺骗郑生,偶遇郑生乞讨,又收留郑生。白行简只将李娃的行为归结为郑生"囊中尽空","姥意渐怠,娃情弥笃",而只字未提郑生落魄期间李娃的生活与心理转变。宋元人补足了唐传奇中的情节空白,添加了郑生杀马奉汤等情节,试图以此解释李娃收留郑生的爱情基础。

尽管如此,话本小说仍然无法消解李娃行为中的不义。才子佳人远离尘嚣的热恋有朝一日必然面临真实世界的冲击,而真实世界总是充满种种不义与不幸。在《李娃传》个案里,金钱促使李娃与人合谋欺骗郑生,而郑生重逢李娃,又是因郑父的惩罚而间接造成;在《霍小玉传》里,李十郎被迫离弃霍小玉,则是由于严母为其议定了婚事;在《卖油郎独占花魁》里,王美娘起初虽然钟情秦重,但又嫌他出身"市井",并非名士,只有当美娘被权势所弃,秦重才终于"独占花魁";在《红楼梦》中,贾府决定迎娶薛宝钗,不只看重其妇德,更看重其健康,林黛玉落选,最重要的原因便是其身体羸弱,可能无法传宗接代。在上述几个文本中,女主角造成或被造成的不义与不幸,总是肇因于以父权为基本象征的门第、财富、权势与宗族血缘。这些女人或为名妓,或为家道中落的闺秀,都试图以其相对自由的身份来规避父权。但故事的结局证明,唯有改弦易辙服从社会期待、规劝情人读书中举的李娃与王美娘迎来了美满团圆,而不以世俗为念的霍小玉与林黛玉,只能在父权的压迫下死去。

《巴黎茶花女遗事》仍然袭用了这种父权介入/阻隔爱情的叙事模式,但其情节策略显然与中国传统迥异。在亚猛的叙述中,他一方面要应对父权的压力,另一方面又必须接受茶花女的绝情不义。《茶花女》采取的第一人称叙事,规定了叙事主体的有限视角。在这种有限视角下,亚猛的故事与《李娃传》模式别无二致。但在亚猛的第一人称叙述之后,原著文本通过茶花女的日记为读者提供了另一个视角,形成了对同一事件的双边叙述。在茶花女的日记中,亚猛之父的来访是一个中心事件。亚猛之父先以伦理道义谴责马克引诱儿子,之后又讲述女儿婚姻困境,试图以情动人。面对道德与感情压力,茶花女选择自我牺牲,决定离开情人。严父亲自造访儿子的情人,这已在中国文学传统之外——中国的父权很少直接出现于文本前景,其角色意义主要在于充当爱情故事阴暗而强大的压迫性背景。在茶花女决定自我牺牲之后,读者面临的是一个更加背离中国传统的场面:

> 余于是拭泪向翁曰:"翁能信我爱公子乎?"翁曰:"信之。""翁能信吾情爱,不为利生乎?"翁曰"信之。""翁能许我有此善念,足以赦吾罪庚乎?"翁曰:"既信且许之。""然则请翁亲吾额,当为翁更生一女。吾受翁此亲额之礼,可以鼓舞其为善之心,即以贞洁自炫于人,更立誓不累公子也。……"翁果来亲吾额,且曰:"马克果好女子。尔有此念,上天必且福尔。"①

---

① [法] 小仲马:《巴黎茶花女遗事》,林纾、王寿昌译,商务印书馆 1981 年版,第 76 页。

马克弃绝亚猛,既非为钱,也非为权势所迫;亚猛之父劝说马克,既未以金钱相诱,也未以父权威逼。二人平等而充满信任。亚猛父亲的吻,既象征着和解,同时也是祝福与宽恕。在可以预料的才子佳人分手传统模式中,这一出人意料的和解与宽恕场面,不仅提醒读者《巴黎茶花女遗事》来自一个更加先进和平等的社会与时代,同时也将父权与爱情冲突中的不义消解,为传统的团圆或死亡结局提供了另一种叙事策略的可能。

林纾以"语言归化""传统同化"为核心的翻译策略,成功地将《巴黎茶花女遗事》打造成了一本极受欢迎的畅销/长销书,取得了极为卓著的传播效果。晚清读者毫无障碍地接受并深爱着这本翻译小说,他们阅读着仿佛脱胎于中国传统的文学,得到的却是充满现代性的爱情观与世界观。《巴黎茶花女遗事》在刻板父权与自由恋爱之间撬开的那点点微光,发展到更年轻的"五四"一代那里,终于星火燎原,借由对《茶花女》的不断改写、重释,发展出更加现代的"恋爱自由"观,并最终形塑了影响深远的"五四"爱情浪漫主义话语。

二、进入现代传统:仿作、引用、重译与表演

《巴黎茶花女遗事》兼具中国传统与西方理念的品质,激起了晚清读者对才子佳人文体的巨大热情,仿作、续作与引用不断出现,忠贞、善良、隐忍、充满牺牲精神的茶花女成为新的文学偶像,继承并更新了中国传统的悲情美女形象。

在《钏影楼回忆录》中,白话小说作家包天笑如此描述《巴黎茶花女遗事》带给晚清读者的感受:"有人谓外国人亦有用情之专如此的吗?以为外国人都是薄情的,于是乃有人称之为'外国红楼梦'。"[①]在《英敛之先生日记遗稿》中,民族主义者英敛之也写道:"灯下阅《茶花女》事,有摧魂撼魄之情,万念灰靡,不意西籍有如此之细腻。"[②]在这个设问中,潜藏着一系列历史悠久的、充满价值判断的刻板印象(stereotype)。在明清以降的汉语口语中,西方人常被称作"鬼子"或"长毛"。既然西方人是鬼,是畜生,那么中国人的包括"用情之专"在内的美好品质,他们都不可能拥有。洋务派以"中学为体、西学为用"为号召的学习西学运动,虽然将西餐、汽车、机器与著作引入了中国,但晚清读者的西方观念仍然停留在"鬼子"与"长毛"的刻板印象阶段。针对《巴黎茶花女遗事》的这一疑问,既表现出了读书界对西方世界的基本判断,又在事实上承认《茶花女》拥有与《红楼梦》相似的感人力量。而这种美德,既然为中国与西方所共有,那么中国传统文学中的痴情病美人,便也在某种程度上契合了西方/现代的潮流。西方在晚清意味着技术先进、在"五四"意味着思想进步,而《巴黎茶花女遗事》则为中国言情小说染上了些许"西方"式的先进与进步色彩。

在这个意义上,自《巴黎茶花女遗事》出版以来,其众多的仿作、续作与引用,也因此沾带上了少许新学色彩,而不只是传统文人的风月之谈。对于维新派的康有为、梁启超、夏曾佑

---

① 韩洪举:《林译小说研究——兼论林纾自传小说与传奇》,中国社会科学出版社2005年版,第142页。
② 韩洪举:《林译小说研究——兼论林纾自传小说与传奇》,中国社会科学出版社2005年版,第141页。

以及更加年轻的周瘦鹃、苏曼殊、徐枕亚等人来说,《巴黎茶花女遗事》还是接续传统与现代中文小说的桥梁。《巴黎茶花女遗事》与中国传统相似的场面与人物设置,与中国传统迥异的有限视角叙事策略,同与不同并置,诱发了大量仿作与续作:钟心青的《新茶花》,苏曼殊的《碎簪记》《焚剑记》和风格相似的《断鸿零雁记》,徐枕亚的《玉梨魂》,以及林纾自己的文言作品《柳亭亭》等。正是这些仿作,将中国小说从古典带入了现代传统,为"五四"文学奠定了叙事理论与实践的基础。

与包天笑和英敛之的描述相反,1911年《小说月报》刊载的一篇文章抱怨:"中国能有东方亚猛,复有东方茶花,独无东方小仲马。"从"外国红楼梦"到"东方小仲马",措辞参照系的转变表现着言说主体自我身份认同的变更:从清末以"中学为体"的心态,逐渐变成了"五四"前夕的"西学本位",中国不再是世界的中心,中国文学成就也不再凌驾于西方文学之上,相反,中国文学与中国国力一样,被新知识分子定位并描绘成积贫积弱的劣势存在。与文学弱国的修辞相对应的,是指称身体弱势的"东亚病夫"。从晚清到民国,中国各界纷纷体现出对体育强国的狂热。鲁迅的弃医从文,是体育强国理想破灭的一个著名例子。但鲁迅的幻灭远非时代精神主流。1915年,《新青年》一卷5号,刊出《大力士霍元甲传》与《述精武体育会事》,并在此后各期,连续报道各国青年团(Scout)情况,直到一年以后中国童子军协会在上海创建。[①] 然而体育强国的梦想无法在短期内缓解民间与知识界普遍的民族焦虑,于是文学借助模仿、改良与创新而逐渐介入中西民族竞争之中。

1912年出版的《玉梨魂》直接反抗《小说月报》1911年的批评,作者徐枕亚以"东方仲马"作为回应:中国不仅有东方亚猛、东方茶花,同时也有东方小仲马,甚至比西方小仲马更加出色。值得注意的是,在这场文学竞争中,小仲马其实是缺席的,徐枕亚所要媲美的,不是法国作家小仲马,而是他的中国代言人——译者林纾。既然林译是典雅的桐城派散文,决心与其媲美的徐枕亚便采取了更为古老、更为精致,也更为文人化的骈文文体。值得注意的是,骈文小说传统正是林纾译文中处处戏仿(parody)、变形的唐传奇。这一选择再次表明晚清读者自觉地将《巴黎茶花女遗事》编织(textile)、阅读进了中国古典小说传统之中。徐枕亚的仿作《玉梨魂》中透露出了极为强烈的民族意识。在《玉梨魂》的改写与模仿中,虽然男女主人公的爱情仍在为道德与伦理所阻碍,但徐枕亚将小仲马原作中隐藏在背景内的亚猛妹妹拉入了小说的前景冲突。与古典婉约的梨娘相对,小姑筠倩受过西方教育,大胆外向。中国与西方再次形成了一对冲突:梨娘与筠倩虽然情同姐妹,却同时爱上了同一个男人,而这个

---

① 对体育(包括武术)的热情,业已成为一种集体无意识的民族主义。从晚清"东亚病夫"绰号造成的心理创伤开始,运动会与武术一直是重建民族骄傲的最重要手段之一。其影响一直延续至今,功夫电影层出不穷,奥运会名次被当作民族复兴的标志。这种热情不只限于中国,当某一民族感到自己处于边缘或弱势地位时,一般都会将身体素质作为寻找并建构民族文化身份的重要手段。如巴勒斯坦的萨义德与土耳其的帕慕克在其作品中的描述。([美]萨义德:《最后的天空之后——巴勒斯坦人的生活》,金玥珏译,新星出版社2009年版。[土耳其]帕慕克:《杰夫代特先生》,陈竹冰译,上海人民出版社2009年版。)

男人经过反复的挣扎,终于选择了中国古典的梨娘,而放弃了西方。在中国与西方的竞争中,徘徊在古典与现代中的中国知识分子(梦霞显然在某种程度上指称作者自身),终于选择将胜利给予中国。① 然而,这种民族主义的胜利姿态,无可避免地会被文本中的种种细节所消解。正如胡缨所指出的,古典的梨娘赠给梦霞的爱情信物是西方的照片,而在二人的古典酬唱之间,也不时夹杂着莎士比亚的诗句。② 另一部《巴黎茶花女遗事》的仿作苏曼殊的《碎簪记》,表现出与《玉梨魂》相似的中国与西方矛盾。只是,在《碎簪记》中,这种矛盾不是由两个女人所象征,而是体现为被古典传统所束缚的男人与这两个现代女郎的三角恋爱③,故事最终以三人的自杀结束。在这场文化战争中,现代与古典、西方与中国,两败俱伤。安排这一悲剧结局的作者苏曼殊,却不仅以古典诗词闻名于晚清,同时也是曾出国游历并翻译过拜伦诗作的新学人物。兼通中西的苏曼殊,与他的几位主人公相似,也以悲剧性的姿态告别了晚清与"五四"激烈的文化战场,其绝望与颓废却令苏曼殊意外地成了影响巨大的浪漫主义化身与大众文化偶像。

　　《玉梨魂》与《碎簪记》对《巴黎茶花女遗事》的模仿与改写,使浪漫主义(郭沫若所说的主情主义)爱情观成为20世纪初年轻一代的普遍心理。陈独秀等人在《新青年》上振臂高呼妇女解放与婚姻自由时,年轻人群起响应,只有年迈古板的保守分子指责他们叛逆激进。《新青年》的口号事实上表达并应和了晚清以来的感情自由浪潮。在这场婚姻与爱情自由的运动中,茶花女及其前驱与衍生形象成了新的文化象征:茶花女悲剧的罪魁祸首是封建礼法,卑鄙战胜了高尚,权力压抑了自由,只有解放妇女、"打倒孔家店"才能彻底消灭这种悲剧。苏曼殊的《碎簪记》与王尔德的《遗扇记》、屠格涅夫的《春潮》等爱情作品,共同刊载于《新青年》杂志,形成了一种古典与西方并置的局面,透露出以爱情为中心的浪漫主义讯息。在新的语境下,过分追求文化"同化"的林译《巴黎茶花女遗事》已经不能满足更趋激进的时代要求,苏曼殊、刘半农等人都曾公开表示要重新翻译《茶花女》,其后也不断有学者指出林纾对原著的大量增删与误读。④ 对林纾译文的不满,表现出"五四"一代对《茶花女》更为强烈的兴趣。但这已不是晚清读者对《茶花女》文本的文学兴趣,而是逐渐演变为一种宣传与改革的文化兴趣。具备更加良好西方文学素养的"五四"知识分子,不再对《茶花女》的第一人称叙事与日记体感到惊奇——这些叙事策略经过晚清作家的实践,早已进入中国文学现代传

---

　　① 针对中国与西方的竞争,"五四"知识界逐渐消解了晚清的古典情结,而一变成为激进的西方拥护者。但"五四"的激进态度,在新知识分子内部也常常受到怀疑,如冯至在诗剧《河上》中表现出来的绝望与迷茫。

　　② [美]胡缨:《翻译的传说——中国新女性的形成(1898—1918)》,龙瑜宬、彭珊珊译,江苏人民出版社2009年版,第112—116页。

　　③ 关于《碎簪记》的种种文化象征,参见胡缨的精辟论述。[美]胡缨:《翻译的传说——中国新女性的形成(1898—1918)》,龙瑜宬、彭珊珊译,江苏人民出版社2009年版,第117—123页。

　　④ 《巴黎茶花女遗事》对原文最大规模的删改,集中在该书最初几章。林纾删去了小仲马借以补足玛格丽特与阿尔芒爱情背景的法国浪漫主义先驱性作品《曼侬·列斯戈》部分。这种删改,虽然削减了《茶花女》对于法国文学传统的继承,事实上却在中文世界提高了《茶花女》的地位:《茶花女》的情节、构思与浪漫主义观念由小仲马开创,而并非得自继承与模仿。

统。他们更关心的是，《茶花女》可以为妇女解放与爱情自由提供一个悲情色彩浓厚的反例。正是出于这种策略，1907年经留日学生剧团春柳社搬演之后①，《茶花女》成为大学戏剧团体的保留剧目，而他们演出的脚本，大大强化了原著小说中并不算激烈的正面冲突。当"五四"以后的现代文学将旧家庭表现为《家》《春》《秋》式的礼法与压迫符号，并使之形成了一套流行的权力话语体系时，读者与观众如果重温玛格丽特面对父权最终决定自我牺牲、放弃爱情的场面，他们更加关注的可能是父权的无情压迫，而非这一行为中的和解与宽恕。

三、爱情至上："五四"浪漫主义的核心话语

当《新青年》《小说月报》与《创造》杂志引入"浪漫主义"概念时，这些在晚清文化语境中成长的作者与读者们，必须面对业已形成的浪漫主义集体无意识。郭沫若在《少年维特之烦恼》译序中，将以歌德②为代表的浪漫主义描述为"主情主义""泛神思想""对于自然的赞美""对于原始生活的景仰"与"对于小儿的尊崇"③。文学史证明，虽然拥有郭沫若对泛神论的鼓吹与冰心等人的儿童文学，但中国现代文学并未真正将泛神与儿童哲学化为自己的传统。至于"对自然的赞美"与"对原始生活的景仰"，浪漫主义的这两个信条，其根源却是在中国：17、18世纪欧洲的中国热，将中国园林艺术与老庄哲学带到欧洲，冲击着正统的古典主义艺术与生活信条，并促成了卢梭、歌德与柯尔律治等人的浪漫主义文学与艺术观。④ 正忙于反抗传统的中国知识界，并未费心考察自然与原始主义的文化旅程，他们或者致力于用白话"翻译"并取代文言的古典山水传统；或者将自然与原始理解为乡村，将人工与文明理解为城市，并在新文学的下一个十年中将这一对意象发展成中国与西方、传统与现代的悖论性象征。在郭沫若的定义中，真正被中国文学接受的，只有弗莱德里希·施莱格尔以《卢琴德》所开创的"主情主义"。颇具反讽意味的是，以法国古典主义文学为假想敌的"主情主义"，在中国的巨大影响却由一本法国浪漫主义小说所开创。

从晚清林纾的《巴黎茶花女遗事》，到苏曼殊、徐枕亚等人的仿作与改写，再到"五四"话剧的重新阐释，《茶花女》不断被纳入种种中国传统。《茶花女》的中国之行，赋予了它众多原文本以外的文化意义："茶花女"再次激发了晚清小说家对才子佳人爱情的想象，并通过引入中西文化隐喻而更新了这一文体的内涵与象征；在清末民初的变革中，《巴黎茶花女遗事》成为古典与现代两种传统所共有的经典，旧小说家与新小说家得以通过阐释《茶花女》而进行对话；"五四"语境赋予了《茶花女》更为激进的政治意义，自由恋爱与自由婚姻直接与妇女解

---

① 春柳社成立于晚清，但因其留学生背景，思想上更接近"五四"一代，而疏离于更古老更保守的传统。

② "此书（即《少年维特之烦恼》，引者注）主人公维特之性格，便是狂飙突进时代少年歌德自身之性格，维特之思想，便是少年歌德自身之思想。"（郭沫若：《少年维特之烦恼·序引》，《创造季刊》1922年第1卷第1期。）将歌德指认为浪漫主义者，是"五四"以降中国文学界的普遍误读。

③ 郭沫若：《少年维特之烦恼·序引》，《创造季刊》1922年第1卷第1期。

④ 参见卫茂平：《中国对德国文学影响史述》，上海外语教育出版社1996年版。张箭飞：《"顿开尘外想，如入画中行"》，《读书》2007年第11期。

放与个性解放相连,成为年轻一代反抗旧传统最具诱惑力的政治主张。"五四"一代对恋爱自由与婚姻自由的想象,常常是由反例完成的。现代文学中罕有成功的自由婚姻。与婚姻和爱情相关的著名文学肖像,或者是巴金的鸣凤与觉慧、梅表姐与觉新式的包办婚姻牺牲者,或者是丁玲的莎菲女士式的解放与自由的迷惘者,或者是鲁迅的涓生与子君在自由之后不得不再次面对琐碎生活的勇敢而无助的回归者。在《家》中,梅与鸣凤是逆来顺受的牺牲者,她们所扮演的是从《山鬼》《有所思》《霍小玉传》到《茶花女》中苦苦等待情人的悲伤女子;迷惘而颓废的莎菲女士,是遇见阿尔芒之前的玛格丽特,周旋于金钱与爱情游戏之中,借放荡生活掩盖痛苦;《伤逝》提出的问题可以被视作《茶花女》的另一种结局,如果才子佳人必须面对琐碎的日常生活,崇高的爱情还可不可能继续? 经过晚清的大规模传播,《巴黎茶花女遗事》事实上规约着中国知识分子对女性命运、婚姻爱情自由的想象、描述与思考。巴金以反抗与革命为背景的爱情场景强化了故事的浪漫色彩,丁玲与鲁迅表现出了对浪漫主义崇高与牺牲观念的不信任。但无论是加强还是解构,《巴黎茶花女遗事》所代表的法国浪漫主义总是与爱情和婚姻自由联系在一起。①

《巴黎茶花女遗事》虽然塑造了中国人对"浪漫法国"的想象,但这种以爱情悲剧为中心的浪漫主义观,不仅在清末民初压抑了知识界对德国、英国浪漫主义支脉的兴趣与理解,甚至因其刻板与狭小的格局而削弱了法国浪漫主义观念的深度与强度。《巴黎茶花女遗事》激起了晚清知识界对法国文学的热情,将翻译者的目光延展到了更加伟大的雨果作品中。这种热情驱使1911年风花雪月的《小说月报》刊出雨果的照片②,却无法使晚清的雨果阐释脱离《茶花女》所设置的爱情语境。在《译嚣俄重展旧时恋书之作》中,马君武写道:

> 此是青年有德书,而今重展泪盈据。斜风斜雨人增老,青史青山事总虚。百字题碑记恩爱,十年去国共艰虞。茫茫天国知何处,人世仓皇一梦如。

被"斜风斜雨"吹老的雨果,重新打开旧时的情书,忆及"百字题碑记恩爱"与"十年去国共艰虞",不禁泪水"盈据",而感叹"人世仓皇一梦如"。雨果为人为文的种种复杂矛盾都被化约为"青史青山事总虚"的古典感慨,一笔带过。打动马君武并促使他赋诗纪念的雨果,是

---

① 即使是前文所述的《碎簪记》与《玉梨魂》的民族主义表述,也总是以缠绵悱恻的爱情悲剧完成,而少有气魄更宏大的雨果或巴尔扎克式的史诗性作品。对于20世纪初大部分国势式微的东方民族来说,体育与爱情被设定为传统的一种"他者",前者是对传统的巩固,如萨义德对巴勒斯坦人的描述;后者是对传统的反抗,如著名音乐剧《屋顶上的小提琴手》中以自由爱情对抗犹太人的媒妁传统。

② 1911年《小说月报》第9期,在大量的"东美人出浴"、上海名妓与各国女士之间,刊出一页"英国大诗家摆伦"(拜伦)与"法国大小说家及大诗家嚣俄"(雨果)肖像。拜伦与雨果同时成为晚清文学偶像,似乎预示着晚清到"五四"期间"革命"加"爱情"的浪漫主义定义。关于爱情,已如本文所述;关于革命,胡适的态度颇具代表性:在其《自传》中,胡适称其同情革命党的朋友为"浪漫的人"。在20世纪的最初十年中,主要涉指"爱情"的晚清浪漫主义观念逐渐具有了"革命"意味,参见拙文《从"哀希腊"的译介看晚清与"五四"时期的浪漫主义革命话语建构》,《外国文学研究》2013年第6期。

苍老的恋人、疲惫的怀旧者,而并非那个矛盾重重的、迷恋中世纪的世界主义者。即使是激烈排满、力主革命的马君武,在想象雨果时,也总是自觉地将其置于以爱情为中心的浪漫主义话语中。马君武的想象方式颇具代表性。在 20 世纪初的雨果热中,戏剧《安杰罗》(Angelo,包天笑译作《狄四娘》,曾朴译作《银瓶怨》),非常自然地被纳入了古典公案言情小说传统;《悲惨世界》(苏曼殊"编译"为《惨世界》),通过谐音讽刺与时事议论,被改写进了讽刺与黑幕小说传统;唯有《九三年》的改动不大,林纾译作《双雄义死录》,曾朴译作《九十三年》,但《双雄义死录》的流行,既借助林纾的名声,也似乎借了《侠隐记》掀起的武侠热东风。假如上述译本在晚清能够拥有众多读者,那么即使它们谬误重重,也至少能够使雨果对中国现代文学的影响更加深刻。但不幸的是,雨果作品的众多译本,其流行程度无一能及《巴黎茶花女遗事》。革命与保守,现代与传统,世界与民族,雨果充满矛盾、悖论与反讽的浪漫主义,从未能够抵消爱情浪漫主义的陈词滥调(cliché)。

晚清以婚姻与爱情自由为中心的程式化浪漫主义,延伸到了"五四"以后,使雨果、巴尔扎克被阐释成现实主义,波德莱尔被阐释成象征主义。这种名称指认,似乎显示出对世界文学更加细致的掌握,却忽略了雨果、巴尔扎克与波德莱尔思想与作品中对过去时代生活与传统的怀念,而这种怀念,既蕴含着从根本上激发浪漫主义的"向后看"的民族主义,也可能将文学引入一种更为深入契合现代生活的新浪漫主义或现代性思考。置身于晚清文化语境中的"五四"一代,虽然激烈对抗前辈的观念,事实上却继承了晚清的许多文化想象遗产,这些遗产当然也包括经由《茶花女》所形成的浪漫主义观念。

论者常常诟病"五四"过于激烈的反传统姿态与行为,打断了中国古典与现代文化的传承,并以启蒙与革命的合唱压抑了晚清众声喧哗的现代性尝试。[①] 如果林纾当年没有翻译《巴黎茶花女遗事》,或《巴黎茶花女遗事》没有成为清末民初最流行的浪漫主义小说,那么主宰这一时期的浪漫主义思想也不会仅仅是婚姻与爱情自由。而在另一个方面,如果清末民初的读者没有被这一程式化的浪漫主义感受所束缚,那么当他们面对《维特》与《浮士德》时,也不会仅仅将维特与浮士德的爱情悲剧解释为封建观念的束缚。《维特》可能导向另一种阴郁、颓废的浪漫主义/象征主义,《浮士德》可能导向对传统的重新认识与利用。

历史无法假设。《巴黎茶花女遗事》已然在晚清建构了一种浪漫主义,而这种集体无意识的浪漫主义事实上限制了"五四"一代对浪漫主义的接受与理解。以爱情、婚姻自由为阐释中心的浪漫主义观,其矛头既然必然指向传统社会习俗,那么在接下来的"五四"十年中,它也必然会逐渐倾向于更加激进的、鼓吹革命与反抗的浪漫主义:拜伦即将取代茶花女,成为 1920 年代的新文化偶像与新浪漫主义关键词。

---

① 王德威:《被压抑的现代性》,宋伟杰译,北京大学出版社 2005 年版。

"发现中的遮蔽"与"遮蔽中的发现"

——论新时期电影中"人"的重新发现

张 捷*

（南京大学 文学院，南京 210023）

内容摘要：新时期的中国，艰难重启现代化的步伐，经历剧痛后的嬗变成了这个时代最显著的标签。面对沉重的历史包袱，中国电影人勇敢地举起了尊重艺术规律、张扬个体生命价值的大旗，努力突破"人性论"的禁区，对电影艺术的形式与内容展开了全面探索。然而，与中国社会重新走向现代化的艰难历程相一致，新时期中国银幕上"人"的觉醒并不是一蹴而就的，它先后经历了表层的伤痕情感宣泄、隐性的道德话语置换，最终才达到了"历史的个性的"真实，呈现出一种在"发现"与"遮蔽"间不断博弈的复杂态势。

关键词：新时期电影；"人"；发现；遮蔽

　　1976 年 10 月，"四人帮"倒台，"文化大革命"结束，中国社会正酝酿着一场巨大的变革。随着"两个凡是"的错误观点被否定，"实践是检验真理的唯一标准"大讨论的展开，在中共十一届三中全会召开以后，解放思想、实事求是成了引领新时期时代风向的航标。中国电影人被压抑许久的创作激情被重新点燃，面对沉重的历史包袱，他们勇敢地举起了尊重艺术规律、张扬个体生命价值的大旗，努力突破"人性论"的禁区，在电影的艺术表现内容和形式方面展开了全面探索，其中最引人注目的成就，便是"人"的重新发现。"人的尊严、人的价值、人的权利，人性、人情、人道主义，在遭到长期的压制、摧残和践踏以后，在差不多已经从理论家的视界中和艺术家的创作中消失以后，又重新被提起，被发现。"[1]著名文艺评论家陈荒煤先生曾慨叹："我们总算是把'人'这个灵魂召唤回来了。"[2]

　　所谓"人"的重新发现，自然是相对"五四"启蒙运动时期"人的发见"而言，周作人在《人

----

*　作者简介：张捷，南京大学文学院电影历史与理论专业博士研究生，太原师范学院文学院影视艺术系讲师。

① 何西来：《人的重新发现——论新时期的文学潮流》，《红岩》1980 年第 3 期。

② 荒煤：《新时期电影文学概说》，《当代电影》1986 年第 6 期。

的文学》中把"人"作为现代的发明,"将人的生物性即人的自然属性作为人的本质来否定社会制度,尤其是封建礼教对于人的束缚"①,从而倡导人的彻底解放,并提出了人道主义的文学,实际就是一种个人主义。这一思想后来也逐渐影响到了电影创作领域,主要表现为敢于维护人的尊严和价值,努力确认人的主体性地位,着力塑造真实可信的人物形象,全面挖掘人性的多个侧面,客观展现人与人、人与社会之间的复杂关系等。20世纪三四十年代,尚处幼年的中国电影就曾在现代启蒙思想的指引下,第一次在大银幕上展现了真实的"人",诞生了《神女》《马路天使》《一江春水向东流》等一批不朽杰作。中华人民共和国成立以后,"十七年电影"的阶级斗争属性渐长,电影为工农兵服务逐渐演变为工农兵电影,银幕上的人不再是真实的、全面的人,而是被塑造为某一个阶级的典型,这种倾向伴随"文革"发展到了极致,"人"在中国电影中被彻底遮蔽了。新时期的中国电影就是在这样一个背景之下完成了对"人"的重新发现,但值得注意的是,这种发现并不是一蹴而就的,而是经过了一个艰难曲折的发展历程,呈现出一种"发现中的遮蔽"与"遮蔽中的发现"相互交织的复杂态势。

一、揭示伤痕:一场表层的发现之旅

中国大陆的电影事业在"文革"中几乎处于停滞状态,从1966年到1972年间,电影制片厂没拍过一部故事片,仅有的几部影片也是在话剧舞台上久经检验的样板戏电影。"文革"前的大批优秀作品被禁毁,大量的电影创作人员和电影理论家被迫害。在残酷的政治阴云笼罩下,中国电影界风声鹤唳,电影人噤若寒蝉。"文革"中被奉为金科玉律的"三突出"原则,完全无视艺术创作规律,彻底遮蔽了银幕上塑造真实人物的可能性,"人性论"的禁区牢牢桎梏着中国电影。

因此,在"文革"结束以后,电影界"面临的第一件事是把电影的方向从'阴谋文艺'的轨道上扭转过来","把当时正在拍摄或即将拍摄的节目从政治上加以清理,把明显属于'阴谋文艺'——所谓'反走资派'的影片撤下来,对一些在当时认为政治上没有严重错误的影片或剧本,则'动手术'加以挽救:去掉一些有明显错误的情节或对话,经过改头换面后继续拍摄"。② 在这个过渡与调整时期,电影艺术尚未恢复活力,它被动地适应着国家政治生态的剧烈震荡,暂时无法完全摆脱长久以来"以阶级斗争为纲"、情节公式化、人物类型化的桎梏。1978年,由谢铁骊、陈怀恺联合创作的《大河奔流》遭遇失败,夏衍在评价这部影片时说:"编剧是好的编剧,导演是好的导演,演员是好的演员",但是影片"已经跟当前的形势不适应了,形势变了,却还在讲过去的老话"。③

这一局面从1979年开始得以扭转,随着电影剧本审查制度的放宽,《人民日报》组织"怎样把电影工作搞上去"的大讨论,第四届"文代会"的指示精神落地,电影界突破禁区的渴望

---

① 旷新年:《中国20世纪文艺学学术史第二部(下)》,中国社会科学出版社2007年版,第14页。
② 马德波:《电影秧歌舞——近四年来电影创作状况回顾》,《电影艺术》1981年第2期。
③ 李文斌:《夏衍访谈录》,中国电影出版社1993年版,第38页。

渐趋高涨,新时期电影终于显露锋芒。与文学相近,率先发力的是伤痕电影,以《苦恼人的笑》《生活的颤音》《泪痕》《枫》《巴山夜雨》《小街》《被爱情遗忘的角落》等影片为代表,它们不约而同地将叙事的重心聚焦于极左政治风暴中主人公的悲剧性命运,沉痛控诉"四人帮"的历史罪恶。刚刚过去的疯狂岁月对于人性的扭曲、尊严的践踏、人伦关系的摧残都在银幕上得到展现,血与泪的交织是这一时期电影的显著特征。不再造神,不再执着于塑造英雄,反而是在"文革"中受到戕害最严重的知识分子阶层成了这一时期中国银幕着力表现的对象,电影的单一阶级属性被打破,人性的光芒仿佛又开始重新闪烁耀眼的光辉。

新时期伊始活跃于影坛的中坚力量以中国电影的第四代导演为主,他们大多生于20世纪40年代,在"文革"前接受了系统的专业训练,正当他们走出校园,意气风发地准备在电影艺术领域大展拳脚之时,政治运动的浪潮席卷而来,就这样,一代人的青春蹉跎而去。文革结束时他们均已近中年,带着满心伤痕登上影坛,迫切地想要追回逝去的岁月。因此,伤痕电影的爆发固然与拨乱反正、思想解放的时代背景密切相关,同时也不可忽视创作者的个人经历在其中所发挥的关键性作用,可以说这一时期的作品是带有一定的自传体色彩的。《苦恼人的笑》中挣扎于"诚实与谎言"间的记者傅彬,《生活的颤音》中以音乐为武器的小提琴演奏家郑长河,《巴山夜雨》里内心坚韧、外表沉默的诗人秋石,都是第四代电影人的自我形象投射,他们期望通过银幕上个体生命的惨痛经历去叩问时代的苦难,反思极左政治的罪恶。但是,此时的反思还主要停留在外部客观因素层面,虽然摄影机将焦点对准了历史进程中的"人",但人的悲剧性命运却主要归咎于外部环境的打压,随着"四人帮"被打倒,国家政治生态恢复正常,主人公便迅速被重新询唤进主流意识形态话语当中。对此,吴贻弓坦言:"传统文化的熏陶很浓重,十七年主流意识很深地镶嵌在我们的脑海中……尽管'文化大革命'似乎突如其来地朝我们打了无情的一棍,在以后的实践中,我们这一群落的命运分流大了起来,但归根结底我们的深层文化心态,或者说内心情结是很纯情的'共和国情结'。总把新中国母亲看得很理想,很美好,很亲切,千方百计想把这种'情结'投射在银幕作品中。"①可见,火红岁月在第四代电影人身上烙下的理想主义印迹,以及这一群体对主流意识形态的自觉认同与主动皈依,都在一定程度上阻碍了他们继续追问的脚步,同时也限制了其在作品中全面展示人的主体性觉醒的可能性。

"可以说,伤痕电影更重要的是在尚未消散的悲剧阴云中,在刚刚露出春天的消息的残冬中,由衷地为时代编织的一组信念的神话。正是这一组神话,如同远方的灯塔,在指引着人们走出阴云,走向春天。"②但这也几乎同时注定了,新时期初中国银幕上"人"的重新发现只能是一种表层的注视,迫不及待的情感宣泄掩盖了更深层次的理性思索。

---

① 吴贻弓、汪云天:《承上启下的群落——关于"第四代"电影导演的对话》,《电影艺术》1990年第4期。
② 饶曙光、裴亚莉:《新时期电影文化思潮》,中国广播电视出版社1997年版,第1页。

二、话语置换:一种隐性的遮蔽方式

1981年,伤痕电影《苦恋》遭到严肃的政治批判,使得此类电影的集中式爆发告一段落。随后,自上而下地,中国电影创作被提出了新的要求。"不要把思想停留在那个时候,老是在那里寻寻觅觅、凄凄惨惨戚戚。思想跟不上时代,时代就要把你抛在后面。"①电影不应该"使人感到消极无望,沉湎于伤痕,抚摸伤痕而悲观失望",而应该是"使人化悲痛为力量,感奋起来,激励人们更好地前进!"②"文艺作品不能只是人们苦难的记录,更不是现实生活中丑恶事迹的集中展览","文艺作品要给人以希望,总要给人以美的教育"。③

这充分显示出当时中国电影人所面临的复杂处境。"一方面,个体的创伤经历是不可否认的真实经历,这需要在对历史的控诉与批判中得到确认;但另一方面,新中国电影合法性的来源一开始就奠基于与主流意识形态的同构性,这就要求电影作品尽快与政治实现和解,并为其延续的合理性提供积极主动的注脚。"④"既要面对悲剧性的历史,又要提供历史延续的合法性和合理性的基础"⑤成了这一时期中国电影创作的时代命题。夹缝中求生的中国电影人逐渐摸索出了一套以道德伦理话语置换政治历史话语的叙事模式,使得银幕上刚刚显现出一点影子的"人"又被一种更隐形的方式重新遮蔽了。

其实在新时期初,电影《小花》便是运用这样的手法,将残酷的战争记忆放置于叙事的背景,将两个家庭、真假兄妹之间历经十几年的找寻与相认设定为故事的主线,这种以传奇影像、伦理情感为核心的叙事模式颇受中国观众的青睐,但也确实消解了影片的历史厚重感以及现实批判力度。片中人物的塑造基本延续了十七年电影时期塑造正面英雄形象的一般套路,距离我们所期待看到的"人"的真正觉醒还相距甚远。1982年的《人到中年》塑造了一位医术精湛、甘于奉献的眼科大夫陆文婷的形象,她集中华女性传统美德和知识分子的责任意识于一身,这部影片所着重展现的,是陆文婷由于突然生病而陷入的一场中年危机之中,人物命运所遭受的不公与无奈依然被归咎于他人和社会。"好人落难"的传统叙事模式自然会广泛引起观众的共鸣,但这种"丰富的单一化"人格,"仍未真正升腾到对中国当代知识分子的历史命运和精神格局进行深刻的自我反思"⑥,仍无法称得上真正全面的人格探寻。

这一时期导演谢晋的创作能够更加鲜明地体现出这一问题,甚至由此引发了一场关于"谢晋电影模式"的激烈论争,影响深远。1980年代初,谢晋连续完成两部反思极"左"政治灾难的作品《天云山传奇》《牧马人》,并将叙事从"文革"扩展到党的历史上"反右"斗争扩大

---

① 胡耀邦:《在剧本创作座谈会上的讲话》,《三中全会以来重要文献选编(上)》,人民出版社1982年版,第345页。

② 荒煤:《提高创作水平,奋勇前进——在剧本创作座谈会上的讲话》,《电影艺术》1980年第4期。

③ 鲁彦周:《关于〈天云山传奇〉》,《电影艺术》1981年第1期。

④ 王宇英:《转折年代的和声与沉声——新时期之初的伤痕电影》,《文化研究》2018年第3期。

⑤ 汪晖:《政治与道德及其置换的秘密——谢晋电影分析》,《电影艺术》1990年第2期。

⑥ 仲呈祥:《赵书信性格论——与钟惦棐老师谈〈黑炮事件〉的典型创造》,《电影艺术》1986年第10期。

化所累积带来的种种恶果上。影片在创作的过程中遇到了不小的阻力,但谢晋坚信,只要把剧中人物塑造好,"写出他们很高的思想境界,使人们更加热爱社会主义,热爱党,热爱人民,追求新的生活,就能起到影响人们灵魂的作用"①。"我们刻意追求从'伤痕'中提炼出美的元素。"②"我们将来采用把政治概念推到后景,把美好的情操推到前景的办法来突出主题。"③正是在这种创作理念的指引下,《天云山传奇》通过三位不同女性的视角将过去与现在交织呈现,表面上的情感纠葛消解了本应更深刻的政治反思,影片结尾宋薇通过与吴遥的决裂完成了她的自我道德救赎,但对其人格的软弱性却缺乏更有力的剖析。罗群有理想有抱负却几经污蔑,他几乎不曾辩解,甚至显得有些逆来顺受,"党没有放弃我"这种极端纯洁的坚定信仰使得这个人物趋于符号化。冯晴岚则是"真善美"的化身,她对罗群的感情更像是一种理想信念的投射,而缺了两性之间最直接的吸引力。吴遥道德品质的败坏,则使他成了荒诞历史的替罪羔羊。平反以后的各归各位,实则掩盖了"被隐藏在深情厚谊中的道德自我完善是一种对恶的不抵抗主义"④。《牧马人》中,许灵均由于"血统论"被错划为右派,下放至荒僻的大草原,勤劳勇敢的逃荒姑娘秀芝、真诚善良的牧民老乡,共同为他搭建起了一个类似于乌托邦的敕勒川,这显然是一个接近于理想化的世外桃源。平反后,许灵均拒绝了资本家父亲的出国邀约,秀芝望着陋室墙壁上的中国地图对他说:"我知道你舍不得它。"在这里,个体选择还是牢牢被国家意志所捆绑,许灵均拿到政府的 500 元补偿款后伏案痛哭,更像是一个受了委屈的孩子。"党=母亲=民族,这一替换的另一结果,即用民族这一更为普泛性的概念可以包容过往的政治信条难以包容、甚至排斥的那些谢晋称之为人道主义的内容。"⑤此时,谢晋电影将政治话语成功置换为道德话语,这种民族传奇影像叙事从中国电影的拓荒时代一直延续至今,具有广大的群众基础,但它同时也具有更强大的迷惑性,在中国电影重新走向现代的过程中设置了一道更隐蔽的障碍。

三、全面反思:一次深刻的灵魂叩问

进入 80 年代中期,随着思想解放和社会改革的持续推进,中国电影中的反思精神也逐渐走向深化,不再单一局限于直接反映极"左"政治风暴所带来的一系列悲剧,而开始在更广阔的维度思考传统与现代、都市与乡村、中国人的国民性以及中华民族的历史与未来。老、中、青三代电影人都对银幕上真实的、全面的、独立的"人"的形象展开了新的探索与实践。

---

① 谢晋:《歌颂真、善、美——〈天云山传奇〉导演阐述》,《我对导演艺术的追求》,中国电影出版社 1998 年版,第 78 页。

② 谢晋:《探索和追求——〈牧马人〉导演总结》,《我对导演艺术的追求》,中国电影出版社 1998 年版,第 130 页。

③ 谢晋:《歌颂真、善、美——〈天云山传奇〉导演阐述》,《我对导演艺术的追求》,中国电影出版社 1998 年版,第 78 页。

④ 钟惦棐:《谢晋电影十思》,《文汇报》1986 年 9 月 13 日。

⑤ 汪晖:《政治与道德及其置换的秘密——谢晋电影分析》,《电影艺术》1990 年第 2 期。

当然,在这一时期最为引人注目的还是第五代导演的崛起,新时期电影中"人"的最终发现,也是在他们充满叛逆精神和反思意识的创作中实现的。第五代导演大多在恢复高考后第一批考入专业类艺术院校,不仅接受了系统的电影艺术教育,更难得的是在那个国门重新打开的年代,他们有幸接触到了西方最前沿的电影艺术理论和大量优秀的电影作品,因而对电影文化有了全新的思考。毕业后,他们被分配进入国营电影制片厂工作,在体制的庇护下有了初执导筒的机会。相较于他们的老师——第四代导演,第五代是以叛逆者的姿态登上影坛的。

1984年,陈凯歌导演、张艺谋摄影的影片《黄土地》问世,该片极具先锋探索精神,运用大量不规则构图展现出世代生活在黄土高原上的农民与土地间复杂的共生关系,土地给予了他们生命,同时也束缚了他们的思想。以翠巧爹为代表的中国农民,勤劳、勇敢、淳朴、善良,同时又愚昧、无知、混沌、麻木,他对女儿有着最深沉的爱,但同时又是女儿走向悲剧性命运的帮凶。中国传统文化以"敬畏"意识来规范和抑制人的主体性张扬,这种心态早已深入国民的深层集体心理之中。影片中震撼人心的"祈雨"场面以绝对的静态摄影突显出村民们的虔诚与庄重,他们的一生都在本能地维护着祖辈们制定的规则和秩序,从未怀疑。直到顾青的到来,点燃了翠巧心中对于现代文明的向往。作为黄土地上最先觉醒的"人",翠巧用一种近乎悲壮的方式完成了自我命运的转向,同时也付出了生命的代价,这一行为深深地触动了尚未成年的弟弟憨憨。影片结尾,与人群逆向而行的憨憨无疑预示了黄土地新生的希望。在中国重新走向现代的新时期,这部影片试图解开延续千年的封建小农经济所强加在中国人身上的沉重枷锁,重新确立人的主体性地位。

一个古老的农业制国家在走向现代的过程中,与工业文明的碰撞必然会激起巨大的浪花。在国家话语导向的"四个现代化"建设道路上,尚未与土地完全剥离的中国人,又被迅速卷入了机器化大生产的旋涡。其中,滕文骥导演的《海滩》极具代表性,影片聚焦于社会主义工业化进程,讲述了靠海而生的渔民们所面临的冲击与困惑。传统的乡村已经不复存在,现代化的都市又还远未建成,粗放的工业化发展所带来的环境污染、人情淡漠、道德沦丧等残酷现实在银幕上看起来触目惊心。工业文明的大举入侵能够清扫封建糟粕,但是同时也破坏了人与自然的和谐,强势压缩了人的生存空间。"事实上,第四代所提供的是一种分裂的本文,其中并置着的,又彼此对立、冲突的都市与乡村,又分别呈现为两种视野中的残损的乌托邦,它们分别指称着拯救与归属。然而,有所拯救就意味着拒绝拯救,而拯救的降临,就意味着故园的沉沦。"①因此,与其说这部影片是献给逝去的农业文明的一曲挽歌,倒不如说它让沉浸在加快实现社会主义现代化建设进程中的中国人,重新审视处于传统与现代、都市与乡村夹缝中的,"人"的地位和价值。

在这一时期,备受争议的老导演谢晋的创作也实现了重大的自我突破,完成于1987年

---

① 戴锦华:《新中国电影:第三世界批评的笔记》,《电影艺术》1991年第1期。

的《芙蓉镇》是"谢晋反思三部曲"的收官之作,同时也是最具思辨意识和批判力度的一部。片中男主人公、老右派秦书田看似疯癫,实则清醒,多年极"左"政治斗争的折磨并没有将他击垮,这并不是因为他始终怀抱着多么高尚的理想信念,而是纯粹出于人的求生本能和自觉。"文革"中被捕时,他对胡玉音说:"活下去,像牲口一样活下去。"这句经典的台词表明人物不再将生的希望寄予外力的召唤,彰显了人之生命力的顽强,而人的生物性还原就是确认人的主体性地位的重要体现。"文革"结束以后,胡玉音在拿到政府退回的没收款时,也有了与许灵均完全不同的表现,她愤怒地呐喊:"我不要钱,我要人! 你们还我男人!""人"本身的核心地位在这部影片中有了质的凸显。影片结尾,重新恢复秩序的芙蓉镇沐浴在和煦的阳光下,秦书田和胡玉音又支起了豆腐摊,凭借自己的双手劳动,以此重新确认自我的价值。

无论是封建传统的束缚、工业文明的异化,还是极"左"政治的迫害,新时期银幕上的"人"终究是在与外力的艰难对抗中显示出了寻求主体性的强烈渴望。同时,真正意义上的"人"的觉醒更表现在对"人"本身的理性认知与深刻剖析上。承认人性的弱点,全面认识人在特定历史时空中的局限性等,才能达到真正"历史的个性的真实"。同为第五代导演的领军人物之一,黄建新执导的《黑炮事件》运用黑色幽默的手法上演了一出带有现代寓言性质的悲喜剧,围绕着男主人公赵书信意外丢失的一枚象棋黑炮所引发的一系列闹剧,生动地揭示出部分国有企业在管理体制和意识上的落后与僵化,同时也以强烈的自省精神剖析了以赵书信为代表的,中国知识分子群体"主体意识和创造能力的失落"①。对"赵书信性格"的成功塑造使得这部影片具备了深刻的民族文化反思价值。作为一名精通外语的国企工程师,赵书信可以在面对西德专家时,为了民族尊严和祖国利益拍案而起,却又在受到领导的无端猜忌和指责时唯唯诺诺、怒不敢言,这种分裂充分显示出中国知识分子人格的复杂性。他们既具备了中华传统文化滋养而生的英雄主义品格,又沿袭着千年儒家思想中的中庸之道与明哲保身,再加上多年来极"左"政治的高压与迫害,合力造就了这样一种带有明显人格缺陷的主人公形象。"我们认为,'赵书信性格'在文化价值上之高于'陆文婷性格'处,不是在它同样具有呼吁全社会重视文化、重视知识分子的内蕴,而是它对知识分子的自身文化心理进行了深刻的反思。"②这种反思在于创作者在塑造这一角色时已经具备了难能可贵的自审意识,并最终在中国银幕上呈现出了一种"历史的个性的"真实。可以说,"赵书信性格"的成功塑造,使得新时期电影中"人"的重新发现最终达成。它勇于主动审视自身文化心态的不足,对此展开全面剖析并进行深刻反思,能够正视并接受人性的弱点以及人在特定历史时空中的局限性,继而显示出超越自身的可能性。

---

① 仲呈祥:《赵书信性格论——与钟惦棐老师谈〈黑炮事件〉的典型创造》,《电影艺术》1986 年第 10 期。

② 饶曙光、裴亚莉:《新时期电影文化思潮》,中国广播电视出版社 1997 年版,第 59 页。

四、结　语

　　"一个国家、一个民族,都有其条件决定的现代意识,超越历史、超越现实的泛现代意识是不存在的。"①因此,新时期中国电影中对于作为现代意识中最为核心的"人"的全面觉醒的展现必然是曲折的。笔者通过对相关史料的细致爬梳,厘清了新时期中国银幕上在"发现"与"遮蔽"间不断博弈的"人"的艰难重生,并试图揭示出这一现象背后的复杂成因,它关乎政治风险的自我规避,更出于创作者思想的历史局限性。新时期的中国,艰难重启现代化的步伐,经历剧痛后的嬗变成为这个时代最显著的标签。新时期的中国电影,用自己特有的方式完成了对时代的回应,也用艺术的力量推动着中国重新走向现代的步伐。

---

① 邵牧君:《为谢晋电影一辩》,《文艺报》1986 年 8 月 9 日。

"《晶报》评剧事件"与戏剧批评
——现代启蒙主义戏剧批评的一次实践

孟书宇[*]

（南京大学 文学院，南京 210023）

内容摘要：本文以"《华伦夫人之职业》事件"和与之相伴的"《晶报》评剧事件"为例，探讨了现代启蒙主义戏剧批评的一次实践。这次戏剧批评实践，不仅辨析了新旧戏剧的关系，围绕"人的戏剧"从戏剧艺术、观演关系、戏剧批评三方面提出了建设现代话剧的具体方法，而且其本身对于戏剧观念和戏剧批评观念的更新，为现代启蒙主义戏剧批评开辟了道路。

关键词：戏剧批评；启蒙主义；《华伦夫人之职业》；《晶报》评剧事件

戏剧批评是对戏剧创作的分析与评价，对戏剧的发展有指导性意义。中国现代戏剧批评产生于晚清，是一种新型的戏剧批评形式，并依托于近代报刊而发展。所谓"新"，在于"中国现代戏剧批评的历史，就是从与创作及演出的平等对话开始的"[①]。正如欧阳予倩在《予之戏剧改良观》里指出的，旧的戏剧批评不是捧角就是挑刺，新的戏剧批评"必须根据剧本，根据人情事理以立论"[②]。至于中国现代启蒙主义戏剧批评，董健先生认为，"它与科学与民主的提倡相关，为推进中国的现代化而呼喊……一系列剧作家和批评家，把戏剧批评与现代文化启蒙主义运动紧紧联系起来。在他们的戏剧批评中，主调是人道、民主、自由，追求的是历史的真实与对现实世界的批判"。[③]

本文即以 1920 年"《华伦夫人之职业》事件"和与之相伴的"《晶报》评剧事件"为例，探讨中国话剧初创时期，现代启蒙主义戏剧批评的一次实践。

---

[*] 作者简介：孟书宇，南京大学文学院戏剧戏曲学专业博士研究生。

① 董健、马俊山：《戏剧艺术十五讲》，北京大学出版社 2012 年版，第 258 页。
② 欧阳予倩：《予之戏剧改良观》，《新青年》第 5 卷第 4 号，1918 年 10 月。
③ 经纬：《"缺席"的戏剧批评——南京大学教授董健访谈》，《四川戏剧》2015 年第 12 期。

一、一场演出与一段批评史

1920 年末,"《华伦夫人之职业》事件"与"《晶报》评剧事件"几乎同时发生,引起戏剧界的瞩目。两者虽不相同,常被分别论述,实则是两条交错的线索:它们都涉及戏剧批评,进一步来看则都指向新兴话剧的确立。

1918 年《新青年》先后开辟"易卜生号"和"戏剧改良号",向旧剧发起革命并提倡现代话剧,确立了现实主义的戏剧观念。新旧戏剧论争,在理论上为中国新兴话剧的发展开辟了道路。那么,新兴话剧的实践情况如何呢? 1920 年 10 月 16 日、17 日、21 日和 11 月 4 日,上海新舞台上演了根据萧伯纳名剧《华伦夫人之职业》改编的《华奶奶之职业》,这是《新青年》派倡导的西方话剧在中国的第一次演出。演出主持者汪仲贤称"狭义的说来,是纯粹的写实派的西洋剧本,第一次和中国社会接触;广义的说来,竟是新文化底戏剧一部分与中国社会第一次的接触"[①]。演出的广告上特别写道:"中国十年前就发生新剧,但是从来没有完完全全介绍过西洋剧本到舞台上来……这是中国破天荒第一次。"[②]然而,投入千元资金、花费三个月排练的作品却收入惨淡,仅演出四场便被匆匆叫停。从商业角度看,《华伦夫人之职业》可谓是一场不成功的演出,票房惨淡、观众寥寥。但作为西方戏剧在中国的首次演出,作为《新青年》派提倡的话剧在中国的首次实践,剧界对于该剧的批评却是较为热烈。

所谓"《晶报》评剧事件",指的是在《华伦夫人之职业》演出前后,从 10 月 6 日起,汪仲贤以"戏子"为署名在《晶报》发表《敬告评剧界》一文,引发了戏剧界的激烈回应,《时事新报》《新世界报》《花国日报》《华报》《奇文杂志》等报刊,以及众多新旧剧界人士卷入其中而展开的一次戏剧批评。

之所以将这两个"事件"并论,既因其涉及的戏剧批评都围绕《华伦夫人之职业》的演出及新兴话剧展开,又因它们是"创造新剧的计划"的组成环节。两个"事件"的主持者汪仲贤,从改造剧本、物色人才、养成观剧阶级和评剧问题四个方面实施"创造新剧的计划"[③],《华伦夫人之职业》的排演过程和戏剧批评正是此计划的实践。由于该剧是将《新青年》派的戏剧思想应用于实践的第一次尝试,所以围绕该剧的批评,实则是对新兴话剧如何立足于中国舞台的批评,并最终引发了关于建设中国新兴话剧的讨论。

二、论争过程和批评内容

这次戏剧批评活动可以分为两部分:一部分为针对《华伦夫人之职业》的批评;另一部分为发表在《晶报》等报刊上,针对汪仲贤《敬告评剧界》而展开的论争。

首先,是针对《华伦夫人之职业》演出的批评。

---

① 汪仲贤:《剧谈》,《晨报》1920 年 11 月 5 日。
② 《中国舞台上第一次演西洋剧本》,《申报》1920 年 10 月 13 日。
③ 哀鸣(汪仲贤):《创造新剧的计划》,《时事新报》1920 年 9 月 15—18 日。

在《华伦夫人之职业》演出前,汪仲贤等戏剧家就曾撰文讨论建设"真的新剧"的具体方法,并希望各界参与到对这次演出的批评中。汪仲贤的《创造新剧的计划》《排演〈华伦夫人之职业〉的意见》陆续发表,阐释创造新剧的方法、剧本改编和排演的事宜。对此,戏剧界同仁给予了积极回应。如冥飞的《我对于〈华伦夫人之职业〉剧本之感想》,陈大悲的《上海新舞台底将来》,公彦的《我对于新舞台演〈华伦夫人之职业〉的意见》等。

首演后第三天即 10 月 18 日,便有剧评刊登于报刊上,涉及剧本、主旨、表演、布景、服装、道具等内容。目前可见者有六篇:震瀛的《批评〈华奶奶之职业〉》、怡的《新剧的曙光》、佚名的《新舞台观剧记》、劳人的《讨论新舞台底所谓"真的新剧"》、韩潮的《评〈华奶奶之职业〉》和周剑云的《评新舞台的〈华奶奶之职业〉》。

其次,是针对汪仲贤《敬告评剧界》而展开的论争。

1920 年 10 月 6 日开始,汪仲贤以"戏子"为署名撰写《敬告评剧界》,连载在《晶报》上,这便是"《晶报》评剧事件"的起点。《敬告评剧界》的主要观点有三:旧戏破产、文明戏堕落,希望评剧家想一些方法,以便改良或者创造真正有价值的戏剧;敬告评剧家不要引导观众看不合理的戏,观众不来看,这些戏也就不会演了;批评评剧界的陋习,如为了交情或利益捧角儿、迷信好角儿、追逐花边新闻等。其观点切中时弊,但直接的"敬告"触动了批评家的不满情绪。

10 月 21 日,署名"评剧家"的论者发表的《驳戏子》,是反对"戏子"(汪仲贤)的第一篇文章。文章主要对《敬告评剧界》的第二、三点予以反驳,认为戏剧是通俗教育,其内容应有益于世道人心,不能因为观众爱看就胡乱排戏,评剧家当然是要骂排戏的而不是骂看戏的。至于文中引出前辈好角儿做考据,是为了以前人为榜样。但是,文章对旧戏不合理、评剧家不客观的反驳,说服力较弱。

随后,汪仲贤及其支持者"第二号戏子""老少年""第二号看报人""辩护士"等组成的"戏子"一方,和由姚民哀、徐凌霄、"看报人子褒""小董"等组成的"评剧家"一方,展开了论争。起初尚有理可循,稍后就逐渐失控为笔战。马二先生(冯叔鸾)在 11 月 18 日的《破烂的东西》一文中,站出来指责双方把目的弄错了,反问这样的乱骂难道是戏剧批评吗?从 11 月中旬至 12 月中旬,论争进入较为激烈的阶段。虽有杂音,但却出现一批比较科学、客观、高质量的批评文章。参与者也比较多元,包括马二先生、谬子(张厚载)、袁寒云、张冖翁、醒园、非禅、履冰、"看报的"等,呈现出民主、开放的争鸣局面。

12 月 24 日,徐凌霄发表《得之矣》,表示他推理得出"戏子"就是汪仲贤的结论。此后未见有"戏子"的回应。虽然笔战渐止,但对于戏剧的论争仍在,余音延续至 1921 年 2 月中旬。

三、新旧戏剧关系的论争

通过以上对论争过程和批评内容的梳理,可以看出此次戏剧批评实践围绕两个主要问题而展开,即:对新旧戏剧关系的论争和对建设话剧的探讨。

焦点首先是关于新旧戏剧关系,主要有三种观点。

第一种观点主张"旧戏破产说",并欲创造一种理想的新戏剧,代表人物有马二先生、汪仲贤和履冰等。

在1918年中国剧坛关于新旧戏剧的论争中,马二先生批评《新青年》派而维护旧戏,他的文章主要从脸谱、把子、唱腔等方面明确旧戏的审美独特性。此乃声援张厚载而作,但马二先生并非像张厚载一样持有反对改良戏曲、反对提倡话剧的保守观点,而是受到欧美近现代思潮影响,从民族国家发展的角度出发,认为旧戏虽有独特审美但现已"破产",必须改良。[①] 他理性地分析旧戏需要改良的内、外部原因,"居今日而谈中国剧,当就其原有之精神技艺,及其所呈之弱点,分析观之"[②],"再说到保守与改造,世间没有不可保守的旧东西,但是决不可因保守旧的,便不许世上再有新的出现"[③],"故旧者既已破产,新者又未成熟,中国剧在今日已是青黄之恐慌时期矣。夫物极必反,故衰者终为盛,然万事进化,必循环境而呈其适应之新态"[④]。那么,中国剧之将来如何?他的判断是,"至于继皮黄而代兴者,为何种戏,则不敢预言,但绝非复古派所主张之昆曲,亦必非现时各游戏场所演之新剧,则可断言。我主张创作一种新戏,乃是一种理想的,要求得一种比较上合理而又美善的戏,以代皮黄"[⑤]。

汪仲贤认为旧戏既已被社会厌弃,又阻碍了新剧的发展,阻碍新剧的发展,就是阻碍现代民族国家的建设。比如,看旧戏的观众绝大部分是为了看名角这个人而不是其艺术,名角的价值和声誉是靠改良过的旧戏,堕落的文明戏在社会上产生恶劣影响等。[⑥] 他把中国古典戏曲看作纯粹旧戏,现已衰落难寻了。而真正要全力废除的旧戏,是"不新不旧,连锣鼓带唱工,有布景的'过渡戏'"[⑦]。汪仲贤曾是旧戏、文明戏演员,"受'五四'新文化运动之影响,思想大变,求以戏剧为工具,引导观众注意社会问题"[⑧]。因此他放弃了诸如在舞台上跳水的堕落文明戏,转而排演《华伦夫人之职业》这样关注社会问题的"真的新剧"。汪仲贤的转变,表明了受"五四"新文学运动影响,旧戏、文明戏内部产生了要求变革、关心社会的态度。

履冰也持有艺术进化和社会启蒙的观念,认为戏剧与社会的关系甚为密切,戏剧进步的速度因而更快,但中国戏剧却在退步。他认为改良旧戏工程浩大,创造新剧的近路,是"撇开

① 马二先生:《旧戏破产之实证》,《晶报》1920年10月15日。
② 马二先生:《中国剧谈》,《晶报》1920年10月24日。
③ 马二先生:《中国剧的讨论》,《晶报》1920年11月6日。
④ 马二先生:《中国剧之将来》,《晶报》1920年9月30日。
⑤ 马二先生:《旧戏破产之一证》,《晶报》1920年11月27日。
⑥ 仲贤:《纯粹新剧的障碍是什么》,《时事新报》1920年10月13日。
⑦ 参见仲贤:《纯粹新剧的障碍是什么》,《时事新报》1920年10月13日;汪仲贤:《剧谈》,《晨报》1920年11月4日。
⑧ 茅盾:《我走过的道路(上)》,人民文学出版社1997年版,第204页。

歌唱,专门从'白话剧'入手"①。

这一时期,传统戏曲、文明戏和话剧混杂发展。在表述上,"旧戏"往往涵盖了传统戏曲和文明戏。因此所谓"旧戏破产",其结果是,坚决废除不新不旧的文明戏,积极改良传统戏曲。传统戏曲有审美独特性,但其内容和形式已无法适应时代精神需要、无法表现中国人的生命与生存,而必须改良。不仅如此,更要以西方话剧为师创造中国的新剧,因为话剧更能承载启蒙思想。此观点的实质,是促进中国戏剧的现代化。

第二种观点主张"新旧并存说",代表人物有非禅、袁寒云和徐凌霄等。

此观点认为旧戏可以写实旧社会、以古喻今、发人深省,旧戏的剧本还在就不会破产,不过旧戏衰颓确实应该革新。② 立论的出发点并不是发展新的话剧,而是保存并发展中国传统戏曲。所以这里说的"新",仍限于中国传统戏剧的体系内。例如,剧本方面,或废唱、或加古歌、或在剧外另有歌舞小剧;演剧方面,改用笛箫檀板之类的清雅乐器。③ 即使借鉴西方戏剧,也是在戏曲内部革新,"有人主张改良皮黄的音节,创造一种中国式的歌剧"④。此观点偏重戏剧的审美娱乐功能,但忽略了中国社会历史转型的时代背景和戏剧对于社会改良、大众启蒙的教育功能。

第三种观点反对发展新剧,代表人物是以姚民哀为首的旧派批评家。

此观点比较激烈,表现出固守民族文化传统,排斥外来文化、事物进化的文化民族主义的立场。姚民哀在《驳戏子》一文中指出,评价戏剧的标准是演员的水平。旧戏不会破产,因为旧戏的剧本还在;旧戏还会兴旺,只要未来有好的演员。他从演员水平低下出发,批评了当时上海的文明戏和话剧。尤其以《华伦夫人之职业》为例,"你把那广告翻出来看看,说的何等慎重,何等有价值,及至看他那个戏,依旧是那一群蹩脚戏子,在那里瞎闹。戏子是戏子,脚本是脚本……"⑤此观点仅就艺术论艺术,且以旧的标准评价新的话剧。在中国戏剧加入世界大潮时,这种文化民族主义观点既无视时代与世界的发展,又曲解了戏剧艺术发展的规律。

虽然这三种观点此消彼长,但在1920年代,经过多次的新旧戏剧论争和戏剧实践,第一种观点占据了主流,并推动着中国现代戏剧的发展。这三种观点,表面上看是对戏剧形式的论争,实质上反映了旧戏的内容、思想、情感的落后、匮乏与日益增长的社会需要的矛盾。新文学运动主张提倡"思想""情感"和"文学上之价值"⑥,这也成为当时评价戏剧的新标准。至1920年代,旧戏内部的改良仍难以适应这样的要求。需要扫清旧戏的障碍,为中国现代

---

① 履冰:《创造新剧之提议》,《晶报》1920年12月9日。
② 参见非禅:《改造戏剧之意见》,《晶报》1920年12月6日;凌霄:《随便说》,《晶报》1920年12月30日。
③ 寒云:《戏言》,《晶报》1920年11月24日。
④ 履冰:《创造新剧之提议》,《晶报》1920年12月9日。
⑤ 又一评剧家:《驳戏子》,《晶报》1920年11月3日。
⑥ 参见胡适:《文学改良刍议》,《新青年》1917年第2卷第5号;钱玄同:《寄陈独秀》,《新青年》1917年第3卷第1号。

戏剧的发展开辟道路。这条道路,是以西方的话剧为主导的。因为话剧更具有现代启蒙精神,其承载量和社会感染力更强。冥飞指出,报刊上的新文学运动只限于识字的人,更广泛的社会大众需要从戏剧中获得新思想。[①] 旧剧家齐如山也承认"自然是新戏比旧戏好,为什么呢? 因为新戏情形较真,感化人的力量比旧戏大"[②]。

清末以来,中国社会形成了救亡与启蒙的思想,开启了现代化的变革之路。戏剧在社会变革中具有巨大的作用,但事实证明旧戏不能满足中国的社会需求和审美需求,必须改良旧戏、更须建设具有现代精神的中国话剧,将戏剧变革纳入社会变革浪潮之中。这是站在文化批判的立场去审视戏剧,符合现代启蒙主义戏剧批评的精神。

四、建设中国话剧的探讨

建设中国话剧是时代使然,但对于建设什么样的话剧仍需艰难探索。自 1907 年话剧进入中国,它虽为中国戏剧带来新面貌但仍"水土不服"。因此,汪仲贤以建设"真的新剧"为核心观念,开展演剧实践和戏剧批评活动。

之所以名为"真的新剧",是因为戏剧界部分人士不理解"新剧"的含义[③],并错误地形成了"不新不旧,连锣鼓,带唱工,有布景的'过渡戏'"[④]。这不仅在社会上产生较大负面影响,而且成为真正的新剧的障碍。那么,何谓"真的新剧"?

"真的新剧",就是"人生的、艺术的新剧"[⑤]。它符合近代西方戏剧精神,能说出人生的真义、批评社会的问题,有文学、艺术、思想上的价值,以通俗教育为宗旨。[⑥] 它就是"五四"新文学运动中所提倡的,以易卜生为代表的近代西方现实主义的话剧,是以"人的戏剧"为核心理念的中国现代戏剧。

汪仲贤选择演出萧伯纳的剧本《华伦夫人之职业》,正是因为它是"真的新剧"。剧中,华伦夫人母女身上体现了两代妇女对于独立、自由的强烈自我意识,同时将批判的矛头对准了造成贫困与不公的社会。该剧通过妇女问题表达个性解放思想、社会批判精神,对于当时的中国社会同样适用,"近来'废娼'的声浪甚高,我们以为要提倡'妓女解放',非先令妓女知道自己人格的重要不可;女子能尊重自己的人格,谁还肯去当妓女呢? 这本戏于现在中国的恶浊社会极有益处,并且与中国的风俗人情,亦不大反背,所以我们决计演他"[⑦]。这部符合

---

① 冥飞:《我对于〈华伦夫人之职业〉剧本之感想》,《时事新报》1920 年 9 月 25 日。
② 齐如山:《新旧剧难易之比较》,《春柳》1919 年第 1 卷第 2 期。
③ 袁鸣(汪仲贤):《创造"真的新剧"之我见》,《时事新报》1920 年 9 月 3—4 日。
④ 仲贤:《纯粹新剧的障碍是什么》,《时事新报》1920 年 10 月 13 日。
⑤ 参见《上海新舞台宣言》,《时事新报》1920 年 9 月 12—13 日;陈大悲:《上海新舞台底将来》,《时事新报》1920 年 10 月 3 日;汪仲贤:《剧谈》,《晨报》1920 年 11 月 1 日。
⑥ 参见袁鸣(汪仲贤):《创造"真的新剧"之我见》,《时事新报》1920 年 9 月 3—4 日;《上海新舞台宣言》,《时事新报》1920 年 9 月 12—13 日;冥飞:《我对于〈华伦夫人之职业〉剧本之感想》,《时事新报》1920 年 9 月 24 日。
⑦ 《上海新舞台宣言》,《时事新报》1920 年 9 月 13 日。

"真的新剧"精神内涵要求的剧本在演出时却遭遇滑铁卢,令戏剧家意识到只"喊口号"而缺乏审美现代性的作品仍然行不通。

因此,戏剧家在这次论争中从戏剧艺术、观演关系和戏剧批评三方面,讨论了建设"真的戏剧"的具体方法。

第一,从戏剧艺术自身来看,需要深化现实主义戏剧观,提高剧本和舞台艺术水平。

《华伦夫人之职业》之所以演出失败、引起争议,与剧本改编、舞台表演水平的低劣有极大关系。当时,剧本和舞台艺术的发展极为落后,新剧"既无艺术上之训练,亦无编脚本之能力"①。同时,舞台上充斥的虚假、噱头,令观众反感。"真的新剧"描写的是人生,应"以肖真为贵"。② 戏剧家一致认为建设"真的新剧",要在"为人生"的现实主义戏剧思潮的指导下,提高剧本和舞台艺术水平。正如马二先生所总结的戏剧三要素:对于现在社会的刺激性、对于演艺上的趣味性、对于文学上的美术性。③

旧戏轻剧本重演员,随着新剧的兴起,新剧剧本的魔力渐胜过演员,由此令观众、经营者逐步养成尊重剧本的观念。④ 戏剧家强调,新剧剧本要求有文学、艺术和思想价值⑤,既要有结构、情节、人物、语言等的整体经营,避免把新闻拼凑起来成戏⑥,又要有益于社会人生的精神,要成为社会改良的利器⑦。至于舞台艺术,戏剧家认为,一要重视排练、培养人才⑧;二要辨析新旧戏剧界限,除去演剧中的旧戏成分,比如,"新剧最忌的,就是向台下演说,这是旧戏中常有的事(谓之背躬),新剧家犯了这个毛病,便不成其为新剧了"⑨;三要写实,剧中人物的语言、动作、化装和情节要符合实际情况⑩。

戏剧家撕掉"瞒和骗",力求独立思考,真实地反映社会人生,革新戏剧文本、演剧与审美。这种真实性原则和戏剧艺术的自觉,是以"人的戏剧"为核心的中国戏剧理论现代性建

---

① 参见马二先生:《中国剧之将来》,《晶报》1920 年 9 月 30 日;周剑云:《评新舞台的〈华奶奶之职业〉》,《解放画报》第 6 期,1920 年 11 月 30 日。

② 参见戏子(汪仲贤):《解释大家的疑心并与马二先生商量》,《晶报》1920 年 10 月 30 日;周剑云:《评新舞台的〈华奶奶之职业〉》,《解放画报》第 6 期,1920 年 11 月 30 日。

③ 马二先生:《中国剧的讨论》,《晶报》1920 年 11 月 6 日。

④ 马二先生:《脚本价值之将来》,《晶报》1921 年 1 月 1 日。

⑤ 参见吴飞:《我对于〈华伦大人之职业〉剧本之感想》,《时事新报》1920 年 9 月 24 日;马二先生:《脚本价值之将来》,《晶报》1921 年 1 月 1 日。

⑥ 参见劳人:《讨论新舞台底所谓"真的新剧"》,《时事新报》1920 年 10 月 20 日;戏子(汪仲贤):《答第一号评剧家》,《晶报》1920 年 11 月 12 日。

⑦ 参见马二先生:《中国剧的讨论》,《晶报》1920 年 11 月 6 日;震瀛:《批评〈华奶奶之职业〉》,《民国日报·觉悟》10 月 18 日;《新舞台观剧纪》,《申报》1920 年 10 月 18 日。

⑧ 参见哀鸣(汪仲贤):《创造新剧的计划》,《时事新报》1920 年 9 月 17 日;陈大悲:《上海新舞台底将来》,《时事新报》1920 年 10 月 4 日。

⑨ 马二先生:《这也算是新剧吗?》,《晶报》1921 年 2 月 15 日。

⑩ 参见戏子(汪仲贤):《答第一号评剧家》,《晶报》1920 年 11 月 12 日;马二先生:《这也算是新剧吗?》,《晶报》1921 年 2 月 15 日。

构的重要维度①。

第二，从观演关系来说，培养话剧观众，需要以"普及"为手段，行"提高"之目的。

西方话剧传入中国首先是为了促进人与社会的现代化，就必然要以其"通俗教育"②的特点争取更广泛的观众。《上海新舞台宣言》同样表达了戏剧"通俗教育"的宗旨③，但是在《华伦夫人之职业》的实际演出中，汪仲贤却"纯粹注重文学思想，并研究高尚的艺术来表示。不问'非知识界'是否欢迎，只求'知识界'的批评指导"④，以致曲高和寡。

《华伦夫人之职业》演出失败，使汪仲贤认识到，"近代思潮，多承认戏剧是传导文化的利器，所以我国近来创造纯粹新剧的声浪甚高。但是创造新剧者决不能向社会宣告独立，必须要谅察社会情形，方能对症下药"⑤。为了解决这种传播与接受的错位，他在《剧谈》中提出了"提高"和"普及"的问题。所谓"提高"，指用戏剧去改革思想和宣传文化；所谓"普及"，即实行社会大众的通俗教育。汪仲贤探索出以后的演剧方针是："不能绝对的去迎合社会心理，也不能绝对的去求智识阶级看了适意……拿极浅近的新思想，混合入极有趣味的情节里面，编成功一种教大家要看底剧本……绝不能教那班无智识的人看了一半逃走。"⑥也就是说，以"普及"为手段，行"提高"之目的，逐步培养大众对话剧的兴趣和艺术欣赏能力⑦。马二先生⑧和袁寒云⑨等人也持有相同的观点。

但当时大部分观众仍把戏剧当作"供人娱乐的玩具"⑩，旧戏和文明戏仍有很大吸引力，资本家为迎合社会心理不惜牺牲思想与艺术水平。所以为了实现新的演剧方针，汪仲贤进而提出组织非营业性质的剧团⑪、开展"爱美的"戏剧运动等形式，以此摆脱商业化对"真的新剧"的束缚。

以"普及"为手段行"提高"之目的，在话剧的教育功能之外，恢复其审美娱乐功能，既能广泛地发挥话剧启蒙大众之效，又能使观众的审美经验逐步趋向现代。

第三，戏剧批评的观念得以更新，科学、民主的精神广为传播。

"《晶报》评剧事件"因《敬告戏剧批评界》而起，当时戏剧批评界的生态比较恶劣。⑫

---

① 胡星亮：《中国戏剧理论的现代建构——20世纪中国戏剧理论现代化研究》，《戏剧艺术》2018年第4期。
② 参见哀鸣（汪仲贤）：《创造新剧的计划》，《时事新报》1920年9月15日。冥飞：《我对于〈华伦夫人之职业〉剧本之感想》，《时事新报》1920年9月24日；评剧家：《驳戏子》，《晶报》1920年10月21日。
③ 《上海新舞台宣言》，《时事新报》1920年9月13日。
④ 冥飞：《我对于〈华伦夫人之职业〉剧本之感想》，《时事新报》1920年9月24日。
⑤ 汪仲贤：《剧谈》，《晨报》1920年11月1日。
⑥ 汪仲贤：《剧谈》，《晨报》1920年11月6日。
⑦ 明梅（汪仲贤）：《与创造新剧诸君商榷》，《戏剧》1921年第1卷第1期。
⑧ 马二先生：《中国剧的讨论》，《晶报》1920年11月6日。
⑨ 寒云：《戏言》，《晶报》1920年11月24日。
⑩ 汪仲贤：《剧谈》，《晨报》1920年11月1日。
⑪ 汪仲贤：《营业性质的剧团为什么不能创造真的新剧》，《时事新报》1927年1月27日。
⑫ 马二先生：《北京的评剧家》，《晶报》1921年1月12日。

尽管如此,仍有真知灼见,且对戏剧批评的观念提出新的要求。

内容导向、社会教育、批判态度、平等讨论等观念,取代了被文人垄断的"游戏文字"式批评观。[①]"报界的剧评是批评、监督、指导、鼓励演剧家的重要机关"[②],戏剧批评应专门研究戏剧的艺术而不是"专务枝叶的争论"[③],戏剧批评应多建设而少破坏[④]。辩护士、看报的、第二号看报人、朱天目、四非、张丹翁等均持有此观点[⑤]。在 1920 年代中国话剧初创期,戏剧批评又被赋予了特殊的历史使命,即帮助演剧家"改良"或"创造"一种真正有价值的戏剧[⑥]。

启蒙主义思潮为以上讨论开辟了道路,也为戏剧批评的观念增添了科学、民主的精神。

事实证明,作为图解思想的"工具"的话剧无法被观众接受。只有将启蒙现代性和审美现代性统一起来,才能形成具有现代启蒙主义精神、为观众喜闻乐见的话剧。因此,批评家们通过提倡现实主义戏剧观、培养最广泛的观众、鼓励科学民主的戏剧批评,使话剧艺术地表达人生、解放个性、反映社会、批判现实,由此实现话剧立人、立国的使命。

五、现代启蒙主义戏剧批评的兴起

1920 年代初期的这场戏剧批评,在历史上直接受到"五四"新文学运动的影响,在戏剧史上属于"五四"时期的新旧戏剧论争的延续,深受启蒙主义的影响。

此次戏剧批评实践,其现代启蒙主义精神体现在两个方面。

首先,"人的戏剧"的观念深入人心。

中国传统的戏剧批评,出发点主要是戏曲艺术的独特表现方式与审美价值,具有重曲学、表演而轻文学等特点。但是当面对《华伦夫人之职业》这样的新兴话剧时,批评家之间产生了激烈的论争,既有赞扬其倡个性解放、妇女独立、实社会改良之效者[⑦],亦有批评其艺术水平低劣者[⑧]。究其原因,自十九世纪末中国社会开始了现代化的进程,这个过程又与民族危机结合起来,形成了启蒙与救亡的时代潮流。国家的现代化带来了戏剧的现代化,二者均以实现中国人、中国社会的现代化为目标。因此,戏剧的价值观念及其影响下的戏剧批评标准都发生了变化。中国戏剧的现代化始于清末梁启超等人的戏曲改良,他们在"现代民族国

---

① 参见辩护士:《评剧家为什么不肯与戏子同列》,《晶报》1920 年 11 月 24 日;醒园:《评剧平议》,《晶报》1920 年 12 月 3 日。

② 哀鸣(汪仲贤):《创造新剧的计划》,《时事新报》1920 年 9 月 18 日。

③ 马二先生:《中国剧的讨论》,《晶报》1920 年 11 月 6 日。

④ 非禅:《建设与破坏》,《晶报》1920 年 1 月 18 日。

⑤ 参见辩护士:《辩护士同戏子说话》,《晶报》1920 年 11 月 24 日;看报的:《劝告》,《晶报》1920 年 11 月 15 日;第二号看报人:《戏子的辩护士》,《晶报》1920 年 11 月 21 日;朱天目:《看报人的辩护士》,《晶报》1920 年 11 月 27 日;四非:《替评剧家争口气》,《晶报》1920 年 11 月 30 日;丹翁:《说骂》,《晶报》1920 年 12 月 3 日。

⑥ 参见戏子(汪仲贤):《敬告评剧界》,《晶报》1920 年 10 月 24 日;醒园:《评剧平议》,《晶报》1920 年 12 月 3 日。

⑦ 参见震瀛:《批评〈华奶奶之职业〉》,《民国日报·觉悟》1920 年 10 月 18 日;怡:《新剧的曙光》,《时事新报》1920 年 10 月 18 日;佚名:《新舞台观剧纪》,《申报》1920 年 10 月 18 日;韩潮:《评〈华奶奶之职业〉》,《民国日报·觉悟》1920 年 10 月 25 日。

⑧ 又一评剧家:《驳戏子》,《晶报》1920 年 11 月 3 日。

家"的想象下,更强调戏剧对于国家现代化的作用,而忽视其对于人的现代化的建构。"五四"新文学运动发现了"人",也就是尊重人的价值、维护人的自由、张扬人的个性,"人的戏剧"观念广泛传播。在1920年代初期这次戏剧批评中,批评家论争的焦点在于改良旧戏、提倡话剧,尤其对同时期流行欧美的现代主义"视而不见",反而选择了发展现实主义话剧,是因为现实主义话剧能较为真实地反映社会人生,传达个性解放、启蒙理性、人道主义、民主科学、社会批判的思想,这都使得"人的戏剧"的观念进一步深化。

其次,戏剧的审美现代性与启蒙现代性并重。

这次戏剧批评活动也加深了人们对于新兴话剧的认识,人们不仅重视新兴话剧的精神内涵层面,也开始思考其具体的艺术形式层面。《新青年》派从社会现代化的角度出发,倡导用能够承载现代人的思想、精神、情感的话剧启蒙大众。但由于对话剧的艺术和审美特性的陌生和忽视,早期《新青年》派话剧不符合当时广大国人的审美需要。正如马二先生所言,"假使没有舞台的经验,虽把易卜生极有名的剧本翻译出来,也演不出什么趣味来,因为演剧与文学,虽然有密切的关系,却截然是两件事呵"[1]。宋春舫在分析《华伦夫人之职业》等演出失败时认为,"问题剧"的剧本可以引起社会关注,但是一旦搬上舞台鲜有不失败者,"夫剧本虽有左右社会之势力,然须视社会之能容纳剧本与否为转移。故剧本唯一之目的在迎合社会之心理,不独迎合社会少数人之心理已也,而尤当迎合多数人之心理。问题派剧本之失败,即在当时提倡者之昧于此旨耳"[2]。宋春舫进一步表明他的态度:"吾则以为戏剧是艺术的而非主义的。"[3]虽在当时有矫枉过正的倾向,但确指出了戏剧的审美本质。以汪仲贤为首的戏剧家从中吸取经验,打磨剧本与表演,把新思想融入浅显、有趣的情节、结构中,摆脱商业的束缚而专注艺术品质,将戏剧的审美现代性提高到与戏剧的启蒙现代并重的位置。

伴随着救亡与启蒙,中国戏剧开始了在20世纪的发展,并被纳入中国社会现代化的进程中。"五四"新文学运动之后,戏剧批评的重要性逐步提升,因为"要建设真正的现代的话剧艺术,必须同时树立新的戏剧批评观念,重铸现代的科学的戏剧批评理论"[4]。1920年代初期的这场戏剧批评活动,论争的主要问题是新旧戏剧的关系和中国话剧的建设。在新旧戏剧关系的辨析中,旧戏已不能满足中国的社会需求和审美需求,所以必须改良旧戏,创造"为人生"的现实主义话剧。因此,批评家从戏剧艺术、观演关系、戏剧批评三方面提出了建设现代话剧的具体方法。不仅如此,在科学与民主的思潮的影响下,这场戏剧批评使"人的戏剧"的观念深入人心,正确地认识了戏剧的审美现代性与启蒙现代性并重的关系,为现代启蒙主义戏剧批评开拓了道路。

① 马二先生:《这也算是新剧吗?》,《晶报》1921年2月15日。
② 宋春舫:《宋春舫论剧》,中华书局1930年版,第267页。
③ 宋春舫:《宋春舫论剧》,中华书局1930年版,第268页。
④ 田本相、焦尚志:《中国话剧史研究概述》,天津古籍出版社1995年版,第103页。

从"异域"到"本土"：当代影视改编中的新移民文学观察

朱云霞*

（中国矿业大学 人文与艺术学院，徐州 221116）

内容摘要：自 1990 年代至今，新移民文学与中国当代影视艺术的跨界融合历程近三十年，早期以表现"异域"为主凸显海外视野，世纪之交在"异域"和"本土"之间注重转化原作的跨域经验，近年来面向"本土"的文化心理开始对"中国故事"进行改编。影视改编作为一种筛选性、创造性接受形态，是观察新移民文学与中国当代文化语境互动及自身发展的有效途径。本文以时代语境为切入点，在分析其阶段特性的基础上，阐释海外经验与中国表述如何在影像转化中成为具有多重隐喻的文化符号，以探讨在当代影视改编中新移民文学自身特性的选择性所具有的文化意涵和独特价值。

关键词：影视改编；新移民文学；异域；本土

- -

随着海外华文文学在大陆的传播与接受空间不断扩大，影视改编中的海外华文作品也日益增多，其中新移民文学是重要的改编主体。自 1990 年代初期曹桂林的小说《北京人在纽约》改编的同名电视剧引起社会轰动，到近年来严歌苓、王小平、张翎、虹影、石小克、艾米、六六、桐华等作家作品的改编热，新移民小说与大陆新时期以来小说的影视改编，以文学与影视作品互动共生的形态，成为中国当代文化转型或文化思潮形成的重要推动力量。原作与改编后的影视作品共存于跨媒介传播空间，亦是中国当代社会文化的表征。不同的是，新移民文学既有中国属性又具有海外特性，在跨媒介、跨语境传播中与当代小说的影视改编具有差异性，主要体现在海外视野、跨域经验和中国书写的影像转换及两种艺术形式融合产生的影响层面。改编作为一种筛选性、创造性接受形态与影视传播引起的社会反响共同构成阶段性的"社会文本"，也为我们思考新移民文学自身的发展，及其与中国当代文化语境的互

---

* 作者简介：朱云霞，文学博士，中国矿业大学人文与艺术学院中文系副教授。

基金项目：本文为"中国矿业大学双一流建设文化承传项目专项"（2018WHCC08）阶段性成果。

动关联提供了有效的观察途径。在此,我们不关注纯粹的改编实践,而是将关注点放在从影视改编角度思考新移民文学自身特性的选择性呈现及其意义所在,以探讨新移民文学在当代影视改编中的文化位置和独特价值。

一、表现异域:海外视野在影视改编中的凸显

在新中国成立后的前三十年,影视剧借重对文学作品改编促进自身的发展。文艺的政治性、宣传作用和教化功能在文本跨界融合中获得充分展现。影视改编在文化观念上与政治意识形态同步,决定了"海外视野"的消隐。直到20世纪70年代末期以后,随着海外华文文学进入当代视域,影视改编中的海外视野得以呈现。最鲜明的是谢晋将白先勇创作于1965年的小说《谪仙记》改编成电影《最后的贵族》(1989年),但在改编中台湾留学生的故事融入了80年代新移民的背景,剧作中的人物像"八十年代的海外学子"①,移植和改写的文化意识"显然携带着后冷战时代的因素,同时又将80年代现代化对于西方文明的美好想象纳入其中"②。大体而言,以白先勇为代表的"留学生"文学在台湾影视剧中改编较多,其中国想象更多是作为一种历史记忆或文化符码,而《谪仙记》的电影改编主要面向20世纪80年代末期的中国大陆观众,需要将原作中的海外视野进行选择性调试以契合当时国内的时代情绪。当代影视改编中的海外题材主要以新移民作家的作品为主。新移民作家因出生、成长于中国大陆,自20世纪70年代末期以来移居海外,其文化观念和历史认知的形成过程与大陆同时代作家相同,他们既有当代社会结构转型时期的文化体验,又在迁移和流动中积累了丰厚的海外经验,在表现"中国"与"海外"时形成独特的观察视角。其文学创作在内容和文化背景等层面与当代中国大陆社会语境的关联度较高,在影视改编中语境适应性较强,但在20世纪90年代以来对现代性话语建构中与世界接轨的文化表达形式上又与大陆作家不同。有论者认为"在走向世界的跨国想象过程中,90年代以'第五代导演'为代表的我国电影的一个重要的改编策略就是不断放大小说中的民俗景观并添加自我想象,以寻求国际认同"③,而以曹桂林的《北京人在纽约》、樊翔达的《上海人在东京》等为代表的新移民小说的影视剧改编,通过对异域现代性的中国式表现,建立本土受众对世界的想象途径,提供了与同时期影视改编不同的文化体验与审美陌生化效果,开拓了早期影视改编中新的文化想象模式。

新移民小说改编的影视剧,首先塑造了以海外新移民为代表的新型人物群像,他们是以各种方式从中国大陆移居海外的寻梦者,既有成功者、落魄者、迷茫者也有新一代的融入者,导演往往通过在改编中刻意凸显新移民海外经验的异质性、传奇性、曲折性和丰富性,将原作的海外特性发挥到极致。在小说/剧作中,新移民们出国的1980年代,正是中国逐渐告别

---

① 魏文平:《〈谪仙记〉的误读——评影片〈最后的贵族〉》,《电影评介》1990年第4期。
② 李玥阳:《当代文学和电影中的"贵族"显影》,《文学评论》2013年第4期。
③ 周根红:《新时期文学的影像转型》,中央编译出版社2016年版,第55页。

旧体制、人们在改革开放语境中寻求自我新生的时代,西方文化的影响力日益增强,出国梦滋生了出国热,而文学或影视作品中的"海外"是当时大部分人想象异域生活的依据。尽管小说《北京人在纽约》在讲述王起明海外经历的跌宕起伏时,不乏对美国的炫耀和展示,但对物质和欲望尚有一定的反思意识,而在电视剧改编中"向外"探索的激情与资本主义大都市遇合,一切为我的心理和狂热行为也被合理化,比如在纽约的王起明不再循规蹈矩,艰苦奋斗之外他以投机行为获得商业成功。这在1990年代的影像叙事中,迎合了大众在市场化潮流中关于物质、欲望和成功的心理期待。其与纯粹本土作品的差异在于自我重构的冲动、期待与实践目标是以跨国想象为路径的,提供了一个经济改革时代"向外"闯的商业成功模式,折射了大陆读者/观众在社会转型时期主体重构的心理诉求。

《北京人在纽约》的跨媒介传播不仅仅是把美国梦的实践搬上荧幕,"在重述美国梦的同时,也在抒发着不无激愤、痛楚与狡黠的民族情感,在建构'富人与穷人''男人和女人''美国人和中国人'的故事的同时,也在消解并转移着二者间的对立"①,跨国性背后隐含的是社会转型时期中国人对阶层、性别、种族的重新定位和想象。影视改编主要以凸显带有异质色彩的情爱叙事进行表现,身体符号亦成为政治文化隐喻。小说中王起明与台湾背景的餐馆老板发生婚外情,在电视剧中这一情爱叙述转而变为家庭分裂与重组,王起明的爱人被美国老板的追求打动,离婚后成为美国太太,而王起明以商业上的压制性胜利击败了她的美国先生和再婚家庭。美国学者罗丽莎认为:"这个故事也讲述了男子气概和跨国资本之间难分难解的联系。但是在这个故事的视角里,亚洲人反击了白种人:现在他有机会在他自己的游戏中获得成功并打败白种人——这次是争夺一个中国女人的身体。"②同时期作品如《曼哈顿的中国女人》中"我"以欣赏的眼光看着白人男友美好性感的身体,《早安,美利坚》中的伍迪最终征服了美国女人伊娃,这里的"征服"已然不是身体意义上的掌控和对美国生活的融入,在叙述者自我满足的背后,也完成了从商场到情感和民族情结的"胜利"转移。对性别、民族主义等文化议题的象征性处理,与新移民们的传奇经历共同组合成域外题材的吸引力,能够引起读者/观众在叙事空间中获得想象性满足和情境认同。

其次,影视改编中对异域都市空间的视觉表现,提供了与同时期大陆影视文学中都市景象不同的再现视角和文化意识。观照角度不再是启蒙话语、城乡对照或都市日常,以海外中国人的行为和表现,讲述跨国流动中新移民与国际大都市的联结与对话,景观成为他们拥抱西方和现代物质文明的一种投射。改编剧《上海人在东京》中的中国乘客在飞机上就开始惊叹富士山的雄伟,年轻女孩们初到东京即被绚烂的樱花、街头嘻哈的乐队吸引。而《北京人在纽约》的电视剧改编,也强调了"在"的空间感和视觉文化冲击。在电视剧中,纽约成为重要的表现对象,高楼大厦、城市夜景、别墅、第七大街、大西洋赌城都成为一个个惊叹号,以特

---

① 戴锦华:《隐形书写——90年代中国文化研究》,江苏人民出版社1999年版,第3页。
② 罗丽莎:《另类的现代性——改革开放时代中国性别化的渴望》,黄新译,江苏人民出版社2006年版,第275页。

写镜头呈现在影像中。反过来看,北京、上海等成为隐藏的都市背景,多是作为压抑的、束缚的、物质不够富足的场景出现在叙事中,因而向外走的梦想/冲动就有了合理性。无论是理性选择还是盲目出走,这些作品在展现移民生活不易的同时,大都通过第一人称讲述经历、表达感受,对异国生活是一种渴望融入的拥抱姿态。这种心理也是出国潮中众多追梦者的诉求,阅读/观看成为重要的疏解和想象途径。

居伊·德波认为:"景观不能被理解为对某个视觉世界的滥用,即图像传播技术的产物。它更像是一种变得很有效的世界观,通过物质表达的世界观。"①有论者将这种景观表现作为电视剧获得大众认同的主要原因:"《北》剧之所以获得成功和认可,一个主要的原因是它的画面处理和摄影效果。它的画面、场景、风景在当时看来具有很强的新鲜感、陌生化、观赏性,对于当时很少有机会出国的绝大多数市民而言,一个想象的异邦、西方就这样真实可感地展示在眼前,它给人以新鲜、刺激、向往甚至是震惊的情感体验。"②视觉冲击背后隐含的是景观所寓含的价值观念和心理期待,在这里移居地不仅是异国情调的"他者",更是充斥着消费主义诱惑的美好生活的象征,也是通过奋斗和拼搏可以梦想成真的远方隐喻。需要注意的是,这种景观展现是一种中国式的西方想象,强调"向外"的观看心理。纽约本身被简单化、符号化,不再是过去革命时代人们所抵抗的西方文化或政治意涵的象征,而是作为抽象的商业帝国,以陌生化、新奇性、异质性景观呈现给 1990 年代的大陆观众,影视剧架空了资本主义都市本身的文化深度。

这一时期,影视改编对海外特性的强调,也在跨媒介传播中留下了早期新移民文学被大陆受众接受的方式和轨迹。20 世纪 90 年代的影视改编思维逐渐从早期忠实于原作的依附关系中分离,制作者的政治热情和社会文化承担意识在文艺的市场化转型中渐趋淡漠,更注重作品影像转化后的娱乐功能,《北京人在纽约》的导演冯小刚说:"我们不希望人们在我们的片子里寻找政治,我们的基本目标是娱乐。"③曹桂林的小说《北京人在纽约》最初发表在 1991 年第 4 期的《十月》杂志,在"出国潮"高涨的时代,这部海外题材的自传体小说在大陆读者中引起热烈反响,改编后的同名电视剧在 1993 年上映后受众群体迅速扩大,同年度内"估计全国将有上亿人次观看此剧"④。有论者认为《渴望》是中国(大陆)通俗剧的第一个里程碑,那么第二个里程碑则非《北京人在纽约》莫属。作为一份文化快餐,在艺术的长河中它既标志着历史发展的一个坐标,又是记载时代审美能力和社会文化特征的一份档案⑤。通俗性和娱乐化是这一时期小说改编为影视剧的重要诱导,但这种选择性呈现也与这一时

---

① 居伊·德波:《景观社会》,张新木译,南京大学出版社 2017 年版,第 4 页。
② 张伯存:《电视剧〈北京人在纽约〉与 1990 年代》,《文化研究》2017 年第 28 辑。
③ 陈志昂:《〈北京人在纽约〉及其相关评论》,《中国电视》1994 年第 5 期。
④ 张永经:《"好雨知时节,当春乃发生"——从〈北京人在纽约〉引起的轰动效应谈起》,《学习与研究》1993 年第 22 期。
⑤ 吴迪:《北京通俗连续剧创作简析——〈渴望〉到〈北京人在纽约〉》,《北京电影学院学报》1994 年第 1 期。

期新移民文学自身的发展特性有关,并且影视改编以其强有力的传播效应进一步强化了其大众化倾向,影视改编与同时期文学的影视化、市场化现象共同成为大众文化迅速发展的重要组成部分。

从同名小说改编的影视剧《北京人在纽约》《上海人在东京》到作为畅销书的《曼哈顿的中国女人》,随着这一类型的作品在媒体、市场、读者、论者等多方合力中迅速兴起,出现了《东京都的福建先生》《我的财富在澳洲》《陪读夫人》《泪洒多瑙河——中国人在匈牙利》《茫茫东欧路》《绿卡梦》《流浪澳洲》《落脚英伦》等畅销读物。这些作品大都是新移民以初到者的感受,通过纪实性方式描述或记录海外经验,虽然文学性不足,类型化倾向明显,但迎合了当时大陆读者"向外"看的诉求,因此迅速发展成备受瞩目的文学现象。通俗性也就成为早期新移民文学最重要的维度,当时的文学观察者潘凯雄认为这些作品只能定位在"文化快餐"一类,提出以"新移民文学"进行概括①,赵毅衡则将其排除在文学范畴之外,持否定态度②,美国的融融也认为,这一时期的作品影响虽然很大,但艺术性比较粗糙,"不属于成熟的新移民文学"③。正是在不同声音的论辩中,"新移民文学"从大众视野进入研究视域,与此前的留学生文学区别开来。新移民文学也在轰动效应之后进入沉潜和拓展阶段,从消费自传、展示异域转向更有深度的现实题材或历史书写,其群体特性进一步增强,发展出自身的文学脉络,冲击了21世纪以来的世界华文文学版图。

二、在异域和本土之间:跨域经验在影视改编中的呈现

1990年代中期至2000年初期,新移民文学的影视改编不再刻意凸显海外的新奇性,表现本土的作品渐趋增多,但仍以"异域"题材为主,注重转化新移民作家投射在文学书写中的跨域经验④,改编中对"异域"或"本土"的空间呈现主要为了表达身份意识或在跨文化语境中思考本民族文化主体性的建构。这种转变与两个因素有关:一是新移民文学发展的阶段特性。在1990年代中后期向纵深发展,至21世纪初年渐趋成熟,随着创作者长期移居经验的积累和对异族文化体验的深入,"无论是从生活积累的广度和深度,还是表现在文学精神的觉醒与升华上,海外新移民文学真正开始展现出自己成熟的个性和艺术特征"⑤,在身份认同的思考、文化差异的表达、观察现实和历史的角度等层面更加深入和理性。二是影视改

---

① 潘凯雄:《热热闹闹背后的长长短短——关于"新移民文学"的再思考》,《当代作家评论》1993年3月,第22页。

② 赵毅衡:《流外丧志——关于海外大陆小说的几点观察》,《当代作家评论》1997年第1期。

③ 融融:《历史漩涡中的北美新移民文学》,《华文文学》2011年第6期。

④ 刘登翰认为,海外华文作家的书写,是一种跨域书写,"跨域"不仅是地理上的,还是国家的、民族的和文化的"跨域",因而也是一种心理上的"跨域",产生差异,也产生冲突,还带来融通和共存(刘登翰:《双重经验的跨域书写——美华文学研究的几个关键词》,《文学评论》2007年第3期,112—113页)。本文所指的"跨域"在借鉴这一表达的基础上,强调在全球化语境下,新移民作家的迁移、流动经验具有跨区域、跨国家特性,他们的书写立场、文化表达和价值观念是跨域经验基础上的跨文化表述。

⑤ 陈瑞琳:《原地打转的陀螺——论北美华文文学研究的误区》,《中外论坛》2002年第3期。

编所面对的文化空间与接受者语境发生了变化,这一时期中国文化发展进入多元化的无名状态,"极端丰富的文化现象的涌流,似乎给任何一种尝试勾勒一幅完整清晰的90年代中国文化地形图的努力,提供了'能指的盛宴'"①,影视改编需要将文学作品中的社会背景与接受者的社会处境进行策略性关联,唤起受众在观看时的情感共鸣和文化认同是基于时代性和市场化的双重考虑,以达到传播和回应效果。同时随着改革开放的深入,国内经济生活水平不断提高,"海外"不再遥远,尤其是以美国为代表的西方理念,在这一时期不再具有重构价值观和人生观的指导作用。有论者指出,在1999年上映的国产片《不见不散》中,当年在"出国热"中出走的年轻人开始掉头转向,离开美国,返回国内,美国也不再以"奇观"的面貌示人。② 在此语境下,影视改编转向发掘新移民作家的跨域经验在故事表现和文化思考层面的独特性。

　　这类影视改编的特点一是保留新移民文学表现大陆时的"边缘性",以边缘位置讲述边缘人的社会处境或历史命运,适度表达原作中的"身份"意识,以严歌苓的《天浴》(1998年)、戴思杰的《巴尔扎克与小裁缝》(2002年)的电影改编为代表。《天浴》和《巴尔扎克与小裁缝》都以边缘视角表现边缘者的人生和命运,在影像转换中,这一叙事方式被保留下来,影片中的"我"是故事的讲述者,也是不完全经历者,在既疏离又融入的状态下,以相对冷静的方式拼组"她"的故事和"我们"的集体记忆,能够唤起特定受众群体的情感共鸣和记忆认同。但为增强改编后影视作品的传播力,导演又对原作中的"荒诞性"和"传奇性"进行象征性处理,同时强化原作中"边缘空间"的地域特性,增强视觉上的奇异感。《天浴》中的知青文秀为了回城,将身体作为筹码试图换取可能的机会,而守护她的老金是一个被"阉割"的男人,他们的相处和相守如同他们被边缘化的身份一样荒诞、无奈又悲凉。有论者认为"从《天浴》开始,知青电影开始转向边缘个体化叙事,较之之前的知青电影作品,它的主人公不再是历史运动中叱咤风云的时代领航人物而转向了独特的边缘人物"③。《天浴》与同时期影视改编不同的地方还在于视觉呈现中身体的象征性,尤其是在边缘化的空间中隐含了性别、阶层和话语权的问题,这些问题又指涉特定时代的革命、暴力和政治,"因为身体既是'社会'层面被表述为'个人'层面最可靠的场所,也是政治将自身伪装为人性的最佳所在地"④,影视改编对身体的处理就具有超越故事本身的文化意涵。

　　与《天浴》不同,戴思杰的《巴尔扎克和小裁缝》代表了这一时期影视改编处理新移民文学跨域经验的另一种方式。从法文小说到翻译版的中文小说,再到以极具中国地域风情的中法电影,电影改编试图做出各种调整,以吸引海内外更多观众,也因此造成不同语境中理

---

　　① 戴锦华:《隐形书写——90年代中国文化研究》,江苏人民出版社1999年版,第6页。
　　② 陈国战:《折返的寻梦之旅——1990年代以来中国大众文化中的美国叙事》,《文艺理论研究》2017年第4期。
　　③ 王莉:《从〈天浴〉看知青电影叙事策略》,《电影文学》2014年第10期。
　　④ 约翰·费斯克:《理解大众文化》,王小珏、宋伟杰译,中央编译出版社2006年版,第85页。

解和思考的差异性。有论者认为电影的改编是"从欧洲中心主义向中国历史情境的回归"①,也有论者认为"电影的身份比小说要复杂很多。既然小说因为创作语言是法语而被看成法国小说,那么电影的四川方言对白又能赋予电影什么身份呢? 使用四川方言如何能重塑电影的目标人群呢?"②从电影改编中的文化表现来说,正是对新移民作家跨域经验的有效吸收,造成了文本难以定位的暧昧性和复杂性,讲述乡土中国的中国人的故事,却融入了大量法国文艺元素,形成异质性的乡土空间。在影片中,移民法国的叙述者"我"在故事中处于情感的边缘,作为观察者和表述者始终与当地保持距离和审视的姿态,作为亲历者又进行着文化反思。地方景观、四川方言、民歌、民俗和知青岁月中的荒诞与美好也共同构成非历史中心的、极具地域特色的边缘化空间。在这一空间中,小裁缝被男性知青和西方文学启蒙之后,义无反顾出走,向外走看世界的冲动亦是她尝试建构自我主体的象征,这个边缘位置的"她"亦是游移海外的"我",在寻找和建构自我中时代、地方和群体都已离散。因此,电影改编中边缘叙述、边缘空间的营造与西方文艺启蒙力量的强势介入,就形成强烈的视觉冲击和差异性文化体验,在带给西方观众"异域情调"的同时,也让中国观众在认同和拒斥之间徘徊与思考。

这一时期影视改编处理的第二个物点是延续早期改编中对新移民生存状态的关注。但对域外题材的处理进一步深化了对中西文化冲突与融合的表现力度,导演尝试提供以边缘位置抵抗中心、改变主导话语或走进主流以建构文化主体性的深度思考,这在《少女小渔》(1995年)、《情感签证》(1998年)、《刮痧》(2001年)、《基因之战》(2002年)等作品的改编中都有相关表现。早期新移民文学对文化差异在影像叙事或畅销读物中的表述非常简约、概括,多表现冲突和对立,在一定程度上以误读的方式将肤浅的"海外"带给受众。1990年代中后期以来,新移民文学对文化冲突的表现更为深刻和复杂,无论是原作还是影视改编,都突破了东西方二元对立的思维模式,对文化冲突的表达较为深入,并且尝试探索不同文化间对话、融合的可能方式。因此,在对海外题材的新移民小说进行改编时,身份的象征性和民族逻辑始终是隐藏在故事结构中的重要存在,"大众文本的复杂性既在于它的使用方式,也在于它的内在结构"③。《少女小渔》在电影改编时保留了原作的叙事线索,但改变了人物的身份,借由身份凸显语境背后的文化议题。在电影中,小渔是江伟母亲(孤儿院长)收养的孤儿,而非具有相对独立性的医院护士;江伟也不再是跳水冠军,只是来自普通知识分子家庭的出国留学生;意大利籍美国人马里奥是一个晚年失意的作家,而非落魄的无名"老头"。在电影中小渔的身份就显得非常复杂,她是男友江伟及其家庭的附属品,是美国的非法移民,

① 曲竟玮:《从欧洲中心主义向中国历史情境的回归——论小说〈巴尔扎克与中国小裁缝〉的电影改编》,《电影文学》2015年第13期。
② 陈荣强:《从法语中国小说到华语法国电影——重塑戴思杰〈巴尔扎克和中国小裁缝〉不同叙述模式的对话对象》,袁广涛、安宁译,《华文文学》2013年第6期。
③ 约翰·费斯克:《理解大众文化》,王晓珏、宋伟杰译,中央编译出版社2006年版,第130页。

又是以非正常手段获取美国身份的女性。无论哪一种身份,小渔都是正常社会和主流文化的边缘存在。处于多重边缘的小渔,因"嫁给"马里奥,在文化互动中边缘性得以改变。电影丰富了他们的日常交往与对话,强化了他们的互相影响。正是在与马里奥的相处和交往中,小渔的自我意识被唤醒,比如她因未能处理好与江伟的关系而意欲放弃申领绿卡时,马里奥让小渔学会多尊重她自己的想法,而不是江伟的,他说"It's your life"①。而小渔身上东方女性的友善、隐忍、温婉和美好,不仅改变了马里奥对待她的态度和方式,也让美国的边缘人马里奥获得新的生活动力,重新开始写作。显然,边缘之间的对话提供了另一种异族交往和文化融合的可能。以女性视角和边缘位置演绎情感逻辑下身份转换的故事,小渔在影像中不仅是中国女性的象征,也是中国文化的某种隐喻。在文本中新移民的边缘身份象征了东西方文化关系的不对等,但小说和影视都以人性和道德感作为超越男女、种族、文化差异的叙事旨归,情感升华的逻辑在符合审美习性的基础上寄予了从边缘位置发声和改变的可能。

这种从边缘位置探寻跨文化空间中本民族文化主体性的方式,在《刮痧》中通过精英移民者的文化境遇得以表现。《刮痧》改编自王小平的同名小说,影片开头是非常国际化的颁奖场景,移民美国八年的许大同获得电脑游戏设计奖,这也是被美国肯定、以精英身份融入美国的象征。似乎这是一个非边缘的故事,许大同的身份认同没有任何矛盾,无论是公共场合还是家庭生活中,许大同夫妇和孩子的日常用语都是英文,并无文化冲突。但在"刮痧"事件之后,以中医和孙悟空为代表的中国传统文化在美国不被理解和认可,文化根性和固有的传统习性在法律、制度、亲子关系、家庭观念等各个层面的差异集中爆发出来。虽然在专业技术上被承认或领域性融入,作为少数族裔的许大同们在生活和文化上依然处于边缘。有意味的是,通过积极抗争,最后文化差异导致的误解得以化解,美国人接受了"刮痧",华裔第二代重回中文教育,中国传统文化在异邦得以正身,且被肯定。《刮痧》将《少女小渔》中的国族隐喻正面表现出来,把西方知识体系中缺位的中国传统文化,放置在冲突与融合的交叉地带,回答了作为少数族裔的新移民群体如何以边缘抗争的方式打破偏见获得认同的问题,凸显了新移民的文化中介作用。另一方面,在世纪之交的语境中,影片所表现的西方人的中国想象,以及中国文化如何走出去的问题,与这一时期全球化进程中如何定位本土和异邦、现代和传统的文化思考密切关联,为大众提供了从日常经验走进国际语境的视觉方式。

三、面向本土:"中国故事"的改编向度

近十多年来,新移民文学影视改编在文化理念和主题选择上都转向以"本土"为主,反映海外生活的异域题材减少,原作中的海外视野在改编中被有意识地过滤,即便有所保留也在过于本土化的故事表述下成为次要的背景或叙事的推动因素。改编的核心是让原作中的中

---

① 张艾嘉导演:《少女小渔》,1995 年。

国故事/中国形象在语境转换中,既符合大众的中国经验期许,又与主流话语叠合,不少作品承担了"主旋律"的政治文化功能。这种"向内"转的文化诉求,与这一时期影视艺术表现中国和西方的文化立场有关,张慧瑜在讨论近年来影视剧所反映的文化经验时指出:"2008 年以来,中国经济崛起成为一种可见的、可感的事实,中国的自我想象和文化表述也发生了深刻的变化,比如出现了一些有中国主体意识的表达,中国与西方也开始平起平坐了,甚至有中国特色的叙事也具有了普适意义。"[1]值得思考的是,影视改编并没有因为文化上对中国本土经验的强调而降低对新移民文学的需求,《梅兰芳》(2008)、《小姨多鹤》(2009)、《一个女人的史诗》(2009)、《蜗居》(2009)、《第九个寡妇》(2010)、《金陵十三钗》(2011)、《唐山大地震》(《余震》,2011)、《步步惊心》(2011)、《山楂树之恋》(2012)、《归来》(《陆犯焉识》,2014)、《一个温州的女人》(《空巢》,2014)、《四十九日·祭》(《金陵十三钗》,2014)、《云中歌》(2015)、《芳华》(2018)、《妈阁是座城》(2019)等新移民小说的影视改编反而形成一股热潮,热播、热映、热议的焦点作品集中出现。这与新移民作家创作视野的调整有关,他们的文学作品在内容和文学精神上与当下本土文化环境具有多重契合。

对于新移民作家来说,母体文化和中国经验是其内在的精神维度,在书写异域题材时"中国"通常作为文化心理或情感记忆象征性地存在,但与中国有关的故事如何被表述和现实中国的发展变化及其在世界格局中的位置密切相关。近十多年来,"中国崛起"成为引人瞩目的事件,并且逐渐成为思考中国当下问题时无法回避的基本参照框架,而西方的"中国崛起论"也重构了中国文化软实力的国际语境[2]。在此语境下,新移民作家调整创作视点,主动回应本土文化潮流,一方面以"异乡人"重返"本土"的观察角度表现社会生活中的热点问题,另一方面从更加多元的角度书写历史,注重挖掘传统文化和民族气质且呈现出世界视野。影视改编将新移民小说所呈现的文化认知与中国大陆语境之间有深度共识的部分保留下来,即便影视转化中海外视野被过滤或消隐,但改编以"向内"的认同诉求与新移民作家跨界书写的"外在"观察视角形成艺术张力,能够提供与当代小说不同的"中国故事"表现角度和文化视野上的新维度。

影视改编首先选择与当下中国有"相关性"的现实题材的新移民文学作品,"相关性的标准和审美标准不同,它着眼于读者的社会情境。寄寓在文本中的相关性标准只是一种潜力,而不是一种特质。相关性是由每一个特殊的解读时刻所决定和激发的特质"[3],《蜗居》《一个温州的女人》(《空巢》)、《妈阁是座城》等小说的影视剧改编都是如此,聚焦社会热点问题,讲述与大陆观众有情感共鸣或经验共识的"故事"。这里反映出新移民作家面向"本土"的两种创作姿态及改编形态。第一种是不显示其海外背景,主动融入大陆艺术场,以故事的通俗

① 张慧瑜:《国家认同、主体状态与社会反思——从近期国产影视剧看中国崛起时代的文化经验》,《文化研究》2017 年第 30 辑,第 4 页。

② 周宁,周云龙:《他乡是一面负向的镜子——跨文化形象学访谈》,北京大学出版社 2014 年版,第 202 页。

③ 约翰·费斯克:《理解大众文化》,王晓珏、宋伟杰译,中央编译出版社 2006 年版,第 137 页。

性、大众化为目标,如六六的电视剧改编。《蜗居》表现了现代都市中普通白领和底层民众对住房的渴望,揭露了在争取生活空间的过程中人性和心理发生的变化,同时也通过海藻与市委秘书长的婚外恋暴露了社会的浮躁与官僚阶层的腐化,以此聚焦大众关注的诸多社会问题。近年来中国经济迅速发展,不同群体在争取幸福生活的过程中表现出新的焦虑和压抑感,当代文学和影视作品也都有反思性表达。而《蜗居》不仅再现了青年房奴们的精神状态,也呈现了都市生存的困境、现代家庭建构的艰难,受众能够在作品中体验到切身的社会境况,获得精神同构。在从小说到剧作的转化中,很难看出作者/编剧具有海外生活背景,但值得思考的是,电视剧对居住困境主要通过大城市中的移民群体进行展现,并借用美国人Mark 的他者视角从移民角度谈论上海和纽约的相似之处。"移民故事是全球化时代中国最常见的故事之一:从乡到城,由城至城,由国而国,路径各异,异中有同。移民新加坡的六六熟悉移民轨迹以及移民的'落地'之难。她在《蜗居》里融进自身的空间生命体验"①,将同样的海外焦灼放回母体语境,游离性的观察和反思,反而能够将中国人对家的渴望与诉求表现得更为深切。第二种形态,以张翎的《空巢》、严歌苓的《妈阁是座城》的创作与改编为代表。创作者长期居住海外,与本土生活经验相对隔膜,远距离观察往往将问题抽象化,形成叙事者俯视或远观的审视性。在改编中原作的海外元素大都被精简或过滤,边缘视点与反思意识在视觉呈现中更加地方化、世俗化,更注重将人性中至美、至善的温情作为救赎的筹码进行升华。如根据《空巢》改编的电影《一个温州的女人》中,何田田的海外生活经验及其在为父亲找保姆过程中心灵上的"回归"被忽略,主要表现来自温州农村的保姆春枝与何田田之父何淳安教授经过各种矛盾冲突之后,慢慢靠近而获得精神救赎的温暖故事,能够唤起受众在经验和情感层面的共识,但也就成为充满正能量的通俗故事,原作的叙事张力被削弱。

其次,影视改编对新移民作家历史书写的选择在内容上、叙事表现上较为多元。《山楂树之恋》和《芳华》以致青春的方式重述特殊时期的个体记忆与时代政治,对知青或"文革"的表现是远距离的回望,没有伤痕或反思性控诉,影片营构的是唯美与怀旧的回忆诗学。《步步惊心》《云中歌》则以流行模式演绎历史中的爱恨情仇,迎合现代人探秘古代的好奇心理,回到历史场景,通过诗词歌赋等传统元素向古典中国的致敬。这一类型的改编主要倾向于故事的通俗性表达,在视觉快感中营造"有距离"的文化体验或消费历史的想象性满足。值得注意的是以严歌苓的《小姨多鹤》和《金陵十三钗》、张翎的《余震》等为代表的影视改编,不仅注重以特定人群的感受和行为表现中国的灾难性历史,也将灾难放在多族裔交往的跨文化语境中进行思考,注重对人道主义、人性、救赎等议题的转化,让影视作品获得了既与主流文化合谋,又与同类影视剧有所不同的效果。

《小姨多鹤》与《金陵十三钗》都涉及日本侵华战争,影视改编不同程度地拓展了原作对

① 李琴:《身体、性别与都市空间文化——六六〈蜗居〉畅销元素再解读》,《中外文化与文论》2019 年第 2 期。

族裔交往或跨文化空间的表现。作品本身的民族主义立场非常符合大众的文化心理，但叙事中人物的身份、视角及视觉呈现中的空间位置为受众提供审美陌生化的同时，也敞开了意义生成的多重可能。《小姨多鹤》以抗日战争结束后留华日本女子竹内多鹤为中心，表现战争对施暴族群与中国民众的双重伤害，"她是一个看不清面目的人，而且她是中日战争留下来的一个残局，是两国人民的创伤"①。日本学者杨晓文认为在同类题材中作为首部以日本女性为主人公的小说，《小姨多鹤》的开创性应该得到首肯，小说和电视剧与史实有偏差，是以异文化为对象进行的一次有意义的他者想象②，在改编中诸多心理活动被戏剧性情节取代，但创伤和仇恨不是叙事核心。小说中不能表达的多鹤，在电视剧中获得用中文言说的能力，其身份的象征性也在视觉表现中更丰富。作为被母国抛弃的弱势女性，她在中国的身份异常含混，在女儿—儿媳，妻—妾，母亲—阿姨，中国人—日本人等多个角色中游移，既是也不是。但多鹤是以其生育功能融入中国家庭，身份的悬置在家庭场域中被情感逻辑替代，在日常生活中她与张俭的母亲和妻子建立新的母女、姐妹关系，民间行为的日常与自然提供了民族和解、共生共存的可能，民间力量与人性中的友善、真纯在历史变动中获得超越性价值，对战争创伤的表达也超越了狭隘的民族主义情绪。

《金陵十三钗》对南京大屠杀事件的重述是借助特定的空间和群体进行，电影改编时保留并扩展了原作的情节结构和跨文化空间。南京城中的美国教堂是中外文化混杂的地方，风尘女子、女学生、冒充神父的美国人都因日本侵略者屠城南京而躲避于教堂，在这里发生的拯救和被拯救者的故事也就成为既本土又国际化的表述，意义生成的方式在不同论者那里具有差异性。如戴锦华认为："因将故事空间设定在一座为红十字标志所铺陈的教堂之中，因几乎所有关键性时刻都透过教堂的圆形彩镶玻璃窗（宗教建筑所谓的上帝之眼）而看到与被看，因而不仅直接显影了中国主体的缺席，甚或成就了南京大屠杀之特定历史的叙事/视觉蒸发"③，朱大可将妓女献身视为"情色爱国主义"④，而周云龙则认为教堂恰是中国、西方、日本军方互为犄角、斡旋协商的"接触域"，玉墨等人的自我展示在视觉层面不是臣服，而是策略性对抗⑤。因此，我们可以看到妓女、教堂、美国人在视觉结构中的符号性存在，既是影片吸引受众的关键，也引发论者立足不同角度进行批判性反思，这也正是严歌苓作为新移民作家所提供的影视改编底本所具有的独特性所在——对中国故事的表现并非纯粹的本土视域。

与以上两个作品表现灾难的角度不同，《唐山大地震》是聚焦当代地震灾害中个体创伤

① 严歌苓：《我渴望书写中国当代史》，《中国图书商报》，引自凤凰读书 http://book.ifeng.com/special/tangtts/list/200808/0827_4671_791778_1.shtml，2008 年 08 月 27 日。

② 杨晓文：《严歌苓小说〈小姨多鹤〉论》，《华文文学》2012 年第 5 期。

③ 戴锦华：《历史、记忆与再现的政治》，收入戴锦华主编：《光影之忆：电影工作坊 2011》，北京大学出版社 2012 年版，第 58 页。

④ 朱大可：《十三钗的情色爱国主义》，《南方都市报》2011 年 12 月 13 日。

⑤ 周云龙：《中国崛起与文化本真性：当代华语电影的国家形象建构》，《东南学术》2016 年第 5 期。

记忆的电影。电影将《余震》中因唐山地震身心受创不断寻求救赎的个人故事,演绎成一个家庭的破碎、挣扎、重建与团圆的故事,"更符合中国家族伦理自调机制的要求,以及满足当代核心价值体系的确证与建构需要"①。影视改编过滤了女主角方登的海外经验,仅作为一种细微的对照存在,但被选择的故事已然是跨域经验的复合。方登带着在地震中被母亲抛弃的创伤,远离故土。即便置身温哥华,她依然无法忘记过去,承受着身体和心灵上的双重疼痛。直到 2008 年汶川地震,方登与国内的弟弟相遇,和解与自我救赎得以可能。从海外"回归"与"过去"、与母亲和解,也是回到祖国、回到家庭、回到母体的象征,情感叙事和文化隐喻让故事具有了升华的深度。"余震"之后的救赎与距离、时间无关,因此具有了超越历史事件本身的普遍性意义,为大陆观众提供了与本土经验既共鸣又不同的故事效果。

詹姆斯·罗尔在论述媒介、传播与文化关系时指出,故事的讲述对于文化是基本的,它们帮助人们感觉自身环境,代表着文化价值观并提供文化连贯性②。

新移民作家以"他者"视角面向"本土"的"中国故事"讲述是对本民族文化认同的表征,在跨文化语境中的政治和文化意义主要在于"沟通两种文化写出同一本历史的责任。他们都是文化的传译者"③,而影视改编又以文化中介的形态,将海外华人的中国想象与中国大众的文化意识联结起来,形成内在精神的共同感。"故事"的表现形式也体现了当下语境中大众"文化自觉"的心理,"伴随着中国由弱到强的转变,中国人的'文化自觉'越来越构成一个重要的文化现象,在学术界和社会民众中间,民族主义和保守主义成了重要的思潮"④。影视改编也有效地过滤了新移民文学中与这一民族主义和保守主义相异的历史叙事或现实表现,这种影响也在一定程度上造成海外华文作家以更加"本土化"的方式面向本土创作。

结 语

当代影视改编对新移民文学的青睐,主要缘于语境调试中的较强的文化关联性。新移民作家虽然身在海外,文学书写具有跨区域、跨文化特性,但其作品主要在中国大陆发表或出版,无论是表现"异域"还是面向"本土"的中国书写只有与当代文化语境密切相关,才能够唤起大陆读者/观众在经验与情感层面的共同感。

从早期影视改编对海外元素的刻意强调,到世纪之交以边缘身份与西方偏见进行文化沟通的主体性诉求,再到近十年来"中国崛起"语境下以本土立场表达"中国"看待自我和世界方式的转变,新移民文学在跨语境、跨媒介转换中以既属于"中国"又不在场的方式表述了当代文化经验的时代转折,补充并且扩展了当代影视改编的主题选择和世界视野。另一方

① 王一川:《后汶川地震时代的灵魂自拷》,《当代电影》2010 年第 8 期。
② 詹姆斯·罗尔:《媒介、传播、文化——一个全球性的途径》,董洪川译,商务印书馆 2015 年版,第 200 页。
③ 孔书玉:《金山想象与世界文学版图中的汉语族裔写作》,收入张柠、董外平主编:《思想的时差:海外学者论中国当代文学》,北京大学出版社 2013 年版,第 80 页。
④ 李云雷:《如何讲述新的中国故事——当代中国文学的新主题与新趋势》,《文学评论》2014 年第 3 期。

面,从影视改编观察新移民文学在中国大陆的传播与接受,我们也会看到频频"触电"的作家,获得了更广泛的社会认知度,作家和作品本身也因此积累更丰厚的文化资本,进一步被改编,从而获得出版界、网络运营、学术研究等多方位关注,而未被选择的作家相对被边缘化。同时,影视改编在作品选择上也要避开政治审查的难度,或者在改编过程中迎合市场效应和受众心理,使其放弃对海外特性的深度表达。张翎就曾感慨,很多情况下她都被介绍成《唐山大地震》电影原著小说作家,虽然她并不认为《余震》是自己最好的作品,但必须接受的现实是,小众文学要借由大众媒体推介到更多读者群里,影视改编建构了作者/作品与大众读者之间的桥梁。① 因此,影视改编对于新移民文学来说既是有效的传播途径,也是选择性的遮蔽。回到文学创作来看,新移民作家也受到改编热潮的影响,自觉或不自觉地调整创作姿态,积极进行跨界写作,但在与中国大陆当代文化场域对话或主动融合的过程中,文化观念和审美判断上的独特性也受到一定程度的削弱。

---

① 《海外华文作家"回娘家",他们的作品为当代文学增加了什么?》,原文载于"上海观察"11 月 14 日,见"上海作家网"http://www.shzuojia.cn/zhuanti/2016hwlt/xinwen-2.html。

田仲济:中国现代文学学科的奠基人之一

魏　建[*]

（山东师范大学 文学院,济南 250014）

内容摘要:田仲济是著名作家、文艺理论家、中国现代文学史家。1929 年投身革命文学,抗战时期已是有影响的文学编辑和文艺理论家,其杂文创作影响更大。1946 年写出第一部新文学断代史《中国抗战文艺史》。1955 年他领衔的山师中国现代文学专业首批招收研究生。他在中国现代文学史研究、"五四"文学研究、三十年代文艺研究、鲁迅研究、报告文学研究等方面的研究成果为学界瞩目。他与孙昌熙教授主编的《中国现代小说史》在国内是开创性的。他是中国现代文学研究会创会副会长,中国解放区文学研究会创会会长。

关键词:田仲济;杂文;中国现代文学;研究

2007 年 8 月 17 日,北京,中国现代文学馆会议室,正在举行田仲济百年诞辰纪念会。主持会议的是中国现代文学馆常务副馆长,发言人有:中国作家协会副主席、书记处书记,中国现代文学研究会会长、北京大学中文系主任,中国鲁迅研究会会长、中国社会科学院文学研究所所长……这次会议的报道在当晚《新闻联播》播出。被纪念的田仲济究竟是何许人也？ 能让 CCTV 和这些"国字号"大人物如此关注？

田仲济先生是久负盛名、驰誉中外的作家、文艺理论家、中国现代文学史家。他一生的文学活动、文学研究与"五四"以来中国新文学的发展乃至现代中国的历史紧密相关。

一

田仲济,1907 年 8 月 17 日生于山东潍县一个没落的封建家庭里。与大多数新文学家一样,田仲济也是"破落户"子弟。几百年前,他的祖上富甲一方,有"田半城"的称号。后来田家衰败了,田仲济曾祖开始变卖祖上留下的土地和房产。祖父去世时不得不卖掉了大宅,

---

　*　作者简介:魏建,山东师范大学文学院教授,博士研究生导师。

全家搬到潍县西关一处小宅院,仅靠少量土地维持生活。田仲济看到了家庭的败落,目睹了社会的种种黑暗,眼睁睁看着小弟弟患大病因缺钱救治,脸颊上的肉一块块烂掉,在极度痛苦中死去。

1914年田仲济入私塾,但读的是《最新国文教科书》,第二年转入新式学堂读小学。1922年他入潍县的教会学校文华中学学习,在这里他首次结交了共产党员同学。中学毕业后田仲济升入济南的山东公立商业专门学校,住在姨妈家。姨妈女儿陈瑛与他同岁,酷爱文学喜欢创作,后来成为小有名气的作家,笔名沉樱。应该是沉樱的原因,姨妈家有大量的文学作品。田仲济在阅读和与沉樱交流的过程中逐渐对文学产生了兴趣。

1926年,奉系军阀张宗昌督鲁,下令将原有的山东公立工业专门学校、山东公立农业专门学校、山东公立医学专门学校、山东公立法政专门学校、山东公立矿业专门学校合并,在济南组建省立山东大学,设文、法、工、农、医五个学院。田仲济被编到法学院商学系。1928年发生了"五三"惨案,日军占领了济南,学校停课。田仲济回到故乡,与同学一起说合当地青年举办"五三"读书会。田仲济和他们阅读了当时最新的文学期刊,如太阳社和创造社的杂志,特别"喜爱无产阶级革命文学",追求平等、民主和解放。当时田仲济几乎读遍了蒋光慈的小说和阿英的文艺评论,为新鲜还不免幼稚的无产阶级文学理论和创作所倾倒。

1929年初夏,田仲济到上海入中国公学社会科学院政治经济学系学习。当年秋天,创办了他的第一个刊物——《青岛时报》副刊《野光》。晚年他回忆此事时说过,《野光》的刊名是受到蒋光慈创办《太阳月刊》的启示。这也标志着田仲济文学创作生涯的正式开始。

1931年,田仲济回到济南,在正谊中学任教,同时开始创办他的第二个文学刊物《处女地》文学周刊。1931年7月他与武仅民结婚,从此两人"共扶持,共患难",相濡以沫63年,白头到老。

1930年代,田仲济以主办的《青年文化》杂志为阵地,把他的文化活动与思想启蒙、抗日救亡紧密地联系在一起,同时也扩大了他的影响力。经过近两年的筹备,青年文化社1934年在济南正式成立,田仲济当选为理事长。1934年11月《青年文化》杂志创刊,田仲济担任主编。《青年文化》在宣传抗日救亡、反击封建复古逆流、讨论中国语言文字发展方向等方面,发挥了重要的作用。田仲济一直喜爱杂文,这时期在《青年文化》发表了他初露锋芒的一批"鲁迅风"的杂文。1936年底《青年文化》与一批进步文学期刊同时被国民党当局查封,田仲济杂文创作的第一个高潮不得不划上句号。

二

抗战时期的田仲济先后担任教育部中小学服务团编辑组干事(主编《建国教育》)、冯玉祥政治研究室研究员、中国乡村建设学院副教授等。不过,以上都是他维持生存的"副业",他的"主业"是文学并且悄然成家。

（1）杂文家

20世纪20年代末田仲济在上海读书时就试笔散文和杂文创作。30年代前期在文坛崭露头角，40年代是田仲济杂文创作的极盛时期。据不完全统计，仅1940年他以"田仲济"的名字发表杂文53篇。为避迫害，他还以野邨、邨、青野、小淦、蓝海、兰海、柳闻、杨文等笔名发表杂文。抗战时期杂文中兴，田仲济属于当时创作数量多、影响大的少数杂文家之一，先后出版了《情虚集》《发微集》和《夜间相》等多部杂文集，于是成为后来载入文学史册的一代杂文名家。田仲济杂文一起步就自觉师承鲁迅杂文传统。从那时候起直到晚年，田仲济坚持认为，鲁迅杂文的思想和艺术曾经影响了一代甚至几代杂文家，"中国杂文主要的是鲁迅风格的延续"。唐弢、聂绀弩、冯雪峰等莫不如此。鲁迅杂文的思想艺术，对田仲济来说，不只研究，更有实践；不只继承，更有捍卫。其影响不是一时，而是终生。40年代田仲济的杂文，从各个角落各种事物直接地反映了抗战时期国统区的现实，画出了中国的社会相和某一类型形象，在当时产生过较大的影响。中国现代文学史家有这样一种看法：20世纪40年代杂文名家中，上海有唐弢，延安有徐懋庸，桂林有聂绀弩，重庆就是田仲济了。著名学者钱理群读田仲济杂文的感受："原来抗战中后期的大后方还有如此成熟的杂文！"

（2）文学编辑

除杂文创作外，田仲济还以文学编辑等角色投身到抗日文化洪流中：1938年他在西安以青年文化社的名义创办了《报告》半月刊；1940年代他在东方书社担任编辑主任时期编辑出版了大量进步文学书籍，其中影响较大的是他与臧克家、叶以群等一起编辑出版的《东方文艺丛书》（其中有郭沫若的《今昔集》、臧克家《古树的花朵》等10册）；1942年他与沉樱、姚雪垠、曲润路共同创办了现代出版社，他主编并持续出版现代文艺丛书；他还参加了自强出版社的编辑工作；1944年他与姚雪垠、陈纪滢一起组织"微波"社，创办了《微波》文学月刊；从抗战中期开始他积极参加中华全国文艺界抗敌协会的活动，还帮助好友梅林参与了老舍领导下的《抗战文艺》杂志的编务工作。抗战时期的大后方文坛，经常能看到田仲济的身影。他的文学创作与他所编辑的这些在血与火中诞生的文学书刊，其影响虽有大小之别，但都同抗战文艺思潮相联系，与抗战文艺的深入发展相联系，表现了田仲济的情怀、担当与梦想。

（3）文艺理论家

1941年田仲济撰写的《新型文艺教程》由华中图书公司出版。著名文艺理论家、新文学史家李何林先生在该书序言中说："至今在我所见到的范围以内，田仲济先生的这一本《新型文艺教程》，实在还是用上述的体裁和文笔写成的第一部文艺理论和知识的书，给学术思想的通俗化工作开辟了一个新的途径。"这一时期，田仲济还出版了《小说的创作与欣赏》《作文修辞讲话》《杂文的艺术与修养》等文学理论著作，阐明了他对文学艺术的基本看法。在那"风沙扑面，虎狼成群"（鲁迅语）的时代，在不是胜利就是死亡的严酷战争中，田仲济很少写与现实无关的东西。那时，每一个富有强烈责任感和使命感的作家都将文学艺术作为参与现实改造的媒介看作自然而然的事情。因此，田仲济在强调文学作品应具有高度艺术性的同时，自然更倾向于对文学作如是观：文学应尽量切近时代，改造现实，激扬人生，改善人们的精神面貌，培养崇高、正直、向上的心灵。这种强调文学的思想冲击力、强调文学担负"改造人类精神面貌"职责的文学观，至今仍然是有现实意义的。

（4）新文学史家

田仲济是中国现代文学学科的奠基人之一。著名学者樊骏说"他与李何林、任访秋等人，早在40年代就开始系统研究中国现代文学，是这门学科最早的开拓者之一"。抗战胜利不久，田仲济很快就写出了我国第一部新文学的断代史——《中国抗战文艺史》，1947年由现代出版社出版。田仲济能在这么短的时间里完成这部学术著作，得力于他多方位地参与了抗战文艺的创造，积累了大量原始的文献史料和文学生活的实感，正如有学者说："如果后人研究抗战文艺面对的是史料，那么作者（指田仲济，引者加）面对的是生活，是亲历的见闻。这些生活经他的手变成史料而保存下来，因而读这样的书，首先的收获往往是了解到许多史实，并且增加对那个时代的感性认识。"这部著作既有史料价值，更有学术价值：它梳理了中国抗战文艺的源头、抗战八年文艺的发展脉络和多元的内在线索，还取得了一些重要的学术突破。此前对中国现代文学的研究，基本是对新文学的研究，通俗文学总是受批判难以进入研究者的视野，而田仲济的《中国抗战文艺史》专门有一章是"通俗文艺与新型文艺"，充分肯定了通俗文艺形式在抗战时期的巨大作用。该书出版不久就被日本波多野太郎教授译为日文，1949年由日本评论社出版。《中国抗战文艺史》在海外曾是销行较好的学术著作，以至于台湾和香港曾经出现过多种盗版。这一时期，田仲济还发表了一些鲁迅杂文研究和新文学研究的论文。

三

1946年夏，从重庆到上海，田仲济受聘为上海音乐专科学校副教授，后任教授。1949年9月，上海音乐专科学校更名为国立音乐学院上海分院，田仲济任秘书长。1950年夏，他受聘齐鲁大学文学院国文系教授、系主任。1951年2月被中央人民政府政务院任命为山东省人民政府文化教育委员会委员。1951年下半年调至山东师范学院任中文系教授，1953年4月任副教务长。1953年10月，参加中国人民第三次赴朝鲜慰问团到朝鲜慰问，任山东分团副团长。1954年3月被中央人民政府任命为山东省人民政府人民监察委员会委员，10月当选为山东省第一届人大代表。1955年1月当选为山东省政协常委。1958年受到内部批判，1959年初批判他的文章《坚决保卫马克思主义文艺路线——批判田仲济教授的资产阶级文艺思想》在《山东师范学院学报》发表。1959年7月当选为中国作家协会山东分会副主席。1962年1月起担任山东师范学院副院长、校务委员会副主任。1966年初夏，他成为山东师范学院最早在全校范围内被批判的校级领导和"反动学术权威"。6月18日在山东省"文化大革命万人动员大会"上被省长白如冰点名批判，与余修、吴富恒等被列入首批反党反社会主义分子资产阶级代表人物，此后长期遭受精神摧残和肉体伤害。

从新中国成立至 1970 年代,作为新文学史家,田仲济高度重视中国近现代文学文献史料的搜集、整理和收藏工作。刚到齐鲁大学,他就让有关方面购买了东方书社出版的新文学书籍。到山师不久,他又想把藏书家丁稼民在潍坊的藏书转移到山师图书馆,最后这些书根据山东省文化局局长王统照的意见收藏到山东省图书馆,得以在更大范围内发挥作用。田仲济先生还让山东师范学院图书馆不断购买晚清和民国时期的书籍和期刊,山师图书馆也因而成为闻名遐迩的中国现代文学文献资料中心之一。1955 年高教部划拨给山东师范学院中国现代文学专业研究生培养经费八千元,田仲济把这些钱全部用来购买图书资料,并建成了专门的资料室。值得注意的是,田仲济先生反对资料垄断,山师的资料让学界共享,所以经常有一些外单位学者专程来山师查阅资料。国内一些学者的著作,如陆耀东教授的新诗流派论,田本相教授的曹禺作品论,都获得了山师有关藏书所给予的帮助。"文革"后期,还没有完全摆脱"审查"的田仲济,冒着再次被打倒的危险,冲破了重重阻力,设法把著名藏书家瞿光熙收藏的大量名贵书刊运到了山师图书馆。其中一部分被工宣队领导视为"毒草"的书籍被强令退回,田仲济先生便悄悄地让山师聊城分院把剩余的书运到聊城去了。

新中国成立后至"文革"前,田仲济先生在中国新文学史研究、"五四"文学研究、三十年代文艺研究、鲁迅研究、报告文学研究方面的研究成果为学界瞩目,尤其是他对报告文学的研究,无论是文献史料的搜集整理还是理论阐释都达到了领先水平。田仲济先生在对"五四"以来报告文学与社会历史发展进行了详细考察、梳理以后说,报告文学应该是"同五四新文学的诞生同时诞生的。虽然'报告'或'报告文学'这一名称的确定是 30 年代的事情",除新闻性、文学性外,报告文学"若另外还有什么特征的话,就是它的进步性了"。这些论述都是发前人所未发,因为以往的研究成果大都认为中国报告文学诞生于 1931 年"九·一八"事变之后。田仲济先生在 1962 年就提出"中国现代文学的发生期的前后已有了萌芽期的报告或类似报告的作品"。他的这一观点,现已为后来的中国现代文学史研究者所认同。再有,田仲济先生经过原始资料的挖掘以及对茅盾等作家的访问、考证,得出文学研究会倡导无产阶级文学的时间至少不比创造社、太阳社晚这一看法,至今仍被现代文学史家所重视,并写入一些中国现代文学史著作之中。这些理论建树,体现了田仲济作为第一代现代文学史家扎实研究、坚持己见、独立探索的可贵学术创新勇气和精神。这一时期,田仲济还发表了一批研究"五四"文学和研究现代作家作品的文章,如《五四新文学运动精神》(山东人民出版社 1959 年出版)等。

1953 年 11 月原高等教育部颁布了《高等学校培养研究生暂行办法(草案)》,以此为标志,新中国研究生制度正式建立。1954 年高教部批准了第一批研究生招生学校,山东师范学院是最早招收中国现代文学专业的少数几个学校之一。田仲济先生成了新中国第一批研究生指导教师,他从 1955 年开始正式招收中国现代文学专业的研究生。

"十七年"时期,田仲济依然撰写杂文,即使在"反右"以后,他明知有可能给自己招来麻烦,还是继续用杂文针砭现实。例如他的杂文《雅量》发表后再次遭到内部批判,撤销了他全国人大代表候选人的资格。晚年田仲济说:"现在有不少的人说鲁迅的杂文过时了,如今时代不同,是全新的,不同于他的杂文了。当然应当允许每个人有自己的看法,其他人不应干预,但过时不过时,超越不超越,历史会作结论的,一个或几个人的意见是无法改变历史的。"他一直认为,鲁迅杂文成就是极高的,是永远值得继承发扬的。杂文给田仲济带来了创作的喜悦,同时也不断给他惹祸。20世纪50年代后期、60年代初期两度使他蒙受"左"倾思潮的批判,但他并未因此消沉,对于杂文这一文学样式仍然满怀希望,而对不公平的批判,他问心无愧地说:"不愉快自然是不愉快,但我的性格是只要我行我是,没做见不得人的事,一切我就不去管它。"这就是作为杂文家田仲济一生坚守的个性和品格。

四

粉碎"四人帮"以后的1977年,田仲济先生已经70岁了。在承担着繁重行政工作的同时,他在学术研究、学科建设、学术交流、人才培养诸方面都做出了显著的成绩。

(1)学术研究

新时期以来,田仲济先生继续殚精竭虑于中国现代文学史的研究。1979年他与孙昌熙教授主编的《中国现代文学史》,是十一届三中全会以后我国出版最早的现代文学史著作之一。田仲济带领编写人员认真总结了新中国成立以来中国现代文学史编写中的"左"的和形而上学的深刻教训,对编写人员提出解放思想,实事求是,恢复历史本来面目的要求。这本书出版后,香港《文汇报》《大公报》、日本《野草》杂志以及国内《文学评论》等报刊相继发表推荐和评介文章,指出这本书较早地恢复了中国现代文学史的本来面貌,是一本可信之书。田仲济先生在为这本书亲自起草的《编写提纲》中说,鲁迅的《汉文学史纲要》《中国小说史略》至今还是我们文学史研究的楷模;撰写文学史,既要勾勒文学历史发展的全貌,揭示其主潮,又要反映出每个历史时期的特点,揭示其丰富性和多样性;既要突出有代表性的作家作品,又要兼顾每一历史时期具有不同特点或影响的作家作品,拓展研究领域同时,还要反映出各个流派及形式风格的多样化,不能把文学史写成作家史或作品论。田仲济先生还指出,中国现代文学史研究特别要注意拨乱反正,扭转"左"倾思潮的影响,对一些几乎被人忘却或估计不足、颇有争议的作家作品,要辩证地看待其历史与审美、思想与艺术、成就与局限,在此基础上做恰如其分、有理有据的分析,不粉饰,不掩盖,不夸大,不缩小,让历史自己来说话。同时,他提醒我们,要警惕在反对一种不良倾向的时候走向另一种不良倾向,不能走极端或"矫枉过正"。

田仲济先生多年坚持的"实事求是""知人论世""文质并重",不因人废文,不为贤者讳的治史原则,也体现在他与孙昌熙教授主编的《中国现代小说史》上。田仲济先生在该书序言中说:"在国内出版现代小说史,可能这是第一部。"经考证,这本小说史著作的确是中国人撰写并出版的第一部。此前出版的夏志清著《中国现代小说史》,作者是美国籍。同年同月出版的赵遐秋和曾庆瑞著《中国现代小说史》,只是该书的上册。田仲济和孙昌熙主编的《中国现代小说史》在小说史观念、现代小说的历史分期、小说史的叙述方式等方面都有不同程度的创新和开拓。1980 年代,田仲济先生亲自编辑或主编的另外两套书影响也很大。一是《王统照文集》六卷本,田仲济、杨洪承等编,山东人民出版社出版;二是《中国新文艺大系(1937—1949)散文杂文集》,田仲济、蒋心焕主编,中国文联出版公司出版。

(2) 学科建设

2007 年,山东师范大学中国现当代文学学科被评为国家重点学科的时候,田仲济已经去世 5 年了,但是全体学科同人首先感念的仍是学科奠基人田仲济先生,感念他缔造了深厚的基础和优良的传统,感念他几十年的辛勤培育和学术引领。

在学科建设上田仲济先生的突出贡献主要表现在平台建设和团队建设两个方面。田仲济先生于 1962 年就在山师率先成立了中国现代文学研究室,70 年末扩建为国内少有的中国现代文学研究中心。借助于这一平台,田仲济先生在 1979—1985 年,先后引进著名诗人、诗论家孔孚,诗歌评论家吕家乡,小说评论家宋遂良,诗歌评论家袁忠岳等优秀人才。特别要说明的是,这四人中有三个“右派”,另一个是“准右派”:因右倾而被开除团籍。引进这些人的时候,十一届三中全会掀起的思想解放运动刚开始不久,多数人还在观望,生怕再犯政治错误。在这种情势下,田仲济先生是以怎样的胆识和勇气,顶着怎样的压力,把这些“危险人物”调到自己身边的? 这些人引进后,再加上山师现代文学团队的原有成员(以年龄为序)冯中一、查国华、书新、顾盈丰、蒋心焕、朱德发、冯光廉、崔西璐、刘金镛、韩之友等组成了一个庞大的团队。到 1985 年,山师现当代文学团队在田仲济之下,有“20 后”2 人,“30 后”11 人,“40 后”4 人,“50 后”5 人,如此阵容学界罕见。1986 年田仲济先生退休,他的行政领导工作虽然退了,但他在中国现当代文学学科建设方面丝毫没有放松。他经常告诫本学科的同事们:资料的搜集、积累和整理是我们的传统,要不断补充、添置新的资料。他认为,文献史料是研究的基础和前提:只有从第一手资料出发进行的研究,才能经受住实践和历史的考验,才能写出有学术生命的著作和论文。

(3) 人才培养

从 1978 年到 1986 年,田仲济先生又招收了 29 名硕士研究生,其中每一位研究生的成长和发展无不渗透着田先生的心血。他重视教书,更重视育人。他认为学生入门须正,立志须高,治学与为人,二者不可偏废。这是他数十年培养人才的经验结晶。在学术上,田仲济先生对研究生高标准、严要求。他要求研究生一定要大量阅读晚清和民国时期的报刊,通过原始文献的阅读打好文学史研究的功底。他还要求研究生必须到外地访学,广泛查阅研究资料,遍访学术名家。但毕业答辩时,他对自己的弟子毫不留情,多次要求答辩委员严格审核他的学生。有一次山东师范大学中国现当代文学专业的一位研究生补行硕士学位论文答辩。答辩前山师一位老师见到山东大学的一位答辩委员,顺便问了对这篇论文的看法。田仲济先生得知后,严厉批评山师这位老师:“你根本就不该打听(写得好不好)。按规定论文的审阅人和答辩委员都是保密的,就是恐怕人情关系起作用。你这样做,从小处说,影响了咱们学位点的声誉;从大处说,损害了学术尊严。"严师出高徒。他指导的研究生,在高校工作的大都较早晋升为教授,几乎全都是博士生导师,都成了各自研究领域的知名专家,还有的成了国务院学位委员会、国家教委表彰的"做出突出贡献的中国博士、硕士学位获得者"。20 世纪,山东师范大学中国现当代文学专业培养了 180 多名研究生,在数量和素质方面均有长足进步。每当总结成绩时,学科同人无不想到田先生的开拓之功和开创的优良传统。20 世纪 80 年代,田先生还经常接待来访的外地研究生和高校教师,为他们答疑解惑,小到指导论文写作中的某个具体问题,大到传学术之道,有时甚至专门授课,使得一大批外校的老师和研究生成了田仲济先生的私淑弟子。

(4) 学术交流和学会工作

粉碎"四人帮"以后,随着政治上、思想上的拨乱反正和学术事业的不断繁荣,70 岁以后田老参加的学术活动越来越多了。如 1977 年到福建师范大学讲学,1978 年出席在厦门召开的《中国现代文学史》教材编写会议,1979 年出席在北京举行的《中国现代文学史参考资料》审稿会议。在北京的这次会议上发起成立的高校中国现代文学研究会,后来更名为"中国现代文学研究会",田仲济当选为副会长。在中国现代文学研究会第一次理事会议上,决定出版《中国现代文学研究丛刊》,田仲济当选为副主编。1980 年在包头举行的中国现代文学研究会第一次年会,田仲济再次当选为副会长。1983 年山东省中国现代文学学会成立大会暨第一次学术讨论会,田仲济先生当选山东省中国现代文学学会会长。1984 年 4 月到美国、加拿大多所大学访问。1985 年在天津举行解放区文学讨论会,会上成立了中国解放区文学研究会,田仲济先生当选为会长。1992 年 11 月以 85 周岁高龄到北京出席"郭沫若与中国现代文化的发展"国际学术研讨会并做大会发言。1993 年 4 月,由中国现代文学研究会、中国解放区文学研究会、山东省文联、山东省作协、山东师范大学联合主办了"田仲济杂文研讨会"。罗竹风、姚春树、刘锡诚、钱理群、吴福辉等 60 多位学者出席了这次会议。与会者高度评价了田仲济杂文的思想艺术成就和文学史地位。

田仲济先生对学会工作也是全身心投入的。他始终把加强学术研究放在学会工作的首位。他担任山东省中国现代文学学会会长期间,有一件事特别受到中国现代文学研究会有关领导人的赞赏。根据田仲济先生的倡议,1991 年 10 月山东省中国现代文学学会举办了义学研究会成立七十周年暨山东省中国现代文学学会第六次学术研讨会。当时全国高校和科研机构普遍经费困难,文学研究会成立 70 周年竟没有其他纪念性学术活动。因此,到济南出席会议的中国现代文学研究会领导认为山东省中国现代文学学会首开风气,办了一件很有意义的事情。文学研究会会员、91 岁的许杰先生专程赴会,濡墨挥毫留字"文学是为人生的;文学是人学,文学即人学;文学事业是人生事业,也是毕生事业"。曾经参加过 20 世纪20 年代中期文学研究会的蹇先艾专函祝贺,希望大会"认真进行学术讨论,肯定这个会社(指文学研究会,引者加)的成就,指出不足。看看是否某些优秀成果今天尚可借鉴,予以出色的历史评价"。这些语重心长、言短意深的话,是对这次学术会议最好的评价。

田仲济先生晚年不断请求辞去自己担任的学会领导职务。在他先后辞去中国现代文学研究会副会长、山东省中国当代文学研究会会长、中国解放区文学研究会会长等职务之后，又要求辞去山东省中国现代文学学会会长职务，但学会常务理事会和省社科联都不答应。在看到中年学者朱德发迅速成长后，田仲济先生更是多次催促山东省中国现代文学学会打报告给省社科联领导，建议由朱德发接他的班，担任山东省中国现代文学会会长。他不贪恋权位、主动让贤的高风亮节赢得了后辈的敬重。

1991年田仲济被评为享受国务院政府特殊津贴专家。他的散文荣获1993年世界风筝都文学创作院文学创作荣誉奖。他的著作已被译成日、韩、英等多种文字在国外出版。进入晚年的田老，虽然身患多种老年性疾病，但腰板很直，思维清晰，到90岁生活仍能基本自理。每日用放大镜读书、读报，偶尔写点小文章。他晚年的精神生活是充盈的。

2001年夏，田仲济先生因病住院。2002年1月14日病逝，享年95岁。根据田仲济先生的遗嘱"死后，不开追悼会，骨灰撒入大海"，2002年1月20日，在青岛，田仲济先生的骨灰与老伴武仅民的骨灰一起撒入大海。

〔本文参考、吸收了杨洪承、田桦《田仲济年谱简编（1907—2002）》，曹然《田仲济年谱（1949—1966）》，杨洪承、曹然《田仲济年谱（1970—2002）》中的许多内容，不再一一注明，在此向各位年谱作者一并致谢！〕

左联作家刘芳松的生平及其文学创作

顾迎新*

(中共青岛市委党校 科研部,青岛 266071)

内容摘要:刘芳松是一位活跃在二十世纪三十年代时期的左联作家。他是一位经历比较复杂的革命者,曾经亲历、参与过二十世纪许多重大的历史事件。同时他还是左联早期比较活跃的作家,他的文学创作基本上集中在二十世纪三十年代,虽然作品数量不多,但是质量比较高,在同时期的左联作家中属于佼佼者。他的诗歌意象鲜明生动,充满了生命的张力;他的散文语言流畅而凝练,描摹状物极为精当;他的小说擅长零度叙事,在情感把握、技巧运用、人物形象塑造等各方面都已经达到比较高的水平。

关键词:刘芳松;左联文学;文学创作

- -

刘芳松(1910—1994),山东省蓬莱人,笔名刘西蒙、西蒙、叶绿素、风素、风斯等,是一位活跃在二十世纪三十年代时期的左联作家。在现代文学史上,刘芳松是一个陌生的名字,鲜有人提及,但是说起他的"朋友圈",人们却决不陌生。他与于海(于寄愚)是蓬莱老乡、同学,与李可染相识于杭州国立艺术专科学校,与田汉、丁玲、叶以群等同批入党,听过鲁迅、戴望舒、胡也频等讲课,与艾青同为室友,帮艾青投稿发表了第一首诗作。抗日战争时期,他与李可染、孟超等人在安徽六安一带进行抗日宣传活动,后在安徽国民党政府内担任职务。国共内战末期他秘密加入民盟,参与策划了安庆市国民党部队的起义活动,促使安庆和平解放。1949年后,刘芳松在安徽省担任文化局副局长等职,积极推动黄梅戏的改革与发展,推出了《天仙配》《女驸马》等经典曲目,并几次率领黄梅戏剧团进京演出,受到周恩来等国家领导人的接见。1983年,刘芳松重新加入中国共产党。1994年去世。

从以上介绍可以看出,刘芳松是个经历比较复杂的革命者,曾经亲历、参与过二十世纪许多重大的历史事件。同时他还是左联早期比较活跃的作家,他的文学创作基本上集中在

---

* 作者简介:顾迎新,文学博士,现为中共青岛市委党校副教授。

二十世纪三十年代,虽然作品数量不多,但是质量比较高,在同时期的左联作家中属于佼佼者。笔者在青岛、天津等地的民国报刊上发现了刘芳松的多篇文学作品,共计 33000 余字,包括诗歌、散文、小说等多种题材。本文对刘芳松的生平进行了梳理和考证,并在此基础上,分析评价其文学作品的特色和水准,为中国现代文学史做一点补充。

一、刘芳松的生平

根据刘芳松的自述,他 1910 年出生于山东省蓬莱县。从他的诗歌《祖母》中描绘的家庭情况来看,他的祖父是一位商人,在东三省一带经商。家境比较富裕。刘芳松小学进入蓬莱县"启明学校"读书。启明学校是蓬莱境内较早开办的新式学校,校长刘家骥接受了资产阶级民主革命思想,积极提倡教育事业,启明学校的很多学生后来都走上了革命道路。于海也一同就读于启明小学。

根据刘芳松的自述,他 1926 年到北京读高中,1928 年进入私立青岛大学学习。在青岛期间,刘芳松开始了文学创作,并结识了左翼作家王灵菲、崔巍,《青岛民报》的编辑杜宇、姜宏等人。1930 年初,刘芳松同于海一同来到杭州,于海考入杭州国立艺术专科学校(今浙江美院,时任校长林风眠),结识了耶林(张鹤眺)、李可染、李岫石等人。其中耶林是中共地下党员,在耶林的带领下,刘芳松等人一起阅读左翼书籍,组织了进步学生团体"一八艺社"。因为他们在学校带头掀起艺术与政治问题的讨论,受到国民党特务的注意和威胁。1930 年夏季前后,为了躲避国民党的追查,这批年轻人陆续来到上海,租住在亭子间中,一边学习,一边进行革命活动。①

1930 年 7 月,刘芳松又经过耶林介绍,进入"上海文艺暑期补习班"学习。这个文艺补习班由"左联"和"社联"共同创办,由冯雪峰和王学文负责,曾经邀请当时著名的学者鲁迅、戴望舒、胡也频、王学文等授课讲座。暑期补习班结束后,刘芳松和李岫石在耶林的介绍下,加入了左联、互济会,参加了上海反帝大同盟等革命活动。1931 年冬,经"左联"的彭慧介绍,刘芳松与李岫石一同加入中国共产党,编入"左联"过组织生活。1932 年春,彭慧通知他们到上海南京路"大三元"酒家开会。会议由当时的"中国左翼文化总同盟"负责人潘梓年主持,请来了瞿秋白同志讲话,并告知这次会议即是他们的入党仪式。与刘芳松同批入党的还有田汉、丁玲、叶以群等人。在会上田汉和丁玲都做了发言。② 刘芳松入党后,编入"左联"过组织生活,与当时的左联主要成员冯雪峰、夏衍、阿英、周扬、阳翰笙等都有过接触。

1932 年 6、7 月间,丁玲联系刘芳松,让他到上海沪东区负责培养工人通讯员的工作。刘芳松到杨树浦恒生纱厂附近的一座工人居住的楼房里进行工作,了解了一些普通劳动者的生活状况和思想情况。此时,国民党政府的反共手段日趋严酷。1931 年 1 月,左联五烈

① 刘芳松:《云天寄怀思》,张以谦、蔡万江编:《耶林纪念文集》,山东文艺出版社 1988 年版,第 141 页。
② 刘芳松:《左联忆片段》,上海左翼作家联盟成立大会会址纪念馆、鲁迅纪念馆主编:《左联纪念集(1930—1990)》,百家出版社 1990 年版。

士被捕,随即遭到杀害。1932年7月,"中国左翼美术家联盟"党组织遭到国民党破坏,主要成员江丰、于海、艾青、李岫石、季春丹(力扬)、黄山定、方海如等十余人被捕入狱。同年9月,彭慧向刘芳松转达"文总"的通知,派他担任"美联"党团书记,并逐步恢复"美联"的工作。刘芳松转到"美联"工作以后,原先的培养工人通讯员的工作由艾芜接手。

刘芳松四处奔走,营救被捕的"美联"成员,并逐步恢复"美联"的活动。最终,于海、江丰先由家人营救出狱,李岫石、艾青、力扬、黄山定等人以危害民国罪被判三到五年不等。就在此时,刘芳松的家人担心他也遭受同样的命运,来上海劝他暂时回家乡躲避。1933年春天,刘芳松向组织请假一年,离开上海,回到故乡山东蓬莱。从此与中共党组织失去了联系。[①]

1932年9月,刘芳松还作为发起人之一,出席了"中国诗歌会"在上海的成立大会。在进行革命工作的同时,进行文学创作,并陆续在《北斗》《文学月刊》上发表作品。现代诗人艾青当时也是杭州艺专的学生,从法国留学回国,来到上海,与耶林、刘芳松、李可染等人住在一起。据艾青回忆,他在法国时曾经写过一首诗《东方部的汇合》,放在桌上,恰巧被刘芳松看见,并认为很有感染力。于是就"自作主张"将这首诗投给丁玲主编的《北斗》杂志,还附上一张便条:"编辑先生,寄上诗一首,如不录用,请退回原处。"不久,这首诗就在《北斗》上发表了。诗歌发表之时,艾青正因为参加"中国左翼美术家联盟"的活动而被捕入狱。诗歌的发表给了他极大的鼓励。艾青回忆说:"这件小事,却使我开始从美术向文学移动,最后献身于文学。"刘芳松的推荐让艾青在文学的道路上一直走了下去,成就了中国现代文学史上的一位著名的诗人。[②]

1934年,刘芳松再次来到青岛,接替于黑丁在《青岛民报》担任副刊编辑,直至1936年离青。1935年老舍、洪深、王统照等人在青岛筹办同人刊物《避暑录话》时,刘芳松正在青岛,也参与了编辑与创作工作。《避暑录话》每周一期,随《青岛民报》发行,自1935年7月至10月,共出版了10期。因刘芳松是《青岛民报》副刊编辑,因此《避暑录话》大多数编辑工作都是刘芳松完成的。1936年刘芳松离开青岛来到北平,专门从事文学创作,参加了北平作家协会。[③]

1937年抗日战争爆发后,刘芳松、李岫石、李可染、孟超、王照慈等一批与中共党组织失去联系的青年人,聚集到徐州,在徐州民众教育馆的资助下成立了临时性的抗日宣传队。他们创办刊物,组织剧团,在城乡间宣传抗日,受到民众的欢迎。同年底,广西的五路军北上抗日,途经徐州,民教管举行了欢迎会,这些青年们在欢迎会上的表演引起了当时新桂系将领、第十一集团军司令李品仙的注意。欢迎会结束后,李品仙与他们联系,希望他们加入自己的部队,协助进行抗日动员工作。刘芳松、孟超等人经过慎重的考量,决定在保持这个团体独

---

① 姚辛编著:《左联词典》,光明日报出版社1994年版,第91—92页。
② 周红兴:《艾青的跋涉》,文化艺术出版社1988年版,第41页。
③ 鲁海:《刘芳松在青岛》,《山东省文化艺术志资料汇编》(青岛市《文化志》资料专辑第10辑),山东省文化厅史志办公室、青岛市文化局史志办公室1986年版,第34页。

立性(人员、经费、演出内容)的基础上,加入十一集团军。1938 年 1 月 1 日,刘芳松等人来到蚌埠,受到李品仙的接见。李品仙让他们以六安为目的地,沿途进行抗日宣传鼓动。1938 年 3 月,刘芳松一行来到六安,加入李品仙的部队,名为"第十一集团军救亡工作团",孟超任团长。在国民党军队中他们始终保持着独立的进步倾向。1938 年至 1939 年间,随部队参加了武汉保卫战、随枣会战等战役。主要活动在安徽蚌埠、田家庵、寿县、正阳关、六安和鄂东前线地区,利用戏剧、歌曲、绘画和诗歌的形式,向部队和民众进行抗日宣传鼓动工作。1939 年初,宣传队更名为十一集团军政工大队,孟超任队长,刘芳松、潘玉麟为干事,共有八十多人。同年夏,因为经费问题队伍缩编,孟超离开去了广西,由刘芳松接任队长。1940 年初,又在安徽立煌改组为抗建艺术社,隶属于豫鄂皖边区党政分会,刘芳松任社长。1942 年后,抗建艺术社和第五战区政治部宣传大队合并,改名为艺术宣传队,隶属于第二十一集团军总部。此时,刘芳松调到安徽省抗战史料征辑委员会工作,任总干事,但仍兼任艺术宣传队指导员。[1] 在李品仙担任安徽省国民党政府主席期间(1940—1948),刘芳松担任了安徽省国民党政府社会处处长的职务(1942—1944),在此期间他还加入了国民党。

虽然担任了国民党政府的职务,但是在抗战期间,刘芳松和他所在的抗日宣传队始终保持着进步倾向。队伍的其他主要领导人员孟超、李岫石、李可染、王照慈等都是失去了组织联系的共产党员,他们坚持独立、进步原则,顶着巨大的压力,排演了夏衍的《一年间》、陈白尘的《群魔乱舞》、曹禺的《蜕变》《雷雨》等进步剧目,歌曲《黄河大合唱》《生产大合唱》《新年大合唱》等,另外所创作的诗歌和绘画等内容也都是具有进步倾向的。这也引起了国民党当局的注意,不少成员受到国民党特务的监视和控制。刘芳松利用特殊的身份,掩护了不少人,其中有的成员投奔新四军,有的后来辗转到了陕北延安,刘芳松都给予了力所能及的支持。

抗战胜利后,国共内战开始。"中国民主同盟"因响应共产党的主张,被国民党政府宣布为非法组织,1947 年 11 月被迫解散,转入地下活动,在安徽秘密发展成员。1948 年 10 月,国民党安徽省政府转移到安庆。在安庆,刘芳松经过民盟成员李春舫的介绍,加入了民盟组织。民盟当时已经与中共地方组织取得联系,决定设法迎接和支援解放军渡江作战,争取安庆和平解放。刘芳松等人秘密策动怀宁县县长钱镇东起义,并团结了安庆市一些德高望重的革命进步人士、教育界人士、国民党政府的下层公务员等,保护安庆市内的大部分学校、工厂、文物、档案等不被国民党转移或破坏。1949 年 4 月,起义计划成功,安庆顺利解放。[2]

新中国成立后,刘芳松一直在安徽从事文艺工作,曾任安徽省文化局副局长、安徽省文联副主席、顾问,安徽省民盟常委、安徽政协常委等职。在担任安徽省文化局副局长(1955.3—

① 马西屏:《活跃在大别山区的一支艺术队伍》,《安徽省文史资料 江淮抗日烽火》(第 29 辑),安徽省政治协商会议文史资料研究委员会编,安徽人民出版社 1988 年版。
② 马西屏口述、马建军整理:《记革命文艺战士刘芳松》,《长宁文史资料》(第 8 辑),中国人民政治协商会议上海市长宁区委员会文史资料委员会 1992 年版,第 120 页。

1958.9)期间,刘芳松积极推动安徽黄梅戏的发展,参与黄梅戏的改革与创作,曾经与安徽黄梅戏剧团的演员们一起修改剧本、唱腔、动作、服装、道具等,使《天仙配》等剧目在演出中取得了极大的成功,推动黄梅戏在全国的普及和推广。① 1953年、1957年,刘芳松分别带领安徽省黄梅戏剧团、安徽省庐剧和泗州戏剧团到北京汇报演出,受到了国家领导人毛泽东、周恩来等人的接见,并向他询问安徽戏曲和文艺界的情况。②

1983年9月,安徽省作家协会召开大会,讨论刘芳松的入党问题。时隔50年,刘芳松重新加入了中国共产党。1994年,刘芳松去世。

刘芳松作为一名革命者、左联作家,虽然后来脱党,还加入了国民党,在国民党军队和政府中担任职务,但是从他其后的所作所为来看,他其实始终都坚守着左翼倾向,并没有放弃自己的信仰和立场,在抗日战争、解放战争中都做出了力所能及的贡献。对于这样一位作家来说,可能他终身的遗憾就是1933年离开上海,回蓬莱老家暂避一事。虽然在1934年他再次来到青岛,并且其后一直从事左翼文学创作和活动,寻找与共产党的联系,但是他的离开在当时的环境来看,更像是一个"逃兵"的行为。在他后来创作的一些散文和小说当中,常常流露出深切的愧疚和自责:"但拿起笔的时候,不知为什么,我的心头感受到一种不可摆脱的滞压。过去有几位朋友的影子,曾在我心上留着深切的痕迹,现在时过境迁,想起这些朋友们,心上仍要添上一些疚恨,人往往不愿去自己制造烦恼,我也时时想把脑子变成麻木,使过去的记忆在烟尘中消灭。"③

抗战期间他进入了国民党部队,在国民党政府内部供职,也一直是他的一个政治"污点",为他的朋友们所忌。于海与刘芳松同为老乡、同学,1929年一同到杭州,后又一起到上海,和耶林、李岫石、李可染等共同参加革命活动。于海是"中国美术家联盟"第一任党团书记,1933年被捕入狱后,刘芳松接替他担任"美联"第二任党团书记。于海出狱后回到山东,抗日战争时期担任《大众日报》社社长兼总编辑,后任中共中央山东分局文委书记、中共济南市委宣传部部长。新中国成立后,刘芳松在安徽省担任文联副主席,于海也因为在"三反五反"中出现的问题(实际上是因为与康生等人的矛盾),被撤销职务,安排到安徽省文联从事专业文学创作。两人可谓老乡、老同学、老战友、老朋友。但是,在1983年安徽作家协会召开会议讨论刘芳松的入党问题时,于海却投了唯一的反对票。他认为自己是"维护党的原则"。④

二、刘芳松的文学创作情况

刘芳松的文学创作主要集中在二十世纪三十年代。笔者在《避暑录话》和《天津益世报》上发现了他的一些作品。共有诗歌6首:《七月速写》《人子》《海上的征者》《祖母》《流星》《记

---

① 张小平编著:《大黄梅:百年黄梅戏》,安徽教育出版社2016年版。
② 段金萍:《我的庐剧人生——丁玉兰口述史》,安徽文艺出版社2018年版。
③ 刘芳松:《海的故事》,刊载于《天津益世报》副刊《文艺周》第37期,1937年1月31日。
④ 温跃渊:《"左联"两位老作家》,《文坛半世纪》,安徽人民出版社2007年版。

忆》;短篇小说6篇:《那位旅伴》《战争的时候》《营子》《丈人爹和女婿》《小三子》《农村里的媳妇》;散文6篇:《活》《过路》《渔人的家》《博山一夕记》《海的故事》《饿的故事》。根据《左联词典》记载,他还创作过诗歌《太阳向我来》《工厂的叫嚣》《叶赛宁割断了自己的动脉管》《苍鹰塔里的浮士德》《庭院》《都市夜行人》,小说和文学评论《收获》《高尔基——他是怎样学习成功的》等,但这些作品均未见。

他的作品数量不多,但是质量却比较高。在青岛期间,他创作了长诗《叶赛宁割断了自己的动脉管》(后改名为《叶赛宁用手枪打了自己》),据说臧克家看了之后说:"我写不出来。"孟超曾经在一篇文艺评论文章中将他与戴望舒相提并论,认为他是一个"天才诗人"。[①] 从他现存的几首诗歌来看,刘芳松的诗歌语言凝练有致,情感深沉内敛,蕴含着巨大的张力。如这首《海上的征者》,就属于刘芳松的诗歌中比较有代表性的作品,

飞,
向着自由的国土,
披着风,御着霜露。

你期许着那遥遥——
阳光在展下一片喧歌,
翅膀划着青天,
脚下有万顷金波攒没。

但你要估计着眼前的行程,
看天色正随行着
那不可赦免的变动。

你要翻过风暴和雷雨,
竖起你每支箭簇般的毛羽,
看恶浪陡成刀,
在那里磨锐你的牙爪。

黑夜已然降临。
飞,

---

① 鲁海:《刘芳松在青岛》,《山东省文化艺术志资料汇编》(青岛市《文化志》资料专辑第10辑),山东省文化厅史志办公室、青岛市文化局史志办公室1986年版,第36页。

直到那海上的一线曙信。

刘芳松本来具有良好的文学素养和语言表达能力,亲身参与革命活动和其后友人被捕入狱等动荡恐怖的经历,又让他更深切体会到当时一般的文艺青年们所无法体会到的生之磨砺,这给了他的文学作品以深沉、悲怆的力量,他的诗也因而蕴藏着强烈的感染力和无法言说的苦闷。表现在诗歌当中便成为种种意象,有"竖起箭簇般的毛羽,"在恶浪中"磨锐你的牙爪"的海燕,有"踏着荆棘和蒺藜,要从土里活,而向土里去"的"人子",也有"在无边的黑暗中""撒下这漫天的火种"的"流星"。这些意象既鲜明生动,又充满了生命的张力,使人感受到内在精神力量的冲击。很遗憾的是他的一些代表性的长诗因民国时期报刊的残缺而未见,不能给出进一步的评价。

三、刘芳松的小说创作

值得一提的是刘芳松的小说创作。目前可见的小说共有 6 篇,都是短篇。虽然数量有限,但可以看出作者在情感把握、技巧运用、人物形象塑造等各方面都已经达到比较高的水平。其中以发表在《天津益世报》上的《那位旅伴》《战争的时候》比较有代表性。

《那位旅伴》①叙述了一段船舱中的经历。小说的叙述者"我"在从上海到天津的一艘客轮上,与一位"旅伴"同舱。短短的两天时间里,他们共同经历了暴风雨、饥饿、晕船等事件。小说描述了那"旅伴"的种种表现以及由此体现出来的人物性格特征。在小说中,"我"极少说话,也没有做出任何评判。小说所有的内容都与从"我"的视角看到、听到的"那位旅伴"的语言和行为有关。虽然作者和"我"都不置一词,但是"那位旅伴"的职业、家境、品行,性格,却在他一路的言行中被刻画得鲜明生动,栩栩如生。

"那位旅伴"自述在"汉口洋行"做事,在刚刚上船的时候,极其厌恶同船的"苦力和小商贩",嫌他们脏,不讲究。一位中年妇女为发烧的孩子讨口水喝,他不但不给,反而抱怨"中国人不能理的,你懂不懂?""出门为什么自己不带水? 多不讲道德! 多狗食! 所以要亡国的,中国不亡不会得救的!"而当轮船遭遇暴风雨,船上食物匮乏,一碗面要五角钱的时候,他不舍得去买,反而偷了同船一位小商贩带的"火烧"。被发现挨打后,他"颓然的倒在吊铺上,一句话也不说,拖过被条,连头带脚一齐蒙了上去"。到岸后,他又"拍了拍胸脯向我气冲冲的说:——哼,现在到了天津! 你瞧吧,那打人的小子跑不了他的! 咱们在东洋洋行里做事,总会尝尝厉害! ……哼,中国人! 非给他们狠的不行! ……哼,哼! 你瞧吧!"一个狡诈、奸猾、自私,视自己的同胞为寇仇,而又色厉内荏的洋行买办形象跃然纸上。作者仿佛什么也没有说,只是在冷眼旁观:随着小说时间的推移,事件的发生,"那位旅伴"言行举动的一一呈现,人物形象的塑造便水到渠成地完成了,饱满而生动自然。

---

① 本文刊载于《天津益世报》副刊《文艺周》第 20 期,1936 年 9 月 20 日。

《战争的时候》①也是一篇质量上乘的短篇小说。小说的时代背景是淞沪会战期间的上海，叙述者"我"在上海的一所野鸡小学当教师。学校的孙主任是一个劣迹斑斑的好色之徒，经常出去"盯梢、揩油、吃女工的豆腐"，还因此"染上了脏病"。但是就是这样一个人，却有位女学生打扮的容貌美丽的女子来找他。通过孙与其他同事的对话，"我"得知这女子是孙的老乡，正在上海读书，因为战争而流离失所，来向孙借钱。孙对这位女子垂涎三尺，其后趁女子随市民募捐团来募捐之时，向其提出非分要求，遭到女子的断然拒绝和掌掴，孙因而萎靡不振。时隔不久，女子再次来找孙，因其同伴"经常宣传那些主义"而"叫包打听提了去"。女子向孙借钱并求其疏通关系，营救同伴出狱。孙借此机会再次提出非分要求，女子痛哭，最终下定决心，答应了孙的要求。

这样一个比较复杂曲折而又动人心魄的故事，作者只用了短短 3000 多字就叙述清楚。在行文中，刘芳松几乎做到了"零度叙事"。叙述者"我"在小说中没有一句言语，纯粹是以一个"旁观者"的角度来讲述自己的所闻所见。虽然是以第一人称"我"的角度来叙述，但是限知视角却运用得非常娴熟而巧妙。读者与"我"一样，对此事的整个过程一无所知，完全是从"孙主任"和另外一位同事"王君"的只言片语中，得到一些零碎的信息，最后拼出一个完整的真相。当小说结尾读者明白了"女子"为了营救同志，不得不做出巨大的牺牲，委身于一个猥琐、恶劣的好色之徒时，都会感受到巨大的情感冲击力。革命者们冒着生命危险，为战争募捐，向民众宣传革命，为了营救同志牺牲自己的贞操；而与此同时，那些无耻之徒趁机发国难财、告密，以此为要挟满足自己的兽欲。两者相对比，更让人感受到到高尚者的圣洁、英勇，以及无所保留的牺牲精神，令人心酸而又感佩；而卑劣者的卑下猥琐和不择手段也就愈令人不齿和愤恨。

这篇小说无论在情感深度还是叙事技巧、人物塑造等各个方面，都体现出了刘芳松过人的文学才华。考虑到文章发表于 1936 年，刘芳松当时年仅 26 岁，就可以如此娴熟地运用叙事技巧，创作出这样成熟深刻、质量上乘的作品，不能不说，他确实有非凡的文学天分，如果其后他能继续从事文学创作的话，必定能成为一位非常出色的作家。

四、刘芳松的散文创作

刘芳松的散文也有自己的特色。他的语言流畅而凝练，并没有二十世纪三十年代白话作家那种文白掺杂、烦冗啰唆的通病。他描摹状物极为精当生动，尤其擅长描绘海滨风物。刘芳松是山东蓬莱人，从小在海边长大，海滨的风光景色和人情事物，是他所熟知的一部分，当转换成他笔下的文字的时候，带有一种亲切和乡愁的味道。在他的笔下，大海独具一种凝重、奇诡的氛围。既有惊心动魄、毁灭天地的暗夜飓风，也有风平浪静、波光帆影的祥和景象。"于是，天气变了，海被大风撕成片片了……我开始下去——浪水像恶兽似的扑在岩石

---

① 本文刊载于《天津益世报》副刊《文艺周》第 29 期，1936 年 11 月 29 日。

上,展开云屑似的白沫,接着又扑上沙滩,啮着居民的墙壁,天地好像一齐晃动起来。""但是,海又重新在佳美的天气下平静了。太阳耀耀的在东方升起,海面上闪着轻微的金波,宇宙又在恶梦中复活,渔人欢快的推下他们的木船,灰白的帆遥遥的乘着轻风飘出去了……"①

在刘芳松的散文中,还有另外一个经常出现的内容,那就是他和他的革命同伴们。1930—1933年的革命经历给他留下了难以磨灭的深刻印象,让他时时回忆,时时反思,时时怀念。这其中尤其以耶林留给他的印象为最深。耶林(1901—1933)原名张眺,字鹤眺,山东潍坊人。1926年加入中国共产党,1929年考入国立杭州艺术专科学校研究生院。耶林才华过人,学识丰富,为人又谦逊随和。在杭州艺专时期,他周围聚集了一批年轻人,受到他的影响而开始接触左翼文学,走上革命道路,刘芳松即是其中之一。他现存的散文共有6篇,其中有3篇都是与耶林有关的回忆,可见这个革命的"领路人"对刘芳松的影响有多大。其中《饿的故事》,就是刘芳松回忆自己和耶林、李岫石三人一同住在上海的亭子间中的时候,因为缺乏经济来源忍受饥饿的经历。虽然处在饥饿中,但是耶林仍然坚持写作。当"我"在饥饿的威胁下处于崩溃的边缘的时候,耶林却已经赶出了一篇文章。在散文的最后,作者怀念着:"多少年过去,张仍在我心中屹然的立着。我永会铭念着他。朋友说他像一条虫子,纡缓,但却坚强的在那里爬,我相信如此。"②多年以后,刘芳松又再次撰文怀念耶林,回忆起当年的这一段往事,字里行间仍然充满了怀念和崇敬:"他是一颗闪烁的流星,照亮了许多人的心,然后倏地在浩茫的夜空中消失。留下的,只是人们对他永远难灭的怀念,如同对于许多卓绝的先烈那样。"③

刘芳松作为一名左联早期的作家,他的作品虽然不多,但是质量上乘,带有鲜明的个人特色和烙印。虽然在以后的岁月中,由于种种原因他没有再继续文学创作,但是他的这些文字和他本身复杂而曲折的经历一样,都是二十世纪浩大的历史叙事的一个组成部分,不应该被磨灭和遗忘。

---

① 刘芳松:《海的故事》,发表于《天津益世报》副刊《文艺周》第37期,1937年1月31日。
② 刘芳松:《饿的故事》,刊载于《天津益世报》副刊"益世小品"第50期,1936年3月15日。
③ 刘芳松:《云天寄怀思》,张以谦、蔡万江编:《耶林纪念文集》,山东文艺出版社1988年版,第153页。

赵树理研究中的回忆类史料问题
——以杨献珍的回忆为例

王　阳[*]

(南京大学 中国新文学研究中心，南京 210023)

内容摘要：回忆类史料，固然有助于作家研究。但由于回忆类史料具有局限性，研究者倘若不加辨析地加以采纳，便会有碍于作家研究。赵树理研究中存在一种说法，即由于以徐懋庸为代表的太行文联轻视通俗化，赵树理长期不被认可。实际上，这种源于杨献珍的说法，不足为信。杨献珍之所以在 20 世纪 50 年代与 80 年代强调徐懋庸对赵树理的反对，在很大程度上是因为他本人与徐懋庸的矛盾。20 世纪 90 年代以来，一些研究者认同杨献珍的回忆并据此论证、夸大徐懋庸与赵树理在通俗化问题上的分歧，主要体现在极力挖掘赵树理通俗化实践所体现的农民立场、所具有的民间审美价值的研究上。

关键词：赵树理；杨献珍；徐懋庸；通俗化

- -

　　赵树理研究中存在这样一种说法：以徐懋庸为代表的太行文联因轻视通俗化而否认赵树理，导致了赵树理长期不被认可。这种说法源于杨献珍。20 世纪 50 年代与 80 年代，杨献珍多次回忆徐懋庸是如何因通俗化问题、文艺利用旧形式问题、文艺教育群众问题而反对党、反对赵树理的。90 年代以来，一些研究者又常依据杨献珍关于徐懋庸反对赵树理的回忆展开进一步研究。但由于当事人的情感与立场等因素，杨献珍的回忆实际上存在许多问题。因此，辨析杨献珍的回忆，并非无关紧要。而要明白杨献珍为何频频强调徐懋庸反对赵树理，要梳理杨献珍关于徐懋庸反对赵树理的回忆，还要从 1942 年的一次会议谈起。

一、矛盾的由来

　　1942 年 1 月 16 日至 19 日，八路军一二九师政治部与中共晋冀豫区党委在山西涉县联合召开晋冀豫全区文化人座谈会(以下简称文化人座谈会)。1 月 16 日，时任八路军一二九

---

　　*　作者简介：王阳，南京大学中国新文学研究中心博士研究生。

师政治部主任的蔡树藩首先致欢迎词。对此,当时的中共中央北方局机关报《新华日报》(华北版)作如下报道:

> 开会后,首由一二九师政治部主任蔡树藩同志致欢迎词,略谓:自太平洋大战爆发后,主动的展开对敌文化斗争,更有其严重意义,过去这方面的工作,相当薄弱,这次座谈会,就是要请各位文化界先进,交换各种意见,求得一致的有计划的有步骤的方法,反对法西斯野蛮的黑暗的奴隶文化,以期取得最后胜利。①

蔡树藩的欢迎词,让我们知道了召开文化人座谈会的背景与目的,即八路军一二九师政治部与中共晋冀豫区党委是在"太平洋大战爆发"的背景下、为呼吁"各位文化界先进"一致"反对法西斯野蛮的黑暗的奴隶文化"而联合召开这次会议的。在蔡树藩之后,八路军一二九师政治委员邓小平向晋冀豫区文化界提出五点希望,中共晋冀豫区党委李雪峰作关于根据地民众的生活现状及会门问题的专题报告。1月17日上午,八路军野战政治部宣传部部长王东明作关于对敌宣传战问题的报告。随后,文化人座谈会分设两个会议,一是17日下午至19日举办的文艺座谈会,一是18日至19日举办的敌占区文化工作座谈会。其中,文艺座谈会主要围绕政治与艺术之关系、文艺作品的歌颂与批判、通俗化与大众化、文艺形式等问题展开争论。时任中国人民抗日军政大学(以下简称抗大)政治教育科长的徐懋庸、中共北方局秘书长的杨献珍,以及在中共太北区党委②宣传部工作的赵树理,都在文艺座谈会上发言。1月18日,徐懋庸作关于"文艺工作上的对敌斗争"问题的报告;1月18日,赵树理在讨论中"以许多实际例子,证实大众化的迫切需要";1月19日,杨献珍作关于检讨文化工作与文化工作者态度问题、创造新民主主义形式问题的总结报告。相较产生争论的文艺座谈会,敌占区文化工作座谈会更融洽,主要是介绍敌占区的情形并呼吁文化人团结一致为敌占区提供文化食粮。1月19日,李雪峰致闭幕词,文化人座谈会至此结束③。

---

① 《文化人座谈会热烈进行 四百文化战士大聚会 敌占区文化人士纷纷赶来参加》,《新华日报(华北版)》1942年1月18日。

② 太北区党委,即当时的中共晋冀豫区党委。1937年7月7日,卢沟桥事变爆发,日本全面侵华。随后,国共两党实现第二次合作。10月下旬,在中共中央及中共中央北方局的指示下,中共冀豫晋省委成立,"统一领导以太行山脉为依托的晋冀豫区党的工作"。1938年8月19日,中共冀豫晋省委改称"中共晋冀豫区委员会"。1940年1月,中共中央北方局决定成立中共太岳区党委,中共太南区党委,中共晋豫区党委。原中共晋冀豫区党委辖区缩小(主要为白晋路以东、邯长路以北地区),亦被称为中共太北区党委。参见山西省档案馆编:《太行党史资料汇编》第一卷,第556—579页,山西人民出版社1989年版;山西省档案馆:《太行党史资料汇编》第四卷,第896页,山西人民出版社2000年版。

③ 参见《文化人座谈会热烈进行 四百文化战士大聚会 敌占区文化人士纷纷赶来参加》,《新华日报(华北版)》1942年1月18日;《文化人座谈会第二日 王东明报告对敌宣传 会中举行文艺座谈 意见参商论辩热烈》,《新华日报(华北版)》1942年1月19日;《文化人座谈会第三日 畅谈敌占区文化工作 何云同志提出四点希望 文艺座谈同时热烈进行》,《新华日报(华北版)》1942年1月20日;《文化人大会圆满闭幕 杨献珍指出今后奋斗方向 各界热烈招待敌占区文人》,《新华日报(华北版)》1942年1月21日。

1958 年 8 月 25 日,王之荷为了解文化人座谈会采访了当事人杨献珍。这次谈话记录,收入 1959 年由山西文艺工作者联合会编的、山西人民出版社出版的《山西文艺史料》第 1 辑"晋东南抗日根据地部分"。谈话记录的第一句是:"在北方局党校时,徐懋庸就说过通俗化即庸俗化,有的人说通俗化是海派。"[①]王之荷是请杨献珍回忆文化人座谈会的,但杨献珍在一开始便批评徐懋庸对通俗化的态度,这不禁让人产生疑惑。关于这一点,留待下文细说。谈话记录主要包括两方面,一方面是文化人座谈会的相关信息,另一方面是文化人座谈会结束后的一些情状。将谈话记录与《新华日报》(华北版)的报道相对照可发现,杨献珍回忆的重点并不在于文化人座谈会,而在于文化人座谈会之后的一些情状。此外,他对文化人座谈会的回忆也存在一定偏向性。比如,他在回忆文化人座谈会的背景与目的时指出,1941 年冬黎城离卦道暴动使李雪峰意识到根据地文化教育工作存在脱离实际、脱离群众的倾向,党为批评、改正上述倾向而召开文化人座谈会。再如,他是这么描述文化人座谈会上的情形的:"会议上表现的矛盾和斗争都很明显,斗争得很厉害。主要表现在对通俗化问题上。"[②]如前文所述,文化人座谈会是八路军一二九师政治部与中共晋冀豫区党委在太平洋战争爆发后为展开对敌文化斗争而举办的;文化人座谈会既包括文艺座谈会又包括敌占区文化工作座谈会,而通俗化问题只是文艺座谈会上所争论的问题之一。据此可推论,杨献珍回忆的应是文化人座谈会中的文艺座谈会。这或许与他在文艺座谈会上发言,因而对文艺座谈会印象更深刻有关。但或许,又还存在更重要的意图。

　　在谈到会议上围绕通俗化问题产生矛盾之后,杨献珍紧接着指出:

> 　　这次会议以后,徐懋庸就反对我。不久敌人扫荡,转至抗大所在地,徐懋庸沿途反对我。扫荡过后,回到北方局,藤(引按:滕)代远、何长工同志约我吃饭时告诉我:从座谈会后徐懋庸沿途反对我。何长工同志批评了徐,徐说座谈会开得完全失败,并说杨献珍这回可垮台了。他并公开讲:"杨献珍是代表旧派,他的群众就是赵树理。"徐说他自己是代表新派。当我知道了徐在反对我的发言之后,我便根据会上发言的精神写了'数一数我们的家当'的文章,这不是发言的原稿。[③]

　　这让我们知道了,原来杨献珍与徐懋庸之间是存在矛盾的,而这些矛盾又是因文化人座谈会而起的。了解了这一点,也就明白了杨献珍为何会在一开始便批评徐懋庸对通俗化的

---

　　① 王之荷记:《附:杨献珍同志的谈话记录》,山西文学艺术工作者联合会编:《山西文艺史料》(第 1 辑),山西人民出版社 1959 年版,第 60 页。

　　② 王之荷记:《附:杨献珍同志的谈话记录》,山西文学艺术工作者联合会编:《山西文艺史料》(第 1 辑),山西人民出版社 1959 年版,第 61 页。

　　③ 王之荷记:《附:杨献珍同志的谈话记录》,山西文学艺术工作者联合会编:《山西文艺史料》(第 1 辑),山西人民出版社 1959 年版,第 61 页。

态度,又为何会特别强调文艺座谈会上围绕通俗化问题产生了斗争。杨献珍的意思是,由于他在文化人座谈会上支持通俗化,一向反对通俗化的徐懋庸便在文化人座谈会结束之后反对他。也就是说,两人的矛盾源于对待通俗化的不同态度。与通俗化问题相关的,是两人对"新派""旧派"的态度问题。据杨献珍的文章《数一数我们的家当》可知,所谓"新派""旧派"是依据"文艺中的新旧形式之争"而划分的①。也就是说,两人的矛盾还在于对待文艺利用旧形式的态度不同上。

但事实上,依据杨献珍的意思,两人的分歧绝不仅限于通俗化问题以及文艺利用旧形式问题。他表示,他是按照邓小平的指示参加会议的,是根据"当时彭涛同志、朱光同志、王邓民(引按:王东明)同志三位宣传部部长的精神写的发言提纲","是代表党的发言"②。在杨献珍口中,徐懋庸反对的更是杨献珍所代表的党。这种说法,对于当时已被划为"右派"的徐懋庸而言,不能不说是十分危险的。此外,如果说在文艺利用旧形式问题上,杨献珍是在转述他人言论时无意谈到徐懋庸对"旧派""群众"赵树理的态度,那么在文艺教育群众问题上,杨献珍则是刻意谈到徐懋庸对"搞教育群众的东西"的赵树理的态度。他表示,在被指示一并负责北方局调查研究室的工作后,他想到在对敌斗争中"搞教育群众的东西",便建议"把赵树理、王春调到北方局党校(引按:应为北方局调查研究室)",但紧接着他却指出:"而徐懋庸等文化人是不写这样的东西的。"③杨献珍正是通过叙述他与赵树理在文艺利用旧形式、文艺教育群众等问题上的一致,以及徐懋庸与赵树理在文艺利用旧形式、文艺教育群众等问题上的分歧,将徐懋庸与他的矛盾转移为徐懋庸与赵树理的矛盾。因此,徐懋庸反对的更是赞同文艺利用旧形式以及文艺教育群众的赵树理。可以说,通过叙述徐懋庸反对党、徐懋庸反对赵树理,杨献珍更有理有据地实现了对徐懋庸的批评。

二、徐懋庸的回应与杨献珍的驳斥

徐懋庸在70年代开始撰写回忆录。在《回忆录[五]》一文中,他一一反驳了杨献珍对他的指责。对于杨指责他在北方局党校认为"通俗化即庸俗化",他表示在北方局党校时没有机会谈这个问题,还表示自30年代就已主张通俗化;针对杨指责他在敌人扫荡期间"沿途"反对杨,指责他自称"新派"而称杨、赵"旧派",他指出"沿途"只有山路、树木并反问"杨献珍怎么能听到",还指出他在"紧张地打游击"中没有"闲情逸志"反对杨;关于杨指责他不像赵树理等写"教育群众的作品",他以当时担任抗大政治教育的工作为由,表示他"非但不写赵

---

① 杨献珍:《数一数我们的家当》,山西文学艺术工作者联合会编:《山西文艺史料》(第1辑),山西人民出版社1959年版,第46页。

② 王之荷记:《附:杨献珍同志的谈话记录》,山西文学艺术工作者联合会编:《山西文艺史料》(第1辑),山西人民出版社1959年版,第61页。

③ 王之荷记:《附:杨献珍同志的谈话记录》,山西文学艺术工作者联合会编:《山西文艺史料》(第1辑),山西人民出版社1959年版,第62页。

树理、王春式的作品,还不写所谓'新派'的文艺作品"①。笔者以为,这些更多的只是字面意义上的辩驳。在北方局党校没有机会、"沿途"只有山路与树木、"打游击"时没有"闲情逸志"、抗大政治教育的工作不要求写作,这些并不能说明他不反对通俗化、不反对"旧派"杨献珍及其"群众"赵树理、不反对赵树理等"写教育群众的东西"。

　　这种字面意义上的辩驳,或许与虽不认同杨献珍对他的指责,但又的确对杨献珍与赵树理在文化人座谈会上的言行举止颇有微词有关。他说,太行文联的工作有一定的成绩,但杨献珍的报告"几乎全盘否定"太行文联的工作②。他还说,赵树理十分刻薄地讽刺了太行文联的干部,"有些趾高气扬"③。但实际上,他的回忆存在失实之处。比如他说:"一九四一年秋,太行地区出现了一个赵树理,写了一篇《小二黑结婚》,为彭德怀所看中,特为写序,评价很高,在群众中也有很大的影响。"④但《小二黑结婚》并不是写于1941年秋,而是写于1943年5月、出版于1943年9月;彭德怀也不是为《小二黑结婚》写下评价很高的序,而是写下"像这种从群众调查研究中写出来的通俗故事还不多见"的题词。徐懋庸无非想要说明,《小二黑结婚》使得赵树理具有在文化人座谈会上"有些趾高气扬"的资本。他还表示,当太行文联表达对赵树理的不满时,他认为"赵树理的《小二黑结婚》是写得好的,但不见得是唯一的典范。他有点儿骄傲,说话也太尖酸刻薄,但大家不必计较,而且还应当团结他"⑤。徐懋庸的意思,应是太行文联不满《小二黑结婚》,他本人则在一定程度上承认《小二黑结婚》的价值。他说:"但在我回抗大后,有人向杨献珍汇报了我的谈话,不料触怒了杨献珍,在我不知不觉之间酝酿了一场大风波。等我知道自己无意之中闯了祸的时候,已是一九四二年底了。"⑥但从赵树理是在1943年5月写作《小二黑结婚》可知,当徐懋庸带领抗大参观团路过太行文联时,太行文联并不会谈论到这篇小说。可以说,徐懋庸夸大了1942年的太行文联对赵树理的不满。

　　这种字面意义上的辩驳,也为杨献珍更激烈地驳斥徐懋庸埋下了隐患。80年代初,除

---

　　① 徐懋庸:《回忆录[五]》,《新文学史料》1981年第2期。

　　② 这指的是杨献珍报告的第一部分,即对文化教育工作以及文化教育工作者的批评。关于这一点,杨献珍曾表明这是"代表党的发言"。

　　③ 关于赵树理的发言,当时的《新华日报(华北版)》曾简要提及:"赵树理发言中以许多实际例子,证实大众化的迫切需要。"此后,王春《继续向封建文化夺取阵地》一文回忆了赵树理在会议上举例论证群众喜爱的"华北文化"实则是充斥着封建思想的书籍,华山《赵树理在华北新华日报》一文描述了赵树理在会议上与太行文联的高咏围绕大众化、通俗化等问题展开辩论。或许,正是这些列举与辩论,给徐懋庸留下赵树理为人骄傲、言辞刻薄的印象。参见《文化人座谈会第三日 畅谈敌占区文化工作 何云同志提出四点希望 文艺座谈同时热烈进行》,《新华日报(华北版)》1942年1月20日;王春:《继续向封建文化夺取阵地》,中国作家协会山西省分会编:《山西革命根据地文艺资料》(上),北岳文艺出版社1987年版,第279—280页;华山:《赵树理在华北新华日报》,《瞭望》1982年第11期。

　　④ 徐懋庸:《回忆录[五]》,《新文学史料》1981年第2期。

　　⑤ 徐懋庸:《回忆录[五]》,《新文学史料》1981年第2期。

　　⑥ 徐懋庸:《回忆录[五]》,《新文学史料》1981年第2期。

更旗帜鲜明地指出徐懋庸故意反对党之外①,杨献珍更坚定地指认徐懋庸在通俗化问题与文艺利用旧形式问题上反对赵树理。关于后者,杨献珍从以下几个方面展开论述。首先,针对徐懋庸自述在 30 年代已主张通俗化,杨献珍从"革命文学青年"心口不一这个角度予以批驳②;这种看法在理论上自然是可能的,但这并不等同于现实本身。比如赵树理关于通俗化问题以及文艺利用旧形式问题的观点与徐懋庸不乏一致之处③,那么依照这种逻辑是否也要质疑赵树理?杨献珍的意图并不在于论证徐懋庸反对通俗化,而在于借此证明徐懋庸因通俗化问题而反对赵树理。其次,杨献珍还举具体事例进行论证。他指出,徐懋庸在文化人座谈会上批评了提倡通俗化、赞同文艺利用旧形式的赵树理。在 50 年代,杨献珍还只是谈到徐懋庸在北方局党校反对通俗化、还只是在会议结束后听说徐懋庸反对"旧派""群众"赵树理。而在 80 年代,尽管由于"时间太久"已回忆不出徐懋庸的发言"具体讲些什么",他却认定徐"对赵树理等配合抗日斗争而写的通俗文艺持否定态度,说过'通俗化即庸俗化'的话""是不容抹掉的历史事实"④,却断定徐"不同意赵树理的发言,他批评赵树理说,通俗化就是庸俗化,说赵树理是旧派云云"⑤。那么,徐懋庸在会议上作了怎样的发言呢?据《新华日报》(华北版)报道,徐懋庸主要指出"文艺工作者,对抗日的文艺政策,抗日文艺的实际情形,和敌伪的文艺政策及其实际情形,皆须有深刻的了解。我们应接受邓小平、李雪峰同志的报告,大量编印通俗读物,争取敌占区不愿作奴隶的文艺工作者"⑥。可见,徐懋庸在会议上并没有反对赵树理所提倡的通俗化,也没有斥赵树理为"旧派",而是提倡"大量编印通俗读物"。

50 年代,杨献珍曾谈到徐懋庸因反对"文艺教育群众"而不写《小二黑结婚》这样的作品,还曾谈到《小二黑结婚》即使是在彭德怀题词后"还压了几个月,迫不得已才出版了。有人说赵的作品是海派,但它却很受群众欢迎,这中间的斗争是很厉害的"⑦。到 80 年代,杨

---

① 杨献珍说:"徐懋庸也表示不同意我的观点,具体讲些什么,已无记忆。……徐氏有不同意见可以保留。但他当时不会不知道这个发言虽以个人名义出现,但是代表组织的意见。遗憾的是,他会上会下散布对这个发言的不满情绪。"参见李士德《暮色苍茫念手足——杨献珍同志回忆赵树理》,《中国通俗文艺》1982 年第 11 期。

② 杨献珍在接受李士德采访时回应道:"这一点,我不想怀疑。因为从理论上、口头上谈谈'通俗化''大众化',对于一个革命文学青年来说,并不困难,困难的是从实践到感情,真心实意地去扶植和倡导为人民大众所喜闻乐见的普及文艺。"参见李士德《暮色苍茫念手足——杨献珍同志回忆赵树理》,《中国通俗文艺》1982 年第 11 期。

③ 徐懋庸关于通俗化的观点,参见徐懋庸《通俗化问题》,《生活知识(上海)》1935 年第 5 期;徐懋庸:《通俗文的写法》,《生活知识(上海)》1935 年第 6 期。徐懋庸关于文艺作品利用旧形式的观点,参见徐懋庸:《民间艺术形式的采用》,《新中华报》1938 年 4 月 20 日;徐懋庸:《太行文艺界歪风一斑》,《华北文化》1943 年第 4 期。

④ 李士德:《暮色苍茫念手足——杨献珍同志回忆赵树理》,《中国通俗文艺》1982 年第 11 期。

⑤ 杨献珍:《从太行文化人座谈会到赵树理的〈小二黑结婚〉出版》,《新文学史料》1982 年第 3 期。

⑥ 《文化人座谈会第三日 畅谈敌占区文化工作 何云同志提出四点希望 文艺座谈同时热烈进行》,《新华日报(华北版)》1942 年 1 月 20 日。

⑦ 王之荷记:《附:杨献珍同志的谈话记录》,山西文学艺术工作者联合会编:《山西文艺史料》(第 1 辑),山西人民出版社 1959 年版,第 62 页。

献珍的说法显然发生了变化。他指出,赵树理《小二黑结婚》之所以遭遇出版困难,正是因为某些"新派"轻视"通俗的大众文艺"。他说:

> 《小二黑结婚》书稿交到太行新华书店后,如石沉大海,杳无音信。这时的太行区文化界思想仍然有些混乱,也还存在着一种宗派主义倾向。如当时刊印郭沫若的《甲申三百年祭》,用的是最粗的稻草纸,而印徐懋庸注释鲁迅的《理水》,却用的是从敌占区买来的最好的纸张。有些自命为"新派"的文化人,对通俗的大众文艺看不上眼。①

根据杨献珍在50年代的说法,这里的"新派"至少是以徐懋庸为代表的"太行区文化界"的一些人。而比较郭沫若史论《甲申三百年祭》与徐懋庸注鲁迅《理水》所用纸张,则是为了凸显徐懋庸之于"太行区文化界""太行新华书店"的影响力,并以此示意徐懋庸与《小二黑结婚》出版之间的关系。需要说明的是,徐注《理水》并不是由"太行新华书店"出版的,而是由华北书店于1943年9月出版的。《甲申三百年祭》初刊于1944年3月19日至22日的重庆《新华日报》,在毛泽东的指示下,中共中央机关报延安《解放日报》于1944年4月18日至19日转载该文。因此,郭氏一文倘由"太行新华书店"出版,也应是在延安《解放日报》转载之后②。由于徐懋庸于1944年3月调至北方局党校并于1944年5月回延安,作为整风运动中重要学习文件的《甲申三百年祭》采用何种纸张,恐怕并不是徐懋庸所能决定与所敢决定的。两者所用何种纸张,既不能说明太行区文化界的思想混乱,也不能说明是某些"新派"轻视"通俗的大众文艺"导致《小二黑结婚》出现出版困难。事实上,"太行区的出版机关""太行新华书店",指的是位于太行区的新华书店,即新华书店华北总店。据《新华书店五十春秋》一书可知,新华书店华北总店"直属晋冀鲁豫中央宣传部领导,统一负责晋冀鲁豫根据地书刊的编辑、印刷、发行工作"的③。因此,"太行区的某些文化人",恐怕很难影响《小二黑结婚》的出版。《小二黑结婚》倘在出版时有困难,更多的是应是受到客观条件的限制④。在示意徐懋庸影响了《小二黑结婚》出版的同时,杨献珍还表明自己为这一困难的解决提供了帮助。在他的叙述中,解决问题的关键在于彭德怀为《小二黑结婚》作的题词。相较他在50年代的说法,他在80年代更强调自己在彭德怀题词中所发挥的作用,也更强调题词之于小说得以出版的重要性。他多次指出,彭德怀是在他说明书稿存在出版问题之后才题词的,小说是在北方局宣传部部长李大章奉彭德怀之命将题词"转交太行新华书店"后才出版的。

---

① 杨献珍:《从太行文化人座谈会到赵树理的〈小二黑结婚〉出版》,《新文学史料》1982年第3期。

② 郭沫若《甲申三百年祭》"先在重庆《新华日报》发表,后来在延安《解放日报》转载,并且在各解放区印成单行本"。参见毛泽东:《学习和时局》,《毛泽东选集》(第3卷),人民出版社1991年版,第951页。

③ 郑士德主编:《新华书店五十春秋》,新华书店总店1987年版,第63—64页。

④ 关于新华书店当时没有独立的编辑部以及充足的印刷能力,参见董大中:《〈小二黑结婚〉的出版史实》,中国赵树理研究会编:《赵树理研究文集·赵树理论考》,中国文联出版公司1998年版,第286页。

杨献珍在80年代对徐懋庸的批驳,在很大程度上与徐懋庸《回忆录[五]》一文有关。徐懋庸在回忆录中的一些说法,既引发杨献珍更激烈的驳斥,又为杨献珍的驳斥提供了素材。比如徐懋庸虽承认《小二黑结婚》"是写得好的",但又认为它"不见得是唯一的典范",而杨献珍则在断定徐懋庸反对通俗化的基础上将《小二黑结婚》的出版问题归咎于此。再比如徐懋庸为强调赵树理具有在文化人座谈会上"有些趾高气扬"的资本,说彭德怀为《小二黑结婚》写下评价很高的序,杨献珍则认为徐懋庸不满于彭德怀的题词。通过辨析可知,杨献珍关于徐懋庸因通俗化问题反对赵树理的说法,是存在许多问题的。但已作古的徐懋庸无法再辩驳。

三、杨献珍的回忆之于赵树理研究的影响及其相关辨析

由于在1942年得知徐懋庸不满自己在文化人座谈会上的发言,杨献珍在1958年将回忆的重心由文化人座谈会转移至批评徐懋庸。通过表明自己支持党、支持赵树理以及徐懋庸反对党、反对赵树理,杨献珍实现了对徐懋庸的批评。这导致徐懋庸在70年代写作回忆录时对此有所辩驳,而杨献珍在20世纪80年代初为驳斥徐懋庸又进一步地夸大了徐懋庸对赵树理的反对。比如,杨献珍在断定徐懋庸因通俗化反对赵树理的基础上,还将"人民作家"赵树理长期不被太行文联所承认归咎于徐懋庸。杨献珍说:

> 事实上,徐懋庸一九四〇年二月到晋东南的抗大分校工作以来,一直是太行文联有影响的人物,一九四三年三月还被推定为太行文联执委会主任。然而,像赵树理这样卓越的人民作家,竟长期不为太行文联所承认,说他的作品是"海派"作品,甚至斥之为"旧派"文人。①

徐懋庸是否自1940年2月就"一直是太行文联有影响的人物",姑且不论。这里首先要说的是,太行文联是否长期不承认"人民作家"赵树理。要解决这个问题,首先要了解赵树理的身份问题。赵树理本人在《回忆历史 认识自己》《生活·主题·人物·语言》《做生活的主人》等文章中多次表示,他是在写出《小二黑结婚》之后才被称为作家的。自1937年在阳城参加牺牲救国同盟会之后,他先后从事政权工作、文化宣传工作。1939年夏至1940年2月,编辑牺盟会《黄河日报》"山地"副刊。1940年,先后编辑中共太南地委机关报《晋冀日报》(后改名为《人民报》)通俗副刊、《新华日报》社《抗战生活》杂志、《中国人》报"大家看"副刊。1941年冬,被调至中共太北区党委宣传部,从事文化普及工作。1942年7月,被调至中共中央北方局调查研究室工作②。可以说,在成为一名作家之前,赵树理是一个有着丰富经

---

① 李士德:《暮色苍茫念手足——杨献珍同志回忆赵树理》,《中国通俗文艺》1982年第11期。
② 黄修己:《赵树理年谱》,黄修己编:《赵树理研究资料》,知识产权出版社2010年版,第495—503页。

验的宣传工作者。既然赵树理在 1943 年之前并不是一名作家,那么又有何道理指责太行文联长期不承认"卓越的人民作家"赵树理呢?

90 年代以来,一些研究者常认同杨献珍关于赵树理因通俗化问题而被以徐懋庸为代表的太行文联所反对的叙述。比如,有研究者在杨献珍叙述的基础上,将《小二黑结婚》的出版问题直接归咎于徐懋庸:

> 1942 年 2 月,徐懋庸担任了太行区文联的第一把手。同年 5 月,毛泽东在延安文艺座谈会上发表讲话,提出了"文艺为工农兵服务"的文艺思想。不过由于太行山区消息闭塞,直到一年后华北《新华日报》才发表了毛泽东《在延安文艺座谈会上党的讲话》的全文。就在华北发表《讲话》的同时,赵树理的成名作《小二黑结婚》也刚好完成,正在四处寻找出版机会。然而,就在此时,徐懋庸写了一篇响应《讲话》的文章,行文中仍不忘暗讽赵树理是文艺"歪风",文章说:"有人是去做普及工作了,却完全钻到旧形式里去,譬如戏剧运动中的发掘旧艺人,演旧戏,结果有的变成'玩票',有的是为演旧戏而演旧戏,没有改造,没有提高。"这就无怪乎《小二黑结婚》被压在太行新华书店几个月无人问津。①

这段文字意在指出,由于太行文联一把手徐懋庸反对赵树理,《小二黑结婚》才"被压在太行新华书店几个月无人问津"。然而,其中却存在不少问题。第一,徐懋庸担任太行文联主任并不是在 1942 年 2 月,而是在 1943 年年初。第二,《小二黑结婚》并不是在"华北发表《讲话》的同时"完成的。事实上,关于《在延安文艺座谈会上的讲话》(以下简称《讲话》)发表的时间,研究者未加判断就采纳了徐懋庸《回忆录[六]》一文的说法②。要知道,虽然毛泽东在延安文艺座谈会上发言是在 1942 年 5 月,但《讲话》却首发于 1943 年 10 月 19 日的延安《解放日报》。因此,"华北"倘发表《讲话》,也不应早于 1943 年 10 月 19 日,且这也不是由"太行山区消息闭塞"导致。也就是说,《小二黑结婚》写成时的 1943 年,《讲话》并未发表。第三,文中提到的徐懋庸为响应《讲话》写的文章,即发表于 1943 年 7 月 10 日《华北文化》的《太行区文艺界歪风一斑》。首先,虽然在该文发表之时《讲话》还未发表,但它是为配合"文艺工作及文艺工作者的改造问题"讨论会而写的,由于这次讨论会所依据的文章③反映了毛泽东在延安文艺座谈会上的讲话,因此它与《讲话》有关。其次,该文虽

---

① 张霖:《两条胡同的是是非非——关于五十年代初文学与政治的多重博弈》,《文学评论》2009 年第 2 期。

② 徐懋庸说:"毛主席《在延安文艺座谈会上的讲话》,是一九四二年五月在延安发表的,但是不知为什么在太行区发表,却在一年多以后";"大约在一九四三年五六月间,毛主席的《在延安文艺座谈会上的讲话》,终于由《新华日报》(华北版)发表了"。参见徐懋庸:《回忆录[六]》,《新文学史料》1981 年第 3 期。

③ 指的是延安《解放日报》于 1943 年 3 月 28 日发表的凯丰《关于文艺工作者下乡的问题》一文,于 1943 年 3 月 29 日发表的陈云《关于党的文艺工作者的两个倾向问题》一文,于 1943 年 4 月 25 日发表的社论《从春节宣传看文艺的新方向》,参见徐懋庸:《太行区文艺界歪风一斑》,《华北文化》1943 年第 1 卷第 4 期。

署名徐懋庸,但徐懋庸的个人意见却是在总结与会人员意见的基础上加入的,因此很难说这篇文章对文艺工作者的批评都是徐懋庸个人的意思。再次,文章在谈到文艺工作者对待"文艺为工农兵服务"这个问题时,虽然批评了文艺工作者存在无条件利用旧形式的倾向,但并未指明是赵树理存在这一倾向①,何况赵树理本人曾多次表示反对无条件利用旧形式②。因此,并不能由上述种种得出徐懋庸导致《小二黑结婚》出现出版问题这一结论。

研究者对杨献珍关于《小二黑结婚》出版问题的叙述的认同,是多方面因素作用的结果。其中最重要的一点,在于论证赵树理通俗化实践所体现的农民立场、所具有的民间审美价值,为以徐懋庸为代表的太行文联所反对,而这导致赵树理长期不被承认。然而,研究者在论证这一观点时,却存在两方面的问题。一方面,研究者为强调双方的矛盾,夸大了双方文学观念的分歧。有研究者指出,虽然徐懋庸与赵树理都重视通俗文艺的价值,但前者捍卫的是"'五四'左翼知识分子的文学传统",后者"一直在为农民的通俗文艺正名"。研究者还指出,两者的根本分歧在于,后者认为"通俗文艺和左翼文学之间并无等级优劣之分",可与古代文学、左翼文学一起构成中国文学的传统③。首先,在赵树理看来,"'五四'以来的文化界传统"而非研究者所说的"'五四'左翼知识分子的文学传统",与"中国古代士大夫阶级的传统""民间传统"构成了中国文学艺术的三个传统④。其次,对于这三个文学艺术传统,赵树理一方面提出应"以民间传统为主",另一方面指出为了弥补民间传统文艺所存在的缺陷,需要在文艺方面学习与继承"属于世界进步文学影响的一面"⑤。事实上,这已是一种"等级优劣之分"。再次,赵树理坚持"以民间传统为主",从根本上来说,并不是为了通俗文艺本身的艺术价值,而是为了使其更好地"为革命服务"⑥。赵树理曾表示,他学习与继承传统写法,不是为了"继承传统上哪一种形式",而是为了"所希望的读者层"乐于读他写的东西⑦。如此看来,赵树理的通俗化实践,从根本上来说仍是要"为革命服务"。

另一方面,研究者在此基础上夸大了以徐懋庸为代表的太行文联在赵树理不被承认中所发挥的作用。要理解这个问题,首先要明白赵树理在40年代前期是如何被承认的。众所周知,赵树理的成名得益于彭德怀为《小二黑结婚》作的题词。长期以来,研究者通常侧重其"通俗故事"这一表现形式,但笔者以为,更不应忽视其"调查研究"这一取材方式。"调查研

---

① 徐懋庸:《太行区文艺界歪风一斑》,《华北文化》1943年第4期。

② 赵树理在《通俗化"引论"》《通俗化与"拖住"》等文章中赞同利用旧形式,但反对"纯粹利用旧形式""无条件采用旧形式"。参见赵树理:《通俗化"引论"》,《赵树理全集》(第2卷),大众文艺出版社2006年版,第67—71页;赵树理:《通俗化与"拖住"》,《赵树理全集》(第2卷),大众文艺出版社2006年版,第98页。

③ 张霖:《两条胡同的是非非——关于五十年代初文学与政治的多重博弈》,《文学评论》2009年第2期。

④ 赵树理:《回忆历史 认识自己》,《赵树理文集》(第4卷),人民文学出版社2005年版,第357页。

⑤ 赵树理:《〈三里湾〉写作前后》,《赵树理文集》(第4卷),人民文学出版社2005年版,第118页。

⑥ 赵树理:《回忆历史 认识自己》,《赵树理文集》(第4卷),人民文学出版社2005年版,第352页、第357页。

⑦ 赵树理:《〈三里湾〉写作前后》,《赵树理文集》(第4卷),人民文学出版社2005年版,第117页。

究"一向为中共所重视①。1941 年 8 月 1 日,中共中央发出《关于调查研究的决定》(以下简称《决定》)以及《关于实施调查研究的决定》②。1942 年 4 月 3 日,中共中央宣传部在"关于在延安讨论中央决定及毛泽东整顿三风报告的决定"中,将《决定》列为十八个考试文件之一③。1942 年 6 月 8 日,中共中央宣传部发出《关于在全党进行整顿三风学习运动的指示》④。整风运动对调查研究的强调,自然影响了当时的北方局代理书记彭德怀。赵树理在1942 年 4 月 20 日为即将创办的《调查研究》写的《对症下药——为"调查研究"的创刊而写》中⑤,在 1943 年 1 月 10 日八路军总部直属队整风学习委员会上作的发言中,都强调了"调查研究"的重要性⑥。彭德怀对"调查研究"的重视,自然也使他在为《小二黑结婚》题词时格外注意其"调查研究"这一取材方式。况且,写出《小二黑结婚》的赵树理,当时正是北方局调查研究室的一员。在中共中央北方局高层领导的影响下,北方局宣传部组织评论了赵树理⑦。正如孙犁所言:"这一作家的陡然兴起,是应大时代的需要产生的。是应运而生,时势造英雄。"⑧赵树理之所以被中共北方局承认,是因为《小二黑结婚》顺应了整风运动的"时势"。在这种情况下,以徐懋庸为代表的太行文联对赵树理采取何种态度,并不妨碍赵树理被中共中央北方局所承认。

结　语

历史学家沈志华曾指出,当事人的回忆"很可能因时代久远,记忆模糊,或受到个人情感和立场的干扰"而不准确甚至会错,有些人的回忆录因"有条件和对档案记载,又具平常心态"而"比较让人放心","但也有很多人是单凭自己的记忆或好恶","这就需要研究者在引用

① 在土地革命战争时期,毛泽东在《反对本本主义》一文中强调"没有调查,就没有发言权"。1941 年 3 月,毛泽东决定将他主要在 1930 年至 1933 年期间作的农村调查结集出版为《农村调查》一书。1941 年 3 月 17 日,毛泽东在为《农村调查》一书作的"序"中重申了调查的重要性。参见毛泽东:《反对本本主义》,《毛泽东选集》(第 1 卷),人民出版社 1991 年版,第 109 页;毛泽东:《〈农村调查〉的序言和跋》,《毛泽东选集》(第 3 卷),人民出版社 1991 年版,第 791 页。

② 《中央关于实施调查研究的决定(一九四一年八月一日)》,中央档案馆编:《中共中央文件选集》(第 13 册)(1941—1942),中共中央党校出版社 1986 年版,第 724—725 页。

③ 《中共中央宣传部关于在延安讨论中央决定及毛泽东整顿三风报告的决定》(一九四二年四月三日),中央档案馆编:《中共中央文件选集》(第 13 册)(1941—1942),中共中央党校出版社 1991 年版,第 367 页。

④ 《关于在全党进行整顿三风学习运动的指示》,中央档案馆编:《中共中央文件选集》(第 13 册)(1941—1942),中共中央党校出版社 1991 年版,第 391 页。

⑤ 彭德怀:《对症下药——为"调查研究"的创刊而写》,中国人民革命军事博物馆编:《彭德怀元帅丰碑永存》,上海人民出版社 1985 年版,第 311—313 页。

⑥ 彭德怀:《整风学习》,中国人民革命军事博物馆编:《彭德怀元帅丰碑永存》,上海人民出版社 1985 年版,第 321—322 页。

⑦ 据写下第一篇关于《小二黑结婚》评论文章的苗培时回忆,他那篇《写了大众生活的文艺》"是中共北方局宣传部授意的",是"奉命文字"。他还透露,《介绍〈李有才板话〉》是以时任中共北方局宣传部长李大章的名义发表的。参见苗培时:《写了大众生活的文艺》,《华北文化》1943 年第 4 期。

⑧ 孙犁:《谈赵树理》,黄修己编:《赵树理研究资料》,知识产权出版社 2010 年版,第 258 页。

时特别谨慎,办法就是尽量与相关的文献史料进行比较和鉴别"①。因此,在结合中共党史及原始报刊的基础上重新认识1942年文化人座谈会可发现,杨献珍夸大了徐懋庸对赵树理的反对。而这使得此后研究者进一步夸大了以徐懋庸为代表的太行文联与赵树理在文学观念上的分歧,并放大了以徐懋庸为代表的太行文联在赵树理不被承认中所产生的作用。辨析杨献珍对赵树理的回忆及其对赵树理研究的影响,不仅有助于了解赵树理的通俗化实践,还有助于了解赵树理是如何因《小二黑结婚》而成名的,这些为我们全面认识40年代前期的赵树理提供了必不可少的帮助。

---

① 沈志华:《谨慎使用回忆录和口述史料》,《北京日报》2013年3月11日。

二十年磨一剑 砺得西部长歌

——读《中国西部新文学史》

杨艳伶*

（陕西省社会科学院 文化与历史研究所，西安 710065）

内容摘要：《中国西部新文学史》把空间维度、地方性对文学的重要意义作为首要考量标准，将处于边缘的西部文学放置在主流文学批评语境当中，让不少"失语"或"半失语"的西部作家走进了公众视野，使相对弱势、沉寂的西部文学以自信从容的姿态走进了中国文学大家庭。如果说西部作家执着地坚守自己的审美理想和艺术认知，守住了文学的特质、底线和尊严，《中国西部新文学史》则守护了西部作家的才情、体面与创造力。不论是对"文化西部""西部文学"边界与内涵的厘定，对西部作家队伍构成的认知，对外部生成环境的分析，对"三画四彩"文本解析主旨的认定，还是对西部多民族文学以及西部口传文学的阐释，都打开了一条让人们了解或读懂真正西部的通道，西部因此而具有了真实、清晰且鲜活的样貌。《中国西部新文学史》注定是一部意义非凡且能够留存久远的文学史。

关键词：西部；文化西部；西部文学；多民族文学；口传文学

- -

　　说起中国西部，不少人会以寒荒、原始、神秘、落后、野性等词汇加以定义，沙漠、戈壁、劲风、枯草更是大家眼里西部的鲜明象征，这里似乎已经被固化成了"平沙黄入天、碎石大如斗""羌笛幽怨、春风不度"的蛮荒边塞，伴随而生的是人们对西部文化薄弱乃至贫瘠的深信不疑。拂去偏见与误解的尘埃，祛除想当然的想象和臆断，西部其实是一片始终保持自己的鲜明特征且足以让所有人心生敬畏及向往的土地。郭小川在其《厦门风姿》里深情颂扬鹭岛厦门："这不过是祖国的一地，却凝聚了祖国的多少豪气！"西部同样担得起这样的赞誉，西部历史的悠远、厚重，西部文化的多元、包容，西部民族的多样、独特，西部曾经的金戈铁马、丝路繁华，西部现今的百舸争流、日新月异，都诠释着这片土地所承载起的非凡过往与缤纷当下。因此，呈现抉示西部文明形态、西部精神以及西部人文化性格与生存状态的西部义学，

　　＊　作者简介：杨艳伶，文学博士，陕西省社会科学院副研究员。

应该在中国文学版图中拥有鲜明色彩和重要地位,而能够呈示真实西部文学图景的文学史自然也应得到更多的关注与青睐。

杨义先生在讲述《重绘中国文学地图通释》的撰写缘由时提出,自 1904 年京师大学堂(现在的北京大学)青年教师林传甲写出第一部文学史《中国文学史》开始,百余年时间里,"中国人写的文学史有 1600 部"①,但这上千部文学史却"既偏重于汉语的书面的文学史,又往往侧重于时间发展过程而缺乏足够的空间意识"②。即相当程度地忽视多民族文学的广泛存在,忽视对作家创作至关重要的地域、家族和人生轨迹问题,忽视口传传统、典章风物、民间信仰等丰赡厚重的日常生活内容,是百年间层见叠出的文学史参差不一地存在着的明显缺陷。而这些缺陷与不足在南京大学丁帆老师领衔撰写的《中国西部新文学史》中得到了一定程度的匡正及弥补,该著作于 2019 年 8 月由人民文学出版社出版,为 2004 年出版的《中国西部现代文学史》的修订版。2002 年,丁帆老师及其研究团队申报的国家社科基金项目——"中国现代西部文学史"获准立项,结项成果《中国西部现代文学史》以全面系统勾勒西部现代文学史面貌为写作宗旨,"用新视角去打捞和钩沉被中国现代文学史忽略、遗忘乃至湮没的许多优秀作家作品;以新的理念去重新解读和诠释大量文本生成的意义,包括那些没有被发掘的有意味的形式"③。历时三年修订而成的《中国西部新文学史》依然遵循这样的研究初衷,把空间维度、地方性对文学的重要意义作为首要考量标准,将截止时间从初版的 2003 年延伸至 2017 年,增加了 2 章 15 节 16 余万字内容,对初版的部分章节进行了删减与修改,并对全书内容进行细致修订,终以 68.4 万字的宏大体量问世。

《中国西部新文学史》的撰写团队既有身处南京、广州等东南富庶之地的丁帆、傅元峰、贺仲明等知名专家,也有生于斯长于斯并执着于西部文学事业的马永强、管卫中等本地学者,大家尽己所能、发挥所长,"自我"与"他者"合力构筑起了完整的西部文学镜像。从世纪初到 2019 年,这个研究团队用 20 年光阴专注于特定地域文学史的撰述,回应与消解了市场化和世俗化浪潮里人们普遍浮躁心态,对西部地域特征、文化特色、文明形态、生存境况等的深切关注与体悟浸透文字之间,他们的研究活动因此被视为具有拓荒意义的工作,"是填补分类文学史空白的工程,其意义已经超越了纯粹的文学研究范畴,具有交叉学科的内涵"④。《中国西部新文学史》将处于边缘的西部文学放置在主流文学批评语境当中,让不少"失语"或"半失语"的西部作家走进了公众视野,因其开拓性价值,这部文学史注定不会被各类文学史的浩瀚海洋所湮没,必定耐人寻味、历久弥新。

《中国西部新文学史》的独特价值首先体现在对"西部""西部文学"的别样定义与认知。

---

① 杨义:《重绘中国文学地图通释》,当代中国出版社 2007 年版,第 4 页。

② 杨义:《重绘中国文学地图通释》,当代中国出版社 2007 年版,第 5 页。

③ 丁帆、马永强:《"文明差序格局"与文化自觉下的"重新写作"——写在〈中国西部新文学史〉出版之际》,《文艺报》2019 年 4 月 8 日。

④ 《中国西部现代文学史研究》,《江苏社会科学》2005 年第 3 期。

2000 年 1 月起,国家开始部署实施西部大开发战略,包括陕西省、甘肃省、青海省、四川省、云南省、贵州省、重庆市、宁夏回族自治区、新疆维吾尔自治区、西藏自治区等 12 省(区、市)在内的广大区域,都成了西部大开发战略的受益者,人们也将注意力投向了沉寂已久的广袤西部。事实上,从古至今,地处欧亚内陆的西部无论从自然地理还是人文地理来讲,都堪称高地。"中国大陆的自然地貌在总体上呈现出西高东低的三级阶梯形状"①,处于第一阶梯的海拔 4000 米以上号称"世界屋脊"的青藏高原,与处于第二阶梯的海拔 1000—2000 米的黄土高原、内蒙古高原以及云贵高原等,构成了名副其实的西部高地。与此同时,西部也是当之无愧的人文高地。这里是中华民族的重要发祥地之一,是世界四大古代文明接触、交流、碰撞以及互渗的区域,连接亚欧大陆的古丝绸之路从这里逶迤蜿蜒至遥远的地中海以及罗马各国,在官员使臣、僧侣行者、商贾驼队、传教士乃至流浪者等踏出的"国道"上,演绎着文化互鉴、文明共荣的千古佳话。西部还是多民族融合聚居区,汉族、藏族、蒙古族、回族、维吾尔族、哈萨克族、裕固族、东乡族、保安族、撒拉族等多个民族在这片土地上繁衍生息、互动交融,创造了丰赡厚重的民族文化,造就了独特多元的西部文明样式。基于此,《中国西部新文学史》提出了全新的"文化西部"概念,既有别于行政区划意义上的西部区域(从广度上来讲,进入"文化西部"视阈的地域远小于西部大开发战略所涵盖的范围),又并非以经济发展指标和速度为基准的欠发达地区,而是一个"由自然环境、生产方式以及民族、宗教、文化等要素构成的独特文明形态的指称"②,涉及甘肃省、青海省、宁夏回族自治区、新疆维吾尔自治区、西藏自治区和内蒙古自治区。这样的厘定是对这些地方以游牧文明为显著特征且融合农耕和前工业文明的文化样态的综合考量与体认。相较于中部融汇了农耕文明和工业文明的文明范畴,以及东南沿海以后工业与后现代文化为基本范式的文明范畴而言,这片土地的现代化进程相对迟缓,却最大限度地保留了游牧文明的本真形态与内质。经过数千年的演化、变迁和沉淀,生活在此地的人们拥有了独具特色的生活方式、思维习惯、价值判断、信仰追求、民族个性以及精神禀赋等,体现中华民族作为一个自在的民族实体内部丰富性与多样性的同时,会适时地发挥其"边缘活力"效用,因为"'一统多元化'的民族共同体构架的长久可持续发展,发展得愈益牢固、壮大、辉煌,就需要调动和发挥边远民族的'边缘活力',使其多姿多彩的充满野性强力的创造,反馈回赠于中原,在碰撞中激活已经开始懈怠、陈旧、老化、衰颓的中原文化"③。与此同时,这里也是知识分子接续"礼失而求诸野"传统的理想场域,当物质欲望不断被满足而精神虚空无法被填补时,人们会本能地将目光投注于边疆地

---

① 彭岚嘉、杨艳伶:《新世纪西部文学的走向与脉动》,《中国艺术报》2010 年 7 月 9 日。

② 丁帆、马永强:《"文明差序格局"与文化自觉下的"重新写作"——写在〈中国西部新文学史〉出版之际》,《文艺报》2019 年 4 月 8 日。

③ 杨义:《文学地理学的信条:使文学连通"地气"》,《江苏师范大学学报(哲学社会科学版)》2013 年第 2 期。

区,"在远离繁华、喧嚣与骚动的边远地带中,寻找着自己的精神宿地"①。西部是雄强生命力、坚韧风骨与精神的象征,让很多人心向往之的"西部精神"在这里不断被演绎和充实。而"在文学的视阈中,'西部精神'彰显的是一种人生的精神张力,一种文化的精神活力,一种人文的精神魅力"②,也正是西部作家们着力探寻和呈现的命题。显而易见,《中国西部新文学史》对地理意义上的西部以及文化西部的认知是清晰明确的,由此而生发的西部文学探讨,自然也是深入透彻的。

学界普遍认为,"西部文学"概念产生的基础是电影研究者钟惦棐所提出的"西部"概念,而钟惦棐"西部"概念的提出则得益于好莱坞类型电影所提供的启悟,但"这种来自外部文化的规定性自始至终主宰了西部文学的创作、发展与研究的视线"③,真实的西部因此被遮蔽甚至误读。《中国西部新文学史》尽力发掘、还原和呈现真实的西部,从西部文化、民族、宗教的独特性、多样性、混杂性出发,以社会史、文化史、民族史、宗教史作为基点,"站在历史的、多元文明形态的高度,用一种西部文化精神的整体观来统摄西部文学中的每一个文学现象、社团流派和作家作品"④,且只要文本主旨指向西部这一独特文明形态,就属于西部文学范畴。毋庸置疑,这样的界定很好地拓展了西部文学的内涵和外延,同时也规避了将西部文学泛化的风险。

其次体现在对西部作家队伍构成的明晰界定和划分上。就文人创作而言,究竟哪些创作者可以被划归入西部作家阵营,《中国西部新文学史》明确指出,生活在西部的土著作家,戍边军垦、拓荒移民、获罪流放、官员贬谪等原因形成的流寓作家,以及因旅游、探险、支边等短暂或长时间居留西部的客居作家等,共同绘制出了斑斓的西部文学盛景。华丽亮相的本土作家为西部文学发展奠定了良好基础,流寓作家和客居作家则提供了全新的审美视角,提供了不同于本土作家的发现、体验与感知。除这三种身份类型的作家创作之外,《中国西部新文学史》还慧眼独具地将创作之前并未到过西部的日本作家井上靖、中国香港作家金庸和梁羽生归入了西部作家团队,并单列一节以"西部想象与别具一格的文学书写"为题进行论述。这样的布局与整部文学史对西部文学范畴的定位合拍,即西部想象同样是对西部文明形态的开掘与展示,更以细致深入的论析使得这部分内容成为全书的精彩章节之一,比如,书中这样解读金庸的"江湖":"武侠小说中的江湖向来是与朝廷庙堂相对应的世外桃源,但金庸的武侠小说改造了传统武侠小说中江湖的桃源意象,金庸笔下的江湖已经不再是避世桃源,而是与朝廷庙堂一样的权力争斗场。……金庸在将江湖寓言化的同时,又营造了西部边地的世外桃源。西部天山、昆仑山、大漠,都是金庸营造超越中原江湖世俗名利羁绊的广

①　雷鸣:《突围与归依:礼失而求诸野的精神宿地——论新世纪长篇小说的边地书写》,《当代文坛》2010年第1期。

②　黄建:《"西部精神"的文学意义阐释》,《区域文化与文学研究集刊》2014年00期。

③　刘大先:《"西部文学"的发现与敞亮》,《青海民族学院学报(社会科学版)》,2007年第2期。

④　丁帆主编:《中国西部新文学史·序言》,人民文学出版社2019年版,第3页。

阔天地。"①武侠小说已经不只是"成年人的童话",还是交织着人间冷暖、世俗名利以及爱恨情仇的众生群像,西部是绚丽背景,也是参与者和见证者。井上靖对中国西部的独特解说,金庸构建的异于中原江湖的西部桃源,梁羽生的壮美天山世界,都是对西部传统认知的补充与重构,使西部以另类又鲜活的方式走向了大众视野,为西部文学园圃增加了既充满侠义与豪情,又富有诗意与温度的经典文本。

第三,是对西部文学外部生成环境的准确把握与分析。可以上溯至遥远古代的西部文学,伴随着 20 世纪的风起云涌,走过了极不平凡的 100 年。《中国西部新文学史》设定的起始年份是 1900 年,并将自此之后的中国西部新文学分为五个时期:1900—1949 年为萌动期,1949—1979 年为成长期,1979—1992 年为繁荣期,1992—2000 年为新的发展期,2000—2017 年为新世纪西部文学的演进期。而之所以将 1900 年而非惯常理念中的 1919 年作为西部新文学的开端,源于对西部文化发展脉络和内在演进逻辑的熟稔与精通。1900 年前后的西部"地理大发现"以及敦煌藏经洞的发现,让人们看到了一个多彩绚烂的西部;接踵而至的东西方探险家以及相继产生的一大批探险游记,为西部文化的域外传播提供了契机;"敦煌文化""敦煌文学"的兴盛繁荣,更是开启了中国西部文明与世界的对话之旅。因此,"20世纪初的地理上的西部'大发现',标志着中国西部新文学开始了现代意义上的觉醒和萌动"②。这样不囿于传统的认知使得整部文学史拥有了开阔的视野与思路,之后的五个分期与整个国家一个世纪以来的发展走向与重要节点基本吻合,大家不仅注意到了作家们为"呼应主潮"进而参与建构整个文坛兴盛局面所付出的不懈努力,又看到了作家们为"发现本土""抵进本土"而进行的执着探索,"'抵进本土'和'呼应主潮'两条红线一直交替贯穿在 20 世纪西部文学发展的历程中"③,即西部的古与今、守与变、传统与现代,在融入中国现代化进程的同时,渗透着鲜明的地方文化质素及审美底色。

王晓明发表于《上海文学》1993 年第 4 期的《一份杂志和一个"社团"——重识"五·四"文学传统》一文,对环绕于文学文本周围"佩戴"着文学徽章的事物给予了到位研判:"它们有的面目清楚,轮廓鲜明,譬如出版机构、作家社团;有的却身无定形,飘飘忽忽,譬如读者反应、文学规范。它们从不同的方面围住文学文本,向它施加各种的影响。"④马丽华在其《雪域文化与西藏文学》中专门论及创刊于 20 世纪 70 年代末的汉文版《西藏文学》对作家成长的重要意义:"它向西藏包括周边各省藏区作者提供了一片可供稳定成长扬花结穗的可耕地,一条经蹒跚学步后就可迅速走向外部世界的文学之路。它还是一面窗口,让世界由此张望西藏的文学风景;还是一面镜子,折射出现时代的驳杂景象。……西藏的作家几乎都承认

① 丁帆主编:《中国西部新文学史》,人民文学出版社 2019 年版,第 137 页。
② 丁帆主编:《中国西部新文学史》,人民文学出版社 2019 年版,第 9 页。
③ 丁帆主编:《中国西部新文学史》,人民文学出版社 2019 年版,第 9 页。
④ 王晓明:《一份杂志和一个"社团"——重识"五·四"文学传统》,《上海文学》1993 第 4 期。

《西藏文学》是他的摇篮,是他的学步器。"①换言之,文学期刊、社团以及文学编辑对文学发展的推动、促进和扶持作用,不是可有可无或锦上添花的,而是至关重要的。《中国西部新文学史》注意到了良好的文学生态环境对西部文学的积极推动与涵养作用,以整整一章——第十一章现代西部文学制度与文学思潮,阐述文学期刊、社群、文学活动与西部文学之间的相辅相成关系。创刊于1982年,仅存在了6年时间的《当代文艺思潮》让西部文学评论界迅速崛起,在各种思潮激荡的20世纪80年代发出了足以让所有人为之侧目的西部声音,"正是因为有了这么一块阵地,西部文学评论界才形成了一股凝聚力,它发出的声音才获得全国学术界和读者群的高度重视。西部地区的作家、评论家也借此被推向全国"②。西北师范大学校园诗歌的勃兴离不开会刊《我们》这个得天独厚的阵地与平台,一大批在甘肃乃至全国颇有影响的诗人从这里练笔成长并扬帆起航。《飞天》于1981年初推出了新栏目——"大学生诗苑","和当时西北师范学院校园文学刊物《我们》同时开启的朦胧诗写作实践,成为20世纪中国百年现代主义诗歌第五次探索的主要阵地之一"③。能够慧眼识珠的文学编辑对作家而言,就是"伯乐"对"千里马"的发现与赏识,《中国西部新文学史》"披露"的《新疆文艺》资深编辑郑兴富对"新边塞诗人"——杨牧、周涛、章德益的提携细节,让人不禁慨叹:金子终会发光,但若错失了最好的机缘,其光泽可能会大打折扣。三位"新边塞诗人"在最恰当的时间遇到了有着敏锐职业嗅觉的文学编辑,改变了各自的人生轨迹,也革新了当代中国诗坛的面貌与格局。

第四,是"三画四彩"美学主旨统领下的文本细读。文学史的撰写离不开对文学作品的精细解读,《中国西部新文学史》确立了"三画四彩"的文本解析主旨,"三画"即风景画、风俗画、风情画,是对文学作品外部审美形态的关照;"四彩"即自然色彩、神性色彩、流寓色彩、悲情色彩,则是对文本深层文化蕴涵的剖析。西部作家对地域特色的展现可以用"三画"来勾勒,对西部人文精神的传递则用"四彩"来衡量。"三画四彩"原则与"呼应主潮""抵进本土"红线是一脉相承的,无论文学主潮是显还是隐,一代又一代的西部作家都与其保持着高度的一致性,同时作家们又从未停止"抵进本土"的努力,"三画四彩"正是对他们的审美功底与文化造诣的全方位体现。西部风俗画面的描摹,不是为了标新立异或体现"我有你无"的优越性,也不是为了满足或迎合猎奇心理,而是为了让产生于其间的自然色彩、神性色彩、流寓色彩和悲情色彩更加接近文化西部的真谛。在西藏寓居27年的马丽华,以散文集《走过西藏》表达自己对西藏的体验、敬意与怀恋,藏地风光是不可或缺的背景,更打动人心的是作家从文化相对主义观点出发,对自然色彩、神性色彩以及流寓色彩的独特展现与深度思考,"不仅注重发掘藏文化相对于汉文化乃至整个人类文化体现出的价值与魅力,更执着于思考现代

① 马丽华:《雪域文化与西藏文学》,湖南教育出版社1998年版,第75页。
② 丁帆主编:《中国西部新文学史》,人民文学出版社2019年版,第584页。
③ 丁帆主编:《中国西部新文学史》,人民文学出版社2019年版,第621页。

文明如何为藏文化走向现代的历史必然性提供理性的参照。面对藏北无人区接近于自然人的牧民,不同于张承志、周涛对于生命力与质朴人性美的单纯阐扬,马丽华还忧虑着环境对于个人能力的负面影响;面对消弭了个体意识而完全以群体观念为基准的藏族传统人生,她想到的是人本主义的文艺复兴;对藏文化的宗教信仰,她的态度也完全不同于张承志:'灵魂与来世观念如此深刻地影响了一个地区一个民族,如此左右着一个社会和世代人生,令人辗转反侧地忧虑不安'"①。而在整部文学史中,如此深入的剖析比比皆是。甘肃武威作家雪漠笔下生活在西部腾格里沙漠地区的老顺们,是一个时期中国西部农民的真实写照,严酷的生存环境使得他们即便拼尽全力都无法真正改变自己的生活状态,作家从其"老天爷给个啥就能受个啥"的人生信条中阐释出了坚毅、达观和永不服输,更以满腔激愤与悲悯唤起人们对城乡关系的重新认识与关注,"西部农民极度艰窘的生存景况,其原因不完全在于传统文化带来的愚昧乃至野蛮,也不完全在于自然环境的酷烈,城乡不平等关系及现代城市文明对乡村的侵蚀与掠夺这一因素也是不可忽视的"②。与客居西部多年的马丽华不同,作为"在地者""世居者"的雪漠及其父辈原本就是这些人中的一员,雪漠对农民们的生之艰辛、爱之甜蜜、病之痛苦、死之无奈感同身受,《大漠祭》深重的悲情色彩便格外具有直击人心的力量。赵光鸣致力于叙写一个特殊人群——"盲流"的生存境遇和人生况味,并"试图把盲流的漂泊人生提升到形而上层面来加以关照,借盲流们背井离乡寻找活路的故事,表达人类的精神流浪及寻找精神家园的心路历程"③。"在途中""在路上",是盲流们动荡不定生活状态的真实写照,更是人类寻求归属感与安全感诉求的生动折射。浓厚的"流寓色彩"是赵光鸣小说引人入胜的重要原因之一,赵光鸣因此成了极具西部特色的文学样式——"盲流文学"的代表性作家之一。

第五,是对西部多民族文学的精准认知及解析。中华民族是"由许许多多分散孤立存在的民族单位,经过接触、混杂、联结和融合,同时也有分裂和消亡,形成一个你来我去、我来你去,我中有你、你中有我,而又各具个性的多元统一体"④。西部民族的混杂性正是对中华民族多元一体格局的生动具象诠释,对西部多民族文学的阐发自然也是《中国西部新文学史》的重要任务之一。对于西部新文学萌动期、成长期发展态势,本书均以单列一节的方式进行分析,并指出,20世纪初的西部民族文学超越了本民族视阈,与时代主潮的关系尤为紧密,是对民族觉醒和统一的多民族国家命运的双重关切。1949—1979年(成长期)的文学大潮中,西部民族文学对人的觉醒的认识渗透进地域性、民族性以及个性化书写中,有限度地减轻了文学所承载的意识形态重负,为此阶段的中国文学增添了一抹难能可贵的亮色。第八、九两章分别呈现的是1979—2000年、2000—2017年两个时段少数民族文学作家辈出、精彩

---

① 丁帆主编:《中国西部新文学史》,人民文学出版社2019年版,第269页。
② 丁帆主编:《中国西部新文学史》,人民文学出版社2019年版,第337页。
③ 丁帆主编:《中国西部新文学史》,人民文学出版社2019年版,第196页。
④ 费孝通主编:《中华民族多元一体格局》,中央民族大学出版社2018年版,第17页。

纷呈的景象,揭示出了地域文化对文学的深远影响。藏族文学、蒙古族文学、回族文学、维吾尔族与哈萨克族文学等,都带有鲜明的民族文化印记,体现的是本民族特有的文化性格、价值理念以及审美感知等。《中国西部新文学史》尤其强调新时期以来少数民族作家"抵进本土"艺术自觉的可喜回归:三代藏族作家从母族文化和现代文明的交织和冲突中找寻"藏族生存"与"人类生存"之间契合与共鸣的不懈努力;不断接纳新知的蒙古族作家回归本土、自然以及人自身的"向内转"创作趋向;维吾尔族和哈萨克族作家对本民族文化习俗、生存哲学等的关注与剖释;回族、东乡族、裕固族等少数民族作家繁荣母族书面文学的不断探索等,都得到了系统详尽诠释。一幅瑰丽厚重的多民族文学画卷由此绘就。只有民族的,才是世界的,但民族的并非天然就是世界的,民族文化的传承与传播离不开文学的助力与推动,《中国西部新文学史》对西部多民族文学的展现解析,也为西部新文学走向世界提供了可能。

第六,是对西部口传文学的独到认知和阐释。阿来谈到自己的长篇小说《格萨尔王》时说,这是一部可以让人们读懂西藏人眼神的小说。"读懂西藏人眼神",只是短短七个字,却道出了身为藏人的阿来对本民族历史以及以《格萨尔王传》为代表的口传文学传统的精晓与敬意,看懂了至今仍广为传唱并不断被赋予新意的《格萨尔王传》,也就读懂了藏民族的眼神甚至是心灵。《中国西部新文学史》在阐述文人创作的同时,以专辟一章的方式表达对西部口传文学的重视,"至今仍在传唱、发展的西部口传文学是一个未完成的文学艺术形式,它在20世纪以降的传播历程,如每一次的'当下'说唱、新的创作和搜集、出版等传播方式,都属于西部新文学的范畴"①。口传文学是民间集体智慧与个人生命体验完美融合的产物,是"一种活的传统,一种与生活情景同在、与生命相依的动态的文学"②,代代相继、口耳承传使其永葆活力,自然气息、生活气息以及生命气息的流动让其流传千年而魅力不减。换句话说,"未完成""活形态""逐步形成""持续更新"是英雄史诗、民歌等口传文学最显著的优势与特色。进入《中国西部新文学史》研究范畴的中国少数民族三大英雄史诗——《格萨尔》《江格尔》《玛纳斯》,以及维吾尔族情歌、藏族酒曲、花儿等西部民歌,融合了西部人与社会、自然、同类以及自身的相处法则和生生不息的生命力,正是了悟西部民族文化心理、解读民族心灵密码的桥梁与钥匙。有"东方荷马史诗"之称的藏族民间说唱体英雄史诗《格萨尔》,包含了雪域文化的全部原始内核,是取之不竭的文学素材宝库。行走于峻岭峡谷、草原牧场的史诗说唱艺人("仲肯")把神王格萨尔的故事广为传唱,不断为其注入全新的时代特质与内容,传递的是千百年来藏族人民对英雄的深切崇拜以及对安宁美好生活的无限向往。蒙古族英雄史诗《江格尔》中没有衰败、死亡、争斗、贫病的宝木巴理想国,是卫拉特蒙古族人民安定和平、居有定所等美好愿景的投射。江格尔为首的雄狮大将及勇士们降妖伏魔、征战四方的故事,经由说唱艺人("江格尔奇")的传诵走向千家万户,也把艺术对人心灵的关怀与救赎

---

① 丁帆主编:《中国西部新文学史》,人民文学出版社 2019 年版,第 528 页。
② 黄晓娟:《论口传文学的精神生态与审美语境》,《文学评论》2011 年第 2 期。

功用体现得淋漓尽致。柯尔克孜族传记性史诗《玛纳斯》讲述的是英雄玛纳斯一家八代带领本族人民反抗异族掠夺与奴役的悲壮故事,是优秀珍贵的民间文学作品,也是形象化艺术化的柯尔克孜族民族历史,"凝聚了丰富的柯尔克孜族的政治、文化、宗教、经济、地理、民俗、伦理、语言等诸多方面内容,是一部柯尔克孜族的百科全书"①。流传于甘肃、青海、宁夏、新疆四省以及汉族、回族、东乡族、保安族、裕固族等八个民族的花儿,吟唱出了人们对甜蜜爱情的憧憬和对安稳人生的渴盼。《中国西部新文学史》对西部口传文学的现代传播是具有开创意义的,不仅把口传文学放在了与作家文学、书面文学同等重要的位置,使得口传文学研究并不只局限于民俗学等领域,也让我们"再次领悟到了西部现代文学在'呼应主潮'与'抵进本土'的过程中所彰显的自身的特异性与独有价值"②。

文学,是一种语言的艺术,也是"一种灵感,其产生必自内心之要求"③,对生存环境、时代变迁的感知,对生命意义的书写,对历史及现实深广度的把握,对真善美的追求等,都让文学生动而丰盈。同时,文学又是有地域性的,地理空间因素是阐释文学的重要维度之一,地理空间"对我们考察文学的发生和变异,对于我们解释文学的深层文化意义,提供了非常丰富的材料依据和智慧源泉"④,讲述文学流变的文学史自然也应该注重文学的地理根脉、地理根系以及作家的地理感知、地理记忆等。《中国西部新文学史》对一个多世纪以来西部独特文明形态浸润下的西部文学的关照,使相对弱势、沉寂的西部文学以自信从容的姿态走进了中国文学大家庭。如果说西部作家执着地坚守自己的审美理想和艺术认知,"以这个年代的作家所缺乏的赤子精神,给日渐空虚的人们提供着已经相当陌生的精神乌托邦"⑤,并守住了文学的特质、底线和尊严,《中国西部新文学史》则守护了西部作家的才情、体面与创造力。不论是对"文化西部""西部文学"边界与内涵的厘定,对西部作家队伍构成的认知,对外部生成环境的分析,对"三画四彩"文本解析主旨的认定,还是对西部多民族文学以及西部口传文学的阐释,都打开了一条让人们了解或读懂真正西部的通道,西部因此而具有了真实、清晰且鲜活的样貌。《中国西部新文学史》注定是一部意义非凡且能够留存久远的文学史,会为文学研究提供诸多参考与启示,会"超越它所呈现的世界,与某种更为深远的意义产生共鸣"⑥,还会是西部文化自信的重要源泉之一,西部何其有幸。

① 丁帆主编:《中国西部新文学史》,人民文学出版社 2019 年版,第 561 页。
② 朱晓进:《评〈中国西部现代文学史〉》,《文学评论》2005 第 6 期。
③ 钱穆讲授,叶龙记录整理:《中国文学史》,天地出版社 2018 年版,第 3 页。
④ 杨义:《重绘中国文学地图通释》,当代中国出版社 2007 年版,第 16 页。
⑤ 赵学勇、王贵禄:《论西部作家的文学精神》,《甘肃社会科学》2005 年第 4 期。
⑥ [英]特里·伊格尔顿(Eagleton,T.):《文学事件》,阴志科译,河南大学出版社 2017 年版,第 82 页。

文学评论家的胸怀和方法
——从王达敏的《余华论》说起

沈敏特*

（安徽省文学艺术界联合会 评论部,合肥 230000）

内容摘要:本文以文学评论家王达敏的力作《余华论》为案例,从四个方面——胸怀、文化视野、创新特色、评论功底——探讨了文学评论家的基本素养和文学评论方法的修炼。本文力求抓取文学评论实践中具有普遍意义的要点给予强调,以引发学术界对这个"冷门"领域的关注。

关键词:愚呆较真;坐标体系;理论创新;文本解读

一、胸怀:"愚呆较真"

从事文学的研究和评论,几十年如一日地坚持,兴味盎然地把生命融入文学的研究和评论之中,有这样的人,但是不多,也可以说极少。王达敏是一个。

达敏是我的朋友,初遇时,他还是青年教师,如今已是"退休教授",在多了很多头衔,出版诸多著作的同时,也多了白发。几十年的交往,我们属于畅所欲言、无所不谈的朋友,离不开的话题还是文学的研究和评论。

按当代世俗"唯钱是上"的标准,文学的研究和评论的含金量是极低的,如果把最高的成本(时间的成本)计入总成本,这绝对是赔本的买卖。"聪明人"不但打死不干,还嗤之以鼻。达敏的《余华论》属于"交了好运"(达敏说)的著作,不但在 2006 年出版(上海人民出版社),2016 年还再版(安徽文艺出版社),在文学研究的圈子里,应该是畅销书了。但我肯定,如果公布版税收入,在圈子里尚略有羡慕,在商界,尤其是娱乐界,可能就是嘲讽的笑话。表面的客观原因,众所周知,如久已存在的习惯的观念,重理工轻文史,重科技轻人文,重政治轻文化,以及在分配中的娱乐界的收入与文教界的收入相比简直天壤之别,等等;而深层的原因

---

* 作者简介:沈敏特,安徽省文学艺术界联合会驻会作家、评论家、教授。

呢,大家也心知肚明,就不必多说了。

就是这样的现实,达敏一干几十年,即使在空前的疫情中,我和他在电话里交流时,达敏说得最多的还是他正在进行的研究和评论,声音里带着无悔的快乐。

为什么呢?动力何在呢?

答曰:愚呆较真!

我这个评论家(王达敏)的评论家,当然不会停留在四个字的字面意思上,还必须想一想这四个字的背景和内涵。

从文化发展的历史看,文化的历史需求和价值的认可、价值的兑现,绝不像物质商品一手交货一手付钱那样简单。不仅时间很长,而且价值兑现的方式也更加复杂,绝不是单一的货币兑现。19世纪俄罗斯文学达至世界文学的高峰,是双翼飞翔的成果。一翼是诗歌、小说、戏剧文学,大师频出;一翼是史无前例的文学评论的大师赫尔岑、别林斯基、车尔内雪夫斯基、杜勃罗留波夫的登场。重温这段文学历史,"赫、别、车、杜"的文学评论的成就,特别是身后的世界影响,震撼天宇。文学评论是镶嵌在俄罗斯的文学高峰峰顶的钻石。今天,任何一个严肃的文学研究者,能绕过他们的成果吗?这就是文学评论的价值的兑现。而文学评论的文化价值与经济价值至今仍是尖锐的矛盾。在别林斯基看来,文学评论从业者的生活就是工作、斗争、穷困、苦难的经历。文学评论家若无其他收入,单靠文学评论,谋生都是艰难的。翻阅各国的文学史,在世穷愁潦倒,身后无比辉煌的实例,并不少见。但是,没有在世时的奋斗,就没有身后的影响和辉煌。那么,文学评论就完全没有货币价值吗?不,《文心雕龙》至今还是长销书,赫、别、车、杜的文学评论著作翻译成各国文字,不断再版,出版商挣得钵满盆溢。文学评论应该说很值钱,但钱落不进评论家的口袋。文学评论家在世时,必须有执着的追求,必须有文化的使命感,必须有无视个人名利的坦然。我甚至认为,心甘情愿做好赔本的买卖,就是文学评论家(我指的是"真货"而不是假冒伪劣)必备的素养。

我想,这大概就是达敏的"愚呆较真"。这里有当代社会的文化使命,有历史前景的文化召唤。同时,这四个字不是一句空洞的口号,而是融入达敏研究与评论的人生态度和一步一个脚印的运作实践之中。

二、一个尽可能完整的坐标系统

20世纪的80年代,有一次文学评论界的开放性活动,即引进和介绍国外的各种文学评论派别和方法的大讨论。什么历史批评、心理批评、文化批评、系统论批评,等等,让人眼花缭乱、应接不暇。林兴宅、刘再复等人率先进行了借鉴新方法的实践,取得了骄人的成绩。进入90年代,虽然事过境迁,此事也渐渐淡出,但我认为这次活动影响深远,很有意义。它打破了文学评论单一的层面,即所谓政治标准第一,艺术标准第二,使文学评论能够回归文学本质,实现丰富多彩、广袤深邃的人类生活与文学创作无比多样的反映方式的融合。首先,人类生活包括政治而不是只有政治。文学作为人学,需要反映人和宇宙全方位的联系。

其次,作家必须具有自己的创作独特性,必须与众不同、无可替代,才有存在的价值。因此,文学评论家必须具有评论方法的自觉意识:评论的运作与方法的探索,是同步的。

一部《余华论》,洋洋洒洒二十多万字,我未必理解或赞同每一个具体的观点和结论,但那种"愚呆较真"的阐释和论述,带着我游览余华文学作品的长廊,这是一个再阅读、再思考、再畅想的过程。在这个过程中,达敏并没有打出旗号,标榜自己属于什么文学评论的派别,但我深深地感受到,他有非常清醒的方法论的自觉。我不想为他的方法定名(我历来不喜欢旗号高举,运作空洞),而更愿意在具体的展示中,突出方法的恰当和有效。

《余华论》评论的对象很明确,展现了余华的创作过程和指出作品的价值。而在阐述中,我感觉到达敏是有备而来的评论家,他需要展示属于自己的十八般武艺。因为他明确,文学作品的核心对象是人,而人,如马克思所说,是社会关系的总和。人涉及了各种各样的关系。大而言之,人和自然的关系,人和社会的关系,人和自身的关系。这三大关系产生了人类为了生存与发展所创造的物质财富和精神财富,形成了我们所说的整体文化(大文化)。观察作品中的人物,有不同的命运,不同的性格,而就事论事,什么都会不明不白。只有把握一个人物的多重关系,在联系与比较中,才能掂量价值,把握判断。这就牵涉到一个文学评论家的全面素养,其中包括广博的知识准备,科学思维方式的锤炼,还有个人的创新的追求,等等。面对这些问题,达敏做了持续的努力。

中国的学术界有一个很好的文化传统:文史哲不分家。其实这也是世界性的共识。俄罗斯的文学评论大师,赫、别、车、杜,无一不是文史哲通吃的能手,且不说他们的著作涉猎广泛,不拘于文学,更重要的是,他们的文学评论的深度来自历史脉络的清晰,以及论述的哲学深度。文学评论不是故事情节的复述,人物性格的描摹,而是要让读者感受作品,思考作品,从而进入更深更广更远的思维空间。

达敏在进入余华的艺术天地之前及同时,构建着一个尽可能比较完整的坐标体系。他对当代文学的发展过程,中外文学的历史,文学最根本的价值基础——人道主义等,撰写了一系列的论文和著述,最著名的有《理论与批评一体化》《中国当代人道主义文学思潮史》等(在网上可以查到内容充实的目录,在此不赘述)。最让我感到意外的是他的《稳态学》,我虽有点当"杂家"的兴趣,但对这个"稳态学"还真的十分陌生,甚至不知如何归类。但我确信,这标志着他的更为广阔的视野,也是他锤炼思维能力的一个机会,是他的坐标体系中的一个视角。他在论述余华涉及后现代主义和解构主义时,用上了稳态学原理。所以,在阅读《余华论》的过程中,我的思维被开拓、被深化。每一个文学现象都有宏观和微观、历史和现实、中国和外国的各种元素的融合,有文学、历史、哲学的相互启发,使你的感受更震撼,理解更清晰。

达敏的《余华论》把余华的"创作史"划分为四个阶段:"写作的自我训练期","先锋小说的创作阶段","先锋叙事、启蒙叙事转向民间叙事、现实叙事的阶段","随笔写作阶段"。而第三阶段,《活着》《许三观卖血记》是奠定余华文学地位的经典作品,也是《余华论》全书的中心。前两个阶段如何铺垫了第三阶段的走向,第三阶段如何延伸,是全书的基本结构。

　　我最喜欢达敏对《活着》《许观三卖血记》这两部小说的解读与评价。回答这两部作品的主人公命运的来龙去脉,涉及一系列的问题。从容不迫,胸有成竹的回答,让我感觉到背后有一个尽可能完整的坐标体系。

　　在中国,人物的命运,尤其是"文革"和"文革"前的那个阶段,离不开风云变幻的政治。你可以不把它作为论述的主题,但主人公升沉起伏的命运,不可能离开政治总体格局的影响和制约。对此,评论家需要有一个准确、适当的拿捏。福贵和许三观的遭遇、思想和行为是这样而不是那样,都因为他们是政治总体格局的一个细胞。福贵和许三观都是生活在土改、合作化、"大跃进"、人民公社化、"文化大革命"时代的人物,他们的苦难和挣扎不可能排除覆盖众生的政治元素。对此,达敏烂熟于心,他的心中是有一杆秤的。

　　任何一个人物,他的命运和性格都处在历史的一个节点,评论家若无历史传承和变化的知识准备,人物的命运和性格,就如无源之水,失去了内容和形式的定位。福贵和许三观,一个是地主之子,因赌博破产,"幸运"地成了农民,却摆脱不了种种厄运;一个是最底层的工人,苦难连着苦难,他们的安身立命之道,不能没有中国生命哲学的熏染。达敏对中国的生命哲学是有研究的。

　　任何一个作家都在继承与发展中形成自己的创作道路。达敏对中外各种创作方法和派别做过精细的研究,并有专著。他对这两部小说创作方法的总结,可说是全书的亮点;没有这个问题的研究功底是说不清的。他对余华创作与先锋主义的关联和不同的分析,并对先锋主义和先锋精神予以区别,我特别赞赏。

　　任何叙事文学,尤其是小说,无论是故事情节,人物命运,情感表达,心理活动,以及作家归属什么创作派别,都需要落实在一定的叙事方式之中。《余华论》的精细之处,就依靠达敏长期对各种叙事方式的研究,如苦难叙事、命运叙事、世俗叙事、民间叙事等展现出来。作为文学评论家,对小说叙事方式的研究是必备的功底。

　　怎样阐述一部小说,必须面对什么基本板块,达敏具有高度的理论自觉。这部论著开宗明义就是告诉读者,一要面对作家的原意给予正确的阐述,二要面对文本意蕴的不确定性给予阐述。因为,作家的原意不可能说尽道尽作品的实际意蕴,作品的实际有时还会与作家的原意不尽吻合。而从接受美学的角度看,不同的读者会在阅读中融入各种生活经历和思维习惯、审美习惯,这是评论家必须面对的艺术现象。余华初露头角是他的先锋主义的小说,先锋主义是 20 世纪的一个文学潮流,涌现出一批才华横溢的作家,但先锋主义在中国持续不久,余华也走出先锋主义,写出了更加接近现实主义的作品,并成为奠定他文学地位的基点——《活着》《许三观卖血记》。达敏指出的原因之一,就是先锋主义小说的叙事方式在中国空间很小,不适应多数读者的审美习惯。达敏笑说,阅读先锋主义小说需要"坚硬的头脑"(王达敏:《余华论》,安徽文艺出版社 2016 年版,268 页。以下引本书文字,直接在文后标注页码)。

是的,没有一个包含文、史、哲,包含感觉修养、知识准备、思维锤炼而形成的尽可能完整的坐标系统,就没有这部优秀的论著《余华论》。

三、创新的起点在哪里?

文学评论的运作,本质上是一个理论创新的过程。今天,文学评论数量不少,少的还是创新。《余华论》作为一部引人瞩目的论著,我们可以列举它的优点,如果创新缺位,优点的价值也就平平了。我甚至认为,创新是文学与评论的本质,无此,属于小打小闹,没有进入研究和评论的殿堂。

而创新并非奇思怪想,天马行空,不着边际。创新是对同类研究与评论课题的已有成果的升华,是对已有成果最高水平的突破。我们的能源已有木柴、煤炭、水利、电力等,这都属于传统能源,只有超过它们才列入新能源;而今天又必须超过现有的新能源,才是创新能源。文学研究和评论的创新,也必须遵循这个原理。正是在这个原理面前,我确认《余华论》是一部创新的论著。

《余华论》在很多方面有所创新。我们不妨从一个核心的创新点,即他对余华代表作《活着》《许三观卖血记》的评论,来认识达敏在理论创新上的特点。

20世纪80年代是当代中国文学走向繁荣的起点,它的发展和"文革"后的以民族反思为中心的思想解放几乎是同步的。

"文化大革命"使中华民族大伤元气,它的破坏性涉及各个领域、各个层面。因此,通过反思,吸取教训,才有改革开放,走向民族新生的可能。而反思,是一个不断深入的过程,大致经历三个阶段。

第一阶段是政治反思,主题是揭批"四人帮"的罪行。我感受很深的是以剧本《于无声处》《丹心谱》为代表的作品。但是,这样的政治反思很快引出一个质疑:"四人帮"的罪行能和"文化大革命"的根源画等号吗?我在一次学术报告中,开玩笑式地提出一个问题:"把'四人帮'派到美国去,能不能也搞一场'文化大革命'?"回答当然是:NO!那里没有"土壤"。于是,反思进入第二阶段。

第二阶段是历史反思的阶段。在这个阶段主要的收获是:"文化大革命"并非从天而降、突如其来的,它是有一个发生、发展、爆发的历史过程,它的政治元素是逐渐积累的。于是出现了一批回顾历史的文艺作品,如大家很熟悉的是安徽作家鲁彦周的小说,并被大导演谢晋搬上银幕的《天云山传奇》。这部作品让人们看到,在1957年的反右派的斗争中,已充分体现了"文革"式的观念和基本手段。很多作家把这个反思延伸到20世纪的四十年代、三十年代甚至二十年代。但是,历史反思也引出了一个更重要的问题:"文革"式的政治观念为什么在中国革命的发展史中,生命如此顽强,不断掀起一个比一个更大的浪潮,付出的代价也愈来愈重?于是,顺理成章,反思进入第三个阶段。

第三阶段是文化反思。即反思中华民族的文化基因,从文化基因中挖掘和审视极"左"

政治的文化土壤。这也就形成了波及整个文化界的"文化热"。文学创作的反应当然是强烈的,具体而言,就是重新提出文学创作与文化启蒙的血肉相连。于是,鲁迅的文化纲领"改造国民性"又结合"文化大革命"的教训,重新成为新时期文化创作的第一主题。鲁迅对中国百姓的基本评价和态度,"哀其不幸,怒其不争",又结合历次政治运动的教训,成为塑造人物、评价人物的核心标准。

正是在这样的一个全新的文化氛围、文化环境中,出现了余华创作的大转型,也给文学研究和评论,带来了一个新难题。

显然,"改造国民性"的文化纲领,"哀其不幸,怒其不争"的文化启蒙的核心内涵,是文化反思中的共识,是文化反思的标的,其正确性是不容怀疑的。在这已成的高度上,达敏的研究和评论的创新的余地和空间在哪里呢?

是的,达敏只有面对已有的高度(甚至是当时的最高度),才能确定创新的起点。

围绕着《活着》《许三观卖血记》,达敏以不卑不亢的态度,阅读和研究了关于这两部作品的所有评论。他充分肯定了这些评论的价值,而他最为钦佩的评论恰是以"哀其不幸,怒其不争"的启蒙原则对这两部作品做出的否定性批评,不仅否定了余华对这两部作品的"原意阐释",也否定了作品的"外显意义"。"改造国民性""哀其不幸,怒其不争"的本身出了问题吗? 达敏能以否定鲁迅提出的准则作为理论创新的起点吗? 达敏在此面临严峻的考验。

正是在这个问题上,达敏实现了《余华论》的理论创新的价值。

"改造国民性""哀其不幸,怒其不争"是中国文化启蒙的核心内涵,其目标是:中国人民从专制主义的臣民转化为具有独立人格、自由思想的现代公民。这个目标和内涵,当然是不能否定的,否则,中国当代文学就失去了现代化的灵魂。但是,我们必须看到,这是一个漫长的历史过程。这个过程有极其丰富的文化内容,就像长征要经过无数的平原、沙漠、山山水水。其间需要面对和解决无数的具体问题。特别是人的改造,在成长为现代公民的过程中,还有无数的需要面对和解决的文化问题。

西方文化学者提出过一个"长时段"的文化概念。它的基本思想是,文化的物质层、制度层的改变需要时间,但不是最漫长的。而文化之魂,如价值观、道德观、人生观以及审美观的变化却是十分漫长,甚至不能用时、日、月、年作为衡时的基本单位,也许"世纪"才是最基本的衡时单位。西方的现代启蒙从文艺复兴开始,历经启蒙运动而至今日,时长 500 年以上。在这个过程中,大多数的人群不能立马成为"现代公民",还在曲曲折折地攀登。他们不是现代公民,在他们身上还有不尽人意的素养,这时候他们的生命还有没有存在的价值,或者说,正面的价值? 达敏在余华的代表作中,找到了答案,并给予了具有说服力的论证。这就是生命本身的价值,并上升为生命哲学。通俗地说,生命的存在,是实现生命价值的前提;于是,生命存在本身就是有价值的。

两部代表作的主人公,福贵和许三观,在面对特殊历史条件的生活环境,其苦难的程度可用"生不如死"来形容。于是,他们不得不对自己的生命做出生生死死的选择。达敏对这个问题的回答,可以说是全书的"华彩乐段",深刻而精彩(我特别建议本文的读者细读《余华论》第211—220页)。他让人们看到,无论人生目标多么崇高和伟大,其基础只能是对生命的认知。"活着",是走向远方甚至高峰的通道。从文艺复兴开始,经过启蒙运动而至今,思想解放的核心问题是人的解放,追求生命价值的最大化的实现,把人看成万物的灵长,宇宙的精华,在文化领域涌现出一大批文化的巨匠。但是,人类的总体并不是同时达到了这样崇高的境界,这需要多少世纪的普及和锤炼。而在这个过程中会出现无数的苦难,需要从上到下的人们去承受,去顶扛,常常面对的可能是"生不如死"的极端的痛苦。人不能不面对严峻的选择。文艺复兴时期的戏剧大师莎士比亚的代表作《哈姆雷特》的警句是:"活着还是死去,这是个必须回答的问题。"很多精英怀着"不自由,毋宁死"的信仰,自觉地走向死亡,他们这样敬畏人的尊严,当然是值得我们尊敬的。但是,这绝不是最具有现实意义的选择。像福贵和许三观那样的"顽强生存,善待生命",更值得尊敬,更具有价值。"好死不如赖活",这"赖活"当然有犬儒式的缺陷,但是,面对苦难,扛起苦难,以此作为"善待生命"的内涵,就与"赖活"划清了界线;这里有着达敏所说的"人类之爱、人性之善、精神之诚和艺术之美"(第215页),这应该是东方文明对世界文明宝贵的贡献。

独立的人格,自由思想的现代公民,是现代启蒙的目标和主题。因此,对群体不符合这个标准的种种落后的人性状态,当然要给予"哀其不幸,怒其不争"的观照,这是"改造国民性"的必需。对此,达敏给予充分的肯定。但在中国,走向这个目标而未能达到这个目标的漫长的过程中,需要面对现实的苦难,需要应对苦难的担当,同样是对胸怀和人格的考验,同样体现有价值的人生哲学。余华的这两部代表作,没有否定"改造国民性"和"哀其不幸,怒其不争"的现代启蒙,在他很多中短篇小说中,也执行了这个启蒙的任务,但他在启蒙的起点和启蒙的全面实现之间,面对中国超乎想象的苦难,发现了人的生命的价值,从一个独特的角度体现了人道主义的精神,这是余华对中国当代文学的杰出贡献。达敏虚心面对当时余华研究和评论的最高的成果,同时通过细密的研究和思考,跳出那些成果的理论框架,挖掘、认识、阐述了余华创作的独特成就,给予余华创作以创新理论的支撑。

余华创作与达敏评论的融合,可喜可贺,证明了一个道理,文学发展需要创作与理论的比翼双飞!

四、文本解读是理论升华的基本功

我年轻的时候,特别喜欢阅读俄罗斯文学评论家赫、别、车、杜的文学评论。杜勃罗留波夫的《黑暗王国的一线光明》《什么是奥勃罗莫夫的性格》对我而言,真是百看不厌。原因首先是让你爱读。文学评论家对文学作品的敏锐的艺术感受,远远超过了我这个普通读者的感受。真正的评论家能够带领着你进入艺术殿堂,让你获得意想不到的感受。这让我想起一位伟人的言说:对于非音乐的耳,音乐是不美的。这"音乐的耳"指的就是艺术的感受能力,对文学评论家来说,就是对于文学叙事的感受能力。当然,仅仅带动你的感受只是文学评论的初级任务,紧接着的应该是感受的升华,让你的感受转化为认识升华的喜悦。这里有两个环节的连接:一、是这样的啊! 二、为什么是这样的啊? 这些伟大的文学评论家让我在震撼之余,思考他们的文学评论的具体影响力:不绕过感受,而是强化感受,优化感受,并通过深刻的感受,向理性的王国飞跃。

是的,一个评论家,不要匆忙构建"理论框架",而要通过扎扎实实的文本阅读,经过艺术的感受及理性的升华,并动员你方方面面的知识积累和思考积累,给予多方位的比照,才能构建文学的属于你的理论框架。

《余华论》全书以代表作《活着》《许三观卖血记》为重心,全面展示了余华创作的发展过程,给予这个过程中的问题以创新性的理论回答。

纵向的概括是把余华的创作生涯梳理为四个阶段,然后分别对每个阶段,做横向的理论阐述。第一阶段是试笔阶段,第四阶段是在小说创作取得具有世界影响的基础上,向随笔扩展的阶段。重心是第二阶段,以先锋主义小说创作而成名。第三阶段走出先锋主义,却保留先锋的精神,创作了独特的"民间叙事"式的现实主义的代表作《活着》《许三观卖血记》,奠定了领先中国小说创作的崇高地位。

每个阶段,尤其是第三、四阶段,达敏发现并阐述了很多理论问题,运用了不少文学的学术概念,如"原意阐释""意蕴不确定性""苦难叙事""命运叙事"等和各种各样的"主义"。我历来反对文学评论变成学术概念的狂轰滥炸,厌恶那种从概念到概念的推理,炫耀广征博引的理论高深的文风。我对钱谷融先生、蒋和森先生那种理论叙述艺术化的文学评论特别推崇。我尤其喜欢杜勃罗留波夫的文学评论。阅读这些文学评论,常有艺术享受和理论启迪融为一体的感觉。前几年,我在上海《解放日报》《文汇报》上发文,提倡"走出圈子"的文学评论,希望文学评论不仅是文学专业者的读物,也是专业圈外普通读者的阅读爱好。达敏显然在这个问题上做出了很大的努力。读他的《余华论》不是"苦读""硬啃",有一种感觉的轻松和顿悟的快感,是艺术的享受,也是思想的开窍。

而要做到这一点,除了评论家的知识、思维、写作等各方面的修养,还有一个必得重视的评论功底——文本阅读和钻研。理论的阐述与升华,不能脱离文本的艺术感受和理论升华的融合。我当然不是要求在评论中复述故事情节和人物,而是强调:一要帮助读者对作品获得更强烈的感受,二是评论的理论判断不是从作品之外加进来的,而是文本阅读和钻研的升华。达敏对那些以"改造国民性""哀其不幸,怒其不争"的启蒙原则否定《活着》《许三观卖血记》的评论,既有所肯定,又给予突破,阐明了这两部作品的价值,开拓了对启蒙的更全面的认知,重要的前提是文本阅读和钻研的深入。

我所以如此强调评论家的文本阅读的不可或缺,还有一个重要的原因是,文本阅读的特殊性。文本不是具象的线条和色彩,而是抽象的一笔一画的文字。因此,文本阅读需要结合每一个评论家的全面素养,在脑海中把文字转化为似乎看得见的人物、场景和事件,听得见的各种声音,并同步进行由表及里、由浅入深的思考,进入理论升华的境界。评论家的文本阅读的本质就是二度创新。这个需要十分主动性的过程,正是展示评论家的高下、深浅的平台。

在《余华论》中,所有的论断都源于文本的阅读和研析,还有专论之后的"余华中短篇小说解读",从中我们可以看到达敏对文本阅读和钻研的厚实功底。离开了文本的把握,就失去了文学评论的理论创新的可能。

从人事工作的原则看,达敏已是退休教授。但从事业的特征看,他刚刚退休,这恰是学术研究和评论撰写的黄金期。我相信,"愚呆较真"的达敏,仍将一如既往地,演绎更精彩的"愚呆较真"本色!

图书在版编目(CIP)数据

中国现代文学论丛 / 张光芒主编. — 南京 : 南京
大学出版社,2021.7
　ISBN 978 - 7 - 305 - 24666 - 1

　Ⅰ.①中…　Ⅱ.①张…　Ⅲ.①中国文学－现代文学－
文学研究－文集②中国文学－当代文学－文学研究－文集
Ⅳ.①I206.6 - 53

　中国版本图书馆 CIP 数据核字(2021)第 125366 号

出版发行　南京大学出版社
社　　址　南京市汉口路 22 号　　　　邮　　编　210093
出 版 人　金鑫荣

书　　名　中国现代文学论丛
主　　编　张光芒
责任编辑　施　敏

照　　排　南京开卷文化传媒有限公司
印　　刷　江苏凤凰通达印刷有限公司
开　　本　880×1230　1/16　印张 16.75　字数 356 千
版　　次　2021 年 7 月第 1 版　2021 年 7 月第 1 次印刷
ISBN 978 - 7 - 305 - 24666 - 1
定　　价　65.00 元

网　　址　http://www.njupco.com
官方微博　http://weibo.com/njupco
官方微信　njupress
销售热线　(025)83594756